ULLSTEIN

Das Buch

Die achtzehnjährige Ruth, Tochter aus gutem Hause, hat ungewöhnliche Pläne für ihre Zukunft: Sie will Landfrau sein, gegen alle Gesetze ihrer Zeit.
Ihre Begegnung mit Albert von Roll, einem Offizier und verarmten Gutsherrn aus dem Anhaltinischen, an Pessach 1913 erscheint ihr deshalb wie eine Fügung des Schicksals. Gleich nach der Hochzeit reist sie mit Mann und Sack und Pack in den armseligen Ort Bleichrode am Rande des Harzes. Die schöne, großstädtische Ruth wird hier zur geliebten Herrscherin über einen ganzen Landkreis. Ihr Lebensinhalt wird die Landwirtschaft, das Veredeln der gemeinen Sauerkirsche zur hochwertigen Schattenmorelle bringt ihr viel Geld ein. Doch der Mann, den sie aus purem Kalkül heiratete, bald aber zärtlich liebte, kommt bei einem Unfall ums Leben – drei Tage vor der Geburt ihrer Tochter. Maler, Musiker, Schauspieler aus Berlin werden zu ihren Freunden, finden in dem eleganten Haus auf dem Lande ein Refugium fernab von Spitzelei und Naziterror. Als immer weniger von ihnen kommen können, begreift auch die Jüdin Ruth, dass sie jetzt auf die Menschen vertrauen muss, die sie schützen und verstecken werden. Und als nach dem Ende der Barbarei neue Zwänge drohen, stellt die kühl kalkulierende Landfrau wiederum ihre Kraft und ihre Stärke unter Beweis ...

Der Autor

Justus Pfaue wurde 1942 geboren. Er studierte Jura und forensische Psychiatrie, arbeitete zunächst als Journalist und veröffentlichte mit 23 Jahren seinen ersten Roman. Es folgten viele Jugendbücher und Romane, die immer auch zu Fernsehserien wurden. *Anna*, *Die Wicherts von nebenan*, *Laura und Luis*, *Oliver Maass* und *Patrick Pacard* sind nur einige Beispiele für große Erfolge. Justus Pfaue lebt in München und Positano.

Justus Pfaue

Die Kirschenkönigin

Roman

Ullstein

Besuchen Sie uns im Internet:
www.ullstein-taschenbuch.de

Umwelthinweis:
Dieses Buch wurde auf chlor- und säurefreiem Papier gedruckt.

Ullstein ist ein Verlag der Ullstein Buchverlage GmbH, Berlin.
1. Auflage März 2004
3. Auflage 2004

Umschlaggestaltung: Büro Jorge Schmidt, München
Titelabbildung: The Art Institute of Chicago, »Modern Woman«
von Mary Casatt, 1892–93.
Gesetzt aus der Sabon
Satz: Franzis print & media GmbH, München
Druck und Bindearbeiten: Ebner & Spiegel, Ulm
Printed in Germany
ISBN 3-548-25287-7

Meiner Mutter

Prolog

Prcbzka, ein armseliges christlich-jüdisches Dorf in Galizien, am ersten Freitagmittag im November des Jahres 1824. Die vielköpfige Familie des Schusters, Gerbers und Kleinlandwirts Herschel Cherkassky drohte dem fünfzehnjährigen Sohn Daniel Jakob blutige Prügel an, sofern dieser nicht unverzüglich auf die christliche Seite der Ortschaft renne, um im hölzernen Badezuber des Barbiers und Baders ein Bad zu nehmen und sich anschließend die verfilzten Haare schneiden zu lassen. Seit der Erntezeit hatte Daniel Jakob jegliche Körperpflege vermieden und stank wie ein brünstiger und noch dazu darmkranker Ziegenbock. Mutter Rachel drückte ihm einen halben Kreuzer in die Hand und scheuchte ihn aus dem Haus.

Mit Beginn des Sabbats um 16 Uhr 30 würde Herschels Bruder – also Daniel Jakobs Onkel, der Schächter Samuel Cherkassky – die Kette zwischen dem christlichen und jüdischen Ortsteil von Prcbzka hochziehen, um damit symbolisch die Heiligkeit der kleinen jüdischen Gemeinde zu beschützen. Bis dahin sollte Daniel Jakob, nach Seifenlauge duftend und mit kurzen Haaren, wieder zurück sein.

Daniel Jakob musste beim Barbier lange warten. Der Badezuber für Männer wurde von vielen Christen und Juden nacheinander benutzt. Daniel Jakob war der schmutzigste von allen und sollte deswegen als Letzter in die Badebrühe steigen. Danach sollten auch die Haare geschnitten werden. Die Warterei zog sich hin, weil am Freitag viele Männer in Prcbzka vom Reinigungsfimmel befallen wurden.

Im stickigen Warteraum vor der Badekabine wurden wie üblich Neuigkeiten aus der Kreisstadt ausgetauscht und schaurige Geschichten erzählt, vor allem solche von Übergriffen der österreichischen Besatzungsbehörden auf christliche Leibeigene und Juden im Allgemeinen.

Die Schwafelei wurde unterbrochen, als ein städtisch gekleideter Fremder den Warteraum betrat. Er war ein Verkäufer der Kaiserlich-Österreichisch-Ungarisch-Böhmischen Lotterie-Gesellschaft und bot ein Voll-Los für den lächerlichen Preis von einem halben Kreuzer an. Zunächst vergeblich. Alle Anwesenden lachten. Diese Lotterie galt als sehr wenig erfolgversprechend. Niemand kannte jemanden, der jemanden kannte, der irgendwann einmal bei dieser Lotterie gewonnen hätte. Weil Daniel Jakob am längsten warten musste, hörte er auch dem Lotterieverkäufer am längsten zu. Gewaltige Summen schwirrten durch seinen Kopf. Eine halbe Stunde vor Beginn des Sabbats war Daniel Jakob immer noch schmutzig und seine Haare verfilzt. In einer halben Stunde würde dieses körperliche Problem nicht zu lösen sein. Daniel Jakob kaufte als Einziger ein Voll-Los.

So schnell er konnte, rannte er dann nach Hause und musste schon über die Kette springen, die sein Onkel über die Straße gespannt hatte. Weil am Sabbat niemand verdroschen werden durfte, blieben ihm zunächst die Prügel erspart. Vom Sabbatmahl aber wurde er ausgeschlossen. Essen und schlafen musste er im Ziegenstall. Erst am christlichen Sonntag sprach seine Familie wieder mit ihm. Er berichtete von dem Lotterielos. Da setzte es dann doch Dresche, denn die Cherkasskys wussten, wie alle im Dorf, dass die Lotterie eine besonders infame Methode der österreichischen Behörden war, ihren Untertanen die letzten Kreuzer aus der Tasche zu ziehen. In seinem Zorn hätte Vater Herschel Cherkassky beinah das Lotterielos zerrissen.

Das wäre schlecht gewesen.

Samuel Cherkassky, der Schächter, nahm das Los an sich und pikste es auf einen Nagel am Türstock seiner Werkstatt. Dort hing es bis zum 22. Dezember. An diesem Tag heftete der Gemeindevorsteher Prcbzkas die Gewinnzahlen der österreichischen Lotterie an die Tür seiner Amtsstube. Daniel Jakob verglich die Nummer seines Loses mit den Nummern auf der Liste.

Seine Zahl stand ganz oben. Der absolute Hauptgewinn. Der einzige in der gesamten Donaumonarchie. Die Höhe der Summe sprengte jegliche Vorstellungskraft der Großfamilie Cherkassky.

Aber ganz einfach war an das Geld nicht heranzukommen. Der Loseigentümer musste bei einer österreichischen Dienststelle in Lemberg vorstellig werden, um Ansprüche auf seinen Gewinn geltend zu machen. Diese Reise war teuer. Herschel und Samuel Cherkassky mussten sich bei der Verwandtschaft Geld leihen, um die Reise mit Daniel Jakob überhaupt antreten zu können. Und das Geltendmachen des Gewinnanspruchs in Lemberg war dann auch nicht ganz einfach.

Obwohl mit allen nötigen Identitätspapieren ausgestattet, machte der zuständige österreichische Beamte reichlich Menkenkes. Den drei kleinen, krummbeinigen, schmutzigen, hergelaufenen Juden aus einem namenlosen Flecken wollte er die Sache mit dem Hauptgewinn nicht anstandslos abkaufen.

Als er den Cherkasskys das Los zur Überprüfung auf seine Echtheit dann sogar abluchsen wollte, wurde Schächter Samuel Cherkassky sehr böse und bestand auf unverzüglicher Auszahlung des Gewinns an seinen Neffen Daniel Jakob. Das war aber gar nicht möglich. Die Gewinnsumme war so hoch, dass alle behördlichen Barmittel Ost-Galiziens dafür nicht ausgereicht hätten. Es folgten kleinliche Diskussionen. Entfernte Verwandte der Cherkasskys in Lemberg mussten die Identität der Prcbzka-Cherkasskys bestätigen und so erfuhren immer mehr Verwandte von dem Hauptgewinn.

Schließlich war es so weit: Der Lemberger Behördenknecht erkannte Daniel Jakobs Anwartschaft auf den Hauptgewinn an und wollte unverzüglich einen Kreditbrief ausstellen. Dazu benötigte er allerdings wieder die Genehmigung seiner Krakauer Vorgesetzten, die ihrerseits die Angelegenheit nach Wien weiterleiten mussten und so dauerte es geschlagene drei Wochen – also über Chanukka hinaus in den Januar 1825 hinein –, bis der Lemberger alle Genehmigungen zusammenhatte, um den Kreditbrief abzusiegeln.

Für orthodoxe Juden wie die Cherkasskys aus Prcbzka war ein Lotteriegewinn allerdings eine etwas anrüchige Sache: Gewonnenes Geld ist kein verdientes Geld. Also nicht ganz koscher. Die Sache wäre aber zu umgehen, indem man das Allgemeinwohl bedenke und Mildtätigkeit walten ließe. Das bedeutete im Klartext: Teilen.

In den Wochen der Warterei waren Herschel und Samuel sich darüber einig geworden, dass sie mit dem gewaltigen Vermögen in Prcbzka niemals mehr unbehelligt vom Neid der Nachbarn und vor allen Dingen von der Gier der Behörden leben könnten. Die beiden Brüder beschlossen daher, sobald wie möglich Prcbzka mit ihren Familien westwärts zu verlassen.

Um das religiöse Gebot der Mildtätigkeit zu erfüllen, musste der Beamte zwei Kreditbriefe ausstellen – einen auf den Namen Herschel Cherkassky und einen zweiten auf dessen Bruder Samuel. Einen – gemessen an der Höhe des Gewinns – bescheidenen Barbetrag nahmen die drei Cherkasskys aus Lemberg mit, um damit die Emigration aus Prcbzka gen Westen zu finanzieren und ihre Schulden im Dorf abzubezahlen.

Zunächst schlugen sich die Cherkasskys nach Preußen durch.

Dort gefiel es den meisten jedoch nicht. Nur einige wenige verheiratete Familienmitglieder blieben irgendwo im Brandenburgischen hängen und gründeten bescheidene Existenzen.

Unweit der pfälzischen Kleinstadt Pirmasens fanden Herschel und Samuel Cherkassky es dann schön und beschlossen, sich dort niederzulassen. Sie kauften einen Hügel mit Wiesen, etwas Wald und einem Bach, der von den Pfälzern der »Goldbach« genannt wurde, weil auf seinem Grunde, im Quarzsand, wertloses Katzengold glitzerte. Auf dem Hügel errichteten die beiden Brüder Wohnhäuser. Gemeinsam eröffneten sie eine Gerberei. Für den Betrieb dieser Gerberei brauchten sie das Wasser des Goldbachs.

Samuel schächtete nun keine Tiere mehr, sondern betätigte sich als Abdecker und besorgte die nötigen Felle für die Gerberei seines Bruders. So eine Gerberei stinkt entsetzlich und wird deswegen von den Anwohnern zumeist gemieden. Doch Pirmasens war bereits zu der Zeit ein Zentrum der Schuhindustrie und so kamen die Vertreter der Schuhmanufakturen, um Herschels vorzügliches Leder zu kaufen.

Die Lederherstellung brachte eine Menge Geld ein. Die beiden Kreditbriefe blieben in den Anfangsjahren der neuen Existenz in der Pfalz so gut wie unangetastet. Der geschäftstüchtigere und deswegen immer misstrauische, ehemalige Schächter Samuel Cherkassky traute diesen österreichischen Dokumenten außerdem in keiner Weise. Deshalb reiste er mit den Dokumenten nach Frankfurt und sprach bei den Bankiers Rothschild vor. Die sollen sehr verdutzt gewesen sein und empfahlen eine vernünftige Aufteilung des Vermögens sowohl in Frankfurt wie auch in den Dependancen der Rothschilds in Paris und London.

So geschah es auch: In den drei Städten eröffneten die Cherkasskys Konten und 1830 hatten die österreichischen Finanzbehörden bis auf den letzten Heller – oder Kreuzer – ihre Kreditbriefe bezahlt.

Das Geld arbeitete still vor sich hin. Die Rothschilds gingen sorgfältig mit dem Vermögen dieser seltsamen Glaubensgenossen aus dem fernen Galizien um und dort, wo das

Geld lag, ließen sich auch einige Mitglieder der Cherkasskys nieder. Einige zogen nach Frankreich oder London, andere segelten, ausgestattet mit üppigem Betriebskapital, über den Atlantik nach Amerika.

Daniel Jakob übernahm nach dem Tode seines Vaters Samuel die Gerberei und kaufte sich in eine Schuhfabrik in Pirmasens ein. 1871 starb er als vermögender Gerber und Schuhfabrikant. Da hieß er allerdings nicht mehr Cherkassky. Diesen Namen konnten sich die Pfälzer wohl nicht merken und so nannten sie die »Lederjuden«, die aus dem »Goldbach« so gewaltigen Gewinn erzielt hatten, »die Goldfische«. So als hätten sie täglich Goldfische aus dem Bach gezogen.

Der Einfachheit halber ließen bereits Herschel und Samuel den Namen Goldfisch in ein Register eintragen. Aber auch dieser Name wurde noch häufig geändert. Die amerikanischen Cherkassky-Goldfisch nannten sich »Gold« oder »Goldwin«, auch »Gould« oder kurz »Fish«. Die französischen Goldfischs nannten sich plötzlich »Poisson« und einige sogar, weiß der Himmel wieso, »Dreyfuss d'or«. Die Engländer mutierten zum knappen »Gold«.

Samuel Cherkasskys Nachkommen trieb es fast alle aus der Pirmasenser Gegend in die weite Welt hinaus.

Daniel Jakob heiratete selbstverständlich und hinterließ viele Söhne und einige Töchter. Einer von ihnen hieß Wilhelm. Der mochte den Gestank der Gerberei und den kleinbürgerlichen Mief um Pirmasens überhaupt nicht. Den zog es in die Großstadt – in die aufstrebende Hauptstadt Preußens, nach Berlin. Er bat um anteilige Erbauszahlung schon zu Lebzeiten, weil er in Berlin eine »kleine Bank für kleine Leute« gründen wollte. Daniel Jakob ließ ihn ungern ziehen, denn Wilhelm hatte, zu seiner größten Zufriedenheit, die Finanzgeschäfte der Familie geregelt.

Bevor Wilhelm nach Berlin ging, reiste er nach Paris, um dort zwei Dinge zu erledigen: Er heiratete eine sehr, sehr entfernte Verwandte und holte sich im Bankhaus Rothschild, Paris, etwas Handgeld für die Bankgründung in Berlin ab.

Dazu bekam er viele gute Ratschläge und einen heißen Tipp. Wohl wissend, dass Geld eine sehr vergängliche Ware ist, empfahlen ihm die Bankiers, einen Teil des Vermögens in leicht zu transportierenden, unauffälligen Edelsteinen anzulegen, und sie nannten ihm die wohl weltweit beste Adresse für den Ankauf von Diamanten, Rubinen, Smaragden und Brillanten der Spitzenqualität: den hochgerühmten Juwelier Fabergé. Knapp über ein Dutzend hochwertige Steine erwarb Wilhelm zu einem enormen Betrag und versteckte sie in einem, von seinem Vater Daniel Jakob eigens für ihn gefertigten Leibgürtel mit Geheimtasche.

Auf der langen Reise nach Berlin brachte er seiner französischen, aber nur jiddisch sprechenden Gemahlin das Hochdeutsche bei und eröffnete 1867 in einem bescheidenen Haus inmitten eines großen Dahlemer Grundstücks seine »kleine Bank für kleine Leute«. Das Geschäft lief gut an. Seine Kunden waren aufstrebende junge Handwerkerfamilien, sozialdemokratisch beseelte Arbeiter, Glaubensgenossen aus Spandau, Neukölln, Prenzlauer Berg und natürlich auch brandenburgischer Kleinadel, der immer etwas klamm bei Kasse war – vor allen Dingen dann, wenn einige ihrer Söhne für Seine Majestät, Kaiser Wilhelm I., mäßig oder gar überhaupt nicht bezahlt, als Offiziere Waffendienst taten. Die kleine Bank machte mit den kleinen Kunden natürlich viel Arbeit und warf überschaubare – keineswegs üppige – Gewinne ab. Immerhin so viel, dass Wilhelm kurz vor seinem Tode 1899 auf dem großen Dahlemer Grundstück ein etwas größeres Haus bauen konnte. Fast schon eine Villa.

Sein ältester Sohn Samuel aber nörgelte, je älter Wilhelm wurde, an der Geschäftsführung seines Vaters herum. Die Bankgeschäfte mit den kleinen Leuten machten nicht nur viel zu viel Arbeit, sondern stünden auch in keinem Verhältnis zum Gewinn, sagte er.

Samuel begann sich also um das Geld der reichen Berliner Bürger und Adligen zu bemühen, um es zu verwalten und zu vermehren. Er gewann das Vertrauen vieler reicher Leute und mehrte auch deren Vermögen.

Vater Wilhelm billigte das alles. Ihm missfielen nur die zahlreichen Weibergeschichten seines Ältesten, und er drängte jahrelang auf eine seriöse Eheschließung. 1890 heiratete Samuel zum ersten Mal. Schon bei der Geburt der Tochter Gretchen 1891 starb seine Frau.

1895 gebar ihm seine zweite Gemahlin die Tochter Ruth und machte ihn zwei Jahre später wieder zum Witwer. 1899 heiratete er zum dritten Mal, und der Allmächtige segnete ihn erneut mit einer Tochter, die er Käthe nannte.

Samuels dritte Ehefrau, Hannah Finkelgrün, starb nicht sogleich, sondern verbrachte von der Jahrtausendwende an bis zu ihrem Tode ihre Tage, mit wenigen Ausnahmen, in einem Lungensanatorium oberhalb von Davos.

Alle drei Ehefrauen waren vermögend und hinterließen ihren Töchtern »was zum Erben«.

Nach dem Tode des Vaters strukturierte Samuel das Bankhaus Goldfisch um. Nun wurde die kleine Bank für kleine Leute eine kleine, feine Bank für sehr reiche Leute. Kostentreibende Schaltergeschäfte für Kleinkunden schaffte Samuel komplett ab. Das Geschäft mit den reichen Leuten lohnte sich. Das Bankhaus Goldfisch wurde zu einer Industriebank mit erheblichen Investitionen in die hessische Buntmetallindustrie – also Messing, Kupfer, Zinn – und den dazugehörigen Tochter-Industrieunternehmen, wie Kupfer- und Messingröhrenfabriken, die – kriegswichtig – satten Gewinn abwarfen. Aus diesen Halbedelmetallen stellte man Munition und Kanonenkartuschen her.

Auf verschlungenen Wegen, oft etwas außerhalb der Legalität und mit Hilfe der französischen, Schweizer und englischen Verwandtschaft, zahlten sich Samuels Beteiligungen an den Röhrenfabriken, bis ins ferne Japan, aus. Bereits an der Seeschlacht von Tsushima verdiente Samuel diskret mit.

Die gewaltige Aufrüstung in ganz Europa, der aberwitzige Fanatismus, mit dem Kaiser Wilhelm II. und Admiral Tirpitz die Kriegsflotte aufrüsteten, mehrten Samuels Vermögen aufs Angenehmste. Sein Schwiegervater aus dritter Ehe, der Konfektionär Finkelgrün, wurde durch Samuel zum größten Uniformenhersteller des deutschen Reiches – lieferte allerdings auch Uniformstoffe in ferne Länder, mit denen der deutsche Kaiser zwar nicht mehr eng befreundet, aber noch nicht bitterbös verfeindet war: nach England und Russland.

Ab 1900 begann Samuel das Haus zu vergrößern. Der Umbau dauerte bis 1904. Er ließ einen üppigen, architektonisch wilhelminisch-fragwürdigen Fausthieb aus Granit und anderen kostbaren Materialien hinklotzen, den der Kleinbürger schon aus Ehrfurcht nicht betrat.

Acht Büroräume gab es für die Bankangestellten und ungefähr vierzig Räumlichkeiten für Salons, Speisesäle, private Refugien für Samuel Goldfisch und seine Töchter sowie das zahlreiche Personal, zu dem auch Erzieher für die drei Mädchen gehörten.

Einzig Käthe, die Letztgeborene, durfte nach ewiger Nörgelei eine öffentliche Schule besuchen. Gretchen und Ruth wurden von Privatlehrern unterrichtet und von Gouvernanten umsorgt. Gretchen, die Älteste, war hoch gebildet, sehr blond, sehr schlank und den schönen Künsten und ihren, von Leipziger Buchbindern in Leder eingebundenen Büchern zugetan. Ruth, die Mittlere, hatte einen Hang zur Landwirtschaft und träumte von einem eigenen Garten im riesigen Park um die Goldfisch-Villa. Weil einer Goldfisch-Tochter aber jegliche Arbeit untersagt war, tobte Ruth ihre landwirtschaftlichen Gelüste sehr unbefriedigend durch die Hege und Pflege von Kakteen und Hyazinthen und die Aufzucht von japanischen Zierzeisigen in den Volieren des messing-, bronze- und silberverzierten Wintergartens aus.

Eigentlich langweilten sich Gretchen und Ruth in der riesigen Villa, weitgehend abgeschottet vom normalen Leben Berlins.

Gretchen träumte sich in ihre Bücher hinein. Ruth träumte von Ackerbau und Viehzucht, jätete in den Kakteenbeeten herum, nässte die Hyazinthen, fütterte und pflegte die langweiligen Zierzeisige.

Im Frühjahr 1913 kam es dann zu Aufregungen im preußisch präzis geführten, großbürgerlichen Haushalt des Bankiers Samuel Herschel Goldfisch, die zu weitgehenden Veränderungen führten.

I

Am Morgen des Pessach-Festes 1913 lagen 178 Zierzeisige vergiftet im feinkörnigen Sand, der den Boden der kunstvoll aus Messing und Silber gestalteten Volieren bedeckte.

Samuel Goldfischs achtzehnjährige Tochter Ruth entdeckte die gemeine Tat um acht Uhr zur Fütterungszeit.

Die toten Vögel waren das traurige Ergebnis ihrer fünfjährigen Züchtung, Pflege und Hege.

Zu ihrem zwölften Geburtstag hatte ihr Vater Samuel Herschel zwei Pärchen der kostbaren Rasse geschenkt. Er kam damit dem dringlichen Wunsch der pummeligen Ruth nach, die sich seit frühen Kindertagen um alles kümmerte, was in der Villa im Entferntesten mit Fauna und Flora, also mit Landwirtschaft zu tun hatte.

Auch die vielfältige Kakteenzucht war das Ergebnis Ruths Hingebung zu Mutter Natur.

Ruth schrie laut auf. Ihre ehemalige Amme, Zelda Kaminski, stürmte in den Wintergarten und fiel angesichts von 178 Vogelleichen fast in Ohnmacht. Dann schrie sie auch.

Durch den Lärm angelockt, betrat Käthe Goldfisch, Ruths vierzehnjährige Halbschwester, den Wintergarten und machte eine weitere böse Entdeckung: Sämtliche Kakteen standen unter brackigem Wasser und dümpelten der sicheren Verfäulnis entgegen.

Ruths älteste Schwester, das feinnervig und literarisch hoch gebildete einundzwanzigjährige Gretchen, bemerkte eine weitere Schandtat: Nahezu achtzig, in langen, mundgeblasenen Spezialgläsern aufgezogene Hyazinthen ließen die Blüten hängen. Irgendjemand hatte das Wasser weggekippt.

Die Tötung der Vögel war böswillige Gotteslästerung. Der Vandalismus an den Pflanzen eine nicht gottgefällige Tat. Und das Ganze fand ausgerechnet am Pessach-Fest statt.

Es regnete – wie üblich in Berlin zum jüdischen Frühlingsfest. Selbst die ältesten Gemeindemitglieder erinnerten sich nicht an ein einziges Pessach-Fest unter den wärmenden Strahlen der Frühlingssonne.

Samuel vermochte seine Tochter nicht zu trösten. Erst, nachdem er acht seiner Kisten mit den wertvollen Zigarren geleert hatte, um sie Ruth als Massensärge zur Verfügung zu stellen, unterbrach sie ihr Flennen.

Dicht aneinandergedrückt quetschte sie 178 Zierzeisige wie dicke Zigarren in die Zedernholzkisten und Zelda, die sich außerstande sah, ihrer geliebten Ruth bei der Einsargerei hilfreich zur Seite zu stehen, versprach, im strömendem Regen unter drei japanischen Kirschbäumen mehrere, zirka 50 Zentimeter tiefe Löcher auszuheben. So geschah es.

Samuel ging wieder in sein Zimmer und starrte auf die ungefähr 600 teuren, unverpackten kubanischen Zigarren auf seinem Schreibtisch, die der unvermeidlichen Vertrocknung entgegenzuknastern drohten.

Leiden können hatte er die japanischen Zeisige nie. Nicht mal singen konnten sie schön. Und diese stacheligen Kakteen? Welche Mühe! Welcher Aufwand! – Und was tun sie? – Sie ersaufen! Mit dem Seufzer »Wenn der Tag am schönsten sein soll, wird er im Unglück enden« ging er zum Fenster und schaute in seinen Park. Dort regnete es immer stärker – sintflutartig.

Ganz hinten im Park war die Grablegung der Zeisige in

vollem Gange. Vergeblich versuchte Zelda Kaminski, Ruth mit einem riesigen schwarzen Regenschirm vor den Wasserfluten zu schützen.

Pessach ist das erste von den in der Bibel genannten großen jüdischen Festen und wird von mehr Juden eingehalten als irgendein anderes Fest des jüdischen Kalenders.

Es wird der Auszug der Kinder Israels aus dem ägyptischen Sklavenhaus gefeiert, und es soll daran erinnert werden, wie wichtig es ist, den Kampf für die Freiheit in jeder Generation fortzusetzen.

Das Fest ist auch eine Art Erntedankfest. Im März und April begann im Lande Juda die Weizenernte. Aus Weizen wurde auch das traditionelle, ungesäuerte Pessachbrot hergestellt: die Matze.

Nach dem Leichenbegängnis wollte sich Ruth im warmen Wasser ihrer Badewanne tüchtig ausheulen und rituell reinigen. Ein Leichenbegängnis durch Totschlag an Pessach war nämlich eine heikle Sache. Rabbiner Tannengrün würde umfangreiche, schwierige Vorträge halten, wenn er davon erführe.

Zelda sagte, dass der Rebbe Tannengrün natürlich von dem Mord erführe, da er doch am zweiten Pessachtag zum Sedermahl käme, zusammen mit vielen Leuten, die ihrem Vater auf der Tasche lägen. Und dort werde noch mehr geschwätzt und dummes Zeug geredet als in jeder Talmudschule. Außerdem erwarte man überflüssigerweise noch Samuels dritte Ehefrau aus Davos.

»Wer hat uns das angetan, Zelda?«, fragte Ruth.

»Ich weiß es nicht«, log Zelda. Und mit »Ich weiß es nicht ganz so sicher« kam sie der Wahrheit etwas näher.

»Lüg nicht, Zelda. Du hast einen Verdacht!«

»Nein, kein Wort oder Name kommt über meine Lippen!«

Zelda schubste Ruth ins Badezimmer und knallte die Badezimmertür laut zu.

Sie sah sich im Zimmer um. Es war das sogenannte »Japanische Zimmer« der Villa Goldfisch. Ruth liebte diesen Raum. Mehrere japanische Paravents, Keramiken und Dutzende japanischer Blütentuschzeichnungen, Höckerchen und Tischchen waren allerdings ein bisschen viel Japan auf dreißig Quadratmetern.

Einige Tage zuvor hatte Ruth mit ihrer Rosenschere einen Kirschzweig abgeschnitten und in warmes Wasser gestellt. Mit der bullig wärmenden Dampfheizung hatte er tatsächlich geblüht. Zumindest noch morgens.

Jetzt lag der Zweig zerbrochen am Boden. Ebenso die Scherben der japanischen Vase. Viele, viele Kirschblüten waren wütend abgegrabscht und zu Blütenbrei zertrampelt worden.

Zum Glück badete Ruth schon, als Zelda diese weitere Untat bemerkte. Sie war an die Balkontür getreten und blickte auf den Balkon. Er diente Ruth als Zuchtstätte von Bitterkräutern, wie Koriander, Thymian und Kreuzkümmel. Aber auch von Petersilie und Schnittlauch.

Klassische Bitterkräuter gediehen in Berlins Klima eigentlich nicht. Nur auf diesem Balkon, weil die Sonne lange genug darauf schien und Ruth außerdem das Wachstum mit einer neuartigen, in England gefertigten Lampe anregte, die das Sonnenlicht imitierte und sehr schlecht für die Augen war.

Schwarzlichtlampen hießen diese klapprigen Parabolmonster, die, wenn man sie einschaltete, gefährlich zischten. Sie verstrahlten aber kein schwarzes, sondern gleißend helles Licht. Ruth hatte gleich zwei Lampen bei ihrem Vater erbettelt und es war ihr tatsächlich gelungen, den Kräutern damit ausreichend Licht zum Wachsen zu spenden.

Auch diese Balkonpflanzung war dem Attentäter – oder der Attentäterin – zum Opfer gefallen. Zertrampelt, ausgerissen!

In den großen, flachen Kästen konnte man sogar Fußabdrücke erkennen.

Kleine Fußabdrücke, etwa Schuhgröße 36. Aber nur von einem linken Schuh, wie Zelda bemerkte.

»Welch ein unheiliges Pessachfest«, murmelte sie. Zum Sedermahl am nächsten Tag würde, wie immer, außer der Matze und dem Lammfleisch auch ein Teller mit symbolischen Speisen in die Mitte der Sedertafel gestellt. Sechs säuberlich voneinander getrennte Speisen mussten auf dem Teller liegen, darunter ein hartgekochtes Ei, ein Stück Lammknochen, eine Mischung aus Mandeln, Rosinen, Äpfeln, Zimt und etwas Wein, Petersilie – und eben Bitterkräuter von Ruths Balkon!

Es gab in Berlin keine jüdische Familie, die über Original-Bitterkräuter verfügte. Deswegen wurden sie einfach durch mehr krause Petersilie ersetzt.

Nur im Hause Goldfisch gab es die echten Kräuter! Der Rabbiner Waldemar Tannengrün hatte Ruths erfolgreiche Bemühungen bei seinen ernsthaften Gesprächen mit den wichtigsten Mitgliedern der Gemeinde gelobt.

Zelda schrie eines der vielen Zimmermädchen herbei und befahl ihr, Ruths Zimmer sorgfältig zu reinigen.

Während dies geschah, heulte Ruth immer noch in der Badewanne und wusch sich dreimal hintereinander in frischem Wasser mit Kleieseife, Wurzelbürsten und einem Luffaschwamm.

Während Ruth sich weiter schrubbte, lief Zelda, so schnell ihre, von Krampfadern gepeinigten Beine sie tragen konnten, in Samuels Privatkontor und sagte, ein bisschen außer Atem: »Samuel Goldfisch, welche Schuhgröße hat deine Tochter Käthe?«

Käthe Finkelgrün-Goldfisch saß derweilen in einer Ecke des Dachbodens und zerriss sorgfältig Briefe, Seite für Seite.

Es waren Briefe, die ihr Mutter Hannah aus der Schweiz schrieb, seit das Kind lesen konnte. Käthe hatte sie aber nie gelesen. Ihre Kindermädchen hatten es allerdings immer für richtig gehalten und ihrer Erziehung angemessen, diese Briefe sorgfältig zu sammeln, stapelweise mit Seidenbändern zu umheften und in einer, von Samuel Goldfisch eigens dafür angeschafften Schatulle aufzubewahren.

Es muss wohl allen Damen peinlich gewesen sein, erfolglos zu erscheinen, denn aus Käthe wurde unter ihren Händen und ohne dass sie es auch nur in irgendeiner Weise beeinflussen konnten – eine Bombe. Ein hasserfülltes Mädchen, das keinerlei Bindung zur Mutter suchte.

Nachdem die amtierende Erzieherin Käthes Schuhwerk und die wasserfeste Kleidung der Zwölfjährigen kontrolliert und festgestellt hatte, dass nichts fehlte, meldete sie Samuel, dass die schwierige und äußerst schwer erziehbare Käthe mit Sicherheit das Haus nicht verlassen habe, da sie, als gewissenhafte Erzieherin des Mädchens, natürlich wüsste, dass Käthe hochgradig wasser-, besonders aber regenscheu sei. Außerdem habe Käthe Schuhgröße 36. Im Übrigen kündige sie.

Samuel nahm die Kündigung an und befahl eine Hausdurchsuchung, an der sich alle Anwesenden beteiligten. Auch die geplagte Ruth!

Sie fand unter Käthes Bett einen linken Schuh, an dem Erde und Kirschblüten klebten!

Das Verhältnis zwischen Ruth und Käthe war immer erfrischend unverkrampft gewesen.

Beim gemeinsamen Essen benahm Käthe sich unterm Tisch immer wie ein Straßenbengel: Heimlich pikste sie Ruth mit der Gabel oder kniff sie in die Oberschenkel und trat sie.

Ruth war gutmütig genug, sich das gefallen zu lassen. Wegen Hannah, Käthes kranker Mutter in Davos.

Ruth fand die Art und Weise, mit der Käthe ihre gesamte Energie darauf verwendete, die jeweils regierende Erzieherin aus dem Haus zu ekeln und überhaupt anders zu sein als alle Mädchen, die sie kannte – seien sie christlich, jüdisch oder gar nichts – fast bewundernswert!

So ließ sie sich Käthes heimliche Misshandlungen gefallen. Es störte sie auch nicht, dass Käthe sie ständig »Bauerntrampel« nannte, weil sie sich für Landwirtschaft interessierte und sie häufig davon schwärmte, irgendwann mal in einen Bauernhof zu heiraten und keinen der feinen, geleckten Judenjünglinge aus der Gemeinde zu nehmen, die aus traditionsreichen Berliner jüdischen Familien stammten, sehr arrogant waren und sie ohnehin nicht beachteten, weil sie natürlich dem feinen Gretchen nachstiegen.

Ruths Augen füllten sich mit Tränen, als Zeldas Verdacht zur Gewissheit wurde.

Es waren Käthes Lieblingsschuhe. Ziemlich grobe Treter, wie sie von Arbeiterkindern getragen wurden, deren Eltern sich für ihre Sprösslinge nur ein Paar Schuhe leisten konnten.

Käthe hatte diese Schuhe von einem Arbeiterjungen in der Schule gegen ein Paar eigene Schuhe aus teurem, koscheren Rindsleder eingetauscht.

Weinend zeigte Ruth Gretchen den linken Schuh.

Die Älteste hatte sogleich eine plausibel klingende Erklärung für das Verhalten ihrer jüngsten Halbschwester parat: Käthchen neige immer zu Nonkonformismus, in allem, was sie täte, und sie habe Käthe sogar einmal dabei ertappt, wie sie Matze mit Schinken gegessen habe!

»Schinken?! – Bei uns?! – Gretchen, du spinnst! An Pessach darf man das Wort Schinken noch nicht mal in den Mund nehmen! – Vielleicht Matze mit geräucherter Rinderbrust. Gut.«

»Nein«, dozierte Gretchen, um Fassung bemüht, »Herr Stöcker hat in seinem Büro in einem Metallschrank seine eigenen christlichen Lebensmittel. Und am liebsten isst er Schwarzwälder Schinken. – Übrigens hat Heinrich Heine zu Lebzeiten den auch bevorzugt! Stell dir das mal vor! – Der Tate hat dem Stöcker übrigens den Schinken gestattet.«

Kurt Stöcker war der Enkel eines Hofpredigers zu Potsdam. Sein Großvater war ein glühender Verehrer des Geschichtsprofessors und Reichstagsabgeordneten Heinrich von Treitschke gewesen, der lautesten Stimme des Antisemitismus im Deutschen Reich.

Kurt war klug und von blitzgeschwinder Auffassungsgabe. Er war zart und nur einen Meter sechzig groß. Seine Gymnasialzeit hatte er durch Gelegenheitsarbeiten als Schreiber, Additeur, Subtrakteur und flinker Bürobote im Bankhaus Goldfisch finanziert.

Samuel gefiel der Junge. Er hatte ihm dann sogar das Studium der Nationalökonomie bezahlt.

1913 war Stöcker schon zehn Jahre Samuel Herschel Goldfisch zu Diensten und immer noch den ständigen Nörgeleien seines Wohltäters ausgesetzt. Hin und wieder brachte Samuel ihn mit schmatzenden Küssen auf die Stirn in Verlegenheit.

»Ein feuchter Kuss für Stöcker bedeutet, die Wichtigkeit seines Tuns mit der Unwichtigkeit meiner Zuneigung zu veredeln suchen«, beschrieb Samuel sein Verhältnis zu ihm und war sehr stolz auf diesen Satz.

Als »Schabbes-Goij« übernahm Stöcker ab Freitagnachmittag alle Arbeiten, die den jüdischen Mitarbeitern des Bankhauses nicht gestattet waren. Auch die Abstrafung ungezogener Töchter. Und ausgerechnet Stöcker wurde beauftragt, Käthe unverzüglich zu finden.

Den Keller ließ Stöcker von Willi Knilch, dem festangestellten Dampfheizungsheizer, durchsuchen.

Zum Speicher hinauf begab er sich höchstpersönlich, weil dort neben ausgemustertem Mobiliar und Trödel auch eine Fülle von bankinternen Akten lagerte, die nicht unbedingt von der Sonne der Wahrhaftigkeit beschienen werden sollten. Nur wenige Bankmitarbeiter kannten diese Akten. Der Bankherr selbst kannte sie in Gänze nicht, denn seinem Naturell nach war er aktentechnisch nicht detailversessen. Er habe alles im Kopf, meinte er immer.

Auf dem Speicher zerriss Käthe die Briefe ihrer Mutter sorgfältig zu Konfetti.

»Nur, weil kein Mohel an mir rumschneiden konnte, hasst mich meine Mutter«, sagte sie.

»Deine Mutter lebt in der Schweiz, weil sie sehr krank ist. Warum, um Gottes willen, sollte sie darunter leiden, dass zu dir nie der Beschneider gekommen ist? Du bist doch kein Junge! Du bist ein sehr hübsches und jetzt sehr trauriges Mädchen ... und ein böses leider noch dazu. Dein Vater wird mich anweisen, dich zu bestrafen, dich zu verprügeln.«

Käthe schaute ihn ruhig an.

»Dann verprügel mich doch jetzt, Schabbes-Goij. Mir macht das nichts aus. Wenn meine Mutter das will, will ich auch wie ein Junge sein. Hier, du kannst doch lesen. Lies!«

Sie hielt Stöcker einen Brief vor die Nase.

Der nestelte sein Monokel aus der Westentasche und klemmte es sich ins rechte Auge.

Er las die Zeile: »Mein lieber Junge, liebes Kind ...«

Lange blickte Stöcker Käthe an.

Er schaute in ein sehr stilles, rundes Mädchengesicht.

Käthes kalte Augen ängstigten ihn.

Er ließ den Brief sinken.

»... Deine Mutter ist verwirrt. Die Krankheit, verstehst du? ... Aber du bist genauso verrückt wie deine Mutter. Du bist ein Mädchen, glaub mir! Kein Junge! Ich werde jetzt zu deinem Vater gehen und sagen, dass ich dich hier oben gefunden habe. Ich überlass es also dir, mit mir zu kommen oder hierzubleiben. Du bist krank. Krank im Kopf.«

Stöcker fröstelte, als er noch einmal in die Augen des Mädchens blickte und lief vom Speicher.

Bevor Stöcker sich aber in Samuels Büro begab, um Bericht zu erstatten, tat er Unerhörtes: Ganz gegen seine Gewohnheiten sprang er, teilweise drei Stufen auf einmal nehmend, die Treppe hinunter, rannte im Erdgeschoss in den Wartesalon für die Privatkunden des Bankhauses und öffnete den Schnapsschrank. Mit flattrigen Augen starrte er auf die Flaschen und Karaffen.

Er entschied sich für den hochwirksamen Arrak, den er gemeinhin – ob seines strengen Geschmacks – verabscheute. Aber er wusste wohl, dass dieses Stöffchen den Magen augenblicklich scharf erwärmen und die siebzig Prozent Alkoholgehalt zuverlässig seine Ohren röten und sein Hirn benebeln würden. Immerhin nahm er sich die Zeit, aus einem Glas zu trinken. Einem Bierglas, das er in einem Zug leerte.

Der Arrak tat augenblicklich seine Wirkung. Mit beiden Händen am Treppengeländer, schleppte sich Kurt Stöcker zum Büro des Hausherrn.

Samuel Herschel hatte, um seine Nerven zu beruhigen, im Kamin ein Feuer entzünden lassen, in dem er – Stück für Stück, Goldmark für Goldmark – seine kubanischen Auslese-Zigarren verfeuerte.

Das Büro roch männlich-herb und teuer.

Stöcker stürzte herein, lallte irgend etwas Unverständliches vom »Dachboden und der teuflischen Käthe«. Dann sackte sein schmächtiger Körper in einen der riesigen, mit Rindsleder bezogenen grünen Sessel.

Samuel war ratlos. Allein wollte er nicht auf den Speicher. Also musste Zelda ihn begleiten. Oben angekommen, fanden sie aber keineswegs die Gesuchte, sondern lediglich einen Haufen Briefpapierschnipsel.

Käthe stand inzwischen seelenruhig mitten in Ruths Zimmer.

»Wie hast du die Vögel umgebracht, Käthe?«

Ruth belastete gefährlich ein filigranes japanisches Rosenholzhöckerchen und blinzelte ihre Schwester von unten an. Gänzlich ungerührt lungerte Käthe vor ihr herum und knöpfte ihren Hosenschlitz zu. Dann zog sie den rustikalen Ledergürtel bis zum letzten Loch stramm.

Zur schicklichen Mädchenbluse trug sie die grobe Hose eines Zentralheizungsheizers. An den Füßen einen ihrer Lieblingsschuhe – den mit Eisen beschlagenen Arbeiterjungenstiefel.

»Du sollst nicht tragen die Kleidung eines Mannes, wenn du eine Frau bist, und die Röcke einer Frau, wenn du ein Mann bist! So ist das Gesetz!«

Ruth wuchtete sich von dem Hocker hoch und pflanzte sich vor ihrer kleinen Schwester auf.

Einmal in Schwung gekommen, wollte sie Käthe endlich mal anbrüllen, aber die Kleine kam ihr zuvor.

»Ich kenne alle Gesetze, Ruth. Deswegen breche ich sie ja auch! Außerdem rennen an Purim der Tate, Onkel Max und Paul und wer weiß wieviel andere Freunde von Papa hier in Weiberroben durchs Haus, als Tänzerinnen und Opernsängerinnen und Huren!«

»Halt den Mund! Du Mörderin!«, fauchte Ruth. »Wie hast du die armen Vögel umgebracht?«

Endlich war bei der gutmütigen Ruth die Sicherung durchgebrannt und ihre kräftigen Fäuste verkrampften sich an Käthes Kehle. Sie würgte die Schwester.

»Mit Nasentropfen«, röchelte Käthe.

»Red keinen Schmonzes!«

Käthes Gesicht lief rot an. Ruths Würgegriff wurde heftiger.

»Ich schwör's!«, japste Käthe.

Ruth ließ los. Einige Male atmete sie tief durch.

»Setz dich da aufs Sofa ... hier, trink ein Glas Wasser. Du siehst aus wie Milchreis mit Spucke! Beichte! Und lüg nicht!«

»Du bist die Einzige hier im Haus, mit der ich über alles reden kann.«

»Danke«, sagte Ruth, fast schon gerührt.

»Weil du dir alles gefallen lässt!« – Käthe startete augenblicklich einen neuen Angriff.

Peng! – Knapp neben Käthes Kopf zerschellte eine japanische Vase an der Wand.

Einem Kugelblitz gleich hechtete Ruth neben Käthe aufs Sofa und nahm deren kleine Hände in die ihren.

Harmlos lächelte sie Käthe an.

»Mit Nasentropfen?« Ruth drückte zu. Sie verfügte über Schraubenstockkräfte in ihren Händen.

»Nasentropfen? Du hast sie gewürgt, Käthe! Den Vögeln das Genick gebrochen. Einen Piepmatz nach dem andern: klick, klick und klack!«

Ruth tat so, als wolle sie jeden einzelnen von Käthes kleinen Fingern gleich mehrfach brechen.

»Ehrlich! Mit Nasentropfen! Aus der Apotheke!«

»Aus der Apotheke … und … und … und …« – Ruth drückte noch fester zu. »Willst du Pessach noch weiter mit Unwahrheit schänden?«

Jetzt erst lockerte Ruth den Griff. Auch ihr taten schon die Hände weh. Käthe ächzte erleichtert.

»Und mit Chlorodont, Tates Mundwasser. Ich hab die Nasentropfen aus der Apotheke mit dem Chlorodont gemischt und ins Vogeltrinkwasser gegeben. Heute Morgen, ganz früh. Und das haben die Vögel getrunken, und dann sind sie gestorben.«

Käthe schaute ehrlich.

»Lüge!« Ruth funkelte sie misstrauisch an.

»Doch, Ruth! Das wirkt zu elfundneunzig Prozent! Bestimmt! Auch bei den Kanarienvögeln von unserm blöden Direx in der Schule! Ehrlich! Nasentropfen plus Chlorodont! Quod erat demonstrandum!«

Ruth glotzte die kleine Schwester mit einer Mischung aus Furcht und erschreckter Bewunderung an. Sie dachte lange nach.

Käthe blieb ganz still sitzen wie ein kleines, braves Mädchen und wartete das Ende der Überlegungen ihrer älteren Schwester ab.

Ruth atmete langsam ein. Dann warf sie Käthe vor, dass sie »enorm« … an Herzensrohheit leide, und auch die Kakteen wohl verfaulen würden, bei all dem vielen Wasser. So sehe es wenigstens im Moment aus.

Es sei nicht nur Wasser gewesen, beichtete Käthe. Sie habe das Wasser mit Salzsäure verdünnt. So wie Papas Arbeitssklaven im Haus, die die Toiletten und Abtritte auch mit Salzsäure reinigten.

»Oij, oij, o ne, o ne!« – Ruth japste nach Luft.

Über die Hyazinthen wolle sie nicht reden, über die Bitterkräuter auf dem Balkon auch nicht. Über Käthes Gemeinheiten im Detail bitte erst recht nicht. Und über ihre Herzensrohheit solle der Erhabene im Himmel richten – und zwar bald! Sie habe nur noch eine Frage.

Sie umarmte Käthe zärtlich.

»Du hast Pessach entheiligt, weil morgen deine Mutter kommt. Stimmt das?«

»Sie hat mir böse Briefe geschrieben, in all den Jahren. Wenn ich sie nicht lesen wollte, haben mir meine verdammten Schicksen sie mir vorgelesen. Und wenn ich mir die Ohren zuhielt, haben sie mir die Briefe vorgebrüllt. Und der Tate hat mich auch immer wie einen Jungen behandelt. In den letzten Jahren hab ich vom Schabbes-Goij mehr Prügel bekommen als Gretchen und du zusammen! Und ihr habt auch himmelzusammenstürzenden Mist gebaut! Du klaust doch heute noch jeden Morgen zwei Liter von der Milch des Milch-Maiers! Stimmt's? Für die Katzen in der Nachbarschaft?«

Das mit der Milch stimmte. Aber Ruth klaute sie schon lange nicht mehr, sondern bezahlte sie von dem Nadelgeld, das ihr von Samuel Goldfisch seit dem 16. Lebensjahr in beträchtlicher Höhe ausgezahlt wurde.

Den Nachbarskatzen ging es deshalb prächtig.

Die Katzen-Mama allerdings, mit ihren sechs Jungen, die – durch welchen Zufall auch immer – im Kartoffel-, Mohrrüben- und Apfelvorratskeller der Goldfisch-Villa ihr Wöchnerinnenlager aufgeschlagen hatte, fütterte – auf diskretes Bitten und gegen horrende Bezahlung – heimlich der Dampfheizungsheizer.

Das war Ruths unkoscheres Geheimnis! Denn Katzen gelten seit dem Mittelalter in einem jüdischen Haushalt als unrein.

»Was können wir drei Mädchen dafür, dass der Tate einfach keine Jungen zustande bringt? Verdammt noch mal!«, sagte Käthe.

»Verdammt noch mal sagt man nicht an Pessach, Käthe! Merk dir das, verdammt noch mal!«

Käthe umarmte Ruth und barg ihren Kopf zwischen Ruths strammen Brüsten.

Käthe: »Mach, dass ich meine Mutter nicht sehen muss! Sonst spring ich vom Dach! Ich weiß, wie man dahin kommt! Oben, über den Speicher, durch eine Luke.«

Ruth knuddelte Käthe.

»Ich verspreche dir, dass du nicht vom Dach springst, Käthe, du dumme Socke! Natürlich verzeih ich dir nicht! Ich habe die Vögel nicht gerade geliebt, aber ich habe fünf Jahre lang gebraucht, um sie zu züchten. Obwohl sie immer nur verrückt herumgehopst sind und nicht mal Lieder gesungen haben, sondern lediglich blöd gepiepst. Weißt du, ich möchte später einmal Kühe haben und Hühner, dicke, fette Gänse, Ziegen ...«

»Auch Schweine?« Zwischen ihrem Busen blickte Käthe sie tückisch an.

Ruth haute ihrer Schwester auf den Hintern, dass es laut knallte.

Da betrat Zelda Kaminski den Raum.

Zelda betrachtete das seltsame Schwesternpaar auf dem Sofa. Käthe hatte ihre Beine dicht an den Oberkörper gezogen und kuschelte sich in den Schoß von Ruth.

Das Licht des späten Nachmittags fiel durch die großen Doppelfenster. Einige Sonnenstrahlen wurden von den Fußeisen und Sohlennägeln an Käthes Jungenstiefeln reflektiert.

Während Ruth das struppige, dachpfannenrote Haar der Schwester streichelte, bat sie Zelda: »Irgendwie müssen wir sie in ein Kleid kriegen, Zelda! Sonst lässt Samuel Herschel Goldfisch sie glatt auf einem Scheiterhaufen als Hexe im Park verbrennen.«

Mit tonloser Stimme antwortete Zelda: »Dein Vater will mit dir sprechen, Ruth. Sofort. Er hat euer Gespräch mit angehört.«

Sie deutete auf einen, mit japanischen Motiven bemalten Kachelofen, der nur noch als Camouflage für einen eingebauten Dampfheizungsradiator diente.

Ruth kannte den Abhörtrick. In vielen Räumen der Villa gab es elegante Kachelöfen, die das schnöde moderne Weiß der hässlichen Heizkörper kaschieren sollten. Die Klappen der Kachelöfen waren akustische Spione.

Die großen Dampfheizungsrohre verliefen durch die alten Kamine und waren hervorragende Tonträger – wenn man im geeigneten Moment die Gusseisenklappen der Kachelöfen öffnete oder schloss.

Die Klappe in Ruths Kachelofen stand offen. Selbst das leise Wispern der Schwestern war in anderen Zimmern zu hören.

Ruth beeilte sich nicht, in Vater Samuels Büro zu gehen.

Lange stand sie vor der wandhohen Mahagonidoppeltür zu Samuel Herschel Goldfischs Kontor.

Mit zittrigen Händen drehte sie gleichzeitig an den Messingknöpfen der Flügeltüren.

Ruth erwartete das schreckliche Finale dieses ersten Pessachtages: Einen jener legendären Wutausbrüche ihres Vaters, die höchstens ein-, nun gut, manchmal auch zweimal im Jahr die Goldfisch-Villa erbeben ließen.

Doch weit gefehlt! Friedvolle Stille, gediegene Gelassenheit erfüllten den dunklen Büroraum. Im Kaminfeuer knisterten noch immer die kubanischen Zigarren und verbreiteten einen angenehmen Duft.

In seinem Lederfauteuil saß Kurt Stöcker und schaute mit glasigen Augen seinen Arbeitgeber an, der gemessenen Schrittes im Raum auf und ab schritt.

Während des Gehens trank er in kleinen Schlucken aus einem Kristallhumpen eine milchige Flüssigkeit. Nach jedem Schluck blieb er stehen, atmete tief ein und aus, blickte dann zu seinem Schreibtisch hinüber und nickte befriedigt.

»Gute Medizin. Ich bin ruhig wie ein Stein, aus dem man einen Tropfen Wasser pressen möchte! Was schütte ich da in mich hinein, Doktor?«

Erneut hob er das Glas zum Mund und trank.

Am Schreibtisch packte Dr. Karl Kaminski sein hölzernes Stethoskop, das neueste Blutdruckmessgerät aus Jena, einen Messingreflexhammer sowie einige braune, flakonähnliche Flaschen mit Flüssigkeiten und Pillen in seine Arzttasche. Karl Kaminski war der einzige Verwandte Zeldas mit abgeschlossenem Hochschulstudium.

»Ein einfaches Laudanum. Es beruhigt dich, ohne dass du einschläfst.«

Er verschloss seine Arzttasche und nickte allen Anwesenden freundlich zu.

»Und Samuel, untersteh dich, nach meiner Zaubermischung auch nur einen Schluck Cognac in dich hineinzugießen!«

Sein Blick fiel auf die Kristallkaraffe mit Cognac, die immer neben zwei Gläsern auf einem versilberten Beistelltisch neben Samuels Arbeitsstuhl stand.

Misstrauisch schüttelte Kaminski den Kopf, stellte seine Arzttasche ebenfalls auf den Beistelltisch, rollte ihn klirrend durch das Zimmer und bedankte sich mit einem freundlichen Lächeln, als ihm Ruth die Doppeltür öffnete.

Er sagte: »Danke, Ruth. Nur gut, dass dein Vater mich gerufen hat. Sein Blutdruck ist exorbitant, sein Puls grauenvoll, und sein Herz verdient seinen Namen nicht mehr! Jetzt geht es ihm besser. Also, hör ihm zu und tu, was er sagt! Wir sehen uns ja morgen Abend alle zum Seder – es sei denn, irgendeiner aus eurer Mischpoche fackelt das Haus noch ab! – Schalom!«

Ruth verschloss die Doppeltür hinter Kaminski, dem Beistelltisch und dem Cognac.

Dann blickte sie ihren Vater an, der unterdessen seine Wanderung im Büro wieder aufgenommen hatte und endlich durch einen letzten Schluck den Humpen mit »Laudanum« leerte.

Erst jetzt bemerkte Ruth auch Schwester Gretchen, die, in Krawattenseide gehüllt, fein unauffällig, in einem anderen Fauteuil versunken war.

Langsam stellte Samuel sein Glas auf den Kaminsims.

Kaminskis beruhigende Medizin gegen Anflüge von Hysterie und Wut hatte zu einer befremdlichen Veränderung geführt: Samuel blickte seine Tochter fast eine Minute lang an. Sein gewaltiger Körper schwankte leicht hin und her und rauf und runter. Seine Lippen versuchten, Worte zu formen.

Ruth wurde richtig blümerant. Sie wagte es nicht, sich irgendwo hinzusetzen.

Diese, durch pharmakologische Maßnahmen erzwungene, unnatürliche Ruhe und Gelassenheit im heiligen Privatkontor des Hausherrn ängstigten Ruth. Sie befürchtete im Geheimen, Kaminski habe dem Vater das in letzter Zeit in Mode und ins Gerede gekommene Morphium ins Trinkwasser gemischt, um ihn die Grausamkeiten des Tages vergessen zu lassen! – Zutrauen würde sie das dem Arzt glatt, denn sie verschloss keineswegs damenhaft die Ohren, wenn ihr Vater und seine Freunde über die Vorzüge und Segnungen von Kaminski redeten – auch wenn sie flüsterten. Karl Kaminski behandelte auch viele Männer mit »Salvasan«, einem neuen Mittel gegen Syphilis.

Trotzdem musste sie sich ein Herz fassen.

Mit energischen Schritten ging Ruth auf ihren Vater zu.

»Da bin ich!«, bellte sie ihren Vater an.

»Fein«, brummte der Tate wie ein übermüdeter Löwe zurück. »Ruth, die Familie muss zusammenhalten. Gerade jetzt! Kaminski hat uns allen Ruhe verordnet.«

»Ich bin ruhig, und Gretchen auch. Auch ohne Doktor Kaminski in Anspruch zu nehmen«, entgegnete Ruth und fügte hinzu: »Ich habe ein langes und sehr tiefes Gespräch mit Käthe geführt. Ein sehr langes, trauriges Gespräch, aber ein gutes Gespräch.«

Samuel legte seine Pranken auf Ruths Schultern und drückte sie in einen freien Sessel.

Dann ging er wieder zurück zum Kamin und stellte sich erneut löwenartig in Positur.

»Ich möchte jetzt von Käthe nichts hören. Wir gedenken heute und in den nächstenTagen der Flucht unserer Vorfahren aus dem Joch der ägyptischen Sklaverei. Moses hätte sie vor einigen tausend Jahren wohl nicht mitgenommen – zumindest nicht das, was früher schon von Käthes krankem Geist in der bösen Weltgeschichte herumschwirrte – ihre Gedanken, möglicherweise auch Gedankenbazillen. Käthe ist, das wird unser Rabbiner Tannengrün dir bestätigen, liebe Ruth, für uns Goldfischs der Fluch des Pharaos. Deswegen sollten wir in diesen Tagen, wo wir freudig die gelungene Flucht feiern und für die Ernte danken, nicht über Käthe reden, sondern über die Zukunft. Und die Zukunft fängt jetzt gerade an. Wir blicken nach vorn. In diesen schweren Zeiten. So wie es die Allergnädigste Majestät, unser geliebter Kaiser Wilhelm II., in seiner unermesslichen Weisheit auch zu Nutz und Frommen des Deutschen Reiches tut.«

Ruth überfiel, als sie diese bombastische, wohl vom Laudanum enthemmte, völkische Schmonzette hörte, ein Juckreiz in der Rückengegend, wo man mit keiner Hand hinkam. Unruhig schubberte sie auf dem glatten Ledersessel herum. Es juckte weiter. Für Ruth ein untrügliches Zeichen, dass der Schrecknisse noch kein Ende war. Immer, wenn etwas Ungutes spürbar wurde, überfiel Ruth dieses unerklärliche Nesselfieber zwischen den Schultern.

Samuels Stimme wurde fester, als er Punkt für Punkt die weitere Vorgehensweise für das Sedermahl befahl: »Noch mal: Erstens tritt Käthe mir erst wieder unter die Augen, wenn meine Gemahlin, die grundgute und leidende Hannah in unserem Haus mit der nötigen Sorgfalt und Achtung empfangen worden ist. Zweitens bitte ich dich – nein, befehle ich dir, mit dem ganzen Spreewälder Putzgesocks Küche, Vorratsräume, den Speisesaal und das gesamte Pessachgeschirr erneut zu säubern. Wegen der vielen Vogelleichen!«

»Das wird sich Zelda nicht gefallen lassen, Tate! Sie wird opponieren! Sie ist die Herrin der Küche und der Vorräte. Sie und ihre Cousine, die Köchin!«

»So soll es auch bleiben, Ruth. Du bist Familie. Ihr werdet gegeneinander den Krieg der Reinheit in unserem Hause austragen! Und die Reinheit nach einem Kriege ist bekanntlich immer besonders rein.«

Was redet er nur für einen Stuss, dachte Ruth zum ersten Mal respektlos über ihren Vater. Sie war sich jetzt sicher, dass Kaminski nicht nur mit Morphium versucht hatte, Ruhe in das Chaos der Familie Goldfisch zu bringen, sondern zusätzlich auch noch Opiumtinkturen in den Beruhigungstrank gepanscht hatte.

»Gretchen, du legst angemessene Garderobe für Ruth und Käthe raus. Und außerdem kümmerst du dich um die Gestaltung der Sedertafel. Sie soll den Traditionen und Gesetzen entsprechen, aber auch dem gesellschaftlichen Anlass. Wir empfangen morgen hochrangige Gäste vom Hof. Unter anderen auch Herrn von Bredow, den gefährlichsten Kriegsspendeneintreiber Seiner Majestät, diesen Schakal, und viele Offiziere, wie immer Künstler ... auch einige Damen vom Theater. Ich werde zwei Tischdamen haben: Hannah, meine liebe Gemahlin, und den herausragenden Stern des Deutschen Theaters, Tina Lavoisier.«

Obwohl selber ziemlich bedudelt, hatte Gretchen aufmerksam zugehört. Tischordnung und Tischschmuck waren ihre Spezialität. Ihr Talent und die gediegene Erziehung befähigten sie zu einer besonders geschmackssicheren Gestaltung. Sie schrieb in Kunstschreibschrift, mit eigenhändig geschnittenen Gänsekielfedern Verse auf die Tischkärtchen und benutzte dazu handgeriebene, japanische Perltusche.

Inzwischen etwas nüchterner geworden, händigte Kurt Stöcker ihr die umfangreiche Gästeliste für das Sedermahl aus.

Viermal zehn Personen fanden im großen Esssaal der Villa leicht, und für das Bedienungspersonal überschaubar, Platz, wenn nur jüdische Verwandte und Freunde und der Rabbiner mit Frau geladen waren – wie meist.

Zu Ehren der Visite von Hannah Goldfisch hatte Samuel aber 72 Personen geladen. Deswegen musste eine U-förmige Tafel aufgebaut werden, was Konsequenzen für den Service hatte. Mit dem hauseigene Personal war das nicht zu machen.

Samuel gestattete Gretchen, die nötige Anzahl von Lohnkellnern – ja, Gott behüte, auch Caféhauskellnern – zu engagieren. Schnell rechnete sie sich aus, dass man mit mindestens 24 Kellnern arbeiten müsse, um die peinlichst auf ihre Etikette, ihren Stand und ihre Exaltiertheit pochenden Gäste des nächsten Abends zufrieden zu stellen.

Die jüdischen Gäste des Seder achteten eifersüchtig darauf, genauso schnell und aufmerksam – vor allen Dingen gleichzeitig – bedient zu werden wie die christlichen Gäste aus dem Beamtenstand, dem Generalstab Potsdams und der Geschäftswelt. Eifersüchteleien schwebten zu solchen Anlässen immer wie Gewitterwolken über einer Festtafel.

Die beachtliche Anzahl junger Offiziere aus dem Generalstab beunruhigte Gretchen ein bisschen. Aus eigener Erfahrung wusste sie, dass diese jungen Herren am Hofe und in ihren Dienststellen und vor allen Dingen vom Zahlmeister Seiner Majestät äußerst knapp gehalten wurden, sich aber auf ihre adelige Herkunft ungemein viel einbildeten, arroganter und anmaßender waren als altgediente Hofräte, die ihrem Vater in diesen Zeiten das Geld aus der Tasche ziehen wollten.

Die jungen Offiziere soffen schneller als der Rest der Gesellschaft, wurden deswegen auch schneller betrunken, flegelhafter und taten dann so, als hätten sie schon manch einen Krieg gewonnen, obwohl sie bisher noch an keinem teilgenommen hatten.

»Warum so viele junge Offiziere, Tate?«, fragte Gretchen.

»Weil sie gute junge deutsche Männer sind und unsere deutsche Zukunft, Gretchen! – Ruth, erklär das deiner Schwester ...«, damit wandte Samuel sich seinem Schabbes-Goij zu, mit dem er flüsterte, sodass Ruth und Gretchen kein Wort verstanden.

Gretchen schaute Ruth fragend an.

Ruth flüsterte nun auch: »Vater hat so viele von den rotärschigen Pavian-Offizieren eingeladen, weil er erstens zig Weiber vom Theater gebeten hat. Er braucht Tänzer und so. Zweitens, weil diese Uniformfritzen immer jemanden kennen, den Vater kennenlernen möchte, und weil er davon überzeugt ist, dass er diese Pinsel dazu braucht. Und drittens hat er sie natürlich morgen eingeladen, weil die Offiziere in Potsdam erst übermorgen ihren Sold erhalten und infolgedessen im Moment alle pleite sind und ohne großes Theater Papas Einladung annehmen, weil sie nämlich hier kostenlos essen und saufen können.«

Diese deutliche Sprache war Gretchen nicht gewöhnt. »Ts-tst-ts ... wie du die Dinge manchmal siehst, Ruth! Erschreckend deutlich und trivial! Aber bitte schön: Warum kommt Oberhofrat von Bredow mit vier Offizieren in Begleitung zu uns?«

»Das sind garantiert vier von diesen Lackaffen, die sich an Bredow hängen, um dich, liebes Gretchen, ja, dich, kennenzulernen! Du bist nämlich bis nach Potsdam eine sehr bekannte Schönheit! Und nicht nur das: Du bist auch die reichste Schönheit!« Ruth war um Argumente selten verlegen.

»So ein übler Klatsch und Tratsch! Ruth, kümmer dich um deine Schwarzlichtlampen und dein Gemüse und um deine Kohlrabi, Kohl und Bitterkräuter, aber versündige dich nicht mit derartigen, frivolen Mutmaßungen! – Was für einen Umgang pflegst du denn?! – Widerlich! Contenance, Ruth! Bist du vielleicht eifersüchtig?« Gretchen zerknetete ein Taschentuch.

»Ich liebe nun mal Klatsch und Tratsch und bin natürlich auch sehr naiv, Gretchen. Aber für den Ansturm von Juden und Goijs und Offizieren auf mich bin ich einfach zu dick! Ich werde mir wohl mal einen Kerl selber aussuchen müssen! Einen kräftigen Landwirt!«

Zelda hatte alles mitgehört. Auf dem Treppenabsatz der Privatetage im ersten Stock stand nämlich ein enormer Kachelofen. Jetzt hatte sie ein Viererkinn und senkrechte sowie waagerechte Falten auf der Stirn, ein allerhöchstes Alarmzeichen für ihre schlechte Laune.

Bis in die Nacht wurden die Küche und das Geschirr erneut gesäubert. Dann herrschte Friede bis zum nächsten Morgen.

Gewöhnlich wurde Samuel um fünf Uhr wach und sichtete – nachdem er auf nüchternen Magen einen tüchtigen Schluck Cognac gekippt hatte – Akten oder Dokumente, die er sich abends von Kurt Stöcker in einer Dokumentenmappe hatte aushändigen lassen.

Die leichte Benebelung zauberte bei Samuel gewöhnlich erstaunlich klare Gedanken, ein sicheres Urteil zutage und schärfte – wie er selber es auszudrücken pflegte – seine angeborenen Instinkte – »schärfer als die Spitze eines Bajonetts aus Solingen«.

Als Abraham ›Sowieso‹, Samuel Goldfischs persönlicher Diener mit dem nackten Gesicht, der graumäusig unauffällig seine Pflichten verrichtete und niemals im Hause durch irgendeine Tugend oder Untugend auffiel, pünktlich um sechs Uhr dreißig seinem Herrn das Frühstück ans Bett bringen wollte, lag dieser noch im Koma. Betäubt von Kaminskis Laudanummischung, bedurfte es nicht nur eines diskreten Hüstelns, Räusperns oder des abrupten Aufziehens der schweren, aus Samt gefertigten weinroten Vorhänge, um den Hausherrn aus seinem todesähnlichen Schlaf aufzuwecken.

Längere Zeit starrte Abraham in das regungslose Gesicht seines Dienstherrn. Es wirkte wie eine Totenmaske. Erst tupfte er mit der behandschuhten Rechten auf Samuels Schulter. Nichts.

Dann rüttelte er kräftig. Immer noch nichts.

Dann zerrte er am Ringfinger der rechten Hand, sodass die Fingerknochen knackten.

Endlich schlug Samuel die Augen auf.

»Wer sind Sie, Abraham?«

»Ich bin Abraham, gnädiger Herr. Sie kennen mich doch.«

»Nein, Abraham. Sie sind ein Geist … der Todesengel.«

Kammerdiener Sowieso presste die schmalen Lippen aufeinander und deutete auf einen Bettbeistelltisch mit Milch, Pessach-Matze, verdauungsfördernden getrockneten Feigen, nahrhaften Datteln und schenkte – nach einigem Zögern – ein großes Glas Cognac aus der Schlafzimmerkaraffe ein.

Samuel rappelte sich in seinen Seidendamastkissen hoch und tunkte Matzestücke in Cognac.

Entsetzt riss Abraham die Augen auf, sagte natürlich nichts, sondern eilte mit kleinen Schritten in das mit Majolika pompös ausgekachelte Bad und ließ heißes Wasser, dem er Kampferöl beimischte, in die begehbare Badewanne aus Kupfer.

Als er in das Schlafzimmer seines Herrn zurückkam, fand er Ruth am Bette Samuels vor.

Das hatte es noch nie gegeben.

Langsam zog Samuel seine Bettdecke bis unters Kinn, um sich zu bedecken. Dabei wäre beinah das Frühstückstablett umgefallen.

»Doktor Kaminski hat einen Boten geschickt und lässt anfragen, ob du noch lebst?«

»Nein«, sagte Samuel, »der Erhabene hat mich in das unendliche Loch der Verdammnis gesteckt. War das gestern alles ein böser Traum?«

Ruth lächelte mütterlich, beugte sich über ihren Vater, zupfte ihm die Satinkissen zurecht, faltete die hochgezogene Bettdecke zurück und legte sie als schmale Wurst über den dicken Bauch des Vaters.

»Gestern, das war doch der Vorhof zur Hölle, Tate! Heute, heute werden die Engel des Schreckens bei uns im Haus tanzen! Aber keine Angst, Zelda und ich haben alles im Griff!«

Samuel, der durch alle möglichen Aktivitäten, wie Tanzen, längere Spaziergänge oder auch eigenhändiges Ankurbeln seiner Simplex-Mercedes-Limousine, trotz seiner mächtigen Statur beweglich und schnellfüßig war, schwang seine Beine aus dem Bett und erhob sich.

Ruth sah ihren Vater zum ersten Mal im Nachthemd!

Und sie wusste nicht, wie ihr geschah, als Samuel sie herzhaft an sich zog. Da drückten eine Menge Kilos aneinander!

Er küsste sie auf den Mund, die Nase, auf die Augen, auf die Stirn. »Du wirst einmal die Herrin dieses Hauses! In deinen Adern pulsiert meine Kraft! Und schlau bist du auch – das wusste ich schon immer! Mit einem guten, demütigen, charmanten, lustigen, nicht zu klugen Ehemann an deiner Seite wirst du einmal die erste und erfolgreichste Bankherrin der Berliner Geschichte werden!«

Er knuddelte tüchtig an Ruth herum. Sie ließ sich die väterlichen Liebkosungen gefallen. Aus Samuels Augen sprühte der Stolz über jedes Pfund, das sich auf Ruths Rundungen gelegt hatte. Dann drehte er sie an den Schultern herum, gab ihr noch einen kräftigen Klaps auf den Hintern und rief ihr nach, er komme sofort in die Küche, um den väterlichen Haussegen über Köchinnen, Bedienerinnen und über die Nahrungsmittel für das Sedermahl zu sprechen.

So geschah es auch.

Punkt zwölf Uhr dreißig traf der Zug mit Hannah Goldfisch am Potsdamer Bahnhof ein. Es regnete immer noch.

Samuel und sein Chauffeur erwarteten sie am Perron, genau an der Stelle, an der der 1.-Klasse-Wagen mit dem gemieteten Privat-Coupé aus Davos hielt.

Hannah reiste in Begleitung einer Gouvernante. Auch eine Berlinerin und ebenfalls schwer lungenkrank. Um der aufwendigen Pflege für seine Frau einen gewissen Stil zu geben, hatte Samuel diese Gesellschafterin engagiert. Einen kostspieligen, jahrelangen Aufenthalt in Davos hätte sie sich aus eigenen Mitteln nicht leisten können.

Hannah fiel ihrem Göttergatten aus dem Coupé um den Hals. Sie küsste ihn nicht, sondern schnaubte spitze Luftküsse links und rechts an Samuels Ohren vorbei. Das tat sie nicht wegen der Ansteckungsgefahr, sondern um ihr schrilles Make-up nicht zu gefährden, mit dem sie sich seit Jahren schon verunstaltete.

Während der Autofahrt durch die Straßen Berlins hatte Hannah nur Augen für die zahlreich flanierenden, schneidigen Offiziere und jungen Fähnriche.

Erfreut stellte sie, kurz bevor Samuel ihr vor der Villa aus dem Wagen half, fest, dass der Krieg, den alle kommen sahen, wohl eine gute Sache sei, sie aber leider auf ihrem friedlichen Gebirgsmassiv oberhalb von Davos nichts davon mitbekäme – ergo auch nichts von den knackigen Soldaten.

Als sie ausgestiegen waren, wurden Hannah und Fräulein Striebeck sofort von Zelda und zwei Spreewälder Hausmädchen in ihre Räume geleitet, damit sie sich ausruhen könnten.

Nach Käthe erkundigte Hannah sich mit keinem einzigen Wort.

Das junge Mädchen beobachtete die Ankunft ihrer Mutter durch ein kleines Fenster vom Dachspeicher. Während des ganzen Tages versteckte sie sich schon hinter einem der Schränke, in denen anrüchige Akten aufbewahrt waren.

Ruth, Zelda und Stöcker wussten das und ließen sie gewähren.

Autos fuhren vor.

Der in eine schwarz-weiße Livree gekleidete Heizer und der Kammerdiener Abraham sausten, mit Regenschirmen bewaffnet, aus dem Haus, um die Gäste zu empfangen, die sich beim Aussteigen natürlich ohne Ausnahme über das »unglaublichste Wetter seit Menschengedenken« aufregten. Inzwischen schüttete es.

Um sechzehn Uhr dreißig – so war es üblich – ging der Rummel zunächst jüdisch los. Das Begrüßungszeremoniell wurde im Erdgeschoss im Grünen, Blauen und Roten Salon zelebriert. Überall waren lange Tische mit Matze, Salz und anderen zum Sedermahl gehörenden Speisen aufgestellt: Eier, Kohl, Petersilie, trockenes Geflügelfleisch. Sehr viel Karges, Ärmliches.

Haus- und Lohndiener balancierten Tabletts mit böhmischen Kristallgläsern, die mit koscherem Wein vom Berg Carmel in Palästina gefüllt waren.

Im Roten Salon erwarteten Samuel und seine Gemahlin Hannah die jüdischen Gäste. Hannah saß wegen ihrer leichten Schwäche durch die Anstrengungen der Reise und – wie sich im Laufe des Tages bei den Bewohnern der Villa schnell herumsprach – infolge häufigen Nippens von Gin-Dippchen aus einem silbernen Flachmann entkräftet in einem bequemen Lehnstuhl.

Das schlechte Wetter bot immer noch den nötigen Gesprächsstoff, sodass Samuel und Hannah eigentlich nur artig Hände schütteln mussten und Samuel hie und da segnend seine Hand auf Töchter von entfernt verwandten Vätern legte und alle jüdischen Gäste ob der Feuchtigkeit bedauerte.

Im Haus sei es aber trocken, stellte er immer wieder fest, und man möge sich, der Würde des Tages eingedenk, an der Sedertafel in den Salons zunächst fromm laben, bevor richtig anständig gegessen werde, wenn die Goijs so gegen halb acht kämen.

So krachte karge Matze mit Salz zwischen den Zähnen, wurden rohe Mohrrüben gekaut, saurer Kohl, der noch kein Sauerkraut war, etwas angewidert verzehrt, hartgekochte Eier gemampft und reichlich koscherer Carmelwein getrunken.

Ruth focht das alles nicht an: »Dunnerknispel, Gretchen!«, sagte sie. »Unsere Mischpoche säuft wie eine Klowasserspülung! Macht aber nichts, der Keller ist voll mit Riesling und Silvaner von Mosel und Rhein ... oder so ähnlich ... und mit Rotwein von der Ahr!«

Ruth trug einen langen schwarzen Rock, der um die Hüften eng war, zu den Knöcheln hin noch enger wurde und unten wie eine aufgeblühte Osterglocke auseinanderging. Dazu eine weiße Seidenbluse mit einer großen Schleife.

Zelda hatte sie in ein Korsett gezwängt und bei jedem Zug an den Schnüren geächzt. Ruth müsse diese Tortur einmal erdulden, hatte sie gesagt, damit die Gesellschaft sie einmal »einigermaßen in Form« betrachten könne.

Auf halbem Wege aber hatte Zelda entweder die Kraft verlassen, oder sie war zu der Einsicht gekommen, dass Ruth zwar ein hübsches Gesicht habe, trotz Korsetts aber eine Figur, die geometrisch mit einem Rotations-Ellipsoid zu vergleichen wäre.

Ruth trippelte mit dem komischen Narzissen-Rock, der ihr nur kleinste Schritte erlaubte, zur Treppe, um Käthe vom Speicher herunterzuholen. Außerdem überlegte sie die ganze Zeit, wie sie es anstellen könnte, Käthe von ihrer Mutter Hannah fernzuhalten.

Unten, auf dem Treppenabsatz der Stiege, die zum Speicher führte, saß Waldemar Tannengrün, kaute auf einem Stängel Petersilie herum und aß dazu ein hartgekochtes Ei. Als sich Ruth an ihm vorbeidrücken wollte, schnellte der

Rabbiner hoch, verschluckte sich und fauchte wütend: »Ich kann da nicht raufgehen und deiner – der Allmächtige sei ihr gnädig – missratenen Halbschwester Käthe böse Geister austreiben! Wir sind doch nicht mehr so rückständig barbarisch wie unsere Vorfahren in Galizien! Ruth, wir sind moderne, aufgeschlossene Weltjuden deutscher Nation des zwanzigsten Jahrhunderts! Keine Kabbalisten, die in solchen Fällen Tarock-Karten mit Ziegenblut bespritzen! Ich glaube, dein Vater will mich ärgern. Käthe hat mich tätlich angegriffen, als ich nach ihr gerufen habe!«

Er deutete auf einen von Käthes eisenbeschlagenen Schuhen, der auf einer Treppenstufe lag.

»Oh!«, sagte Ruth nur und machte einen Knicks, der den Rock bedenklichen Belastungen aussetzte. »Entschuldigung, Rebbe, aber Geister austreiben? Nehmen Sie das nicht ein wenig zu wörtlich?«

»Das denke ich auch.« Tannengrün war erleichtert und fuhr fort: »Schrecklich … diese Frau Hannah, Ihre Stiefmutter … wie ein Geist … und ein sehr bunter. Aber … oij!« Er legte seinen Zeigefinger auf den Mund und bedeutete Ruth somit, über diese, seine Meinung tunlichst zu schweigen.

Ruth rief nach oben zum Speicher: »Käthe, wirf mal den zweiten Schuh!«

Das war Anlass genug für Rabbiner Waldemar Tannengrün, treppabwärts in die Gesellschaftsräume zu eilen.

Auf dem Speicher beschlossen die Schwestern, dass Käthe in Ruths Bett schlafen dürfe. Und Ruth würde schon noch eine Ausrede finden für den Fall, dass Hannah nach ihrer Tochter verlangte, die sie ja für einen Jungen hielt.

»Geduld bringt Rosen«, sagte Ruth zu Käthe, als sie die Zwölfjährige schon um neunzehn Uhr sehr liebevoll mit dem Daunenplumeau zudeckte.

»Du kannst prima, zack-zack, erste Klasse böse Geister austreiben! Tannengrün ist ein Idiot!«, sagte Käthe und griff sich eines der vielen Gartenblumen-, Gemüse- und Tierzucht-Bücher, die in einem Regal über dem Kopfende von Ruths Bett standen.

Ruth lächelte Käthe zu, ging in ihr Ankleidezimmer, riss sich den unbequemen Rock und das Korsett vom Leib und zog etwas gemächlich schwingendes aus grauem Seiden-Moirée an, das beim Gehen fröhlich knisterte und sie mit dem behaglichen Gefühl von körperlicher Freiheit verwöhnte.

Dann prüfte Ruth vor einem Spiegel noch einmal ihre Frisur und heftete sich eine, von ihrer Mutter geerbte, große Granatbrosche an ihre weiße Bluse. Das schummerige Licht der Wandleuchten glitzerte böse in den Granatsteinen.

Preußisch pünktlich stürmten um neunzehn Uhr dreißig die Christen in die Villa. Weit mehr als erwartet.

Die Tischordnung musste dem undisziplinierten Andrang von nicht geladenen, aber erlauchten und dadurch nicht abzuweisenden Gästen, die aus ganz Berlin, Potsdam und aus den armseligen Schlössern der Mark Brandenburg herbeiströmten, geopfert werden. Jeder der geladenen Christenmenschen des Landadels brachte mindestens eine nicht gebetene Person mit. Die etwas Hochadligen zwei und mehr.

Das Leben war zwar noch nicht karg, aber Sparsamkeit wurde in diesen Zeiten, in denen man mit dem Krieg rechnete, als preußische Tugend angesehen, die durch kostenlose Völlerei bei Gastgebern wie Samuel Herschel Goldfisch gerne umgangen wurde.

Goldfisch galt als außergewöhnlich großzügiger Gastgeber – obwohl die mit den Einladungsbilletts verschickte Speisenfolge, dem Feiertag gemäß, nur etwas Karg-Jüdisches androhte, maß die Gesellschaft dem dennoch keine große Bedeutung bei. Goldfisch war ein liberaler Jude, der sicher auch an einem Feiertag auftischte, was ganz besonders teuer war – eingelegte Trüffel, Gänseleber, Fasanen und und und. Lammfleisch als Hauptgericht des Menüs hielten die Christenmenschen für eine elegante Untertreibung des jüdisch-deutschen Patrioten.

Von Bredow kam nicht mit vier Offizieren wie angekündigt, sondern brachte noch einen schneidigen, ungemein gut aussehenden jungen Fähnrich mit, der besonders durch seinen weißen Schal aus hauchdünner Seide um seinen etwas feisten Hals auffiel. Dieser Schal deutete darauf hin, dass es sich um einen Flieger handelte, einen zukünftigen »Helden der Lüfte«.

Die Juden aber deuteten den weißen Schal falsch. Sie hielten den Mann für einen jüdischen Offizier und waren stolz auf ihn, weil die weiße Farbe – am Pessachfest – besondere Frömmigkeit signalisierte. Der zukünftige Fliegerheld wurde sogleich von vielen, sehr schönen jüngeren und sehr reichen älteren Damen umschwirrt.

Bredow zischte Samuel zu, den jungen Mann müsse man sich merken, er sei etwas Besonderes. Zwar von bürgerlicher Herkunft, aber von adeliger Haltung. Glänzender Gesellschafter und tollkühner Flieger!

Jeder setzte sich, wo gerade Platz war, und die Diener versuchten ihr Bestes.

Die zwölf Opferlämmer – immerhin vom Hausherrn höchstselbst am frühen Morgen gesegnet – waren beim ersten Ansturm der Fress-, Sauf-, Tanz- und Musik-Orgie wie mit einem einzigen Haps verschluckt.

Ruth organisierte, dirigierte, schimpfte, tobte und beruhigte das aufgescheuchte Küchenpersonal, das, angeführt von Zeldas Cousine, der Köchin, auf die Schnelle die unheiligsten Gerichte auf dem riesigen Zentralofen zusammenbrutzelte, Soßen köchelte, Kartoffeln schälte, ja sogar – Gipfel der Unverfrorenheit – um neun Uhr ungefähr anfing, das Nationalgericht der Berliner zuzubereiten: Kohlrouladen mit brauner Mehlschwitzensoße.

Zelda war nur damit beschäftigt, ihrer Koch-Cousine in allem, was sie tat, nicht tun wollte, schließlich aber doch tat, beizupflichten. Sogar als die Köchin die große Küchentür aufriss und aus dem Souterrain nach oben brüllte, alle anwesenden christlichen Schicksen seien widerliche Postulierte, hinderte Zelda ihre Cousine nicht.

Zurückgekehrt an eine Pfanne, in der sie eine Zwiebelsoße bereitete, fragte Zelda sie bewusst arglos, ob sie vielleicht Prostituierte gemeint habe? Da guckte die Cousine verstört.

Ruth, die das Ganze mitbekommen hatte, sagte sachlich: »Zelda, sie meint Offiziersnutten!«

Diesen Ausdruck kannten beide Cousinen. Entsetzt schauten sie Ruth an.

»Haben wir noch genügend zu essen und Vorrat?«

»Matze ... für Wochen! ... Die isst keiner von diesem Hurengesindel!«, war die ehrliche Antwort der Koch-Cousine.

In den Salons und im Speiseraum wurde, als Ruth aus der Küche zurückkehrte, Walzer linksherum getanzt.

Ruth setzte sich auf einen kleinen Stuhl und beobachtete Gretchen, die von einem gut aussehenden Hauptmann der Halberstädter Kürassiere auch nach links gedreht wurde.

Die enganliegende gelbe Uniformjacke allein schnürt die Taille des Hauptmanns sicherlich nicht derartig unnatürlich eng ein, dachte sie. Da ist bestimmt ein Herren-Korsett im Spiel. Dass es so etwas gab, wusste sie aus den diskreten Anzeigen der Vossischen Zeitung.

Elastische Gummistege, unten an den Hosen, zogen die blauen, mit gelben Streifen versehenen Uniform-Pantalons des Hauptmanns makellos stramm. Ruth gestand sich selber ein, dass dieser Mann von ansprechendem Äußeren war ... leider, leider aber haargenau zu Gretchen passte, weil die gutaussehenden Herren immer bei ihrer schönen Schwester anlegten.

Orden hatte der Mensch auch schon eine Menge – und eine gesunde Gesichtsfarbe. Rosarot. Ruth deutete das als viel frische Luft hoch oben, weil Kürassier zu Pferde. Oder aber als abgeschnürten Hals durch den viel zu engen, hohen, mit Fischbein versteiften Stehkragen, der das Blut zu Kopfe steigen ließ.

Sie beobachtete gerne, beobachtete genau und schätzte äußeren Schein und die ungemütliche Wirklichkeit wie ein

Korsett oder einen engen Stehkragen richtig ein. Was sie nicht genügend beobachtete, war die Bedrohung durch die von Alkohol und ungesunder Luft enthemmte Hannah.

Die tanzte – anstandshalber – torkelnd einen Ehrentanz mit ihrem Gemahl Samuel, ganz eng am Paar Gretchen und Hauptmann-Kürassier. Samuel zerrte tapfer an seiner Frau herum. Er wusste nicht, dass sie in der Hand, mit der sie sich auf seiner Schulter abstützte, auch noch ein gefülltes Rotweinglas hielt.

Dann, ein ungeschickter Tanzschwung von Samuel oder gar ein Stolpern von Hannah, und der Rotwein kleckerte über den gelben Uniformrock des Hauptmanns Albert von Roll. Großneffe eines ehemaligen Generalfeldmarschalls in preußischen Diensten. Großgrundbesitzer am Rande des Ostharzes im Anhaltinischen. Hochgeachteter Hauptmann im Generalstab Seiner Majestät des Kaisers. Protegé des obersten Kriegsanleihenverwalters Graf von Bredow. Beinahvater dreier unehelicher Kinder, wenn es die diskrete Engelmacherin aus dem Bezirk Moabit nicht gegeben hätte, die den jungen Offizieren gegen horrende Summen die Misslichkeiten von Unterhaltszahlungen fernhielt.

Mit bebenden Nasenflügeln atmete Albert von Roll die stickige Luft des Roten Salons ein. Er hatte Gretchen natürlich losgelassen und drehte sich wütend um seine Achse, auf der Suche nach einem Schuldigen.

Entsetzt hob er seine Arme und den Kopf und blickte sich hilfesuchend im Raum um.

Mächtige, knallrote »Marmorsäulen« aus Gips säumten die Längswände des Salons. Sie trugen Gipsfriese, in die nackte Frauen mit gewaltigen Brüsten eingearbeitet waren. Weiber, die entweder mit Pfeil und Bogen schießen, Weintrauben essen oder mit muskulösen Kerlen raufen. Diese Figuren gab es in allen Salons unter der Decke – natürlich immer in makellosem Weiß. Streng schauten sie nach unten auf das enthemmte Treiben.

Die Gipsfiguren im Roten Salon starrten jetzt auf den jungen Baron Albert, der sich, wie ein Bär nach einer Abmagerungskur, wütend um die eigene Achse drehte und die sensationslüsternen Gaffer sprachlos musterte.

Samuel hatte Hannah, die Rotweinschleuder, blitzschnell aus dem Salon geleitet.

Die Musik spielte weiter. Im Roten Salon tanzte niemand mehr!

Albert wollte was sagen oder schimpfen. Aber dazu kam es nicht.

Der Großmeister aller Berliner Zyniker, der Malerfürst Max Kellermann, übertönte die Tanzmusik und die bedauernden Ohs und Ahs und Huchs und O Gott, o Gotts der Gäste mit dem mitfühlenden Satz: »Lieber Baron von Roll, Sie sehen reichlich frisch exekutiert aus!«

Zuerst lachte keiner. Erst als von Bredow seine meckerige Fistelstimme zu einem schrillen Lachen erhob, lachten alle mit und den besudelten Baron Albert von Roll aus.

Nur Gretchen sagte, es tue ihr alles sehr, sehr leid, und Rotwein auf gelbem Tuch sei wirklich sehr bedenklich. Sie sah sich hilfesuchend um und war der Situation nicht gewachsen.

Nicht so Ruth. Die walzte mit schnellen Schritten auf Albert zu, hakte sich bei ihm unter und zog ihn aus dem Roten Salon, ehe Baron Albert, gesellschaftlich töricht, Dampf ablassen konnte.

Die Ballnacht ging weiter.

Gretchen wurde üppigst betanzt. Von adeligen, aber zumeist mittellosen uniformierten Galanen, von Christen und Juden, von Jünglingen aus dem bürgerlichen Lager, die mehr oder weniger Geld hatten, von jungen Künstlern der Akademie für Bildende Künste, von Männern, die sich allesamt eine goldene Zukunft nach dem zu erwartenden und sicher zu gewinnenden Krieg erträumten.

Das Schauspielervölkchen männlichen Geschlechts umlagerte wie ein Rudel brünstiger junger Hirsche Tina Lavoisier.

Tina war bei Bedarf eine große Tragödin oder perlte in Komödien wie Champagner über die Bühne.

Sie war Erotik pur! Oder – wie ihr stiller und größter Verehrer an jenem Abend, der Kunsthändler Paul Kasser, seinem Freund Samuel von Mann zu Mann anvertraute: »Das heißeste Höschen auf dem Berliner Trallewatsch!«

Paul verzehrte sich glühend für die große Schauspielerin, allerdings nur von ferne, weil er sich nicht traute, in den Dunstkreis der großen Künstlerin zu gelangen, um sich ihr zu unterwerfen.

Niemand der anwesenden Herren, der das hinter sich hatte, würde jemals im Nachhinein behaupten, die Lavoisier sei ein leichtlebiges Flittchen.

Die verflossenen und immer reichen Liebhaber des Bühnenstars trugen ihr nichts Böses nach. Auch nicht Samuel, der über einige Monate Tina Lavoisiers Gunst genossen hatte.

Obwohl sonst ein Klatsch- und Schandmaul von allerhöchsten Graden, verschwieg Samuel sein eigenes Abenteuer seinem besten Freund Paul Kasser aus gutmütiger Barmherzigkeit.

Erfreulicherweise hatte Tina Lavoisier, die ihre amourösen Abenteuer sonst nicht für sich behielt, in Samuels Fall auch Zurückhaltung geübt.

»Unsinn, heißestes Höschen, Paul! Die Lavoisier ist nur allgemein sehr beliebt. Eine große Künstlerin und hervorragende Chansonniere scandaleuse …!« Er klatschte bewundernd in Richtung der Lavoisier, um sie aufzufordern, ihre machtvolle Stimme für eines ihrer beliebten Couplets zu erheben.

Das tat sie immer. Aber nicht an diesem Abend.

Während Ruth den Hauptmann Albert von Roll in Begleitung von Kammerdiener Abraham in den ersten Stock zerrte, um ihn dort – teils eigenhändig, teils durch Abraham – reinigen zu lassen, stimmte im Grünen Salon die große Lavoisier ein patriotisches Lied an. Es hieß: »Gold gab ich für

Eisen«, um alle anwesenden Damen aufzufordern, ihren Schmuck Herrn von Bredow auszuhändigen, der damit die Kriegskasse seiner Allergnädigsten Majestät füllen sollte.

Derartige finanzielle Attacken auf die Opferbereitschaft von schmucktragenden Frauen waren bekannt und gefürchtet. Die Lavoisier selber trug außer einem Ring aus Eisen und einer Brosche aus kunstvoll geflochtenem Menschenhaar überhaupt keinen Schmuck.

Den hortete sie in ihrer wunderschönen, riesigen Wohnung in der Viktoriastraße.

Das bisschen, was nach dem patriotischen Singsang in Sektkühlern eingesammelt wurde, waren wohl abgewogene Opfergaben, die Seine Majestät – vertreten durch Bredow – mal so eben guten Willen signalisieren und nicht beleidigen konnten.

Auch Gretchen musste auf dezenten Hinweis von Samuel ein minderwertiges, schmales Goldringlein aus 333er Gold abstreifen.

Baron Albert von Roll war ins Reden gekommen. Ins Schwärmen über seine Heimat am Ostrand des Harzes.

Er sprach mit seinem weichen anhaltinischen Dialekt über seine Felder, Wälder, Karpfenteiche, Waldungen und unermesslichen Forste. Über Felder in der Magdeburger Börde, die nahezu direkt hinter Halle an der Saale anfingen und direkt am Harz endeten und jedes Jahr reiche Früchte trugen. Über Zuckerrüben. Über seine Waldliegenschaften, die sich bis tief in den Harz hinein erstreckten.

Baron Albert hörte sich offensichtlich gern selber zu. Käthe hatte seine angeberische Schwadroniererei durch eine scheinbar naive Frage ausgelöst: »Herr Baron, Sie sind wohl nicht von hier? Sie haben einen so hübschen Dialekt. Kommen Sie vom Lande?«

Diese Frage war durch ein kurzes Gespräch mit Zelda ausgelöst worden. Das hatte oben an der Treppe stattgefunden, wo Zelda stand, nachdem sie die betrunkene Hannah ins Bett geworfen hatte. Sie warnte Ruth vor diesem Baron, der irgendwo tief aus dem Reich, »so Ecke Wallachei«, stamme. »Hochverschuldeter Landadel!«, sagte sie. »Außen hui und innen pfui!«

Zelda wusste, dank ihres familieneigenen, perfekten Nachrichtendienstes, über alles und jeden Bescheid, schließlich war ein anderer Cousin der Heiratsvermittler der Gemeinde.

Baron Roll sei auf eine reiche Heirat aus – adelig oder christlich-großbürgerlich natürlich, oder aber, so zischte sie Ruth ins Ohr, auf Liebeleien mit jüdischen Schönheiten, die immer unglücklich endeten, wie sie aus sicherer Quelle wüsste.

Gretchen sei ein ideales Opfer für diesen blaublütigen Pleitier, und es sei nur gut, dass Kammerdiener Abraham ihm im Herrenzimmer den Uniformrock putzen könne. Damit sei Gretchen außer Gefahr.

Ruth sei ja wohl standhaft wegen ihrer Natur. Dass Ruth selbst Angriffsziel von Alberts Tugendlosigkeit werden könnte, befürchtete sie nicht.

Ruths Frage nach dem Landbesitz aber war schon kühles Kalkül! Tief in ihr begann ein Feuerchen zu lodern. Kein Liebes-, eher ein Kartoffelfeuer.

Gekleidet in einen von Samuels schweren Seidenhausmänteln, stolzierte Albert im Herrenzimmer, das an Samuels Privatbüro grenzte, auf und ab und schwärmte weiter vom ererbten Gut, um das er sich leider zur Zeit nicht kümmern könne, da er, in den Generalstab Seiner Majestät berufen, seine Pflicht für das Vaterland erfülle und dem Kaiser persönlich nahe stünde. Mit dem Kronprinzen reite er regelmäßig aus und in der Kaiserfamilie sei er des öfteren zum Tee geladen.

Während der ganzen Rederei bemühte sich Kammerdiener Abraham mit einem alten Dienertrick, das Soldatenwams zu reinigen. Mit Salz und Weißwein ging er gegen die Rotweinflecke auf quittegelbem Tuch vor. Der Erfolg war beachtlich.

»Tüchtig, tüchtig!«, lobte der Hauptmann den Kammerdiener.

Nur mit dem Trocknen würde es wohl noch etwas dauern.

Die Jacke wurde auf einen stummen Diener vor dem knisternden Kamin des Herrenzimmers aufgehängt.

Abraham servierte dem Baron bald das dritte Glas Portwein und Ruth die zweite Apfelschorle.

Sie hatte diskret einige Kerzen angezündet und blickte aus ihren wachen, hellblauen Augen den angeblichen Erbschleicher und Pleitier an. Nicht verliebt, aber interessiert und aufmerksam.

Ihr Mienenspiel drückte fast Zustimmung aus, als Albert, nach einem zu heftigen Schluck Portwein, verkündete: »Wenn mein Rock wieder trocken ist, gnädiges Fräulein, werde ich mich nach unten in die Gesellschaft begeben und diesen Farbenkleckser Kellermeier, oder so, zur Rede stellen. Mit Blut auf dem Uniformrock macht man in diesen Zeiten keine Witze. Schande über alle, die auf die Scherze dieses degoutanten Anstreichers hereinfallen und sich zu lachen erdreisten!«

»Baron, eigentlich sind Sie doch Bauer?«, fragte Ruth unvermittelt.

»Wie bitte? Wie das?« Der Baron leerte das Glas und putzte sich mit dem linken Zeigefinger seine Schnurrbartspitzen wilhelminisch in die Senkrechte. »Nein, liebes Fräulein, ich bin kein Bauer. Aber, um Ihre Frage präzise zu beantworten: Ich habe Bauern. Auf meinem Gut in Bleichrode. Eigentlich ist ganz Bleichrode ein einziges Gut.«

»Ah ja …!«, nickte Ruth heftig, »Sie sind also ein Gutsherr. Aber als solcher doch auch Bauer? Nur eben ein großer. Ein Großbauer.«

Angewidert wehrte Albert ab: »Ich bin Offizier, meine Liebe. Landwirtschaftlich gesehen kann ich Weizen, Roggen, Gerste und Dinkel nicht auseinanderhalten. Noch nicht mal meine Zuckerrüben und Karotten, hähä!«

Er lachte laut über seinen, wie er meinte, gelungenen

Scherz, stand auf und war bereits auf Ruth zugegangen, um dem kleinen rundlichen Ding neckisch in die Wange zu kneifen, da sah er im romantischen Kerzenschein das Glitzern der Granatbrosche auf Ruths Busen.

Die hellblauen Augen strahlten ihn an.

Seine Stimme bekam etwas Zögerndes: »Mamsell Ruth, interessiert Sie etwa die Landwirtschaft? Sie wachsen mit den Krediten, Kontokorrenten, Aktien und Renten eines Großbankhauses auf, Sie interessieren sich doch nicht für die Landwirtschaft? Sicher nicht. So ist es auch bei mir. Ich bin ein Mann des Waffenstahls, ein Krieger, stehe im Geist der militärischen Disziplin. Nein, interessieren tue ich mich für die Landwirtschaft nicht, aber ich weiß sehr wohl, dass der Krieg ernährt werden muss. Und dafür hab ich meine Bauern.«

Ruth schürzte ein wenig die Lippen und schon hatte sie eine Idee für eine gute Antwort: »Ich, lieber Baron von Roll, würde meine ganze Mitgift, alle Rentenpapiere und wie das Zeug heißt, von dem ich nichts verstehe, komplett hergeben, wenn ich irgendwann einmal in eine Tomate beißen könnte, die ich selber angepflanzt und geerntet habe!«

»Oh?«, staunte der Baron. Im Kerzenschimmer sah die Kleine mit dem Püppchengesicht gar nicht mal so übel aus.

»Soso«, stotterte er. »Liebes Fräulein, Sie dürfen mich A-A-A-Albert nennen.«

»Wie lustig. Albert!« Ruth kicherte mädchenhaft in sich hinein. »Sie dürfen mich Ruth nennen. Oder auch mit meinem zweiten Vornamen. Da heiße ich Albertine, lieber Albert!«

Das fand der Baron auch lustig. Er glaubte zu wissen, dass er einen – im wahrsten Sinne des Wortes – recht fetten Fisch an der Angel hatte. So ein kleines jüdisches, unanständig reiches Ding, das auf Uniformen und auf Grundbesitz stand.

Er beschloss, die Bekanntschaft mit der Namensvetterin zu vertiefen. Keinen Gedanken verschwendete er darauf, dass die kleine Dicke ihn längst durchschaut und zielsicher in einen Plan verstrickt hatte, den sie nur ihrem Tagebuch anvertraute.

Baron Albert dachte, wie alle seine Standesgenossen, auch keinen Moment darüber nach, dass für manche jüdischen Mitbürger Landbesitz, der Traum von einem bäuerlichen Leben, unerfüllbar bleiben musste, weil Juden immer noch keine ländlichen Anwesen kaufen durften. Der vom Adel beherrschte Pflicht-Bauernverband schrieb in seinen Satzungen immer noch kommentarlos vor, dass Mitglied nur ein christlicher Deutscher sein dürfe.

Der Baron belästigte an diesem Abend niemanden mehr. Ruth und Albert tanzten bis nachts um ein Uhr – jeden Tanz.

Es war das erste Mal, dass Ruth sich mit einem Mann – oder dass ein Mann sich mit Ruth abgab. So wurde dieser Dauertanz schnell Gesprächsthema der Gäste.

Misstrauisch ließ sich Samuel von Kurt Stöcker über diesen anhaltinischen Baron informieren.

Was er zu hören bekam, überraschte ihn nicht und wurde ihm auch noch von dem vorlauten Max Kellermann und süffisant auch von Herrn von Bredow bestätigt.

Tina Lavoisier wusste Samuel beim Tanz zu berichten, dass Albert von Roll sich als »Möchtegern-Schürzenjäger« betätige, an das wirkliche Geld der Damen aber nie herankomme, da er selber viel zu arm und verschuldet sei, um die nötigen Investitionen tätigen zu können, derer es nun mal bedürfe, um eine Frau zu erobern.

»Samilein, Samilein«, flüsterte sie ihm ins Ohr, »der Knabe kann seit einem halben Jahr unseren Chormädchen nicht mal mehr eine Orchidee oder ein Döschen Konfekt spendieren! Finanziell marschiert er auf dem Zahnfleisch! Aber zum Tee lad ich ihn gern ein. Er ist amüsant und lügt entzückend!«

Rabbiner Waldemar Tannengrün räusperte sich mehrfach, bis ihm Samuel endlich zuhörte.

»Er ist ein Goij!«, drohte er nur und schnorrte dann eine von Samuels Zigarren, denen der Feuertod im Kamin am Tag zuvor erspart geblieben war. Als er sah, dass zwischen den beiden Tanzenden, Albert und Ruth, das Licht noch hindurchfloss, unterdrückte er seinen Argwohn.

Gretchen freute sich für Ruth und jubelte: »Wie hübsch! Wie exceptionelle! So schrecklich der Abend für den Baron begann, so harmonisch erlebt Ruth jetzt ihr erstes kleines Glück! Vater? Dieser Baron spricht mit amüsanter Zunge, so wie dein Bierlieferant aus Radeberg oder unser Sauerrahmkäsehändler aus Aschersleben!«

Samuel verstand nicht, was Gretchen meinte.

»Was für ein Käse?«

»Dein Harzer Käse, Tate!«

Das Licht floss weiterhin zwischen dem Tanzpaar hindurch.

Gretchen wurde von dem schönen Flieger auf die Tanzfläche geführt – zum English Waltz.

Die Veranstaltung, als frommes Sedermahl geplant, wurde zu einem üppigen Festmahl mit Tanz, Gegröle, Geschäftemacherei – und endlich zu so etwas Ähnlichem wie dem Beginn einer Verlobung.

Dann und wann nippte Ruth an ihrer Apfelschorle und Albert trank ein Glas Sekt, der von deutschen Reben, am deutschesten Fluss, in Rüdesheim am Rhein gekeltert worden war.

Gegen zwei Uhr zerrissen sozialistisch laut lärmende Schalmeienklänge die Festveranstaltung. Am Gittertor vor dem Anwesen Goldfisch hatte sich zu nächtlicher Stunde eine Gruppe der Sozialistischen Jugend versammelt.

»Freunde, hört die Signale! Auf zum letzten Gefecht!«

Dabei schwenkten sie schwarz-weiß-rote Fahnen und hoben ein rotes Transparent hoch, auf dem mit gelber Schrift zu lesen war: »Nieder mit dem Kapital!«

Einige Jungen erdreisteten sich, während des Gesangs aus einigen der vor der Villa auf der Viktoriastraße parkenden Limousinen die Luft aus den Reifen zu lassen und sich darüber zu freuen.

Nach und nach waren die Hausballgäste vor die Villa getreten, atmeten die frische Luft ein und vertraten sich auf dem feuchten Kies die Füße.

Während dieser »Revolution« regnete es mal nicht.

Albert führte Ruth Albertine am Arm.

»Sozialistenpack!«, murmelte er empört, »und dazu noch ruhestörender Lärm!«

Im Hause stimmte derweil die Kapelle einen neuen – bei Hofe streng geächteten – Tanz aus Argentinien an: Tango!

Baron Albert lauschte den verbotenen Klängen, dann blickte er Ruth tief in die Augen.

»Oh, tollkühn, Ihr Herr Vater! Tango! Der Tango ist bei Hof genauso schlecht gelitten wie das sozialistische Pack! Gehen wir auch tanzen, liebe Ruth?«

Das Ende des Pessachfestes zog sich hin. Viele Chauffeure mussten erst Luft in die Autoreifen pumpen.

Während des Aufbruchs machte Ruth mit Albert mehr als unverbindliche Konversation.

»Meine Familie und ich würden uns freuen, Sie recht bald zum Tee begrüßen zu dürfen!«

»Gerne!«, schlug Albert die Hacken aneinander.

»Seien Sie doch dann so lieb und bringen Sie, falls Ihnen das möglich ist, Zeichnungen, Stiche, vielleicht Postkarten von Ihrer schönen Heimat und Ihrem Gutshof mit! Ich bin so neugierig! Sie haben mit Worten etwas gemalt, was mein lieber Onkel Max nur mit Mühe in Farben auf die Leinwand brächte.«

Albert sah Land! Fast fühlte er sich schon verheiratet und schuldenfrei!

»Albert, Sie haben doch auch fotografische Aufnahmen Ihres Anwesens? Der Wälder, Teiche und der wogenden Felder?«, insistierte sie.

»Sie sind eine süße kleine rote Tomate, Ruth! Natürlich habe ich fotografische Aufnahmen! Sogar handkolorierte«, säuselte Albert.

Ruth lud Albert für den übernächsten Mittwoch ein. Er gab ihr den ersten Handkuss ihres Lebens. Kein Schauer lief ihr über den Rücken.

Endlich Frühling in Berlin!

Einen Tag nach Ostern und Pessach hatte ein atlantisches Hoch das regenreiche Tief verdrängt.

Nach all dem Regen der Frühling! So recht mochte niemand an Krieg denken. Albert von Rolls Halberstädter Kürassiere übten für eine friedliche Hochzeitszeremonie bei Hofe. Des Kaisers einziges Töchterlein, die Prinzessin Viktoria Luise, sollte in einigen Wochen den Prinzen Ernst August von Cumberland ehelichen. Mit Mimosensträußchen vergoldeten sie die blinkenden Spitzen ihrer Reiterlanzen.

Frühlingsgefühle auch im Hause Goldfisch. Alle Mitarbeiter und Bewohner der Bank- und Wohnresidenz wirkten fröhlich und beschwingt.

Nur die japanischen Kirschbäume blühten, dem milden Wetter und Sonnenschein zum Trotz, nicht. Dicht an der hohen Granitmauer angepflanzt, standen sie einfach zu sehr im Schatten.

Mit ihrer Rosenschere hatte Ruth erneut einige Zweige abgeknipst und sie in ihrem Zimmer durch Schwarzlichtbestrahlung zum Blühen gebracht.

Seit der unheiligen Pessach-Orgie leuchtete Ruth – wie Zelda, Samuel, Stöcker, Gretchen, Käthe, überhaupt alle, tuschelnd feststellten – »von innen heraus«.

»Ein bisschen verliebt sein, das gönn ich meiner kleinen Dicken!«, beruhigte sich Samuel Herschel Goldfisch und ordnete an, dass zu dem Mittwochnachmittagtee mit Baron Albert von Roll und einigen Offizierskameraden noch zusätzlich einige moralisch gefestigte Damen der Gemeinde geladen würden. Allen voran Rabbiner Tannengrüns Gattin Sarah. Schon in der Vergangenheit hatte sie sich als verlässlicher Prellbock gegen christlich-jüdische Liebeleien oder gar Ehen bewährt.

Offizielle Gastgeberin der »blauen Stunde« durfte Gattin Hannah sein.

Ein angesehener Lungenfacharzt hatte sie untersucht, ihr einige Tropfen und Einreibungen verschrieben, im Übrigen Alkoholismus festgestellt und Bettruhe verordnet.

Hannahs Gouvernante nahm er gleich mit in sein Sanatorium, weil sich in ihrem Auswurf bedenklich viel Blut befand.

»Blaue Stunden« veranstaltete Hannah auch regelmäßig in Davos.

Dazu wurden mindestens vier verschiedene Teesorten aufgebrüht und nach sorgfältigem Umfüllen in bauchige, blaue Teekannen aus zarten, blaugemusterten friesischen Teeschalen getrunken. Deswegen hieß das Teetrinken auch »Blaue Stunde«.

Gereicht wurden englische Gurken-Lachs-Käse-Sandwiches und Kaviar, zartes Gebäck, Sahnebaisers, hausbereitete Konfitüren und Marmeladen. Zum Finale gab es jede Menge Likör aus Rosenblüten, Pfefferminz, Kirschen, Aprikosen und – als immer wieder bestaunter Höhepunkt – Danziger Goldwasser, eine ölige Flüssigkeit, in der Blattgold herumdümpelte.

Um die offizielle Verlobung zu verhindern, befahl Samuel zusätzlich und sicherheitshalber Gretchen in sein Büro, um mit ihr die »Eingreif-Taktik« zu besprechen. Gretchen solle auf der Stelle ihr anziehenderes Äußeres, die besseren Manieren, ihr herausragendes Talent zur Konversation in die Bresche werfen, wenn sie oder Zelda bemerkten, dass mit Ruth die Frühlingsgefühle durchgingen.

Gretchen mochte die Vorsichtsmaßnahmen zwar nicht verstehen, versprach aber immerhin, ihr Bestes zu tun, und zeigte mit der Bemerkung, sie müsse überhaupt nicht in irgendeine Bresche springen, denn Baron von Roll würde am Mittwoch schon Samuels lüsterne Gemahlin Hannah ins Visier nehmen, gehobene Intrigantenqualitäten.

Samuel fand, dass nur der Erhabene wisse, was Ruth an diesem lackierten Idioten mit der geröteten Visage finde. Brillantine schmiere der sich ins Haar und sein Schnurrbart stünde nur durch Bartwichse! Widerlich!

»Es ist die Landwirtschaft, Tate!«, antwortete Gretchen zutreffend.

»Wie kannst du so über deine Schwester reden, Gretchen?!

Glaubst du, Ruth hätte nur Kohlköpfe, Kartoffeln, Zuckerrüben, Ackerbau- und Viehzucht im Kopf? Sie ist eine Goldfisch, wie auch du! Eine Bankerin! Raus!«

Natürlich hatte Samuel Herschel Goldfisch Unrecht.

Albert von Roll erschien in Begleitung dreier Offizierskollegen. Das christlich-männliche zivile Lager musste Kurt Stöcker auf Samuels Anordnung stärken. Das jüdisch-männliche Lager setzte sich zusammen aus dem pickeligen Neffen eines bedeutenden Kantors und zwei arroganten Anfangzwanzigern der jüdischen Lebensmittel- und Kaufhausbranche. Außerdem sollte später noch Karl Kaminski, der Arzt, vorbeikommen.

Angeblich dringliche Geschäfte ersparten Samuel die Anwesenheit. Das ganze Geseire ging ihm gegen den Strich. Tee lehnte er als »untrinkbare Plörre« ohnehin ab.

Käthe übte mit ihrer sozialdemokratischen Jugendgruppe, der »Jungen Internationalen«, revolutionäre Lieder in irgendeinem Hinterhof am Wedding.

Gretchen bereicherte die Teestunde zunächst mit hingebungsvollem Klavierspiel, eckte allerdings bei den Offizieren mit ihrer Musikauswahl an. Ihrem geliebten Debussy warfen sie vor, Franzose zu sein, der »arg syphillistisches, blutloses Zeug« für Musik ausgebe. Als Gretchen, um der Veranstaltung einen gewissen musikalischen Salon-Charakter zu geben, ein paar Capricen von Leo Delibes hinzufügte, war der musikalische Teil dann jäh zu Ende. Leo Delibes war ja auch im welschen, ergo feindlichen, Ausland geboren und auch seine Musik wurde als »abartig süffig« von vielen Gästen patriotisch abgelehnt.

Hannah hatte sich zwischen die jungen Offiziere platzieren lassen. Ruth saß neben Albert. Neben Ruth saß Sarah Tannengrün, des Rabbiners sittenstrenge Ehefrau.

Alle anderen anwesenden Damen und Herren waren nicht von Belang, da sie sich ausschließlich für die Köstlichkeiten vom Servierwagen interessierten, um eine leckere Grundlage für das aufwendige Likörangebot zu schaffen.

Ruth nippte am Tee wie ein Zeisig am Trinkwasser. An der lukullischen Orgie beteiligte sie sich nicht. Ihren nervösen Magen hatte sie zuvor mit einer geraspelten Karotte beruhigt.

Während langer zwei Stunden sprachen Albert und Ruth nicht miteinander und schauten sich auch nicht an. Albert zeigte deutlich, wie sehr sein Charakter gefestigt ist, er wollte ein kleines, dickes Fräulein nicht in Verlegenheit bringen.

Sarah Tannengrün deutete das voreilig als rüde, unhöfliche Abfuhr für Ruth.

Das war ein falscher Eindruck. Im allgemeinen Geschnatter, hysterischen Gekicher Hannahs und gerade als Gretchen einem balzenden jüdischen Kaufhaussohn ein Gedicht von Rilke zitieren wollte, richtete Albert seine dunklen Augen auf Ruth und fragte: »Liebe Ruth, darf ich Ihnen jetzt die Bilder meiner Latifundien zeigen?«

Ohne einen Blick von Ruth zu lassen, griff er nach seiner Ordertasche aus feinem Rindleder und legte sie Ruth auf die Knie.

Albert konnte routiniert einen Glanz in seine dunkelbraunen Augen zaubern, dass sie durch Kerzenschein, flackerndes Kaminfeuer und das rötliche Licht eines späten Frühlingsnachmittages wie Tollkirschen oder glühende Eierbriketts leuchteten.

Ruth schaute ungerührt zurück.

»Lieber Albert, aber nicht hier. Es stört die allgemeine Konversation.«

Sie klemmte sich die Aktentasche unter den Arm und schnellte von ihrem Stuhl hoch. Mit der freien Hand zog sie Albert aus dem Sessel.

»Begleiten Sie mich in meine Räume. Dort erwartet Sie eine Flasche Burgunder!«

Nacheinander waren Sarah Tannengrün, Zelda und Karl Kaminski aufgesprungen, um diese Ungeheuerlichkeit Ruths zu unterbinden. Kurt Stöcker biss vor Schreck zu fest auf ein, nach einem alten galizisch-jüdischen Rezept zubereiteten Nuß-Mandel-Krokant-Pistazien-Strudelstück und ging prompt einer Plombe im hinteren linken Backenzahnbereich verlustig.

Hannah, die ausschließlich mit den drei Offizieren schäkerte, pikste zu heftig mit einer Kuchengabel in ein Sahnebaiser, sodass ein Stück quer durch den Raum flog.

Doch Ruth ließ sich nicht stoppen. Mit freundlichem Nicken, die Aktentasche wie eine Trophäe vor sich hertragend, schlängelte sie sich durch Stühle, Sessel und Sesselchen in Richtung Tür. Gefolgt von Baron Albert, der mehrfach etwas ratlos mit den Schultern zuckte, zackige Diener nach allen Richtungen austeilte, wohl auch die Hacken zusammenschlug, aber fast hündisch folgte.

Dr. Kaminski wollte Ruth den Weg zur Tür versperren, um ihr zuzuflüstern, dass Baron Albert zwar gewiss ein interessanter und weitgehend auch gesunder junger Offizier sei, dass es aber letzte Gewissheit zur absoluten Gesundung nicht gebe.

Ein stahlblauer Blick aus Ruths Augen wies ihn in seine Schranken.

Ruth hatte alles bedacht.

Einzig Zelda hätte sie vielleicht noch aufhalten und ihrem skandalösen Verhalten zumindest noch die Spitze nehmen können. Doch auch der energischen Ex-Amme und verlässlichen Freundin kam Ruth zuvor.

In der Tür wandte sie sich um: »Herr Stöcker, seien Sie doch bitte so lieb und bitten Sie den Herrn Abraham, bei mir im Zimmer zu servieren!«

Ruth war ein sehr kluges, umsichtiges Mädchen.

Kammerdiener Abraham Sowieso musste einerseits Burgunder für Albert und Apfelschorle für Ruth Albertine nachschenken und andererseits als Alibi für Alberts und Ruths moralische Festigkeit dienen.

Dabei war Ruths Zimmer auch noch gut abgedunkelt.

An einer Wand war eine weiße Leinwand befestigt. Auf einem Beistelltisch stand eine Art »Laterna Magica«, mit der man Fotos, Buchseiten oder Zeichnungen vergrößert auf die Leinwand projizieren konnte.

Laterna Magicas waren seit Jahren große Mode. Diese Weiterentwicklung hieß Epidiaskop und diente Ruth zur erbaulichen Betrachtung der Illustrationen ihrer geliebten Bücher aus Landwirtschaft, Viehzucht, Forsten und Gartenbaukunde.

Albert war von Ruth tief beeindruckt und ein bisschen verunsichert.

Brav schob er nach und nach seine kolorierten Fotos von Bleichrode auf die Projektionsplatte. Auf der Leinwand wurden die Fotografien auf 2 x 2 Meter vergrößert. Sie entsprachen ungefähr den Schilderungen Alberts vom Pessach-Abend.

Bei vergrößerter Betrachtung sah das kolorierte Foto des Rollschen Gutshofes doch stark abgewohnt, wenn man es kleinlich betrachtete, sogar äußerst sanierungsbedürftig aus.

Die stimmungsvollen Schnappschüsse der acht Karpfenteiche entsprachen wohl den Schilderungen des Barons, gleichwohl bemerkte Ruth, mit dem aus zahlreichen Fachbüchern erworbenen Kennerblick, den Uferbewuchs mit dichtem Schilfrohr.

Ein sicheres Zeichen dafür, dass mit Karpfenzucht in diesen Teichen gewiss kein Gewinn zu erzielen wäre. Vermutlich wurde kein einziger Karpfen aus dieser Zucht gefangen, weil sich die Tiere immer zur Erntezeit – nämlich wenn die Teiche abgelassen werden – im dichten Schilf eingraben, immer fetter überleben und grässlich ungenießbar werden.

Ruth betrachtete alles ganz genau, machte sich ihre Gedanken, sagte nichts.

Auch Aufnahmen von Scheunen, Scheuern und zufällig ins Bild geratenen Landwirtschaftsgeräten deuteten auf eine bedenkliche wirtschaftliche Schieflage des Rollschen Betriebes hin.

Alberts ganzer Stolz, der sieben Kilometer lange Bückeberg, der aus schierem Kalk bestand und mit dünnem Humus bedeckt war und auf dem angeblich eine höchst ertragreiche Obstplantage betrieben wurde, hielt dem genauen Hinsehen nicht stand.

Die Obstbäume waren seit Jahren nicht mehr beschnitten, vermoost, verwildert. Ertraglos!

Ruth registrierte mit Kennerblick, dass die Obstplantage nur noch für Kaminholz tauge. Sie ließ sich aber nichts anmerken, und Albert schwärmte weiter von seinem Eigentum und der Tüchtigkeit seiner Pachtbauern, die sich in einer Art Leibeigenschaft gänzlich seinen Wünschen unterordnen würden.

Fazit: Die Fotos waren beeindruckend. Die Landschaft idyllisch und schön. Die Wälder riesig. Bleichrode eine verträumte, verschlafene Kleinstadt. Die weltberühmte romanische Kirche Sankt Gero wirklich bedeutend. Dass sie auch als Grabeskirche derer von Roll diente, beeindruckte Ruth Albertine nicht.

Die Fotos der 600 Hektar Magdeburger Börde – leider ohne Bepflanzung mit der finanziell so interessanten Zuckerrübe – waren langweilig, weil die Magdeburger Börde platt wie ein Bügelbrett ist und platte Bügelbretter nicht so interessant sind wie die hügeligen Randlagen am Ostrand des Harzes.

Die Grundlage für eine ertragreiche Landwirtschaft war aber zweifellos vorhanden. Und dem fantasievollen Geplauder und den Angebereien des Barons hatte sie von Anfang an nur halbherzig Glauben geschenkt.

Als Abraham nach Beendigung des Epidiaskop-Vortrages das elektrische Licht wieder anknipste, sagte Baron Albert mit vom Burgunder schwerer Zunge: »Ruthchen, Ruthchen, Sie sehen, wo ich herkomme. Mein Herz ertrinkt ein wenig vor Heimweh. Ich müsste mich viel mehr um mein Anwesen kümmern, aber ich habe meine Pflichten dem Kaiser gegenüber. Zu, zu gerne wär ich jetzt mit Ihnen in meinem friedlichen Bleichrode!«

»Ich auch!«, sagte Ruth mit fester Stimme und legte ihre rechte Hand energisch auf Alberts linkes Knie. Verschreckt-verschämt zog Albert sein Bein weg.

Ruths beherztes Verhalten an jenem Nachmittag löste eine Klatsch-, Tratsch-, Gerüchtelawine in der Berliner Gesellschaft aus. Angeblich greife Goldfisch nach einem Adelskrönchen und benutze seine Tochter Ruth als Marionette, hieß es, und angeblich würden durch diese Verbindung gewaltige Summen der Rüstungsindustrie durch die Kassen des Privatbankhauses Goldfisch geschleust. Es gab sogar das Gerücht, Ruth sei seit diesem Mittwoch schwanger. Den geschickten Schachzug mit Kammerdiener Abraham Sowieso glaubte niemand.

War der Kammerdiener wirklich die ganze Zeit im schwarz abgedunkelten Raum? Waren die Fotos nicht in Wahrheit pornografische Aufnahmen, mit denen sich Albert stimulierte, um weiß der Himmel was mit der unattraktiven Ruth Goldfisch anzustellen?

Samuel wurde fuchsteufelswild. Es ging um den guten Ruf der Bank. Er hielt Ruths Verhalten für geschäftsschädigend. Eine ganze Woche lang glaubte er, dass auf Grund der ungeheuerlichen Vorkommnisse im dunklen japanischen Zimmer seine geschäftlichen Kontakte zum Hofe, respektive zur Kriegswirtschaft, ein Ende fänden.

Falsch! Am Mittwoch drauf erschien ein sehr geheimer Staatssekretär der Finanzen in Begleitung von Bredow und Albert von Roll zur nächsten Blauen Stunde.

Diesmal nahm Samuel doch teil und trank die verhasste Plörre. Auch Onkel Max Kellermann interessierte sich plötzlich für die Tee-Session und malte einen ganzen Nachmittag lang nicht.

Steinruhig, aber tückisch neugierig, rauschte die bedeutende Schauspielerin Tina Lavoisier herein und begehrte zunächst einmal, dem Hausherrn im Privatbüro den Kopf zurechtzustutzen. Dann wollte sie unbedingt den zweiten Teil des amoralischen Fegefeuer-Dramas im seriösen Bankhaus Goldfisch miterleben.

»Sami Herschel – Herschelchen! Deine Tochter Ruth wird dich sehr viel Geld kosten, denn sie will diesen Pleitier heiraten! Vorehelicher Schweinkram ist bei Ruthchen nicht drin.«

Bei dieser zweiten Einladung zum Tee verhielt Albert sich neutral, und Ruth ebenso. Sie saßen zwar nebeneinander, waren aber nur höflich. Sie reichten einander Kandiszucker, Sahne oder was man sich sonst reicht, wenn man Tee trinkt. Das »heiße« Pärchen liebte sich enttäuschend langweilig. Die Teegäste kamen nicht auf ihre Kosten.

Nein, das war noch keine christlich-jüdische Mesalliance. Bestenfalls ein langweiliges Austauschen von Höflichkeiten. Doch zum Abschied führte Albert von Roll Ruths Hand erneut an seine Lippen (zur Hand des Fräuleins konnte er sich wegen seines Uniformkorsetts nicht beugen) und säuselte »Adieu, mein Liebes. Ich sähe Sie gerne recht bald wieder, wenn Sie mögen, mein Liebes!«

Nun überlief Ruth endlich mal ein Schauer. Ihr erster gewaltiger Liebesschauer, wie sie später gerne – in verschiedenen Varianten – zu erzählen beliebte.

Schräg von unten schaute Ruth den Albert an.

»Mein Liebes? Haben Sie ›mein Liebes‹ zu mir gesagt?«

Albert nickte. »Sagen Sie bitte wenigstens ›du‹ zu mir!«, bat er.

»Ja, das werde ich gerne zu Ihnen sagen!«, hauchte Ruth.

Albert zauberte sein Tollkirschenfeuer in die Augen, führte Ruths Rechte erneut an seine Lippen und hielt sie dort fest.

Wenn er es noch nicht geahnt hätte – mit dem nächsten Satz war es endgültig um ihn geschehen.

»Du, Albert, sagen Sie, sind wir jetzt verlobt?«

»Aber nur heimlich, ja, liebe Ruth. Ich muss mit deinem Vater sprechen. Es wird Hindernisse und Schwierigkeiten geben. Dein Vater muss mich wollen und seinen Segen geben. Und meine vorgesetzten Dienststellen, bis rauf zu Seiner Majestät, unserem allergnädigsten Kaiser, die Genehmigung! Du bist sehr bürgerlich ...«

Nun zauberte Ruth gewaltiges Selbstbewusstsein in ihre hellblauen Augen.

»Aber seit Vater Abraham immer rein jüdisch, lieber Albert. Das ist auch ein Adel. Der Adel meines Blutes.«

Beim Abschied am Villenportal legte Ruth beide Hände auf Alberts Unterarme und himmelte ihn an. Sie hatte keine Augen mehr für die anderen Gäste, die sich auch von ihr verabschieden wollten.

»Sie kommt mir vor wie eine Hostie bei einer katholischen Kommunion –, die Hostie wird auch weggeputzt!«, giftete der Malerfürst.

Für den Rest dieses Mittwochs ließ Samuel Herschel Goldfisch in seinem Haus die Türen knallen.

Schon als Baron Albert, höflich-zackig, nach der Verabschiedung am Villenportal zurückkehrte und um eine Unterredung mit dem Hausherrn bat, donnerte der ihm die Tür vor der Nase zu. Und als Zelda vermeldete, bei der Hausherrin Hannah sei wegen der Aufregung ein Blutsturz zu befürchten, knurrte er nur, dabei werde es sich vermutlich um Rotwein handeln und diese »angemalte Kranke« möge doch schleunigst wieder ins Gebirge steigen!

Dann ließ er sich von Abraham Sowieso in seinen Staubmantel helfen, setzte sich eine Lederkappe auf den Kopf, zog Lederhandschuhe mit gewaltigen Stulpen über, setzte sich hinter das Steuer seines Mercedes-Simplex und fuhr in seinen Stammpuff.

Dass er dort die Gemeinheiten der Berliner Hautevolee vergessen wollte, wurde Ruth in der Nacht von Mittwoch auf Donnerstag gegen halb drei klar.

Da betrat Samuel volltrunken das japanische Schlafgemach seiner Tochter. Verärgert musste er feststellen, dass Ruth noch gar nicht schlief. Sie lag in ihrem Bett und las eifrig in einem Buch über die Veredelung von Strauch- und Niederholzgewächsen. Mit Bleistift machte sie sich gerade auf kleinen gelben Kärtchen Notizen, als ihr Vater das Zimmer stürmte. Er roch nach Alkohol, Tabak und aufdringlich nach einem Duft, den Ruth ihm sogleich zum Vorwurf machte:

»Tate, du riechst nach Nutten-Petroleum. Tosca! Widerlich!«

Samuel schnupperte an sich herum und war besoffen-verdattert.

»Nutten-Petroleum? Ruthilein, was sind denn das für Ausdrücke?«

Er roch weiter an sich. Dann zog er seinen Smoking und seine Weste aus, öffnete ein Fenster, warf beide Kleidungsstücke – scheinbar angewidert – in den Park und setzte sich auf den Bettrand.

Als er den Titel des Buches studierte, schüttelte er sanft den Kopf.

Dann umschlang er mit beiden Armen Ruths Hals und zog sie an seine gestärkte Hemdbrust.

»Du wirst diesen Schmock nicht heiraten, Ruthilein. Nicht für alles Geld dieser Welt.«

Samuel streichelte Ruths runde Schultern und spielte dann verlegen mit den Fingern ihrer linken Hand.

»Ein bisschen kosten wird's schon, Tate. Ich werd ihn heiraten. Er will mich übrigens auch.«

»Das Vermögen deiner Mutter selig wird nicht ausreichen, um diesen Schlemihl zu bezahlen!«

»Mit einem Teil deines Vermögens lässt es sich machen, Tate!«

Samuel ergriff Ruths rechte Hand und schüttelte sie heftig.

»Er will dich gar nicht heiraten. Glaub mir!«

»Falsch, Tate! Ich will hier weg. Berlin ist mir zu gemein! Ich habe den Traum unserer Vorfahren, bis hin zu Abraham! In ungefähr vierzig Tagen feiern wir Schawuot! Na, Tate, was wird dann in der Synagoge gelesen?«

Samuel legte Ruths Rechte sanft auf die Bettdecke zurück, knetete zunächst seine Hände ineinander und zwirbelte dann mit allen zehn Fingern in seinem Bart und seinen Haaren herum – ein Zeichen tiefsten Nachdenkens über die vielfältigen Überlieferungen talmudischer Weisheit.

Mit tonloser Stimme beantwortete er Ruths Frage: »Am Schawuot wird traditionell das ›Buch Ruth‹ gelesen. Ruth, du bist ein Aas!«

In jener Nacht hat Samuel vermutlich schon gewusst, dass

er gegen Ruths Traum von der Landwirtschaft, der nur über eine Eheschließung zu verwirklichen wäre, nichts mehr ausrichten könnte, denn das »Buch Ruth« ist die Geschichte über eine Bäuerin zu Zeiten des Alten Testamentes. Es ist die Geschichte einer jungen Frau, die aus der Fremde kam, aus Moab, die eine Ungläubige war und von den Israeliten freundlich aufgenommen wurde, ja eine Heimat und einen Mann fand und so die Ahnherrin Davids wurde.

»Schicksal! Du hast mich doch Ruth genannt«, sagte seine Tochter.

Samuel verließ das Zimmer.

In der »Vossischen Zeitung«, in der Rubrik »Gesellschaft« wies eine knappe Notiz auf die mögliche Verlobung des Hauptmanns im Generalstab, des Halberstädter Kürassiers Albert von Roll, mit einer wohlhabenden jungen Berlinerin hin.

Eine nichtssagende und ziemlich dümmliche Meldung. Denn ein Gesellschaftslöwe war der Baron nicht. Dafür war er zu arm und konnte sich nur parasitär am Gesellschaftsleben beteiligen. Das Weglassen von Ruths Namen und Herkunft deutete auf einen Informanten hin, der Unruhe stiften und diese Verlobung torpedieren wollte. Im Klartext hieß das: »Ein reichlich unbekannter Generalstäbler will eine nicht genannte, reiche und sehr bekannte Berlinerin heiraten.«

Offensichtlich wollte der Informant der »Vossischen Zeitung« die Aufmerksamkeit auf diesen Hauptmann lenken, um ihn in seiner ganzen Armseligkeit bloßzustellen.

Der Informant war Samuel Herschel Goldfisch, sein Plan durchtrieben.

Von sozialdemokratischen Zuträgern hatte Goldfisch auf Umwegen erfahren, dass der Baron von Roll – auch in den letzten Tagen nach der zweiten »Blauen Teestunde« – immer häufiger hübschen, armen Arbeitertöchtern nachgestiegen war, wohl in der Überzeugung, die seien billig zu haben, weil durch sein ansprechendes Äußeres zu blenden.

Die Lavoisier hatte schon Recht: Im amourösen Tingeltangel der Gesellschaft und im anspruchsvollen weiblichen Künstlervölkchen konnte er sich nicht mehr umtun, weil er äußerlich zwar noch immer am Ziersäbel festhielt, aber finanziell, an Krücken humpelnd, seinen zahlreichen Gläubigern entfliehen wollte.

Das sagte er Ruth natürlich nicht. Noch nicht.

Er konnte ja nicht wissen, dass Ruth die gleichen Informationen von Zelda hatte.

So kam es zum »Verlobungskrieg« im Hause Goldfisch.

Zelda hatte unterdessen begriffen, dass ihre Ruth den Baron von Roll auch um seiner selbst willen liebte und nicht nur wegen seiner verrotteten, überschuldeten Landwirtschaft. Allerdings wollte Ruth auch ihren Lebenstraum verwirklichen. Das sah Zelda ein und unterstützte sie. Sie kannte ihren Augenstern Ruth gut genug, um zu wissen, dass sie, wenn sie erst einmal einen Plan gefasst hatte, ohnehin nicht mehr in eine andere Richtung zu leiten wäre. Dazu kam, dass Ruth den Spruch, den sie bei ihrer Bat Mizwa bekommen hatte, dem Ritual, mit dem Mädchen in die Gemeinschaft aufgenommen werden, wirklich zum Leitspruch ihres Lebens gemacht hatte. Es war ein Satz aus dem Psalm 128: »Dein Weib ist wie ein fruchtbarer Weinstock im Rückgemach deines Hauses. Deine Kinder wie Ölbaumreiser rings um deinen Tisch: Da! Denn so wird gesegnet, der Mann, der IHN fürchtet.«

Die geheime Verlobung musste also öffentlich gemacht werden.

An mehreren Nachmittagen hintereinander fuhren Ruth, Albert von Roll und Zelda in einer offenen Pferdekutsche die Prachtboulevards rauf und runter.

Und dann glitten Samuel die Fäden wirklich aus der Hand.

Als er Gretchen seine Loge in der Oper anbot, weil er Opern an sich langweilig und »irgendwie meschugge« fand und Wagner für ihn das Schlimmste war – »Fürchterlich laute Musik! Völlig unwirtschaftlich: Hundertzwanzig Musiker spielen gegen ein paar dicke Weiber an, die Hojotoho! Heiaha, Brünnhilde! Hei! brüllen!« –, machte er einen taktischen Fehler.

Gretchen musste nämlich die Karten wollen, denn Ruth brauchte sie dringend. Für Zelda, als Anstandsdame, für Gretchen, um sich musikalisch zu ergötzen, für sich und vor allen Dingen für Baron Albert, der ein Opernnarr war, aber auf den teuren Kunstgenuss seit langer Zeit verzichten musste.

Zwar durchschaute Samuel Ruths durchtriebenen Plan, verband aber ihre Klugheit sofort mit eigenen Interessen. Die Tochter sollte Kurt Stöcker mitnehmen, der demnächst zehnjähriges Bankjubiläum feierte und als Erstes mit einem Opernbesuch belohnt werden sollte. Die Hartnäckigkeit von Ruth wurde wieder einmal nicht ernst genommen.

Am Morgen vor dem Opernbesuch hatte Hauptmann von Roll dienstfrei. Telefonisch bat er Goldfisch um eine Unterredung im Kontor der Bank.

Auf eine »Unterredung im Kontor« legte er nachdrücklich Wert.

Ein sicherer Hinweis für Samuel, dass diese Besprechung zunächst geschäftlichen und dann erst privaten Charakter haben würde. Tagelang hatte er schon mit Alberts Ersuchen um ein Vier-Augen-Gespräch gerechnet. Er wurde vorgelassen.

Ein Stockwerk höher hingen Zelda und Ruth an der geöffneten Klappe eines Kachelofens, direkt über Samuels Büro.

»Herr Goldfisch, ich möchte Sie ohne weitere Vorrede unumwunden und inständig um ein Darlehen bitten. Als Sicherheit biete ich Ihnen eine Briefschuld auf einen Teil meines Anwesens in Bleichrode. Meine Lage ist verzweifelt, und ich getraue mich nicht mehr, Ruth unter die Augen zu treten.«

Sehr ruhig und liebenswürdig, keineswegs herablassend, wie erwartet, hatte Albert den Stier Samuel bei den Hörnern gefasst.

Das machte Eindruck auf Samuel, und er lehnte sich, um Zeit zu gewinnen, in seinem mächtigen Bürosessel zurück. Umständlich zündete er sich die erkaltete Zigarre aus Kuba erneut an.

Dann schob er das Kästchen mit den Zigarren über den Schreibtisch und bedeutete Albert, der in diskreter Ausgangsuniform vor ihm bolzengerade auf einem Besucherstuhl saß, sich zu bedienen.

»Vielen Dank, Herr Goldfisch. Ihre Zigarren sind ausnehmend gut. Ich möchte mir auch gerne eine anzünden, aber ich möchte mich nicht an einen Genuss gewöhnen, den ich mir nur dank Ihrer Großzügigkeit leisten kann, genau wie den Opernbesuch heute Abend.«

In Samuels Hirn jagten Gedanken und Überlegungen, überholte Mutmaßungen, wurden Vorurteile niedergeschmettert – kurzum: Es herrschte Chaos in seinen Gedankengängen.

Mit sanfter, leiser Stimme sagte er: »Baron von Roll, Sie sehen meine Tochter fast täglich. Gegen meinen Willen. Aber Sie sehen sie.«

»Bei allem schuldigen Respekt: Ich kann Ruth nicht entkommen. Sie sucht meine Gesellschaft. Ich weiß, das ist nicht schicklich, aber ich genieße es, umworben zu sein.«

Was für ein Lahm-Arsch, dachte Samuel, sagte aber: »Tja, mein Lieber, Ihren natürlichen Trieben folgen Sie in Ihrer freien Zeit im vierten Stand unserer Gesellschaft, nicht wahr?«

Albert nickte. Mit entwaffnender Ehrlichkeit beichtete er: »Mehr oder weniger, Herr Goldfisch. Was soll ich machen? Das ist Usance bei all meinen Kameraden. Wie stehe ich da, wenn ich mich dem kollektiven Druck Potsdams nicht anpasse?«

»Aber Sie lieben meine Tochter Ruth?«

Samuel befürchtete, sich selber eingestehen zu müssen, dass ihm Alberts Offenheit zu imponieren begann. Dieser Eindruck verfestigte sich noch durch Alberts Antwort: »Nein, ich liebe Ruth nicht. Liebe, Herr Bankier Goldfisch, ist sowohl unter Ihrem, als auch unter meinem Stand. Nein, Liebe ist es nicht. Die ergibt sich vielleicht einmal. Später, in einer Ehe. Liebe, Herr Goldfisch, ist nur etwas für arme Leute. Ich bin ein armer Offizier mit einem armseligen Gut in Bleichrode und habe keine Verwandten. Meine Eltern sind gestorben, Geschwister habe ich nicht. Ja, ich bin arm genug, um zu lieben, aber Ihr Stand, Herr Goldfisch, und mein Rang erlauben die Liebe nicht. Ich habe einen sehr ernsten Grund, Sie um ein Darlehen zu bitten.«

Zelda und Ruth hatten am Kachelofen alles mitangehört. Zelda zerfloss in Tränen. Alles, was Albert ruhig, in seinem melodiösen anhaltinischen Dialekt dem Hausherrn gesagt hatte, rührte sie zu einer wahren Sintflut.

»Ach, Ruthilein, man möchte fast vergessen, dass er nur ein Goij ist und ein Schmock dazu.«

Ruth betupfte die Nase mit einem Spitzentuch: »Auch wenn er ein Angeber ist, Zelda, ein Aufschneider, wie alle jungen Offiziere, habe ich immer gespürt: Er ist ein aufrichtiger Mensch. Was er braucht, ist eine Bäuerin! Mich!«

Ruth weinte nicht richtig.

Gerührt tätschelte Zelda Ruth die Wangen, die Hände, die Schultern, die Hüften und den runden Popo.

Albert von Roll erhob sich vom Besucherstuhl und nahm vor Goldfisch Haltung an. Als müsse er militärische Meldung machen, sagte er: »Seine Majestät hat mir die Ehre erwiesen, mich zum Hauptmann der Ehrenkürassiere Seiner Allergnädigsten Tochter Viktoria-Luise anlässlich ihrer Hochzeit mit dem Prinzen von Cumberland zu bestellen.«

»Donnerwetter! Glückwunsch«, sagte Samuel respektvoll.

»Das bedeutet aber, Herr Goldfisch, Gardeuniform, voller Wichs, Stulpenstiefel, Kürasse. Und natürlich der große Paradesäbel.«

Samuel legte ein leichtes Bedauern in seine Stimme, schließlich sollte die Hochzeit im Juli gefeiert werden, in der größten Hitze: »Da werden Sie und Ihre Kameraden ganz schön schwitzen: Metallpanzer vor der Brust. Die hohen Stulpenstiefel und noch hoch zu Roß und dann noch diese Metallmützen auf dem Kopf! Oij, oij, oij. Aber verzeihen Sie, Baron, Sie erwarten eine Antwort Ihren Darlehenswunsch betreffend. Ganz ehrlich, lieber Baron, haben Sie überhaupt noch Besitz, den Sie verpfänden können? Erstrangig im Kataster verpfänden können? Mir reicht eine Briefschuld nicht! Meine Antwort lautet: Nein!«

Traurig schüttelte Albert den Kopf.

»Es geht um mein Leben. Ich habe den Paradesäbel meines Onkels, des Generalfeldmarschalls von Roll, verpfändet. Bei dem Pfandleiher Heinlein, für dreitausend Mark. Und selbstverständlich erwartet die Garnison, dass ich Ihrer Durchlauchtigsten Prinzessin mit dem traditionsreichen Säbel meines Vorfahren Schutz und Trutz anbiete. Streng genommen ist dieser Säbel Staatseigentum, öffentlicher Besitz!«

Samuel fiel vor Schreck die Zigarre aus dem Mund. Er polterte los: »Baron, Baron! Ich bin empört! Sie haben den Paradesäbel dieses hochverdienten Generalfeldmarschalls einem christlichen Schmock, diesem Pfandleiher Heinlein, für lumpige dreitausend Mark in den Rachen geworfen? Bei meinen Leuten hätten Sie das Vierfache geschachert! Aber das wäre genauso schlecht. Und jetzt glauben Sie wohl, Sie müssen sich erschießen! Das können Sie Ruth nicht antun, und nicht nur Ruth nicht, auch nicht der Zukunft unseres Volkes, das immer mehr eingeschnürt und bedrängt wird von seinen Feinden – England, Russland, Frankreich und Japan! Roll, seien Sie ehrlich. Betrachten wir die Situation realistisch. Das Deutsche Reich wäre längst abgewürgt, wenn wir nicht, mit vereinten Kräften und unter großen Opfern zu Wasser, zu Lande und neuerdings auch in der Luft, erstarkt wären. Nein, Sie dürfen sich nicht erschießen! Miese dreitausend Mark! Oij, oij, oij!«

Auf seinem Schreibtisch stand eine große Messingglocke, die auf einem Kanonenbötchen Seiner Majestät Binnenschifffahrt vor Jahren Dienst getan hatte und Goldfisch ehrenhalber zu eigenem Nutzen leihweise zur Verfügung gestellt worden war. Er läutete diese Glocke sehr laut.

Stöcker kam sogleich ins Büro.

Mit einem höflich hingemurmelten »Verzeihen Sie, Baron…« zog Samuel seinen Angestellten in eine Ecke des Raumes, dorthin, wo der Kachelofen stand, wies ihn an, diskret von der Kasse zehntausend Mark zu holen und darüber hinaus noch einen Kreditbrief zu Gunsten des Barons und zu Lasten der Bank auszustellen.

Stöckers Augen wurden immer größer. Er glaubte, aus Samuels hastig geflüsterten Anweisungen feuerspeienden Patriotismus herauszuhören. Jedenfalls, Samuel Herschel Goldfischs Atem war ganz heiß.

Immer wieder nickte Stöcker und sagte »Ja«, nochmals »Ja« und immer wieder »Ja« und rannte aus dem Büro.

Samuel stellte sich nun seinerseits militärisch in Positur, strich seinen Backenbart glatt und ging mit ausgestreckter Hand auf den Baron zu: »Von Roll, betrachten Sie diese Angelegenheit als erledigt. Gleichwohl bitte ich Sie, meine Tochter Ruth nicht zu heiraten. Seien Sie ein Mann, ein Offizier! Bleiben Sie nobel und kühl bei ihren Avancen. Dann lässt Ruth vielleicht von Ihnen ab.«

Einerseits fiel Albert ein Stein vom Herzen, andererseits glaubte er, sich verteidigen zu müssen: »Sie will meine Bäuerin werden – nicht meine Baronin.«

Goldfisch schenkte zwei große, bauchige Gläser mit Cognac voll, reichte eines dem Hauptmann und bat ihn, in einem der Lederfauteuils Platz zu nehmen.

Er seufzte und sagte: »Im Buche Ruth steht geschrieben, dass sie sich, um den Großgrundbesitzer Boas zu ehelichen, schminkte und herausputzte und eine Woche um ihn warb, obwohl er sie nicht beachtete. Baron, kennen Sie das Alte Testament?«

»Mäßig«, war die Antwort.

»Sehen Sie, Baron, und deswegen sind Sie mir als Schwiegersohn, unter anderem, auch nicht willkommen. Im Übrigen auch zu teuer.«

Zack – sprang Albert aus dem Fauteuil hoch, nahm erneut Haltung an, schlug die Hacken zusammen und versprach, sich schicklich zu verhalten.

Samuel nickte befriedigt und sagte leise, dass es außer »schicklich« noch besser wäre, zwischen den Baron und Ruth eine räumliche Distanz zu legen.

»Ich möchte Ruth nicht vor den Kopf stoßen, Herr Goldfisch. Egal, welche Distanz zwischen uns läge – sie würde sie überwinden.«

Samuel wiegte den Kopf nachdenklich hin und her. Das Chaos in seinen Gedanken hatte sich geklärt.

»Daran werd ich arbeiten, lieber Albert, an der Distanz ... irgendwie ... nach dem Opernbesuch!« Er drehte sich um.

Stöcker hatte unterdessen den Raum betreten und blies die Tinte eines Kreditbriefes trocken, bevor er ihn auf den Schreibtisch legte. Daneben platzierte er ein kleines Päckchen – Geldscheine –, in Pergament gewickelt und versiegelt.

Opernabend: »Walküre«!

Geschlagene fünf Stunden wuselten seltsame Menschen, die Götter, merkwürdige Zwillinge, Walküren spielten und sangen und zumeist von fragwürdigem Charakter waren, über die Bühne. Dazu noch die laute Musik! Aber Zelda war hingerissen, und Stöcker dirigierte, in der zweiten Reihe der Loge sitzend, heimlich mit.

An der Logenbrüstung saßen, wie auf einem Präsentierteller für das hochverehrte Berliner Opernpublikum, Ruth und Albert.

Ruth zerknetete mit beiden Fäusten ein Taschentuch, musste immer schon lang vor den Pausen zur Toilette und empfand den Opernabend als einen Akt der Freiheitsberaubung.

Es war ihr zweiter Opernbesuch. Als kleines Mädchen hatte sie zur Weihnachtszeit einmal »Hänsel und Gretel« von Engelbert Humperdinck gesehen und da hatten ihr die Brutalität gegen die beiden Kinder wie auch der Feuertod der Hexe nicht gefallen.

So schwieg sie in der ersten und zweiten Pause störrisch, hakte sich aber immer demonstrativ bei Albert ein. Albert spendierte für alle Sekt. Diese Großzügigkeit konnte er sich, dank Samuels hochherziger Geldzuwendung, leisten.

Ruth trank nichts. Apfelschorle war nicht im Angebot des Buffets.

Immerhin erfüllte der Opernbesuch den Zweck, dass die Verbindung Albert–Ruth noch offizieller wurde.

Auf der Heimfahrt in die Viktoriastraße wurde Alberts ängstliche Ahnung zur Gewissheit: Ruth hatte einen äußerst eigensinnigen Kopf und hielt mit ihrer Meinung nicht hinterm Berg. Auf Alberts vorsichtige Frage, wie ihr denn Wagners »Walküre« gefallen habe, antwortete sie – gänzlich unbeeindruckt von dem gewaltigen Bühnenspektakel:

»Zügellose Brunst, lieber Albert! Sittenloses Geschrei, und noch so lang. Wagner ist Freiheitsberaubung! Und unmoralisch!«

Albert sagte dazu lieber nichts.

Samuel regte sein Denkvermögen in den nächsten Tagen durch üppigeren Genuss von Cognac an. Dann hatte er einen Plan, um zwischen Albert und seiner Ruth Distanz zu legen.

Telefonisch fragte er vorsichtig bei von Bredow an, ob dieser nicht eine Möglichkeit sehe, dem zur Beförderung anstehenden Hauptmann von Roll die Ehre zuteil werden zu lassen, ihn von seiner Parade-Kürassier-Hauptmannsposition in Potsdam zum Standortkommandeur einer Garnison – möglichst im Anhaltinischen – wegzubefördern.

Von Bredow versprach, darüber nachzudenken, sofern Samuel sich bereit erkläre, seinen finanziellen Einfluss auf ein hessisches Messing- und Kupferröhren-Werk zu nutzen, um kulantere Preise für die Munitionsfabriken im Siegerland und um Berlin herum zu senken.

Kurz vor Beginn des vierten Sabbats nach Pessach klingelte im Kontor das Telefon, und Samuel konnte gerade noch den Hörer aufnehmen, ohne die Gesetze zu verletzen.

Von Bredow berichtete, dass in der Harzer-Käse-Stadt Aschersleben, einer Stadt zwischen Quedlinburg und Halberstadt, die Position des Divisionskommandeurs plötzlich frei geworden sei, weil der alte Kommandeur freiwillig bei einem Jagdunfall das Leben verloren habe, wegen zu arger Schulden sozusagen.

Von Bredow fügte noch hinzu, 50 000 Mark in Gold würde die Angelegenheit mit der Garnison kosten.

Samuel brauste auf: »Aschersleben soll so teuer sein?«

Da er aber eine kaiserliche Genehmigung dieser grässlichen Ehe befürchten musste, war Aschersleben die beste Lösung und der Preisnachlass für Kupfer- und Messingröhren abgemacht.

Außerdem konnte Samuel nicht mehr weiter mauscheln und feilschen. Die große Standuhr in seinem Büro schlug die erste halbe Stunde nach 16 Uhr und bei Samuel ruhten die Geschäfte, wie es das Gesetz Moses befahl.

Für das Sabbatmahl sollte es »Gefilte Fisch« geben: Karpfen, ausgehöhlt und gefüllt mit einer Paste aus durchgedrehtem Hecht.

Davor unterrichtete Samuel Ruth von Alberts »Entscheidung«, möglicherweise Divisionskommandeur in Aschersleben zu werden und somit in seine Heimat als hochrangiger Offizier zurückzukehren.

»Das, Tate, hätte er mir gesagt. Albert ist ein aufrechter Mensch. Du steckst dahinter! Es ist eine Todsünde, an Sabbat zu lügen.«

Neben dem Rabbiner und seiner Frau nahmen auch Paul Kasser sowie einige Brüder und Cousins verstorbener Ex-Ehefrauen Samuels sowie zwei Neffen des Hausherrn an dem Essen teil. Bis auf Ruth und Zelda versammelte sich eine fromme Männergemeinschaft um die Tafel.

Rabbiner Tannengrün las aus der Thora und ging dann auf das Erste Buch Moses, I, Vers 28 ein. Mit dem Satz: »Seid fruchtbar und vermehret Euch und füllet die Erde«, werde begründet, dass die Eheschließung ein Ausdruck der Verwirklichung einer göttlichen Absicht sei, sagte er, und die Erfüllung dieses Gebotes das Wichtigste überhaupt. Allerdings unter der Voraussetzung, dass die Frau Gemahlin und der Herr Gemahl auch beide dem Gesetz Moses verpflichtet seien – mithin Juden! Alles andere sei Anlass zur Trauer.

Dann betete er noch den Kiddusch, und Samuel gab den Dienern Zeichen, den Gefilten Fisch zu servieren.

»Nach Wochen der Völlerei, in unsicheren Zeiten, Tate, ist Sparsamkeit eine Tugend, die dem Allmächtigen gefällt!«, sagte Ruth und ihr ausdrucksloses, beherrschtes Gesicht, ihre blitzenden blauen Augen wurden von Samuel und Zelda richtig als Kampfeslust, als Angriff gedeutet.

Und dann wurde eine kulinarische, magenverstimmende Scheußlichkeit aufgetischt, eine Variante des »Gehakelten Herings«, in einer Variation, die von den Speisegesetzen des Sabbats nicht unbedingt abgedeckt war. Es handelte sich um ein Arme-Leute-Sabbat-Essen, das hochgradig unbekömmlich ist, und wenn man zu viel davon isst, üble Folgen in der Rachen- und Darmperistaltik hervorruft. Noch tagelang nach Verbüßung so einer Mahlzeit riecht man nach Knoblauch, Zwiebeln, Anchovis, Pfahlmuscheln und Hering.

Ruth wollte ihren Vater vor seinen Freunden und Verwandten in stinkende Schranken weisen.

Das gelang ihr.

Tannengrün begriff, dass Ruths Trauermahlzeit ein seiner Mahnung vor einer Mischehe vorauseilender Gegenschlag war. Seine Sarah wusste spätestens damals, dass Ruth unbeirrt ihren Weg in die Ehe mit Baron Albert beschreiten würde.

In den sieben Wochen zwischen Pessach und Schawuot sind Hochzeiten verboten, weil diese Zeit aus alter Überlieferung auch als Trauerzeit gilt: Der berühmte Führer des Aufstands gegen die römische Besatzungsmacht, Bar Kochba, hatte genau zwischen Pessach und Schawuot im Jahre 135 eine furchtbare Niederlage erlitten.

In dieser Zeit bestand also, was die Eheschließung betraf, keine Gefahr. Dennoch tobte der »Verlobungskrieg« weiter.

Im Gegenschlag auf Ruths »Gehakelten Hering« ließ Samuel, von Waldemar Tannengrün dazu angestachelt, alle Spiegel im Hause mit Tüchern verhängen – Zeichen der Trauer.

Die meisten Kunden der Bank kannten diese Sitte und kondolierten Goldfisch entweder zum Verlust seiner dritten Ehefrau (die lag schmollend und hysterisch dummes Zeug redend sowie betrunken, aber abreisebereit in ihrem Schlafzimmer) oder fragten teilnahmsvoll, ob Käthe, das jüngste Töchterchen, bei Straßenkämpfen in irgendwelchen Arbeitervierteln zu Schaden gekommen sei.

Eine Woche lang legte Samuel eine »Schiwa«, eine Trauerzeit, ein, während der er von seinen jüdischen Mitarbeitern das Kaddisch-Gebet beten ließ. Alle, die die Bank betraten, hörten es und sahen den Bankherrn unrasiert und unfrisiert, ohne Lederschuhe und in weißer Trauerkleidung.

Samuel wollte für eine Woche der Welt demonstrieren, dass Ruth für ihn in gewisser Weise schon tot sei, da sie Verrat am eigenen Erbe begehen würde, wenn sie den Christen, den Goij, wirklich heiratete.

Diese Menkenkes zwischen Vater und Tochter waren übertrieben, dumm und Ursache ätzenden Spottes bei Onkel Max und vielen anderen Freunden des Hauses – wie Tina Lavoisier.

Die Schauspielerin arrangierte ein »zufälliges« Treffen im »Café Apollo« mit Baron Albert, der sich während der »Schiwa« natürlich nicht in die Goldfisch-Villa traute, und führte mit ihm ein folgenreiches Gespräch.

Bevor Ruth, so machte sie Albert klar, ihn ohnehin heirate, müsse er, um in Potsdam sein Gesicht zu wahren, die Ehe vorantreiben und die Sache mit Aschersleben und einer Kommandantur schleunigst vergessen. Das käme einer Rufschädigung nahe, mache ihn gesellschaftlich und militärisch für alle Zukunft unmöglich und letztlich auch nicht schuldenfrei!

Albert reichte, eine Woche vor Schawuot, bei seinen vorgesetzten Dienststellen ein Gesuch ein, in dem er um die Genehmigung einer Eheschließung mit Ruth Albertine Goldfisch, Tochter des Privat-Bankiers Samuel Herschel Goldfisch, bat.

Gemeinhin dauerte die Bearbeitung solcher Gesuche einige Wochen, wenn nicht gar Monate, und sie wurden zumeist abschlägig beschieden.

In diesem Falle wurde flink reagiert: Innerhalb von drei Tagen erhielt Albert von seinem unmittelbaren Vorgesetzten die vom Kaiser persönlich abgesegnete Genehmigung zur Hochzeit. Verbunden mit einigen milden Empfehlungen, wie: Eheschließung in der protestantischen Garnisonskirche, christliche Haushaltsführung im Geiste des deutschen protestantischen Landadels, Sparsamkeit, Fleiß und die Erziehung der – hoffentlich zahlreich – zu erwartenden Söhne im Geiste preußischen Pflichtbewusstseins. Diese Empfehlungen waren von Albert natürlich als »Anordnung« zu empfinden.

Die Trauung in der Garnisonskirche war ein heikles Thema. Ob da Ruth noch mitspielte?

Am gleichen Tag überreichte ein junger Fähnrich Samuel Herschel Goldfisch ein Billett seiner Allerhöchsten Majestät Kaiser Wilhelm II.

Seine Majestät schrieb, dass es ihm nach vielfältigen Überlegungen und Abwägungen um das Glück seiner Untertanen Ruth Albertine Goldfisch und seines allernächsten Leibkürassiers, des untadeligen derzeitigen Hauptmanns und zukünftigen Oberleutnants Albert von Roll, dem Träger eines großen Namens, gehe – dass er also kurzum diesem Glück nicht im Wege stehen möchte und dass er allergnädigst seinem Untertanen Samuel Goldfisch gestatte, seine Tochter mit dem Angehörigen des Allerhöchsten Militärs zu vermählen. Abschließend beglückwünschte Seine Majestät den Bürger Goldfisch noch zum gesellschaftlichen Aufstieg, der mit dieser Erlaubnis zur Eheschließung einhergehe.

Das Billett hatte nicht irgendein Sekretär von Wilhelm geschrieben; nein, der Kaiser hatte es mit eigener Hand hingekrakelt, mit all den orthographischen Fehlern, die Seine Majestät seit seiner Kindheit plagten und die nicht Folge von mangelnder schulischer Ausbildung waren, sondern wohl angeborene Legasthenie. Immerhin – seine Unterschrift war orthographisch korrekt. Die bestand ja auch nur aus einem schwungvollen »W« und einer, mit kräftigem Federdruck hingemeißelten römischen »II« hinter dem Namen.

Damit war die offizielle Sache erledigt, die Voraussetzungen zur Heirat fast perfekt.

Fragen der Mitgift und andere Details sollten nach Schawuot einvernehmlich geklärt werden.

Albert trat also vor seinen zukünftigen Schwiegervater hin und bat um die Hand und den Segen für Ruth.

»Den Segen hat Seine Majestät gegeben, mein lieber Junge. Ich gebe das Geld. – So sieht's ja wohl aus. Was, Herr Leutnant? Oder Ober-Leutnant?«

»Über Geld möchte ich nicht reden. Es war nie meine Absicht, Herr Bankier Goldfisch, Ihr Institut zu heiraten. Ruth hat mich an ihre Hand genommen, und Sie – und vor allen Dingen mich – in diese Ehe geführt. Das ist die Wahrheit!«

Nach Schawuot würde Samuel also über die Bedingungen der Ehe, den Zeitpunkt der Eheschließung und vor allen Dingen über die Form der Eheschließung mit Ruth sprechen. Bis dahin sprach er kein Wort mit ihr.

Das hielt seine Tochter aus.

»Tausende, Tausende, Tausende, Tausende von Goldmark wird es mich kosten und ich werde meine Tochter auf ewig verlieren!«, beklagte Samuel sich bei seinem liebsten Freund Paul Kasser.

Der fragte leise zurück: »Samuel, warum sagst du so etwas? Auf ewig verlieren? Ruth liebt dich. Sie liebt dich auf ewig! Und von den Tausenden, Tausenden, Tausenden, Tausenden hast du doch genug!«

»Nein, Paulchen, wenn Ruth einmal hinter einem Pflug steht und dieses Ding da ... diese Pflugschar ... in feuchte Erde drückt, dann wird sie glücklich sein, und ich werde sie nie wieder sehen!«

Samuel beauftragte also Kurt Stöcker, einen Ehevertrag zu entwerfen. Auch sollte er, mit sehr viel Vorsicht, Erkundigungen einziehen, damit der Schwiegervater ein Bild über die Vermögenssituation seines zukünftigen Schwiegersohnes erhalte.

Den Tratschereien im Offizierscorps und im Bekanntenkreis Samuels sollte eine realistische und genaue Bestandsaufnahme der Vermögensverhältnisse des angeblichen Pleitiers entgegenstehen. Samuel wollte die Zukunft seiner Tochter auch finanziell genau planen.

Stöckers Erkundigungen sollten – mit aller Nachsicht und Diskretion – bis vor Ort, also in Bleichrode und dem zuständigen Katasteramt in Ballenstedt, dem Sitz des Herzogs von Anhalt, erfolgen.

Der treue Stöcker war für solche Aufgaben der geeignete Mann. Zurückhaltend, zielsicher erledigte er seine Aufgabe. Und da der Fürst von Anhalt-Bernburg in Ballenstedt auch ein finanzieller Brausekopf war und bei allen deutschen Banken nicht mal mehr eingeschränktes Vertrauen genoss, konnte Stöcker mit diskreten Depeschen und wohl gesetzten Briefen an das Katasteramt Ballenstedt schnell Auskünfte erhalten.

Die Informationen waren niederschmetternd und Stöcker versuchte, Samuel die Wahrheit in homöopathischen Dosen zu verabreichen. Doch Samuel ließ sich nicht bluffen.

»Also, kommenden Sonntag, lieber Stöcker, möchte ich einen groben, nichts beschönigenden Finanzierungsplan für diese Ehekatastrophe sehen! Das feiern wir in meiner Casino-Gesellschaft, meinem Stammpuff! Dann dürfen Sie sich zu Ihrem Zehnjährigen ein zweites Mal auf meine Kosten amüsieren!«

Der klatschsüchtige Samuel liebte es, mit seinem Intimleben zu prahlen und Stöcker immer wieder von dem Treiben im vornehmen Bordell der Casino-Gesellschaft zu erzählen.

Es war also eine große Ehre für Kurt Stöcker, nach zehn harten Dienstjahren in der Bank, in diesen erlauchten Kreis eingeführt zu werden.

In Wirklichkeit war das Wiener Caféhaus der Casino-Gesellschaft ein Clubraum, in dem Geschäfte gemacht wurden. Samuel besprach in der Casino-Gesellschaft gerne heikle Geldgeschäfte, weil er sich anschließend den möglichen Verdruss ein Stockwerk höher wegamüsieren konnte, was er natürlich abspannen nannte. Von Bredow und der Urloge Karl Kaminski erwarteten Samuel und Kurt Stöcker bereits.

»So, Stöcker, bevor wir uns auf junge Hühnchen werfen, zaubern Sie doch mal den Ehevertrag aus Ihrer Brusttasche. Erst das Geschäft, dann das Vergnügen!«

Stöcker übergab Samuel die Dokumente.

Augenblicklich hüpfte der, zwar an Jahren schon fortgeschrittene, aber noch erstaunlich gewandte von Bredow an seine Seite, klemmte sich ein Monokel ins Auge und informierte sich über Samuels Schulter über den Inhalt der Unterlagen.

Samuel hatte nichts dagegen.

Stille am Tisch.

Von Bredow atmete tief ein, kurz aus und stammelte, dass die Unterlagen wohl erst eine grobe Einschätzung der Kosten seien. Die avisierte Zahl von 300 000 Goldmark hielt er für eine furchterregende Basissumme. Fast zärtlich tätschelte er Samuels Rechte.

»Dr. Salvasan« hatte unterdessen auch in den Dokumenten herumspioniert und stellte sachlich fest: »Samuel, das ist keine Mitgiftjägerei – das ist ein Raubzug!«

»Da hast du völlig Recht, Kaminski, und ich werde ein armer Mann, und deswegen feiern wir heute zum letzten Mal! Meine Herren, gehen wir nach oben!«

Im ersten Stock wurde Stöcker von zwei kräftigen Frauen gepackt, in eine Umkleidekabine gezerrt und – obwohl er sich mit allen Kräften wehrte – entkleidet. Sein käsig-weißer, nackter Körper wurde noch gnädig mit einem Frotteebadetuch bedeckt. Bedrohlich kam Samuel näher, griff Stöcker an beiden Ohren und schüttelte den Kopf des armen Mannes hin und her. Laut, wie üblich, rief er: »Auf, auf, Ihr müden Leiber! Das Bad steckt voller nackter Weiber!«, und zerrte Stöcker durch die Tür – direkt in die dampfende Hölle.

Zunächst löste der Moschusgeruch bei Stöcker einen Hustenreiz aus. Sofort umflatterten ihn zwei Nackte, rieben ihm die Brust, griffen ihm unter das Frottee und klopften ihm auf den Rücken. Sehr zur Freude Samuels zerrten sie an Stöckers einzigem Schutz vor der Nacktheit herum. Der junge Mann hätte am liebsten vier Hände gehabt – wie die beiden Damen.

Kurt Stöcker verlor.

In rosarotes Licht getaucht, bis zu den Knien von heißen, duftenden Rauchschwaden umflort, stand er schließlich vor einer Gruppe grölender Männer und kichernder Frauen in einer Nische. Nackt! Armselig! Verstört, verschämt, den Tränen nahe. Zuerst bedeckte er sein Gesicht mit beiden Händen. Dann versuchte er, seine Blöße zu bedecken. Sein Penis wies eine ungewöhnliche Form auf. Spitz zulaufend, schnürte die zu enge Vorhaut seinen langen, dünnen Penis derart ab, dass er – obwohl nicht erigiert – wie eine kleine Sichel nach oben stand.

Samuel lachte, lüpfte sein Badetuch und deutete auf sein mächtiges Geschlechtsteil: »Dies ist ein Schwanz, beschnitten, also mit Stehkragen. Stöcker, was haben Sie denn da? Einen kleinen deutschen Michel mit Zipfelmütze!«

Nach dieser Demütigung flüchtete Kurt Stöcker aus der Casino-Gesellschaft. Er erschien nicht mehr im Bankhaus Goldfisch. Samuel fand heraus, dass sein Schabbes-Goij in Essen, bei den Krupps, eine Direktorenstelle in einem Stahlwerk angetreten hatte und sich aktiv als Funktionär der antisemitischen Christlich-Sozialen Arbeiterpartei engagierte.

Das sei ganz gegen seine sanfte und treue Natur, sagte Samuel bedauernd.

2

Ungefähr hundert Kilometer von Berlin entfernt gab es in der Compturei Zehsen ein Standesamt für ungewöhnliche Eheschließungen.

Wenn zum Beispiel ein Mitglied des Adels einen Ehepartner aus dem bürgerlichen Lager heiraten wollte, ging das dort hoppla-hopp über die Bühne. Oder wenn adelige Fräulein infolge vorehelichen Geschlechtsverkehrs schon hochschwanger zur Trauung kamen, stellte der Standesbeamte zu Zehsen die Ehre der Braut durch schlichte Urkundenfälschung der Hochzeitsdaten im Standesamtsregister wieder her.

Ruth war zwar nicht schwanger und hatte auch kein Problem mit dem Adel, aber sowohl Samuel Goldfisch als auch Hofrat von Bredow waren übereingekommen, die zivilrechtliche Angelegenheit der Eheschließung in der Compturei, fernab von jedem öffentlichen Interesse, abzuwickeln.

Es war nicht so sehr die Angst vor der »Vossischen Zeitung« oder satirischen Blättern wie dem »Simplicissimus« oder dem »Kladderadatsch«, die solche Diskretion erforderte, sondern vielmehr der Kulturkampf zwischen Juden- und Christentum, der Zehsen nötig machte.

Zunächst sollten Tatsachen geschaffen werden. Dann

wollten die Eheleute in Ruhe die Frage ausdiskutieren, wo der offizielle, religiöse Remmidemmi, die Hochzeitszeremonie, stattfinden sollte: In der vom Hofe gewünschten Garnisonskirche oder in der von Waldemar Tannengrün mit allem Nachdruck geforderten Synagoge.

Der Standesbeamte in Zehsen veranstaltete also eine Blitzhochzeit mit Gretchen und von Bredow als Trauzeugen. Und hinterher wurde nicht mal mit einem Glas Sekt angestoßen, sondern mit einem Schluck Kaffee und Cognac aus der Thermoskanne. Die ganze Hochzeitsgesellschaft fand in Samuels Limousine bequem Platz.

Dieses merkwürdige Ereignis fand am ersten Dienstag nach Schawuot statt. Denn obwohl Samuel ein liberaler, fast reformierter Jude war, bestand er, wie schon seine Vorfahren, auf dem Dienstag, dem dritten Schöpfungstag, über den im ersten Buch Moses steht: »Und Gott sah, dass es gut war.« Das bedeutete, dass nach der Schaffung des Erdreiches und des Meeres und auch nach der Schaffung von Pflanzen und Früchten der Mann und die Männin geschaffen worden waren – am Dienstag, dem »Ki Tow«.

Samuel Goldfisch wollte mit der Wahl dieses Wochentages ein Signal setzen – auch wenn es sich nur um die geheime, zivilrechtliche Voraussetzung für die religiöse Eheschließung handelte.

Geheim aber blieb die Sache nicht!

Mittwoch, morgens gegen neun Uhr, zerfetzte Samuel Herschel Goldfisch den Gesellschaftsteil der »Vossischen Zeitung«, nachdem er folgende Notiz in der Rubrik »Diskretes und Indiskretes der Gesellschaft« gelesen hatte:

»Seiner Durchlauchtigsten Prinzessin Viktoria Luise genehmer Ehrenkürassier, Hauptmann Albert Fritz Gero von Roll, wird am nächsten Sonntag um elf Uhr vom zweiten Hofprediger Ludwig Paetzold einer Berliner Bankierstochter angetraut.«

Der Diener Abraham betrat Samuels Kontor und vermeldete, dass Rabbiner Waldemar Tannengrün umgehend den Herrn zu sprechen wünsche.

»Ist er wütend?« Samuel hätte sich die Frage ersparen können, denn selbstverständlich war Tannengrün wütend und selbstverständlich wusste Samuel, was Abraham ihm auf diese Fragen antworten würde.

»Über die Befindlichkeiten des Herrn Rabbiner bin ich nicht informiert, gnädiger Herr.«

Abraham brauchte Tannengrün gar nicht mehr hereinzuführen, denn der riss die Doppelflügeltüren gleichzeitig auf und raste quer durch das große Büro auf Samuels Schreibtisch zu. Wie eine Trauerschleife flatterte ihm der Gesellschaftsteil der »Vossischen Zeitung« voran.

»Samuel Herschel, du Hinterfotz, darf ich unterstellen, dass euer Goij, dieser windige Baron, sich für eine nicht genannt werden wollende, christliche Bankierstochter entschieden hat? Was natürlich auch schlecht wäre, denn dann stünde deine Ruth nach der Verlöbniszeit in tiefer Schande vor unserer Gemeinde da! Oder handelt es sich, wie ich glaube, doch um Ruth, die heimlich bereits geheiratet hat und nun die Todsünde der Religionsflucht auf sich laden wird, wenn sie von diesem Teufel in Menschengestalt, dem zweiten Hofprediger Paetzold, entweiht wird?«

Samuel hob ihm stumm die Fetzen des zerrissenen Gesellschaftsteils seiner eigenen »Vossischen Zeitung« entgegen und ließ sie auf seinen Schreibtisch flattern.

»Ich bin genauso empört wie du, Waldemar! Ich habe keine Ahnung, dass wir am Sonntag heiraten. Dieses Geschmiere ist eine ... wie sagt man bei der üblen Journaille ...?«

»Eine Lüge, hoffentlich?«, warf Tannengrün schnell ein.

»Nein, eine Ente, sagt man, Waldemar. Gut, wir haben gestern geheiratet. Standesamtlich. In der Compturei Zehsen. Am Dienstag, wie es das alte Gesetz befiehlt.«

Mit einem »Aha« wollte Waldemar Tannengrün gerade triumphieren und dann darüber lamentieren, über nichts, aber auch rein gar nichts informiert zu sein, als Abraham weitere dringliche Besucher meldete.

Ruth und Albert stürmten ins Büro.

Beide sprachen gleichzeitig. Mehr oder weniger laut.

Beide beteuerten, dass sie nicht die geringste Ahnung von der protestantischen Trauzeremonie in der Garnisonskirche am kommenden Sonntag hätten.

Ruth war besonders aufgeregt und achtete nicht auf das von Albert hingemurmelte »Zumindest nicht am nächsten Sonntag«, weil sie mitten in einer schönen Schimpfkanonade war.

»Tate! Rebbe! Zwischen Albert und mir steht es völlig außer Frage, wo wir unsere Ehe vor Gott besiegeln. Darüber haben wir nie ein Wort verloren, weil es so klar ist.« Sie wandte sich an Tannengrün. »Natürlich in Ihrem Tempel, wenn Sie uns diese Erlaubnis erteilen, lieber, verehrter Herr Rabbiner. Immerhin, Albert und ich sind ja gemischt.«

»Nun ja …«, wollte Albert Ruth unterbrechen, drang aber mit seinem zaghaften Einwurf nicht durch.

Alle redeten jetzt durcheinander. Tannengrün sagte, dass er die strengen Richtlinien gegen eine Mischehe als aufgeklärter Rabbiner einer reformierten Gemeinde nicht mehr so eng sehe, und man jederzeit über den geeigneten Termin mit ihm reden könne, damit möglichst viele, eigentlich alle Gemeindemitglieder in den Tempel strömten.

Und Samuel plärrte immer wieder dazwischen: »Geheiratet wird immer nur dienstags! Immer nur dienstags!«

Albert sagte nichts mehr und hörte der heftigen Diskussion einfach zu.

Irgendwann, als sie die Gesellschaftsmeldung noch einmal gelesen hatte, dämmerte es Ruth.

»Hier werden vollendete Tatsachen geschaffen, Albert!«, sagte sie. Das Ganze ist eine Intrige … da steckt der Hof dahinter! Deine Vorgesetzten … weiß der Himmel, wer … Und wenn der Kaiser höchstpersönlich vor mir knien würde und Handstand machte: Ich heirate am Sonntag nicht! Und schon gar nicht in einer Militär-Uchte!«

Samuel trat auf sie zu. »Ruth, ich bin sehr stolz auf dich. Du hast Recht: Es ist eine Intrige. Nur, niemand wird dich um irgendetwas bitten, selbst wenn er auf dem Kopf steht, weil … du wirst in diesem Geschmiere gar nicht erwähnt! Da frage ich mich doch, wer hat ein Interesse daran, dass Sie, mein lieber Schwiegersohn Baron von Roll, unter dem Kreuz Ihres Glaubens irgendwen heiraten sollen? … Ganz Berlin weiß doch, dass es sich bei dieser Bankierstochter um meine Ruth handelt … korrekt?«

Albert nahm Haltung an, salutierte gar und sagte frei und offen heraus: »Der kommende Sonntag kommt für mich überraschend. Allerdings, eine Hochzeit in der Garnisonskirche ist für mich und meine Vorgesetzten eine Conditio sine qua non, sozusagen.«

Während er dies sagte, behielt er Haltung und die Augen geschlossen.

»Eine Condition sine qua … was?«, fragte gefährlich leise Samuel. »Lieber Schwiegersohn, ist das etwa auch noch eine christlich-protestantisch-muselmanische Hochzeit am Ende?«

Albert öffnete wieder die Augen, schaute Ruth an: »Ruth, wir haben nie darüber gesprochen. Weil es für dich nichts zu erörtern gab, habe ich nie den Mut gefunden, dir zu sagen, unter welcher Bedingung … nein besser, unter welcher Empfehlung von allerhöchster Stelle ich dich nur heiraten durfte … christlich.«

Ruth ging langsam zum Fenster und schaute in den Park. Die Rotbuchen hatten wegen Käthes Kupfernägeln alle Blätter abgeworfen. So war der Blick auf ihren Gemüsegarten nicht versperrt. Die Saat ging auf. Die ersten Pflänzchen. Spinat, Kopfsalat, Bohnen und sogar die Saatkartoffelknollen sprossen.

»Wir haben überhaupt sehr wenig miteinander gesprochen, Albert. Das mag wohl auch an mir liegen. Ich rede nicht sehr gerne. Ich handele. Manchmal wohl vorschnell. Aber was gehen irgendjemanden meine Träume an?«

Dann wandte sie sich vom Fenster ab und blickte Albert fest in die Augen. »Jetzt ist es zum Reden zu spät, Albert. Trennen können wir uns auch nicht mehr. Ich weiß, wer diese Zeitungsmeldung lanciert hat. Er ist deiner Feigheit, Albert, zuvorgekommen. Denkt mal alle nach.«

Unisono sprachen Albert, Samuel und Ruth den Namen aus: »Von Bredow.«

Ruth ging zu ihrem Vater und streichelte ihm mit beiden Händen über den Bart.

»Tate, von Bredow hat uns matt gesetzt und musste nicht mal Kopfstand vor mir machen. Vater, du hast doch immer so einen schönen Satz: ›Es ist die Kunst des Küssens und so weiter ... man muss sie mit der Wichtigkeit von irgendetwas zu veredeln suchen.‹ Genau das hat Bredow mit uns gemacht. Bei unserer Heirat ist die Kunst gefragt, die Unwichtigkeit meiner Person mit der Wichtigkeit von Alberts Religion zu veredeln. So ist es. Wenn wir nicht mitspielen, wird uns das alle früher oder später ... nun, nicht gerade töten ... aber ruinieren ... mindestens. – Herr Rabbiner Tannengrün, wir sind nach wie vor Gäste in Berlin. Auch wenn unsere Familien schon über hundert Jahre hier leben. Ich werde mit Albert am Sonntag in der Garnisonskirche vor den Altar treten und alles über mich ergehen lassen. Auch mit geschlossenen Augen. Und Ja und Amen sagen, wenn ich es muss.«

Tannengrün ergriff seinen Gehstock, den er in einen Ledersessel geworfen hatte, und wollte das Büro verlassen. Ruth hielt ihn am Ärmel fest.

»Geh'n Sie nicht, Rebbe. Am Dienstag drauf, also gestern in einer Woche, werde ich meinen Ehemann in eine Synagoge zerren. Ich weiß, die Zeit ist ein bisschen knapp für all die vielen Feste, aber das bekommen Zelda und die Mischpoche Kaminski schon hin.«

»Nur über meine Leiche«, sagte Tannengrün stur.

»Du musst nicht gleich sterben, Waldemar. Vielleicht hast du andere machbare Bedingungen. Ruths Vorschlag ist natürlich völlig widernatürlich ... töricht. Aber vernünftig. Keiner von uns kann sich gegen den Kaiser stellen ... und nicht gegen IHN. Es ist Sein Wunsch, dass Mann und Frau vor seinem Antlitz den Bund der Ehe schließen. Aber wo, bitte schön, steht geschrieben, dass es nicht besonders gottgefällig ist, wenn ein Mann und eine Frau gleich zweimal vor seinem Angesicht erscheinen? Das ist doch wohl doppelt gottgefällig. Der Allmächtige ist sowohl in der Kirche als auch im Tempel ... überall. Hier, jetzt, mitten unter uns wacht er über uns und hält Ruths Vorschlag und meine Entscheidung für richtig. Das spüre ich. Er wandte sich zu Albert. »Eine Frage, lieber Herr Schwiegersohn: Sind wir – also ich, meine Töchter, meine Familienanverwandten, Zelda, kurzum mein Haus – in Ihrer Garnisonskirche willkommen? Falls nicht, schmeiße ich Sie aus dem Fenster und mache Ruth mit all Ihren Schulden zu einer armen Witwe!«

Erneut salutierte Albert: »Ich werde dafür Sorge tragen, Mittel und Wege finden, um Herrn von Bredow ausdrücklich nicht zu den Hochzeitsfeierlichkeiten in der Garnisonskirche einzuladen. Und wenn ich ihn erschießen müsste.«

Zackig ging er einige Schritte auf Ruth zu, nahm ihren Kopf in beide Hände und küsste sie zart auf die Stirn. »Verzeih mir Ruth. Ich habe viele Schwächen. Du kennst sie. Ich hoffe, dass es mir in Zukunft gelingt, auch einige bei dir entdecken zu dürfen.«

Dann wandte er sich Samuel zu, lächelte: »Es wird mir eine Ehre sein, an diesem verdammten nächsten Sonntag, in dieser eiskalten Kirche Ruth aus der Hand des Brautvaters vor den Altar führen zu dürfen. Die Kirche wird brechend voll sein ... nach diesem Streich von von Bredow. Es wird ein bunter Haufen werden. Vielleicht wird es sogar lustig.«

Mit dem silbernen Knauf seines Gehstocks schlug sich Tannengrün während des ganzen Geredes immer heftiger gegen die Stirn. Er überlegte wohl, was er gegen die verschiedenen Argumente vorbringen könnte. Aus allen Fassungen des Talmuds fiel ihm nichts ein. Es stand nur geschrieben, dass die Ehe vor dem Angesicht des Allerhöchsten vollzogen werden müsse. In alten Schriften stand sogar, dass sie im Freien, unter einem silbernen Baldachin, der Chuppa, geschlossen werden müsse und es gar keines Tempels oder einer Kirche bedürfe. Er musste sich eingestehen, dass sie alle

Opfer der hinterhältigen Indiskretion von Bredows waren, der wohl dem Baron Albert von Roll aus einer unangenehmen Patsche helfen wollte.

Wenn der Kaiser auf der Kirche besteht, soll der Kaiser seine Kirche haben, beschloss Tannengrün halben Herzens. Um aber die Sache mit dem Tempel etwas zu erschweren, fiel ihm eine Gemeinheit ein, die durch keinerlei Ritus oder Gesetz des Talmuds oder der Bücher Moses gedeckt war. Er sagte: »Du weißt, liebe Ruth, dass du als verheiratete Frau, nach vollzogener christlicher Trauung, heimgekehrt in die Arme deines Tempels, von der Gemeinde behandelt werden musst wie eine langjährig verheiratete Frau, die sich den Blicken fremder Männer durch eigenhändige Verunstaltung entziehen muss. So, wie es im alten Galizien Brauch war.«

»Ich höre nicht mehr lange zu, bei dem Kappes, Rebbe«, unterbrach ihn Samuel. »Komm zur Sache!«

»Gerne!«, triumphierte Tannengrün und schaute hoffärtig Ruth an, die völlig ungerührt diesem Blick standhielt.

»Du, liebe Ruth, wirst dir – so war es in Galizien Brauch – die Haare scheren müssen. Zelda erledigt das. Glatze zur Strafe. Ich nehme an, du trägst bei beiden Trauungen ein langes weißes Kleid und einen großen, großen Schleier ... mit Krönchen obendrauf?«

»Barbaren!«, schrie Albert dazwischen.

Ruth beruhigte ihn: »Na, nebbich! Was soll's, Albert? Zelda macht das sowieso nicht, aber ich selber bin gerne dazu bereit. Kein Problem, Rabbi.«

Albert und Samuel protestierten gestenreich. Ruth grinste: »Tate, deine Hannah hat vor ihrer Abreise zwei von ihren fünf roten Perücken, diesen Haarungetümen, zurückgelassen. So ein Vogelnest setz ich mir auf meinen kahlen Schädel. Und obendrauf den Schleier mit Krönchen! Wenn das dem Allmächtigen so gefällt, greife ich also zur Schere. – No, na!«

Beide Flügel der Bürotür wurden aufgestoßen, Zelda humpelte, so schnell ihre krampfaderngepeinigten Beine sie tragen konnten, auf Tannengrün los und ging ihm sogleich an die Gurgel.

»Rabbe, diese Haare habe ich täglich dreimal gebürstet! Jedesmal hundertachtzigmal nach hinten und hundertachtzigmal nach vorne! Mit einer Dachs- und mit einer Biberhaarbürste. Wenn Sie Ruth auch nur ein einziges Haar krümmen, können Sie neben dem wundervollen Bass unseres Kantors als Sopran singen! Schändlich, was man alles aus diesem Raum hört!«

Sie deutete auf den Kachelofen.

»Ruth, ich habe uns schon einen Termin gemacht, bei Mila La Forge, auf dem Kurfürstendamm. Sie steht mit ihrem Maßband bereit. Du wirst das schönste Brautkleid des vergangenen und des neuen Jahrhunderts bekommen ... mit einem Ausschnitt bis da!«

Sie deutete ungefähr auf ihren Bauchnabel.

Ruth musste laut lachen und ließ sich von Zelda aus dem Büro zerren.

Das Telefon klingelte. Samuel hob den Hörer ab und reichte ihn an Albert: »Von Bredow ist schon für mich gestorben, lieber Schwiegersohn.«

»Sie sind ein Scheißkerl, Herr Trauzeuge ...«, sagte Albert und legte den Hörer zurück auf die Gabel.

»Jetzt ist Ihre Karriere zum Teufel, lieber Schwiegersohn.«

»Was interessiert mich eine Karriere, lieber Herr Schwiegervater? Auszeichnen kann sich ein Soldat nur im Kriege. Der Krieg ist meine Bestimmung.«

»Lieber Schwiegersohn, es könnte sogar sein, dass Ruth einmal um Sie weint«, sagte leise Samuel und legte dem Hauptmann sanft seine Rechte auf die Schulter. »Die Liebe schwimmt irgendwann nach oben bei euch, lieber Schwiegersohn.«

Mitten auf einem der beiden Reitwege in der Mitte des Kurfürstendamms, direkt vor dem hoch angesehenen Brautkleider-Salon »La Forge«, parkte eine große schwarze Limousine, und obwohl ständig mehrere Gendarmen, zu Fuß oder auch hoch zu Ross, auf der Prachtstraße patrouillierten, wurde das Auto nicht entfernt und galt somit als »Privileg-Fahrzeug«.

Es gehörte zum kaiserlichen Fuhrpark. Die Wappen an beiden Vordertüren wiesen darauf hin, obwohl man nicht sehen konnte, wer in der Limousine saß – der Blick in das Innere des Fonds war durch hellblaue Gardinen verwehrt –, hielten sich viele Neugierige auffällig lang in der Nähe der Limousine und vor den Schaufensterscheiben des Salons auf.

Schnell war man sich einig, dass vermutlich des Kaisers einzige Tochter bei Madame La Forge ihr durchlauchtigstes Brautkleid bestellen würde.

Ganz falsch. In der kaiserlichen Kalesche saßen Tina Lavoisier und zwei Hofdamen der Kaiserin Auguste Viktoria.

Im Volksmund hießen diese Damen »die Halleluja-Tanten«. Die Kaiserin legte nämlich bei der Auswahl ihrer Gesellschafterinnen auf besondere Tugendhaftigkeit, Frömmigkeit und Disziplin Wert. So sahen die Hofdamen auch aus.

Unter normalen Umständen wäre Tina Lavoisier niemals ein Umgang für diese Tugendwächterinnen gewesen. Aber was war an Tina Lavoisier schon normal.

Heute früh hatte sie gerade ihre Morgentoilette beendet und sich für die Probe zu Frank Wedekinds »Lulu« vorbereitet, als das Telefon klingelte. Samuel hatte durch das Telefon um Hilfe geschrien. Schließlich hatte sie ihm, wenn auch im Scherz, mal gesagt, dass sie, falls es zu einer aufwendigen Adelshochzeit in der Garnisonskirche kommen sollte, mit großem Vergnügen die Anführerin der Brautjungfern geben und liebliche Tänzerinnen und süße Schauspielerinnen in das Geschwader der Brautjungfern aufnehmen werde, damit alle anwesenden Herren auch ein bisschen Freude an dem Hochzeitsfest hätten. Jetzt brannte die Sache und Tina blieb nach dem Anruf ungefähr eine Stunde Zeit, um sowohl hoch respektable Brautjungfern zu mobilisieren und fliederfarbene Gewänder bis Sonntag zu beschaffen.

Die höchst respektablen »Halleluja-Tanten« der Kaiserin, die von Tina Lavoisier immer mal wieder mit Premierenkarten für Theaterstücke versorgt wurden, schienen ihr äußerst geeignet.

Die beiden Damen waren zwar – wie auch Tina Lavoisier – über das Alter unbescholtener Brautjungfern hinaus, sagten aber sowohl ihre Teilnahme als auch das Maßnehmen im Brautsalon »La Forge« für die fliederfarbenen Gewänder sofort zu. Und des Kaisers Fahrbereitschaft fuhr die Halleluja-Tanten eilig in die Viktoriastraße, um Tina abzuholen.

Immerhin handelte es sich um die Hochzeit des Leibkürassiers der Prinzessin mit einer sehr reichen Braut, deren Vater alle Kosten der Brautjungfernschaft übernehmen wollte.

Als Ruth, Zelda und Gretchen mit einer Droschke vorfuhren, staunten sie nicht schlecht, als sich aus der kaiserlichen Limousine zwei sehr streng blickende Hofdamen pellten und als Letzte Tina Lavoisier heraushüpfte.

»Mehr, liebe Ruth, mehr kann ich wirklich nicht für dich tun. Wir sind zwar nicht mehr die Jüngsten, Kindchen, aber mit Abstand das Beste, was du in ganz Berlin an Jungfern einsammeln kannst.« Mit diesen Worten schubste Tina die Halleluja-Tanten, Gretchen, Zelda und Ruth in den Brautmoden-Palast.

Gretchen fand schnell, mit gewohnt sicherem Geschmack, die geeigneten fliederfarbenen Seidenstoffe, Spitzenapplikationen und Schleier für die Brautjungfern.

Madama La Forge war es gewohnt, mit solcher Kundschaft umzugehen, und was Gretchen ausgesucht hatte, erfreute auch ihr merkantiles Herz.

»Ich bin die erste der Brautjungfern«, ließ Tina die Madame wissen, »die beiden Damen vom Hofe hängen Sie bitte von oben bis unten zu. Ich möchte nur ein kurzes Schleierchen und um den Hals herum den Ausschnitt Marie-Antoinettes, als sie zur Guillotine schritt – vorne viereckig, hinten viereckig. An den Schultern frei. Ärmel lang. Hüfte betont. Taille gestreckt. Sagen Sie, Madame La Forge, gibt es eigentlich auch spezielle Brautjungfernunterwäsche?«

Natürlich konnte Madame auch so etwas bieten.

Dann nahm sie endlich Ruth ins Visier.

»Was machen wir denn nun mit der Braut?«, sagte sie mit meisterlich gespielter Ratlosigkeit.

»Ich hatte an etwas Weiß-Fließendes gedacht. Seconde-Empire-Linie«, warf Gretchen ein.

Zelda aber ahnte, nein, wusste schon, dass Ruth jeder Bevormundung die Stirn bieten würde.

»Albert wird seine Parade-Uniform tragen – weißes Wams zu dunkelblauen Hosen, Stulpenstiefel, Lack, auf dem Kopf ein Metallhelm in Gold mit weißen Federn. Auf den Schultern Epauletten, ebenfalls gold, Knöpfe vorne und an den Ärmeln sowie oberhalb des Gesäßes, ebenfalls gold. Ich möchte ein weiß-goldenes Brautkleid, tailliert, Zelda, ohne Ausschnitt und auf dem Kopf einen weißen Schleier mit goldenen Paspeln und mindestens neun Meter lang. Den müssen Sie, liebe Tina, und die beiden Brautjungfern in den Händen halten.

Ruth hatte ihre Brautkleid-Bestellung heruntergeleiert, als würde sie mehrfarbige Tulpenzwiebeln ordern.

»Brautjungfern, gnädiges Fräulein, tragen den Schleier nicht. Das machen kleine Kinder. Mädchen und Buben. Wenn Sie Bedarf haben, könnte ich Ihnen bis Sonntag welche besorgen. Bei neun Meter Schleier wären das vier Buben und vier Mädchen. Die Mädchen müssten in Flieder-Kleidchen gehüllt und die Buben vielleicht als kleine weiß-blaue Kürassiere ausgestattet werden. Meine Werkstätten stehen Ihnen zur Verfügung.«

Madame La Forge war eine geniale Geschäftsfrau. Sie wusste aus langer Erfahrung, dass man bei Hochzeiten grundsätzlich an nichts spart.

Zelda war als Erste begeistert:

»Das ist gut!«, jubelte sie. »Das mit den Kindern gefällt mir. Die tragen dann deinen Schleier und streuen Blümchen. Entzückend!«

»Sehr gelungene Idee! Sehr hübscher Aufwand!«, pflichtete Tina Lavoisier dem Vorschlag bei. »Und eine Orgie von Kitsch, ihr Lieben! Aber bitte! Ich jedenfalls werde nie heiraten! Weiß, gold und mit Taille, Ruth? Und neun Meter hinten dran!« Sie drehte sich zu den beiden Halleluja-Tanten um. »Ist die Garnisonskirche eigentlich groß genug für so was?« Die wussten es nicht. Es wurde trotzdem beschlossen. Während die Chef-Directrice bei Ruth Maß nahm, blätterte Madama La Forge ihr Beispiele aus ihren aufwendigen Hochzeits-Grundroben aus einer Entwurfsmappe vor.

Ruth entschied sich selbstsicher für ein Modell mit Wespentaille. Weil das gut zum schlanken Albert passe.

»Sitzen können gnädiges Fräulein damit nicht. Zur körperlichen Unterstützung dieses Modells bedarf es eines nicht unerheblichen Mieder-Aufwandes. Aber natürlich, dieses Modell wird den Baron von Roll sehr gut aussehen lassen. Und zu Ihrem Gesichtchen und zu ihren hellblau strahlenden Augen passt es auch.«

Dann musste Ruth ihr in die diskreten Räume folgen, in denen Miedermacherinnen Ruth kritisch musterten. Als Madame La Forge ihnen das Brautkleidmodell zeigte, war ihnen klar, dass sie die Nachtruhe für die nächsten Tage dem Brautaltar opfern mussten.

Die Garnisonskirche war bis auf den letzten Platz besetzt. Der neun Meter lange Hochzeitsschleier Ruths war um zwei Meter zu lang. Dafür war die Hochzeitszeremonie des zweiten Hofpredigers Paetzold erfreulich kurz. Albert von Roll hatte Paetzold durch einen Kameraden ausrichten lassen, in seiner Hochzeitspredigt über alles reden zu dürfen, nur nicht über drei Minuten.

Albert war Vollwaise, hatte keine Geschwister, und die entfernteren Verwandten waren nicht zur Hochzeit erschienen. Der Grund war nicht etwa, dass Albert »unter dem Stand« eine Bürgerliche heiratete, sondern, dass er entweder bei allen Schulden hatte oder sich, wenn er sie mal traf, neues Geld lieh. Dass Alberts Ehefrau eine gute Partie war, hatte sich in Nordhausen, Lüneburg und Göttingen noch nicht herumgesprochen, sonst wären sie wohl gekommen. Ruths Anverwandte füllten die Kirche hingegen beträchtlich. Stark verunsichert saßen sie in den Bänken, verhielten sich protestantisch-pietistisch streng und fanden die Zeremonie nicht sehr anregend. Vermutlich hätte ihnen eine katholische Hochzeit besser gefallen.

Natürlich war Käthe nicht in, sondern vor der Kirche. Aber ihrer Schwester zuliebe hatte sie sich immerhin auch fliederfarben gekleidet. Sie trug zwar kein Gewand, aber eine üppige Bluse mit Hosenrock und fliederfarbenen Stiefeletten. Ihren Revolutionsgeist drückte sie durch ihre Kopfbedeckung – eine schöne, rundbauchige Sozialistenmütze, wie sie auch Ferdinand Lasalle zu Lebzeiten getragen hatte – aus. In Rot!

Die Offizierskameraden und adeligen Freunde des Bräutigams fanden die Braut gar nicht mal unansehnlich. Im Gegenteil, appetitlich und puppig-rundlich, entsprach sie sogar einem bestimmten Schönheitsideal.

Vor der Kirche musste Ruth den Brautstrauß in die jubelnde Menge werfen, und zwar so, dass ein Mädchen ihn schnappen könnte.

Die Halleluja-Tanten wollten nicht fangen. Die zahlreichen jüdischen Mädchen durften schon aus religiösen Gründen nicht danach greifen, damit sie ja nicht auch in den Dunstkreis einer christlichen Trauung gerieten.

So bekam Gretchen den Strauß eher versehentlich in die Finger.

»Huch!«, sagte sie erschrocken und war sogleich umringt von schneidigen, schlanken Offizieren, die ihr den Hof machten. Sie alle waren zum Hochzeitsfest im Hause Goldfisch eingeladen und wollten wohl dem Beispiel des Barons Albert von Roll nacheifern und die älteste der Goldfisch-Töchter ergattern.

Im großen Bankettsaal des Adlon gab es ein gesetztes Mittagessen. Von den Goldfischs waren nur die engsten Familienmitglieder geladen, ansonsten jede Menge Potsdamer

Nobilitäten. Außer von Bredow! Es handelte sich um ein ruhiges, stinklangweiliges Mittagsmahl mit anschließendem gesellschaftlichem »Umgang« – also Damengruppe und Herrengruppe in getrennten Räumen. Danach war Tea-Time, und zum Schluss gab es noch ein aufwendiges Abendessen. Punkt zwölf war die Hochzeit zu Ende, der Baron fuhr wieder in seine Garnison und Ruth mit ihrem Vater und Schwester Gretchen nach Dahlem. Die Hochzeitsnacht hatten sich die Brautleute für die Trauung in der Synagoge der Oranienburger Straße vorgenommen.

Dafür gab es zwei Gründe. Erstens musste Hauptmann von Roll ab vier Uhr früh mit seinen Kürassieren die Nachtwache für die Prinzessin übernehmen – wobei das Vier-Uhr-Früh auf eine Intrige des Herrn von Bredow zurückzuführen war, die jedoch ins Leere ging. Und zweitens hatten die Frischvermählten zur Freude Samuels und des Rabbiners, also der gesamten reformierten Gemeinde der Oranienburger Straße, beschlossen, erst nach der Trauung in der Synagoge die Ehe zu vollziehen.

Am Montag dann, als sich Ehemann Albert nach dem Wachtdienst tagsüber in seiner Offizierswohnung in Potsdam ausschlief, saß Ruth in einem Kontor der Bank und ließ sich von einem Buchhalter überschlägig ihre Mitgift errechnen.

Aus dem Vermögen ihrer verstorbenen Mutter hatte sie rund hundertfünfzigtausend Goldmark zur Verfügung. Dagegen standen allein die kurzfristigen Verbindlichkeiten ihres Ehemannes mit dreihunderttausend Goldmark. Und damit wäre Albert nicht mal aus dem Gröbsten raus, sondern könnte nur mal kurz Luft holen vor seinen hartnäckigsten Gläubigern.

Ab wann das Gut Roll in Bleichrode katastertechnisch wirklich schuldenfrei sein würde, das stand in den Sternen. Und an Sternkonstellationen glaubte Ruth nicht.

Den ganzen Tag hatte sie in dem Kontor der Bank zugebracht und sich mit Stöckers Analysen, den realen Schulden ihres Ehemannes und ihrem Traum von der Landwirtschaft beschäftigt.

Es war ein teurer Traum. Ruth befiel ein schlechtes Gewissen. Ihrem Vater und ihren beiden Schwestern gegenüber. War ihr Traum von der Landwirtschaft nicht arg egoistisch? Müsste nicht ein Meteorit aus purem Gold auf das Bankhaus Goldfisch herniedergehen, damit ihre Ideale von Ackerkrumen und Viehzucht überhaupt zu finanzieren wären?

Seit der offiziellen Verlobung trug Ruth um den Hals eine Kette mit einem Amulett, in dem sich ein Foto Alberts befand.

Sie öffnete das Amulett und betrachtete ihren Ehemann lange.

Die Tollkirschenaugen konnten auch sehr gütig sein, fand sie, wenn man genau hinguckte. Alberts Züge waren fein, um den Mund herum vielleicht etwas weich. Je länger sie das Foto betrachtete, umso mehr verfestigte sich in ihr der Eindruck – nein, kam sie zu der Überzeugung, dass sie einen in Wahrheit sehr liebevollen, sanften Mann geheiratet hatte, der sich nur im gesellschaftlichen Umgang hinter der Maske des Offiziers versteckte.

Sie hatten nie viel miteinander gesprochen, über sich, über ihre Gefühle. Das war auch nicht üblich. Über Bleichrode wusste Albert amüsante Anekdoten zu erzählen, auch über seinen Landesherrn, den Fürsten zu Ballenstedt. Und Ruth resümierte für sich, dass sie nicht nur ein verschuldetes Gut heiratete, sondern auch einen charmanten Plauderer und gedrillten Offizier, der seine Verletzlichkeit hinter militärischer Strenge und einem Schnurrbart versteckt. Albert war sechs Jahre älter als sie. Je länger sie das Foto aber betrachtete, desto älter kam sie sich vor.

Doch, doch – Tate Samuel hatte schon Recht: Sie war eine Bankierstochter. Sie konnte mit Zahlen umgehen oder, besser, an diesem Nachmittag mit den enormen Zahlen nicht mehr umgehen, weil sie jegliche Vernunft sprengten.

Albert konnte mit Zahlen, mit Geld, überhaupt nicht umgehen. Gleichwohl war er kein Opfer üppigster Verschwendungssucht, sondern hatte das Gut Bleichrode bereits herabgewirtschaftet geerbt, das wusste Ruth. Und auch, dass er sich an seinen Vater und seine Mutter nicht erinnern konnte. Sie waren beide kurz hintereinander an Typhus gestorben, als er zwei Jahre alt war. Er war von wechselnden Verwaltern – zumeist ehemaligen Feldwebeln – erzogen worden, die sich um das Gut nur insofern kümmerten, als sie ihren Vorteil daraus zogen. Und häufig wechselten. Ein Verwalter gab dem andern die Pfründe in die Hand und wirtschaftete zumeist in die eigene Tasche.

Um Erhalt und Ausbau der Landwirtschaft, Forstwirtschaft, Wasserwirtschaft, Viehzucht kümmerte sich keiner. Stattdessen belasteten sie das Gut mit Hypotheken, Brief- und Grundschulden, um angeblich die Erziehung des jungen Albert – zunächst in einem englischen Internat, später auf einer deutschen Kadettenanstalt – zu finanzieren.

Verwandte hatten sich niemals um den einsamen kleinen Erben in Bleichrode gekümmert. Sie sprangen ihm erst viel, viel später als Schuldner zur Seite, als er bereits Fähnrich Seiner Majestät war und seine enormen finanziellen Verpflichtungen den Ruf der Familie von Roll sowie der engen Verwandtschaft hätten beschädigen können. Mit seiner Ernennung zum Hauptmann musste Albert seinen Offiziershaushalt selber finanzieren, und das gelang ihm nur, indem er weitere Schulden machte. Er hatte ja nichts anderes gelernt, als ein wohlerzogener junger Kadett, Fähnrich und Offizier am Hofe zu sein – die Pflichten eines Gutsherrn kannte er nicht.

Erst streichelte Ruth mit dem kleinen Finger über das Porträt Alberts, dann tat sie so, als hauchte sie einen Kuss darauf.

Mit ihren Adleraugen glaubte sie zu erkennen, dass unter dem wilhelminischen Bart der Mund lächelte. Was er sonst nie tat.

Ruth schwirrte der Kopf. Sie seufzte tief. Klappte das Amulett wieder zu, fand die Luft im Kontor stickig und ging in den Park, um sich – wie sie einem Sekretär der Bank sagte – einen lungenerweiternden Spaziergang im Park zu gönnen und mal bei den Kartoffeln und dem Spinat nach dem Rechten zu sehen.

Aus den Fenstern ihrer Zimmer beobachteten Gretchen, Käthe, Zelda und auch Samuel Ruth, die sehr einsam in dem großen Park tief ein- und ausatmete und dabei mit den Armen so etwas Ähnliches wie gymnastische Übungen vollführte.

Wie eine glückliche Braut sah sie nicht aus.

Am Abend kam Albert zum Souper. Zum ersten Mal speisten, auf ausdrücklichen Wunsch von Ruth, die Eheleute unter vier Augen. Sie wollten über die Trauung reden, die am Dienstag, um elf Uhr dreißig in der Synagoge in der Oranienburger Straße stattfinden sollte. Albert hatte keine Ahnung von der Zeremonie, er hatte nur mal gehört, dass er, als Ehemann, irgendwann ein Weinglas zertreten müsse. Das sei wohl symbolisch, sagte er.

»Es ist aber noch symbolischer, wenn du eine von den modernen elektrischen Glühbirnen zertrittst. Das macht nämlich mehr Krach als ein Weinglas. Und um den Krach geht es bei der ganzen Angelegenheit! Aber, lieber Albert, es ist wohl besser, ich erkläre dir die ganze Sache mal von vorne bis hinten. Es wird ein lustiges Fest werden. Aber du musst mit Dingen rechnen, die du eben nicht kennst! ... Zum Beispiel wirst du zum Schluss mit Walnüssen beworfen. Aber fangen wir mal von vorne an.«

Ruth hatte sich aus der väterlichen Bibliothek mit zahlreichen Büchern, verschiedenen Ausgaben des Talmuds, Leitfäden des Judentums und Regeln der Reformierten Gemeinde Berlins für dieses Gespräch munitioniert.

Albert fand alles, was er hörte, ganz toll. Und auch dem vorsichtig vorgetragenen Wunsch Ruths, er möge bei der Trauungszeremonie in der Synagoge nicht in Offiziersuniform erscheinen, sondern im schwarzen Kaftan mit Kitel und einem breitkrempigen Hut auf dem Kopf, setzte er keinen

Widerstand entgegen. Albert freute sich wie ein Kind auf die Zeremonie.

Sehr spät, so gegen zwei Uhr in der Nacht, hatte er alles kapiert und – im Gegensatz zu Ruth, die wieder ihre gewohnte Apfelschorle trank – viele Gläschen Champagner getrunken.

Angesüffelt versprach er beim Abschied, sich selbst eine ganz, ganz große Glühbirne zu besorgen, so eine aus dem Heereszeugamt für die neuen Flugscheinwerfer. Die waren rund vierzig Zentimeter groß im Durchmesser und würden, so hoffte Albert, ganz besonders laut knallen.

»Sehr gut!«, freute sich Ruth. »Da fällt Rabbi Tannengrün vom Gebetshocker, auf dem er während der ganzen Hochzeitszeremonie so tun muss, als meditiere er.«

Albert hauchte einen Kuss auf Ruths Stirn, Nase, linke und rechte Wange, küsste alle zehn Fingerspitzen einzeln und wollte tatsächlich mit der Droschke in seine Offizierswohnung fahren.

Am Tor hielt Samuel, der natürlich das ganze Gespräch über die Kachelofen-Spionageanlage belauscht hatte, Albert auf.

Er führte ihn quer durch den Park zu einem solide gemauerten Teepavillon, der über ein eigenes Bad und ein kleines Gästeappartement verfügte, und bat Albert, hier die letzte Nacht vor der eigentlichen Hochzeit zu verbringen. Im Hause der Braut dürfe Albert aus Gründen jüdischer Schicklichkeit nicht schlafen. Zwar seien bei dieser Eheschließung viele Gebote des mosaischen Glaubens bereits verletzt worden, aber da, wo man sich noch an die alten Sitten halten könne, solle man das auch tun.

Das Teepavillon-Gästeappartement war sehr plüschig eingerichtet – mit türkischen Tapeten und viel rosa Samt.

»Oha, lieber Herr Schwiegervater! Diese Räumlichkeiten und das Bad ... die haben etwas sehr Exzeptionelles!«

Samuel grinste. »Wird auch nur von mir benutzt, von Fall zu Fall. Meine heimliche Stoßburg ... sozusagen meine Trutzfestung gegen die Neugier da drüben, im Haus. Natürlich wissen alle, dass ich mich hier hin und wieder mal erbaue, aber nicht, mit wem!«

Er öffnete einen rot lackierten japanischen Schrank und präsentierte Albert seine Sammlung pornographischer Bücher, Journale, Fotos und sogar ein Foto der großen Tina Lavoisier – ganz nackt.

»Ach, das wärmt die Gedanken, lieber Schwiegersohn! Ich wünsche Ihnen eine angenehme Nacht.«

Ruth lag in ihrem Bett und überprüfte noch einmal die Sitzordnung für die Trauzeremonie in der Synagoge, die Zelda, Cousin Heiratsvermittler und viele, viele andere Mitglieder der Gemeinde nach heftigsten Diskussionen, vorsichtigem Abwägen, weisen Anregungen, aber letztlich ohne befriedigende Lösung, festgelegt hatten.

Die Sitzplätze in der Nähe der Chupa, unter der das Brautpaar den Bund der Ehe eingehen sollte, waren wegen der guten Sicht natürlich besonders begehrt.

Ruth kam sehr schnell zu der Erkenntnis, dass diese Gaffer sie am wenigsten interessierten, weil sie sie kaum kannte. Und schon hatte sie eine Idee, wie sie die Sitzordnung anders gestalten könnte. Sie würde rein alphabetisch vorgehen, angefangen von A bis runter zum Z! Vorzugsbehandlung erhielten traditionell lediglich die Familien mit den Namen Levi oder Cohn. Cohns und Levis rangierten in der Synagoge grundsätzlich weit oben, weil die Levis und Cohns ihre Stammbäume bis zum Vater Abraham zurückführen konnten – im Gegensatz zu den Goldfischs, die sicherlich mal anders geheißen hatten, garantiert aber nicht Levi oder Cohn.

Zelda hatte durch die Türritze noch Licht in Ruths Zimmer bemerkt und ging zu ihrem Zögling ans Bett.

»Der Allmächtige möge verhindern, dass dein Vater Samuel deinem Bräutigam seine pornographische Schweinkramsammlung in seinem Privatbordell gezeigt hat. Dort hat doch dieser verflixte Schlunz von einem Vater deinen Albert einquartiert. Auf welche Gedanken wird der brave Offizier kommen, wenn er sich den Schweinkram anguckt?! – Ach,

Ruth, wenn man nicht auf alles aufpasst! Unbeschreiblich, diese Bilderchen, Zeichnungen und Anleitungen!«

»Ich weiß nicht, wovon du redest, Zelda? Gut, Albert schläft im Teepavillon. Fein. Netter Zug vom Tate. Anscheinend mag er meinen Albert, je mehr ich ihn von Tag zu Tag heirate. Sonst lässt er ja niemanden in seine Dingsbumsräume rein.«

Zelda wurde richtig fuchtig: »Du darfst ja auch gar nicht verstehen, was ich eigentlich sagen will. Aber, morgen Nacht ist die Nacht der Nächte! Da wird die Ehe zwischen dir und Albert vollzogen – wenn du weißt, was ich meine. Und meine Krampfadern zucken bei dem Gedanken, dass sich dein Mann seltsame Anregungen holt für eure Ehenacht! Verstehst du jetzt, was ich meine?«

»Nein!«

»Du wirst morgen Nacht mit Albert, hier im Haus, die Ehe vollziehen! In einem geheimen Zimmer. Es wurde heute den ganzen Tag von Dekorateuren des Ausstattungshauses Hermann Tietz mit fliederfarbenem Damast ausgestattet. Die Wände, die Decke, das Bett, der Baldachin, die Vorhänge! Fliederfarben wie die Brautjungfern. Aber das darfst du ja gar nicht wissen.«

»Du redest Unsinn, Zelda! Hast du was getrunken? Ich werde keine Nacht in einem geheimen, fliederfarbenen Zimmer verbringen. Albert und ich werden uns morgen Nacht, wie es jüdischer Brauch ist, vereinigen. Darüber hab ich mit Albert natürlich nicht gesprochen.«

»Fliederfarben vereinigen! Und jetzt holt er sich Anregungen in deines Vaters Schweinkramsammlung!«

»Nun verschwinde aus meinem Zimmer und reg dich ab!«

Die Oranienburger Straße wurde von zehn Uhr dreißig an polizeilich gesperrt. Nur Limousinen, deren Fahrer Einladungskarten zur Trauung vorweisen konnten, durften passieren.

Die Synagoge war rappelvoll. Da es sich um eine liberale, reformierte Synagoge handelte, durften Frauen nicht nur in der Galerie sitzen, sondern auch unten im Hauptschiff des Tempels, zwar getrennt von den Männern, aber für alle Neugierigen sichtbar. Die geladenen Gäste füllten die große Synagoge bis auf den letzten Sitzplatz, und auf den Stehplätzen trampelte man sich gegenseitig mehr auf den Füßen herum als bei einer Parade an Kaisers Geburtstag.

Berlins Hutmacherinnen hatten Konjunktur und wurden von den Büros für Kriegsanleihen gebeten, einen Teil ihres exorbitanten Gewinns für die kaiserliche Kriegskasse zu spenden.

Frackverleiher hatten niemals ein besseres Geschäftsjahr gehabt als das Jahr 1913.

Hausschneiderinnen und Textilfacharbeiterinnen im Schanzenviertel zu Spandau hatten sich in der kurzen Zeit bis zu dieser Hochzeit die Finger blutig genäht. Arm und Reich erschienen aufgedonnert, mit Strass oder echtem Schmuck behängt.

Die Familie Goldfisch war beliebt. Vom armseligsten kleinen jüdischen Flickschustergehilfen bis zur Finanz-Hautevolee begehrte alles Einlass in den Tempel, auch die, die nicht durch Blitzkuriere in den letzten achtzehn Stunden eingeladen worden waren.

Gegen die jammervolle Veranstaltung in der Garnisonskirche wollten Goldfisch, Tannengrün und die Gemeinde der Oranienburger Straße, obwohl sonst ständig liebevoll zerstritten, Eintracht demonstrieren und richtig feiern.

Samuel Herschel Goldfisch führte seine Ruth durch den Mittelgang der Synagoge.

Jubel, Applaus, Geschrei, Gesänge ließen das Gebäude erbeben. Die erste und einzige Orgel in den Berliner Synagogen erschallte noch machtvoller als sonst. Ruth sah aus wie die meisten jüdischen Mädchen und Frauen: klein, dick, rund, selbstbewusst. Mit festen Schritten, beim Tate untergehakt, ging sie durch den Mittelgang.

Albert, den Bräutigam, gekleidet in einen schwarzen Kaftan mit Kitel und breitkrempigem Hut, fanden alle Frauen auf der rechten Seite der Synagoge einhellig stattlich, gesund, einen sehr schönen Menschen und eigentlich gar nicht mal so christlich. Ihm flogen die Herzen zu.

Das vornehme Gretchen, das auch durch den Mittelgang schritt, wurde als zu mager bedauert.

Der Kantor schlug mit seinem Stab mehrmals im Dreierrhythmus heftig auf den Steinfußboden, um damit zu signalisieren, dass nun die würdevolle Zeremonie beginne und das allgemeine Geschnattere und Geschreie endlich aufzuhören hätten.

Als die prachtvolle seidene Chupa vor den Altar getragen wurde, wurde es endlich etwas ruhiger.

Brautvater Goldfisch führte Ruth unter den Hochzeitsbaldachin. Dort wurde sie von Rabbiner Tannengrün erwartet.

Erschrocken blickte der in das nackte Antlitz der Braut. Das war nicht in Ordnung – auch nicht in einer reformierten jüdischen Gemeinde. Sofort griff er in Ruths Schleier, nestelte dran herum, um einen Zipfel zu erhaschen, den er über Ruths Gesicht decken könnte. Natürlich wusste Ruth sofort, warum der Rabbi an ihr rumfummelte. Und fummelte mit.

Währenddessen wurde der Bräutigam, begleitet von sechs kerzentragenden jungen Männern, zur Chupa geführt.

Ein sehr schönes, erhabenes Bild. Die Kerzen symbolisieren die Blitze, die Gott auf den Berg Sinai gesandt hat, um die Zehn Gebote in Stein zu meißeln. Mit diesen Gesetzen hat Gott – der Vater oder Bräutigam – das Volk Israel – oder die Braut – verpflichtet.

Irgendwann gelang es Ruth und Tannengrün mit einem Stück des unendlich langen Schleiers, Ruths liebliches Antlitz zu bedecken.

»Alles falsch, Ruth!«, grummelte Tannengrün. »Wie üblich hatte es dein Vater zu eilig. Du musst noch mal zurück. Dein Bräutigam muss zuerst unter die Chupa.«

»Ich weiß!«, zischte Ruth zurück. »Aber mein Tate hat so gedrängelt. Und Albert kennt sich bei uns nicht so aus.«

Ruth spielte sich mit einigen Schritten nach hinten, wobei sie Mühe hatte, weder auf das lange Kleid noch auf den Schleier zu treten.

Schließlich stand Albert unter dem Baldachin und er erwartete, so wie es Sitte ist, seine Braut, die anderthalb Schritte hinter ihm stand. Ruth spürte einen Stoß in ihrem Rücken. Samuel schubste sie nach vorn. Diesmal kam sie etwas ins Straucheln, verhedderte sich im Schleier, der rutschte mit dem Brautkrönchen vom Kopf, und barhäuptig stand Ruth schließlich neben Albert.

Tannengrün murmelte die ersten Segen, die Augen gen Himmel gerichtet, und Albert sah, dass plötzlich auch Samuel unter der Chupa auftauchte und ihn gemeinsam mit Ruth während des Segens dreimal umkreiste.

Ruth hatte ihm am Abend zuvor zwar alle Riten eingeschärft, aber er konnte sich wohl nicht an alles erinnern.

Um Ruth nicht aus den Augen zu verlieren, drehte er sich mit. Das war natürlich falsch und führte zu dezentem Gelächter der Gemeinde.

Der Rest ging ohne weitere Zwischenfälle über die Bühne. Ruth stand, wie vorgeschrieben, rechts von ihrem Albert, und als der Rabbi den Bräutigam aufforderte, der Braut den Ring anzustecken, wunderte der sich zwar einen Moment lang über den Zeigefinger der rechten Hand, der ihm entgegengestreckt wurde, tat dann aber, wie ihm geheißen, und alle Trauzeugen um die Chupa herum konnten eindeutig erkennen, dass die Ehe nun geschlossen war.

Danach steckte sich Ruth traditionsgemäß den Ring an den Ringfinger der linken Hand. Links, weil vom linken Ringfinger eine Ader direkt zum Herzen führt.

Die Sache mit dem rechten Zeigefinger geht auf einen Lobgesang des Altvaters Mose zurück, der von der Gemeinde unter Orgelbegleitung angestimmt wurde: »Deine Rechte, o Herr, ist herrlich in Kraft. Deine Rechte, o Herr, zerschmettert den Feind.«

Die ganze Gemeinde sang mit – besonders laut Samuel sowie die Trauzeugen Max Kellermann, Paul Kasser und der große Schauspieler Albert Altmann.

Nach dem Gesang kam es dann zum spannendsten Augenblick, zum Zerbrechen des Glases. Alle in der Gemeinde wussten längst, dass mit einer Art Kanonenschlag zu rechnen wäre, dass der Bräutigam sich eine riesige Glühbirne verschafft hätte.

Samuel erhielt von Kammerdiener Abraham auf einem Samtkissen tatsächlich die vierzig Zentimeter dicke Scheinwerferbirne serviert und reichte sie feierlich an Bräutigam Albert weiter.

Der legte sie vorsichtig auf den Boden, hob das rechte Bein langsam über die Birne, atmete tief durch und trat zu.

Es krachte gewaltig – und führte zu Jubel, Applaus und Hosiannah-Rufen bei den anwesenden Gästen.

Dieser gewaltige Krach, da waren sich alle sicher – sogar Tannengrün – würde für alle Zeit böse Geister aus dem zukünftigen Leben des Ehepaares Albert und Ruth von Roll vertreiben. Der Lärm zertretenen Glases sollte Dämonen von den Brautleuten, ihrem Haus, ihrer Verwandtschaft und ein bisschen auch von der ganzen Gemeinde fernhalten.

Der Kriegsscheinwerferbirnen-Knall war der lauteste in der Geschichte des Tempels. Die Zuversicht für die Zukunft muss sehr groß gewesen sein an jenem ersten Dienstag im Juni des Jahres 1913.

Die Brautleute zogen durch den Mittelgang aus der Synagoge aus, gefolgt von den Trauzeugen der Familie Goldfisch. Der Bräutigam ging einen Schritt voraus.

Alle, wirklich alle Besucher der Synagoge wünschten den Eheleuten Glück, indem sie sie mit Walnüssen bewarfen. Vermutlich zentnerweise. Albert, als Bräutigam, war traditionsgemäß das Hauptziel und bekam einige Würfe schmerzhaft ab. Die Walnüsse sollten ihn daran erinnern, dass es seine Hauptaufgabe wäre, fruchtbar zu sein. Es gab auch Gemeinden in Berlin, da wurde mit Rosinen geworfen. Das tat weniger weh.

Albert nahm die Sache mit Humor. Das bemerkte Ruth, als Albert sie heftig in seine Arme nahm, sie tollkirschenäugig anstrahlte, zum ersten Mal wirklich breit lachte, sodass sie auch seine Zähne sehen konnte, und ihr einen Kuss auf den Mund gab. Den ersten.

Das gefiel Ruth sehr. Über diesen ersten Kuss hat sie in ihrem Leben noch sehr oft geredet.

Auch über den ersten Satz, den Albert ihr nach dem Schmatzer sagte: »Deine Schwester Käthe hat mit ihren Nüssen immer in mein Gesicht gezielt und einmal mein linkes Auge getroffen! Wird es schon blau?«

Noch sah man nichts. Aber einige Stunden später schon.

Dass Käthe gezielt geworfen hatte, war nicht nur wahrscheinlich.

Die Hochzeitsfeier fand in allen Räumen der Villa Goldfisch und im Park unter Sonnenbaldachinen statt. Natürlich hatte Zeldas Cousine Köchin vergeblich herumkrakeelt und sich verbeten, dass Gäste in ihre Küche kämen, sie hätte es besser wissen müssen. Der Mittelpunkt eines jüdischen Haushaltes ist nun mal seit fünftausend Jahren die Kochstelle.

Obwohl sich die Tische in den Räumen und in den Parkanlagen unter den wunderbarsten Speisen aus der hochgerühmten Goldfisch-Küche bogen, kochten viele der Gäste – aus Gründen der Geselligkeit – ihre eigenen Süppchen nach Geheimrezepten. So war es der Brauch. Selbst Ruth musste am Tage ihrer Hochzeit ihre Kochkünste unter den strengen Blicken vieler Gemeindemitglieder unter Beweis stellen.

Im Brautkleid bereitete sie eine Hühnersuppe mit selbstgemachter Nudeleinlage, von der alle kosteten und sie für »fast wohlschmeckend« hielten.

Das war kein einfaches Fest mehr, sondern ein gewaltiges Beisammensein, bei dem Haus, Keller, Küche und alle Räumlichkeiten nicht geschont wurden. Es muss allerdings erwähnt werden, dass keiner der Gäste Ruths Gemüsegarten im Park zertrampelte. Die Rabatten lösten allgemeine Verwunderung und wohl auch Ehrfurcht aus. Wie erwartet, waren alle Gäste immer fast satt und noch nicht ganz betrunken. Sie wurden es im Verlaufe des Tages immer mehr.

Dann kam die Stunde der Wahrheit.

Das fliederfarbene Brautgemach.

Die Ehe – so war es Brauch – musste an diesem Tag vollzogen werden.

Unter allgemeinem Freudentaumel – also Lärm, Beifall und Getöse – wurden Ruth und Albert feierlich zum fliederfarbenen Brautgemach geleitet.

Diese öffentliche Hinführung zum Geschlechtsakt verunsicherte Albert sichtlich, obwohl er mit der fleischlichen Vereinigung von Männern und Frauen reichlich Erfahrung hatte. Im Gegensatz zur Braut selbstverständlich.

Bevor die Mischpoche vorsichtig die Tür hinter den Brautleuten verschloss, wurde Albert noch einmal mit Walnüssen beworfen. Drei Frauen blieben vor dem Brautgemach zurück. Das war einerseits Sitte aus jüdischen Urzeiten und andererseits schiere Neugier.

Auf dem fliederfarbenen Bett tat sich nichts. Um eine gewisse erotische Grundsituation zu schaffen, zog sich Albert den Kaftan aus und schaute Ruth verführerisch an. Dabei trat er verlegen von einem Fuß auf den anderen. Ruth stand bolzengerade inmitten des Zimmers und schaute durch den schmalen Spalt zwischen den fliederfarbenen Damastgardinen nach draußen.

»Tja«, warf Albert ein.

Schweigen!

»Ein wirklich schönes Fest, Ruth, du meine liebe Frau. Weitaus anregender als die protestantisch-pietistische Eheschließung ... weitaus anregender ...«

Endlich bewegte sich Ruth. Sie hob ihre Arme, drehte sich um und blickte etwas verdutzt auf Alberts behaarte Brust, denn der Ehemann hatte sich die oberen zwei Kugelknöpfe des Kitels geöffnet. Sie legte beide Arme auf seine Schultern und schaute ihn himmelblau an.

»Nur, lieber Albert, nach meinen strengen Gesetzen hätten wir dieses Fest heute gar nicht feiern dürfen!«

»Wieso nicht?«, fragte Albert. »Ruth Albertine, fang bitte jetzt nicht wieder mit irgendeiner eurer komischen Vorschriften an!«

Albert wurde sichtlich nervös und trat immer heftiger von einem Fuß auf den anderen. Dabei verging ihm wohl auch die Lust. Der nächste Satz von Ruth ließ seine erotische Spannung dann vollends gegen Null sinken.

»Albert, ich bin unrein, wenn du weißt, was ich meine.«

Albert glotzte Ruth entgeistert an: »Aber Ruth, du bist nach wie vor Jüdin! Wieso kannst du jetzt auf einmal unrein sein?«

»Albert, du weißt also nicht, was ich meine. Also: Mein Uterus stößt überflüssiges Zellgewebe ab!«

»Ach du Schreck! Du hast also die ...?«

Ruth verschloss mit ihrer Rechten Alberts weit aufstehenden Mund und flüsterte: »Und an einem solchen, unreinen Tag hätten wir noch nicht mal heiraten dürfen! Aber ich hab es niemandem gesagt. Nicht mal Zelda.«

Albert knöpfte sich den Kitel wieder bis zum Hals zu und Ruth zog, zu Alberts Überraschung, ihr Brautkleid aus.

»Was jetzt, Ruth?«

Fahrig ging er zu einem Tisch, auf dem eine Flasche Schampus im Eiskühler und einige Leckereien bereitstanden, goss sich ein Glas ein, trank es und füllte nach. Das tat er dreimal – einfach um zu trinken und etwas gegen die ganz und gar nicht prickelnde Atmosphäre zu tun.

Während er mit dem Sekt beschäftigt war, wandte er sich keusch von seiner nur wenig bekleideten Frau ab.

Ruth schlüpfte in ein, mit langen Seidenfransen versehenes, knöchellanges Hängekleid, trat von hinten an ihren Ehemann heran und hielt ihm, in einer neckischen, aber doch wohl eher verlegenen Geste, die Augen zu.

»Albert, bist du mir böse?«

»Nein. – Aua, mein Auge tut nur ein bisschen weh ...«

Er drehte sich um, nahm Ruth in die Arme und drückte sie fest an sich.

Ihr Leben lang wird Ruth erzählen, wie wundervoll lang diese Umarmung war. Ganz besonders gerne erzählte sie aber die Geschichte, die dieser langen, zärtlichen Umarmung folgte:

»Ich habe eine total versaute Idee, Ruth!«

»Oh?!« Ruth war überrascht.

»Für meine versaute Idee brauchen wir frisch geschälte, geviertelte Zwiebeln!«

Ruth wurde augenblicklich sehr nervös und ängstlich. Es war keineswegs so, dass sie nicht über menschliche Perversionen im Groben und Ganzen informiert war. Schließlich war sie in einem sehr weltoffenen Elternhaus, umgeben von Künstlern und mit ihrem, den fleischlichen Genüssen des Lebens nicht abgeneigten Vater, aufgewachsen.

»Zwiebeln?«

Albert stürzte zur Tür. Bevor er sie aufriss, flüsterte er Ruth zu:

»Ja, Zwiebeln! Vertrau mir! Es ist eine mordsmäßige Sauerei, und du wirst schockiert sein! Schau mich nicht so ängstlich an. Wir werden hier verschwinden! Wir machen einen hübschen Ausflug!«

Er hauchte ihr einen Kuss über seine rechte Hand quer durch das fliederfarbene Zimmer und riss die Tür auf.

»Meine Damen, besorgen Sie umgehend aus der Küche ein Pfund geschälte und geviertelte Gewürzzwiebeln. Danke!«

Ehe die drei Überwacherinnen des ehelichen Geschlechtsverkehrs auch nur einen Mucks sagen konnten, hatte er die Tür schon wieder zugeknallt.

In der Küche gab es ein großes Palaver über Sinn, Zweck und tiefere Bedeutung geschälter Zwiebeln für den Vollzug einer Ehe.

Niemand fand irgendeine Erklärung für dieses merkwürdige Ansinnen. Als aber Tannengrüns Ehefrau kleingeistig Bedenken gegen die Aushändigung der Zwiebeln an das Brautpaar anmeldete, es schließlich sogar ausdrücklich untersagte, stärkte sie nur die völlig ratlose Zelda, ihre Cousine Köchin und alle anderen Frauen in der Küche in ihrem

Entschluss, innerhalb von kürzester Zeit die gewünschten Zwiebeln zu schälen, zu vierteln, auf einem Silbertablett anzurichten und sie zum lila Zimmer zu tragen.

Durch das Treppenhaus zog eine Prozession jüdischer Mädchen, Frauen und Mütter, angeführt von Zelda mit dem Tablett, die vor dem heiligen Brautzimmer endete.

Nach kurzem Anklopfen wurde die Tür nur einen Spalt geöffnet, Alberts Hand schoss heraus und riss das Tablett nach innen.

Die seltsamsten, abwegigsten Gedanken schossen Ruth durch den Kopf. Fassungslos blickte sie auf ihren Mann. Albert schüttete den Inhalt von Ruths zum Brautkleid passendem Brauttäschchen auf das Bett und füllte den Seidenbeutel mit den Zwiebeln.

Albert: »Ruth, jetzt musst du mit fester Stimme nach der Limousine deines Vaters verlangen. Brüll wie ein Unteroffizier! Und dann hauen wir ab.«

»Und wohin fahren wir? Zum Zoo?«

Albert nickte ernst.

Ruth öffnete die Tür und starrte sofort in Zeldas misstrauisch-neugieriges, von Zweifeln gepeinigtes Antlitz.

»Zelda, sag bitte dem Abraham, er möge den Chauffeur bitten, Tates Limousine auf der Stelle vorzufahren!«

»Wie? Was?«, murmelte Zelda, wurde aber von Ruth mit einem militärischen »Sofort!« überschrien.

Die Eheleute warteten eine knappe Minute. Dann hakte sich Albert bei Ruth unter, und mit schnellen Schritten hasteten sie, an den vor dem Brautzimmer wartenden Frauen vorbei, die Treppe hinunter.

Was eigentlich eine Flucht war, sah für alle Neugierigen wie ein militärischer, energischer Abgang aus.

Ruth plumpste gerade auf die Rückbank der Limousine, als im Villenportal der aufgebrachte Samuel erschien und mit beiden Fäusten herumfuchtelte.

»Es ist vollbracht, lieber Schwiegervater!«, rief Albert ihm zu, sprang ins Auto und kuschelte sich an seine Ruth. Der Chauffeur fuhr mit dem höchstmöglichen Anfahrtstempo eine scharfe Kurve, dass der Kies bis vor das Eingangsportal spritzte.

Im Auto schnupperte Ruth an dem vom Brautsalon für sündhaft viel Geld angefertigten Brautbeutel.

»Eklig.«

Während der ganzen Fahrt lachte Albert in sich hinein. Vorfreude auf die kommenden Ereignisse schien ihn zu übermannen. Schließlich liefen ihm sogar Tränen über die Wangen vor lauter Lachen. Noch steckte Alberts ausgezeichnete Laune Ruth nicht an – aber sie heulte auch: wegen der Zwiebeln.

»Albert, weißt du übrigens, dass Zwiebeln, Lauch, Porree eines der ältesten Grundnahrungsmittel meines Volkes sind? Dass wir nur durch Zwiebeln, Knoblauch und andere Liliengewächse die ägyptische Gefangenschaft überlebt haben? Dieses ganze Stinkezeug ist bis heute ein ganz wichtiger Bestandteil unserer Ernährung und Gesundheit.«

Ihre Plapperei beeindruckte Albert nicht, sondern verursachte eher einen zweiten Lachkrampf. Mit tränenerstickter Stimme brüllte er Ruth an: »Ruth, Liebchen, nun lass doch mal deinen ganzen jüdischen Quatsch! Du hast ja gar keine Ahnung, wie Zwiebeln auf Paviane wirken!«

Er pflückte ein Zwiebelviertel aus dem Seidenbeutel, schnupperte daran, und sein Lachkrampf steigerte sich bis zur gesundheitlichen Bedenklichkeit. Der Chauffeur schaute sich immer häufiger diskret um, öffnete auch die Glasscheibe zum Fond einen Spalt. Möglicherweise befürchtete er, dass der Hauptmann jeden Moment kollabieren könnte.

Ohne recht zu wissen, warum, steigerte sich auch Ruth in einen Lachanfall hinein. Irgendwann prustete sie noch heraus: »Albert, jetzt bin ich aber gespannt, was wir Juden mit den Pavianen zu tun haben!«

Im Zoologischen Garten stand neben anderen Besuchern ein unauffälliges Liebespaar und betrachtete hinter den Gitterstäben die durcheinandertollenden Paviane. Auf dem höchsten Punkt des künstlichen Felsens thronte der Oberpavian –

dreimal so groß wie die Weibchen, doppelt so groß wie die meisten niederrangigen Männchen.

Der Pavian-König war ein Diktator, und nur ihm oblag es, die geschlechtsreifen Frauen seines Stammes zu begatten. Scharf beobachtete er von seinem hohen Aussichtspunkt aus die jüngeren »Herren« und hatte ein feines Gespür dafür, wann es bei dem einen oder anderen so weit war, dass er sich an einem »Mädchen« vergreifen könnte. Dann fegte er auf den Übeltäter zu, verdrosch ihn nach Kräften, und es herrschte wieder Ruhe im Harem.

Diese Ruhe war dahin, als Albert und Ruth aus dem Seidenbeutel sehr diskret und für die anderen Besucher nicht bemerkbar, Zwiebelviertel durch die Gitterstäbe in das Gehege warfen.

Albert wusste, dass einer der Zwiebelduftstoffe zur Enthemmung aller männlichen Paviane führen würde. Selbst die jüngsten Jünglinge würden alle Vorsicht und Ängste vor ihrem Sex-Diktator fallen lassen und sich am nächsten, übernächsten und überübernächsten Weibchen vergreifen. Der Ober-Pavian könnte sich so viel aufregen, wie er wollte – er hätte keine Chancen mehr. Natürlich war das, was Albert hier tat, verboten, wie überhaupt das Füttern der Tiere im Zoo, aber er liebte diesen alten Offiziersscherz. Jahre zuvor hatten Kadetten im Hamburger Zoo diese Schandtat erfunden und damit eine böse Tradition bei dem jungen Offiziersvolk begründet.

Durch das Paviangeschrei angelockt, rannten im Laufschritt einige Zoomitarbeiter heran. Schnell zog Albert Ruth vom Gehege weg.

»Ruth, jetzt müssen wir schnell verschwinden, sonst gibt's Ärger! Obwohl mich keiner erkennen wird. Diesmal bin ich ja nicht in Uniform hier, sondern als Jude!«

Er deutete auf seinen Kaftan, die lange schwarze Hose und den Hut. »Ach Ruth, wenn wir schon heute nicht konnten, so hatten die Paviane doch ihr Vergnügen mit deinen jüdischen Zwiebeln.«

Ruth gab sich natürlich empört und sagte: »Pfui, Albert,

an diese Seite deines Humors werd ich mich nur schwerlich gewöhnen können! Nu na, Hauptsache, die Tiere hatten ihren Spaß.«

Noch völlig außer Atem ließen sie sich nach Potsdam, zu Alberts Offizierswohnung fahren und beschlossen nach kurzer Diskussion, bereits am übernächsten Tag – dem Donnerstag – nach Bleichrode zu fahren.

Albert trank Champagner und für Ruth mischte der Offiziersbursche die übliche Apfelschorle. Gegen Mitternacht entbot er sich, aus einem nahe gelegenen Restaurant einen kleinen Imbiss zu besorgen. Das lehnte Ruth dankend ab. Zwar waren die Vorräte der Speisekammer bescheiden – wie in allen Offiziers-Junggesellenhaushalten –, aber mit viel Fantasie zauberte Ruth aus dem Vorhandenen eine Hühner-Nudelsuppe ohne Huhn. Der Fleischextrakt eines gewissen Herrn von Liebig ersetzte das Federvieh und Gartenkresse aus dem Rasen des Vorgartens die Gemüseeinlage. Es war die mit Abstand beste Hühner-Nudelsuppe ihres Lebens!

Ruth verbrachte die Nacht im schmalen, kargen Offiziersbett. Albert schlief auf der etwas opulenteren und schon für Liebesspiele mit anderen Damen missbrauchten Couch im Wohnzimmer.

Im Hause Goldfisch ging die Hochzeitsfeier weiter. Samuel Goldfisch nörgelte väterlich-eifersüchtig herum und behauptete, seine Tochter würde nun irgendwo von einem Teufel geritten oder von Dämonen! Doch Zelda tröstete ihn und sagte, Ruth sei mit absoluter Gewissheit eine hervorragende jüdische Frau, getreu dem guten alten Motto aus Galizien: »Als Mädchen treusorgend und demütig. Als verheiratete Frau eine gnadenlos gute Mutter und bei Bedarf eine unausstehliche Ehefrau.«

»Samuel Herschel Goldfisch, beruhige dich. Ich weiß, wie ich Ruth erzogen habe. Sie setzt immer ihren Kopf durch! Hab ich Recht? Deswegen feiern wir doch.«

»Ach, Zelda, sie wird uns verlassen, sehr bald. Das hab ich dir immer gesagt«, seufzte Samuel, und er weinte.

»Und ich werde mitgehen, für immer.« Zelda unterstrich ihre Worte, indem sie Samuel mit den Knöcheln ihrer rechten Faust gegen die Brust boxte. »Was heißt ›mitgehen‹, Samuel. Meine Beine tragen mich nicht mehr gut. Aber ich werde natürlich bei ihr sein.«

»Natürlich«, nickte Samuel und streichelte mit beiden Händen über Zeldas Brüste – wie so oft, wenn er das Glück herbeisehnte.

»Nun, ich hab noch die kleine Käthe, obwohl man die nie bemerkt. Selbst, wenn sie da ist. Bei Käthe scheint immer die Uhr stillzustehen, wenn ich ihr begegne. Verstehst du, was ich meine, Zelda? Sie lebt in einer anderen Welt, in einer anderen Zeit.«

»Käthe braucht unsere Liebe nicht. Aber sie wird ihren Weg machen. Ganz sicher. Samuel, du hast noch Gretchen.«

»Jaja«, grummelte Samuel. »Ich fürchte nur, sie wird sich nie für einen Mann entscheiden. Sie wird mich nie verlassen. O Allmächtiger, warum habe ich diesen verdammten Kerl nicht aus dem Haus geworfen, ihn erschossen, erschießen lassen? Der Himmel möge mir gnädig sein, Zelda, aber warum liebe ich unter meinen Töchtern nur Ruth?«

»Weil sie so ist wie du«, entgegnete Zelda, »und natürlich wie ich! Ich hol dir einen Arrak.«

»Mach ich selber, Zelda. Schon deine krummen Knochen für Ruth.«

Mit hängenden Schultern und schlurfenden Schritten ging Samuel zu seinem Freund Paul Kasser, entriss ihm ein Glas mit Arrak, schüttete es in sich hinein und sagte: »Sauf nicht so viel, Paul. Kostet alles mein Geld.«

Besorgt schaute Freund Paul den Samuel an.

»Es muss dir sehr schlecht gehen, Samuel, wenn du über Geld redest und stöhnst. Soll ich Kaminski rufen?«

»Quatsch, Paul! Schmeiß dich an Tina Lavoisier ran, dummer Lorbass! Merkst du nicht, dass sie dir Blicke zuwirft?«

Die Lavoisier hielt sich zu Paul Kassers Freude ganz in der Nähe der beiden Freunde auf und warf in der Tat glühende Blicke hinüber.

Bevor sich Paul zu Tina Lavoisier begab, flüsterte er Samuel noch zu: »Du, die Lavoisier war gestern in meiner Galerie und hat sich für ein Bild interessiert! Völlig unverkäuflich, mir gefällt's! Ein Spanier. Pablo heißt er mit Vornamen.«

Die nötigen Vorbereitungen für die Übersiedlung nach Bleichrode hatten Ruth und Zelda in den vorangegangenen Wochen minutiös geplant, sodass einer kurzfristigen Abreise nichts im Wege stand. Hausschneiderinnen hatten ein – so glaubten Ruth und Zelda – vernünftiges Sortiment ländlicher Kleidung aus pflegeleichten Stoffen anfertigen sollen. Als Modelle für Hauskleider, Mäntel, Jacken hatten Kleidungsstücke von Spreewälder Gurkenbäuerinnen gedient.

Doch schon bei der Anprobe hatte es Ruth gedämmert, dass das wohl nicht die rechte Bekleidung für eine Landwirtin am Nordrand des Harzes sein könnte. So dachte sie nach und entschied kategorisch, dass sie im Sommer etwas Luftiges und Lockeres brauche und im Winter etwas Wärmendes und auch Lockeres. Sie lehnte jedes Kleidungsstück ab, was sie körperlich auch nur in irgendeiner Weise beengte. Selbst die Mieder für die Sonntagskleider kämpfte Ruth nieder, sosehr sich Zelda und die Hausschneiderin auch für diese etwas elegantere Version des ländlichen Lebensgefühls einsetzten.

Während dieser Wochen gab es häufig Streit zwischen Ruth und Zelda. Schließlich sei Ruth nunmehr eine Baronin, irgendwo draußen ›jot-we-de‹ im deutschen Reich – aber immerhin eine Baronin! Und als solche müsse sie auch etwas hermachen, sagte Zelda.

»Baronin sein hast du mir nicht beigebracht!«, fauchte Ruth dann zurück und setzte ihren Kopf durch. Genau betrachtet, bestand ihre optische Anpassung an ihr zukünftiges ländliches Dasein eigentlich nur aus einer Standardbluse. Zu den immer langen Röcken trug sie langärmelige Blusen mit Manschetten und einer Art lockerem Stehkragen. Nur die Materialien waren verschieden, die Farbe aber immer Weiß – mitunter mit einem Stich Beige. Die Knöpfe waren grundsätzlich runde Kugeln aus zumeist falschen Perlen, bei den Sonntagsblusen aus echten.

Zeit ihres Lebens hat sich Ruth aus dieser Oberbekleidung nicht mehr herausgepellt. Die Blusen wurden immer wieder neu hergestellt. Ruth sah immer gleich gut angezogen aus, egal was immer sie in ihrem zukünftigen Leben für Arbeiten verrichtete.

In einem Lagerraum im Keller der Villa standen schließlich sechs Schrankkoffer mit Garderobe und wohl ein Dutzend Holzkisten mit der üblichen Aussteuer – irische Leinenbettwäsche, friesisches Silber, bayerisches Porzellan und was man sonst so als gehobene Bürgerstochter an Nützlichem und Unnützlichem brauchte.

Ihre Fachliteratur, etwa achthundert Bücher, füllte vier große Holzkisten. Heimlich hatte Ruth sich sogar eine vierbändige Ausgabe über Schweinezucht angeschafft. Und sich beim Verpacken dieser anrüchigen Werke so auffällig – unauffällig benommen, dass Käthe prompt eines der Bücher in die Finger bekam und Ruth bis zur Abreise um »Geld für die arme arbeitende Klasse« erpresste. Ruth gab gerne für arme Arbeiterkinder Geld und machte sich noch keine Gedanken, was aus Käthe wohl dereinst einmal werden würde. Zumindest hatte sie ihren eigenen Kopf, wollte ihren eigenen Weg gehen und irgendein Ziel erreichen. Ruth selber glaubte, ihr Lebensziel, ihren Traum erreicht zu haben.

Albert hatte ein Erste-Klasse-Coupé in einem Zug nach Magdeburg reserviert. Erfreulicherweise würde ihr Waggon dort an einen Zug nach Halberstadt, Quedlinburg, Bleichrode angekoppelt, sodass die Brautleute nicht, wie sonst üblich, in Magdeburg umsteigen mussten. Auch der Gepäckwagen mit Ruths Bagage ging ohne Umladen durch bis Bleichrode.

Zelda, Abraham, Gretchen und der Dampfheizungsheizer brachten die Gepäckstücke eine Stunde vor Abfahrt des Zuges zum Gepäckwagen am Anhalter Bahnhof. Zelda hatte alles perfekt organisiert und umfangreiche Transportlisten in mehrfacher Ausfertigung ausgefüllt, damit ja nichts verloren ginge. Denn in ihrem tiefsten Inneren war sie davon überzeugt, dass außerhalb Berlins der Balkan begänne, mit räuberischen Völkern, die es nur auf das Vermögen wohlgeratener Berliner abgesehen hätten. Das einzig Beruhigende an Bleichrode war für sie die architektonische Gestaltung des Herrenhauses derer von Roll. Auf den Fotos sah das Gebäude trutzig und einbruchsicher aus.

In die gewaltigen, dunklen Misch-, Fichten- und Tannenwälder rings um Bleichrode herum würden sie und Ruth niemals einen Fuß setzen! Das hatte sie sich vorgenommen, aber nie darüber gesprochen.

Die Plackerei in den Wochen vor der Abreise war Zelda mächtig in die Füße gegangen. Schon während der zwei Hochzeitsfeierlichkeiten hatte sie sich nur schwer auf den Beinen halten können. Es war ein ständiger Kampf zwischen Zelda und Ruth gewesen, die darauf bestanden hatte, dass sich ihre ehemalige Amme und beste Freundin hinsetzen sollte, um die Beine hochzulegen.

»Was soll ich auf dem Lande mit dir anfangen, wenn du dir hier schon meinetwegen deine Kackstelzen ruinierst? Schon dich, sonst wickle ich dir stramme Zinkleinenverbände, und die tun weh!«

Zelda schonte sich nicht. Der halbe Gepäckwagen war vollgestopft mit Ruths und Zeldas Kisten, Schrankkoffern, Metallboxen und – als einzigem Möbelstück – einem Schaukelstuhl, auf dem Zelda so manche Nacht herumgeschaukelt hatte, anstatt ordentlich in einem Bett zu schlafen.

Zehn Minuten vor Abfahrt des Zuges gab es zwischen Ruth und Zelda einen gewaltigen Krach: Zelda stieg nicht in das reservierte Erste-Klasse-Coupé, sondern deutete auf einen Dritte-Klasse-Waggon und erklärte kategorisch, dass sie dort ihren Sitzplatz habe – punktum! Alle zur Abreise erschienenen Familienmitglieder, sogar Käthe war gekommen, engsten Freunde und Offizierskameraden von Albert verstanden die Welt und insbesondere Zelda nicht mehr.

Ruth keifte los, sie möge sofort in das Erste-Klasse-Coupé steigen und nicht so einen Unsinn reden. Aber obwohl alle auf Zelda einredeten und Albert sie sogar mit mäßiger körperlicher Gewalt in das Coupé zerren wollte, suchte sie ihr Heil in der Flucht. Sie verkündete laut, dass sie vor der Abreise noch einmal dringend auf den Abtritt müsse, da sie wegen all der Aufregungen mächtig Druck auf der Blase verspüre. Ein solches Verhalten passte gar nicht zu Zelda, das wusste Ruth, und sie begriff, dass die Vertraute bewusst eine Distanz zwischen adligen Herrschaften in der ersten Klasse und sich selber, der ehemaligen Amme, in der dritten Klasse legen wollte. Ruth spürte vielleicht zum ersten Mal, dass sie nicht nur verheiratet, sondern auch erwachsen geworden war, und der Mensch, der ihr am nächsten war, sich fortan als ihre Dienerin sehen wollte.

Der Beamte mit der roten Mütze hob schon die grüne Kelle, da saß Zelda immer noch auf dem Abtritt. Endlich, kurz vor dem Pfiff, erschien sie auf dem Perron und humpelte, so schnell es ihr möglich war, auf ihr Abteil zu. Der Zug setzte sich bereits in Bewegung. Zelda hatte die Klinke des Zugabteils schon heruntergedrückt, auch schon ein Bein auf den Tritt gesetzt, als sie ins Straucheln kam.

Abraham sah das Unglück kommen und sprang herbei. Zu spät. Zelda hatte die Klinke niedergedrückt, die Tür flog auf, schlug ihr gegen Kopf und Oberkörper, sie rutschte von der Einstiegsstufe, versuchte, mit der zweiten Hand noch an der schwankenden Tür Halt zu finden, glitt aber unendlich langsam unter den abfahrenden Waggon auf die Gleise.

Der Zug rollte sehr langsam an. Der Stationsbeamte pfiff immer wieder schrill auf seiner Signalpfeife, drehte die rote Seite der Kelle nach außen und schwang sie wie eine Lanze hin und her, um den Lokomotivführer zu warnen. Der hörte die warnenden Pfiffe, erkannte auch die rote Warnkelle und betätigte sofort die hydraulischen Backenbremsen, die auf alle Räder des Zuges kreischend wirkten, sodass die Funken stoben. Nach vielleicht zwei, drei Metern hielt der Zug.

Ein Räderpaar hatte Zeldas Beine in Oberschenkelhöhe von ihrem Körper getrennt. Geschrei bei den Zeugen auf dem Perron. Abraham, Samuel Goldfisch, Bahnbeamte eilten herbei. Zelda war augenblicklich tot – ein Schocktod, den ein gnädiger Gott den Opfern solcher Unfälle manchmal schenkt, um sie schmerzfrei zu sich zu holen.

Albert, durch den Lärm, das Geschrei alarmiert, sprang zur Tür, nestelte an den Lederriemen herum, mit denen man die Schiebefenster an den Türen herunterlassen konnte. Es gelang nicht sogleich, deswegen wollte er schon die Tür öffnen, als der Kopf eines Beamten der Reichsbahn, der auf die Stufe zum Erste-Klasse-Coupé gesprungen war, im Fenster auftauchte. Mit seiner freien Hand zeigte er immer wieder auf Ruth im Inneren des Coupés und machte abwehrende Gesten.

Albert gelang es schließlich, das Fenster doch zu öffnen. Der Beamte erklärte Albert von Roll mit erstaunlich ruhiger Stimme, dass es besser sei, wenn die Frau Baronin und der Herr Baron im Coupé verweilten und sich nicht um die Widrigkeiten eines Unfalls, der sich ereignet hätte, bekümmerten. »Es geht gleich weiter, Herr Baron. Vielleicht in einer halben Stunde. Eine Unregelmäßigkeit – ein Unfall. Alles Gute zur Vermählung.«

Wie ein Wachsoldat blieb dieser Beamte lange zwanzig Minuten vor der geschlossenen Tür des Privat-Coupés stehen – bis zur Abfahrt des Zuges.

3

Erst in Bleichrode erfuhr Ruth vom Tode ihrer geliebten Zelda.

Die Reise hatte knapp dreieinhalb Stunden gedauert, obwohl der Waggon in Magdeburg und in Aschersleben an andere Züge gekoppelt werden musste. Ruth war von dem Erste-Klasse-Service der Reichsbahnbediensteten an den Haltestationen entzückt.

In Magdeburg erklomm ein Beamter, der mindestens wie ein Stationsvorsteher aussah, das Coupé und offerierte einen Kübel mit einer Sektflasche und, als habe sich bei der Reichsbahn Ruths Vorliebe für Apfelschorle bereits herumgesprochen, Apfelsaft und Selters.

Ruth und Albert war dabei nicht aufgefallen, dass der Beamte eigentlich mit seinen Aufmerksamkeiten die jungen Eheleute am Verlassen des Coupés hindern wollte.

Als in Aschersleben wieder ein Uniformierter mit Obsterfrischungen und Sandwiches kam, bat Ruth ihn, einen Teil der opulenten Aufmerksamkeiten in der dritten Klasse abzuliefern, dort, wo ihre beste Freundin, die störrische Zelda Kaminski sich befinde. Der Beamte würde sie sogleich erkennen, weil sie vermutlich schmollend in einer Ecke auf der

Holzbank kauere und ihre schlecht durchbluteten Unterschenkel massiere. Als der Beamte nicht begeistert genug nickte, wollte Ruth selber aus dem Zug steigen, um nach ihrer alten Amme zu sehen. Nur auf den Einwand hin, der Zug führe in dreißig Sekunden wieder weiter, in Richtung Quedlinburg und Bleichrode, unterließ Ruth ihr Vorhaben.

Als Ruth Bleichrode sah, ging ihr das Herz auf. Albert hatte das Fenster heruntergelassen. Ruth stand und deutete mit weit ausholender Geste auf ihre neue Heimat.

»Schöner als auf deinen kolorierten Aufnahmen. Und deine anhaltinischen Berge sind auch viel höher als die von dem Kur-Kaff Hellrode mit dem gekälkten Heilwasser, an dem wir eben vorbeigekommen sind. Nur da hinten, an dem höchsten Berg, da sind die Dächer gar nicht so schön rot wie sonst überall. Das ist doch die Viktorshöhe, nicht?«

Albert pflichtete ihr bei, und Ruth stellte fest, dass dort einige größere Dachflächen arg mitgenommen, eigentlich kaputt und heruntergekommen, genauer betrachtet, gänzlich ohne Dachschindel und also unbedeckt seien und das Gesamtbild des schönen Ortes störten.

»Das sind wir ... zum Teil«, nuschelte Albert.

Dieses Geständnis zeigte keinerlei Wirkung bei Ruth. Sie war auf einige unangenehme Überraschungen gefasst. Ein paar Dächer würden sich schnell reparieren lassen.

Der Zug hielt. Ein griesgrämiger, unfreundlicher Bahnhofsbeamter schlurfte heran und stellte eine hölzerne Kiste unter die letzte Stufe des Zuges.

Im Bleichröder Bahnhof gab es keinen Perron, deshalb ging es steil nach unten. Obwohl Albert seinem Verwalter, Walter Buschbach, einem Unteroffizier außer Diensten, seine Ankunft telegrafiert und für seine Gemahlin und sich eine Kutsche sowie einen Leiterwagen für das umfangreiche Gepäck an den Bahnhof bestellt hatte, war von beidem nichts zu sehen, und der Beamte machte nicht mal die Tür auf, er ging einfach weiter zum Gepäckwagen.

Ruth sah ihm vom Fenster aus nach, und als dann der erste ihrer Koffer von der Ladeluke auf den Schotter an den Bleichröder Schienengeleisen plumpste, wurde sie entschieden zornig. Bevor Albert ihr noch aus dem Abteil helfen konnte, stand sie schon auf Bleichröder Erde.

Aus einigen Fenstern blickten neugierige Reisende auf die Frau, die sich auf der Stelle mit dem Beamten streiten wollte.

Zuvor rüttelte Ruth noch an der Waggontür, hinter der sie Zelda wähnte. Die war verschlossen. Ruth hangelte sich – ein weitgeschnittener Rock und solide Schnürstiefel machten es möglich – einen halben Meter auf die erste Stufe hinauf. Sie blickte in das Innere des Wagens. Leer. Seltsamerweise lag nur ein Blumenstrauß auf einer der beiden Holzbänke. Bevor Ruth ihre Überraschung, ihre Ratlosigkeit, ihr totales Unverständnis in Worte fassen konnte, trabte der Ortsgendarm hoch zu Ross heran. Er stieg ab, verknotete die Zügel an einem Telegrafenmast und schnauzte den unhöflichen Reichsbahnbeamten an. Das half. Ein zweiter, offensichtlich höherrangiger Uniformierter kam aus dem roten Backsteinbahnhof und half beim Ausladen der Bagage.

Der Gendarm Franz Weidler war ein hoch gewachsener, spindeldürrer Mann. Sein hakennasiges, sehr ernstes Gesicht flößte auf der Stelle Respekt ein. Vermutlich war er der einzige Gendarm ohne Schnurrbart. Deswegen wirkten seine millimeterschmalen Lippen nachgerade Furcht erregend. Kerzengerade, mit kleinen Stakkatoschritten ging er auf das Ehepaar zu, salutierte knapp und vermeldete, er sei dienstlich hier – leider.

Ruth wurde es plötzlich sehr heiß und sie bemerkte zu ihrem Erstaunen, dass sie – was sie sonst nie tat – transpirierte. Ganz tief im Inneren hatte sie eine Ahnung, dass weniger die Hitze des Tages, gewisslich nicht die sehr komfortable Reise, sondern etwas anderes diese Unruhe verursachte.

»Wo ist Zelda, Herr Gendarm?« Ihre himmelblauen Kulleraugen blickten ihn ängstlich an.

»Und wo ist Walter Buschbach mit der Kutsche und dem

Leiterwagen für das Gepäck, Gendarm Weidler, wenn ich wohl mal bitten darf?« Albert war das alles sichtlich unangenehm.

Franz Weidler nestelte aus der Hosentasche seines Uniformrocks eine Depesche und überreichte sie wortlos, die junge Baronin nicht aus den Augen lassend. Ruth las nur:

»Ich liebe dich, wie nur Zelda dich geliebt hat. Bis zum Schluss.« Ruths Ahnung wurde zur Gewissheit. Sie barg ihren Kopf an Alberts Brust, umschlang seinen Hals und weinte.

Von der Straße her, die vom Ort runter zum Bahnhof führte, waren quietschende Räder einer ungefederten Kutsche und das Rumpeln eines Leiterwagens zu hören. Dazu das unrhythmische Geklackere zweier Pferde, die Kutsche und Feldwagen zogen. Walter Buschbach, der Verwalter, bequemte sich, seinen Herrn und die Baronin doch vom Bahnhof abzuholen.

Währenddessen berichtete der Gendarm von einem längeren Telefonat, das er mit dem Bankier Samuel Goldfisch nach Erhalt der Depesche geführt habe. Mit knappen, emotionslosen Worten erzählte er von den Ereignissen am Anhalter Bahnhof in Berlin, erwähnte dabei aber nicht allzu viele Details, obwohl er sie fraglos kannte.

Bevor Ruth auch nur Einwände über das Verhalten der Reichsbahn machen konnte, erklärte Franz Weidler kurz und bündig: »Ich freue mich, dass Sie unbeschadet nach Bleichrode gekommen sind, unbelastet von Ihrer Not, Baronin. Ich heiße Franz Weidler und stehe zu Ihrer Verfügung. Habe die Ehre, Baronin.«

Franz Weidler sprach nicht den anhaltinischen, melodiösen Dialekt, sondern unter seinem Hochdeutsch verbarg sich, versteckt, ein österreichischer Zungenschlag. Vor etlichen Jahren hatte es ihn, gemeinsam mit seiner Frau Luise, nach Bleichrode und in den Staatsdienst des Herzogtums Anhalt-Bernburg verschlagen. Das Ehepaar hatte immer noch die österreichische Staatsangehörigkeit, Franz übte aber, zur vollsten Zufriedenheit der Ballenstedter herzöglichen Behörden, die polizeiliche Gewalt über Bleichrode aus. Nicht mal Äpfel-, Kirschen- oder sonstige Diebe gab es in dem verschlafenen kleinen Harzstädtchen, das seit immerhin schon 850 Jahren das Stadtrecht besaß.

Den Baron behandelte Franz Weidler bestenfalls korrekt. Die neue Baronin aber gefiel ihm auf Anhieb. Deswegen schnauzte er Walter Buschbach auch auf der Stelle mächtig laut an wegen der Verspätung, noch bevor Albert von einem gepflegten adeligen Wutanfall übermannt wurde.

Ruth wollte auf der Stelle zurück nach Berlin reisen. Weidler schüttelte den Kopf, half – mit etwas Nachdruck – Ruth in die Kutsche und sagte dabei, dass der Vater der hochverehrten Baronin dies ausdrücklich nicht wünsche und er sich dem Diktum des Bankiers mit absoluter Gewissheit anschlösse, weil dieser schreckliche Unfall die Liebe ihres Vaters zu ihr gewiss noch mehr vertiefe und der Herr Goldfisch sicher wisse, was richtig sei. Er kenne natürlich den Inhalt des Telegramms, denn es sei ausdrücklich an die Gendarmerie gerichtet gewesen. Seine schmalen Lippen lächelten.

Auf der durchgesessenen, schlecht mit Rosshaar gefütterten und zerschlissenen Lederbank der Kutsche nahm Albert neben seiner Ruth Platz.

Die Kutsche sah aus wie die Dächer des Gutshofes – ramponiert. Nicht mal die Rädernaben waren geölt. Auch der Zosse, der die Kutsche ziehen sollte, war arg gewöhnungsbedürftig. Mit den stolzen Rössern, die Ruth aus Berlin kannte, hatte der nicht viel gemein. Auch das Pferd vor dem Leiterwagen machte nicht den Eindruck, das umfangreiche Gepäck die Bahnhofstraße bergauf ziehen zu können. Immerhin halfen Walter Buschbach und sein siebzehnjähriger Sohn Paul dem Reichsbahnbeamten beim Aufladen.

Die Buschbachs vermieden jeglichen Blickkontakt mit Ruth, und mit Baron Albert erst recht. Sie entschuldigten nicht mal ihr Zuspätkommen. Und Albert konnte sie nicht zusammenschnauzen, weil er Ruth zu trösten versuchte.

»Albert, Berlin ist für mich gestorben. Für immer.« Sie blickte auf ihre Schnürstiefelspitzen und weinte weiter.

Albert beteuerte während der holprigen Kutschfahrt immer wieder, dass auch er von den Ereignissen nichts gewusst habe. Ruth legte ihm eine Hand auf ein Knie, zum Zeichen, dass sie ihm vertraute, ihm glaubte. Und indem sie fester zudrückte, beschied sie ihn, einfach nur zu schweigen.

Das tat Albert während der ganzen Fahrt. Die dauerte ungefähr zwanzig Minuten und endete vor dem großen Eingangstor des trutzigen Gutshofs derer von Roll.

Natürlich haben die Bleichröder alle gewusst, dass an jenem Tag das »Baronchen Albert« seiner Ehefrau aus Berlin den Schrotthaufen von Gutshof zeigen wollte. So gingen sie entweder in ihren Vorgärten vorgeblichen Beschäftigungen nach oder warfen aus den Fenstern neugierige Blicke auf die kleine Baronin in der Kutsche. Mindestens halb Bleichrode war in irgendeiner Weise auf den Beinen, um dieses Ereignis wenigstens von ferne mitzubekommen und anschließend – wie es Bleichröder Art war – gewaltig darüber zu tratschen.

In Bleichrode war ungefähr jeder mit jedem irgendwie verwandt, Zugereiste äußerst selten, und in einem Punkt waren sich alle einig – nämlich darin, dass der größte Grundbesitzer Bleichrodes, der Baron von Roll, eine absolute Null wäre, der Gehälter nicht bezahlte und mit sicherem Instinkt immer äußerst bestechliche Verwalter auf dem ehemals so schönen Gutshof beschäftigte. Die Bleichröderinnen jeglichen Alters waren sich außerdem noch darüber einig, dass Albert zwar ein schöner Mann, aber – wie bei schönen Männern üblich – nichts dahinter wäre. Gar nichts, außer einer Uniform drumherum.

Aus der Deckung wagten sich die Bleichröder nicht.

Gendarm Weidler ritt, gerade auf seinem Ross sitzend, neben der Kutsche her und schaute so streng, als wollte er das Ehepaar vor Attentätern schützen.

Der Rollsche Gutshof lag direkt an der Bahnhofstraße. Es gab zwei Eingänge. Einmal ein großes Scheunentor für Kutschen und Wagen, aus dem normalerweise auch die Tiere auf die Weiden getrieben wurden, sofern welche auf dem Gutshof vorhanden waren.

Zum anderen das mächtige Portal, zu dem man über eine achtstufige, ehemals imponierende Granittreppe in das Herrenhaus gelangte. Beide Eingänge hatten eines gemeinsam: Sie quietschten in den Angeln.

Das Gutsherrenportal wurde von einer spindeldürren Frau unbestimmten Alters, namens Jelawke, geöffnet. Walter Buschbach und sein Sohn Paul kariolten die altersschwache Kutsche und den ratternden Leiterwagen durch das Scheunentor in den von baufälligen Scheuern, Ställen und ehemals trutzigen Mauern umgebenen Innenhof. Frau Jelawke wurde von Albert mit spröden Worten als der »gute Geist« des Herrenhauses vorgestellt. Wie ein Geist sah Frau Jelawke in der Tat aus. Und sie war nicht nur Haushälterin, sondern auch die Frau »von der Wiege bis zur Bahre«. Arme Leute riefen nach ihr, wenn die Frauen Kinder bekamen. Dann war sie Hebamme.

Reichere Bauern nahmen ihre Dienste bei quer liegenden Kälberembryos oder bei Pferden mit Koliken in Anspruch. Dann war sie so etwas Ähnliches wie ein Veterinär. Dem Vernehmen nach stampfte sie die beste Butter und galt als effektive Sahnemacherin, wenn man ihr die Milch dazu ins Herrenhaus lieferte. Natürlich sang sie auch im Kirchenchor als Stimmführerin und war außerdem auch noch die Leichenwäscherin des Ortes. Von der Wiege über Tiermedizin, Butter, Sahne bis zur Totenfrau – Frau Jelawke war für alles verwendbar.

Albert und Ruth wurden von der unheimlichen Dürren in ihr Ehegemach geführt, »um sich zu erfrischen«. Immerhin gab es hinter dem Schlafzimmer ein Bad. Ruth ließ sofort heißes Wasser aus dem Kupferkessel über dem mit Holz beheizten Ofen sprudeln und badete ausgiebig, während Albert ihr von der Jelawke erzählte, um sie ein wenig aufzuheitern und sie dazu zu bringen, möglichst bald mit ihm das Willkommensmahl einzunehmen, das unten auf sie wartete.

Ruth Albertine von Roll, geborene Goldfisch, jedoch

schlüpfte nach dem Bad, noch nicht ganz abgetrocknet, unter das Daunenplumeau des Ehebettes und forderte ihren Albert auf, die Ehe zu vollziehen.

Albert gehorchte, und gerade weil ihr Herz voller Trauer war, wurde es eine lange Hochzeitsnacht, die am frühen Nachmittag begann und erst am nächsten Morgen, nicht mal von dem heiseren Hahnenschrei des einzigen Hahnes des Rollschen Gutshofes, beendet wurde.

Wann immer Ruth schnell und gründlich etwas erkunden wollte, bewegte sie sich in einer Art Trippelschritt sehr schnell vorwärts. Einem Kugelblitz gleich hechelte sie also nach dem Frühstück in den gutseigenen Privatgarten, der sich dem Innenhof anschloss. Von anständiger Gartenbewirtschaftung konnte hier natürlich nicht die Rede sein. Eigentlich verdiente dieser Garten seinen Namen nicht mehr: Die Brombeer-, die schwarzen Johannisbeer-, roten Johannisbeer- und Stachelbeersträucher waren nicht zurückgeschnitten worden und wucherten nach allen Seiten mit wilden Trieben fruchtlos in die Gegend. Irgendwelche Gemüsebeete waren nicht zu erkennen.

Ruth trippelte bald nicht mehr, sie stapfte wütend durch die angeheiratete Gartenkrume, gefolgt von Baron Albert, der bei Ruths Tempo und nach der überaus stürmischen langen Nacht ohnehin noch außer Atem war. Selbstverständlich trug er – seinem Stand entsprechend – auch als Gutsherr seine Halberstädter Kürassier-Ausgehuniform, und die war genauso eng wie alle Uniformröcke.

Irgendwann frohlockte Ruth und jauchzte, sie habe einen einsamen Salatkopf entdeckt. Allerdings umwuchert von Unkraut und – wie sie nach einem kurzen Blick in den Himmel feststellte – bereits von Krähen umkreist. Nicht mal eine Vogelscheuche gab es im Gutsgarten, dessen eigentliche Bestimmung es doch sein sollte, das im großen Haushalt benötigte Grundgemüse, wie Salate, Kräuter, Kohlrabi, Rote Beete, Wirsing und so weiter und so weiter, zu liefern.

In zauderndem Abstand schlurften Walter Buschbach und

sein Sohn Paul hinter der energischen kleinen, blutjungen und zunehmend rotwangiger werdenden neuen Baronin her. Bei einem Mindestmaß an Einfühlsamkeit hätten sie längst ihr Heil in der Flucht gesucht: spätestens aber in dem Moment, als sich Ihre Durchlaucht, Baronin Ruth Albertine von Roll, den langen Rock um die Knie schürzte, sich bückte und den labbrigen Salatkopf vom zudringlichen Unkraut befreite. Aus sicherer Entfernung beobachteten Walter Buschbach und Sohn Paul diese schrulligen Aktivitäten.

Ruth ging weiter und nestelte aus der Seitentasche ihres langen Rocks ein Brillenetui aus Schlangenleder, entnahm ihm die dunkelblau getönte, kreisrunde, goldgefasste Sonnenbrille und versteckte ihre Augen dahinter. Dann forderte sie Albert auf, ihr aus dem Kleiderkoffer III B und dort aus der mittleren Hutschachtelschublade ihren weißen Baumwoll-Imkerhut zu holen, weil ihr die Sonne auf den Kopf brenne und sie befürchte, die Wärme könne ihr das Gehirn verdampfen und sie zu äußerster Aggressivität aufheizen.

Albert tat, wie ihm geheißen, und Ruth inspizierte weiter. Der Garten endete am Maschendrahtzaun des Hühnergeheges. Außer dem heiseren Hahn kratzte mal gerade ein halbes Dutzend magere Hennen im trockenen Lehmboden herum. Immer wieder wandte Ruth ihren Kopf zu Walter und Paul Buschbach. Die beiden blieben weiter auf Abstand.

Albert brachte schließlich nicht nur den Hut, sondern auch eine große Kittelschürze aus dunkelblauer Baumwolle, weil er genau wusste, dass Ruth ihre Aktivitäten fortzusetzen gedachte. Und so war es auch.

Irgendwo begann sie mit einem Spaten zu graben. Einfach, um etwas zu tun. Albert stand daneben, etwas dümmlich, und grub nicht mit. Aber er wollte seine Frau, die immer mehr begriff, was hier alles getan werden musste, auch nicht alleine lassen.

Als die Hebamme, Buttermacherin, dilettierende Veterinärin und Leichenwäscherin Frau Jelawke auf einem Tablett zwei Tassen Milchkaffee und Butterbrötchen brachte, um nur irgendetwas zu tun, was ihre Anwesenheit als Haushälterin rechtfertigen könnte, wurde ihr von Ruth barsch gekündigt. Fristlos. Kaffee und Buttersemmeln durfte sie gerade noch abliefern.

Ruth bat Albert ruhig, auch die Buschbachs auf der Stelle zu entlassen. Grausamkeiten, so meinte sie, müsse man gleich am Anfang einer neuen landwirtschaftlichen Ära setzen, zumal dann, wenn sich die Betroffenen in der Vergangenheit als absolut unfähig erwiesen hätten.

Frau Jelawkes Entlassung aber hatte nicht nur mit ihrer Unfähigkeit, den Gutshaushalt einigermaßen zu organisieren, zu tun, sondern wohl auch mit dem Umstand, dass sie als Totenfrau der jungen Ruth nicht ganz geheuer war.

Als das alles erledigt war, wandte sich Ruth den Hühnern zu, und obwohl sie noch niemals in ihrem Leben ein Tier getötet hatte, nahm sie den heiseren Hahn und schlug ihm auf dem Hackeklotz mit dem Beil für feines Feuerholz den Kopf ab.

Später überbrühte sie das Tier mit heißem Wasser und rupfte es, so wie sie es in der großen Küche der Villa Goldfisch bei den Spreewälder Küchenmägden gesehen, aber nie gelernt hatte. Sie konnte es einfach.

Bereits mittags gab es eine leckere Hühnersuppe aus dem Hahn, und alle Mitarbeiter des Rollschen Hofes waren entlassen.

Das sprach sich in Bleichrode natürlich herum, brachte aber die Bevölkerung keineswegs gegen die neue Baronin auf. Im Gegenteil, die Kündigungen wurden mit sehr viel Respekt gutgeheißen. Die Entlassenen waren die ortsbekannten Faulpelze, die sich die Hände im ehemaligen Wohlstand des Rollschen Gutshofes badeten, die Felder nicht bestellten und mit dem Saatgut ihre eigenen kleinen Äcker erfreuten. Alle Entlassenen hatten einen schlechten Ruf. Bis auf Frau Jelawke. Vor der hatten die Bleichröder wegen ihrer zahlreichen Talente Respekt und Angst vor ihrem »bösen Blick«.

Als das Ehepaar am großen Gesindetisch in der riesigen Gutsherrenküche die Hühnersuppe gelöffelt hatte und bereits beim arg angebrannten Griespudding mit Himbeersirup war, klopfte es an der Tür, die zum Innenhof führte, und die Gendarmenfrau Luise Weidler trat ein. Sie roch sofort den verbrannten Griesbrei und lächelte das junge Ehepaar freundlich an.

Nachdem sie den Topf mit dem Griesbreikleister beäugt hatte, sagte sie nur lakonisch, beim Kochen müsse man immer tüchtig rühren und die Sahne nur tropfenweise hinzufügen – wenn überhaupt Sahne. Besser sei Milch. Aber das würde die gnädige Frau Baronin sicherlich noch lernen, wenn sie denn weiter in Bleichrode selber die Küche zu führen gedenke. Was sie aber nicht annehme, da in der Gendarmerie eine geheime Depesche vom Generalstab Seiner Majestät aus Berlin vor zehn Minuten eingetroffen sei, die den Herrn Oberst von Roll auffordere, sich unverzüglich zur Potsdamer Garnison zu begeben. Sie überreichte die Depesche mit den Worten, die ganze Angelegenheit sei natürlich geheim geblieben. Niemand in Bleichrode wisse, dass die Jungvermählten sofort wieder abreisen müssten.

Albert wurde bereits am nächsten Morgen um Punkt neun Uhr in Potsdam erwartet. Dringlichst! Das bedeutete nichts Gutes. – Krieg.

Der deutsche Kaiser Wilhelm II. wolle in Wirklichkeit gar keinen Krieg, erklärte Luise Weidler energisch. Höchstens ihr eigener Landesherr, Kaiser Franz Josef, würde bei den Mittelmächten und vor allen Dingen beim deutschen Kaiser etwas arg kriegslüstern sticheln.

Ruth verstand von Politik überhaupt nichts, aber da Albert durch bedenkliches Nicken der Gendarmenfrau von Bleichrode zustimmte, sagte Ruth nichts.

Diese Luise Weidler gefiel Ruth, obwohl sie viele Jahre älter als sie selbst war, auf Anhieb. Genauso gut wie Luises gestrenger Mann.

»Albert, bitte sei mir nicht böse, aber ich möchte nicht zurück nach Berlin. Ich bin lieber unglücklich und traurig hier allein in Bleichrode und tu etwas als traurig allein in Potsdam oder im Hause meines Vaters ohne Zelda. – Bist du böse?«

Albert war nicht böse. Eigentlich eher froh, dass er dieser unerwarteten Depesche alleine Folge leisten konnte. Irgendwas Wichtiges, Geheimes musste sich in Potsdam ereignet haben, denn es war höchst ungewöhnlich, dass ein Jungvermählter aus dem Hochzeitsurlaub zurückgerufen wurde.

Albert packte seine Sachen gar nicht erst aus, sondern spannte höchstpersönlich, mangels auch nur eines einzigen Bediensteten, das Kutschpferd vor die klapprige Kutsche und lenkte die Mähre zurück zum Bahnhof.

Natürlich begleitete ihn Ruth. Sie hatte es sich in den Kopf gesetzt, nach Abfahrt des Zuges die Kutsche wieder zurück zum Gutshof zu lenken. Am Bahnhof wurde das Ehepaar von Luise Weidler erwartet. Luise konnte mit eigenwilligen Kutschpferden und auch mit den zweifelhaften Tücken einer nicht mehr ganz funktionsfähigen Kutschbremse umgehen, und der tolldreisten, liebenswerten, aber äußerst selbstbewussten Berliner Bankierstochter wollte sie beistehen.

Sie hatte Ruth gleich in der Gutsküche in ihr Herz geschlossen. Luise und Franz Weidler waren kinderlos, und die Baronin hätte durchaus ihre Tochter sein können.

Nach heftiger Küsserei unter dem freien Bleichröder Himmel und vor vielen Zeugen – noch einige Tage zuvor für Ruth und Albert ein undenkbares Verhalten – stieg der Baron in den Personenzug.

Luise wollte Ruth gleich beibringen, wie man einen bedenklich wackligen Kutschgaul in Bewegung setzt, stoppt, links, rechts und geradeaus leitet. Das fand Ruth auch sehr nett, aber zunächst mal wollte sie alles ganz alleine ausprobieren. Der Gaul ging durch. Die halbe Bahnhofstraße bergan, mit erheblicher Geschwindigkeit, weil Ruth zu heftig an dem linken Zügel zerrte und Luise am rechten Zügel das Schlimmste verhindern wollte. Ruth gab schließlich nach und wusste, dass Luise Weidler eine Freundin werden würde, Pferde aber niemals.

Nach der überhasteten Abreise ihres Mannes stand Ruth jedenfalls nicht mutterseelenallein in Bleichrode, inmitten ihres heruntergekommenen Gutshofes. Franz und Luise Weidler nahmen das Heft in die Hand und ließen in der Wohnhalle des Rollschen Gutshofes ganze Bataillone von arbeitswilligen Fachkräften aufmarschieren. Die Kündigungsorgie Ruths hatte bei den Bleichrödern die Neugier auf die kleine, behende, seltsame Baronin aus Berlin geweckt und bei vielen den Ehrgeiz angestachelt, aus dem Schandfleck wieder etwas zu machen.

Bereits einen Tag nach Abreise von Albert hatte Ruth siebzehn Mitarbeiter in Lohn und Brot genommen. Als Verwalter wurde ihr von Luise und Franz Weidler »zur Probe« ein Rindvieh-Fachmann, ein sogenannter »Schweizer« empfohlen, der sich zunächst um die Wiederherstellung der Kuhställe kümmern und dann auf dem Viehmarkt in Quedlinburg und Halberstadt Rinder anschaffen sollte. Hühner und Gänse wollte Ruth ganz alleine kaufen. Bei einem Rundgang durch Bleichrode, bei dem Luise Weidler sie begleitete, entdeckte sie auf einem kleinen Bauernhof eine prächtige Hühnerzucht mit einer sehr attraktiven Hühnerrasse: dem »Schwarzen Italiener-Huhn«.

Ruth kannte diese Hühner aus einem ihrer vielen Fachbücher und fand sie groß, appetitlich und kaufwürdig. Luise bohrte ihr den Zeigefinger in die Rippen, was sie immer tat, wenn sie etwas verhindern wollte, und bedeutete ihr, diese schwarzen Schönheiten seien mäßige Legehennen, mit denen der Hühnerzüchter Preise einheimse, sie legten aber fast nie.

Da wurde Ruth etwas widerborstig. Aus ihren Fachbüchern wisse sie, dass es keine Hühner auf dieser Welt gebe, die nur »fast« legten. Entweder legt ein Huhn ein Ei oder es legt kein Ei. Letztlich lege jedes Huhn Eier. Die »Schwarzen Italiener« seien außerdem sehr fleischhaltig, und man könne zwei Fliegen mit einer Klappe schlagen: genügend Eier für den Gutshaushalt und prächtige Fleischsuppeneinlagen.

Luise gestattete der kleinen Baronin schließlich drei Hennen und einen schwarzen Italiener-Hahn. Des Weiteren stellte sie in ganz Bleichrode eine sinnvolle Kombination von Fleisch- und Legehennen zusammen. Der Hühnerhof hinter dem Gemüsegarten füllte sich mit einigen Dutzend Hühnern, die sich lautstark aneinander gewöhnen mussten. Auch Gänse durfte Ruth selber aussuchen. Mit sicherem Griff orderte sie bei dem Kolonialwarenhändler und Gänsezüchter Heinrich Astloch den gefährlichsten Ganter von ganz Anhalt-Bernburg. Joseph, wie er bald genannt wurde, beherrschte von 1913 an den Innenhof des Gutes, und da ihm niemals der Schlachtetod drohte, sollte er das für Gänse gar nicht mal unübliche Alter von 38 Jahren erreichen.

In drei, vier, vielleicht fünf Tagen hatte Ruth die Herzen der Bleichröder erobert – auf Befehl von Franz und Luise Weidler und aus Neigung. Ruth bemühte sich, nicht die Sprachmelodie der Bleichröder nachzuahmen, ohne sich anzubiedern. Sie spürte, dass ihre Offenheit, mitunter auch ihr nachdrücklicher Starrsinn und ihre Besserwisserei auf Verständnis, Toleranz und Hilfsbereitschaft stießen. Obwohl in Berlin geboren, hatte sie – durch Privatlehrerinnen und Gouvernanten geschult – niemals den Berliner Dialekt gesprochen, sondern immer ein Salon-Hochdeutsch. In Bleichrode wollte sie sich allmählich in den weichen Dialekt einleben, der ihr an Albert so gefallen hatte.

Als Erstes begann sie häufig das Adverb »jätlich« zu benutzen, was eigentlich »gar nichts« bedeutet. Ein »jätliches« Wetter ist ein bedecktes Wetter – weder feucht noch warm, weder sonnig noch wolkig –, also gar kein Wetter. Ein »jätliches« Essen ist eigentlich nur eine Nahrungsaufnahme. Ein »jätlicher« Mensch ist in Ordnung – er hat keine Vorteile, hat keine Nachteile –, er stört nicht.

Als der Rollsche Gutshof mit Hilfe der neuen Mitarbeiterinnen und Mitarbeiter dann »jätlich« funktionierte, wollte Ruth endlich auch genauer über die finanzielle Situation ihres lieben Albert, über vielleicht versteckte Schulden, Hypotheken oder sonstige Gemeinheiten Bescheid wissen. Die Auskünfte des tüchtigen Kurt Stöcker darüber waren zwar so präzise wie möglich, aber doch nicht so präzise wie nötig gewesen. Sie wollte nun selber in den Katasterunterlagen blättern.

Stöckers Nachforschungen waren insofern richtig, als dass durch Ruths Mitgift all die unschönen, gerötelten Stellen im Grundbuch – sie markierten Schulden, Hypotheken, Briefschulden und andere Hässlichkeiten – wieder »geweißelt« worden waren. Über die roten Schuldsignale waren weiße Papierstreifen geleimt und penibel mit Federhalter und Dokumententinte die Freistellung der alten Schulden verzeichnet worden.

Der Gutshof des Barons Albert von Roll war schuldenfrei. Bezahlt waren die Schulden von der Baronin Ruth Albertine von Roll. Mithin war die Baronin die Alleineigentümerin des Gutshofes. Das Ablösen der Schulden kam einem ganz einfachen Kauf gleich. Albert von Roll gehörte nichts mehr, er hatte aber auch keine Schulden.

Ruth besaß nun einen heruntergekommenen, unbewirtschafteten Gutshof mit baufälligen Scheunen, miserablem landwirtschaftlichem Gerät, aber vorzüglichen Mitarbeitern, aber sie hatte kein Geld mehr.

Täglich erreichte Ruth ein Liebesbrief von Albert. Täglich schrieb Ruth ihrem Albert. Aber als er dann befördert und ins ferne Stralsund abkommandiert wurde, um dort als Kommandierender Artillerieoffizier eine Stafette zu leiten, obwohl er als Kürassier von Kanonen und ähnlichem Kriegsgerät nicht die geringste Ahnung hatte.

Als er keinen Urlaub bekam, um nach Bleichrode zu fahren und seine Ruth in die Arme zu nehmen, die sich nach ihm sehnte und nach der er sich auch verzehrte, bestand sie auf einem Telefon. Die Schreiberei würde einfach zu viel Zeit beim Aufbau des Gutshofes in Anspruch nehmen.

Dieses erste Telefon in Bleichrode spendierte ihr Samuel Goldfisch, weil der ganz besonders gern telefonierte und die Stimme seiner Ruth in dem großen Berliner Haus vermisste. Mit Gretchen konnte Samuel nur gepflegte Unterhaltung führen, die ihn langweilte, und Käthe war ohnehin nur sozialistisch unterwegs, sonderte, wenn sie mal zu Hause war, komische, klassenkämpferische Parolen ab und war auch noch gegen den herannahenden Krieg. Käthe war total aus der Art geschlagen.

Die Telefonate mit Ruth befriedigten Samuel nur insofern, als er die geliebte Stimme seiner »kleinen Dicken« hörte, die allerdings von Tag zu Tag deutlicher in einem ihm fremden Idiom sprach und sich regelmäßig telefonisch mit den Worten verabschiedete: »Na, dann schlaf mal gut, mein Scheener und mache dich mal keine Sorgen um miche.« Ansonsten berichtete sie über Kühe, Schafe, Ziegen, Hühner, Saatkartoffeln und über irgendwelche Knollen, aus denen man später in einer Fabrik Zucker würde herstellen können.

In der Geldschatulle von Ruth, die sozusagen als Handkasse für das Nötigste diente, waren vor drei Wochen gerade mal 2350 Goldmark gewesen.

Nun, da sie die ersten Löhne bezahlt hatte und Vieh und Saatgut bestellt waren, gab es keine Reserven mehr. Die Handkasse war leer. Auf dem Gutshof fehlte es aber noch an allen Ecken und Enden, obwohl ein Aufschwung schon von weitem sichtbar war: die Dachstühle und die karminroten Ziegel waren frisch gedeckt. Im Innenhof hörte es sich schon an wie auf einem richtigen Bauernhof: Es gackerten Hühner, quakten Enten und Gänse und muhten Kühe. Futtermittel musste Ruth allerdings zukaufen. Walter Buschbach, der in Unehren entlassene Verwalter, hatte nicht einmal dafür gesorgt. Und Futtermittel, Luzerne, die in den mittleren Lagen des Harzes wuchsen, waren teuer. Diskret ließ Ruth in einem Leipziger Auktionshaus einen Großteil des Schmucks versteigern, den sie von ihrer Mutter geerbt hatte. Das brachte immerhin so viel Geld in die

Kasse, dass das teure Zuckerrübensaatgut bezahlt werden konnte.

Dann geschah im Oktober 1913 ein Wunder! Oder zumindest ein Wunder der Natur.

Der Oktober war sonnig in diesem Jahr, und das Laub der Spalier-Schattenmorellen an der Ziegelwand einer Scheune war längst gelb geworden. Diesmal aber fiel es nicht herunter, sondern verfärbte sich durch eine Unregelmäßigkeit der Natur oder durch den Willen Gottes oder einfach, weil die Bäume vollkommen ungepflegt und degeneriert waren, in frühlingshaftes Lindgrün. Damit war es aber nicht genug: Mitten im Oktober blühten die Bäume auch noch, weiß, mit rosa Streifen um die Blüten. Und auch als heftige herbstliche Regenfälle einsetzten, blieben die Blüten dran.

Selbst der alte Obstbauer, der schon empfohlen hatte, die Bäume zu schlagen, konnte sich die Sache nicht erklären. Nach jedem Oktober-Regenschauer pilgerten die Bleichröder zum Gutshof, um die Schattenmorellen-Blütenpracht zu bewundern. Ruth ließ alle gerne ein, weil sie sich selber – sosehr sie sich auch in ihre Bücher über den Anbau von niederwüchsigem, halbwüchsigem und oberwüchsigem Obst vertiefte – das Phänomen nicht erklären konnte.

»Ich fand die Bäume immer schön«, erklärte sie ungefragt den vielen Besuchern. »Sie streckten ihre Äste aus, als seien sie verliebt. Und ich habe mit ihnen gesprochen.«

Frau Jelawke verbreitete daraufhin in Bleichrode, dass diese Baronin Ruth großes Unheil über den Ort bringen würde. Erstens, weil sie Jüdin sei, zweitens deswegen auch eine Hexe, und die Sache mit den blühenden Schattenmorellen sei der klare Beweis. Mit Sicherheit würde die Sterblichkeit in Bleichrode ansteigen.

Frau Jelawke behielt natürlich nicht Recht, und die meisten Bleichröder wünschten, dass der Jelawke in Zukunft die Milch beim Buttermachen sauer würde. Frau Jelawke verzog dann auch bald in den benachbarten Kurort, der preußisch war, mithin zum feindlichen Ausland gehörte.

Auch Samuel Goldfisch hatte von der späten Blütenpracht der Kirschbäume gehört. Er fand die Sache wundersam, vor allem, wenn er an seine eigene Erfahrung mit den japanischen Zierkirschen dachte, die niemals geblüht hatten. Mit feinem Gespür hatte er herausgefunden, dass Ruth voller Energie und Liebe war und sich in Bleichrode rundrum wohl fühlte, wenn sie sich auch nach ihrem Albert sehnte. Er hatte aber auch erfahren, dass sie knapp bei Kasse war und noch einen langen Winter mit erheblichen Heizkosten, Futtermittelkosten für die Kühe, Hühner, Pferde und alles mögliche andere Kleingetier überstehen musste, ehe nach der Ernte neues Geld in die Kasse fließen könnte.

Samuel griff also zum Telefon und bot Ruth ein äußerst günstiges, kurzfristiges Darlehen bis nach der Erntezeit 1914 an. Ruth schnauzte ihn daraufhin im schönsten, breiten Anhaltinisch an und hängte empört die Sprech- und Hörmuschel so energisch in den Messinghaken, dass das Wandgerät aus der Verankerung gerissen wurde. Mit diesem beleidigten Wutanfall der aufstrebenden Jungbäuerin Ruth hatte Samuel natürlich gerechnet und längst umsichtig ein Komplott gesponnen.

In der Magdeburger Börde wuchsen Zuckerrüben so üppig wie Gänseblümchen auf einer Wiese. Die Zuckerrübenbauern waren alle schwerreich und verfrachteten ihre Ernten ins weit abgelegene Hamburg in eine Zuckerraffinerie, wo aus den hässlichen, graubraunen Früchten nach umständlicher Kocherei und mit entsetzlich viel Gestank am Ende Zucker herauskam.

Samuel Goldfisch, der bis Ende 1913 fest davon überzeugt gewesen war, dass Zucker in fremden Ländern aus »irgendwelchen Rohren« – dem Zuckerrohr – geschüttet wird, um dann in Tee- und Kaffeetassen zu landen, entdeckte die Zuckerrübe als Wirtschaftsfaktor, weil er in der zu erwartenden ersten Ernte seiner Ruth eine ökonomische Basis für eine gedeihliche Entwicklung ihres Lebenstraums sah. Das Wunder des blühenden Schattenmorellen-Spalierobstes hatte in ihm den Glauben bestärkt, dass Ruth eine vom Allmächtigen begünstigte, mit allerhöchstem Segen versehene Landfrau werden könnte.

Er brachte die Mitteldeutsche Bank in Halle dazu, bei den steinreichen Magdeburger Börde-Zuckerrüben-Bauern vorzufühlen, ob die nicht geneigt wären, sich zusammenzutun und als Genossenschaft eine eigene Zuckerraffinerie in der Nähe von Halle zu gründen. Die Bank war schnell überzeugt, der erste Geldgeber für die zu gründende Zuckerraffinerie war Samuel Herschel Goldfisch. Seine Anteile wurden allerdings auf den Namen Ruth von Roll gezeichnet. Dagegen konnte Ruth sich nicht wehren.

Großkalibrige Hagelkörner zerfetzten Ende Oktober dann doch die Kirschblüten und entlaubten die Spalierbäume. Aber Ruth hatte ihr Herz für die gemeine, saure Kirsche erwärmt.

Auf dem zum Gut gehörenden Kalkhügel – dem Büchelberg – vegetierten Hunderte von verwahrlosten Obstbäumen dem sicheren Ende, sei es durch Frost oder Insektenbefall, entgegen, darunter etwa zweihundert Schattenmorellenbäume, die schon seit Jahren ertraglos waren. Einzig die Stämmchen und das solide Wurzelwerk, das sich in den stark kalkhaltigen Boden eingekrallt hatte, waren noch gesund. Schattenmorellen lieben solche Böden wie ein Kamel nach langer Durststrecke das Wasser in einer Oase. Dann halten sie untenrum durch, bleiben im Stamm einigermaßen gesund und verkümmern in der Baumkrone.

Ab Ende Oktober wanderte Ruth jeden Tag über den Büchelberg und grämte sich über die zahlreichen Baumkrüppel. Schließlich nahmen sich ein alter Obstbauer und der Gendarm Weidler ihrer an und empfahlen ihr, möglichst schnell zu versuchen, die Schattenmorellenbäume zu retten. Wenn sie die Kronen absäge und geeignete Triebe edlerer Kirschsorten aufpfropfe, so könne sie nach einer Wartezeit von zirka drei bis vier Jahren unter Umständen eine erstklassige Kirschenqualität ernten, sagten sie. Immer vorausgesetzt, die Sache mit dem Veredeln, Pfropfen und so weiter funktioniere. Das allerdings setzte feinnervige Sachkenntnis voraus.

Sachkenntnis hatte Ruth nicht. Aber sie hatte ja ihre Bücher. Die Sache mit der Veredelung war schwierig, das war ihr klar. Aber die ersten Novemberwochen waren geeignet, um neue Bäumchen zu pflanzen. Mit Hilfe zweier Mitarbeiter ließ sie zunächst einige hundert Obstbäume auf dem Büchelberg roden und genau 148 Jährlings-Schattenmorellenbäumchen von einer Baumschule in Quedlinburg pflanzen. Erst dann begann sie es mit der Veredelung durch Aufpfropfen höherwertiger Sauerkirschtriebe zu versuchen. Ob das Neue etwas werden würde, wusste sie nicht, aber nach vielen Zweifeln teilte sie ihrem Albert eines Abends mit: »84 Pfropfe sehen gut aus. Ich glaube, sie werden anwachsen. Und bis jetzt konnten wir die Krähen fernhalten.«

Weihnachten 1913 war Albert natürlich auf dem Gut, und es wurde ein großes Fest veranstaltet. Alle Mitarbeiter waren eingeladen, hatten ihre Ehepartner und Kinder mitgebracht, und es ging ziemlich holterdipolter durchs ganze Haus. Ruth war mit den meisten sehr vertraut und für viele inzwischen die »Ruth Albertine« oder einfach »das Tinchen« geworden.

Den Herrn Baron von Roll behandelte man mit Achtung, ließ ihn aber spüren, dass er endlich etwas Vernünftiges in seinem Leben vollbracht habe, indem er das »Tinchen aus Berlin« geheiratet hätte, die über alle Maßen streng und arbeitssam sei, peinlichst genau aufs Geld sehe und immer pünktlich die Gehälter bezahle, obwohl die meisten Bleichröder doch wüssten, dass sie noch kurz vor Weihnachten weitere Schmuckstücke aus ihrem mütterlichen Erbe in einem Auktionshaus zu Leipzig hatte versteigern lassen. Diese Gerüchte drangen auch an Alberts Ohr.

»Bist du wahnsinnig geworden, Ruthilein? Du verschleuderst für den Hof deinen kostbaren Schmuck in Leipzig? Wenn dein Vater das erfährt, reißt er mir den Kopf ab! Wenn es um Pfandleiher oder Auktionäre geht, wird dein Tate zum Teufel!«

Ruth glimmerte ihn mit ihren hellblauen Augen an, umschlang mit ihren Armen seinen Hals, zog sich an ihm hoch und stellte sachlich fest: »Von wegen ›Pfandleiher‹! Was weg ist, ist weg. Ich habe nie Schmuck getragen, nur die Granatbrosche. Die hab ich noch. Zum Pfandleiher habe ich die nicht gebracht. Aber mit meinem Geschmeide konnte ich Löhne bezahlen, Saatgut kaufen, Baumsetzlinge, noch ein paar Bücher und für alle, die jetzt hier sind, schöne Weihnachtsgeschenke. Nur für uns beide hab ich nichts gekauft, außer diese mundgeblasenen Christbaumkugeln aus dem Erzgebirge. So, und nun lass uns zu unserem gemeinsamen Gott beten, dass er uns im nächsten Frühjahr eine reiche Ernte schenken möge. Jetzt bin ich pleite.«

Vorsichtig fragte Albert noch nach, ob Samuel Goldfisch von den finanziellen Schwierigkeiten der jungen Eheleute wüsste, und erhielt die vage Antwort, »wissen« würde er nichts, aber Samuel wäre nicht Samuel, wenn er nicht in Wahrheit, von Ahnungen gepeinigt, schlaflose Nächte hätte. Zumal er bei den zahlreichen Telefonaten ständig über Geld rede und dennoch immerzu gähne – was aber auch mit seiner sorgenvollen Schlaflosigkeit zu tun haben könne. Und dann lachte Ruth Albertine und empfing die Ehrengäste des Abends: das Ehepaar Franz und Luise Weidler.

Ruth brütete schon seit Wochen einen arglistigen Plan aus, der das Leben der Weidlers von Grund auf verändern sollte. Sie wusste, dass Franz als halbwegs patriotischer Österreicher seine hoheitsrechtlichen Aufgaben im anhaltinischen Herzogtum nicht weiter ausüben würde, wenn es zu dem allgemein erwarteten Krieg kommen sollte. An einem verregneten Novemberabend hatte er im Salon von Tinchen gegrummelt, dass er in dem Fall sofort seinen Gendarmenrock dem Herzog in Ballenstedt an den Nagel hängen und seinen Dienstwallach Moritz der herzöglichen Reiterei wieder zur Verfügung stellen würde.

In üppigen Verhältnissen lebten die Weidlers nicht. Beide verstanden aber von der Landwirtschaft viel, und Luise Weidler kochte vorzüglich.

Einzig die Jelawke beschimpfte die tüchtigen Österreicher als »zugereistes Gesocks« und sprach schlecht über Frau Weidler, aus deren Küche es nicht immer so duftete wie aus den anderen Bleichröder Küchen. Bei den Weidlers gab es eben viel Mehlspeisen und gekochtes Fleisch, und bei den Einheimischen roch es zumeist nach Kohl und Kartoffeln. Von den reicheren Bürgern Bleichrodes – dem Apotheker, dem Sanitätsrat, dem Uhren- und Streichholzfabrikanten – wurde Luise Weidler aber zu hohen Feiertagen gebeten, für Abendgesellschaften zu kochen. Das tat sie auch sehr erfolgreich und besser, als es Frau Jelawke früher getan hatte, als ihr noch die Ehre der besten Köchin Bleichrodes gebührte.

Am Weihnachtsfest zündelte Ruth also ein bisschen und sprach von den unsicheren Zeiten und dem herannahenden Krieg. Albert pflichtete ihr, politisch natürlich weitaus informierter und gebildeter und militärisch auf Zack, bei, und nach einem langen Gespräch konnte Ruth 1913 unter dem Weihnachtsbaum vor aller Welt, das heißt vor allen Leuten, die in Bleichrode um den Weihnachtsbaum herumsaßen, verkünden:

»Herr Weidler, wenn der Krieg kommt, wie mein Albert sagt, wird es in Bleichrode keine Männer mehr geben, die Unheil anrichten. Die werden alle zu den Waffen eilen, nicht wahr? Und Sie wollen doch als Gendarm nicht allein auf uns Frauen aufpassen?«

Franz Weidler nickte nur, und Ruth fuhr fort: »Nach der Frühjahrsernte im Mai lasse ich das Verwalterhaus aufmöbeln, und Sie haben eine neue Dienstvilla. Sie werden mein Verwalter, Herr Weidler, und Sie, Luise, meine Verwalterin. Ihren Säbel soll irgendein älterer Mann durch die Gegend schleppen, der nicht in den Krieg ziehen darf. Oder schicken Sie ihn an den Herzog nach Ballenstedt.«

Albert räusperte sich. Auf seinen Landesherrn, den Herzog von Ballenstedt, durfte er nichts kommen lassen, auch nicht durch seine Frau.

Nach der Weihnachtsfeier, als sie schon im Bett lagen, fragte er Ruth, ob sie denn eigentlich schon mal eine Einladung ins Ballenstedter Schloss, zum Herzog, bekommen habe? Am Telefon habe sie nie etwas davon erwähnt.

Ruth lächelte fein und kramte aus der Schublade ihres Nachtschrankes ein Bündel Umschläge, das anhaltinisch-bernburgische Wappen aufs Bütten geprägt, und ließ sie auf Albert herunterflattern. Alle Briefe waren ungeöffnet.

»Albert, ich war ja beim Grundbuchamt und habe die Kataster dort studiert. Ich bin mit dem Gut Roll schuldenfrei. Alles Gerötelte ist jetzt weiß. Aber die herzöglichen Liegenschaften – und davon gibt es eine Menge –, die sind röter als rot! Albert, dein Herzog ist bis über beide Ohren verschuldet. Sei mir nicht bös', da halte ich gerne Distanz. Auch wenn ich deine Baronin bin.«

Albert schüttelte den Kopf, ächzte, nahm seine Ruth in die Arme und küsste sie. Dabei war ihm sicher aufgefallen, dass Ruth von »ihrem« Gut Roll sprach, nicht von »unserem«. Er war eben ein ehrenwerter und sehr anständiger Offizier, der genau wusste, dass alles, was er einmal besessen hatte, nur durch Ruth wieder zu Ehren gekommen war, unter großen Opfern der Familie Goldfisch und, natürlich auch, durch die Versteigerung des Schmucks von Ruths Mutter.

Noch vor Silvester erhielt Franz Weidler die Entlassungspapiere zum 31.12.1913 aus den herzöglichen Diensten als Gendarm. Die fürstliche Verwaltung in Ballenstedt hatte, von wem auch immer, von Franz Weidlers eventuellen Plänen gehört und war seiner Entscheidung zuvorgekommen. Ruth war das sehr recht, Franz Weidler aber war natürlich beleidigt und wollte in Zukunft, sollte er den Herzog sehen, ihn nicht mal mehr mit dem »Oasch« angucken.

Albert und Samuel Herschel Goldfisch waren sehr zufrieden mit dieser Lösung, wussten sie doch ihre Ruth gut aufgehoben. Als Samuel Herschel Goldfisch allerdings von der Sache mit dem Ballenstedter Kataster und der Alleineigentümerin Ruth erfuhr, brüllte er minutenlang ins Telefon, ohne dass Ruth zu Worte kam. Er wollte nur kurz sagen, dass die Eintragung Ruths, als alleinige Eigentümerin, für seinen Schwiegersohn Albert von Roll doch etwas Ehrenrühriges habe und er, aus verständlichen gesellschaftlichen Motiven, auf einer Gütergemeinschaft der Eheleute bestehe. Schließlich habe er einen Großteil der Schulden bezahlt. Was denn der Hof in Potsdam, wenn er von Ruths Eigenwilligkeit erführe, von ihm, einem ehrenwerten Bankier, wohl denken solle?

Das war Ruth völlig egal. Und ihrem Albert zweifellos auch, denn sonst hätte sie das alles bestimmt anders gehandhabt.

Die Quedlinburger Jährlings-Schattenmorellen hatten den Winter überstanden und waren fast alle angewachsen. Ruths tollkühner Veredelungsaktion war nicht so viel Erfolg beschieden, aber bei immerhin 36 von fast zweihundert war auf einer bodenständigen, gemeinen Rasse eine edlere angewachsen. Fast ein zweites kleines Schattenmorellen-Wunder. Ab März pflanzte und veredelte Ruth weiter.

Das Ehepaar Weidler war der Glücksfall für den Gutshof. Der knorrige Weidler, der seinem Herzog den rücksichtslosen Rausschmiss nie verzieh, war düster entschlossen, aus dem immer noch schwer angeschlagenen Gutshof ein zweites Fürstentum in Anhalt-Bernburg zu errichten – makellos in seiner Schönheit, seinem Ertrag und vor allen Dingen schuldenfrei.

Den Landesfürsten, diesen adeligen finanziellen Brausekopf hingegen, wollte er das Fürchten lehren. Dazu musste seine neue Herrin aber erst einmal wieder finanziell zu Kräften kommen. Franz und Luise Weidler sagten niemals »Tinchen« zu ihr, wie die anderen, sondern Zeit ihres Lebens »Baronin« oder manchmal – mit mildem Spott, wenn sie Ungewöhnliches tat – »Euer Merkwürden«. Und merkwürdig benahm sich Ruth im Frühjahr 1914 schon: den Imkerhut auf dem Kopf, die blaue Sonnenbrille vor den Augen, schnibbelte, schnitzte sie an den Bäumchen herum, buddelte selber siebzig Zentimeter tiefe Löcher mit Spaten und Spitzhacke in den kalkigen Boden und pflanzte neue Jährlinge ein. Wie eine Tagelöhnerin schuftete sie und schaffte an guten Tagen bis zu fünfundzwanzig Anpflanzungen, die sie pingelig im Verwalterbuch vermerkte.

Die Abende verbrachte sie in der Tenne und bastelte aus Stroh und Lumpen Vogelscheuchen gegen die Krähen oder las in ihren Fachbüchern über den Obstanbau und machte sich anschließend bis tief in die Nacht Notizen in ihrem kleinen Grünen Salon vor dem ehelichen Schlafzimmer.

Baron Albert kam immer seltener nach Bleichrode, weil er kaum noch Urlaub erhielt und von einem Artillerielehrgang zum anderen gehetzt wurde, um ja bald richtig scharf schießen und den Feind vernichten zu können. Wenn Albert am Telefon von seinen Fortschritten schwärmte, hörte Ruth einfach nicht hin, sondern berichtete von ihren Bäumchen, die – o Wunder! – drei Wochen vor der Zeit, bereits im März, knospeten und hie und da blühten.

Seit Ruth in Bleichrode lebte, schien ein immerwährender Frühling ausgebrochen zu sein: erst das Oktober-Blütenwunder im Spalierobst und nun noch im März eine Vorblüte bei gerade mal einjährigen Bäumchen! Zweifellos hatte »Tinchen« den grünen Daumen. Darüber sprachen bald alle in Bleichrode. Wenn sie nicht über den Büchelberg kugelte, fuhr sie mit der Kutsche vier, fünf Kilometer in Richtung Ballenstedt zu den Zuckerrübenfeldern und stellte auch dort fest, dass die Saat aufgegangen war, Zuckerrübengrünkraut aus dem fettigen Boden der Magdeburger Börde spross und viele ihrer Mitbürger aus Bleichrode sich wie zufällig auch in der Nähe der Felder aufhielten, wenn sie da war. Der ganze Ort fieberte einer segensreichen Ernte entgegen, ohne viel mit Ruth darüber zu reden.

Ansonsten tratschte Ruth inzwischen gewaltig durch die Gegend. Und zwar im breitesten anhaltinischen Dialekt.

Kaum ein Kind entkam ihren Liebkosungen auf der Bahnhofstraße, auf dem Büchelberg oder auf den Feldern.

Säuglinge, die von stolzen Müttern in Kinderwagen durch die Frühlingssonne kutschiert wurden, lüpfte sie aus den Kissen, drückte und knuddelte sie an sich und herzte und küsste sie ab. Zweifellos wäre sie selber gerne schon Mutter.

Als sie im April dann ihren neunzehnten Geburtstag feierte, wurden ihr als Geschenk drei Patenschaften über neue Erdenbürger angetragen. Freudig schritt sie in die lutherische Sankt-Gero-Kirche und war bei dieser Dreifach-Taufe stolze Taufpatin. Warum auch nicht? Schließlich war sie ja auch evangelisch getraut worden.

Kurz danach war dann das Frühgemüse auf den Feldern reif und die Ernte äußerst ertragreich, was endlich wieder Geld ins Haus brachte, wenigstens vorübergehend.

Ende April war es nämlich so weit, mit der korrekten und erfolgversprechenden Pflanzung und Veredelung der gemeinen Schattenmorelle zu beginnen.

Und da räumte Ruth die Kasse wieder leer. Sie kaufte nährstoffreiches Hornmehl, Steinmehldüngung und – von einem kleinen chemischen Werk in der Nähe Leunas – eine Kampfsubstanz, die gegen die hoch gefährliche Kirschenwespe eingesetzt werden sollte, obwohl noch niemals irgendein alles vernichtender Schädling die Obstplantage auf dem Büchelberg heimgesucht hatte.

Der Untergang der alten Obstplantage war ausschließlich von Menschenhand verursacht worden. Den Aufstieg nun hatte Ruth in ihre eigenen kräftigen Fäustchen genommen, und sie verwöhnte ihre kleinen Bäumchen eben mit Leckereien wie teurem Steinmehl aus Schleswig-Holstein und sündhaft teurem, geschrotetem Hornschrot aus allen Abdeckereien des deutschen Reiches.

Die galligen Vorwürfe Weidlers, nach der vermutlich äußerst ertragreichen Zuckerrübenernte würde man sich diese luxuriöse Babykirschennahrung eher leisten können als jetzt, wo zum ersten Mal nach vielen, vielen Jahren des wirtschaftlichen Zerfalls das Rollsche Gut aus eigener Kraft Geld machte, ließ Ruth nicht gelten, sondern strahlte ihren Verwalter an und brachte ihm einen frisch, leicht rosa erblühten Weichselkirschenzweig aus eigener Pfropfung in das Verwalterhaus. Darüber sollte sich der ehemalige Gendarm nun freuen. Ruth arbeitete und dachte eben rein agronomisch, noch nicht sehr wirtschaftlich.

Am 28. Juni erschoss im fernen Sarajevo ein Attentäter das österreichische Kronprinzenpaar. Die unpolitische und, wenn überhaupt, liberal-konservativ erzogene Ruth ahnte, dass der lang erwartete Waffengang in ganz Europa – der Große Krieg – bevorstand.

Ihre Ahnungen wurden durch Telefonate zur Gewissheit. Albert jauchzte durchs Telefon, nun sei das Fass übergelaufen und es sei nur noch eine Frage der Zeit, wann er sich mit seinen Kanonen und Mörsern in das Schlachtgetümmel, wo auch immer, stürzen könne. Er bat um Verzeihung, dass man sich in den nächsten Wochen weniger sehen könne.

Auch Vater Samuel frohlockte aus dem fernen Berlin und machte Ruth mit seinem Patriotismus nervös. Dass es bei einem Krieg bekanntlich auch Tote gäbe, so Ruths Argument gegen den Krieg, ließ weder Albert noch Tate Samuel gelten. Tote seien keine Opfer, sondern Helden, und Gott behüte, in der Zivilbevölkerung auch Heldinnen. Im Übrigen würde das ein kurzer Krieg werden.

Die Österreicher hatten kaum den Serben den Krieg erklärt, um Rache wegen des Meuchelmords in Sarajevo zu nehmen, da meldeten sich viele Bleichröder Männer freiwillig zu den Waffen. Eigentlich fast alle Männer im Alter zwischen 17 und 45 Jahren. Darunter auch der ehemalige Verwalter Walter Buschbach und sein Sohn Paul, der seine Metzgerlehre auf dem Quedlinburger Schlachthof unterbrach, um auf die Schlachtfelder zu ziehen.

Als am 1. August 1914 die Deutschen den Russen und den Franzosen und nebenbei auch noch den neutralen Belgiern den Krieg erklärten und deswegen die englische, königliche Verwandtschaft dem deutschen Kaiser die Waffen zeigte, weil sie wegen eines uralten Vertrages aus dem Jahre 1839 den Belgiern als Schutzmacht zur Verfügung stehen wollten, wenn es mal ernst würde, da war das Schlamassel da, und Bleichrode hatte kaum noch Männer. Nur noch Greise. Und als Greis galt man zunächst schon mit 42 Jahren.

Zwei Jahre später allerdings mussten die ganz jungen Schulbuben und die ganz alten Männer auch noch in den Krieg ziehen.

Das Rollsche Gut wurde, unter Führung des ausgemusterten Gendarmen und Verwalters Franz Weidler, von einer tüchtigen Weiberbrigade bewirtschaftet. Frau Baronin höchstselbst übte sich im Traktorfahren mit dem Dampfmaschinentraktor und pflügte die Felder. Gar nicht mal so ungeschickt, wie man auch später noch über sie zu berichten wusste. Diese gewaltige Maschine erforderte mächtig viel Kraft in der Lenkung und sehr viel Sensibilität, um sie in der Spur zu halten. Als ein paar Militärs sahen, dass Ruth mit dem Fahrzeug, das im Allgemeinen »der Zerknall-Puff-Treibling« genannt wurde, behende über die Pflugscharen knattern oder Eggen über die Felder ziehen konnte, wurde es von den Behörden in Ballenstedt zum Kriegseinsatz eingezogen. Für kurze Zeit natürlich nur, wie sie der Gutsverwaltung versicherten, denn der Feldzug gen Frankreich wäre ein Blitzkrieg.

In wenigen Wochen standen die Deutschen achtzig Kilometer vor Paris. Die deutschen Generäle hatten eine gewaltige Frontlinie aufgebaut und das neutrale Belgien lässig mit eingenommen. Ein kleines Kontingent englischer Truppen widersetzte sich bei der flandrischen Stadt Ypern der deutschen Schlachtwalze. Und in Ypern war Albrecht mit seiner Artillerie stationiert und schoss seine Granaten aus Kanonen und gewaltigen Mörsern gegen die englischen Einsatztruppen.

In Feldpostbriefen schrieb er seiner Ruth stolz, dass der deutsche Soldat und seine Artillerie keinen Millimeter wichen, dass seine Waffen von exzellenter Qualität aus der Kruppschen Waffenschmiede seien, die Granaten beim Feind vernichtend Unheil anrichteten und sich seine Untergebenen nachgerade als »heilige Patrioten« entpuppten. Er selber habe auch irgendeine Auszeichnung und irgendeine weitere Beförderung erhalten.

Albert war sehr stolz auf das Deutsche Reich, auf sich und auf seine kreuzbrave Kriegsfrau Ruth, die mit machtvoller Hand im friedlichen Bleichrode dafür sorgte, dass der deutsche Soldat an der Front auch was zu essen hätte.

Das Gut Roll war tatsächlich ein kriegswichtiges Unternehmen geworden und musste deswegen viel abliefern. Präzise gingen bereits 1914 sieben Zehntel der Ernten für die Kriegswirtschaft drauf. Im Feldgrau der Infanterie hatte der deutsche Kaiser eine flammende Rede gehalten und sein Reichsvolk davon überzeugt, dass in einigen Wochen der Waffengang gegen Frankreich und England ohnehin siegreich beendet sein würde und damit die europäische Zivilisation gerettet.

Wenn Ruth so etwas hörte, wurde ihr immer sehr schwumerant. Ihre französische, englische und auch schweizerische Verwandtschaft väterlicherseits kannte sie zwar nur durch seltene Besuche in Berlin während ihrer Jugendjahre, aber alle waren ihr auch immer ziemlich zivilisiert vorgekommen. Als Engländer und Franzosen waren sie nun auf einmal Feinde.

Auch ihren Vater Samuel verstand sie nicht so recht, der begeistert am Telefon tönte, wie Rabbiner Waldemar Tannengrün im Tempel der Oranienburger Straße zu Solidarität aufgerufen habe und viele, fast alle waffenfähigen jüdischen Männer in den Krieg gezogen wären.

Viel später hörte man, dass von ungefähr 100 000 jüdischen Kriegsfreiwilligen 12 000 gefallen waren, alleine 6789 in Berlin. Einige wenige kannte Ruth aus ihrer Jugendzeit. Vater Samuel kannte wohl alle.

Plötzlich gab es keine Sozialdemokraten, keine Zentrums-Politiker, Nationalisten und Antisemiten mehr, sondern nur noch deutsche Krieger. Zumindest bis November 1914. Dann hatten die Franzosen sich eine Kriegslist einfallen lassen und den Vormarsch der deutschen Truppen wieder zurückgeworfen. Paris war gerettet, und die Front verlief von Ypern bis in die Voralpen, fast bis an die Grenze der Schweiz.

Von schnellen Siegen konnte jetzt nicht mehr die Rede sein. Auf einer, wie Albert stolz schrieb, 760 Kilometer langen Frontlinie gruben sich die Gegner in Schützengräben ein, und Albert überlebte nur mit sehr viel Glück eine der blutigsten Schlachten dieses Krieges.

Die feindlichen Schützengräben lagen teilweise nur fünfhundert Meter voneinander entfernt. Über sieben Tage flogen Granaten hinüber und herüber. In einer einzigen Nacht, am 4. November, fielen über zwanzigtausend Menschen, deren Leichname man am nächsten Morgen nicht mal mehr erkennen konnte. Englische und französische Schützenpanzer hatten die eigenen Toten und die deutschen Toten bis zur Unkenntlichkeit zerquetscht.

An guten Tagen gab es nur einige hundert Tote, an schlechteren wieder einige tausend. Am Ende dieser langen Schlacht, nach bitteren drei Jahren, waren mindestens 180 000 Menschen tot auf beiden Seiten.

Als Alberts Artillerieeinheit zerstört und die »heiligen Patrioten« nahezu alle umgekommen waren, lag er selber schwer verletzt in einem Feldlazarett und erhielt dafür einen weiteren Orden.

Eine Gewehrkugel hatte Alberts linkes Handgelenk durchschlagen und bescherte ihm, neben der bereits erwähnten Auszeichnung und weiteren Beförderung, auch einen kurzen Heimaturlaub in Bleichrode.

Albert traute sich 1917 nur selten vor das Gutshaus.

Witwen spuckten vor ihm aus. Mütter, die ihre jungen Söhne verloren hatten, weinten. Alle hatten von den Maschinengewehrgarben, dem gezielten Feuer von Scharfschützen, den periodisch immer wiederkehrenden Angriffen von Stoßtrupps in die gegnerischen Gräben, über die blutigen Nahkämpfe mit Messern und Totschlägern, über die zweimal oder öfter großangelegten Offensiven in Ypern, an der Somme, an der Marne oder in Verdun gehört, und sie wussten auch, dass Albert einer jener Männer war, die den Befehl gegeben hatten, millionenfach Granaten abzufeuern.

Ruth nahm ihren zitternden Ehemann jede Nacht in ihre Arme, aber sie hatte nicht die Kraft, den Mann zu trösten. So lagen sie eng aneinander geschmiegt und schwiegen nächtelang.

Die Kriegsbewirtschaftung hatte einschneidende Folgen auf dem Gut. Religion hin, unkoscheres Schwein her: Ruth setzte sich, sehr zur Überraschung des Ehepaars Weidler, über das altmosaische Reinheitsgebot und Speisegesetze hinweg und befahl bereits Ende 1914 den Aufbau einer großen Schweinezucht.

Auf dem Halberstädter Viehmarkt kaufte Weidler Muttersäue mit Ferkeln und einige geschlechtsaktive, hoch prämierte Eber. Die Schweine vermehrten sich wie die Karnickel, und das schnell nachwachsende Fleisch war für die hungernde Bevölkerung äußerst wichtig. Futter hatte Ruth ja dank Samuels heimlicher Machenschaften mit der Bank und der Halleschen Zuckerraffinerie genügend.

Wie sie jetzt erst feststellte, besaß sie die meisten Anteile an dieser Raffinerie. Sie nahm Samuels Geschenk freudig an, bedankte sich aber nicht einmal bei ihrem Tate, sondern beglückwünschte ihn zu dem »klugen Investment«, weil man im Krieg sehr viel Zucker brauche, sie sehr viele Zuckerrüben habe, der Transport zur Hamburgischen Raffinerie viel zu teuer gekommen wäre und im Übrigen die Rückstände aus Zuckerrüben – die sogenannten Zuckerrüben-Schnitzel – ein hervorragendes, nahrhaftes Viehfutter seien.

Mithin habe Vater Samuel wieder mal den richtigen Riecher für ein gutes Geschäft gehabt. Eine Beteiligung an dem Erlös bot die Tochter dem Vater allerdings nicht an. Das hatte Samuel wohl auch nicht erwartet.

Ruth hatte, außer seltenen Briefen und vielen Telefonaten

mit ihrem Vater, alle anderen Beziehungen nach Berlin völlig gekappt.

Als Gretchen einmal bat, die Schwester in Bleichrode besuchen zu dürfen, wimmelte Ruth dieses Anliegen nicht sehr höflich ab. Sie schob nicht durch den Krieg bedingte Überbeschäftigung und deswegen Mangel an Muße vor, sondern erklärte nicht nur Gretchen, sondern auch anderen Freunden und Verwandten, dass sie jegliche Heimsuchung als Störung empfinde, und veredelte diese brüsken schriftlichen Absagen mit üppigen Wurstpaketen, die ihre jüdische Verwandtschaft in Berlin – einem gemeinen Ondit zufolge sogar Rabbiner Waldemar Tannengrün und Gattin Sarah – diskret akzeptierten, um damit möglicherweise Handel zu treiben oder das Zeug aufzuessen.

Die Futtermittel aus der Raffinerie reichten aus, um ungefähr sechzig Kühe und an die vierhundert Schweine zu mästen, um sie der Kriegswirtschaft zur Verfügung zu stellen.

Ruth hatte die Fachliteratur für Obstgehölze auf Viertel-, Halb- oder Langstamm-Basis, zum Pfropfen und Veredeln längst auswendig gelernt. Der Quedlinburger Baumschulenbesitzer konnte sie schon lange nicht mehr über den Tisch ziehen, und den Verwalter Franz Weidler ärgerte sie, wenn es um die Schattenmorellen ging, mit botanischen Ausdrücken in lateinischer Sprache. Immer, wenn Weidler wegen der erheblichen Kosten für den Aufbau der Schattenmorellenplantage nörgelte, hielt sie ihm entgegen, dass sie die gemeine Sauerkirsche, oder auch die »prunus cerasus«, zur hochwertigen Strauchweichsel, der »prunus cerasus ssp. acida«, zu veredeln suche und dabei schon in den ersten anderthalb Jahren sowohl an Halbstämmen, Hochstämmen wie auch Viertelstämmen, ja selbst am einfachen Spindelbusch, durch Pfropfen geeigneter Reiser oder auch noch komplizierterer Kopulation – das ist das Einbinden größerer Zweige mit ziemlichem Kraftaufwand in dickere Basisstämme – hervorragende Erfolge erzielt habe. Das sehe man an den Blüten und, bereits im zweiten Jahr, tatsächlich an einigen Sauerkirschen, die richtig reif und rot würden.

1915 erntete Ruth von ungefähr dreihundert Zweiglein der frisch veredelten Sauerkirschen stolze zwölf Kilo Frucht. Franz Weidler trug diesen Ernteertrag mit scharf gemeißelter Schrift in das Verwalterbuch ein und setzte dahinter drei Ausrufungszeichen.

Ruth von Roll und Franz Weidler waren sich menschlich und landwirtschaftlich herzlich zugetan und zankten sich deswegen um jede Kleinigkeit. Vor allem die Besserwisserei der Gutsherrin ging dem gestrengen Verwalter sehr gegen die Ehre. Für ihn war eine Schattenmorelle einfach eine Sauerkirsche, die auch im Schatten wächst, und nicht, wie Ruth ihm weismachen wollte, eigentlich eine »Schlossmorelle«, weil das deutsche Wort »Schatten« eine Verballhornung des französischen »Château« sei. Und als sie dann die Schattenmorellenstämme mit der Koröszer Weichsel veredelte und die Triebe bereits im ersten Frühjahr nach der Pfropfung blühten und mächtig dicke, saure Kirschen trugen, war Weidler angesäuert, zugleich aber auch stolz auf seine Baronin.

1917, direkt nach einer weiteren, sehr ertragreichen Zuckerrübenernte, kam ein Beamter der Kriegsbewirtschaftungsbehörde aus Halberstadt, prüfte das Verwalterbuch, in dem auch die Ernteerträge penibel genau eingetragen werden mussten, und entdeckte eine völlig neue Frucht. Da stand: »Heritage beta vulgaris ssp. var altissima«. Was denn nun das sei, begehrte der Kriegsbewirtschaftungsinspektor von Franz Weidler zu wissen.

Er wisse das nicht, war Weidlers ehrliche Antwort. Um Kirschen könne es sich nicht handeln, denn die hießen »prunus cerasus« oder so ähnlich. Manchmal auch Koröszer Weichsel. Aber das seien vernachlässigbare Ernteerträge, die dem deutschen Reich nicht zum Sieg verhelfen könnten. Der Inspektor vermutete wohl einen Geheimcode für irgendetwas Verbotenes und begehrte die Gutsherrin zu sprechen.

Weidler fand Ruth in ihrem Grünen Salon bei der Niederschrift eines Briefes an ihren Albert, der längst wieder zu seinen Kanonen und Mörsern geeilt war und nun in Verdun sein blutiges Handwerk verrichten musste.

»Dunnerknispel, Baronin, dieser Oasch von Inspektor tobt! Ein Schwein können wir vor ihm verstecken, aber was um Herrgotts drei Teufels Namen ist denn eine »beta vulgaris«, und dann noch »altissima«?«

Ruth strahlte und dachte an die üppig gefütterte »Cleopatra«, wie sie das Schwein nannten, das sie – an den Behörden vorbei – schwarz schlachteten. Dann sagte sie, dass sie mit diesem Inspektor gerne selber reden würde.

Immer noch strahlend, klärte sie den verdatterten Inspektor darüber auf, dass es sich bei der »beta vulgaris sowieso« um nichts anderes als um die gemeine Runkelrübe handele, die, veredelt als Zuckerrübe, segensreich für die vielen Soldaten an der Front und die armen Zivilisten in der Heimat wäre. Außerdem täte es ihr sehr leid, dass der Inspektor nicht die nötige Sachkenntnis habe, sonst hätte er zweifellos gewusst, was dieser lateinische Ausdruck bedeute. Natürlich erinnerte sich der Inspektor sofort an den lateinischen Ausdruck für die Runkelrübe und entschuldigte sich demütig bei der Baronin.

Die verzieh ihm gnädig und erbat die schriftliche Zusage von dem mächtigen Zwangsbewirtschafter, von der Raffinerie in Halle außer den Zuckerrübenschnitzeln für Viehfutter auch noch die Filtermasse abholen zu dürfen. Bei diesen Filtermehlen handelte es sich um pulverisierte Restbestände aus nahezu reinem Kalziumkarbonat und wertvollen Kaliumsalzen, die als Dünger, vor allen Dingen für Obstbäume, hervorragend geeignet waren.

Leider aber auch für die Herstellung von Schießpulver, aber das wusste der für die Kontrolle des Bauernstandes ausgebildete Inspektor wieder nicht. Und so verfasste er ein Dokument, das es der Baronin Ruth von Roll gestattete, das Filtermehl dem eigenen landwirtschaftlichen Betrieb als hochwertiges Düngemittel zuzuführen, bevor es von den

Mitarbeitern der Raffinerie einfach auf den Müll geschmissen werde. Der Inspektor hatte wirklich keine Ahnung, beglückwünschte die Baronin für ihre Sachkenntnis und machte ihr zum Abschied noch das schleimige Kompliment, Ruth sei wahrlich eine Tochter dieses kleinen Herzogtums – schlau, gebildet und umsichtig und vor allen Dingen patriotisch.

Ruth kicherte hinter seinem Rücken und bekam den hochwertigen Dünger für ihre Schattenmorellen, der diesmal, im Gegensatz zu Hornschrot und Steinmehl, nichts kostete und den Bäumchenwuchs zu Hochleistungen anstachelte.

Zur Erntezeit 1918 schrieb sie mit fester Schrift in das Verwalterbuch, dass sie den tausendsten Baum »gepflanzt bzw. veredelt« und siebzig Zentner Früchte geerntet habe. Da war Ruth stolz auf sich und Franz Weidler auf seine Baronin.

Für die vielen Kirschen aber musste Ruth schon vor der Ernte einen Abnehmer finden. So viel konnten die Bleichröder Frauen nicht zu Marmelade oder Kirschsirup oder schnödem Eingemachtem verarbeiten. Außerdem fehlte es an Einmachgläsern. Da kam ihr der kleine Konserven- und Marmeladenhersteller, der gerüchteweise von der tüchtigen Gutsherrin Baronin von Roll gehört hatte, gerade recht.

Walter Lettau war ein erfahrener und in Friedenszeiten sehr erfolgreicher Hersteller von fabrikmäßig Eingemachtem. Jetzt im Krieg war er allerdings infolge der Mangelwirtschaft an den Rand der Pleite geraten.

Stolz führte Ruth ihn durch ihre Schattenmorellen-Weichselkirschen-Koröszer-Edelplantage, und Lettau war sehr beeindruckt. Er gestand ihr aber schnell, dass er mit dem zu erwartenden Erntesegen von wer weiß wie vielen Zentnern herzlich wenig anfangen könne, weil die deutschen Hausfrauen in Kriegszeiten ihre Marmeladen längst wieder selber einkochten, sofern sie die neben Tabak größte Mangelware, nämlich Zucker, hätten.

Die schlimmste Konkurrenz eines Marmeladenherstellers, so jammerte Lettau, sei die deutsche Hausfrau, die ihre Produkte selber herstellt und jeden Fabrikanten an den Rand des Ruins treibt. Der Krieg an sich sei ohnehin eine ruinöse Angelegenheit. Herr Lettau war ein ehrlicher Mann. So ehrlich, dass Ruth ihm sehr schnell gestand, dass sie über geeignete Verbindungen zu einer Raffinerie verfüge, mit der man – unter Einsetzung erheblicher Fantasie – das Problem »Kirschen plus Zucker plus Aromastoffe gleich Marmelade« lösen könne.

»Herr Lettau, nun mal ganz ehrlich«, sagte sie auf dem Büchelberg im strahlenden Sonnenlicht zu dem alten Herrn, während sie liebevoll einen Baum streichelte, »sind Sie eigentlich wegen meiner schönen Koröszer-Kirschen gekommen? Oder wegen meiner Beziehungen zur Hallenser Zuckerraffinerie?«

Lettau sah sie an, verkostete Kirschen der Weichselfrucht, der Schattenmorelle und des Koröszer-Edelguts und schwor, niemals in seinem langen Konserven- und Marmeladen-Herstellerleben derartig süßsaures Fruchtgut mit der Zunge am Gaumen zerquetscht zu haben. Mit Zucker, so deutete er an, könnte man mit dieser Fruchtqualität eine Marmelade herstellen, wie sie noch nicht mal in seligen Friedenszeiten den internationalen Weltmarkt bereichert hätte.

»Woher soll ich den von mir und meiner Genossenschaft hergestellten und bewirtschafteten Zucker nehmen, wenn nicht stehlen?«, antwortete Ruth im Sonnenschein und fand schon am Abend eine Möglichkeit, die Inspektoren der Zwangsbewirtschaftung für die Zuckerraffinerie davon zu überzeugen, dass in Baden-Württemberg ein kleiner, kriegswichtiger Betrieb dringend des mitteldeutschen Zuckers bedürfe und man die Lagerbestände der Raffinerie genauestens überprüfen solle, ob sich nicht hie und da eine Partie finde, die eine Sonderzuteilung rechtfertige. Mit anderen Worten: Sie unterstellte den Inspektoren in Halle, dass sie Zucker horteten, der vielleicht auch, wie das gutseigene Schwein, »Cleopatra« hieß.

Drei Tage nachdem der Sozialist Kurt Eisner in München den Freistaat Bayern ausgerufen hatte, lieferte die Marmeladenfabrik Lettau in Baden-Württemberg »ff Schattenmorellenmarmelade« an die Zivilbevölkerung aus. Auf dem Etikett der Gläser stand »Harzer Bergmorellen-Marmelade« und darunter »Wie Friedensqualität«.

Einen Tag zuvor, am 10. November, war Kaiser Wilhelm ins niederländische Exil gegangen und hackte fortan Holz. Ruth war das ziemlich egal. Sie freute sich über den Erfolg ihrer Schattenmorellen und wartete sehnsüchtig auf die Heimkehr ihres Albert.

Bevor sie von Albert hörte, erhielt Ruth einen kurzen Brief ihres Vaters aus Berlin. Zeit seines Lebens hatte Samuel ungern Schriftliches zu Papier gebracht. Wenn er aber schrieb, so tat er das bedächtig, äußerst sorgfältig und in wunderschöner Schrift. Ein Schauer lief Ruth deshalb über den Rücken, als sie die fast unleserliche, krakelige Anschrift auf dem Kuvert las. Eine verhetzte Schrift, der Strich unter der Ortsbezeichnung »Bleichrode« war verkratzt und mit Tintenflecken verunstaltet.

In dem armselig kurzen Brief teilte der Tate ihr mit, dass er den Zusammenbruch der Monarchie, den Verlust seines geliebten Kaisers nicht ertragen und sich in Deutschland keine Zukunft mehr vorstellen könne ohne die gute, gewohnte preußische Ordnung. Deswegen scheide er aus dem Leben. Fast unlesbar waren auch noch die Worte »Scham für meine Nation« zu lesen, und unterschrieben war der Brief: »Für Dich, liebe Ruth, von einem Vater, der Dich nicht verdient hat.«

Nahezu zeitgleich mit dem Abschiedsbrief erreichte Ruth eine Depesche von Gretchen, die vornehm mitteilte, dass der Vater den Freitod gewählt habe und sich und allen anderen Kraft wünsche.

Weidler wollte sie trösten. Ruth fuhr ihn aber heftig an, er möge das unterlassen. Vater sei ein Dummkopf, seine Handlung die schlimmste Gotteslästerung. Sie werde für ihn beten, wie sich das gehöre. Für ihn und alle anderen Idioten in Berlin, die vielleicht genauso töricht seien. Sie wolle sich für eine Woche in ihre Räume zurückziehen, um das Totengebet für ihren Vater zu sprechen. Man möge sie unter keinen Umständen stören.

Franz Weidler beorderte seine Frau Luise und zwei weitere Vertraute der Baronin auf einen harten Stuhl neben der Tür zum Grünen Salon und befahl, Wache zu halten und beim geringsten Anzeichen einer emotionalen Unregelmäßigkeit der kleinen, lieben Baronin einzugreifen. Sollte die Tür von innen verschlossen sein, möge man ihn sofort alarmieren. Dann breche er gegebenenfalls die kostbare Nussbaumholztür mit der Brechstange auf.

Ruth war gerade mal zwei Stunden im Gebet für ihren toten Vater versunken, als ein Besucher am Glockengriff der Hauptpforte zum Gutshof die Messingglocke läutete.

Weidler erschien die Läuterei zu heftig und er entnahm dem Jagdschrank eine Hirschbüchse, um dem nachdrücklich Läutenden womöglich Widerstand leisten zu können.

Vor dem Tor stand der ehemalige Eigentümer und Herr des Gutshofes. In zerschlissenem Uniformmantel, aber mit allen Orden behängt, mit zerfetzten Stiefeln an den Füßen und einem elenden Pappkoffer in der Linken starrte Albert Franz Weidler an. Sonst hatte er den Verwalter immer mit militärischem Gruß bedacht und die rechte Hand zur Uniformkappe geführt. Diesmal nahm er die Kappe ab, reichte sie Weidler und sagte nur: »Bitte.« Verdutzt nahm Weidler die Kopfbedeckung, stellte hastig das Gewehr in die Nische des geschlossenen Teils der Flügeltür und griff, noch bevor Albert eintreten konnte, nach dem Pappkoffer.

»Ich bin derangiert, was, mein treuer Freund? Ach, guter Weidler.« Und dann fiel der Baron dem Verwalter in die Arme.

Ruth beendete sogleich ihr Totengebet und packte Albert ins Bett. Der brachte alle Schrecken des verlorenen Krieges mit auf den gepflegten Gutshof. Er hatte Läuse, Flöhe, Krätze an Händen und Füßen und dazu auch noch Typhus, eine Seuche, die nach Kriegsende wohl noch 500 000 weitere Soldaten als Opfer forderte.

Albert war mehr tot als lebendig und hatte sich mit letzter Kraft in seine alte Heimat durchgeschlagen. Ein Heilmittel gegen Typhus gab es nicht. Nur Hausmittel, die gegen alles Mögliche helfen sollten – Typhus, Cholera, Diphterie, Scharlach, Masern – und im Grunde nichts anderes waren, als peinlich genaue Hygienevorschriften.

Stündlich wurden Alberts Leinentücher gewechselt. Auf Anraten des Sanitätsrates von Bleichrode wuschen Luise und Ruth den Körper des ausgezehrten Mannes mit warmem Essigwasser. Die Typhusflecken auf Brust, Unterarmen und Oberschenkeln cremte der Sanitätsrat mit Zinksalbe ein, um den Juckreiz zu mildern oder um irgendetwas für den Todkranken tun zu können. Albert war so geschwächt, dass er sich nicht einmal mehr kratzen konnte.

Die lebenskluge Luise ergriff schließlich eine drastische Maßnahme. Obwohl hohes Fieber und Schüttelfrost Albert peinigten, flößten Ruth und Luise dem Kranken einen starken Sud von Lindenblüten ein, der das Fieber noch einmal erhöhte, sodass er in eine tiefe Ohnmacht fiel. Ruth wurde ganz heiß, als sie das sah, aber Luise sagte nur: »Baronin, die Ohnmacht ist gut. Die beruhigt ihn und er zittert nicht. Jetzt müssen wir ihn abkühlen.«

Der Sanitätsrat war mit dieser Behandlung nicht ganz einverstanden, sagte aber nichts, weil er keine anderen Mittel kannte. Mit speziellen Brustwickeln – eiskalten Tüchern, auf die heiße Tücher und darüber wieder trockene Tücher gelegt werden – sowie kalten Wadenwickeln trieben die beiden Frauen das Fieber tatsächlich herunter. Zwei Tage lang lag Albert in tiefer Ohnmacht, eigentlich im Koma. Dann erwachte er und blickte in das beglückte Gesicht seiner Ruth.

»Hühnersuppe?«

Albert lächelte. »Habt ihr in diesen schrecklichen Zeiten tatsächlich noch Hühner?«

Ja, sagte Ruth, sie habe noch Hühner, aber sie legten schlecht. Deswegen habe sie die nichtsnutzigste Henne bereits zu Suppe verarbeitet, in der Hoffnung, dass er, Albert, sie als Zeichen seines dringlichen Genesungswunsches mit Appetit verzehren möge.

Zuerst flößte Ruth ihrem Albert die Hühnerbrühe mit einer Schnabeltasse ein. Nach geraumer Zeit ging das dem Baron gegen die Ehre und er bemühte sich ungeschickt, mit dem Löffel zu essen.

Es ging ihm von Tag zu Tag besser. Vielleicht hatte der Segen des Allmächtigen geholfen oder nur Glück oder einfach die Liebe, die Ruth tagelang nicht von Alberts Krankenlager weichen ließ und die ihr auch half, den dummen Selbstmord ihres Vaters zu verarbeiten, indem sie ihrem todkranken Mann ein neues Leben schenken wollte.

Albert wurde wieder gesund und musste feststellen, dass die Bleichröder ihn kaum beachteten. In Bleichrode war er ein falsches Ding am falschen Platz. Er war als gebrochener Mann aus dem Krieg heimgekehrt und fand ein blühendes landwirtschaftliches Anwesen vor. Seine Frau war bei allen beliebt. Ihn, den Baron, aber ließ man deutlich spüren, dass er, außer einen unseligen Krieg zu führen und Schulden zu machen und in der Vergangenheit alle möglichen anderen adeligen Unarten zu begehen, die Einheimische ihren ehemaligen Herren nie vergessen, nichts dazugelernt zu haben schien.

Albert hatte wirklich nichts begriffen. Er wollte möglichst bald seinem Landesherrn in Ballenstedt, dem Herzog, der über den Zweiten Weltkrieg hinaus der noch letzte regierende Fürst im deutschen Reich war, seine Aufwartung machen. Sehr zum Missfallen von Ruth, die in all den Kriegsjahren peinlichst darauf geachtet hatte, ja nicht mit dem stolzen Familienstamm der Askanier in Berührung zu kommen. Ruth fand diese Mischpoche in Ballenstedt einfach degoutant – äußerst lebensuntüchtig, weil zu lebenslustig. Seine Durchlaucht liebte es nämlich, sich unstandesgemäß häufig außerehelich fortzupflanzen, was ihn viel Geld kostete.

Wegen dieser Haltung wurde Ruth von Franz Weidler ganz besonders verehrt und bewundert, und wenn Ruth von der herzöglichen »Residenzklitsche« sprach, so erwärmten solche Worte das gekränkte Herz des ehemaligen herzöglichen Gendarmen sehr.

Gleichzeitig hatte Ruth aber immer erfahren, wenn Durchlaucht mal wieder klamm bei Kasse waren und irgendwelche Latifundien zu Geld machen mussten. Dann war sie es, die mit der herzöglichen Verwaltung blitzschnell Kaufverträge abschloss und mal hier und mal dort dem Herzog ein paar Hektar zu unmoralischen Dumpingpreisen nahm. Sogar einige bedeutende alte Häuser um den Schlossberg zu Quedlinburg, unter anderem das Holbein- und das Klopstockhaus, wechselten zur angeheirateten »Baronischen jüdischer Herkunft«.

Den Hausberg von Bleichrode, den sogenannten Osterberg, der mit reichem Mischwald gesegnet war, hatte Ruth quasi für 'nen Appel und 'n Ei – genauer für den Bruchteil ihres Zuckerrübenertrages 1915 – erwerben können.

Bevor Albert nun seinen Antrittsbesuch nach dem verlorenen Krieg am Ballenstedter Höfchen machen konnte, zog Ruth ihn in einen Erker der Wohnhalle, von dem man einen 270-Grad-Ausblick über und um ganz Bleichrode hatte.

»Albert, schau mal. Das hier, was du hier siehst, von da bis da, ist jetzt alles unseres. Der Osterberg hat mal diesem Frauenschänder gehört. Durch seine hemmungslosen Triebe kam er in die Schulden, und jetzt gehört der Osterberg uns! Und siehst du da unten die Felder in Richtung Roseburg? – Das sind die Alimente für drei uneheliche Kinder dieses Tunichtguts. Die Kinder sind versorgt. Die Äcker gehören uns. Ich will nicht den Fehler meines Vaters begehen und mich für einen Landesherrn begeistern. Obwohl mir der Kaiser nie etwas getan hat.« Sie legte ihre Arme um seinen Hals. »Albert, geh bitte nicht nach Ballenstedt. Er wird dich anpumpen.«

Albert fuhr bis zum Schlösschen der Askanier in Ballenstedt, machte am mickrigen Schlosstor Halt, ging wieder zurück zum Auto seiner Frau Ruth und fuhr zurück ins heimische Bleichrode.

Die Abneigung der Bleichröder spürte Albert immer. Ob

er mit der Limousine seiner Frau die Bahnhofstraße entlangfuhr oder auch – was er nur ein einziges Mal tat – nach seiner vollständigen Gesundung auf dem einzigen Reitpferd des Gutshofes zum Büchelberg ritt. Da bemerkte er, dass andere Bleichröder Kriegsheimkehrer hinter seinem Rücken ausspuckten.

Ruth tat so, als bemerkte sie das bitterböse Verhalten der Bleichröder nicht, und brachte Albert das Fahren mit dem Anfang 1919 erworbenen, hoch komplizierten, schweren Traktor bei. Dieses Ungetüm hatte acht Vorwärts- und vier Rückwärtsgänge und unendlich viele, schwer zu betätigende Hebel, deren technischer Sinn sich keinem der Mitarbeiter des Gutes, nicht einmal der technisch äußerst neugierigen Ruth, erschloss. Sie wusste nur, dass man sie betätigen musste, damit dieses Teufelsding von moderner Nachkriegsware überhaupt mal anrollte. Der alte, kriegskonfiszierte Dampftraktor war ihr entschieden lieber.

Albert war neben Ruth im Frühjahr 1919 der Einzige, der mit diesem Gerät vorwärts und rückwärts fahren konnte und auch um relativ scharfe Kurven. Ruth erhielt dafür den Beifall der Bleichröder, und Albert musste sich den Spott gefallen lassen, weil ein Mann, der mit komplizierten Kanonen und anderem Schießgerät umzugehen gelernt hatte, wohl zwangsläufig eine simple Landmaschine bedienen könnte.

Wann immer Ruth bemerkte, dass ein Bleichröder ihren Albert mit Missachtung oder gar Spott bedachte, wollte sie energisch dazwischengehen. Und »energisch« hieß bei Ruth, seit sie Landfrau geworden war, lautstarker Wutanfall mit undamenhaften Schimpfattacken und deftigsten Gemeinheiten aus dem reichen anhaltinischen Sprachschatz. Umsichtig hielt Franz Weidler, der seine Bleichröder Pappenheimer genau kannte, Ruths Löwinnenmut in diesem Fall einigermaßen unter Kontrolle, um üble Streiche gegen den Herrn Baron zu verhindern, die zweifellos eine Folge von Tinchens Eintreten für ihren »Waschlappen von arrogantem Kriegsverlierer« gewesen wären.

In den zurückliegenden Jahren hatte Ruth gelernt, dass Schattenmorellen außer in der Winterzeit ganzjährig gepflanzt werden können und nur die Veredelung möglichst im Frühjahr passieren sollte. Im April, zur Kirschblüte der Schattenmorellen 1919, wuchsen knapp 2000 Bäume, und es blühten immerhin schon 1500, von denen die meisten auch demnächst Früchte tragen würden.

Außerdem war Ruth im zweiten Monat schwanger. Albert vergaß die herausfordernde Missachtung der Bleichröder und war aus dem Stand, nachdem Ruth ihm von ihren neuen »Umständen« berichtet hatte, gegen ihr Traktorfahren.

Ruth gehorchte brav, weil auch Luise Weidler sofort begann, sie in Watte zu packen, Franz ihr nicht mehr von der Seite wich und ständig irgendwelche Weibersleute auf dem Büchelberg, auf dem sie natürlich Bäumchen für Bäumchen begutachtete, pfropfte, veredelte, zurechtstutzte, die Blüten streichelte und manchmal auch küsste, um sie herum aufkreuzten. Das ließ sie sich drei Wochen gefallen, dann zog sie die schärfste Waffe aus ihrem Köcher: den inszenierten Wutanfall. Ihre Schimpfkanonade, mit der sie jeden, der ihr über den Weg lief, bedachte, endete mit der herben Forderung an Albert, er möge sie vor ihrem eigenen Naturell schützen, da sie in ihrer maßlosen Wut die heranreifende Leibesfrucht, deren Vater er schließlich sei, sonst gefährden würde.

»Jag die alle zum Teufel, mach du jetzt die Arbeit mit dem Traktor, und lass mich in meine Kirschen!«

Das machte auf Albert einen gewaltigen Eindruck. Abends im Ehegemach öffnete er den schäbigen Pappkoffer, den er aus dem Krieg mitgebracht hatte und breitete auf der Überdecke des Ehebettes Dokumente aus. Dokumente mit bedrohlichem Inhalt.

Den Versailler Vertrag vorwegnehmend, hatten bei den Waffenstillstandsverhandlungen führende deutsche, wohlhabende Militärs, zu denen der Baron Albert von Roll – sowohl was seinen militärischen Rang als auch seine neuen wirtschaftlichen Verhältnisse betraf – zu rechnen war, Forderungen nach Reparationszahlungen mit nach Hause gebracht.

Die Dokumente kamen einem Vertrag sehr nahe und verdonnerten die Grundbesitzerfamilie von Roll zur Abgabe von 30 000 Festmeter geschlagenen Holzes aus Mischwäldern.

Bisher hatte Albert nie den Mut gefunden, diese unselige Forderung seiner Ruth zu zeigen. Er respektierte Ruth als Alleineigentümerin des Gutes. Aber Ruth war nach dem Studium der Dokumente schnell klar, dass sie gegen diese Forderung der Siegermächte nichts ausrichten konnte und wollte.

»Es sind deine Wälder, Ruth! Weißt du, wieviel 30 000 Festmeter geschlagenes Holz aus Mischwäldern sind? Und hier ist auch noch genau festgelegt, wieviel Prozent Eichen, Buchen, Eiben, Erlen und andere Hartholzsorten in den 30 000 Festmetern enthalten sein sollen! Die wollen nicht nur billige Fichten und Tannen. Davon gibt es genug. Bis rauf nach Harzgerode.«

Knapp beschied Ruth ihren Mann, es seien letztlich doch ihre Mischwälder. Alberts Vorfahren hätten Eichen, Buchen, Erlen und Eiben teilweise vor mehr als hundert Jahren gepflanzt, und die Sache mit den Mischwäldern sei eine in der Tat etwas zu weit gehende Forderung. Das würde ja die gesamte Kulturlandschaft bis tief in den Harz für Generationen zerstören.

»Sie werden kommen, die Sieger, und die 30 000 Festmeter einfordern«, seufzte Albert und streichelte Ruth über die Wangen und zärtlich über den Leib.

Ruth hielt die Dokumente gegen das Licht der Wandkandelaber und stellte mit dem Kennerblick der Bankierstochter fest, dass die Dokumente mit Gallustinte geschrieben waren. Gallustinte wurde immer benutzt, um Urkunden oder Dokumente besonders fälschungssicher zu machen, sie war auch im Bankwesen für vieles üblich. Diese Tinte wirkt auf Papier dunkelblau, schillert aber auf der Oberfläche wie ein Regenbogen.

Albert schaute Ruth irritiert an, als er ihre strahlenden Augen und ein unverschämtes Grinsen bemerkte. Sie deutete auf die Tintenschrift, stupste Albert spitzfingrig immer wieder in die Rippen und drängte ihn, doch endlich das Leuchten des Regenbogens auf der dunkelblauen Tintenschicht auch zu entdecken. Das sei nämlich die Voraussetzung für eine Maßnahme, die den Mischwaldbestand von Alberts Vorfahren retten würde.

Sie raffte die Dokumente zusammen und zerrte Albert nächtens in die Gutsküche. Dort kochte sie drei Eier zwölf Minuten lang hart. Dann pellte sie vorsichtig die Schale ab und fuhr mit dem glibberigen Kleister unter der feinen Eihaut vorsichtig über das immer wiederkehrende Wort »Mischwald«. Die Tinte löste sich nicht in Wohlgefallen, sondern in nichts auf und blieb an der Oberfläche der hartgekochten Eier kleben, wie auf einem Stempel. Schließlich waren alle »Mischwälder« aus den Dokumenten getilgt.

Diese Fähigkeit, Urkunden zu fälschen, hatte sie nicht als Bankierstochter gelernt, sondern von Zelda, die mit diesem Trick vor etlichen Jahren, als sie einmal heiraten wollte, ihr Alter auf einer ebenfalls mit Gallustinte geschriebenen Geburtsurkunde zu ändern gedachte.

Franz Weidler konnte sehr gut Schriften fälschen und nach einiger Übung war er in der Lage, »Fichtenholz« genauso gut zu kalligraphieren wie der Schreiber der Urkunde »Mischwälder«. Und es ging ihm nicht gegen seine alte Gendarmenehre. Schließlich wollte es die Baronin so, und Holz bekämen die Siegermächte ja.

Ruth und Albert segneten die Dokumente mit ihrer Unterschrift und Siegellack als Zeichen ihres Einverständnisses mit den vorweggenommenen Reparationszahlungen, denen nach Verhandlungen des Versailler Vertrages keine weiteren folgen sollten, ab und sandten sie an die zuständige Dienststelle nach Straßburg. Außerdem erklärten die Eheleute, dass sie bereits im Oktober mit dem Einschlag des Holzes beginnen würden.

Herrisch, aber auch voller Respekt, sandten die Straßburger eine Quittung für den Erhalt dieser Dokumente und gestatteten das Abholzen von 30 000 Festmeter Fichtenwälder für die Wiedergutmachung des verlorenen Krieges.

Ab Oktober 1919 befehligte Albert also erfolgreich 160 Holzfäller aus Bleichrode und Umgebung, die ihm sogar gehorchten, weil sie die Baronin so verehrten. Und obwohl schon hochschwanger, ließ Ruth es sich nicht nehmen und von Albert, Luise und Franz Weidler jetzt nicht mehr verbieten, täglich mit dem Treckerungetüm eine Gulaschkanone zu den hungrigen Nachkriegsholzhackern zu karren. Für den Fall einer Frühgeburt folgte ihr Luise Weidler, immer in Begleitung einer soliden Hebamme, auf dem Fahrrad in die oktoberfeuchten Forste. Ruth war von niemandem von diesen Fahrten abzubringen und behauptete, diese körperliche Ertüchtigung täte der Frucht ihres Leibes besonders gut. Schließlich wolle sie ein gesundes, kräftiges Kind zur Welt bringen.

So ging es bis zum 10. November.

Es war schon bitterkalt. Vorboten des historischen Winters, der in die Geschichtsbücher als »Hunger-Steckrüben-Winter« eingehen sollte.

Albert fuhr mit dem Trecker schon eine Stunde früher als die Holzfäller in die Fichten- und Tannenwälder. Auf dem Anhänger transportierte er das Handwerkszeug: Äxte, Sägen, Metallkeile und so weiter. Er sah es als seine vornehme Pflicht an, auf das Handwerkszeug besonders gut zu achten, denn das war knapp.

Persönlich verteilte er die Gerätschaften an verschiedenen Stellen, an denen sich die Holzfäller eine Stunde später einfinden würden. Dann kennzeichnete er mit Schlämmkreide die zu fällenden Fichten und Tannen, fror und wartete auf seine Mitarbeiter. Es begann zu schneien, pappiger Neuschnee legte sich auf die Bäume und blieb auf den Steilhängen liegen. Das würde die Arbeit nicht leichter machen.

Verfroren kamen die Holzfäller und fanden, wie gewöhnlich, das Arbeitsgerät ausgelegt an den Einschlagpositionen und dazu noch heißen Tee mit Rum oder Kaffee mit Branntwein in speziellen Thermoskanistern. Bevor die Arbeit begann, konnten sie sich aufwärmen und ein erstes Frühstück einnehmen. In großen Körben lagen in Butterbrotpapier verpackte Schmalz- und Grützwurstbutterbrote.

Albert fuhr den Trecker zum Hof zurück. Wie immer in den vergangenen Wochen bat er sein »Ruthilein«, bei diesem »Sauwetter« nicht zur Mittagszeit mit der Gulaschkanone in den Forst zu kommen. Ruth strahlte ihn, wie üblich, unverbindlich an, nickte und überreichte ihm ein Etui mit drei gestopften Shag-Pfeifen, die er im Laufe eines Arbeitstages im Wald zu rauchen pflegte.

Bevor Albert zurück in den Forst ging, streichelte er Ruth über den kugeligen Bauch, küsste sie auf den Kirschenmund und verließ das Gutshaus, nachdem er sich die erste Shag-Pfeife angezündet hatte.

In der Küche brutzelte Kartoffelsuppe in einem riesigen Topf mit sehr nahrhafter Einlage: Würste, Geselchtes, Speck – alles was »tüchtig in den Rippen steht, mal so jätlich«, wie Ruth zu sagen pflegte.

Luise rührte in der Suppe herum, schaute mit einem Auge in den Topf und mit dem anderen Auge schielte sie auf die hochschwangere Baronin. Rein rechnerisch war in den nächsten vierzehn Tagen mit der Niederkunft zu rechnen. Obwohl die Hebamme immer wieder behauptete, dass dieser neue kleine Erdenbürger sich über die vierzehn Tage hinaus noch etwas Zeit lassen würde. Das habe sie nicht nur so im Gefühl, das sehe man der Ruth auch an. Sie habe keinerlei Anzeichen von pränatalen Krisen, wie Vorwehen oder Ähnliches. Geklagt hätte Ruth ohnehin nie.

An jenem Morgen kamen auch Otto Pfreimel und seine Frau Friederike in die Küche und brachten frisch geräucherte Thüringer Rot- und Leberwürste, die sie von der aktuell geschlachteten, schwarzen »Cleopatra« gewurstet und geräuchert hatten. Otto Pfreimel ging dem Beruf des Hausschlachters nach und war insofern auch Spezialist für alle

Schweine, die den Behörden nicht bekannt waren. Ein Verbündeter vieler Bleichröder Landwirte und ein besonders enger Freund von Ruth. Die letzte »Cleopatra« war wirklich ein Prachttier gewesen, zwei Körbe schleppte das Ehepaar Pfreimel an.

»Nun schicken Sie mal nicht wieder so viele Würste und nicht so viel von dem Speck nach Berlin!«

Pfreimel wusste genau, dass Ruth ihrer Berliner Verwandtschaft und den Freunden über den Krieg und über die noch schwerere Nachkriegszeit half.

»Oddo, halt dich da raus! Bevor ich die Kartoffelsuppe in den Forst fahre, packen du und die Friederike drei Pakete für die Preußen in Berlin. Weißt du, Oddo, ich halte die am Kacken, aber essen müssen sie in Berlin. Stell dir einmal vor, meine ganze Mischpoche und das vornehme Gesocks von Bekannten kämen in unser schönes Bleichrode!«

Fremde in Bleichrode – das wollten sich Otto Pfreimel und Frau Friederike nicht mal in ihren Albträumen vorstellen, und sie packten drei Wurstpakete, um sie zur Post zu bringen.

Nach dem üblichen Gezeter mit Luise hatte sich Ruth in einen dicken Wollmantel gehüllt, winterfest gemacht und zur richtigen Zeit auf den Traktor gesetzt, um die Kartoffelsuppe in den Wald zu fahren.

Wutschnaubend hatte Luise die Hebamme informiert, damit sie Ruth heimlich folge. Wegen des Schneefalls wäre das mit dem Fahrrad nicht möglich gewesen, also stand ihnen auch noch ein unangenehmer Fußmarsch bevor. Gerade, als Ruth den Motor anlassen wollte, sahen sie von der Ferne schreiende und wild gestikulierende Männer heranstürmen. Aus gestammelten und geschrienen Worten erfuhren Luise und die Hebamme, was passiert war.

An einem Steilhang des Osterbergs hatten zwei Holzfäller eine stolze, fast zwanzig Meter hohe Tanne hangaufwärts weit über die Hälfte durchgesägt und hangabwärts mit schweren Äxten eine Bruchstelle geschlagen. In die Sägenarbe sollten gerade Eisenkeile getrieben werden, damit der

Baum in die vorgesehene Richtung, nach unten in den Berg einschlüge.

Das Sägeblatt steckte noch im Stamm. Die beiden Holzarbeiter sprangen, für Albert völlig unverständlich, mehrere Schritte zur Seite, so, als wollten sie sich in Sicherheit bringen, obwohl doch noch das kostbare Sägeblatt im Stamm steckte.

Albert lief, um das Werkzeug zu retten, zu dem umstürzenden Baum. Der Baum fiel und zerschmetterte Alberts Kopf.

Ruth verstand nichts. Sie sah nur die Tannenreisigtrage, auf der Albert lag, blutend wie ein zerschossenes Stück Rotwild.

Otto Pfreimel, Luise und Franz Weidler und der Sanitätsrat waren nötig, um die rasende, schreiende Ruth von ihrem sterbenden Ehemann fortzuziehen. Alle fürchteten um das Kind in ihrem Leib.

Frau Pfreimel und Luise Weidler gelang es endlich, Ruth auf eine Chaiselongue im großen Gutssalon zu betten. Gegen das Ehebett wehrte sie sich mit furchterregenden Kräften, sodass alle Beteiligten schließlich heilfroh waren, sie wenigstens auf dem Samtsofa zur Ruhe zwingen zu können.

Ein Beruhigungsmittel, das ihr der Sanitätsrat einflößen wollte, spuckte sie aus. Sie kratzte, biss, schrie, heulte – Stunden über Stunden. Zwischendurch umkrampfte sie mit beiden Unterarmen ihren Leib, so als würden dort drinnen ebenso viel Verzweiflung und Not ihr zusätzliche Schmerzen bereiten.

Während Luise Weidler, die Hebamme und Frau Pfreimel sich um die Rasende auf der Couch bemühten, trugen die Männer den sterbenden Albert in das Ehegemach und betteten ihn vorsichtig in das große Himmelbett.

Die Gazeschleier des Bettaufbaus zogen sie zu, nachdem der Sanitätsrat das gesunde Ohr mit einer Wachskugel verstopft hatte. Das zweite Ohr war völlig zerfetzt. Albert sollte das Wehklagen, die Schreie seiner Ruth in seinen letzten Stunden nicht hören.

Kurz vor Mitternacht am 10. November 1919 starb Albert Albrecht Wilhelm Baron von Roll in seinem Ehebett. Drei Tage später, am 13. November, gebar Ruth ihre Tochter Elisabeth. Auf der grünen Samtcouch im großen Salon des Herrenhauses derer von Roll.

Nachdem der Sanitätsrat Alberts Leichnam etwas hergerichtet und den Kopf in eine Seitenlage gebracht hatte, sodass die zerschmetterte Hälfte nicht zu erkennen war – wurde er in einen Eichensarg gelegt und in der Sankt-Gero-Kirche vor dem Altar aufgebahrt. Direkt neben dem Taufbecken.

Luise Weidler schleppte die kleine, halb tote Elisabeth ebenfalls in die Sankt-Gero-Kirche. Das Kind wurde über dem offenen Sarg ihres toten Vaters einer christlichen Nottaufe unterzogen. Das muss dem lieben Gott gefallen haben. Elisabeth überlebte – sehr zur Verwunderung der Hebamme – dank der katholischen Bittgebete des Ehepaars Weidler und zur Verblüffung des Sanitätsrates.

Baron Albert wurde in der Familiengruft auf dem Friedhof der Sankt-Gero-Kirche beigesetzt. An der Beerdigung konnte Ruth nicht teilnehmen, weil sie immer wieder zusammenbrach, sosehr sie sich auch bemühte, ihr Lager zu verlassen. Sie bat ihre nächsten Mitarbeiter, sie während der Beerdigungszeremonie alleine zu lassen.

Franz Weidler hatte, ohne Ruth zu fragen, Alberts Verwandtschaft zur Aussegnungsfeier in die Kirche und zu anschließendem Leichenschmaus in den Gasthof »Zum Hirschen« geladen.

Der schlechte Gesundheitszustand der Baronin erlaube die angemessene Bewirtung – die sogenannte Leichen-Malche – im Herrenhaus nicht, wie er in den Telegrammen versichert hatte. Da interessierte die meisten Verwandten die Beerdigung gar nicht mehr so sehr, denn sie waren alle sehr neugierig gewesen auf die Baronin und auf das wieder zu Ehren gekommene, schuldenfreie Gut.

Es kamen nur Anstandsabgesandte, um wenigstens die

Etikette zu wahren. Der Herzog von Ballenstedt hatte nämlich überall herumgeplärrt, dass er dem Kriegshelden, dem Baron Albert, seinem Landeskind gegenüber dringlichst verpflichtet sei und dass er den Toten mit seiner und der Anwesenheit seiner Frau zu beehren gedenke.

Zehn Tage lang ging es Ruth bedenklich schlecht. Dann ging es ihr von einem Tag zum andern bedenklich gut – was zur Folge hatte, dass sie sich von ihrem Krankenlager erhob und nahtlos ihre Arbeit fortzusetzen gedachte. Zunächst aber verschloss sie die Kriegsauszeichnungen, die Orden, Spangen, Epauletten und den anderen üblichen Glitzer- und Flitterkram für Kriegshelden in einer Schatulle.

Die kleine Elisabeth war inzwischen nicht mehr schwarzrot und blau, sondern rosafarben und, dank einer fabelhaften Nachbarin, die als Amme fungierte, zu Kräften gekommen. Sie sah aus wie ein kleines rosa Ferkelchen.

Nun, da Ruth sich wieder auf den Beinen halten konnte, erklärte sie sich erstens für absolut gesund und teilte zweitens der lieben Nachbarin mit, dass sie nun selber zu stillen gedenke. Sie wolle auch gleich damit beginnen, noch ehe sie die Kartoffelsuppe in den Forst führe.

Schon beim ersten Schluck, den die kleine Tochter trank, war es geschehen: Ruth war hingerissen, und was Ruth liebte, gab sie nicht mehr aus den Händen. Also wurde das Kind in einen ovalen Wäschekorb gelegt, damit es auf dem Beifahrersitz des Traktors mit in den Forst fahren könnte – wegen der guten, zwar eiskalten, aber gerade deswegen so gesunden winterlichen Luft.

Nach einem kleinen Handgemenge mit Ruth gelang es Luise Weidler wenigstens, sich auf den Beifahrersitz des Traktors zu setzen und den Korb in ihrem Schoß zu wiegen.

In wärmende Wolle gepackt, wurde Elisabeth nun von zwei Frauen gleichzeitig betüttelt. Mit der linken Hand lenkte Ruth den Traktor, mit der rechten streichelte und neckte sie ihre kleine Tochter. Wenn sie einen der vielen Schalthebel betätigen musste, nahm Luise Weidler das Lenkrad mit der linken Hand und krabbelte mit der rechten weiter an Elisabeth herum.

»Einsperren sollte man diese Weiber!«, schnauzte Franz Weidler in der Eiseskälte des Rollschen Hofes herum. »Ins Rathaus sperren! In die Zelle! Hinter Schloss und Riegel, bis sie zur Vernunft gekommen sind! Vielleicht bis zum Frühling, wenn die Schattenmorellen blühen!«

Als der Traktor die Stelle passierte, an der sich Alberts Unfall ereignet hatte, wandte Ruth ihren Kopf ab. Ihre Augen aber füllten sich nicht mit Tränen. Es blieb ja so viel von Albert. Ihre tiefe Liebe zu ihm, lebenslang, und natürlich die gemeinsame Tochter Elisabeth.

Der Hungerwinter 1919 war mörderisch. Die Menschen hatten bald nicht mal mehr die Kraft, Tote zu beklagen. Sie hatten sich einfach an das Sterben gewöhnt. Und die Zukunft versprach keine Besserung. Die Erfüllung der Versailler Verträge spaltete die politischen Parteien, der Begriff der »Dolchstoßlegende«, der Legende vom »Feind im Vaterland«, war geboren, und die Dolche wurden gezückt, es gab viele Opfer.

Unrat, Gemeinheit, Verzweiflung, Hunger überall! Nur nicht in Bleichrode. Die Menschen in diesem kleinen Ort vor dem Halbrund der Harzberge kuschelten sich in ihr Nest. Obendrauf, als Glucke, saß Ruth. Bleichrode war ihr einziger Lebensinhalt geworden, ihre Heimat. Wenn es nur ein paar wenige Kilometer darüber hinaus ging, schottete sie sich völlig ab und gab auch von den Erträgen ihrer Landwirtschaft nichts ab, was sie nicht abgeben musste. Sie schuf paradiesische Zustände. Aber nur bei sich zu Hause.

Die 30 000 Festmeter eingeschlagenes Holz waren dem Feind abgeliefert worden. Damit war für Ruth und ganz Bleichrode der Krieg erledigt. Otto Pfreimel schlachtete Anfang 1919 gleich zwei heimliche »Cleopatras«, damit »jo nich«, ja keiner in Bleichrode kein Fett auf den Rippen hätte und gar noch in der schrecklichen Kälte wegen Hungers zusätzlich frieren müsste.

Im nahegelegenen Weimar diskutierten sie eine Republik zusammen, die Weimarer Republik. Im Fachwerkrathaus von Bleichrode gab es nur einen kommissarischen Bürgermeister, der von irgendwelchen Behörden im fernen Halle eingesetzt worden war. Gegen den Willen der Bleichröder.

Schon besannen sich die Bürger in Bleichrode auf diesen »neumodischen Kram« aus Weimar und wollten sich ihren Bürgermeister wählen. Die reichen Bleichröder Familien, die immer etwas mehr zu sagen hatten als die ärmeren Bleichröder, schlugen den ärmeren Mitbürgern listig vor, doch die reichste Bleichröderin zur Bürgermeisterin zu wählen: die Kirschenkönigin, »das Baronin Tinchen«. Schnell einigten sie sich auf eine Abordnung, die zu Ruth gehen und ihr das erklären sollte.

»Eine mordsmäßige Bracht steckt da draußen in deinen Girschen!«, jubelte der Streichholzfabrikant Behling, der zu früher Morgenstunde mit vier weiteren reichen Bleichrödern Ruth in ihrem Salon heimsuchte, um ihr mitzuteilen, dass die anderen Bleichröder die Baronin demnächst bei einer demokratischen Wahl zur Bürgermeisterin wählen würden, weil sie unter allen Respektabilitäten des Ortes die respektabelste sei.

»Tinchen«, die um diese Zeit im Erker ihres Salons stillte, bedeckte ihren Busen, schaute den Neu-Demokraten ruhig nacheinander in die Augen und fragte: »Sagt mal, ihr dummen Soggen, ihr glaubt wohl, es gibt noch kein Wahlrecht für Frauen? Aber zum Glück müsste ich als Kandidatin ja zustimmen, und das werde ich nicht tun. Also: Ihr dürft mich nicht wählen, weil ich nicht gewählt werden will! – So, und jetzt muss ich in meine Kirschen.«

Sie ließ die Herren stehen, bettete Elisabeth auf den Rücksitz ihrer Limousine und bat einen der Knechte, ihr mit der Handkurbel zur Zündung des Automobils behilflich zu sein.

Den Imkerhut auf dem Kopf, die blaue Sonnenbrille auf der Nase, fuhr sie in ihre Schattenmorellen. Sie schritt, wie jeden Tag, Baum für Baum ab, entfernte mit ihrem »Hümmelken« falsche Triebe oder kappte von zu arg austreibenden und dadurch vielleicht nicht sehr tragfähigen Ästen Knospen und Kirschblütenzweiglein und dachte nach. Klein Elisabeth hing, in ein Dreieckstuch gebunden, vor ihrem Busen, grunzte behaglich und war überhaupt ein sehr stilles und liebes Kind, weil es immer bei der Mutter war – Tag und Nacht.

Weidler machte den Bleichröder Kapitalisten klar, dass selbst er sich die Spucke sparen könne, um mit der Baronin über die Sache mit dem Bürgermeisteramt zu reden. Ihr »Nein« sei grundsätzlich ein »Nein« und ein »Ja« komme oft – wie er aus eigener, leidvoller Erfahrung wisse – nur einem »Vielleicht« gleich. Ja, so sei das nun mal mit der Kirschenkönigin. Mit dem Satz, man möge auf Ruths Einsicht, ihren Gedankenreichtum und auf ihre Ideengabe vertrauen, komplimentierte er die Bleichröder Nabobs hinaus. Schließlich, so merkte er an, sei die Gutsverwaltung mit dem kommissarischen Bürgermeister auch ganz und gar nicht einverstanden.

Und als sie schon alle vor dem Gutshof auf der Bahnhofstraße standen, sagte er noch: »Ich fürchte, die Baronin wird für uns alle eine Idee haben, bei der uns Hören und Sehen vergeht. Ich sage euch, die kommt mit irgendeinem lateinischen Mist aus ihren vielen Büchern an und löst die ganze politische Unordnung in Bleichrode in Wohlgefallen auf. Ich sag euch aber gleich, es wird uns nicht gefallen. Darauf könnt ihr jetzt schon einen Furz aus euren Oaschen lassen. Schönen Tag noch!«

Ruth stand inzwischen auf dem Büchelberg, sah auf die wunderschönen roten Dächer Bleichrodes hinab und auf der anderen Seite zum Osterberg mit dem gesunden Mischwaldbestand hinauf und dachte nach.

So gegen elf Uhr, als sie Elisabeth wieder gestillt hatte, schlug sie sich mit der flachen Hand vor die Stirn und sah Luise Weidler an, die im Verlauf des Vormittags ebenfalls heraufgekommen war, um Ruth in einem Henkelmann ein Tellergulasch zu bringen.

»Luise Weidler, wissen Sie was? Wir müssen einen Sozialdemokraten in Bleichrode wählen. Sozialdemokraten sind mir irgendwie sympathisch. Ich weiß nicht, warum, aber das ist schon von Kindheit an bei mir so. Meine jüngste Schwester Käthe war schon als zwölfjährige Sozialdemokratin und ist jetzt sogar Kommunistin geworden, seitdem der grundgute Liebknecht ermordet worden ist. Aber das ist hoffentlich nur so eine Übergangsphase. In ihrem letzten Brief hat sie mich eine Drohne genannt und ein »Kapitalistenschwein« und mich um Geld für ihre Partei und ihren neuen Freund gebeten. Ich glaube, der heißt Ernst Thälmann.«

»Ach, das war die Geldüberweisung, über die sich mein Franz so geärgert hat! Baronin, Baronin! Wirklich, Ruth, manchmal treiben Sie es zu doll! An die Kommunisten! Auch wenn's die eigene Schwester ist.«

Ruth erläuterte Luise, während sie gedankenverloren Klein Elisabeth in die Windeln schnupperte, dass Käthe alles elfundneunzigprozentig mache und ihr gesamtes Familienvermögen, sowohl das von der Mutter als auch das Restvermögen ihres Vaters, dem Thälmann zum Zwecke des Aufbaus der Partei in den Rachen geschoben habe. Insgesamt gesehen, seien die Kommunisten vielleicht auch gar nicht mal so schlecht, auch wenn sie und ganz Bleichrode von denen als »Kapitalistenschweine« an den Pranger gestellt würden.

»Luise, kennen Sie in Bleichrode einen respektablen Sozialdemokraten?«

Frau Weidler kannte nur den Sohn des gefallenen Walter Buschbach, den Kopfschlächter am Quedlinburger Schlachthof, Paul Buschbach. Der sei verheiratet, habe zwei Kinder, verprügele ständig seine Frau und behaupte im Wirtshaus »Zum Hirschen«, er sei Sozialdemokrat – momentan!

Ruth hatte das Gefühl, Luise wolle sie nur ärgern, löffelte das Gulasch aus dem Henkelmann und achtete sorgfältig darauf, dass ihre bösen Blicke bei Luise auch ankamen.

»Doktor Terjung holt den Paul Buschbach immer aus dem Arrest, wenn der mal wieder krumme Sachen im Schlachthof gemacht hat oder sich auch hier in Bleichrode herumprügelt und überall klaut, was nicht niet- und nagelfest ist. Doktor Terjung ist ein sehr sozialer Mann und ein guter Rechtsanwalt.«

Das müsse man bei dem Mistkerl von Paul Buschbach und seiner armen Familie wohl auch sein, sinnierte Ruth und schaute Luise wieder freundlich an. »Doktor Terjung hat wirklich das Zeug zu einem guten Sozialdemokraten, und wenn er noch keiner ist, dann schnitzen wir ihn uns zurecht, Luise.«

Die reichen Familien Bleichrodes waren entsetzt. Doktor Terjung als Bürgermeister zu wählen ging den vermögenden Bürgern völlig gegen den Strich.

Dieser Mann nahm sich als Anwalt am Amtsgericht sehr oft armer Mieter gegen geringes Honorar an und vertrat sogar die Interessen der Gewerkschaften in der holzverarbeitenden Industrie Bleichrodes und Umgebung. Und in arbeitsrechtlichen Streitigkeiten und bei Gläubiger- und Schuldnerauseinandersetzungen hatte er auch schon mehrfach mit der Rollschen Gutsverwaltung zu tun gehabt.

Doktor Terjung war ein Mann, der sich mit leiser Energie für die armen Leute einsetzte und seinen Erwerbstrieb immer seinem Kampf um Gerechtigkeit unterordnete. Schon deshalb, so beschlossen die reichen Bleichröder, dürfe diese fixe Idee der exzentrischen Kirschenkönigin auf keinen Fall Gestalt annehmen.

Was eigentlich »Sozialdemokratie« bedeutet, wusste in Bleichrode sowieso niemand so recht. Man lebte durch Geben, Nehmen, Abhängigkeiten, Freundlichkeiten, Nettigkeiten, hin und wieder Ruppigkeiten und Betrügereien friedlich in einem Gemeinwesen zusammen, das immerhin schon seit über 850 Jahren Stadtrechte genoss und in dem die Ordnung immer »von oben« gekommen war. Sozialdemokratie, das wussten immerhin alle, war Ordnung »von unten«. Von den Massen der Bevölkerung.

Franz Weidler hatte Mühe, die Fabrikanten, Sägewerksbesitzer, Großbauern, den Apotheker, den Sanitätsrat und die Eigentümer eines Privatsanatoriums davon zu überzeugen, dass Ruth nur die Demokratie nach Bleichrode holen wollte, nicht aber Mord und Totschlag, wie bei den Aufständen in München, Berlin und im fernen Russland.

Erst wollten die Reichen die Demokratie freiwillig einführen, da überraschte sie eines Tages die Anordnung des kommissarischen Bürgermeisters, dass von Amts wegen in Bleichrode, durch höchstbehördlichen Beschluss in Halle frei gewählt werden müsse.

Der Löwen-Apotheker trat sofort – obwohl evangelisch – für die Zentrumspartei als Gegenkandidat des Bürgermeisteraspiranten Doktor Terjung an.

Terjung selbst hatte es mit den laut skandierenden Rufen der Bleichröder Bevölkerung zu tun, die ihn an mehreren Abenden hintereinander vor seinem bescheidenen Haus hochleben ließen und seine Kandidatur als Sozialdemokrat herbeizubrüllen versuchten. Auffällig war, dass die meisten Demonstranten Mitarbeiter vom Gut Roll waren, und das waren im Juli 1919 mehr als hundert, zumeist Frauen. Viele der Männer waren im Krieg gefallen.

Nach der dritten oder vierten schlaflosen Nacht ließ sich Doktor Terjung bei der Baronin melden, um sich zu beschweren.

Sie habe mit dem Ruf des Volkes überhaupt nichts zu tun, beteuerte Ruth und bot dem Doktor zu später Stunde eine Tasse »Bohnengäffchen« an.

Dann könne er ja wieder nicht schlafen, jammerte Terjung und trank die Tasse dann doch leer, damit er sich die ganze Sache in einer weiteren schlaflosen Nacht ruhig durch den Kopf gehen lassen könne. Ein Sympathisant der Sozialdemokratie sei er wohl, aber nicht in der Partei, sagte er noch beim Abschied.

»Dann wird's aber mal flotte Zeit, sich mit Anstand der

Partei anzuschließen und die kleinen gemeinen Ungerechtigkeiten hier abzuschaffen«, sagte Ruth. Bleichrode, so fügte sie hinzu, sei es in den letzten, schlimmen Jahren immer noch recht gut gegangen, aber es fehle in der neuen Zeit der ersten deutschen Republik die soziale Komponente. Sie selber habe nur mit idiotisch viel Geld, das sie nicht verdient habe, nur geerbt, den Gutshof wieder auf Vordermann bringen können.

»Und mit Ihrer Tüchtigkeit, liebe Baronin, und Ihrem Mut, Ihrer Großherzigkeit.« Und ein bisschen schrullig sei sie ja wohl auch, obwohl noch so jung an Jahren. Der Doktor lächelte die junge Witwe am Gutsportal an und küsste ihr die Hand.

Mit überwältigender Mehrheit wurde Doktor Terjung zum sozialdemokratischen Bürgermeister von Bleichrode gewählt. Er blieb es während der ganzen Zwanziger Jahre, achtete auf das strikte Einhalten der Tariflöhne oder die korrekte Abwicklung der Geschäfte mit der Hallenser Zuckerraffinerie-Genossenschaft, und selbst die Verbindungen mit dem baden-württembergischen Marmeladenfabrikanten Lettau wurden von ihm argwöhnisch beobachtet. Manchmal musste er auch Ruth kraft seines Amtes ein Bein stellen.

Gesellschaftlich verkehrte Ruth bald nicht mehr mit dem Bürgermeister. So konsequent ordnungspingelig und anweisungsbesessen hatte sich Ruth die Sozialdemokratie nun doch nicht vorgestellt.

Im fernen Berlin tobten die turbulenten Zwanziger Jahre. Ruth hörte von undurchsichtigen Kriegsgewinnlern, Schiebern und Ganoven, aber auch von der rasanten kulturellen und künstlerischen Entwicklung ihrer Vaterstadt. Sie sehnte sich nicht danach, an dem Remmidemmi teilzuhaben, aber einen Zipfel dieses expressionistisch-realistischen, wahnwitzig kreativen, närrischen Kulturmantels bekam Ruth in Bleichrode auch in die Finger. Das begann damit, dass Brautjungfer Tina Lavoisier den Rollschen Gutshof überfallartig heimsuchte.

Mit einer Luxus-Limousine rollte sie vor das große Tor und begehrte, unerbittlich hupend, Einlass.

Ruth ließ das Tor öffnen. Der Wagen schoss mit Vollgas in den Innenhof, und noch bevor der Fahrer den Motor abstellen konnte, knallte eine gewaltige Auspufffehlzündung durch ganz Bleichrode. Die Schauspielerin sprang aus dem Auto, herzte und küsste Ruth und dann, quiekend vor Vergnügen, die kleine Elisabeth, die brav am Händchen der Mama ging und mit braunen Augen diese seltsame, schrille Frau mit dem riesigen Hut auf dem Kopf und mit mehr Federn am Leib, als im ganzen Hühnerhof zu finden waren, ansah.

»Ohne deine Fresspakete, Ruth, hätten wir alle am Theater und auch deine Familie diese schreckliche Zeit nicht überlebt. Ich komme, um mich zu bedanken«, rief sie und »Wir wollen nur ein paar Tage, vielleicht zwei, drei Wochen bei dir hier die Sommerfrische genießen und unsere schwindenden Kräfte nach einer mörderischen Saison in Berlin reaktivieren. Bei frischer Milch, guter Butter und warmem Brot aus deinem Ofen.«

Tina Lavoisier war nicht allein gekommen. Zwei Männer waren ihre Begleiter. Am Steuer der Limousine saß ein sehr eleganter Endfünfziger, der Ruth anstarrte.

Er hat die Tollkirschenaugen wie der verblichene Albert, dachte sie, nur noch glühender, brennender, intensiver. Das Feuer seiner Augen schien den Teil ihres Großhirns anzuregen, in dem die Häufigkeit des Atmens gesteuert und der Herzschlag erhöht wird.

Besorgt schaute Klein Elisabeth ihre Mutter an, die plötzlich kurzatmig hechelte. Der große – der größte polnische Pianist des Jahrhunderts war der Fahrer und Eigentümer des Luxusgefährts. Er schritt auf Ruth zu und sagte auf Polnisch, dass er sich freue, mit Ruth eine Gastgeberin gefunden zu haben, die seine Sprache so gut beherrsche wie er selber. Ruths Sprachbegabung sei aber nur eines von den vielen Talenten, die sie zu einem herausragenden Denkmal tüchtiger, aggressiver und fantasievoller Weiblichkeit machten. Das alles habe ihm die verehrte, gemeinsame Freundin Tina Lavoisier berichtet. Allein der Mut, das schillernde, großartige Berlin zu verlassen, um ein eigenes, blühendes Fürstentum in der Provinz aufzubauen, sei Grund genug für ihn gewesen, seine Neugierde nicht mehr im Zaum halten zu können, und ihr, der unglaublichen kleinen Frau, einige Wochen seiner Lebenszeit auf dem Gut zu opfern.

In Polnisch klang das für Ruth gar nicht nach Süßholzraspelei, sondern ganz großartig, sehr ehrlich. Und deswegen antwortete sie auch auf Polnisch: »Oh, das ist aber sehr nett!«

Die stechenden schwarzen Kohlenaugen glühten Ruth an, und Ruth glühte mit himmelblauen Augen zurück. Das gefiel Tina Lavoisier nicht.

»Darf ich euch Harald vorstellen? Harald, mein Kleiner, gib Pfötchen. Mach einen Diener oder einen Knicks – die Baronin ist eine echte Baronin. Also benimm dich!«

Aus dem Fond krabbelte schlangengleich ein kahlköpfiger, siebzehnjähriger Bengel. Es war der junge Tänzer Harald Kreuztal, der sich, um auf seine großartigen Talente aufmerksam zu machen, eine Glatze rasiert hatte, als Markenzeichen.

Luise und Franz Weidler betrachteten die seltsamen Besucher beunruhigt.

Ruth aber wusste bald, worum es Tina ging. Sie hatte sich den avantgardistischen, aber noch nicht sehr bekannten Ausdruckstänzer, den glatzköpfigen Jüngling, als quirliges Schoßhündchen mitgebracht und den feingeistigen Gentleman-Polen als sommerlichen Klavierlehrer für alle Gelegenheiten. Beide aber würden ihren Vorstellungen nicht entsprechen.

Außer täglichen Atemübungen und Bewegungsspielen auf dem Hof lief zwischen Harald und Tina nichts. Der Tänzer interessierte sich viel mehr für die jungen männlichen Schattenmorellenpflücker, die jetzt, zur Erntezeit, auf dem Büchelberg arbeiteten. Er verbrachte die meiste Zeit mit ihnen und pflückte immer mit.

Und der berühmte Pianist Jan Ignazio, der die Kriegszeit in Amerika verbracht hatte, um dort mit aufsehenerregenden Konzerten für sein geliebtes Heimatland patriotisch die Werbetrommel zu rühren, hatte kurz vor seinem Besuch in Bleichrode die Berliner Konzertbesucher an drei langen Abenden nachgerade hypnotisiert, und Tina Lavoisier, die größte Schauspielerin, die in jener Zeit mit ihren beiden Beinen auf den Brettern stand, in Raserei versetzt. Sie verzehrte sich nach diesem Mann. Jan Ignazio aber entschuldigte sich mit Erschöpfung nach den anstrengenden Konzerten und wollte sich nur erholen, sich am einfachen Leben laben.

Schon am zweiten Tag beklagte er allerdings das Fehlen eines Flügels in der ländlichen Abgeschiedenheit. In Ruths Elternhaus in Berlin hatte es natürlich immer ein Klavier gegeben, aber das hatte Ruth als junges Mädchen gemieden wie der Teufel das Weihwasser.

Mit traurigen Augen zählte Jan Hühner und Enten, Rosen und Margeriten und klimperte mit den Fingern auf den Latten der Gartenzäune herum oder beim gemeinsamen Mittag- und Abendessen mit dem Besteck an der Tischkante. Zwischendurch nahm er immer wieder die kleine Elisabeth auf den Arm und schleppte sie hinter Ruth her. Etwa zwei Tage lang fand Elisabeth das auch höchst angenehm, dann aber wurde sie nörgelig und wollte wieder auf eigenen Füßen stehen. Sogleich verfiel Jan in Trübsinn und beteuerte nur noch, wie wunderbar er sich erhole und wie tief er die würzige Harzer Luft ein- und ausatme, wie sehr ihm aber ein Flügel fehle.

»Kauf ihm einen Flügel!«, fauchte Tina Lavoisier ihre Freundin an. »Du hast Geld genug! Ein Instrument kannst du dir leicht leisten. Und im Übrigen gehört so was zum Ambiente.«

»Ich hab ja schon bei der Leipziger Pianofortefabrik Julius Hütterer einen Flügel bestellt!«, fauchte Ruth zurück.

»Aber die sagen, das dauert. Weil die nur Meisterstücke herstellen und nicht Massenware.«

Jetzt griff Tina ein, und die Hütterers erfuhren in einem sehr imperativen Telefonat, von wem der Flügel auf dem Gut Roll zu Bleichrode gespielt werden würde. Schwuppdiwupp – drei Tage später lieferten sie ein ausgefeiltes Meisterstück.

Kaum war der Flügel da, bespielte Jan Ignazio beständig das wundervolle Instrument – Tag und Nacht. Tina Lavoisier hatte nun erst recht nichts mehr von ihm, sie durfte ihm lediglich in den wenigen Übungspausen sein scheußlich stinkendes Leibgetränk servieren: Kakao aus Ziegenmilch.

Ruth aber hörte Jan nächtelang bei seinem Spiel zu. Blieb auch bei den Pausen in seiner Nähe. Manchmal schlief Elisabeth dann in ihren Armen ein.

Dennoch sollte für die Lavoisier der Aufenthalt, dem in den nächsten Jahren nur noch einige wenige weitere folgen sollten, segensreich sein.

Im nahegelegenen Thale gab es auf dem Hexentanzplatz das Harzer Bergtheater. Das war eine Sommerbühne unter freiem Himmel, auf der sich bedeutende Schauspieler während der Theaterferien nicht nur ein hübsches Zubrot verdienten, sondern sich zumeist – infolge der häufig auftretenden, plötzlichen Temperaturstürze – mindestens eine Blasenentzündung zuzogen.

So war es auch der bekannten Berliner Schauspielerin und Sängerin Trude Osterberg ergangen, und Tina Lavoisier verdankte diesem Umstand ihren ersten Auftritt auf dem Hexentanzplatz. Sie sprang für Trude ein – ausgerechnet in der Operette von Gilbert »Die keusche Susanne«. Zwei Jahre später dann röhrte die Lavoisier als Medea und nebenbei im »Zigeunerbaron« über das Felsentheater.

Die unvernünftig teure Anschaffung des Flügels für den berühmten Pianisten war für Ruth folgenreich.

Sie verehrte Jan Ignazio künstlerisch, wenn sie sich nicht gar in ihn verliebt hatte. Alle Mitbewohner schworen, dass ihr Umgang miteinander etwas von einer liebevollen Tändelei, Schwärmerei gehabt habe, dass es aber niemals zu einer

Affäre gekommen sei. Im neu eingerichteten Musikzimmer des Herrenhauses habe auch des Nachts, wenn der Meister am Flügel eine Pause einlegte, immer das Licht gebrannt. Die Beziehung von Ruth und Jan sei immer von Kerzenschein beschienen gewesen. Niemals habe es den gefährlichen Zustand der Dämmerung oder gar des Dunkels gegeben, wenn sie sich in einem Raum aufhielten.

»Im Übrigen ist der Altersunterschied zwischen den beiden ja auch viel zu groß,« sagte Franz Weidler und verbot seiner Luise, das Getratsche in Bleichrode noch weiter anzuheizen.

Am Ende seines Aufenthalts wollte Jan seine Gastgeberin für einige Wochen in sein prächtiges Stadthaus nach Warschau einladen, um sich zu revanchieren.

»Ich verlasse Bleichrode nie mehr in meinem Leben. Das habe ich mir geschworen, mein lieber Jan Ignazio.« Liebevoll und dankbar drückte Ruth ihm zum Abschied die Hand und küsste ihn auf beide Wangen.

Die Hütterers hatten für die Baronin einen Sonderpreis gemacht. Gemeinhin waren diese »Masterpieces« in den USA mindestens dreimal so teuer und noch nicht mal so gut. Die Baronin konnte sich also glücklich schätzen, ein solches Instrument erworben zu haben und überhaupt durch den polnischen Pianisten auf die Kundenliste der Hütterers gelangt zu sein.

Ruth folgerte messerscharf, sie habe billig etwas sehr Teures erworben, einem Menschen damit einen Traum erfüllt und für sich die Basis für ein fabelhaftes Investment gelegt: eine Sammlung der berühmten roten Flügel.

4

Schon im Jahre 1917 hatte Ruth einen der umstrittensten Maler der Zeit bei sich beherbergt, ohne zu wissen, wen sie da aufnahm. Er kam als ein Verwandter von Luise Weidler und bat um ein zweiwöchiges Quartier bei frischer Luft und gesundem Essen.

Der fiebrige, hüstelnde, hohlwangige Mensch zog in das Verwalterhaus ein und wurde von Luise sofort in Daunenplumeaus gepackt, mit eigenwilligen Teemischungen traktiert und mit Butter und Sahne und viel gesunden Mehlspeisen eine Woche lang aufgepäppelt. Trotz schmerzhaften Hustens rauchte er eine Orient-Zigarette nach der anderen und zeichnete in seinem Bett Frauen und Männer in seltsamen Verrenkungen und zumeist nackt auf Dutzende von großformatigen Blättern.

In Wien war er richtig berühmt, hatte aber auch schon mal wegen »Verbreitung unzüchtiger Darstellungen« ein knappes Jahr im Gefängnis gesessen. Das wusste Luise Weidler natürlich nicht. Die hatte nicht einmal gewusst, dass er so fantastisch zeichnen konnte, wenn auch, wie sie grummelnd der Baronin anvertraute, die Themen absolut nicht für die Augen von Frauen bestimmt seien.

Auch Franz mochte diese ekligen, nackten, knochigen

Männer- und Frauenzeichnungen nicht. »Aber können kann er was, der Österreicher«, sagte er irritiert.

Das wollte Ruth natürlich sehen. Sie bat Luise, den jungen Mann zu fragen, ob sie ihn in seinem Schlafzimmer im Verwalterhaus besuchen dürfe. Natürlich durfte sie alle Zeichnungen betrachten, und sie bildete sich sogleich ein messerscharfes Urteil.

»Lieber junger Mann, so leid es mir tut, ich kann mir wohl vorstellen, dass man sie in Österreich deswegen ins Gefängnis gesteckt hat. Obwohl die Österreicher weit mehr dem lockeren Leben zugetan sind als andere europäische Nationen. Sie zeichnen sehr, sehr gut, aber nicht unbedingt im Walzer-Dreivierteltakt. In Preußen wären Sie aus dem Gefängnis nie wieder rausgekommen. Selbst mein Onkel Max ... ich meine den Max Kellermann, hätte Ihre Blätter glatt zerrissen.«

»Bestimmt?«, fragte der Österreicher.

»Zu elfundneunzig Prozent! Kellermann malte auch Nackte, aber es waren nur nackte Körper. Sie aber malen nackte Seelen, mit Fleisch drumherum. Großartig! Aber bitte, ziehen Sie den Leuten doch etwas an. Dann kommen Sie auch nicht wieder ins Gefängnis.«

Der junge Mann erholte sich in Bleichrode und schenkte Ruth zum Abschied vier handkolorierte Zeichnungen von spindeldürren, vermutlich kokainabhängigen, aber immerhin bekleideten Frauen und widmete sie der »Kenntnisreichen, Liebenswerten, grausam Ehrlichen«.

Natürlich bedankte Ruth sich für die vier Blätter, ließ sie aber nicht einrahmen, sondern verstaute sie zwischen großen Pappkartons in einem Wäscheschrank unter leinenen Bettlaken.

Bis 1925. Inzwischen hatte sich der Rollsche Gutshof in Berliner Künstlerkreisen, aber auch im nahegelegenen Dessau als friedvoller Hort für erholsame Sommerfrische herumgesprochen, und die Gutsherrin galt als interessantes Objekt der Begierde.

Einerseits sei sie hoch tüchtig, sehr großzügig, vermögend, aber was die Liebe betrifft, absolut unzugänglich und, obwohl künstlerisch insgesamt desinteressiert, in Wahrheit doch eine große Künstlerin. Eine, die auf einem Kalkberg eine gewaltige Skulptur aus Tausenden von Schattenmorellenbäumen errichtet hat. Eigenhändig, fanatisch und bei jedem Wetter.

Aus Dessau kam der deutschstämmige Amerikaner Leo und bat, gegen Bezahlung selbstverständlich, für einige Wochen um Gastfreundschaft auf dem Rollschen Anwesen. Sie wurde ihm gewährt. Selbstverständlich ohne Bezahlung, weil ein anderer Maler, der wüst mit schrillen Farben herumfuhrwerkte, auch schon da war. Dieser andere klaute ständig die kleinen Gästehandtücher aus den Toiletten, stopfte sie sich in die Unterhose und stolzierte dann, etwas widernatürlich ausgepolstert, durch Bleichrode, wohl in der Absicht, bei den Frauen erfolgreich zu sein.

»Dieser Schmitt ist vielleicht ein Trolljan!«, trauerte Ruth ihren Gästehandtüchern nach. »Glaubt der jätlich, dass er mit einem künstlichen dicken Gemächte bei den Frauen in Bleichrode leichter den Bock spielen könnte?«

Leo und Schmitt kannten sich schon von früher und konnten sich aus künstlerischen Gründen meist nicht leiden. Deswegen schrien sie sich oft an, und Ruth lernte dabei über Kunst eine ganze Menge.

Eines Tages kramte sie unter den Leinentüchern die vier handkolorierten Zeichnungen des jungen Österreichers hervor und zeigte sie den beiden Hausgästen. Die hörten sofort mit ihrer Streiterei auf und schwiegen ergriffen. Leo sagte mit Tränen in den Augen, wie sehr er Ruth um die Bekanntschaft dieses großartigen Mannes beneide und auch um diese wundervollen Zeichnungen.

Sogleich wurden die bekleideten Koks-Gräfinnen gerahmt und in Ruths privatem Grünem Salon aufgehängt.

Im Verlauf der Zwanziger Jahre widmeten oder schenkten ihr viele große Künstler jener Zeit Bilder, Aquarelle, Zeichnungen, Skizzen. Nicht nur, um sich für Ruths Großzügigkeit zu bedanken, sondern zumeist wohl auch, um in ihrer ganz leise anwachsenden Kunstgalerie vertreten zu sein.

Von den grünen Seidendamast-Tapeten in Ruths Salon konnte man im Laufe der Zeit nichts mehr sehen. Ihre Privatsammlung setzte sich schließlich im großen Erkersalon, in der Wohnhalle und im großen Speiseraum fort. Immer brachte irgendein Maler, Schauspieler oder Tänzer noch einen Freund oder eine Freundin mit. Viele große Männer und Frauen kamen und gingen, und manche kamen immer wieder.

Zunehmend knurriger monierte Weidler, man müsse viel zu viel Personal abstellen, um für diese hungerleidenden Künstler den Pensionsbetrieb aufrechtzuerhalten. Die Baronin ihrerseits würde sich ja um die Niedrigkeiten des Gastbetriebes – wie Wäsche wechseln, ständig heißes Wasser zur Verfügung stellen, auf die exzentrischen Trink- und Essbedürfnisse der Gäste Rücksicht nehmen – ohnehin nicht kümmern, da sie sich ständig in den Kirschen aufhalte. Selten genug, so jammerte er, sei unter den Künstlern mal einer, der wenigstens einen der vielen Flügel spielen könne, damit statt der ewigen, lautstarken Diskussionen am Abend – die manchmal in Prügeleien ausarteten – erhabene Klaviermusik durch den Gutshof schalle.

Seit Jan Ignazio gab es zwar immer mehr Flügel, aber es kamen immer weniger Pianisten – eigentlich nur dilettierende Amateure.

Was Ruth betraf, hatte Weidler Recht. Sie war ständig in den Kirschen, während die Maler malten, Kreuztal mal mit, mal ohne Pflücker Ausdruckstanz übte, Berliner Schauspieler ihre Ehekriege ausfochten, Schmitt vergeblich den Weibern Bleichrodes nachstieg und Leo, einer der Meister des Bauhauses in Dessau, sich ohnehin allen anderen sowohl künstlerisch als auch intellektuell für weit überlegen hielt.

Er konnte aber auch wirklich fast alles. Ursprünglich hatte er einmal gelernt, die Geige zu streichen, und tat das auch gelegentlich. Nebenbei hielt er das Gut Roll mit höchst eindrucksvollen Bildern mit seiner Fotokamera fest, ein glänzender Lichtbildner war er auch noch.

Die kleine Elisabeth nannte er nur »Gespensterchen«, weil sie abends – wenn sie eigentlich schon ins Bett gebracht worden war – in ihrem langen weißen Nachthemdchen um Onkel Leo herumstrich, weil der immer etwas Komisches tat – mit den Fingern grässliche Schattenfiguren an die Wand zauberte, aus Brotkrumen eklige Tiere formte oder auch zu später Stunde noch in Bier getauchte Brotkrumen an die Hühner verfütterte, sodass die zuerst ein Bein hoben, blöd glotzten und dann unisono ohnmächtig umfielen. Leo hatte immer Unsinn im Sinn, und Elisabeth verstand es, heimlich bei ihm zu sein wie ein Geist – eben das »Gespensterchen«.

Ruths Vermögen vermehrte sich in dieser Zeit, in der Geld und Arbeitskräfte kaum etwas, Naturalien und Immobilien dafür umso mehr wert waren, aufs Erfreulichste. Sie beteiligte sich schließlich sogar an der Marmeladenfabrik »Lettau«, indem sie zum Selbstkostenpreis Kirschen und Zucker lieferte und die Gewinne in der Firma stehenließ. Und als die größte deutsche Marmeladenfabrik »Felix« Jagd machte auf den Emporkömmling »Lettau«, war sie gleich entschlossen, auch daraus einen Gewinn für sich zu machen.

Sie ging in die Kirschen und dachte nach.

»Das kluge Wild folgt dem Jäger«, sagte sie danach zu Franz Weidler und schickte ihn mit Frau Luise in seine alte Heimat, ins Salzburgische, zur Erholung und um sich nebenbei nach Aprikosenplantagen umzusehen, die man käuflich erwerben könnte. Die Weidlers waren überrascht. Knurrig gab Franz zu bedenken, dass Aprikosen zunächst einmal »Marillen« hießen und äußerst empfindliche Kernfrüchte seien.

Aus denen man aber, wie bekannt, die beste Marmelade der Welt herstellen könne, wenn man es denn könne, und die Früchte von hoher Qualität seien, sagte Luise strahlend und freute sich auf einen Urlaub in der salzburgischen Heimat.

Hier kaufte Ruth, nach sorgfältiger Auswahl durch Luise und Franz Weidler, eine Marillenplantage und schloss nur ein paar Monate später einen Vertrag für zehn Jahre mit dem Marmeladenmogul, der einen Festpreis für die Abnahme der Gesamternte vorsah.

In der Zukunft hagelte es überdurchschnittlich oft im Salzburgischen, und die Marmeladenhersteller konnten einige Jahre lang den vereinbarten Festpreis nicht bezahlen. Da zeigte Ruth sich großzügig, ließ die Fabrikanten nicht im Hagel stehen und bekam im Gegenzug eine Beteiligung an der Firma. Das war die zweite Beteiligung an einer großen deutschen Marmeladenfabrik.

Ihre eigenen Schattenmorellen hingegen trugen verlässlich jedes Jahr reiche Früchte und machten die Firma »Lettau« in Baden-Württemberg – und vor allem die Baronin Ruth von Roll – Jahr um Jahr zufriedener.

1929 feierte der getreue Freund Harald Kreuztal nach seinem, eine ganze Tanz-Epoche prägenden, grandiosen Durchbruch bei den Salzburger Festspielen in »Turandot« seinen Erfolg bei den Kirschpflückern in Bleichrode.

Mit der zehnjährigen, musisch sehr begabten Elisabeth tanzte er auf dem Osterberg ausdrucksvoll zwischen den geretteten Buchen und Eichen. Dabei assistierte ihnen seine Seelenfreundin und Kollegin – die große Tänzerin Lisa Mauter. Diese Frau machte auf Elisabeth einen so großen Eindruck, dass sie ihrer Mutter abends nach dem Gutenachtkuss gestand, auch einmal Ausdruckstänzerin werden zu wollen.

Da schnappte Ruth wie ein Karpfen nach Luft. Natürlich sollte Elisabeth einmal den Hof übernehmen, verbot aber keineswegs die ausdrucksvolle Tanzerei mit Harald und Lisa auf dem Osterberg.

Erst als die Tänzer abgereist waren, ergriff sie Maßnahmen. Sie verfrachtete ihre Tochter nach Halle an der Saale in die Franckeschen Stiftungen, auf die Latina. Nach der vierjährigen Grundschule in Bleichrode sollte Elisabeth nun auf diesem ehrwürdigen, hervorragenden, aber knüppelharten Institut die nötige Bildung erhalten.

Die Franckeschen Stiftungen waren eine »Schulstadt« inmitten von Halle und beherbergten und erzogen, in allen Bildungsbereichen, bis zu viertausend Schülerinnen und Schüler.

Die Latina – die Oberschule – galt als erbarmungslose Quetsche und Drillbetrieb und erfreute sich deshalb in den unsteten Jahren bei verantwortungsvollen Eltern allergrößter Beliebtheit. Die Mädchen wurden von gestrengen Diakonissen im Internat erzogen. Diese Frauen waren bestens geeignet, um irrlichternden, schwärmerischen kleinen Mädchen-Gespensterchen künstlerische Flausen auszutreiben.

Die Abnabelung fiel Mutter und Tochter bitter schwer. Elisabeth unterwarf sich trotzig dem brutal vielfältigen Lernstoff der Latina und sog das gewaltige Bildungspensum wie ein Schwamm in sich auf, einfach nur, um die gestrengen Diakonissen zu ärgern. Die hatten nichts anderes im Sinn, als die Schutzbefohlenen mit Genuss zu piesacken, wenn sie einfach nur mal kleine Mädchen sein wollten. Diesen Genuss verschaffte Elisabeth ihren Erzieherinnen nicht. Latein, Griechisch, Englisch, Französisch, Klavier, Mathematik, Naturkunde, das vielfältige Sportangebot – Elisabeth wühlte sich trotzig durch. Sie machte sich ein großes Vergnügen daraus, sowohl den Lehrern als auch den Diakonissen als Erzieherinnen keinerlei Chancen zu geben, sie auch nur irgendwann mal maßregeln zu können.

Selbst Schwester Mechthild, die Elisabeths vorzügliche Leistungen als eine Charaktereigenschaft jener Rasse ansah, die Gottes Sohn Jesus Christus an das Kreuz genagelt hatte, gab das bildhübsche, dunkelhaarige Mädchen mit den tiefbraunen Augen niemals einen Grund, sie zu strafen. Perfide genug bestellte jene Diakonissin Elisabeth in ihr Amtsbüro. Dort musste das Mädchen der frommen Frau mit Wurzelbürsten die Fußsohlen bürsten, um ihren niedrigen Blutdruck anzuregen.

»Sie ist eine lesbische Ziege«, sagten die anderen Mädchen in der Latina. »Und du bist ihr Liebling, Elisabeth!«

Elisabeth schwieg und lernte.

Nach einigen Sommern wurde es Ruth mit den vielen Gästen im Herrenhaus zu eng. Zumal die Künstler gewisse Exaltiertheiten in das straff geführte Leben auf dem Gutshof brachten.

Kurz entschlossen opferte sie einen Teil ihres geliebten Mischwald-Osterberges für den Bau eines Grandhotels. Eine Hotelbetreiber-Gesellschaft sollte das Haus »Spitzenberg« errichten. Und als der Bau immer kostspieliger wurde, beteiligte sich die Grundeigentümerin auch noch diskret mit Barmitteln.

Das »Spitzenberg« war ein richtiges Kurhotel, mit allem Drum und Dran, nur leider war Bleichrode kein Kurort, wie das benachbarte preußische – also feindliche – Hellrode, das sich nur dank einer, gar nicht mal so hochwertigen Heilquelle, der sogenannten Sankt-Gero-Quelle, »Bad« nennen durfte.

Aus Bleichrodes Boden aber sickerte nur normales Grundwasser, und so hielt Bürgermeister Terjung Ruths Vorschlag, aus Bleichrode auch ein »Bad« zu machen, nicht nur tollkühn, sondern schlicht für nicht durchführbar.

»Aber Bleichrode hat sehr viel gesunde Luft!«, schnauzte Ruth ihn an und wettete mit dem Sozialdemokraten, dass binnen Jahresfrist – eher schon in sechs Monaten – sich auch Bleichrode mit dem Adelsprädikat »Bad« werde schmücken dürfen.

Es bedurfte einiger freundlicher, ausgewogener Briefe an verschiedene Behörden in Berlin und einiger diskreter finanzieller Zuwendungen an einflussreiche, aber arme Beamte des Innenministeriums, und vier Monate später erklärte die Weimarer Republik Bleichrode zum ersten deutschen Luftkurort überhaupt!

»Bad Bleichrode« erlebte in den Zwanziger Jahren eine touristische Hochblüte. Die ungefähr viertausend Einwohner vermieteten Fremdenzimmer mit Waschgelegenheit und Hausmannskost, Kutschfahrten in die Forste, Kinderbetreuung und Erlebnis-Sommerfrische auf den Bauernhöfen.

Ruth stellte einen kleinen, für die Karpfenzucht nicht besonders ertragreichen Teich als Freibad zur Verfügung, es hieß das »Friedrich-Ebert-Bad«. Für Kinder gab es eine Rutschbahn, für die Jugendlichen einen Drei-, Fünf- und Zehn-Meter-Sprungturm, wundervoll geschreinerte Umkleidekabinen für Damen und Herren und – einzigartig im protestantisch-pietistischen Anhalt – mittwochs und freitags »Nacktbaden für Herrschaften beiderlei Geschlechts«. Bei diesem hüllenlosen Baden waren Personen unter 21 Jahren ausgeschlossen.

Familien-Nacktbadetage hätten der ganzen Sache auch den frivolen Reiz genommen.

Natürlich ging kein einziger Bleichröder jemals nackt ins »Friedrich-Ebert-Bad«. Mittwoch und Freitag waren Animationstage für enthemmte, versaute reiche Pensionsgäste aus den Städten, die den Anblick der vielen Elenden nicht mehr ertragen wollten.

Hier in Bleichrode war von Arbeitslosigkeit, Inflation und Armut fast nichts zu spüren. Wie schon der Erste Weltkrieg, so ging auch dieser Schrecken an Bleichrode und an der Baronin fast folgenlos vorüber. Nicht zuletzt durch Ruth gab es Vollbeschäftigung. Der maroden Währung standen – sowohl bei den Bleichrödern als auch im Rollschen Gutshof – erhebliche Sachwerte entgegen.

Weidler hatte es nie für möglich gehalten, aber der größte Gewinnbringer wurde die Schattenmorellenplantage. Mittlerweile war sie auf nahezu viertausend Bäume angewachsen.

1929 war plötzlich mit Marmelade kein Geld mehr zu verdienen. In der Inflation machte – wie schon im Ersten Weltkrieg – eine für die Marmeladenindustrie tödliche Konkurrenz mobil: die deutsche Hausfrau, die sich wegen der fehlenden finanziellen Mittel darauf besann, für Marmelade kein Geld mehr auszugeben und stattdessen wieder selber einzukochen.

Geahnt hatte Ruth diese Gefahr immer. Die tüchtige deutsche Hausfrau stand vom Beginn ihres Marmeladenfabriken-Engagements an erster Stelle des Risikos. Alle Marmeladenfabriken traf es denn auch tödlich. Alle mussten wegen Absatzmangels schließen. Ruths Beteiligungen an den Unternehmen ruhten.

»Ruth, liebe Freundin, was machen wir denn nu?«, fragte Weidler, als er die Briefe mit der Aufkündigung der Abnahmegarantie in Händen hielt.

»Wir brennen Schnaps!«

»Ach was?« – Franz Weidler klopfte sich mit dem Zeigefinger an die Stirn. »Wie denn? Wo denn? Wir stehen vierzehn Tage vor der Ernte! Mindestens!«

»Schlimmer, lieber Weidler! Höchstens eine Woche! In diesen traurigen Zeiten scheint wenigstens die Sonne. Spätestens in einer Woche müssen die Früchte vom Baum. Und dann werden sie in Nordhausen zu Schnaps gebrannt!«

Weidler bekam einen verbitterten Lachanfall, den er, bei allem Respekt seiner Dienstherrin gegenüber, nicht unterdrückte. Es platzte ihm schlichtweg der Kragen.

»Baronin, die Nordhäuser Verwandtschaft, die den berühmten Korn brennt, guckt Sie mit dem Oasch nicht an. Die sind die schlimmsten der Schlimmen und verdienen sich dumm und dämlich an der Not der armen Schlucker. Die brennen unsere Kirschen und Aprikosen, Äpfel, Birnen und was wir sonst noch haben nicht zu Schnaps. Schon weil sie niemals auf die Einladungen reagiert haben. Niemals ein gutes Wort für die gehabt haben. Obwohl, Weihnachten und zum Geburtstag schicken die Ihnen immer eine Karte.«

»Ja. Und an meinem Namenstag. Dieses protestantische Pack. Wofür halten die mich eigentlich? Etwa für katholisch? Ich geb ja zu: Ich wollte sie nie kennen. Aber jetzt werden die mich lieben lernen! Franz, wir fahren morgen nach Quedlinburg zur Druckerei und lassen Programme und Einladungen für ein Fest drucken. Das größte Fest, das Bleichrode je erlebt hat. Mit Ochsen am Spieß und allem Drum und Dran. Einen guten Ochsen suchen wir uns morgen in Quedlinburg auf dem Schlachthof aus.«

Weidler grummelte, dass es nicht angemessen sei, in diesen schlechten Zeiten, in denen die fremden Gäste auch schon fortblieben, ein riesiges Fest auf dem Rollschen Gutshof steigen zu lassen. So etwas mache schlechten Eindruck. Nur mit Müh und Not könne er die Mitarbeiter des Gutes bei Lohn und Brot halten und sei stolz darauf, noch keinen entlassen zu haben. Aber früher oder später ...

»Und so wird es auch bleiben, Franz. Die Nordhäuser werden die Ehrengäste. Der Posaunen- und Trompetenchor Sankt Gero soll schon mal stimmungsvolle Blasmusik üben.«

Ruth konnte sich jahrelang bärbeißig Menschen gegenüber verschließen, sofern sie nicht Bleichröder waren. So hatte sie auch mit der adligen Verwandtschaft in Nordhausen zuvor niemals etwas im Sinn gehabt. Jetzt aber brauchte sie diese Leute und sie würde alles tun, damit sie sich bei ihr wohl fühlten.

Abends telefonierte Ruth mit Berliner, Hannoveraner und Dessauer Künstlern über ein Programm für die »Sommerredoute mit anschließender Soirée auf Gut Roll«. Das war nicht sehr umständlich, denn alle Angesprochenen sagten freudig zu, die meisten boten an, noch andere berühmte Kollegen mit in das Vorharzland zu bringen, weil selbst ehemals wohlhabende Künstler im Sommer 1929 zwar in prächtigen Häusern mit wohl ausgestatteten Küchen, aber vor leeren Vorratskammern saßen.

Ein Fest nach Gutsfrauenart war deshalb sehr willkommen.

Am nächsten Morgen opferte sie acht Liter sündhaft teuren Benzins, um mit der Horch-Limousine (unstandesgemäß mit einer Anhängerkupplung für einachsige Viehtransportanhänger versehen) nach Quedlinburg zum Schlachthof und zur Druckerei zu fahren. Einfach zu kaufen würde es einen frisch geschlachteten Mastochsen natürlich nicht geben. Das Geld war nichts mehr wert. Nur im Tauschgeschäft gegen schlachtreife Schweine wäre ein Ochse zu ergattern, der im Innenhof des Gutshofes über einem gewaltigen Holzkohlen- und Buchenscheitfeuer, von Otto Pfreimel von Kennerhand zubereitet und gewürzt, abwechselnd von mindestens drei Knechten stundenlang gedreht werden sollte.

Nachdem Weidler fünf Säue in den Viehtransporter getrieben hatte, ließ er Ruth ausrichten, man könne nun gen Quedlinburg starten, um den Ochsen zu erschachern.

Da war Ruth aber schon weg. Einen Schweinetransport mit ihrer Horch-Limousine – das mutete sie sich nicht zu.

Ein halbes Stündchen früher hatte sie sich mit einem Fahrrad vom Gutshof gemacht und trat tüchtig in die Pedale, um die sieben Kilometer lange Strecke von Bleichrode auf der von Birnen- und Apfelbäumen gesäumten Landstraße möglichst schnell zurückzulegen.

Sie hatte niemandem etwas von ihrer Radtour gesagt. Aber Luise ahnte wie immer etwas und sie sagte zu ihrem Mann: »Franz, unsere Ruth wird doch niemals mit Schweinen im Nacken zu einem blutigen Schlachthof fahren! Also mach schnell! Du wirst sie einholen. Sie hat übrigens mein Fahrrad geklaut!«

Auf halber Strecke überholte Weidler mit dem Horch und den quiekenden Schweinen im Anhänger, freundlich winkend, seine Arbeitgeberin. Ruth winkte nicht zurück, und ob sie lächelte, konnte Weidler nicht feststellen. Die Baronin hatte sich einen weißen Seidenschal vor Mund und Nase gebunden, dessen Zipfel hinten lustig flatterten. Als sie in den Hof des Quedlinburger Schlachthofs fuhr, stand das große Tor zur Kopfschlächterei offen.

Ihr Verwalter stand auf dem hölzernen Umlaufsteg und redete ruhig auf den, mit einem Schlachtermesser und einem Bolzenschussgerät in den Händen, heftig gestikulierenden Buschbach ein. Der stand zwischen frisch getötetem Rindvieh, das an Haken baumelte, bis zur Höhe der Knöchel in seinen Gummistiefeln im Blut. Ruth hörte Satzfetzen wie »Fünf Schweine ... nicht genug ... Eins-a-Mastochse ... noch was Benzin drauflegen ...«.

Das Töten von Tieren war für Ruth kein Problem. Auf ihrem Hof tötete sie selber Gänse, Enten, Puten, Tauben. Auch Pfreimels Hausschlachtungen an Kälbern oder Färsen waren für sie nie ein unreiner Akt. Als Landfrau lieferte sie den Rohstoff fürs Leben. Dazu gehörte auch Fleisch. Den vegetarischen Maler Leo hatte sie einmal im Scherz gefragt, was der große Künstler denn sagen würde, wenn ein Apfel, eine Tomate oder eine Schattenmorelle »Aua« schrie, nachdem er hineingebissen hätte? Leo hatte zurückgezickt, Obst und Gemüse hätten kein Gesicht, und er esse nichts, was ein Gesicht habe.

»Schattenmorellen isst du aber doch. Und die haben Gesicht. Und meine Hühnersuppe, Leo, schmeckt dir auch ganz gut.«

Das stimmte. Ruths Hühnersuppe wurde selbst von den fanatischsten Vegetariern gegessen.

Während der Verhandlungen wurde ein Ochse herangeführt. Ein Mitarbeiter Buschbachs schlang eine Kette um den rechten Hinterlauf des Tieres. Der Bolzenschuss krachte, der Ochse sank in die Knie, wurde sogleich von einer elektrischen Winde an der Fußkette hochgezerrt. Ein schneller, zischender Schnitt quer über den mächtigen Hals des Ochsen zerriss die Schlagadern. Mit dumpfem Gurgeln schoss das Blut aus dem Tier, pladderte dem laut lachenden Paul Buschbach vor die Füße, teilweise sogar in die Stiefel. Er trat einen Schritt zurück und riss mit seinem scharfen Messer den Leib des gewaltigen Tieres auf, sodass das Gedärm herausquoll.

Buschbach schrie und trat zwei Schlachterlehrlinge mit den blutigen Stiefeln, weil sie nicht schnell genug mit Trögen herangeeilt waren, um das herausquellende Gekröse aufzufangen und wegzutragen.

Ruth wollte nicht hinsehen ... aber sie sah hin. Sie wollte vom Schlachthof, vor dem Blut fliehen, aber das grausige Handwerk faszinierte sie, das blutige Geschäft lähmte ihr die Beine. Das Herz schlug ihr bis zum Hals, dass sie den lockeren Kragen ihrer weißen Standard-Leinenbluse öffnen musste. Blutrote Flecken tanzten vor ihren Augen. Sie verspürte ein schreckliches Würgen im Hals, ohne sich übergeben zu müssen. Sie schämte sich, weil sie all das die ganze Zeit verdrängt hatte und weil es ihr so gut ging.

Irgendwann trat Franz Weidler zu ihr und wischte ihr mit einem Taschentuch den Schweiß von der Stirn und den Unterarmen.

»Die fünf Schweine und dreißig Liter Treibstoff, Baronin. Für den Ochsen, der als Letzter geschlachtet wurde. Warum haben Sie hingesehen, Ruth?«

»Ich habe nichts gesehen. Ich habe nur nachgedacht, Franz. Den Ochsen nehmen wir gleich mit. Mit Fell und Kopf. Otto Pfreimel wird die Arbeit machen.«

»Recht so, Ruth. Bevor diesem Mistkerl am Ende noch einfällt, dass er für das Tier noch meine silberne Taschenuhr haben will. Legal ist das nicht, was wir hier machen.«

»Überleben ist wohl ein blutiges Geschäft«, sagte Ruth und ging mit kleinen, schnellen Schritten zu ihrem Auto und setzte sich hinter das Steuer. Den weißen Seidenschal band sie sich wieder vors Gesicht. Der Kadaver des Tieres und Luise Weidlers Fahrrad wurden in den Viehtransporter geladen. Ruth drängte zur Eile. Der Wagen fuhr schon an, als Weidler hastig auf den Beifahrersitz plumpste.

Das Geschäft in der kleinen Druckerei dauerte nicht lange, Ruth hatte den Programmzettel mit schönster Schrift auf ein Blatt ihres hellblauen Briefpapiers vorgeschrieben.

Während der Rückfahrt sprachen Ruth und Franz Weidler kein Wort. Auf dem Gutshof verließ Ruth wortlos den Wagen und lief ins Haus. Sie schloss sich im Grünen Salon ein, und es verging fast eine Stunde, bis sie zum Telefon griff, um mit der Diakonissin Mechthild zu vereinbaren, dass Tochter Elisabeth am 30. Juli für ein außerordentliches Familienfest ein außerordentlicher Freitag zu gewähren sei.

Mechthild widersprach nicht. Sie ging zu dem Kind und sagte: »Elisabeth, du musst am 30. Juli zu deiner Mutter. Ich will dich nicht ängstigen, aber sie scheint mir krank zu sein!«

Mechthild konnte scheinheilig und gemein sein. Doch das zehnjährige Mädchen konterte die Gemeinheit mit Logik.

»Schwester Mechthild, dann fahr ich sofort. Jetzt gleich. Mit dem nächsten Zug. Wenn meine Mutter krank ist, wie Sie sagen.«

Elisabeth packte eine Reisetasche. Schwester Mechthild konnte ihr die Reise nicht verbieten.

Bis zur Redoute und Soirée auf Gut Roll hatte Elisabeth eine knappe Woche Sonder-Ferien und durfte an den vielfältigen Vorbereitungen zu diesem Fest, dem ersten Fest ihres Lebens, mithelfen. Sie durfte sich auf viele Freunde, Bekannte, vor allem auf den verehrten Harald Kreuztal und auf die von dem kleinen Mädchen vergötterte Tänzerin Lisa freuen.

»Mutter, warum machst du denn so ein großes Fest, wenn es ringsum allen so schlecht geht? Alle sagen, das gibt böses Blut.«

»Sag so was nicht, Elisabeth«, antwortete Ruth und wischte ihr mit einem Taschentuch über einen blutigen Kratzer am Unterarm, den sich die Tochter beim Stachelbeerpflücken im Garten geholt hatte.

»Elisabeth, wir werden vielleicht so arm, dass wir uns nur noch das Teuerste leisten können. Deswegen hauen wir auf die Pauke und lassen in Posaunen und Trompeten stoßen!«

»Mama, ich versteh dich nicht.«

»Ich mich auch nicht«, war Ruths Antwort. Elisabeth wollte von ihrer Mutter wissen, ob sie Angst habe. Und wenn ja, wovor? Die vage Erklärung, manchmal habe ein Mensch eben das Gefühl von Angst und wisse gar nicht, warum, beruhigte Elisabeth nicht. Noch niemals hatte die Mutter Angst gezeigt oder auch nur halbwegs zugegeben, dass sie dieses Gefühl überhaupt kenne.

Nicht mal vor der Inflation, von der fast alle Menschen betroffen waren, hatte Ruth sich gefürchtet. »Der Armut muss man immer einen Schritt voraus sein, aber dabei darf man nie seine Anständigkeit verlieren«, war ihr Standardspruch, wenn Luise und Franz Weidler mit der Baronin die hektische politische Entwicklung diskutieren wollten, wenn sie über die marodierenden, blutigen Banden redeten, vor allem über die in den braunen Uniformen der SA. Die Partei dieses Herrn Hitler hatte auch in Bleichrode schon Anhänger. Ihr Anführer war der ehemalige Sozialdemokrat und Kopfschlächter Paul Buschbach.

»Ah bah!«, wischte Ruth ihre Ängste fort und brummelte, in Bleichrode wisse jeder, was für einer dieser Paul Buschbach sei, und die Unruhen der Weimarer Republik fänden nur in den großen Städten statt, dort, wo sich die Menschen nicht kannten, nicht liebten und nicht füreinander einstehen könnten, weil sie so dicht auf dicht wohnten. In Bleichrode habe immer alles seine Ordnung gehabt.

Bei den Vorbereitungen zum Fest beschlich Ruth zum ersten Mal eine ahnungsvolle Angst, die sie sich nicht erklären konnte.

Sie bekam den Blutgeruch nicht mehr aus der Nase.

Die Einladungskarten und das Programm zur Redoute und Soirée von der Quedlinburger Druckerei überraschten Ruth aufs Höchste. Eine solche künstlerische Gestaltung hatte sie dem kleinen Handwerksbetrieb gar nicht zugetraut.

Sie erfuhr, dass ein großer Theatermann, ein Regisseur, Bühnen- und Kostümbildner in Berlin erfahren hatte, dass bei ihr in Bleichrode eine große Fete steigen würde, mit reichlich Nahrung und viel zu trinken. Von Weidler hatte er dann am Telefon gehört, dass eine Druckerei bereits die Einladungen und die Programmzettel druckte. Also gestaltete er das Programm hochkünstlerisch und überraschte Ruth, die ihm – ganz gegen ihre sonstige Art – etwas schwermütig vorkam, mit seinem plötzlichen Auftauchen und dem Vorschlag, er würde in den wenigen verbleibenden Tagen für die Dekoration des Innenhofes sowie für die Ausgestaltung der Scheuer und des Festsaales sorgen. Er brauche nur viel Krepppapier, Pappmaché und etwas Farbe.

Eine für das Fest leergeräumte Scheuer verwandelte er mit

zwei Helfern in nur zwei Tagen in eine Tropfsteinhöhle aus Zeitungspapier. Die bösen Schlagzeilen, die an allen Ecken zu lesen waren und die von Straßenkämpfen, Mord und Totschlag, Armut, Hunger und Not kündeten, übertünchte er mit großen Quastenhieben in blutigroter Farbe. Die Tropfsteinhöhle sollte eigentlich die Hölle sein und als Ausweichquartier für das Garten- und Hoffest während des Tages dienen, sofern das Wetter nicht mitspielt.

Mitten in der »Hölle« standen, Kopf an Kopf, zwei blutbuchenrote Hütterer-Flügel, auf denen zwei Pianisten von internationalem Rang gleichzeitig spielen sollten.

Otto Pfreimel und seine Frau Friederike hatten in tagelanger Arbeit den Mastochsen für den Spieß vorbereitet. Am Abend vor dem Fest wurde das Holzkohlen-Buchenscheit-Feuer entzündet, und die mühsame Dreherei des neun Zentner schweren Tieres über der Glut begann. Die Knechte, die für die Holzkohlenglut zuständig waren, wurden alle zwei Stunden wegen der Hitze ausgewechselt. Ebenso die beiden Mitarbeiter, die den Spieß drehten.

Otto Pfreimel sprang geschlagene 24 Stunden um den Ochsen herum und bepinselte ihn mit Öl und schmackhaften Tinkturen, die das Fleisch zarter, rauchiger, nahrhafter machen sollten. Friederike Pfreimel brachte alle nasenlang Schüsseln mit Gewürzmischungen, die über und in den Ochsen geworfen wurden, und deren Reste, die in die Glut fielen, wie Wunderkerzen explodierten.

Ruth vermied es während der ganzen Vorbereitungszeit, auch nur in die Nähe des Ochsen zu kommen. Elisabeth fand das riesige Tier, als es nach Stunden langsam Farbe annahm, schon ziemlich lecker und freute sich auf ein ordentliches Stück Braten. Bei den Diakonissen in den Franckeschen Stiftungen gab es wegen des allgemeinen Mangels nur einmal in der Woche Fleisch und das aß Elisabeth nicht, weil es sich meistens um Bauchspeck vom Schwein handelte. Dabei mochte das Kind Fleisch viel lieber als Gemüse.

Stundenlang zappelte Elisabeth in einer Art wollüstigem Ausdruckstanz um die Holzkohlenglut und den Ochsen am

Spieß herum, sodass Ruth sie schließlich von Luise ins Haus zerren ließ und ihr befahl, einhundertfünfzig frisch gestärkte Leinenservietten kunstvoll zu Trompeten zu falten. Alles, was Geduld erforderte – wie Kreuzstich, Handarbeiten, Stricken oder lang dauernde, immer gleiche Tätigkeiten –, war Elisabeths Sache nicht. Sie wollte lieber dauernd irgendetwas Neues anfangen.

Deshalb entwischte sie auch nach der achten Trompeten-Serviette in die große Küche und half Luise beim Anrühren von zwölf Liter Béchamelsoße. In acht verschiedenen Geschmacksvarianten. Die Vorbereitungen zu dem Fest und das Fest selbst waren für Elisabeth das große Erlebnis ihrer Kindheit.

Punkt elf Uhr kamen die Verwandten. Sie erfreuten sich an dem perfekt funktionierenden landwirtschaftlichen Betrieb und an dem luxuriösen Zustand des Rollschen Gutshofes und benahmen sich keineswegs zickig.

Gleich darauf folgte der Bürgermeister. Er führte den Stadtrat an, in dem seine ehemaligen politischen Feinde, wie der Apotheker, der Zündholzfabrikant, der Kuckucksuhrenhersteller, also alle Persönlichkeiten Bleichrodes, saßen, die etwas Geld zwischen den Fingern hatten und von Doktor Terjung umsichtig angehalten wurden, ständig für das soziale Wohlergehen der Gemeinde Bleichrode etwas abzugeben. So, wie es in vorbildhafter Weise die reiche Baronin tat.

Bevor Otto Pfreimel gegen zwölf Uhr das erste Stück Fleisch vom Ochsen schnitt, um es dem Ehrengast, dem Grafen aus Nordhausen, auf den Meißener Porzellanteller zu klatschen, bestand der Hauptpfarrer von Sankt Gero darauf, das tote Tier zu segnen, und forderte alle Gäste auf, sich zu erheben.

Es waren einhundertfünfzig Männer, Frauen und Kinder, die die Ehre hatten, an langen Tafeln im Innenhof und im großen Salon mit Messer, Gabel, Meißener Porzellan und vor allen Dingen einer Serviette zu essen, sowie weitere, zirka vierhundert Bleichröder, die gekommen waren, weil Ruth den Stadtausrufer Ole Janker gebeten hatte, lautstark an allen Ecken und Winkeln Bleichrodes die Bürger auf den Rollschen Hof zu laden.

Jeder, der mochte, sollte kommen – allerdings auch etwas mitbringen: selbstgekelterten Obstwein, Brot, Suppe oder auch Zigaretten und Pfeifentabak. Im Laufe des Tages kamen nahezu alle Bleichröder. Sie kamen und gingen, aßen, soffen, rauchten, tanzten und erfreuten sich bis in die Nacht. Es gab fast alles, woran gemeinhin in Deutschland Mangel war – viel aus dem Betrieb des Guts, aber das meiste aus den Küchen der Bleichröder Bürger. Das riesige Fest um die glühend heiße Glut des Mastochsen war wie ein Tanz auf dem Vulkan.

Dem Programmverlauf entsprechend spielte Leo, der Maler und Komponist, Werke von Hans Pfitzner und eigene Stücke auf der Geige. Auf einem Flügel begleitete ihn ein junger Dirigentenstar.

Das berühmte Schauspielerehepaar rezitierte Lessing und Schiller und bot die »Ballade vom Erlkönig« zweistimmig dar. Hausfreund Harald Kreuztal präsentierte einen Auszug seines avantgardistischen Programms mit dem »Tanz der Masken«. Und zur Soirée im Festsaal brachte die Berliner Schauspielerin Tina Lavoisier »tolldreiste Reime von zeitgenössischen Kaberett-Autoren« sowie »Couplets für Herren« zu Gehör.

Wenn nicht hehres Kulturgut musiziert, getanzt oder zitiert wurde, spielte der Posaunen- und Trompetenchor Sankt Gero zum Vergnügen der Gäste auf. Die Germania-Brauerei hatte ihr berühmt-berüchtigtes Braunbier fässerweise kostenfrei angeliefert. Am späten Abend waren alle Erwachsenen schon sturzbesoffen. Bis auf Ruth. Die hatte ihre Trinkgewohnheiten immer noch nicht geändert und pichelte Apfelschorle.

Das Wetter hatte gehalten, und die rote »Hölle« in der Scheuer wurde, außer von den beiden Berliner Pianisten, zum Fest nicht genutzt.

Um Mitternacht wurde die Holzkohlenglut mit Reisig und

Holzscheiten nochmal zu einem gewaltigen Feuer entfacht. Die Flammen fraßen die letzten Fleisch- und Fettreste und Sehnen des großen Ochsengerippes auf und bleichten die Knochen. Ein grausiges Bild, vor dem Elisabeth sich fürchtete und Ruth sich abwandte, um gepflegte Konversation mit einer Gräfin aus Nordhausen zu führen.

Als unzählige Funken in den sternenklaren Bleichröder Himmel stoben, flog das große Hoftor auf, und die braunen Horden kamen, mit brennenden Pechfackeln in den Händen, in den Innenhof marschiert und stellten sich rings um das Feuer auf.

Genau in einen mit Wasser gefüllten Graben, den der vorsichtige Franz Weidler wegen der Brandgefahr kreisförmig in den Innenhof hatte schlagen lassen.

Der Anführer des SA-Trupps fand es gar nicht gut, dass seinen Mannen ein Wassergraben als Richtungshinweis für ordentliches Exerzieren diente und sie bis zu den Knien schon im Wasser standen. Mit dem, für die nächsten Jahre oft gehörten, legendären Ruf: »Min Trupp ruht utt die Jute« entstiegen die braun Uniformierten dem Graben und grölten ein Kampflied. Paul Buschbach salutierte mit ausgestreckter Hand vor der Baronin und schmetterte ihr böse ein lautes »Heil Hitler, heeßt det!« an den Kopf, weil Ruth ihn lediglich mit »Guten Abend, Buschbach! Spät kommen Sie, aber Sie kommen!« begrüßt hatte.

Buschbach verlangte lautstark »Bier, Brot und Atzung« für seine Männer. Umgehend wurde ihnen serviert, und während sie tranken und aßen, stimmten sie das »Horst-Wessel-Lied« an. Paul Buschbach musterte, böse unter dem Schirm seiner Mütze hervorlugend, den ehrbaren Bürgermeister Doktor Terjung, den diese Blicke tief verletzten. Er verließ mit seiner Frau hastig das Fest, ohne sich zu verabschieden.

Paul Buschbach hatte in seinem SA-Trupp mit sicherer Hand die stadtbekannten Tunichtgute Bleichrodes versammelt. Mit zwei Ausnahmen, dem Sohn eines Zahnarztes, ein

Gymnasiast, und – sehr zur Überraschung aller Mitarbeiter des Hofes – dem Hausschlachter Otto Pfreimel.

Während der Ochsenbraterei hatte er über viele Stunden einen grauen, hochgeschlossenen Kittel getragen und an den Füßen Stiefel. Gegen Mitternacht legte er den Kittel ab, stand so ebenfalls in SA-Uniform da und reihte sich in den singenden Kreis ein. Pfreimel sang besonders laut und besonders ergriffen. Als das starke Braunbier seine Wirkung zeigte und die SA-Leute stark angetrunken, aber leider noch nicht im Vollrausch dahingesunken waren, brüllten sie politische Parolen. Natürlich auch die bösen Worte »Juda verrecke!«.

Still führte Weidler Elisabeth, Ruth und die Nordhausener Grafen in den Großen Salon. Ruth wehrte die tütteligen Erklärungen Franz Weidlers, die Männer seien alle besoffen und meinten es nicht so, mit der ruhigen Bemerkung ab: »Wir leben schließlich in einer Demokratie, Franz. Und eine gute Demokratie kennt keine Grenzen. So frei ist sie.«

Diese Hetzkampagne und das schlechte Benehmen der Buschbach-Truppe seien sicherlich nicht demokratisch, polterte Weidler los und wollte einen Boten zum Rathaus schicken, um die Polizei zu alarmieren.

Das solle er lieber bleiben lassen, fuhr ihm seine Frau in die Parade. Sicher, bis auf Pfreimel und den Gymnasiasten seien das die Bleichröder Spitzbuben. Aber zwei der jungen Männer seien die Brüder der beiden Bleichröder Polizisten.

Vom Hof her wurden die »Heil Hitler«-Rufe und das unvermeidliche »Zicke-zacke-zicke-zacke hoi-hoi-hoi«-Geschrei immer lauter.

Dann plärrte eine einzelne Stimme sehr laut: »Rotfront, Rotfront! Der Arsch ist blond! Unser neechster Bürgermeester, Paul Buschbach, so heeßt er!«

Den letzten Teil des Satzes skandierten alle SA-Leute immer wieder und tanzten betrunken um das Feuer herum. Sehr schnell waren sie die einzigen Festgäste auf dem Hof. Die anderen Bleichröder gingen in ihre Häuser.

Die Nordhäuser verließen den Gutshof still durch das Portal, stiegen in ihre Limousinen und fuhren noch nachts heim, obwohl die Gästezimmer für die Verwandtschaft bereits hergerichtet waren. Angeführt von Paul Buschbach, verließen drei SA-Leute klammheimlich den Hof. Die anderen zogen sich in die rote Zeitungspapier-»Hölle« zurück, um noch weiter zu saufen und zu fressen und lautstark nach »geilen Weibern« zu rufen.

Am nächsten Morgen musste das Ehepaar Terjung für einige Tage das Krankenhaus aufsuchen. Sie waren am Abend von »unbekannten Individuen zusammengeschlagen worden«, wie es im Polizeibericht hieß.

Knapp eine Woche nach diesem denkwürdigen Fest hatte Ruth einen Vertrag zur alkoholischen Weiterverarbeitung ihrer Schattenmorellen und Aprikosen in der Schnapsbrennerei zu Nordhausen in den Akten. Wie üblich: Abnahmegarantie der Gesamternte und anteiliger Gewinnerlös an dem Destilliergut von fünfzig Prozent. Die hochwertigen, kostbaren Früchte wurden jetzt schnöde destilliert. Ein kluger geschäftlicher Schachzug der Antialkoholikerin Ruth. Wenn eine ganze Volkswirtschaft zusammenbricht, steigt der Schnapsbedarf. Armut und Saufen gehen oft Hand in Hand, wie sie sagte.

Anfang 1931 wurde Doktor Terjung zum vierten Mal von »Unbekannten« krankenhausreif geschlagen. Er trat von seinem Amt zurück, und die Bleichröder wählten den Kopfschlächter Paul Buschbach zum neuen Bürgermeister.

In den schlimmsten Zeiten der Weimarer Republik waren die Bleichröder unpolitisch geworden. Es war ihnen einfach zu gut gegangen und sie liebten alles, was von »unses« kam – und »unses« war auch die starke NSDAP, die in Quedlinburg bereits den Bürgermeister stellte und auch den Landrat und überhaupt für die Zukunft weit mehr versprach als all die anderen vielen Parteien, die nur den Mangel verwalteten und gegen diesen Mann mit dem kleinen Schnauzbart und dem komischen Haarschnitt – Adolf Hitler – stänkerten.

Buschbach hatte eine große Klappe und eine vielköpfige Familie. Er war mit dem nationalsozialistischen Landrat in Quedlinburg auch auf Du und Du. Außerdem versprach er den Bleichrödern die Erfüllung eines jahrzehntelangen Traumes: die Vernetzung des ganzen Ortes mit Strom. Die Hälfte des Luftkurortes war nämlich von einer vernünftigen elektrischen Versorgung ausgeschlossen, weil irgendetwas mit den Hochspannungsanlagen des Stromlieferanten aus Halle nicht funktionierte. Schon seit Jahren nicht funktionierte. Immer wieder hatte sich Doktor Terjung bemüht, in Bleichrode ein eigenes, kommunales E-Werk auf Wasserkraftbasis zu errichten. Die Behörden hatten die Genehmigung hartnäckig verweigert. Vor allem der Nazi-Landrat in Quedlinburg hatte seine Zustimmung nicht gegeben, weil Terjung den feindlichen Sozialdemokraten angehörte und weil er von den ebenfalls schon braunen, Hallenser Elektrizitätslieferanten mit einem Auto, antiken Möbeln und anderen Kostbarkeiten geschmiert wurde.

Paul Buschbach gewann die Wahl mit dem Versprechen, das E-Werk zu errichten. Die Bleichröder, die abends elektrisch im Dunkeln saßen und sich noch mit Kerzen, Petroleum und Gasfunzeln herumärgerten, votierten geschlossen für Buschbach. Tatsächlich legte er zwei Tage nach seiner Wahl im Rats-Saal des ehrwürdigen Fachwerk-Rathauses zu Bleichrode die »Ankündigung der Genehmigung zum Bau eines Wasserkraftwerkes auf kommunaler Basis« vor.

Bei der Bankierstochter Ruth Goldfisch vibrierten die empfindlichen Sensoren, als sie von der »Ankündigung« der Genehmigung hörte.

»Das ist doch garantiert zu elfundneunzig Prozent ein großer Schmonzes!« Lautstark stürmte sie in die Küche von Luise Weidler und begehrte, zur Beruhigung ihrer angespannten Nerven, eine Tasse des berühmten österreichischen Kaffees, den nur Luise Weidler auf dem Herd zusammenzaubern konnte: die Melange!

»Eine Lüche ist das, Luise! Ich sag's Ihnen!«

Dann nahm sie Otto Pfreimel, der sich auch in der Küche

aufhielt, um Vorbereitungen für eine Schwarz-Schlachtung an einer »Cleopatra« zu treffen, scharf ins Visier: »Oddo, du mein Volksgenosse, gib es man jätlich zu: Euer brauner Landrat denkt doch nicht daran, für uns auf seine schönen Geschenke und Mauscheleien von den Elektrizitätswerken in Halle zu verzichten! Oddo, deinem braunen Bruder ist doch egal, ob deine Frau Friederike nach dem Sonnenuntergang im Dunkeln strickt!«

Otto schärfte unverdrossen seine Schlächtermesser am Wetzeisen, und auf Luise Weidlers großem Ofen brodelten zahlreiche Töpfe mit heißem Wasser, das für die Schlachtung »Cleopatras« benötigt wurde.

»Oddo, menschlich und als Freund stehen du und deine Frau mir seit 1914 sehr nahe. Über die vielen Jahre haben wir manche Ordnungswidrigkeiten nicht vermeiden können, sind mal so eben am Gefängnis vorbeigeschrammt – für die gute Sache. In deiner braunen Uniform glaubst du nun auch für eine gute Sache zu stehen. Das sei dir unbenommen. Aber, Oddo, die »Ankündigung einer Genehmigung«, das lass dir mal von Ruth Goldfisch aus Jotwede sagen, das ist gequirlte Schweine-Scheiße. Du wirst es sehen.«

Dann klaute sie sich Luises Fahrrad und fuhr in die Kirschen.

Aus religiösen Motiven fuhr Ruth am Schlachttag immer wesentlich früher auf den Büchelberg in die Schattenmorellen und kehrte erst zurück, wenn das Schwein ausgeweidet, abgebrüht und zubereitet auf der Schlachteleiter in einer großen Scheuer hing.

Von ihrem Grünen Salon aus dirigierte sie dann die Schlachte-Logistik – wie Anzahl der Leberwürste, der Grützwürste, Blutwürste mit Speck, ohne Speck, Menge des rohen, gepökelten und geräucherten Specks, Aufteilung des »schwarzen« Schweines an die Notleidenden in der Bevölkerung. Im Grünen Salon legte sie das Gewicht der Wurst- und Fleischpakete für arme Bleichröder fest und schrieb die Etiketten für die Pakete und zumeist noch ein paar Zeilen für die Empfänger, plus einer genauen Inhaltsangabe, damit die Beschenkten auch wussten, dass Ruth sich um alles Gedanken machte, selbst bei der Menge des Geschenkgutes. Auch wenn Ruth Gutes tat, überließ sie nichts dem Zufall.

Natürlich wollte der Landrat nach Buschbachs Wahl keineswegs die Genehmigung zum Bau des Wasserkraftwerkes erteilen. Es sei denn, er könnte zu einem günstigen Preis ein repräsentatives, altes Fachwerkhaus in der Nähe des historischen »Finkenherdes«, des angeblichen Wohnsitzes von Kaiser Heinrich dem Vogler, erwerben. Dieses Haus hatte vor Jahrzehnten angeblich dem Herzog von Anhalt in Ballenstedt gehört. Nun aber war es Eigentum der Baronin Ruth von Roll in Bleichrode.

Zack steckte Tinchen mitten im braunen Sumpf.

Paul Buschbach flehte Ruth an. Am Ende verscherbelte Ruth zugunsten eines elektrifizierten Bleichrodes das Haus an diesen hauptberuflichen SA-Standartenführer und nebenberuflichen Landrat in Quedlinburg. Das Allerschlimmste für sie war, dass sie für die NSDAP auch noch eine saftige Parteispende abdrücken musste: vier Schweine und zwei Milchziegen.

Den Wutanfall aus Ruths Grünem Salon konnte man bis zum Büchelberg und zurück, vermutlich bis Quedlinburg, hören.

Otto Pfreimel wollte sich wegen des Verlusts der gutsherrlichen Schweine zugunsten seiner Partei bei Ruth persönlich entschuldigen, wurde aber nicht vorgelassen.

Aus dem Innenhof rief er zum Fenster des Grünen Salons im ersten Stock hinauf, er, Otto Pfreimel, würde diese Großherzigkeit dem Tinchen nie vergessen und immer umsonst für sie schwarz schlachten und darüber hinaus allen davon berichten, welch brave, aufopferungsfähige Volksgenossin das Tinchen doch sei. Da stopfte ihm Franz Weidler mit einer angefaulten Birne den Mund.

Buschbach wurde bereits vier Monate nach seiner Wahl aus dem Amt gejagt, weil ihm unrechtmäßige Bereicherung zu Lasten der Gemeindekasse Bleichrodes nachgewiesen wurde.

Nach Verbüßung einer achtmonatigen Haft ließ er seine vielköpfige Familie im Stich, kehrte nicht nach Bleichrode zurück und machte sich nach München auf. In der Hauptstadt der Bewegung warfen ihn die Nazis vorübergehend aus der Partei, weil er sich dort als Kassenwart der braunen Kampftruppe innerhalb des Großschlachthofes München erneut bereichert hatte. Hier lernte er aber, dass die Schuld an jedem Elend des deutschen Reiches nicht nur in den Versailler Verträgen zu suchen wäre, sondern hauptsächlich bei den Juden.

Sein Nachfolger wurde Otto Pfreimel. Der machte seine Sache als Bürgermeister sehr gut und tauchte ganz Bleichrode in elektrisches Licht, indem er als erste Amtshandlung den Bau des Wasserkraftwerkes durchsetzte. Seine Frau Friederike konnte im Winter 1932 im Hellen stricken und sich an einem elektrisch betriebenen Radiator die Füße wärmen.

Für den vormaligen sozialdemokratischen Bürgermeister Doktor Terjung setzte er eine Pension wegen erfolgreichen, langjährigen Wirkens für die Gemeinde durch und, da Terjung infolge der zahlreichen Prügelverletzungen als Anwalt nur noch bedingt arbeiten konnte, auch noch eine Invalidenrente. Ausgerechnet aus der Pensionskasse für Härtefälle der NSDAP.

Otto Pfreimel war auch als Bürgermeister ein umsichtiger Mann, der mit Bauernschläue Bleichrode nationalsozialistisch verwaltete, sich aber von den oberen Parteibonzen, besonders denen in Quedlinburg, nur ungern Vorschriften machen ließ.

Wenn ihm mal die zündende Idee fehlte, holte er sich Rat bei Ruth. Die Invalidenrente aus der Parteikasse für Doktor Terjung war so ein Tipp von ihr.

Ende 1932 klopfte Paul Buschbach nachts an das Gutstor und begehrte die Herrin zu sprechen.

Auch ein straffällig gewordener Bleichröder blieb ein

Bleichröder und ergo ein Mensch, den Ruth auch nachts empfing, um sich anzuhören, was der Mitbürger wollte. Paul Buschbach wollte nicht viel. Nur Geld – Schweizer Franken, Pfund oder Dollar. Er sagte, dass bekanntlich die Juden diese Fremdwährungen heimlich horteten und jede Menge davon hätten. Also auch die reiche Ruth.

Als Ruth auf seine Forderungen nicht gleich einging, versuchte er, sie mit seinem Wissen zu erpressen, dass Ruths Vater nicht nur Jude, sondern auch ein Bankier in Berlin gewesen sei, also einer der schlimmsten der »jüdischen Blutsauger«. Als sie immer noch nicht nachgab, spielte er hämisch einen weiteren Trumpf aus und behauptete, Ruths Halbschwester Käthe sei in Berlin als Kommunistin bekannt.

Das mit der kommunistischen Käthe stimmte. Aber das mit dem »Blutsauger« gewiss nicht, und Schweizer Franken, Pfunde und Dollars besaß Ruth auch nicht. Deswegen bekam Buschbach auch keine Devisen, sondern von Ruth eine kühle Abfuhr, und Franz Weidler trieb ihn mit einem Jagdgewehr vom Hof.

Nach diesem nächtlichen Besuch tauchte Paul Buschbach lange Zeit nicht mehr in Bleichrode auf. Ruth unterstützte jahrelang seine Familie.

Mit dem Ermächtigungsgesetz von 1933 wurde es für Doktor Terjung eng. Pfreimel erfuhr aus Quedlinburg, dass man den ehemaligen Bürgermeister, Terjung, aus welchen Gründen auch immer, verhaften wollte. Schnell schickte er seine Friederike zu Terjungs Haus, damit sie dem Ehepaar beim Kofferpacken mit dem Nötigsten helfe. Dann trafen sich alle auf dem Rollschen Gut. Nachts chauffierte Weidler auf Ruths Bitte Herrn und Frau Terjung mit der Horch-Limousine in ein Dorf in der Nähe von Göttingen zu einer verlässlichen Familie, die entfernt mit Baron Albert von Roll verwandt war. Diese Familie sorgte für den Verfolgten des neuen Regimes.

Als in den frühen Morgenstunden das Telefon auf dem Gutshof klingelte und eine Stimme sagte, die Terjungs seien in Sicherheit, umarmte Ruth Otto Pfreimel und versprach, ihn in ihre Gebete miteinzubeziehen, sofern Otto dafür sorge, dass die Sache mit den Pensionszahlungen, sowohl aus der Gemeinde als auch aus der Parteikasse, an die Terjungs auf irgendeine Weise weiterginge.

»Ehrensache. Das ist man doch unsereins schuldig, Tinchen. Aber du musst auch viel für dich beten. Und 'n bisschen auf dich so aufpassen, wie ich auch schon auf dich aufpasse, wenn mal immer wieder die Anfragen kommen, aus Halle und Quedlinburg, wegen deiner Person. Iche weeß von 'ner Jüdin in Bleichrode nischte. Unterschreib ich auch. Mit gutem Gewissen und Amtssiegel. Für uns gibt's doch nur Bleichröder, oder? Aber ein bisschen achten sollten mer schon. Tinchen, du persönlich bleibst für mich einfach nur ein guter Mensch!«

Otto Pfreimel saß auf einem Biedermeierstuhl und war erleichtert über das, was er gesagt hatte. Mit großer Ehrlichkeit hatte er seine Meinung kundgetan. Ruth umkreiste den Stuhl dreimal und klopfte sich dabei mit den Knöcheln des rechten Zeigefingers immer gegen die Unterlippe. »Oddo, für dich bin ich ein Mensch, aber für mich bleibe ich auch eine Jüdin. Merk dir das.«

Luise Weidler verdrehte ihre weiße Schürze zu einem Knoten. Ehemann Franz verschloss den Mund zu einem rasiermesserscharfen Strich. Seine Augenbrauen bildeten eine wüste, struppige Linie, und Otto verstand nicht, warum er sich auf einmal verteidigen musste. Für ihn persönlich sei Tinchen zwar nicht immer unbedingt der liebenswerteste, mit Sicherheit aber der großartigste Mensch, den er je in seinem Leben kennen gelernt habe – sie rangiere noch vor seiner eigenen Ehefrau Friederike. Er, das müsse Ruth doch einsehen, habe garantiert nichts gegen sie. Nur seine »Bewegung«, die für die Abneigung gegen Juden politisch schwergewichtige Gründe habe. Tinchen sei eine rühmliche Ausnahme.

Weidler deutete die Geste des Erwürgens an. Ruth lächelte nur fein und schüttelte traurig den Kopf. Otto Pfreimel legte noch nach: Es sei doch wohl zweifellos richtig, dass sie mit dem Doktor Terjung politisch auch ständig über Kreuz gelegen habe, während der langen Amtszeit dieses sozialdemokratischen Gesellen. Schließlich sei er oft genug dabei gewesen, wenn Ruth gegen die Anordnungen Terjungs opponiert und manchmal auch böse, aber immer erfolgreich, intrigiert hätte. In Wahrheit habe sie die Sozialdemokraten gehasst. Sie habe nur Respekt vor Doktor Terjung gehabt und ihn deswegen gerettet. Und so sei er, Otto Pfreimel, auch.

»Oddo, da wirfst du Äpfel und Birnen und Schattenmorellen in eenen Topf. Den Sozis und den Kommunisten werfe ich eigentlich nur schlechten Geschmack vor. Die können sich noch nicht mal richtig anziehen. Wie die ausschauen! Alles nur Konfektionsanzüge! Bei euch, in der Bewegung, ist das ja jetzt anders: scheene braune Uniformen, richtig zackig und Maßarbeit. Für Dicke, Dünne, Kleene und Große. Nur noch nicht für Blonde. Das jibt's noch niche! Ihr putzt euch raus. Die Sozialdemokraten haben aufs Äußere kaum Wert gelegt.« Ruth wollte jetzt nicht länger mit Otto Pfreimel diskutieren.

Aus Berlin hatte Ruth gehört, dass ihre Halbschwester Käthe, seitdem sie glühende Kommunistin war, in härenen, gräulichen Woll-Mischgewebe-Reformkleidern durch Berlins rote Szene schlabberte. Gretchen hatte ihr das mitgeteilt und verschnörkelt den Umstand beschrieben, dass sie immer die Straßenseite wechsele, wenn sie auf dem Kurfürstendamm die »schrecklich gewandete, agitatorische Schwester Käthe«, eine rote Fahne schwenkend, zufällig treffe, und da vor 1933 oft Fahnen geschwenkt worden seien, habe sie Käthe oft getroffen.

Aus der Goldfisch-Villa war Käthe ausgezogen. Sie lebte zusammen mit einer ebenfalls kommunistischen Freundin und teilte mit ihr auch das Bett. Bis zu ihrer Verhaftung im März 1934.

Die Nachricht von der Festnahme erreichte Ruth, als sie mit ihrem abgewetzten Kartoffelschälmesser, dem »Hümmelken«, Stämmchen für Stämmchen, zweihundert Schattenmorellen veredelte.

Die politische Polizei des Dritten Reiches hatte die vermögende, jüdische, kommunistische Aktivistin Käthe Goldfisch im Bett ihrer christlichen Freundin aufgespürt und verhaftet. Der Freundin wurde das Kopfhaar geschoren, und man steckte sie in ein Gefängnis. Dort verblieb sie, ohne dass sich Staats- oder Rechtsanwälte, Richter oder später die Gestapo für sie interessierten. Bis zum Jahre 1941. Dann war sie tot.

Der kommunistischen Jüdin sollte eine Behandlung mit deutscher Gründlichkeit widerfahren. Das musste vorbereitet werden. Man suchte eine geeignete Spezialzelle in einem geeigneten Spezialgefängnis für die angeblich hoch vermögende, kommunistische Kapitalistin aus und legte umfangreiche Akten an.

Die Suche nach dem Vermögen der Käthe Goldfisch war aber vergeblich. Niemand wollte Käthe glauben, dass sie ihren ganzen Reichtum ihren Idealen, nämlich der Kommunistischen Partei, geschenkt habe. Die Akten wurden noch umfangreicher und der Fall komplizierter, bis er auf dem Schreibtisch des inzwischen einflussreichen, ehemaligen Kampffliegers landete.

Der erinnerte sich keineswegs an Käthe, wohl aber an ihren Vater, den großzügigen, patriotischen deutschen Juden Samuel Goldfisch. Den bombastischen Freitod des Bankiers aus Enttäuschung wegen des verlorenen Ersten Weltkrieges, verbunden mit dem Vorwurf, viele Deutsche seien den tapferen Soldaten des Großen Krieges in den Rücken gefallen, hatte der Mann ebenfalls nicht vergessen. Diskret sorgte er dafür, dass Käthe das Gefängnis verlassen konnte. Käthe gelang die Flucht nach Schweden, wo sie von Ruth finanziell unterstützt wurde.

Die Alltagsgeschäfte auf dem Gut erledigte Franz Weidler ab 1933, nach Rücksprache mit Ruth, selbständig, ohne dass sie persönlich in Erscheinung trat. Pfreimels Worte, die stille Besorgnis des Ehepaars Weidler und Ruths Einsicht veranlassten sie zu diesem Handeln ganz gegen ihr Naturell.

Nur in die Kirschen ging sie jeden Tag. Wenn sie weiß blühten, erfreuten sie ihr Herz, und wenn sie blutig rot leuchteten, ließ sie Weidler die Ernte organisieren. Dann waren viele Fremde auf der Plantage, und Ruth blieb in der großen, mit Stangeneis gekühlten Kirschenscheune, in der Hunderte von Aluminiumkörben mit dem empfindlichen Fruchtgut gestapelt wurden. Ruth bestimmte die Früchte, je nach Reifegrad, für den Transport in die Marmeladenfabrik nach Lettau.

Die Obstschnaps-Destillation hatte mit Hitlers Machtergreifung 1933 geendet. Dafür ging es mit der Marmelade wieder bergauf. Deutsche Mädchen und deutsche Hausfrauen wurden aus Küche und Haus herausgelockt und halfen im Arbeitsdienst oder in anderen völkischen Organisationen des Nationalsozialismus zur »Wiederherstellung der deutschen Ehre« mit. Die Arbeitslosen waren von der Straße und standen wieder in Lohn und Brot. Auf dieses Brot schmierten sie gekaufte Marmelade.

Unverdrossen pflanzte, veredelte und pflückte Ruth also und kaufte jedes Jahr bei den Hütterers einen Flügel. Das Gut verdiente sehr gut.

Dann allerdings, 1935, traten die Nürnberger Gesetze in Kraft. Diese Gesetze regelten das Zusammenleben nicht jüdischer und jüdischer deutscher Bürger.

Ab dem 15. September 1935 war Ruth als Geburts- und Glaubensjüdin nicht mehr Staatsbürgerin, sondern Staatsangehörige, die dem Schutzverband des Deutschen Reiches angehörte und ihm dafür auch besonders verpflichtet war. Das bedeutete für Ruth zunächst einmal höhere Steuern. Aber auch, dass sie als Jüdin keine Haustiere mehr halten durfte, was für das Gut ein riesiges Problem werden konnte.

Für Bürgermeister Otto Pfreimel wurde die Sachlage immer enger, und die Anfragen seiner vorgesetzten Behörden in Halle immer drängender. Vor allem, seit in Halle ein hoher Beamter im Range eines Obersturmbannführers, mit allerengsten Verbindungen und Weisungsbefugnissen zur Gestapo, den Verwaltungsapparat dirigierte.

Er sollte ein kleiner, zarter Mann sein, mickriger noch als Goebbels, aber im Auftreten energischer. Sein Name war Kurt Stöcker, und es hieß, er habe, bevor er zum obersten Chef des Gaues Halle wurde, eine brillante Industrie- und wohl auch eine Bankierskarriere absolviert.

Dieser Kurt Stöcker forderte in einem von ihm unterschriebenen und direkt an Otto Pfreimel gerichteten Brief eine exakte Aufstellung jüdischen Eigentums an, sowohl des mobilen als auch immobilen, tierischen, pflanzlichen und – das zeugte von hoher Sachkenntnis – auch des künstlerischen Besitzes in Bleichrode.

Jetzt ging es nicht mehr nur um höhere Steuern. Ruth wäre mit Sicherheit bereit gewesen, diese Abgaben zu leisten. Als Otto ihr den Brief von Stöcker zeigte, redete sie mit der Bemerkung scheinbar locker darüber hinweg, sie kenne den Mann, Kurt Stöcker sei immer ein sehr loyaler Mitarbeiter ihres Vaters gewesen. Ihr und ihren Schwestern ein immer sehr guter Freund, der Schabbes Goij der Familie. Kurt sei ein lieber, kleiner Pinscher, der belle, aber nicht beiße. Obwohl er sie als kleines Mädchen auf Veranlassung des gestrengen Herrn Papas öfter habe verdreschen müssen.

»Tinchen, ich muss dem Stöcker antworten. Der setzt mir sogar 'ne Frist. Nun mache dich nicht dümmer als dumm! Der weeß doch was!«

»Oddo, soll ich mich auf und davon machen? Alles im Stiche lassen? Wart ma erst mal die Frist ab und den neuen Steuerbefehl aus Halle. Deine Volksgenossen wollen doch nur Geld. Hohe Steuern. Ich geb denen was ab. Nun mal jätlich ruhig!«

»Ich hab Angst«, sagte Otto Pfreimel, bevor er den Grünen Salon verließ. Er zitterte am ganzen Körper.

Als er weg war, zitterte Ruth auch.

Um sich zu beruhigen, setzte sie sich auf Luises Fahrrad

und fuhr in die Schattenmorellen. Schon beim ersten Pfropf schnitt sie sich tief in den Finger. Die Wunde blutete stark. Sie leckte das Blut ab – scheußlicher Geschmack! Sie wischte den Finger am hellen Leinenrock ab. Sie konnte die Blutung nicht stoppen. Der Rock war schließlich blutverschmiert. Dann wickelte sie etwas Bast um den Finger, das sie während der Arbeit in den Kirschen immer um den Hals hängen hatte, weil sie damit die Propfe oder Reiser mit dem Altstamm zusammenband. Damit stoppte sie die Blutung, aber den Geruch nach Blut bekam sie nicht mehr aus der Nase. Sie schnupperte an vielen ihrer Bäume herum, aus den frischen Schnittstellen der Herbstveredelung troff Kirschbaumharz. Sie knibbelte einen Klumpen davon ab, zwirbelte ihn zwischen Daumen und Zeigefinger zu einer Kugel, roch daran. Auch die Bäume bluteten. Und es roch immer noch nach Blut. Es kam ein leichter Westwind auf. Auch die Brise, so glaubte Ruth, trieb jenen Geruch vor sich her, den sie so schrecklich zum ersten Mal im Schlachthof in Quedlinburg wahrgenommen hatte.

Otto Pfreimel suchte einen Ausweg. Die Frist einfach zu missachten und sich Ruths Meinung, der Stöcker sei in Wahrheit ein alter Freund der Familie, anzuschließen, das mochte und konnte er nicht. Kurt Stöcker war berüchtigt in Parteikreisen. Er und seine gleichrangigen Kollegen in Magdeburg und Weimar wurden intern als »die drei Blutsbrüder« bezeichnet, weil sie die Politik des Dritten Reiches äußerst resolut mitgestalten und zu diesem Zweck, koste es, was es wolle, durch Karrieresprünge dichter an die Zentren der Macht, bis nach Berlin kommen wollten.

Zwei Tage vor Ablauf der Frist schenkte ihm der Gott der Christen und der Juden eine Idee und ein Signal:

Wegen Überlastung des kleinen Rathauses wurden das Stadtarchiv, die Einwohnermeldekartei, das Personenarchiv, Gemeindesteuerakten, überhaupt alles, was nicht unbedingt zur täglichen Geschäftsführung einer Stadtverwaltung benötigt wurde, in Lagerräumen des Zündholzfabrikanten

Behling untergebracht. Auch die Personalakten der jüdischen Mitbürgerin Ruth von Roll.

In der Nacht zum Heiligen Abend 1935 entzündete sich, infolge selbsttätiger Überhitzung, die Schwefelbrühe, die nötig war für die Zündholzproduktion. Dies führte zu einer eindrucksvollen Explosion. Akten und Karteien der Gemeinde Bleichrode lösten sich in dem gesundheitsfördernden winterlichen Klima des Luftkurortes Bleichrode in wohlgefälliges Nichts auf.

Durch dieses Ereignis hatte sich die Lage verändert, und Otto Pfreimel konnte fristgerecht am zweiten Weihnachtstag dem Kurt Stöcker in Halle mitteilen, dass es in seinem Stadtarchiv, in der Meldekartei und überhaupt in allen steuerlichen Unterlagen keinerlei Hinweise auf jüdisches Eigentum gebe, weder mobiles noch immobiles, weder tierisches noch pflanzliches und auch kein künstlerisches. Listig fügte er diesem offiziellen Schreiben noch eine vertrauliche Aktennotiz hinzu, in der er erklärte, dass gerüchtehalber mal während des Ersten Weltkrieges, mit Beginn der Zwanziger Jahre, bei einem landwirtschaftlichen Anwesen von einer jüdischen Beteiligung gemunkelt worden sei. Allerdings sei dieses Gerücht gegenstandslos, da der Eigentümer bereits 1919 infolge eines Unfalls verstorben sei. Wie aus dem Bleichröder Geburtsregister zu entnehmen sei, gebe es keine Nachkommen. Eine tollkühne Lüge Otto Pfreimels, die aber einer nur flüchtigen Nachprüfung immerhin standhielte.

Nach der Explosion zeigte sich Ruth kaum noch in der Öffentlichkeit. Unter offenen Himmel begab sie sich nur noch geschützt durch das Blattwerk ihrer Schattenmorellenbäume.

Vermutlich wussten die meisten Bleichröder nicht einmal mehr, ob sie überhaupt noch da war. Niemand kümmerte sich darum, niemand fragte. Die Wohltaten vom Gut wurden von Luise und Franz Weidler geregelt und die Arbeitslöhne ebenfalls pünktlich jeden Freitag ausgezahlt. Die kleine, dicke Baronin konnte sich fabelhaft unsichtbar machen, unter ihrem Imkerhut und hinter ihrer blauen Brille.

1936 meldete sich Ruths Kämpferherz aber wieder. Ausgelöst durch einen Wutanfall. Es ging um einen Hütterer-Flügel, den Franz Weidler auf Bitten von Otto Pfreimel der NSDAP für eine Festveranstaltung geliehen hatte.

»Ich kann Heinrich Himmler doch nicht ein Klavier abschlagen, wenn er eins braucht! Ruth, Sie haben doch genug davon!«

Mit dieser Erklärung reizte er Ruth natürlich erst recht.

In Quedlinburg hatte Heinrich Himmler den weltberühmten Stiftsdom in eine Reichsweihestätte, zur Reichsburg, umfunktioniert. Der 2. Juli 1936, der tausendste Todestag des Sachsenkönigs Heinrich I. bot Himmler einen willkommenen Anlass, mit Hilfe der SS ein großes Fest zu Ehren seines großen Idols zu inszenieren.

Zu diesem Zweck verwandelte er den Dom in eine provisorische altdeutsche Königshalle. Das Gestühl wurde entfernt, die Kronleuchter hochgezogen, das Schiff mit königsblauem Samt ausgeschmückt, auf dem zwanzig Wappen von niedersächsischen Städten prangten. Schließlich sollte am 2. Juli 1936, nach dem Willen Heinrich Himmlers, das ganze deutsche Reich auf Quedlinburg blicken. Für den musikalischen Rahmen sollte eine der bedeutendsten deutschen Pianistinnen sorgen. Dafür wurde Ruths Flügel benötigt.

Ruth aber hatte beschlossen, wenn sie das Instrument schon ausleihen sollte, auf ihren Flügel aufzupassen und persönlich dafür zu sorgen, dass er auch wieder zurück in ihre Sammlung käme. Also stand sie, in unbequemen Schuhen und einem langen schwarzen Taftkleid, neben ihrem Hausschlachter und Bürgermeister Otto Pfreimel, nicht weit entfernt von Heinrich Himmler und anderen berühmten Paladinen des Reiches. Ein geradezu selbstmörderisches Unterfangen. Denn viele der Anwesenden konnten Ruth kennen und viele auch wissen, dass sie wegen ihrer »rassischen Minderwertigkeit« nicht unbedingt als ohne Frau auf eine solche Feier passte.

Nach dieser Eskapade verordnete sich Ruth für einige Tage selber Stubenarrest. Otto Pfreimel hatte ihr wohl unmissverständlich klargemacht, dass sie mit ihrem Verhalten nicht nur sich und ihn, sondern auch viele andere Menschen gefährde.

Zur Entezeit 1937 pflückten begeisterte Mädchen und Jungen des Arbeitsdienstes Hunderte Tonnen Schattenmorellen von zirka dreitausend reich tragenden Bäumen – eine Jahrhunderternte!

Diese Menge hätte dazu geführt, den Preis auf dem Reichsdeutschen Markt für Sauerkirschen-Edelmarmelade einbrechen zu lassen. Zudem waren auch die Zuckererträge in der Raffinerie traumhaft hoch, so bestand die Gefahr einer drastischen Gewinnminimierung wegen der viel zu großen Zucker- und Fruchtschwemme.

Für Ruth stellte sich also die Frage, wie man aus der gewaltigen Masse doch noch eine große Kasse machen könnte, und sie beschloss zu exportieren und Devisen ins Deutsche Reich zu bringen. Seit Paul Buschbachs unverschämtem nächtlichen Besuch war ihr die Tatsache, dass sie keine besaß, nicht mehr aus dem Kopf gegangen. Sie wollte mal wieder auf die Verwandtschaft zurückgreifen, diesmal auf den Cousin in Zürich, der wie Vater Samuel Goldfisch Bankier war und die recht bescheidenen Investmentfonds der Familie in der Schweiz treuhänderisch verwaltete.

Die Schweizer Linie hatte schon vor Jahrzehnten das bombastische »Gold« aus dem Namen gestrichen, und so hieß der Cousin nur noch Nathan Fisch.

Nathan gelang es, zu einem äußerst vornehmen Schweizer Marmeladenhersteller einen interessanten Kontakt herzustellen. Ruth war höchst zufrieden und der zuständige Staatssekretär im Landwirtschaftsministerium ungeheuer stolz. Genussmittelexport in die neutrale Schweiz – das bedeutete einen Devisenzufluss, der reichen Ordensegen vom Wirtschaftsministeriums des Führers versprach.

In null Komma nichts waren die Ausfuhrpapiere für neunhundert Tonnen Qualitätsmarmelade, lieferbar in Kühlbehältnissen, ausgestellt, gesiegelt und genehmigt. Zug um Zug, nach Lieferung, flossen 1,8 Millionen Schweizer Franken ins Deutsche Reich.

Diese 1,8 Millionen Franken waren aber nur die halbe Wahrheit! Die gekühlten Behältnisse enthielten zwar Marmeladenmasse, nicht aber das berühmte Produkt der Firma »Lettau«. Die Abnehmer und Abfüller der kostbaren Fracht waren die Eigentümer der Schweizer Marmeladenfirma, und die überwiesen, wie von Nathan ausgehandelt, einen Teil des tatsächlichen Gewinnertrages heimlich auf das treuhänderisch verwaltete Konto der Familie Goldfisch in Zürich.

Tinchen wurde diskret ein Gewinnanteil von knapp dreihunderttausend Franken gutgeschrieben.

In diesen Tagen saß die Gutsherrin wahrlich auf dem Pulverfass. Wäre man ihr auf die Spur gekommen, hätte ihr keine Explosion in einer Streichholzfabrik die braunen Horden vom Hals halten können.

Bis zur »Reichskristallnacht« am 9. November 1938 kümmerten sich die glühenden Kämpfer für das Dritte Reich nicht mehr um Ruth, und die knipste die ihr ständig drohende Gefahr durch das Regime wie eine Nachttischlampe einfach aus. Ein angeborener Überlebenstrieb oder eher der animalische Instinkt, bei Gefahr in Deckung zu gehen, ließ sie nur noch sehr früh am Morgen, kurz nach der Dämmerung, und abends, kurz vor Sonnenuntergang, wenn niemand mehr auf den Feldern arbeitete, auf dem Büchelberg ihrer Passion nachgehen.

Ihr Leben war das Züchten einer besseren Schattenmorellensorte.

Im Land Anhalt, in dem nur wenige Juden lebten, ging die »Reichskristallnacht« so gut wie ereignislos vorüber. In der Nacht warfen »ein paar Betrunkene« – wie Ruth zunächst glaubte – einige Scheiben des Herrenhauses ein. Erst am nächsten Morgen erfuhr sie von den schrecklichen Vorkommnissen im ganzen Deutschen Reich, und dann beunruhigten sie »die paar eingeworfenen Fenster« natürlich doch. Der Verwalter Weidler war aufs Höchste alarmiert und versuchte den ganzen Tag über, eine Fährte zu dem oder den Tätern aufzunehmen – vergeblich.

Am frühen Abend machte Ruth sich zu Fuß zu ihrer größten Plantage auf dem Büchelberg auf. Schon von weitem bemerkte sie, dass dort etwas nicht stimmte. Einige Bäume schienen beschädigt, viele Zweige geknickt. An anderen mussten in der Nacht »irgendwelche Idioten« mit Äxten gewütet haben. Insgesamt waren knapp hundert Bäume teilweise oder ganz zerstört. Gemessen an den Tausenden von Bäumen kein großer Schaden. Doch Ruth und Franz Weidler mussten sich eingestehen, dass die »Reichskristallnacht« auch in Bleichrode bei Ruth Spuren hinterlassen hatte.

Zurückgekehrt auf den Gutshof, platzte Otto Pfreimel aufgeregt mit der Neuigkeit in den Salon, dass dieses »Miststück von Paul Buschbach« wieder in Bleichrode aufgetaucht sei. In SS-Uniform sei er mit dem Motorrad vor seinem Haus vorgefahren und habe zunächst einmal seine gesamte Familie verdroschen. Pfreimel bat »das Tinchen« inständig, vor diesem Typen auf der Hut zu sein. Der sei unberechenbar und selbst für ihn, den Bürgermeister, kaum in Schach zu halten.

Als Ruth Pfreimel dann von den Vorkommnissen im Haus und auf der Plantage berichtete, verengten sich Ottos Augen gefährlich zu kleinen Schlitzen. Er stampfte wütend mit seinem Gehstock auf den Parkettboden und stürmte aus dem Gutshaus.

Telefonisch erfuhr Ruth von den Diakonissen der Franckeschen Stiftungen, dass es ihrer Tochter »natürlich gut gehe« und dass ihr das Hauswirtschaftsjahr, das sie jetzt nach bestandenem Abitur absolvieren solle, absolut nicht behage.

Elisabeth würde schon motzen, nur wenn sie mal schnell zwei Zentner Kartoffeln schälen müsse. Im Übrigen habe Elisabeth während einer Tanzveranstaltung in der Schulstadt einen jungen Mann jüdischen Glaubens aus Westfalen, einen Viehhändlerssohn, etwas näher kennengelernt. Mechthild berichtete empört, sie selber habe Elisabeth mit diesem Walter Roth beim Knutschen erwischt und den Kerl sofort vor die Tür gesetzt.

»Muss sich Elisabeth in diesen Zeiten ausgerechnet noch in einen jüdischen Bengel verlieben?«, nörgelte Ruth bei den Weidlers herum. Franz Weidler interessierte die Frage, wie ein jüdischer Viehhändlerssohn in die protestantische Schulbastion der Franckeschen Stiftungen habe eindringen können, viel mehr.

Vielleicht, weil es dort genauso sicher sei, wie früher in Bleichrode, meinte Ruth traurig.

»Es ist wirklich nicht mehr sicher hier. Wenn der Paul Buschbach Sie hier sieht, verrät er Sie sofort an seine SS oder an diesen Kurt Stöcker. Der bestimmt. Wir haben ihn immerhin rausgeworfen.«

»Der darf Sie hier nie sehen«, ängstigte sich auch Luise Weidler. »Am besten, Sie gehen auch nach Göttingen.«

Ruth umkreiste ihren Lieblingssessel und schlug sich, während sie sichtbar nachdachte, mit dem Knöchel des linken Zeigefingers gegen die Unterlippe.

»Jetzt, wo er in der SS ist, wird er wohl nicht mehr als Kopfschlächter arbeiten, im Akkord? Jetzt ist er jemand, mit schwarzer Uniform. Deswegen ist er nach Bleichrode zurückgekommen. Die Fensterscheiben, die paar Bäume – wenn Buschbach dahintersteckt, wollte er mich nur ein bisschen ärgern. So rechte Angst habe ich vor dem Trolljan eigentlich nicht. Damals, als er bis zu den Knöcheln im Blut stand, da wäre mir beinahe das Herz stehengeblieben. Von dem Blut träume ich immer noch und rieche es überall, immer. Na ja, jetzt wird der Paul bei uns den großen Mann markieren wollen, und deswegen wird er mich nicht verraten.«

»Reden Sie keinen Mumpitz«, schnauzte Weidler seine Baronin an.

Ruth schnauzte nicht zurück, sondern sprach ruhig weiter. »Franz, Luise, wir vom Gut haben für seine arme Familie in all den Jahren gesorgt, und Paul Buschbach kann es sich gar nicht leisten, mich an irgendjemanden zu verraten. Seit über zwanzig Jahren weiß er, dass es mich hier gibt und die Elisabeth. Mit den Stiefeln nach oben, kreuzweise, werden ihn seine SS-Oberbonzen aufhängen, wenn er mich erst jetzt, nach all den Jahren, wie ein Judas verrät. Stimmt's?«

Franz Weidler war nicht sehr überzeugt, aber Luise schürzte die Lippen und goss allen eine Tasse ihres köstlichen Kaffees ein.

»Die Baronin hat Recht, Franz. Als anständiger Nazi hätte er sie schon ab 33 ans Messer liefern müssen. Aber es wär natürlich besser, er würde wieder verschwinden. In Bleichrode stellt der doch alles auf den Kopf! Wie wird man so einen Kerl wieder los?«

Auch Otto Pfreimel wollte Paul Buschbach so schnell wie möglich wieder loswerden. Vom Gutshof war er direkt in den »Hirschen« gelaufen. Dort traf Otto sich mit dem Verteidigungsblock des Feldhandballvereins »Horst Wessel«. Er spendierte jede Menge Bier aus der »Germania-Brauerei«, das besonders starke »Puup-Arsch-Knallbier«. Diese Biersorte soll in vielfacher Hinsicht Hemmungsschranken abbauen.

Am nächsten Morgen fand man Paul Buschbach auf dem Büchelberg auf, seiner stolzen SS-Uniform entledigt, nackt. Böse Buben – offensichtlich Feinde des Deutschen Reiches – hatten ihn überfallen, ihm einige Rippen und beide Daumen gebrochen! Und ein bisschen die Nase lädiert.

Mit großen Huflattichblättern vor der Scham, schleppte er sich mühsam zu seinem Haus.

Die Bleichröder fanden die Abstrafung Buschbachs völlig in Ordnung. Nur Ruth ahnte, dass diese Prügelstrafe mit all den Verletzungen unangenehme Folgen haben würde, und leider hatte sie wieder mal Recht.

Im September 1939 mussten nahezu alle jungen Bleichröder Männer in den Krieg ziehen. Auch die Handballer des

Turn- und Sportclubs »Horst Wessel«. Paul Buschbach aber war nicht kriegsverwendungsfähig, infolge zweier verkrüppelter Daumen.

Er blieb in Bleichrode und wurde der Chef aller »Blockwarte«, der Sturmbannführer der »Heimwehr« und später auch noch des Volkssturms. Er zog die SS-Uniform aus und die braune Uniform der Nazi-Partei an und sorgte während des ganzen Krieges mit seinen Mannen für Angst und Schrecken.

Die Heimwehrtruppe Paul Buschbachs war gefürchtet. Häufig, nach dem Genuss von »Puup-Arsch-Knallbier«, zogen sie »kontrollierend« durch Bleichrode. Paul steckte seine Kontrollnase überall rein und erpresste, wo es nur ging. Immer wieder schreckte er mit seinem Kampfruf »Min Trupp ruht utt die Jute« die Bürger aus dem Schlaf.

Nur um den Gutshof und auch um Ruth machte er einen Bogen. Ruth hatte mit ihrer Einschätzung Recht gehabt.

Um sicherzugehen, versorgten Franz und Luise Weidler den Buschbach und seinen Trupp diskret mit üppigen Geschenken aus den für die Kriegswirtschaft wichtigen Erträgen des Gutsbetriebes. Einmal erhielt er sogar eine halbe »Cleopatra« und von Luise Weidler kostbaren Bohnenkaffee aus original österreichischer Röstung.

Elisabeths Knutscherei mit dem Viehhändlerssohn Walter Roth gefiel Ruth ganz und gar nicht. Sie fragte sich immer wieder, wie ein Viehhändlerssohn aus dem Westfälischen so mir nichts, dir nichts quer durch das Reich reisen und kurz bevor der Hass des Regimes gegen die Juden in der »Reichskristallnacht« explodiert, auch noch in Halle, in der vor dreihundert Jahren von dem Pfarrer Francke gegründeten Schulstadt, an einer Tanzveranstaltung teilnehmen kann. Und warum er dort ausgerechnet mit der einzigen, den Behörden nicht bekannten Jüdin, Elisabeth von Roll, poussieren muss.

Obwohl sie Walter Roth noch nicht zu Gesicht bekommen hatte, konnte sie irgendetwas an dem Bengel nicht leiden.

Am Telefon wollte Elisabeth natürlich mit der Sprache nicht raus. Sie kicherte nur albern und drohte damit, dieser verdammten, verknöcherten Betschwester Mechthild die Gurgel abzudrehen. Immer und immer wieder beteuerte sie am Telefon, dass sie ganz und gar nicht in diesen Herrn Roth verliebt sei und es auch nie sein könne, weil ihm leider auf dem Kopf nur »weibische Locken« nach allen Seiten wüchsen, sehr lang und darüber hinaus noch feuerrot. »Rote Dachpfannen« seien nun wirklich nicht ihr Fall. Obwohl er die Naturkrause mit portugiesischer Brillantine gebannt und die Farbe damit etwas abgedunkelt habe.

»Aha«, folgerte Ruth bei dem Gespräch messerscharf, »ihr habt euch also schon wieder gesehn? Bei dieser Tanzveranstaltung hatte er noch die wirren Locken, und du hast dich natürlich mit kritischen Worten nicht zurückhalten können. Und beim Wiedersehen hat er sich mit Brillantine extra für dich schön gemacht. Stimmt's?«

Es stimmte! Wie immer alles stimmte, was Ruth folgerte, wenn sie sorgfältig zuhörte und mitdachte.

Am liebsten hätte Ruth ihre Tochter sofort nach Bleichrode beordert, unter ihre Obhut. Die Franckeschen Stiftungen waren aber für Elisabeth der sicherere Ort. Dort ging sie in der Masse der Schüler unter. Die Schulleitung und vor allen Dingen Schwester Mechthild sorgten dafür, dass Elisabeth in keiner Weise auffiel. Die dunkelhaarige und braunäugige Elisabeth war ihrem Vater Albert wie aus dem Gesicht geschnitten, und Mechthild glaubte prompt, dieses dunkle Schöne sei das Jüdische und drängte Elisabeth klug in den »Bund Deutscher Mädchen« – in den BDM.

Auch in die protestantisch beherrschten Franckeschen Stiftungen hatten die Nazis Einzug gehalten, ihre Jugendorganisationen BDM und HJ gab es jetzt auch dort.

Als BDM-Mädchen trug Elisabeth Berchtesgadener Wollstrickjacken und Faltenröcke, Haferlschuhe und manchmal auch einen Spaten über der Schulter, den sie aber nie benutzte, weil auch Gartenarbeit nicht ihrem Naturell entsprach. Dafür leitete sie den Singkreis des BDM.

Zum Komment der HJ und des BDM in den Franckeschen Stiftungen, speziell in der Latina, gehörte es, das Abzeichen der Jugendorganisationen so in einem Knopfloch der Jacken zu tragen, dass es »zufällig« nach innen zeigte, von außen also eine Zugehörigkeit zu BDM und HJ nicht zu erkennen war. Ein kleiner Protest. Kein mutiger. Sozusagen als »verdeckte Mitläufer«.

Ruths Argwohn wegen des rothaarigen Brillantinebengels Walter Roth war berechtigt: Zwei Tage nach der »Kristallnacht« bat der dreiundzwanzigjährige Walter Roth im Büro des Ministerialdirektors im Reichsaußenministerium, Willi Reich, um eine Unterredung. Willi Reich war – neben einigen anderen hohen Beamten im Innenministerium – für den »Reichsverband der Jüdischen Kulturbünde in Deutschland« zuständig. Dieser Reichsverband war 1935 auf nationalsozialistische Anordnung geschaffen worden. Offiziell sollte er der Pflege der jüdischen Kulturarbeit, also den Juden dienen. Aber das glaubte wohl niemand. Mehr gezwungen als freiwillig, gehörten ihm 1938 um die neunzigtausend Mitglieder an.

Sicher waren auch deutsche, jüdische Idealisten darunter, die ein geordnetes Zusammenleben mit den Behörden neu organisieren wollten, sicher auch Opportunisten, aber bestimmt gab es nur ganz wenige Menschen wie Walter Roth, die sich begeistert dem Dritten Reich an den Hals warfen, weil sie hervorragende, gewinnbringende Möglichkeiten in der Zusammenarbeit mit den Nazis sahen. Für Walter Roth und seine Kumpanen war der Reichsbund nur ein Vehikel, um sich zu bereichern. Die jungen Juden, die Willi Reich um sich sammelte, sollten im Ausland nach Vermögenswerten von emigrierten deutschen Glaubensbrüdern fahnden. Natürlich spielte die Schweiz hier eine wichtigte Rolle. Aber auch nach Portugal, Ungarn, Serbien und Bosnien, nach Frankreich und England, ja bis in die USA reisten diese »Agents provocateurs«.

Walter Roth sollte das Vertrauen geflüchteter deutscher Juden gewinnen. Durch ihn sollte das Deutsche Reich von beträchtlichen Vermögenswerten im Ausland erfahren. Die Druckmittel gegen exilierte reiche, deutsche Juden waren simpel: Die meisten hatten noch Verwandte in Deutschland, und die dienten den Nazis als Faustpfand für finanzielle Erpressungen. Dieses System funktionierte bis zum Ende des Krieges. 1942 wurde Walter Roth sogar Mitglied der Deutschen Wehrmacht. Als Undercover-Agent arbeitete er dann in Jugoslawien.

Auf dem Büchelberg erfuhr Ruth zwar nichts Genaues, aber sie roch mal wieder den Schrecken, der rundum verbreitet wurde. Andeutungsweise hatte sie von dem neuen jüdischen »Schtetl« in Warschau gehört, in dem Hunderttausende von Juden gemeinsam friedlich miteinander leben könnten. Das glaubte sie nicht.

Hunderttausende von Juden haben niemals irgendwo lange friedlich miteinander gelebt. Dazu waren sie gar nicht in der Lage. Nein – zum friedlichen Zusammenleben waren die Juden, nachdem sie in alle Welt flüchten mussten, nicht geeignet. Niemand konnte Ruth weismachen, dass in Warschau und Krakau plötzlich der jüdische Himmel auf Erden, mit Hitler als Erlöser, ausgebrochen wäre, wie es die Zeitungen dem deutschen Volk vorgaukeln wollten. Das roch nach Blut.

Und dann erzählte Franz Weidler von einem Erlebnis, das sie alle nicht mehr losließ.

Im September 1939 wollte er, wie jedes Jahr, die kalziumbikarbonathaltigen Filterrückstände aus der Zuckerraffinerie für die Düngung der Schattenmorellen abholen. Dort angekommen, erfuhr er von der Raffinerie, dass das Zeug bereits an die chemischen Werke in Bitterfeld abgegeben worden war, weil die daraus kriegswichtige Chemikalien herstellen sollten. Weidler wendete den Horch mit dem Viehtransportanhänger und machte sich sofort auf nach Bitterfeld.

Schon einige Kilometer vor den chemischen Werken bemerkte er auf der Landstraße einen süßlichen Geruch. »Irgendwie komisch-fruchtig, nach Pfirsich«, wie Weidler später erzählte, »süßlich, aber nicht wie Leiche«.

Direkt vor dem Hauptwerk in Bitterfeld kreuzte die Reichsbahn die Landstraße. Die Schranke war verschlossen, und der Güterzug mit Dutzenden von Güterwaggons holperte lange über die Schienen. Durch die schmalen Luftschlitze der Schiebetüren sahen Weidler und sein Helfer ausgemergelte Gesichter.

»Sie sahen aus wie vertrocknete, unrasierte Schimpansen – so dürre Affen«, sagte Weidler. Alle Menschen in den Waggons seien nackt gewesen. Er habe das genau sehen können, weil er von Waggon zu Waggon mit den Augen immer die Luftschlitze eingefangen habe, um genau hinsehen zu können. Jawohl, nackte Menschen seien in den Waggons gewesen. Hunderte. Vielleicht alles Männer, vielleicht alles Frauen – das habe er nicht erkennen können. Allen Menschen seien die Haare geschoren gewesen. Der seltsame Fruchtgeruch habe aber nichts mit dem Zug zu tun gehabt. Der sei von einer schneeweißen Wolke gekommen, die über einer Fabrikationsanlage hinter der Bahnschranke gehangen habe.

Als sich die Schranken öffneten und Weidler mit dem Horch über die Gleise fuhr, sprangen jenseits des Übergangs plötzlich zwanzig oder gar dreißig Polizisten auf die Straße, stoppten Weidler und die anderen Autos und zwangen sie mit vorgehaltenem Karabiner, sofort zum Bahnhof Bitterfeld zu fahren, dort auf dem Parkplatz zu wenden und dorthin zurückzufahren, woher sie gekommen wären. Auf den Zufahrtswegen zu der Fabrik, über der die weiße Wolke schwebte, lagen Leichen – ausgemergelte, kahlköpfige Männer und Frauen. Auch einen Mandelgeruch hielt Weidler nach seiner Heimkehr in Bleichrode für möglich.

Am nächsten Tag stand in der Zeitung, dass sich im Werk E zu Bitterfeld während eines chemischen Prozesses das Gegenteil einer Explosion, eine Implosion, ereignet habe, dass wohl eine überdimensionierte Vakuumkammer undicht geworden sein müsse und man Teile von Bitterfeld für Stunden evakuiert habe. Der unangenehme Geruch, der die Bevölkerung beunruhigt habe, sei völlig ungiftig, da es sich nur um harmlose Fruchtsäure-Aromen gehandelt habe, die in Verbindung mit Stickstoffen eine große weiße Wolke über Bitterfeld gelegt hätten.

In Bitterfeld wurden Versuche gemacht, die schließlich zur industriellen Herstellung des »Zyklon B« führten, jenes todbringenden Gases, das aus den Duschköpfen der Gaskammern in den Konzentrationslagern strömte. Dieses Gas roch nach Pfirsich und Mandeln.

Franz Weidler und sein Begleiter und andere Autofahrer auf der Landstraße hatten die Leichen gesehen, und die Polizisten hatten gesehen, wie die Zivilisten die Leichen anstarrten. Weidler berichtete, dass niemand nach den Toten gefragt habe, weil die Toten – schon als sie noch lebten – bereits Tote gewesen waren, wie die vielen Menschen im Zug. Auch Franz Weidler fragte nicht. Es war besser so.

Einige Tage später aber fragte er in Bitterfeld an, ob das Gut Roll vierhundert Kilo Kalziumbikarbonat für die Baumplantagen bekommen könne. Er sei am Tage der kleinen Betriebsstörung, durch Ordnungskräfte gehindert, nicht persönlich im Lager vorstellig geworden, um den dringend benötigten Düngestoff abzuholen.

»Ach, Franz, das war ein Fehler. Damit zeigen Sie denen in Bitterfeld Ihre nackte Brust. Hoffentlich werden Sie nicht zum Verhör abgeholt. Ihre Anfrage klang wie eine Drohung«, sagte Ruth.

Einige Tage später kamen die vierhundert Kilo Kalziumbikarbonat per Bahnfracht in Bleichrode an. Franz Weidler hatte Recht behalten: Die Verantwortlichen in Bitterfeld lieferten, damit Weidler, Verwalter eines großen Gutes, der ehemalige Gendarm, den landwirtschaftlichen Betrieb weiter gut in Schuss und seinen Mund weiter geschlossen hielt.

Im Winter gab es dann in Bleichrode, Hellrode, Quedlinburg, in der ganzen Gegend das Gerücht, dass Tausende polnischer Fremdarbeiter in Bitterfeld für gefährliche Arbeiten eingesetzt werden. Tatsächlich starben ungezählt viele infolge Unterernährung, hemmungsloser Ausbeutung, aber zumeist infolge der katastrophalen Produktionsabläufe in den Fabriken. Zigtausende verhungerten und starben an Entkräftung, die meisten an tödlich verätzten Lungenschleimhäuten.

Der November war zeitlebens ein Schicksalsmonat der Ruth von Roll: Im November entleibte sich vor vielen Jahren der geliebte Tate Samuel Goldfisch, erschlug ein Baum ihren Mann, wurde ihre Tochter geboren, wüteten die Nazis in der »Kristallnacht«.

Im November 1939 heiratete die knapp zwanzigjährige Elisabeth von Roll, dank Otto Pfreimels Hilfe, unauffällig den rotlockigen Walter Roth. Ein Gang zum Standesamt im Rathaus mit all den vielen Beamten war natürlich nicht möglich. Otto Pfreimel spielte den Standesbeamten und stellte die Heiratsurkunde am Küchentisch in der Gutsküche aus.

»Zu den Akten nehme ich das Dokument mal, wenn es die Zeit erlaubt«, grinste er zweideutig und steckte das Papier in seine Brusttasche.

Walter Roth verlangte für seine eigenen Unterlagen eine Kopie der Heiratsurkunde. Möglicherweise müsse er irgendwann einmal nachweisen, dass er verheiratet sei.

Hoffentlich muss er das nicht, dachte Ruth.

»Das wollen wir doch nicht hoffen!«, sagte Otto Pfreimel.

»Irgendwas Schriftliches darüber, dass ich nun mit Walter verheiratet bin, möchte ich aber auch«, quengelte Elisabeth Roth, geborene von Roll.

Leicht nervös, versprach Pfreimel, bei sich zu Hause, also nicht im Amt, Kopien der Urkunden anzufertigen und sie bei Gelegenheit den beiden Jungvermählten auszuhändigen.

»Möglichst morgen schon«, sagte der Ehemann. Er müsse bereits am nächsten Tag, irgendwelcher Geschäfte wegen, Bleichrode verlassen und werde für längere Zeit seine geliebte Elisabeth nicht in die Arme nehmen können.

Ruth holte tief Luft, um einen gepflegten Wutanfall hinzulegen, erinnerte sich aber dann, dass sie schon etwas vorbereitet hatte, um wenigstens den Vollzug dieser Ehe zu verhindern.

Am Vorabend dieser Vermählung waren Elisabeth und Walter in einem kleinen DKW in den Innenhof des Gutes gefahren und hatten verkündet, bereits am nächsten Morgen die standesamtliche Ehe eingehen zu wollen.

Lächerliche Einwände, wie »da gebe es eine gesetzliche Aufgebotsfrist von vier Wochen und in der speziellen, durch ihre Herkunft, recht heiklen Situation der Brautleute sei so eine Hochzeit wohl das Unvernünftigste, was man beschließen könne«, zogen nicht. Elisabeth wusste nur zu gut über die Blitzhochzeit ihrer Mutter Bescheid und argumentierte, was die religiösen Fragen betraf, mit wohlgesetzten Worten.

Lieblich lächelnd erklärte sie der Frau Mama, dass sie diesen Walter liebe, die Diakonissen sie aber nun mal so gut erzogen hätten, dass sie sich nur mit Trauschein ihrer Liebe und Walter hingeben könne. Offen und ehrlich beichtete sie am Vorabend der Hochzeit, dass ihre Hormone sie zu Walter hintrieben, und zwar mächtig.

»Oij, oij, oij«, ächzte Ruth und musste sich eingestehen, dass Elisabeth einen Großteil ihrer eigenen Anlagen geerbt hatte. Prinzipienfestigkeit, Ideenreichtum, Dickköpfigkeit und vor allem das Temperament.

Dass ein Jude mit einem DKW durch das Deutsche Reich gondelte, war ungewöhnlich. Dass er aber auch noch mitten in diesem Krieg damit ins Ausland fahren durfte, war unerklärlich. Außerdem war Walter Roth ein Jude, der sich parfümierte, mit dem Duftwasser »Knize No. 10«. Dieses Eau de Toilette hatte ein hochberühmter tschechisch-jüdischer, buckliger Schneidermeister in Wien vor vielen Jahren »für den eleganten Herrn« auf den Markt gebracht.

Dem Harald Kreuztal hatte Ruth den Inhalt einer Flasche »Knize No. 10« schon vor Jahren mal in die Toilette geschüttet. In »Knize« fand sie jenen Geruch, der sie so ängstigte: den Geruch nach Blut.

Ihr Schwiegersohn roch nach Blut.

Nach der hastigen Hochzeitszeremonie ging es mit den Trauzeugen Luise und Franz Weidler in den kleinen Speiseraum zum Hochzeitsmahl. Mit verlogenem Zauber in der Stimme hatte Ruth alle Versuche Elisabeths und vor allem Luises abgewehrt, das kleine Hochzeitsessen zu kochen. Charmant hatte sie darauf bestanden, als Brautmutter ein einfaches, gutes, jüdisches Mahl anzurichten.

Als sie am Tag vor der Hochzeit von Luise Weidler beiläufig gehört hatte, dass der Lebensmittelhändler und Gänsezüchter am Morgen ein kleines Fass Salzheringe zugeteilt bekommen hatte, frohlockte sie. Damit schien ihr der Herrgott ein Zeichen gesandt zu haben. Luise Weidler musste mehr Fische erwerben, als ihnen zustanden, und dafür zusätzlich mit einem schlachtreifen, sehr fleischigen Italiener-Masthuhn bezahlen.

Das Hochzeitsmahl würde also der berüchtigte »Gehakelte Hering« mit viel Knoblauch, Salz, Pfahlmuscheln aus der Dose, Pfefferkörnern, Zwiebeln, jeder Menge Bitterkräutern und viel zerstampftem Kreuzkümmel sein. Schlimmer noch als damals 1913.

Elisabeth kannte den Heringsbrei mit all den schrecklichen Zutaten noch nicht und hielt das Ganze für einen leckeren Heringssalat mit frischem Steinofenbrot aus Roggen und Weizen, im Gutshof gebacken und bedeutend leckerer als die Kommissbrote in den Franckeschen Stiftungen.

Zum Hochzeitsmahl hatte Ruth das elektrische Licht im kleinen Speiseraum gelöscht und nach langer Zeit zum ersten Mal wieder die sieben Kerzen des Leuchters entzündet. Dann ermahnte sie den Schwiegersohn, nun auch die Pflichten eines jüdischen Ehemannes wahrzunehmen, das Brot und die Speisen zu segnen, die blau gekochten, steinharten Eier feinzuhacken und über den »Gehakelten Hering« zu streuen und das Ganze noch einmal tüchtig durchzumischen. Einen Schuss Essigessenz gab Ruth noch hinzu, weil sie den angeblich vergessen hatte. Dann musste der Bräutigam allen Anwesenden den Teller füllen, wie es das Gesetz befahl: einen tiefen Teller, eine Handbreit über den Suppenrand.

Als Elisabeth an dem Heringssalat schnupperte, durchschaute sie ihre Mutter. Der Geruch stieg ihr augenblicklich durch die Nase, löste Tumulte in den Naseninnenhöhlen und in der Stirnhöhle aus, und die Augen tränten. Die sieben Lichter des Leuchters ließen ihre Augen plötzlich noch brauner strahlen als gewöhnlich.

»Aber Lisa, du musst doch nicht weinen, nur weil wir jetzt verheiratet sind! Oder bist du so glücklich?«, jubelte Walter Roth, tauchte seinen silbernen Löffel tief in das Gemenge und schob es sich in den Mund. Dann tränten auch ihm die Augen.

Ruth hatte dem Ehepaar Weidler ein diskretes Zeichen gemacht, den Hochzeitsschmaus nicht zu essen, aber obwohl auch ihr die Tränen herunterliefen, die Gesichtsnerven verrutschten und sie ihre Grimassen kaum beherrschen konnte, es fürchterlich in der Speiseröhre und im Magen brannte und der Kreuzkümmel, im Bauch vereint mit der Salzsäure des Magens, den Weg zum Darm suchte, aß sie ihren Teller auf und achtete streng und mit einigen mahnenden Bemerkungen darauf, dass Walter und Elisabeth auch ihre Teller leerten. Das Fläschchen Moselwein gönnte sie allein den Hochzeitern – wohl wissend, dass die Weinsäure die Sache nur noch schlimmer machen würde.

Walter habe die ganze Hochzeitsnacht auf dem Abtritt im Hof mit Durchfall gesessen, und Elisabeth in ihrem Badezimmer, auf dem Klo sitzend, ins Bidet gekotzt, erzählte sie am nächsten Tag Luise.

Elisabeth wusste natürlich, dass Walter aktiv im Kulturbund arbeitete. Doch was er dort wirklich tat, wusste sie nicht.

Als sie kurz nach der Hochzeit eine Ansichtskarte aus Lissabon von ihm erhielt, freute sie sich. Portugal, im Zweiten Weltkrieg neutral, war für viele Juden eine Zwischenstation auf der Flucht nach Amerika oder Palästina. Insofern war der Aufenthaltsort Lissabon sicher und Elisabeth beruhigt. Ruth aber nicht. Sie verspürte wieder diesen seltsamen Geruch. Walters Selbstsicherheit, sein Auftreten ohne jegliche Zurückhaltung in der Öffentlichkeit – er trug nicht mal den obligaten Judenstern – verunsicherte und beunruhigte sie. Aber sie sagte nichts.

Aus Berlin berichtete Gretchen, dass es ihr, den Umständen entsprechend, nach wie vor gut gehe, sie aber viele jüdische Freunde und Bekannte schmerzlich vermisse. Knall auf Fall wären sie auf einmal nicht mehr da, und keiner der anderen Freunde oder Mitbewohner wüsste, wo sie abgeblieben wären.

Immer wieder bat Ruth ihre Schwester inständig, nach Bleichrode zu kommen. Und nach einem sehr dringlichen Bittbrief im Juni 1940 packte Gretchen, in der vom preußischen Innenministerium enteigneten Goldfisch-Villa, in der sie nur noch ein einziges Zimmer bewohnen durfte, einen kleinen Koffer. Sie ging zu Fuß zum Bahnhof. Von dort wollte sie nach Bleichrode reisen.

Den Bahnhof hat sie nie erreicht. Sie ist spurlos verschwunden.

Einige Tage später fuhr Walter Roth in seinem DKW-Sportwagen vor. Er brachte viele Geschenke mit: Ölsardinen aus Portugal, Cognac und Champagner aus Frankreich, Schokoladen aus der Schweiz, Foie gras und raffiniert riechende Weichkäse aus der Normandie. Das Pariser Parfum für Ruth landete gleich im Müll. Elisabeth tupfte sich jeweils einen Tropfen hinter die Öhrchen.

Walter war gekleidet wie ein sehr eleganter Geschäftsmann in Friedenszeiten.

Als er von Gretchens plötzlichem Verschwinden hörte, griff er gleich zum Telefon. Obwohl es sonst zwei bis drei Stunden dauerte, bis man mit Berlin verbunden wurde, schaltete das Fräulein vom Amt für Walter Roth die gewünschte Nummer sogleich durch. Mit höflichen Blicken und beschwichtigenden Gesten bat er Ruth und Elisabeth, den Grünen Salon zu verlassen, während er telefonierte. Zuvor führten sie ein heikles Gespräch.

»Ich hoffe für uns alle, liebe Schwiegermutter, dass meine Kontakte in Berlin ausreichen, um Tante Gretchen wiederzufinden ... nach allem, was ich von Elisabeth hörte, ist sie manchmal etwas seltsam ... so schusselig, nicht?«

»Sie war und ist immer eine Dame! Viele Menschen verschwinden in den großen Städten. Die meisten in Berlin. Sind die alle schusselig? Oder wissen sie einfach nicht mehr, wohin sie gehören?«

Ruth hatte mit sehr leiser – gefährlich leiser – Stimme gesprochen. Walter lächelte ihr verbindlich zu und erklärte: »Tante Gretchen scheint mir, sagen wir mal, etwas weltfremd zu sein. Was wollte sie denn am Bahnhof? Es ist uns Juden doch nicht gestattet, öffentliche Verkehrsmittel und erst recht nicht die Eisenbahn zu benutzen. Selbst ich benutze nicht die Reichsbahn.«

»Dafür fährst du einen eleganten Flitzer, mit Sondergenehmigung von wer weiß wem! Vielen Dank für die vielen schönen Leckereien. Du kommst viel rum, Walter. Wer gibt dir für deine Auslandsreisen das ganze Benzin?«

Statt einer Antwort wollte Walter seiner Schwiegermutter über die Wangen streicheln. Doch Ruth wich zurück, sehr zum Missfallen ihrer Tochter Elisabeth.

»Walter, ich weiß nicht, wer was nicht mehr benutzen darf, das dringt in Bleichrode nicht an mich heran. Das soll es wohl nicht, und ich will es auch nicht. Aber ich bitte dich: Benutze nicht dein ›Knize No. 10‹, das stinkt fürchterlich. Davor scheuen sogar meine drei Lieblingskühe.«

Walter benutzte in Bleichrode das Eau de Toilette nicht mehr, aber Ruths drei Lieblingskühe, die »Reizlose«, die »Schamlose« und die »Milchlose«, die steinalt waren und zu nichts mehr taugten, blökten dennoch angewidert, wenn Walter an ihnen vorbeischritt.

Das junge Ehepaar ging meist eng umschlungen durch den Innenhof oder die Ställe. Nur einmal fuhr Walter mit Elisabeth zum ehemaligen Hotel »Spitzenberg«.

Das einst weltberühmte Hotel war inzwischen eine »Napola«, eine National-Politische-Lehr-Anstalt geworden, in der viele Siegfrieds, Utes, Kunigundes, kleine Adolfs und viele, viele Horsts von »elfundneunzigprozentigen« Speziallehrerinnen und -lehrern ausgebildet wurden. Walter sollte hier während eines Mittagessens einen kleinen Vortrag halten.

Elisabeth war fasziniert von der luxuriösen Ausstattung dieser Schule. Dagegen war ihre Franckesche Stiftung eine wahre Müllhalde mit quietschenden Dielen, klapprigen Betten und wackelnden Stühlen.

Die Jugendlichen waren zwischen zwölf und achtzehn Jahre alt, wirkten aufgeschlossen, frisch, offen und frei und lauschten während des Mittagsmahles einem Vortrag ihres Mannes über Devisenpolitik, genauer über die Ungerechtigkeit des feindlichen Auslandes, ihre Währung an einen Goldpreis zu binden.

Niemand der Anwesenden wusste, dass die Gäste ein jüdisches Ehepaar aus Bleichrode waren.

Beim Abschied wünschte der Direktor Elisabeth und Walter eine gute Fahrt nach Berlin und übermittelte untertänigste Grüße an den Ministerialdirektor Willi Reich. Seufzend sagte er zu Walter, dass es doch schön sein müsse, in Kriegszeiten durch ganz Europa reisen zu können, als herrsche noch Frieden. Ob er denn auch schon einmal in England gewesen sei? Vage beantwortete Walter diese Frage mit dem launigen Scherz, das müsse die Politik ermöglichen, und hielt sich dabei nicht an die täglichen Kriegstreibereien des »Stürmers« und anderer Kampfblätter der Partei gegen England.

Für die Napola zahlte die Partei an die Hotelbetreibergesellschaft sehr viel Pacht, und die Verwaltung des Gutshofes, als Eigentümerin des Grundstückes und anteilig auch der Gebäude, kassierte mit. Ruth war vermutlich die einzige jüdische Miteigentümerin einer National-Politischen-Lehr-Anstalt.

Nach dem Ausflug auf den »Spitzenberg« sprach Ruth anderthalb Tage lang nicht mit ihrer Tochter, erst recht nicht mit ihrem Schwiegersohn, aber auch nicht mit Luise und Franz Weidler.

Otto Pfreimel, der auf den Hof geeilt kam, um von Elisabeth und Walter zu erfahren, wie es denn da oben zuginge, wurde von Ruth wütend aus dem Haus gewiesen.

Sie legte eine eindrucksvolle Trotzphase hin und sprach nur mit sich selber. Das aber sehr laut! Und nur Russisch und Polnisch! Sie benutzte dabei all jene wüsten Ausdrücke, die sie von Zelda in beiden Sprachen gelernt hatte. Ihre Selbstgespräche waren wohl ein Dialog mit ihrer vor vielen, vielen Jahren massakrierten Freundin. An diesen anderthalb Tagen hatte sie Heimweh nach der »guten, alten Zeit« und Sehnsucht nach Zelda.

Was Gretchens Verschwinden betraf, hatte Walter Roth nichts erreicht. Niemand schien etwas über ihren Verbleib zu wissen.

Gretchen wird 1943 offiziell für tot erklärt.

Vor Walters Abreise setzte sich Ruth dennoch im Speisesalon mit an den Tisch, aß aber nichts.

Als es dann um die Butterbrote für den Reiseproviant ging, stachelte sie Luise Weidler heimtückisch an, sie dick mit dem normannischen Weichkäse zu belegen. Diese milchige Plempe würde unter der strahlenden Mittagssonne der heißen Junitage 1940 im Cabriolet zerlaufen und furchtbar stinken.

»Sie sind mir manchmal ein ganz schönes Aas, Ruth!«, freute sich Luise.

Franz Weidler konnte Walter ebenfalls nicht leiden. Er klebte einen gut abgelagerten Harzer Käse, bestens versteckt, unter den Verteilerkopf des Motors. Diesen Gestank bekam Walter aus seinem Wagen nie mehr heraus. Bei seinen seltenen Besuchen beschwerte er sich fortan immer über seine stinkende »Schüssel«.

Elisabeth wusste von diesem Streich natürlich nichts. Ausflüge mit ihrem Mann unternahm sie nie mehr. Die Mama hatte es verboten, und außerdem roch der Wagen stark verwest. Sogar Kampf-Ganter Joseph rannte flügelschlagend vor dem Auto davon und versteckte sich hinter einem Misthaufen.

Über die Weihnachtstage 1941 kam Walter ein letztes Mal nach Bleichrode.

5

Im Februar gestand Elisabeth ihrer Mutter, dass sie schwanger sei.

»Jätlich?«

»Nein, richtig, Mutter! Der Sanitätsrat hat mich richtig untersucht. Ich muss dir ja nicht sagen, dass man in der Regel schwanger ist, wenn die Regel nicht mehr kommt.«

Ruth war bockig. »Wenigstens ist es ein Kind der Liebe. Aber sonst auch nichts.«

»Und, Mama, es ist Maßarbeit und nicht irgendwie so zwischen Tür und Angel gemacht. Immerhin bin ich lang genug verheiratet. Wurde ja auch mal Zeit.«

Ruth nahm ihre Tochter in die Arme und freute sich dann doch auf ihre neuen Aufgaben als Oma. Eine Bemerkung über das »Kind der Liebe«, das in Wahrheit doch »zwischen Tür und Angel« gemacht worden sei, konnte sie sich aber nicht verkneifen. Walter sei ja so gut wie nie dagewesen, und Elisabeth deswegen nur rein körperlich auf diesen Walter fixiert, sie sei sozusagen völlig unerfahren auf den ersten Mann in ihrem Leben hereingefallen.

Diese Unterstellung konterte Elisabeth mit der tollkühnen Lüge, sie habe bereits mit fünfzehn, auf der Latina, bei einem Turnlehrer ihre Unschuld verloren.

»Nun lüche mich nich an, dumme Sogge! Schön wär's gewesen, Elisabeth. Ich hätt's dir gegönnt. Was haste jetzt? Diesen Lumich!«

Eine quälend lange Zeit verkehrten Mutter und Tochter nur über die Weidlers miteinander. Von Bleichrode zwangsläufig isoliert, versuchten sich die beiden Frauen aus dem Weg zu gehen. Das war bei der Größe des Gutshauses, der Ställe und Scheunen und des riesigen Innenhofs eigentlich ganz leicht. Dennoch trafen sie sich alle fünf Minuten, um sich böse nicht anzublicken.

Dann legte sich Ruth wegen einer fiebrigen Erkältung ins Bett. Wortlos servierte Elisabeth brüllend heißen Ziegenmilchkakao. Wortlos schüttete Ruth das Gebräu in ihr Nachtgeschirr. Da mussten beide lachen, und Elisabeth legte sich neben ihre Mutter ins Bett. Eine Ansteckung musste sie nicht befürchten. Ruth war gar nicht krank. Ruth und Elisabeth schmusten ausgelassen miteinander, genauso wie sie es in den ersten zehn Lebensjahren von Elisabeth getan hatten. Bis Luise Weidler meldete, Bürgermeister Otto Pfreimel wünsche unverzüglich Ruth zu sprechen.

Er sitze unten in der Halle, mache ein Gesicht wie die grässliche Frau Jelawke beim Leichenwaschen und habe sogar eine Tasse Bohnenkaffee abgelehnt.

»Wir kommen!«, sagte Ruth und haute Elisabeth einen freundlichen Klaps auf den Popo.

»Unter vier Augen will er Sie sprechen, Ruth. Nicht mal mein Franz darf dabei sein«, sagte Luise pikiert.

Otto Pfreimel hatte eine große Aktentasche mitgebracht für sein wichtiges Gespräch. Seit fünf bis sechs Wochen hätten seine vorgesetzten Behörden ihn erneut mehrfach dringlichst aufgefordert, die Eigentumsverhältnisse des Rollschen Gutshofes neu zu überprüfen. Es gebe da so gewisse Hinweise, Gerüchte in Richtung »Judenvermögen«. Die letzten Briefe an ihn seien im Durchschlag an den »Bluthund Kurt Stöcker« nach Halle gegangen.

»Das ist man jo nich, jo nich gut«, sinnierte Ruth leise.

»Warum ist es jahrelang gut gegangen? Weil ich mich zurückgehalten habe. Paul Buschbach?«

»Bestimmt nich, Tinchen. Paul Buschbach liefert sich doch nicht selber ans Messer! Wenn der erst nach all den Jahren seine gezinkten Karten auf den Tisch legt, würden sie ihn wegen Kollaboration mit den Juden glatt an die Wand stellen ... mich übrigens auch und Weidlers ... und alle auf dem Gut und überhaupt in Bleichrode. Da geht was seinen bürokratischen Gang. Den können wir nicht mehr stoppen«, sagte Otto Pfreimel.

»Eine Überprüfung des Katasters in Ballenstedt?«

Pfreimel schüttelte den Kopf. »Schlimmer, Tinchen! Eine Betriebsprüfung bei der Pianofortefabrik Julius Hütterer in Leipzig. Dort ist man auf dich, als Großkundin, gestoßen.«

»So ein Unsinn! Die Flügel bestellst du doch über diese ›Kraft durch Freude‹-Organisation, Abteilung ›Melodie und Rhythmus‹. Die Gutsverwaltung spendet nur an euch! Das war doch deine Idee!«

»Ich hab dich immer gewarnt! Unsere ›Kraft durch Freude‹ hat mittlerweile elf Flügel vom Gut spendiert bekommen! Irgendwann musste das ja auffliegen! Jedenfalls sind die Finanzbehörden auf dich gestoßen. Lückenlos.«

Ruth besaß 1942 einunddreißig Flügel, die sie in einer eigens dafür errichteten und aufwendig beheizbaren Scheune lagerte. Über all die Jahre war ständig ein Klavierstimmer damit beschäftigt, die Instrumente zu pflegen. Hütterer-Flügel wurden mit Ausbruch des Krieges kriegszwangsbewirtschaftet und waren wichtige Devisenbringer. Schon vor dem Krieg, Anfang 1938, war ein Hütterer-Flügel in Amerika nicht unter fünfzigtausend Dollar zu erwerben gewesen.

Augenblickliches Handeln war dringlich geboten.

Diesmal hatte Otto Pfreimel die rettende Idee. Bevor noch Beamte aus Halle auf dem Rollschen Anwesen herumschnüffeln würden, wollte er kraft seines Amtes zur Tat schreiten. In seiner Aktentasche hatte er eine Dose Papierleim mitgebracht und die berüchtigten gelben Beschlagnahmungsformulare für enteignetes »Judengut«. Innerhalb einer Stunde klebten diese Zettel an allen wertvollen Möbelstücken, Teppichen, den zahlreichen Bildern und gerahmten Zeichnungen aus den wilden Zwanziger Jahren. Sie pappten auch auf den Türen, in den Ställen, Scheunen und im Kirschenkühllager und waren alle vom Bürgermeister gesiegelt.

Als Zeugen für diese Beschlagnahmeaktion zeichneten der Verwalter Franz Weidler und seine Ehefrau Luise gegen. Mit dem Aufkleben des besonderen Siegels für »wertvolles Kulturgut im jüdischen Besitz« wurde die Halle mit den Hütterer-Flügeln amtlich gesperrt. Das alles geschah in Absprache und mit Billigung von Ruth. Wegschaffen konnte man nichts mehr, und außerdem hätte sie das nicht gewollt. Sie musste die Flucht nach vorn antreten.

Pfreimel meldete per Kurier den Vollzug der Aktion und legte auch detaillierte, amtlich korrekte Listen des beschlagnahmten Vermögens bei. Ruth entwarf einen umständlich langen Brief für den Bürgermeister, in dem dieser erklärte, dass die Güter des Gutes zweifellos jüdisches Eigentum seien, die jüdischen Eigentümer hingegen sich vor Jahren unauffällig aus Bleichrode entfernt hätten. Die Bevölkerung Bleichrodes sei darüber sehr glücklich. Der Gutshof würde seit Jahren, wie bekannt, erfolgreich von dem Ehepaar Weidler bewirtschaftet. Aus ökonomischen und organisatorischen Gründen sei es empfehlenswert, keine Maßnahmen zu treffen, die den Ertrag des sehr kriegswichtigen Gutes schmälern könnten.

Einen zurückdatierten Sequester-Vertrag für die Verwaltungstätigkeit des Ehepaars Weidler fügte Pfreimel den Dokumenten bei.

Mit einigen gewagten Sätzen am Schluss des Briefes schaffte es Ruth, die Sache mit dem »Judengut« herunterzuspielen. Irgendwann sei das Ganze mal in jüdischem Besitz gewesen, formulierte sie, aber durch die Tüchtigkeit der Weidlers, der Mitarbeiter und der Aufmerksamkeit aller Bleichröder sei das Rollsche Gut gleichsam ein »arischer Volkshof« geworden.

»Tinchen, du musst mit deiner Tochter verschwinden! Die Kettenhunde werden meine Angaben überprüfen und hier zu elfundneunzig Prozent rumschnüffeln! Wegen deiner scheenen Bilder, der Möbel, der Teppiche – und vor allen Dingen wegen der Flüchel. Das weeßt du doch auch, zu elfundneunzig Prozent! Nimm die Elisabeth mit. Weidler und ich sorgen dafür, dass ihr nach Göttingen kommt. Dem Doktor Terjung haben die auch weitergeholfen. Und du bist doch mit denen sogar verwandt!« Er drehte sich seufzend um. »O ne, o ne, das Deutsche Reich ist nicht mehr sicher für euch beide!« Pfreimel hatte mit der Familie in Göttingen bereits ein vorsichtiges Telefonat geführt.

Ruth wollte ihren Hof nicht verlassen.

»Red doch keinen Schmonzes! Meint ihr, morgen tauchen eure Schnüffel- und Kettenhunde hier auf? Die sollen mal kommen! Da versteck ich mich eben!«

Traurig sagte Otto Pfreimel: »Vor unserer Bewegung, Tinchen, kann sich keiner verstecken. Gloob mir!«

Ruth versteckte sich aber doch.

Hinter Strohballen in der großen Strohscheune wurde ein Hohlraum geschaffen. Dort richtete sich Ruth mit Weidlers Hilfe behaglich ein. Die Tage verbrachte sie hinterm Stroh. Nur nachts verließ sie ihr Versteck und unternahm häufige Ausflüge zum Büchelberg, um den Zustand ihrer Plantage mittels einer Karbidlampe – deren helles Licht man meilenweit sehen konnte – zu überprüfen.

In den ersten Wochen ihres Strohexils erlebte sie, wie Recht Otto Pfreimel gehabt hatte: Die »Kettenhunde« schnüffelten im Hof und in den Häusern herum. Kurt Stöcker höchstselbst erschien mit vier schwarz uniformierten Ordonnanzen, von denen zwei Reichskulturbeauftragte waren, die sich um die Hütterer-Flügel-Scheune besonders kümmerten. Die SS-Leute klimperten auf den Instrumenten herum.

Stöcker entschied, dass sie, wegen der idealen Lagerung,

auf dem Hof bleiben sollten. Allerdings verfügte er, dass das deutsche Volk den Wohlklang dieser Instrumente zu hören bekommen sollte und Pianisten sich, je nach Bedarf, aus dem gewaltigen Fundus erlesenster Klavierbaukunst Flügel für Konzertreisen ausleihen dürften. Diese »Kraft durch Freude«-Flügel hielt Stöcker für eine kluge Investition des Gutsverwalters Franz Weidler.

»Typischer Österreicher, Weidler, was? Sie schaffen Werte mit Musik! Soso, Sie kommen aus Salzburg! Die Stadt von Mozart! Na ja. Sein Vater kam aus unserem Augsburg! Wissen Sie das, Weidler, was?«

Das wusste Weidler nicht, aber er erwiderte, dass der große Beethoven sein Deutschland für Wien aufgegeben habe, hingegen der Führer sein Österreich für Deutschland.

Stöcker fand den Rollschen Gutshof tiptop und beglückwünschte den Bürgermeister Pfreimel für die volkswirtschaftlich hochinteressante und kluge Entscheidung, aus diesem gewaltigen landwirtschaftlichen Besitz einen »arischen Volkshof« gemacht zu haben.

»Sie können ja nicht wissen, was das früher mal für ein Dreckshaufen gewesen sein muss, als die Juden hier reinheirateten. Dekadente Rassenschande!«, sagte er, und als er sich verabschiedete, versprach er, Bleichrode und das Rollsche Gut wohlwollend im Auge zu behalten. Alles sei auf Zack – bis auf drei magere Kühe.

»Reizlose«, »Schamlose« und »Milchlose« überlebten Kurt Stöckers Besuch. Sie überlebten auch das Deutsche Reich und für einige Jahre das, was danach kam. Nutzlosigkeit kann auch manchmal von Vorteil sein.

Ruth hatte aus ihrem Versteck das meiste mitangehört. Zum ersten Mal in ihrem Leben war sie mutlos.

»Wie soll es weitergehen, Franz, Luise? Wie lange soll es noch weitergehen? Wie verbringe ich meine Tage? Sagt mir das! Morgen ist das Übermorgen von gestern. Ich werd in diesem Strohkabuff verrückt!«

Niemand vermochte sie zu trösten.

Der schwangeren Tochter konnte Ruth ihr Versteck natürlich nicht zumuten. Unverzüglich nach Otto Pfreimels Besuch und der Beschlagnahmeaktion begab sich Elisabeth wieder in die Obhut der Diakonissen.

Eine Reise nach Halle war aber zu gefährlich. Straßen und Eisenbahnen wurden scharf kontrolliert. Deswegen radelte Elisabeth, einen Tag nach Pfreimels dramatischer Aktion, über Feldwege – und damit zumeist über eigenen Grund – nach Ballenstedt. Dort war ein Altersheim der Diakonissen aus Halle. Hier wurde sie aufgenommen und versteckt und hier gebar sie im September 1942 einen Sohn.

Auf Dauer war das Altersheim aber kein geeignetes und sicheres Versteck für Mutter und Kind. Die steinalten, zumeist gebrechlichen Diakonissen mussten von jungen Mädchen gepflegt und ständig betreut werden, es kamen also viele Fremde ins Haus, denen man nicht vorbehaltlos vertrauen konnte.

Die dreiundzwanzigjährige Elisabeth mit ihrem schreienden Baby wäre zweifellos irgendwann aufgefallen. So wurde beschlossen, dass die heimliche Übersiedlung in die Franckeschen Stiftungen nach Halle am ersten Weihnachtstag 1942 stattfinden sollte. Zu Weihnachten pflegten auch Blockwarte wie Paul Buschbach ihre Überwachungsverpflichtungen zu vernachlässigen. Dann sangen sie wie alle anderen Bürger Weihnachtslieder und delektierten sich an konfiszierten Gänsen.

Die Franckeschen Stiftungen und die angeschlossene Krankenstation würden Elisabeth vielerlei Möglichkeiten bieten, sich unauffällig nützlich zu machen. Für den heranwachsenden Sohn würde die Sache auch erträglich sein: Es gab genügend Spielgefährten in der Kinderstation und später im Kindergarten. Da könnte er in der Masse, sozusagen unauffällig, mittollen.

Am Tag nach Kurt Stöckers Inspektion erschienen Nazibeamte in Zivil und katalogisierten, archivierten und konfiszierten einen Großteil des beweglichen Mobiliars, wie

Teppiche, Möbel, die Bibliothek und Bilder. Sie erklärten das Anwesen als »entjudet« und stellten es unter Zwangsverwaltung.

Franz Weidler erhielt darüber sogar eine Urkunde. Der »arische Volkshof« wurde nun offiziell von einem gebürtigen Österreicher und neuen Reichsdeutschen, von dem »politisch verlässlichen Franz Weidler und seiner Gattin Luise« verwaltet.

Die Bürokraten suchten überall nach den Geschäftsbüchern. Sie fanden aber nichts, und die Weidlers versicherten, die Baronin sei seit vielen, vielen Jahren weg und habe nichts hinterlassen. Gewisslich keine Geschäftsbücher.

Trotzdem kramten Mitarbeiter der Reichsvermögensstelle und des Finanzamtes überall herum, um kleinere bewegliche Vermögenswerte wie Schmuck, hochkarätiges Tafelsilber oder Ähnliches zu finden. Als ihr Suchen nichts erbrachte, fühlten sie sich in ihrem Vorurteil bestätigt: »Die Juden schleppen alles mit«, und glaubten an Ruths Flucht vor vielen, vielen Jahren.

In Wahrheit hatte Ruth den Schmuck und das für sie noch viel kostbarere, winzige, ehemalige Kartoffelschälmesser, das »Hümmelken« für die Schattenmorellenveredelung, mitgenommen hinters Stroh. Dort standen auch die meisten Bilder und Zeichnungen ihrer Kunstsammlung. Die meisten Kunstwerke hätten die Beamten als »entartete Kunst« empört abtransportiert und vermutlich Schweizer Händlern gegen dringend benötigte Devisen verkauft.

Ruth schlief neben ihrem millionenschweren Kunstbesitz im Stroh und konnte die Kostbarkeiten nicht mal ansehen. Tagsüber war es ziemlich dunkel, und nachts durfte sie in ihrem Versteck kein Licht anmachen.

»Morgen ist das Übermorgen von gestern.«

Ruth wiederholte diesen Satz immer wieder, um zu ergründen, was die Gegenwart eigentlich wäre und ob es überhaupt noch eine Zukunft geben würde. An die Vergangenheit zu denken, sie mit schönen Erinnerungen zu veredeln –

nein, diese Flausen trieb sie sich aus dem Hirn. Weitgehend zur Untätigkeit verdammt, wurde sie trauriger und trauriger.

Auf Postkarten und in Briefen erkundigte sich Walter Roth bei den Weidlers nach Verbleib und Befinden seiner Elisabeth und seines Sohnes, ohne dabei irgendwelche Namen zu nennen.

Ruth ordnete an, Walter Roth in verklausulierter Form Antworten auf seine Fragen zu geben. Ihr Schwiegersohn hatte sogar eine Adresse. Auf dem Balkan, in der Stadt Mostar hatte er ein Postfach bei der Wehrmacht. War er vielleicht doch ein Teufelskerl, ihr jüdischer Schwiegersohn? Dieser Frage wollte Ruth nicht nachgehen. Sie fürchtete den Blutgeruch. Nein, er war sicher kein Teufelskerl, eher einer der Kerle des Teufels.

Auch unter den Diakonissen in den Franckeschen Stiftungen gab es unterschiedliche politische Fraktionen. Die eiserne Chefin der stramm antifaschistischen Garde war Mechthild. Trotz ihrer Durchblutungsstörungen von den Füßen aufwärts, ihrer zwanghaften Sucht, junge Mädchen zu unterjochen, schwenkte sie die Fahne der »Bekennenden Christen«. Sie, einige Lehrer und die meisten Pastoren der Franckeschen Stiftungen kümmerten sich, soweit es ihnen möglich war, um Verfolgte der Nazis. Mehr und mehr jüdische Kinder kamen in die Stiftungen, zunehmend auch Halbjuden.

Auf der anderen Seite gab es auch die deutsch-nationalen Diakonissen, die den Führer für gottgesandt hielten und das Hakenkreuz auf ihrem Gewand trugen. Sie grüßten ihre Schutzbefohlenen zwar immer mit »Heil Hitler!«, vernachlässigten aber niemals ihre oberste Christenpflicht – »Liebe deinen Nächsten« – bei ihrer Arbeit. Die deutschnationalen Protestanten ließen Elisabeth deutlich spüren, dass sie von Geburt her doch eher zu den »Untermenschen« gehörte.

Elisabeth machte sich nützlich. Vor allem half sie schulschwachen Schülerinnen und Schülern der Latina mit Englisch-, Französisch-, Latein-, Griechisch- und Mathematiknachhilfeunterricht locker über die Hürden der gnadenlosen Schulnoten des Elite-Instituts.

Den gemischten Chor aus BDM und HJ, den sie voller Freude und mitreißend geleitet hatte, musste sie allerdings bald an einen deutsch-nationalen Pastor und Musiklehrer abgeben. Elisabeth hatte mit teilweise tollkühnen Phrasierungen die Sängerschar auf dem Pianoforte begleitet.

Der neue Chorleiter legte ausschließlich auf Lautstärke wert und auf das Einhalten eines zackigen Vier-Viertel-Rhythmus. Das verschmockte Pianoforte wurde abgeschafft. Vier Pimpfe schlugen rhythmisch auf großen Trommeln den Takt, nach dem die Singschar – selbst bei den Proben in den Innenhöfen – auch noch marschieren musste. Selbst die deutsch-nationalen Protestanten beschwerten sich wegen des ruhestörenden Lärms und wünschten sich Elisabeth zurück.

Einzig wenn sie sich um ihren Sohn kümmern wollte, bekam Elisabeth Streit mit verschiedenen älteren Diakonissen, die nichts lieber taten, als den Jungen zu verwöhnen. Das ging einmal sogar so weit, dass es in einer Teeküche zwischen zwei älteren Diakonissen zu einem heftigen Wortwechsel darüber kam, wer von beiden dem vierzehn Monate alten Kind das Fläschchen geben dürfe. Aus dem Wortwechsel wurde eine Streiterei, schließlich sogar ein Handgemenge, in dessen Verlauf der Topf mit der überkochenden Milch vom Ofen auf Elisabeths Sohn fiel. Verbrennungen dritten Grades auf Ober- und Unterbauch waren die Folge. Beide Diakonissen schrien um Hilfe, und das Kind kam für mehrere Wochen auf die Krankenstation.

Die beiden Diakonissen wurden von Mechthild in die Lagerkeller für Lebensmittel und insbesondere in die Abteilungen für Eingemachtes kommandiert und mussten über alle Konserven eine Registratur anfertigen.

Für den Rest seines Lebens war Elisabeths Sohn gezeichnet: Zwei hässliche Narben verunstalteten seither seinen Körper.

In ihrem Schlafstroh versteckt, langweilte sich Ruth, zur Untätigkeit verdammt, Ödeme in beide Beinen an.

Sie war 47 Jahre alt und bei einer Körpergröße von einem Meter sechsundfünfzig schwankte ihr Gewicht zwischen 160 und 170 Pfund. Aus dem kleinen achtzehnjährigen Pummelchen war eine ziemlich dicke, kleine Frau geworden. Ihr hohes Gewicht hatte aber bisher keine gesundheitliche Gefahr bedeutet, denn ihm hatte immer eine erhebliche Motorik entgegengestanden. Jetzt hatte sie wegen Bewegungsmangels Wasser in den Beinen und haderte – wie immer, wenn sie etwas nicht selbst bestimmen konnte – lautstark mit jedem, der von ihrem Versteck wusste und sie besuchte.

Das waren vor allem das Ehepaar Weidler und gelegentlich der Bürgermeister Otto Pfreimel und der steinalte, kriegsuntaugliche Sanitätsrat Helbrandt. Der brave alte Doktor konnte gegen ihre Wasserbeine nichts ausrichten, und der Bürgermeister vermied es, nachdem er sich wochen- und monatelang ihre Nörgelei hatte anhören müssen, die aufgebrachte Kirschenkönigin überhaupt noch aufzusuchen.

Die Weidlers aber waren geduldig. Nach Einbruch der Dunkelheit achteten sie streng darauf, dass ihnen die Baronin nicht auf den Büchelberg stiften ging. Doch kurz vor der Kirschenernte im Jahre 1943 hebelte Ruth so lange mit einem Brecheisen an der Rückwand der Scheune herum, bis sie ein Brett zur Seite schieben und ihren dicken Körper durch die entstandene Öffnung zwängen konnte.

Auf dem fernen Büchelberg sahen die Weidlers das strahlende Licht einer Karbidlampe, deren Helligkeit wie der Lichtbogen eines Flakscheinwerfers wirkte. Mit dem Fahrrad fuhr Franz Weidler seiner Herrin hinterher und entwand ihr erst mal den Beleuchtungskörper. Auf verschlungenen Umwegen »geleitete« er sie dann wieder in ihr Versteck.

Während des Heimweges fluchte Ruth unentwegt auf Polnisch und Russisch und wurde, wegen der ungewohnten Bewegung und des lauten Redens, so kurzatmig, dass sie sich in ihrem Strohversteck auf ihren Lieblingssessel fallen ließ und so bedenklich hyperventilierte, dass Weidler seine Frau zum Sanitätsrat Helbrandt schickte.

Sogleich erholte sich Ruth und ging auf den getreuen Franz los. »Sie ... Sie ... Sie ... Gendarm! ... Sie ... Sie ... Paul Buschbach!«, schrie sie und griff nach einer Mistgabel. Der alte Herr entwand ihr das Werkzeug und verpasste ihr eine machtvolle Ohrfeige.

»Entschuldigung, Baronin.«

Ruth ging zu ihrem Bett. Angezogen legte sie sich auf die Tagesdecke. Weidler entnahm einer Truhe ein Kaschmirplaid, deckte Ruth sanft damit zu und knipste die einzige, mit einer Acht-Watt-Birne versehene Lampe in dem »Schlafsalon« hinterm Stroh aus. Sorgfältig stapelte er die Strohballen wieder in den Eingang zum Versteck und schickte Sanitätsrat Helbrandt nach Hause.

Am nächsten Morgen servierte er Ruth ein opulentes Frühstück: Rühreier mit Champignons und Schnittlauch, eine Melange von Luise und wundervoll zarte Brioches mit Butter und Sauerkirschkonfitüre. Ruth nahm ihr Frühstück schweigend an dem kleinen Esstisch ein. Franz setzte sich auf den zweiten Stuhl und lächelte sie an.

»Wie soll das weitergehen, Franz? Ich werd verrückt.« Sie deutete auf einen Stapel mit vielen Büchern. »Nur lesen, Franz? Ich lese schon nicht mehr. Ich lerne sie auswendig. Automatisch. Einfach so.«

»Das war immer so, Ruth. Alles, was Sie gelesen haben, haben Sie sich gemerkt. Wortwörtlich. Bemerkenswert.«

»Jetzt merke ich mir aber auch schon jeden Quatsch. In einem dieser Schmöker steht: ›Morgen ist das Übermorgen von gestern.‹ Ich denke immer über diesen Satz nach. Schon seit Monaten. Ich werd meschugge. Ich hab nicht nur Wasser in den Beinen, sondern auch schon im Kopf. Ich lebe hier in den Tag hinein, und meine Gedanken gehen im Kreis, wie die Tage – gestern, vorgestern, morgen, übermorgen. Entschuldigen Sie, dass ich Sie gestern mit der Mistgabel angreifen wollte. Es war meine volle Absicht und ich bei gutem Verstand. Ich war zurechnungsfähig, und deshalb entschuldige ich mich auch.«

Weidler hatte Ruth zugehört und sie ruhig mit seinen kleinen, listigen Augen angeguckt, weil er ahnte, dass sich hinter Ruths Geschwätz noch etwas anderes versteckte. Er schmierte ihr eine Brioche mit Butter und Marmelade. Ganz langsam und ganz zart. Er schnitt daraus auf einem Teller kleine Dreiecke und schob Ruth ein Stück in den Mund. Sie lächelte Franz dankbar an und kaute.

Durch Oberlichter im Dach der Scheune fielen die Sonnenstrahlen auf Ruths faltenfreies, rundes Gesicht. Sie sah aus wie ein junges Mädchen und zauberte, während sie dankbar Weidlers Hand streichelte, der ihr das zweite Marmeladendreieck in den Mund schob, ein unschuldiges Glitzern in ihre hellblauen Augen.

»Ruth, vertrauen Sie einfach dem heutigen Tag und fürchten Sie nicht, was morgen kommt. Bisher haben wir verdammt viel Glück gehabt.«

»Meine Ungeduld ist mein Unglück, lieber Franz. Sie haben völlig Recht. Aber was bin ich hier? Rastlos untätig.«

Diesmal nahm Ruth ein Marmeladendreieck und schob es dem Weidler in den Mund.

»Franz, ich hab da so eine Idee ...«

Gedankenverloren griff sie in das Körbchen neben dem Frühstück, das Franz Weidler ihr mitgebracht hatte. Unreife, aber immerhin schon hellrosafarbene, ausgewählte Früchte von verschiedenen Sorten der Schattenmorelle und Blätter von unterschiedlichen Bäumen lagen darin. Ruth wollte immer auf dem neusten Stand sein, was ihre Kirschen betraf. Sie kaute auf den Früchten herum, untersuchte die Blätter, grunzte, grummelte, schmatzte und gurrte wie eine Taube. Sie vermied den Blickkontakt mit Franz. Der saß bolzengerade auf dem Stuhl und spielte das Kaninchen, das sich von der Schlange nicht hypnotisieren lässt.

»Erinnern Sie sich noch an 1929? Unser schönes Fest?«

»Baronin, 1929 waren die Zeiten schlimm. Das Fest war großartig. Aber jetzt sind die Zeiten noch schlimmer. Hoffnungsloser. Nur wir hier, in Bleichrode, merken von alledem mal wieder nichts. Das ist eine Gnade, Ruth. Bitte, haben Sie keine Idee! Wieso fragen Sie nach 1929?«

»Franz, ich habe beschlossen, hier, in meinem Stroh, Schnaps zu brennen. Ich persönlich. Einen Edelbrand aus der Weichselkirsche.«

Weidlers Stuhl polterte auf den hölzernen Boden der Scheune. Er kämpfte sich durch die Strohballen, stieß unartikulierte, nicht verständliche, österreichische Laute aus und donnerte den einen Scheunentorflügel mit aller Macht zu. Ruth lächelte nur und nahm ein Buch von ihrem Bett. Es war ein kostbares antiquarisches Buch, das letzte Geschenk von Gretchen, bevor sie Berlin für immer verlassen hatte. In diesem Werk wurde umständlich, in einer Mischung aus Mittelhochdeutsch, Latein und Küchenlatein, das Brennen von Obstschnäpsen beschrieben. Vergangene Nacht, als Ruth nicht schlafen konnte, hatte sie einen Wollschal über die Acht-Watt-Birnen-Lampe gehängt und die äußerst verschrobene, hochkomplizierte Destillieranleitung aus dem alten Schmöker als die neue Herausforderung für ihr Schattendasein hinterm Stroh erkannt. Sie wollte wieder etwas tun, und sie würde durchsetzen, was sie wollte.

Mittags kam Franz Weidler mit dem Mittagessen. In einer Terrine servierte er die einzige Suppe, die Ruth nicht ausstehen konnte: Graupensuppe mit Kartoffel-, Möhren- und Rindfleisch-Einlage.

»Lecker«, log Ruth und löffelte die Pampe genauso diszipliniert in sich hinein wie den »Gehakelten Hering« zur Hochzeit von Elisabeth.

Dann musste sich Weidler einen längeren Vortrag über die Wohltaten des Alkohols anhören, der von Theophrastus Bombastus Paracelsus, über die Araber und die Alchimisten führte und mit den Sätzen endete: »Wissen Sie, Franz, eigentlich genügt es zu wissen, dass Alkohol beim Vergären zuckerhaltiger oder in Zucker überführter, stärkehaltiger Stoffe entsteht. Ich werde Äthanol, Spiritus, Sprit oder Weingeist aus Schattenmorellen und möglicherweise einer Prise Zucker produzieren, weil unter Umständen die Schattenmorellen zu wenig Eigenzucker besitzen. Das wird man aber sehen.«

»Wie werden Sie den produzieren, Ruth? Und wo?«

Ruth drückte Weidler wortlos einen Bleistift in die Hand und reichte ihm eine Schreibkladde. Sie forderte ihn auf, sich einige Notizen zu machen, da sich ihre Gedanken womöglich wie Alkohol verflüchtigen würden, man sie aber mit Hilfe von Weidlers Protokoll jederzeit wieder abrufen könne. Vom Grundsätzlichen über den Alkohol komme sie jetzt zu den Details der Herstellung.

Weidler hörte zu und schrieb und schrieb. Gegen drei Uhr nachmittags hatte er die halbe Kladde vollgeschrieben und mehrere Zeichnungen von Ruths Hand erhalten. Anhand des alten Buches hatte sie eine komplette Destille entwickelt. Die räumlichen Schwierigkeiten ihres Verstecks hatte sie dabei genial berücksichtigt. Auch für die nicht unbeträchtliche Dampfentwicklung aus einer versteckten Brennerei, von einer versteckten Jüdin betrieben, hatte sie eine Lösung: Sie orderte bei Weidler einen Kupferkessel, einen Sudofen, der mit rauchlosem Holzgas betrieben werden könnte, so wie die meisten Privatautos. In Ermangelung von Benzin wurde harzhaltiges Holz verfeuert. Diese Holzgasöfen rauchten nur geringfügig. Eigentlich gar nicht. Deswegen konnte Ruths Plan überhaupt funktionieren – ein rauchloser Ofen in einem Versteck in einer Scheune war die Voraussetzung für die Heimdestillation von Kirschbrand.

Weidler schwirrte der Kopf. Um vier Uhr durfte er das Versteck verlassen. Unverzüglich ging er zu Otto Pfreimel und unterrichtete ihn von »Tinchens«, wohl auf Klaustrophobie zurückzuführende, verminderte Zurechnungsfähigkeit.

Pfreimel dachte nur kurz nach und reagierte überraschend, nicht wie Franz es erwartet hatte. Seit Jahrzehnten »schwarzschlacht-erprobt«, fand der Bürgermeister Ruths Plan nicht nur ausgekocht gut, sondern auch durchführbar. Die logistische Vorbereitung mit dem holzgasbetriebenen Sudkesselofen trug eindeutig die umsichtige Handschrift seiner alten Freundin.

Pfreimel besorgte die meisten benötigten Utensilien schnell: bei einem Apotheker die Gaskolben und Gummischläuche. Ein Spengler aus dem fernen Dessau hämmerte aus kupfernen – daher verbotenen – Dachrinnen die notwendigen Trichter und konisch zulaufenden Röhren für die Destille. Kein Zulieferer wusste vom anderen, und keiner wusste, wofür und vor allen Dingen für wen er arbeitete. Nur das in Spiralen verlaufende Kupferrohr für die Kühlung der Destillate war nicht zu beschaffen. Kupferrohre waren vor langer Zeit schon für den »Endsieg« eingeschmolzen worden.

Ruth bedankte sich keineswegs bei Otto Pfreimel, als er ihr einige der Gerätschaften brachte. Sie machte ihm im Gegenteil bittere Vorwürfe, weil es ihm, dem Bürgermeister mit den fragwürdigsten Beziehungen, nicht einmal gelinge, zirka sechs Meter dünnes Kupferrohr zu organisieren.

Und schon wieder hatte sie eine Idee und die Lösung: Beide gutseigenen Traktoren waren seit 1940 wegen Treibstoffmangels außer Dienst gestellt. Für den Kriegseinsatz waren sie nicht konfisziert worden, weil sie entschieden zuviel Kraftstoff verbraucht hätten. Es waren amerikanische Produkte, Mitte der Zwanziger Jahre gebaut und daher äußerst langlebig. Die Brems- und Kraftstoffleitungen in beiden Traktoren bestanden aus Kupferrohren. Das war's!

Weidler schraubte die Traktoren auseinander und entzog sie damit endgültig einem möglichen späteren Kriegseinsatz.

Schon in der Ernteperiode 1943 funktionierte Ruths Heimdestille. Zur Befeuerung des Holzgasofens wurde nur handverlesenes, wertvolles Buchen- und Eichenholz verwendet. Tag und Nacht destillierte Ruth die Schattenmorellen-Maische. Fruchtnachschub war für lange Zeit durch die gutseigene Kühlhauslagerung gesichert.

Die ersten Destillate waren, mangels Erfahrung aller Mitwirkenden, noch von zweifelhafter Qualität und mussten drei- und viermal nachgebrannt werden. Der alte Sanitätsrat lieferte wissenschaftliches Hintergrundwissen für eine verbesserte Qualität. Ruths Beine waren längst wieder schlank. Das Strohversteck durch Herausnahme vieler Strohballen vergrößert. Eine Brennerei mit Schlafgelegenheit war entstanden. Und Ruth war wieder in ihrem Element, wollte nur alllerhöchste Qualität.

Sie probierte, experimentierte und ärgerte sich wochenlang über Trübungen ihrer Brände. Ihre ersten Destillate aus mit Zucker angereicherter Fruchtmaische waren sehr unbefriedigend. Auch das mehrfache Nachbrennen verbesserte den Stoff nur unwesentlich.

Leckerer waren da schon die Ergebnisse aus entkernten Schattenmorellen, erfüllten aber dennoch nicht Ruths hohen Anspruch. Der wohl vorbereitete Versuch, aus den unentkernten Kirschen Spitzenqualität zu erzeugen, geriet zum herben Rückschlag. Dieses Destillat war eine Spirituose an der Grenze zur Ungenießbarkeit, sagten die Männer, denn Ruth hatte von Schnapsqualität ebenso wenig Ahnung wie vom Klavierspielen. Ein Leben lang hatte sie keinen Alkohol angerührt. Nicht mal den Obstwein des Gutshofes aus Schattenmorellen, den Luise Weidler Jahr für Jahr in Ballongärung herstellte.

Dennoch konnten alle Erträge aus den Versuchen auf dem Schwarzmarkt hervorragend abgesetzt werden. Der Fusel wurde gegen Geld und Naturalien diskret von Weidler vertrieben. Die Erträge, wie immer, gerecht unter die Bleichröder verteilt.

Nahrungsmittel unterlagen längst einer strengen Zwangsbewirtschaftung. Offiziell konnte Weidler die Bleichröder an den Erträgen des Gutes nicht mehr im gewohnten Umfang teilhaben lassen. Jetzt würde alles anders, besser werden. Ruth hatte eine Obstbrand-Schnaps-Schattenwirtschaft gegründet.

Auch Paul Buschbach und sein brauner Gossentrupp kauften den Fusel und bezahlten immer mit Tauschware – mit konfiszierten Gänsen, Hühnern, Kartoffeln und Würsten.

Luise und Franz Weidler, Bürgermeister Pfreimel, Sanitätsrat Helbrandt verkosteten alle Destillate und fanden sie immer besser. Dennoch hatte Ruth das Gefühl, man schwindele sie an, nur um sie ruhigzustellen. Deswegen wollte sie sich auf die Geschmacksnerven ihrer Mitwisser nicht mehr verlassen, und die Abstinenzlerin verkostete anlässlich der Weihnachts- und Chanukka-Feier 1943, hinterm Stroh, ihren eigenen Brand. Das tat sie dann regelmäßig.

Aber erst die feine Zunge des Sanitätsrats, der – weit gereist – hochwertige Spirituosen gekostet hatte, brachte den Durchbruch zur Spitzenqualität. Die Maische bestand jetzt aus einer Mischung aus entkernten Kirschen und der Zugabe von gerösteten, leicht angetrockneten Kernen, und sie wurde doppelt gebrannt. Das Ergebnis kam einer Sensation gleich.

Das Aroma erinnerte den Sanitätsrat an die hohe Qualität eines ungarischen Brandes aus der weltberühmten Obstbranddynastie Zwick. Helbrandt betonte, dieses »Edelstöffchen« sei in Friedenszeiten pro Schnapsgläschen in der gehobenen Gastronomie mit acht Reichsmark teurer gewesen als ein ganzes Diner im »Hotel Adlon«.

An die Preise des »Adlon« entsann sich Ruth sogleich. Ergriffen und überrascht fragte sie, ob acht Reichsmark für ein Gläschen nicht eine Übertreibung seien? Alle Anwesenden fanden das auch.

»Herrschaften, natürlich impertinent teuer, acht Reichsmark für ein Gläschen – ein ›Stamperl‹, Weidler, würden Sie sagen –, aber dieser Kirschenbrand war sein Geld schon wert«, schnalzte Sanitätsrat Helbrandt mit der Zunge.

»Und so gut ist der Stoff, den ich jetzt gemacht habe?«, fragte Ruth stolz und lachte leicht betrunken.

Auf dem Schwarzmarkt setzte sich Ruths Spitzenprodukt nicht besser durch als die mindere Ware zuvor. Aber selbst 1944, in den schlimmsten Zeiten des Krieges, gab es immer noch eine Bonzengesellschaft, für die Qualität unverzichtbar war und die wusste, wie Luxusgüter zu beschaffen waren.

Irgendwann bekam auch Kurt Stöcker eine anonyme Flasche aus Ruths Produktion auf den Tisch. Stöcker und seine Kollegen in Magdeburg, Dessau und Erfurt erkannten sofort, was sie da in der Hand hatten, und das nicht nur, weil Ruths Obstbrand lecker schmeckte, sondern weil man mit ihm auch hochwertige andere, rare Wirtschaftsgüter eintauschen könnte. Auch für einen mächtigen Mann wie Stöcker zum Beispiel war Benzin nicht unbegrenzt zu haben. Für eine Flasche von diesem Obstler könnte er bei einem Nachschuboffizier der Wehrmacht mindestens fünfzehn Liter Benzin eintauschen.

Stöcker beschloss also, der Spirituosenstrecke zu folgen, um an größere Mengen dieses edlen Stoffes zu gelangen.

Im Sommer 1944 erschien Stöcker mit mehreren hochrangigen Beamten in Uniform auf dem entjudeten Gutshof. Die Quelle war durchgesickert. Aber Stöcker ahnte nicht, wer sie am Sprudeln hielt.

Franz Weidler nahm die Schwarzbrennerei auf seine Kappe. In Stöcker fand er einen loyalen, kooperationswilligen Mitwisser. Ruth versorgte Stöcker und seine Blutsbrüder vorrangig. Nahezu ein Drittel ihrer gesamten Produktion ging nach Halle an den »Hof« der Zivilverwaltung Kurt Stöckers. Die Gestapo-Dienststelle in Magdeburg schickte drei ihrer besten Beamten nach Bleichrode. Die kauften auf einen Schlag fünfzig Liter.

Auch die Lehrerinnen und Lehrer der National-politischen-Lehr-Anstalt delektierten sich an dem Schnaps, sie hatten kaum noch etwas zu tun. Die Jungen über sechzehn Jahre waren längst an der Ostfront, und die Jüngeren suchten ihr Heil in der Flucht zu Mutter und Vater, was den meisten dank Otto Pfreimel, Weidler und vielen anderen aus Bleichrode auch gelang. Ende 1944 gab es keinen einzigen Schüler mehr im ehemaligen Hotel »Spitzenberg«.

Mit der Bildung eines Brückenkopfes bei Nordheim an der Leine und mit massiven Panzervorstößen begann am 9. April 1945 der amerikanische Angriff auf die »Harzfestung«.

Deutsche Truppen der 11. Armee hatten in den Bergen

des Harzes eine Widerstandslinie aufgebaut. Der friedliche Harz wurde plötzlich ganz wichtig: Fiel der Harz, war der Weg nach Berlin frei und Deutschland endgültig verloren. Siebzigtausend Mann sammelten sich zur entscheidenden Schlacht. Dieses letzte Aufbegehren war ebenso sinnlos wie für die Amerikaner unerwartet.

Am 18. April griffen sie den Brocken, den höchsten Berg im Harz, an. Zweihundert deutsche Soldaten verteidigten das Deutsche Reich vergeblich. Mit der Eroberung des Brockens war der Harz gefallen. Am 19. April kamen die Amerikaner auch nach Bleichrode. Auf dem Fachwerk-Rathaus flatterte die amerikanische Flagge »Stars and Stripes«.

Die Amerikaner hatten den Krieg gewonnen, Bleichrode übernommen und benahmen sich keineswegs wie Befreier, vielmehr beschlagnahmten sie zunächst mal alles und stellten alles ab – das Wasser, den Strom und das für die damaligen Verhältnisse hochmoderne Klärwerk Bleichrodes. Zwei Tage nach der Befreiung stank der Luftkurort zum Himmel.

Noch bevor die ersten Ami-Panzer durch Bleichrode gerollt waren, hatte Ruth ihr Versteck verlassen. Der von Paul Buschbach angeführte »heroische Volkssturm« hatte feige keinerlei Widerstand geleistet, sondern war abgetaucht. Alle Bleichröder waren darüber sehr froh.

Ungefähr dreißig Soldaten und vier Vorgesetzte waren die Besetzer Bleichrodes. Als Erstes wurden alle Männer vor dem Rathaus zusammengetrieben. Es galt herauszufinden, wer Nazi war und wer nicht, und es ging vor allem um Otto Pfreimel. Doch der Bürgermeister, nach dem die Amerikaner so dringlich fahndeten, war verschwunden.

Otto hatte mit Ruth das Versteck getauscht und bibberte – wesentlich nervenschwächer als Ruth in all den Jahren – in der Strohkatakombe.

Ruth von Roll durfte wieder das sein, was doch alle Menschen sein sollten: ein freier Mensch! Und sie begann sich sofort über die Maßnahmen der Befreier mächtig zu ärgern: kein Strom, kein Licht, kein Wasser und dann auch noch der unerträgliche Gestank aus dem Klärwerk – das waren genug Gründe für die Baronin, sich lautstark an die Spitze des Unbehagens und Protestes gegen diese unvernünftigen amerikanischen Übergriffe zu setzen.

Vom Gutshof stiefelte sie wütend in Richtung Rathaus. Gücklicherweise begleitete sie Tochter Elisabeth bei ihrem Protestmarsch, die mit ihrem dreijährigen Sohn gleich wieder nach Bleichrode gekommen war.

Ruth wurde selbstverständlich nicht vorgelassen. Auf dem Rathausplatz filzten Soldaten verdächtige Bleichröder Männer.

Unter diesen stand auch Franz Weidler. Vom Feld weg hatten sie ihn und einige landwirtschaftliche Helfer vor das Rathaus getrieben. Als Ruth das sah, geriet sie außer sich. Kein gepflegter, sondern ein ehrlicher, echter, unkontrollierter Wutanfall war die Folge. Sie schrie die zwei wachhabenden Soldaten am Rathausportal auf Deutsch, mit ihrem unvergleichlichen Dialekt, an.

Die beiden bekamen es wohl mit der Angst zu tun und steckten die Bajonette auf ihre Gewehre. Ein lässiger Amerikaner kam aus dem Rathaus geschlendert und betrachtete die tobende kleine Frau. Ruth stürmte sogleich auf ihn los und bedrängte ihn mit ihren seltsamen Geräuschen. Angewidert schaute er auf Ruth herunter. Gelangweilt.

Das Einzige, was Ruth an diesem Rüpel auffiel, war sein mahlender Unterkiefer. – Von Kaugummi hatte sie noch keine Ahnung. Und dann trug der Kerl auch noch eine Sonnenbrille, sodass man ihm noch nicht mal in die Augen schauen konnte.

Der Amerikaner kaute, Ruth guckte, Elisabeth zerrte hinterrücks an der Bluse ihrer Mutter, bis die sich zu ihr umdrehte.

»Elisabeth, ich habe jätlich das Gefühl, dieser Trolljack versteht mich nicht! Du, der kann noch nicht mal Deutsch!«

Erneut musterte sie den unmilitärisch lässig lungernden, kauenden Kerl von oben bis unten und entdeckte am Kampfanzug ein Namensschild: »Jeff Swinarski«.

»Du, Elisabeth, guck mal! Das ist ein polnischer Amerikaner! Jeff Swinarski! Ein polnischer Amerikaner! Der kriegt jetzt was zu hören!«

Ruth holte tief Luft und brüllte alles, was sie schon auf Deutsch als Schimpfkanonade herausgeschleudert hatte, nunmehr auf Polnisch über den Platz. Elisabeth wusste, dass sie ihre Mutter nicht mehr stoppen konnte, blickte sich um und sah, wie Franz Weidler ängstlich die Schultern hochzog und – bebend vor Angst – das Schlimmste für seine Baronin befürchtete. Elisabeth hatte auch Angst. Beide hatten sie Recht.

Der Sergeant Swinarski, der auch kein Wort Polnisch konnte, gab den beiden Wachsoldaten knapp die Anweisung, diese »fette Nazischlampe« auf der Stelle festzunehmen.

Dank der ausgezeichneten Englischlehrerin in den Franckeschen Stiftungen konnte sich Elisabeth für ihre aufgebrachte Mutter und überhaupt für die ganze ungastliche Behandlung der Amerikaner durch die Bevölkerung Bleichrodes und listig auch für den entsetzlichen Kloakengestank, der über dem Ort hing, wortreich entschuldigen. Blitzschnell lud sie den Sergeanten Swinarski zu einem Kirschschnäpschen auf den Gutshof ein.

Swinarski war überwältigt, verdattert, schaute die schlanke, sehr hübsche Frau an und sagte nur knapp: »Yes, damned!«

Ruth war sehr stolz auf ihre Elisabeth – eindeutig hatte sie mehr Gene von ihr als von Albert. Und Elisabeth fragte den Sergeant schnell noch, ob es ihr gestattet sei, alle Bleichröder Männer wieder nach Hause zu schicken. Diese Rumsteherei würde doch nichts bringen.

»Yeah!«

»Wir sollen alle wieder nach Hause gehen! Männer, macht das! Hört mal zu: Die Parteigenossen unter euch verstecken sich besser für eine Zeit irgendwo im Keller oder sonstwo. Alle anderen gehen wieder an die Arbeit!«

Erleichterung bei den Bleichröder Männern. Einige fragten Weidler, woher die Baronin so plötzlich komme? Und die Elisabeth? Vor Jahren seien die doch geflüchtet?

»Nun sind sie wieder da. Gott sei Dank!«, antwortete Weidler.

Der Lebensmittelhändler hakte nach und begehrte zu wissen, ob an den Gerüchten, die Baronin habe die ganze Zeit in einer Strohscheune versteckt gelebt und dort den Schnaps gebrannt, etwas dran gewesen sei? Weidler tat verdutzt, als er zurückfragte, ob es denn so ein Gerücht gegeben habe?

»Mehr als das!«, beteuerte der Kaufmann sehr ernst. Seine Bekannten und er selber seien sich absolut sicher gewesen, obwohl sie alle nichts Genaues gewusst hätten. Die Kirschenkönigin habe doch niemals den Ort verlassen. Höchstens mal bis Ballenstedt oder nach Quedlinburg sei sie gefahren. Schließlich fragte er ohne Arg, ob das Gerücht von der jüdischen Herkunft der Baronin denn stimme? »Franz, ist die wirklich ein Itzig?«

»Und wie!«, knurrte Weidler.

»Also dafür war sie aber immer sehr anständig. Gibt wohl auch Ausnahmen unter denen«, sagte der Lebensmittelhändler, ging zu seinem Laden, stieg in seinen Keller, überprüfte dort die versteckten Vorräte und erfreute sich an Teppichen, Silberbesteck, Porzellan und Schmuck, die er während der Kriegszeiten gegen Lebensmittel eingetauscht hatte.

Swinarski erschien in Begleitung zweier Soldaten auf dem Rollschen Gut. Neugierig schaute er sich dort um. Elisabeth hatte Tee zubereitet und servierte ihn im Großen Salon. Entschieden lehnte Swinarski den Tee ab. Einige Tage zuvor hatte er an einer Filmvorführung der Truppenbetreuung teilgenommen und einen neuen Cary-Grant-Film gesehen: »Arsen und Spitzenhäubchen«. Die kleine dicke Frau erinnerte ihn an eine der Mörderinnen aus dem Kinofilm.

Am Schattenmorellenschnaps schnupperte er, steckte den Zeigefinger rein, leckte daran, fand ihn okay und trank mit seinen Untergebenen undiszipliniert sogleich zwei Flaschen leer. Der beständig quäkende Dreijährige wurde mit amerikanischer Schokolade vollgestopft.

Der Sergeant war von dem, von den Nazis zwar ausgeplünderten, aber immer noch hochherrschaftlichen Haus, sehr beeindruckt, und als Elisabeth beiläufig fallen ließ, dass es sich bei der kleinen, wütenden Dicken um eine leibhaftige Baronin handele und sie selber demzufolge eine Comtesse sei, befahl Swinarski seinen Begleitern, ja nichts zu klauen.

Für den Rest des Nachmittags bemühte er sich, sein breites Yankee-Englisch sprachlich vornehm zu färben, und stellte seine heftigen Flirtversuche mit Elisabeth sogleich ein.

Zum Abschied griff er vergeblich nach Ruths Hand, um die zu küssen. Die Baronin verweigerte sich vornehm. Aus Filmen wusste er, dass Deutsche immer einen Diener machen und die Hacken zusammenschlagen. Das tat er dann auch. Doch bevor er ging, bestellte er Elisabeth für den nächsten Tag aufs Rathaus. Sie sollte mit ihrem vorzüglichen Englisch den Amerikanern bei sprachlichen Problemen mit den Deutschen helfen.

Am Abend brannte in Bleichrode das Licht, das Wasser lief aus der Leitung, und die Kläranlage nahm ihren Betrieb wieder auf.

Am nächsten Morgen erschien Elisabeth pünktlich im Rathaus. Da war der Sergeant Swinarski aber schon nicht mehr da.

In der Amtsstube Bürgermeister Pfreimels wurde sie in fließendem Deutsch von Colonel Isaac Stone begrüßt. In der Nacht war die amerikanische Besatzervorhut abgerückt und nach Harzgerode weitergezogen, um dort auch zu entnazifizieren.

Isaac Stone war Jude und hasste alles Deutsche. Ursprünglich stammte seine Familie aus Bayern. Alle seine Verwandten waren von den Nazis umgebracht worden. Ohne Umschweife verlangte er von Elisabeth die Herausgabe des Nazi-Bürgermeisters Otto Pfreimel. Wie selbstverständlich unterstellte er, dass Elisabeth Kenntnis von seinem Aufenthaltsort habe.

Wortlos legte Elisabeth dem Colonel ihren Pass vor. Nach 1935 mussten Juden ihren Pass ständig mit sich führen. Auf jede Seite war in einem aufdringlichen Grauviolett ein Judenstern gedruckt.

Nun bot Colonel Stone der Deutschen mit einer ruhigen Handbewegung den Besucherstuhl an. Elisabeth setzte sich. Nach einem unerträglich langen Blickwechsel fragte der Colonel, warum Elisabeth überhaupt noch lebe. Sie und ihre Mutter und auch ihr kleiner Sohn. Er erinnere sich, dass er von der tollwütigen Baronin in der Nacht zuvor schon gehört habe. Sergeant Swinarski habe so etwas erwähnt. Er bot Elisabeth eine Zigarette an. Eine halbe Zigarettenlänge lang rauchten beide schweigend. Dann bat er Elisabeth um die Ehre, im Rollschen Gutshaus Quartier nehmen zu dürfen.

»Gern, Colonel. Aber seien Sie nicht so umständlich. Beschlagnahmen Sie einfach unser Haus. Sie haben einen Krieg gewonnen, meine Mutter, mein Sohn und ich haben ihn überlebt! Das Haus ist groß genug.« Elisabeth war berechnend zickig.

»Wo ist Ihr Mann, Elisabeth? Ist er auch Jude?«, fragte Colonel Stone.

»Ich weiß es nicht mehr, ob er ein Jude ist, Isaac. Und wo er sich aufhält, weiß ich auch nicht«, antwortete Elisabeth.

Über religiöse Gemeinsamkeiten und über den Holocaust wurde in den nächsten Wochen nicht gesprochen. Stone wusste darüber mehr, als seine beiden Gastgeberinnen Ruth und Elisabeth auch nur ahnten.

Und Isaac Stone ersparte den beiden Überlebenden die grausame Wahrheit. Ruth und Elisabeth waren für ihn unfassbare, irrlichternde Geister, deren Existenz er sich nicht erklären konnte. In ihrem Haus fühlte er sich wohl, wagte es aber nicht, es wirklich zu benutzen. Er benötigte nur einen Schreibtisch, ein Bett und einen Stuhl. Die gemeinsamen Mahlzeiten mit den beiden Frauen, die sich um feine Distanz und Freundlichkeit bemühten, genoss er sehr, und er bewunderte Ruths Kunstsammlung, die, aus dem Strohversteck geholt, wieder am alten Platz hing. Die Abendessen wurden wie ein festliches Souper zelebriert.

Isaac Stone hatte tadellose Manieren, und er liebte, wie er immer wieder betonte, das »gute alte Europa«, das die Nazis doch nicht vollends zerstört hatten.

»Elisabeth, Sie und Ihre Mutter haben europäische Kultur bewahrt. Sie beide kommen mir wie lebendige Tote vor. Und ich mir wie ein dummer Ami, der nicht hierher gehört. Haben Sie auch in Friedenszeiten immer so feierlich soupiert, liebe Elisabeth?« Auf eine verschämte Weise machte Isaac Elisabeth den Hof.

»Nein, Isaac, meine Mutter und ich spielen Ihnen Theater vor. Auf Gut Roll gab es nur ein einziges Mal ein großes Fest – 1929.«

»Nicht mal bei Kaiser Wilhelm wurde abends so fein getafelt, wie wir das jetzt tun!«, trompetete Ruth über den langen Tisch hinweg.

»Aber vielleicht ist das hier ja so was wie ein üppiger Leichenschmaus ohne Leiche.« Sie schwieg einen Moment, dann sah sie den Colonel direkt an. Sie und ihre Tochter hätten nicht versehentlich überlebt, sondern nur mit Hilfe guter Freunde, sagte sie.

Niemals hätte sie Bleichrode verlassen und wäre, wie alle anderen Juden, ins Ausland geflüchtet oder hätte sich nach Warschau, in ein Ghetto, schicken lassen. Das sei gegen ihre Art.

Stone konnte nicht sagen, wieviele deutsche Juden ermordet worden seien und ob es in Deutschland überhaupt noch welche gebe.

»Alle sind tot, Mutter. Ich habe im Rathaus Akten und Fotos gesehen«, sagte eines Abends Elisabeth.

Ruth sagte nichts. Wortlos ging sie in ihr Schlafzimmer und legte sich ins Bett.

Nie wird sie über diese Nacht sprechen.

Isaac Stone und seine Untergebenen sorgten für den opulenten, täglichen »Leichenschmaus mit Lebenden«, aber auch dafür, dass nach und nach das Rollsche Mobiliar, die alten Gemälde, die Bücher, die Teppiche, die Lüster wieder auftauchten.

Stöckers Beamte hatten alles, was sie damals aus Judenbesitz konfiszierten, ordentlich archiviert und mit Zetteln beklebt. Stone fand das Archiv in Quedlinburg und konnte somit einen Großteil des Geklauten wieder zurückgeben.

Im Laufe der Zeit landeten aber auf dem Rollschen Gutshof auch Kostbarkeiten, die dort gar nicht hingehörten. In Quedlinburg, Ballenstedt, Halberstadt räumten die Soldaten reiche Bürgerhäuser aus und schafften alles in das Haus ihres Colonels, in das – wie die Soldaten meinten – die alten Klamotten besser passten als in die anderen, schlichteren Besatzerhäuser. Bei ihrer Suche nach Nazis nahmen die Soldaten aus allen Häusern mit, was ihnen irgendwie wertvoll erschien.

Elisabeth versuchte diesen unlauteren Zugewinn zu unterbinden.

»Dumme Sogge, halt doch den Mund! Weidler und ein paar Leute haben längst eine Scheune ausgeräumt, und ich lasse das fremde Zeug dort sorgfältig einlagern. Damit sichern wir es vor dem Abtransport über den Atlantik!« Sie wollte das fremde Gut zu gegebener Zeit an die eigentlichen Eigentümer wieder zurückgeben, sagte Ruth.

Elisabeth hatte da so ihre Zweifel.

Als Mitte Mai drei kostbare Barocktruhen auf den Innenhof gestellt wurden, untersuchte Ruth die Stücke sorgfältig. Sie fand an allen drei Truhen Reste der gelben Beschlagnahmungsformulare für »Judengut«.

»Und wem geb ich das zurück, wenn die doch alle ermordet sind?«, fragte sie leise ihre Tochter und strich sich mit beiden Händen Tränen aus den Augen. Dann eilte sie in ihren Grünen Salon und beschrieb Tag, Stunde, Anlieferung und Zustand der drei fremden Kommoden im Verwalterbuch des Gutes.

Colonel Stone war kein Dummkopf. Längst hatte er herausgefunden, dass die beiden Frauen nur dank Otto Pfreimel überlebt hatten. Er hatte nur noch keine Gelegenheit gefunden, darüber zu sprechen. An einem Abend war es dann soweit.

Als Vorspeise gab es Ruths Hühnersuppe mit selbstgemachter Nudeleinlage.

»Isaac, verzeihen Sie mir, die Nudeln sind leider etwas klumpig geworden ... Elisabeth, sag bitte jetzt nicht, dass sie immer klumpig seien und nur deswegen meine Suppe gut schmecke. Als Hauptgang gibt es gefüllten Karpfen aus unserem Osterteich. Den hat Elisabeth zum ersten Mal selber bereitet. Also, Isaac, vergeben Sie bitte meiner Tochter.« Ruth warf über den langen Tisch Elisabeth einen hoffärtigen Blick zu und zerstampfte mit einem Löffel den Nudelknödel in ihrer Hühnersuppe.

»Wenn Elisabeth so vorzüglich Gefilte Fisch macht, wie sie Schreibmaschine schreibt und überhaupt das Rathaus des Otto Pfreimel verwaltet, stehen wir vor einer lukullischen Sensation, liebe Baronin. Ist mein Mosel in Ordnung, Elisabeth?«

Isaac hob das Weinglas und prostete den beiden Frauen zu. Ruth trank zum Essen nach wie vor Apfelschorle, und so konnte nur Elisabeth die Qualität des Mosels als erstklassig rühmen und sich für das artige Kompliment für ihre Sekretärinnentätigkeit bedanken.

»Dank Ihres ausgezeichneten Verwalters, Herrn Weidler und seiner entzückenden Frau Luise, ist es Ihnen gelungen, meine liebe Baronin, Ihren ›arischen Volkshof‹ zu erhalten, wie Sie berichteten. Was mich aber interessiert – wenn ich die Bitte äußern darf –, wäre Ihr Versteck in der Strohscheune. Zeigen Sie mir das einmal? Ich möchte Ihnen natürlich keine Ungelegenheiten bereiten.«

Ruth schielte zu der Flasche des hochgerühmten Kirschenbrands aus ihrer Destille, die bereits auf der Tafel stand. Sie war dazu übergegangen, Schulheftschildchen als Flaschenetiketten zu benutzen. Darauf stand mit Gallustinte das Datum des Endbrandes, die fortlaufende Produktionsnummer der Flasche, die Lage der Plantage auf dem Büchelberg und die spezielle Schattenmorellensorte. Angeblich schmeckte die Frucht jedes Bäumchens in jedem Fläschchen anders. Ruth hatte sich zu »elfundneunzig Prozent« – wie üblich – zu einem Schattenmorellenschnapsgaumenwunder entwickelt.

»Oij, oij, oij!« Sie hatte das Bedürfnis, sofort ein Gläschen hinunterzukippen, und nicht nur, um nach Stones Frage ein bisschen Zeit zu gewinnen. »Die Nudeln sind arg klumpig, liegen schwer im Magen. Isaac, welche ›Ungelegenheiten‹, außer trüben Erinnerungen an eine schlimme, schlimme Zeit …?«

Isaac blickte sie ruhig, lächelnd an.

»Ruth, Ihr Versteck ist doch immer noch in Betrieb. Von meinem Schlafzimmer aus sehe ich manchmal den feinen Rauch, der aus den Ritzen zwischen der Holzverschalung herausquillt … well, well, well!«

»Nie und nimmer! Sorry, Ihr Eisenhower hat so was streng verboten!« Mit aller Kraft meißelte sich Elisabeth ein verführerisches Lächeln ins Gesicht, um ihrer Mutter beizustehen.

Stumm schaute der Colonel die beiden Frauen an. Es entstand ein zähes Schweigen, eine unerträgliche Pause, die bei Elisabeth zu einer trockenen Kehle führte. Langsam hob sie das Glas mit dem Mosel. Ruth sah sie an und brauchte gleich noch ein Gläschen von ihrem Hochprozentigen. Sie spülte mit Apfelschorle nach.

Stone hob sein Weinglas und prostete den Frauen zu. »Otto Pfreimel ist sicher einer von den vielen tausend Bösen gewesen. Zweifellos! Aber unter den Bösen wohl ein guter. Cheers!«

Er trank das Glas mit einem Zug leer, und so auch Elisabeth. Stone erhob sich, ging zu ihr und schenkte ihr nach.

»Ich möchte einen Toast ausbringen.«

Mit einer dezenten, aber unmissverständlichen Geste forderte er Ruth und Elisabeth auf, sich ebenfalls zu erheben. Dann hob er sein Glas und sprach: »Meine Damen, trinken wir auf den Bürgermeister Otto Pfreimel. Wo immer der sich jetzt aufhält.«

Stone war auch der Vorgesetzte des neunundzwanzigjährigen Oberleutnants Joe Tom Meador aus Texas. Dieser Meador war ein Kunstliebhaber, hatte Kunstgeschichte studiert und war 1944 mit dem 87. Feldartilleriebataillon in Frankreich gelandet. Seine Kameraden hatten berichtet, dass er sich immer wieder in französischen Kirchen aufgehalten und gelegentlich an den Altären zu schaffen gemacht habe, wohl auch in besetzten Schlössern.

Er war dabei erwischt worden, wie er Bilder aus den Rahmen schnitt. Die hatte er, wie sich herausstellte, seiner Mutter nach Texas geschickt. Meadors Vorgesetzte in Frankreich hatten ihn schließlich nach Quedlinburg abkommandiert. Seine Personalakte hatte Stone sorgfältig studiert und Elisabeth während einer Kaffeepause im Rathaus von diesem schwarzen Schaf in seiner Einheit berichtet.

Was dieser Mann denn nun in Quedlinburg mache, fragte Elisabeth. Glücklicherweise sei ja der unermessliche Domschatz der Stiftskirche in die Altenburger Höhle ausgelagert worden.

Stone fragte verblüfft, woher Elisabeth das denn wisse? Nicht mal er sei von seinem Vorgesetzten darüber in Kenntnis gesetzt worden.

»Von dem Soldaten, der uns immer das koschere Cornedbeef und die ›Collie‹-Zigaretten bringt. Der muss ständig vor der Altenburger Höhle Wache schieben, weil in der Höhle ein Goldschatz verborgen ist.

»Damned, das ist Lenny, ein etwas dussliger Cowboy aus Connecticut. Der ist nicht nur für unser Corned-beef und die ›Collies‹ zuständig, sondern …«, er blätterte hastig in umfangreichen Dienstplänen, »… er ist auch der Fahrer von Oberleutnant Meador.«

Gleichzeitig zündeten Elisabeth und Isaac sich eine Zigarette an.

Stone raste mit seinem Jeep zur Altenburger Höhle. Er kam zu spät.

Meador hatte die geraubten Gegenstände – den Quedlinburger Domschatz – bereits via Feldpost seiner Mutter Mabel geschickt und sich versetzen lassen.

Langjährige, komplizierte Prozesse, diplomatische Ranküne und viele Millionen Dollar waren fünfzig Jahre später nötig, um den Domschatz wieder in die Stiftskirche Quedlinburg zurückzubringen.

Am Nachmittag von Ruths fünfzigstem Geburtstag radelte kurzatmig, weil inzwischen lungenkrank, die bedeutende Tänzerin Lisa in den Rollschen Innenhof. Am Ende ihrer Kräfte fiel sie vom Rad und Luise Weidler in die Arme.

Sie sah erschreckend aus und hatte die letzten Wochen in Bad Harzgerode in einem kleinen Gasthof gelebt. Dort war sie von den Wirtsleuten gepflegt und, so gut es ging, von einem Arzt behandelt worden. Trotzdem war sie die ungefähr vierzig Kilometer lange Strecke quer durch den Harz, bergauf und bergab, gefahren, um an Ruths Ehrentag in Bleichrode zu sein.

Sanitätsrat Helbrandt steckte sie sofort ins Bett. Ruth löffelte Hühnersuppe in sie hinein. Elisabeth bat Colonel Stone um geeignete Medikamente, die Helbrandt auf ein Rezept geschrieben hatte. Zum ersten Mal baten Ruth oder Elisabeth den Colonel um einen Gefallen.

Stone ließ die Medikamente besorgen, und als er durch Luise Weidler erfuhr, dass die Schwerkranke nur wegen des fünfzigsten Geburtstages der Baronin gekommen sei, beschloss er, ein stilvolles Souper im großen Speisesaal des Gutes auszurichten.

Lenny, der Cowboy aus Connecticut, schaffte die unglaublichsten Köstlichkeiten zum Gutshof. Darunter waren seltsame Dinge, die weder Luise noch Elisabeth kannten: »Bagles« – Gebäck zum Aufbacken – widerlich! Tiefgekühlte Grönlandshrimps zum Auftauen – unmöglich! Kaviar vom russischen Verbündeten – möglich, aber nicht koscher! Und vieles andere mehr.

Luise und Elisabeth kochten während des ganzen Nachmittags bis zum Souper ein Zwölf-Gänge-Menü.

Ruth jammerte, zwischen der Tänzerin und der Küche hin und her laufend, herum, man möge sich doch keine Umstände machen, nur weil sie mal eben ein halbes Jahrhundert alt werde. Und im Übrigen gebe es in diesem Jahrhundert doch nun wirklich nichts zu feiern.

Isaac Stone ließ am frühen Abend einen Mähdrescher in den Innenhof fahren, den seine Leute irgendwo im Landkreis konfisziert hatten.

»Den geben wir aber zurück, Franz. Wissen Sie, wem dieser Mähdrescher gehört?«

Weidler wusste es genau, bewunderte das gute Stück und schlug Ruth vor, es erst nach der Ernte an den Eigentümer zurückzugeben, obwohl dieser der faschistische Bruder des faschistischen ehemaligen Quedlinburger Landrates sei.

»Ach was?«, sagte Ruth.

»Ach ja! Die amerikanische Militärpolizei hat den Kerl festgenommen und irgendwohin verfrachtet, weil er über dreißig polnische Fremdarbeiter auf seinem Hof beschäftigt hat.« Einige seien dort verhungert und alle regelmäßig verprügelt worden.

Ruth befahl ihrem Verwalter, den Mähdrescher in einen der großen Geräteschuppen zu fahren und nicht für die Ernte zu benutzen. An diesem Gerät klebe Blut, sagte sie. Am liebsten wolle sie das Ding wieder vom Hof haben. Sie befürchte aber, dass Isaac dann gekränkt wäre.

Auf der Gästeliste waren die engsten Freunde Ruths verzeichnet. Sie lag auf dem Küchentisch, als Stone die Küche betrat, fast schüchtern um Luise herumscharwenzelte, bevor er sie bat, ihm doch neben all ihren anderen Kochaktivitäten vielleicht – wenn es die Zeit ermögliche – eine Melange zuzubereiten.

Da wurde Luise widerborstig. Eine Melange sei eine zeitraubende Angelegenheit, sagte sie. Im Übrigen würde sie nicht schmecken, da ihr der österreichische Kaffee ausgegangen und der amerikanische Muckefuck eine Beleidigung für jede österreichische Zunge sei.

»Mister Colonel, ich rühre gerade die Masse für eine Gänseleberpastete in einem warmen Wasserbad. Machen Sie sich doch Ihren Bohnenkaffee aus diesem scheußlichen Pulver! Das geht schneller. Und schütten Sie Milch drauf. Basta!«

Elisabeth entwand Luise den Rührlöffel, rührte weiter in der Pastetenmasse und sagte leise: »Tante Luise, halt deine große Klappe! Du hast fünfzehn Kilo, wenn nicht mehr, amerikanischen Bohnenkaffee von Colonel Stone gebunkert. Weißt du, was das ist? Das ist unmoralisch!«

»Und du rauchst am Tag vierzig, wenn nicht gar fünfzig, ›Collie‹-Zigaretten. Das ist ungesund!«, konterte Luise, begann dann aber doch, Isaac eine Melange türkisch aufzubrühen und die Milch dazu schaumig zu rühren.

Stone las die Namen auf der Gästeliste, zerknüllte das Papier, warf es ins Feuer des großen, mit Holz befeuerten Küchenofens und drehte sich um.

»Elisabeth, ich wünsche nicht, mit diesen Menschen an einem Tisch zu sitzen.«

Elisabeth sah erschreckt auf. »Aber die Behlings von der Zündholzfabrik, Sanitätsrat Helbrandt und all die anderen Leute waren und sind die engsten Freunde meiner Mutter. Einige sind gerade aus dem Krieg heimgekehrt und haben zuvor zwanzig Jahre und mehr hier auf dem Gut als Schweizer, Knecht, Magd oder in den Plantagen gearbeitet, als Pflückerinnen und Pflücker! Wir haben so viel zu essen, Isaac …«

»Dann fehlte ja nur noch Otto Pfreimel auf der Liste. Elisabeth, ich möchte all diese Leute nicht sehen. Nur Sie, Ihre Mutter, die Weidlers und, wenn es ihr Gesundheitszustand erlaubt, die Tänzerin, weil sie nun mal hier ist. Und weil ich sie vor vielen Jahren auf dem Broadway bewundert habe. Elisabeth, verzeihen Sie mir, aber die besten Freunde Ihrer Mutter leben bei uns in Amerika im Exil.«

Er zog Elisabeth aus der Küche und deutete auf Bilder, Zeichnungen, Skulpturen, Entwürfe an den Wänden des großen Speiseraums.

»Mit den Schöpfern dieser Werke, liebe Elisabeth, würde ich gerne dinnieren. Aber die vermutlich nicht mit mir. Die Intellektuellen Amerikas werfen uns Soldaten jetzt schon vor, wir würden die Kultur Goethes, Beethovens, Nietzsches zerstören, nur weil wir Hitler besiegt haben.«

Ruth war, ohne dass die beiden jungen Leute es bemerkt hätten, im Speiseraum aufgetaucht und hatte Isaacs emotionalen Ausbruch mitgehört.

»So ein Schmonzes, Colonel! Nur Idioten reden in diesem Jahrhundert vom Untergang der Kultur. Wie oft ist die schon untergegangen, Isaac? Mein eigener Vater hat sich deswegen umgebracht. Dieser Dummkopf. In einem Punkt haben Ihre Intellektuellen, Ihre Schlaumeier, aber Recht: Goethe, Beethoven und Nietzsche haben mit Sicherheit kein Cornedbeef gegessen und auch keine ›Collie‹-Zigaretten geraucht. Übrigens, Ihr beiden raucht entschieden zuviel! Und Sanitätsrat Helbrandt wird an meiner Geburtstagstafel sitzen, weil er einer meiner besten Freunde ist und weil wir einen guten Arzt im Haus brauchen und weil Lisa sonst mit dem Gesicht in die Vorspeise klatscht. Obwohl die Ami-Medikamente gut anschlagen, sagt Helbrandt.«

Helbrandt nahm an dem Souper teil und Luise nicht. Sie servierte, im Tempo eines schwirrenden Kolibris, die Speisen, die alle auf den Punkt gekocht oder zubereitet waren und nicht lange stehen durften. Auch Elisabeth war ständig zwischen Küche und Speisesaal unterwegs.

Elisabeths Sohn saß unterm Küchentisch und ließ sich dort von der Mama all das servieren, was er für essbar hielt – also: Kartoffeln mit Soße. Dazu becherte er Kirschsaft, mit Wasser verdünnt.

Luise häufelte gerade mit einem Hornlöffel russischen Kaviar auf leicht marinierte, frische Austern, als es auf dem Osterberg knallte und der Büchelberg den Knall als Echo zurückwarf. Dann ging das Licht aus. Stone fuhr sofort ins Rathaus.

Ursache des Knalls war eine Explosion. Eine Handgranate hatte das Elektrizitätswerk Bleichrodes außer Betrieb gesetzt. Noch in der gleichen Nacht wurde ein sechzehnjähriger Junge aus Bleichrode nach der Sperrstunde auf der Straße gestellt, sogleich verdächtigt und zu einem Geständnis gebracht. Natürlich war Emil auch Mitglied der Hitlerjugend gewesen, und Stone witterte ein politisches Motiv.

Schon am nächsten Morgen trat das amerikanische Standgericht zusammen. Unter dem Vorsitz von Colonel Isaac Stone wurde Emil zum Tod durch Erschießen verurteilt. Das Urteil sollte bereits am nächsten Tag in einem nahegelegenen Dorf vor einem, für diesen Zweck extra angeforderten Vollstreckungspeloton vollzogen werden.

Nach den Gründen, warum der Junge Bleichrode außer Betrieb gesetzt haben sollte, wurde nicht mehr viel gefragt. Für Stone war das Kind ein unheilbarer Nazi, ein gefährlicher Heranwachsender.

Ruth kannte die Eltern Emils und wusste, dass sie mit Sicherheit kein halbwüchsiges Nazi-Monster aufgezogen hatten. Die Mutter war Weißnäherin, der Vater arbeitete als Meister in einer Zimmerei und war seit vielen Jahren Presbiter in der evangelischen Sankt-Gero-Gemeinde und in ganz Bleichrode dafür bekannt, dass er immer die neuesten Hitler-Witze erzählt hatte.

Otto Pfreimel hatte ihn deswegen mehrmals augenzwinkernd energisch verwarnt. Jetzt galt es, das Leben des Jungen zu retten.

Elisabeth versuchte mehrfach, die Ereignisse um Emil und um das Elektrizitätswerk zu erklären, um zumindest eine schnelle Vollstreckung zu verhindern. Sie wollte eine Denkpause bei Isaac Stone erzwingen.

Obwohl der Schaden am E-Werk schnell behoben war und das Licht wieder brannte, blieb der Colonel unzugänglich. Er war höflich-unwillig und komplimentierte Elisabeth aus seinem Vorzimmer. Sie musste unwichtige Dokumente und Verordnungen in der amerikanischen Kartei der Größe nach sortieren und abheften, und da es sich angeblich um Geheimmaterial handelte, wurde die Tür hinter ihr verschlossen. Auch Ruth hatte keine Möglichkeit, mit Stone zu sprechen.

Der Colonel war tagelang nach der Explosion im Rathaus geblieben. Er übernachtete dort und ließ sich im Gutshof nicht blicken. Der Stadtausrufer befahl lautstark allen Schulkameraden des »Attentäters«, an der Vollstreckung des Urteils teilzunehmen. Zu diesem Zweck hatte Stone zwei LKWs bereitstellen lassen, mit denen die Mitschülerinnen und Mitschüler schon am Abend vor der Erschießung aufgesammelt wurden.

Die Nacht mussten die Kinder auf den LKWs, unter scharfer Bewachung der Amerikaner, verbringen. In dieser Nacht schwang Ruth sich auf Luises Fahrrad und fuhr in das Dorf, wohl in der Hoffnung, irgendwie irgendwas tun zu können, um den Tod des Jungen zu verhindern.

Pünktlich um sechs Uhr in der Früh erschien Stone, verlas auf Deutsch noch mal das Urteil und ordnete die Vollstreckung an. Ruth, Mitschüler, seine Eltern, vielleicht auch Schaulustige wurden Zeugen, wie der Sechzehnjährige erschossen wurde.

Am Abend dieses Tages erschien Stone wieder auf dem Gut.

Luise Weidler deckte blitzschnell im Esszimmer den großen Tisch. Sie legte nur ein Gedeck auf und verschwand wortlos in der Küche. Ruth und Elisabeth kamen ebenfalls nicht. Elisabeth hatte sich in den Schweinestall zurückgezogen und fütterte die im Jahre 1945 besonders fette »Cleopatra«. Isaac Stone fand sie hier und bat sie eindringlich, wie gewöhnlich mit ihm das Abendessen einzunehmen. Er befahl ihr, diesen seinen Wunsch auch an die Baronin weiterzugeben, die sich mit angeblich hohem Fieber ins Bett gelegt habe. Er wisse, dass sie nicht krank sei, noch vor einer Stunde bei den Eltern dieses Nazi-Verbrechers gesehen worden war. Das sei ihm zugetragen worden – von dem Lebensmittelhändler, der sich auf widerlichste Weise bei ihm einschleime und dem er am nächsten Tag den Keller mit all dem Schwarzgut und den unrechtmäßig erworbenen Kostbarkeiten leerräumen wolle. Der Kaufmann sei der übelste Schwarzhändler des ganzen Landkreises, leider aber kein Parteimitglied der NSDAP gewesen, sonst hätte er ihn längst verhaften lassen.

Mit keinem Wort erwähnte er den Tod des kleinen Emil.

Bedächtig trank Ruth ein bis zum Rand mit kostbarem Kirschbrand gefülltes Glas in kleinen Schlucken leer. Sie schüttelte sich, scheinbar angewidert, und deutete mit ihrer Gabel auf Isaac.

»Ich habe Sie nicht mehr lieb, Colonel. Sie mögen rechtens gehandelt haben, aber Sie haben unseren Gott verleugnet. Es gibt wohl Zeiten für uns alle hier am Tisch, da dienen wir dem Allmächtigen als Werkzeug, ohne es zu wissen. Trotzdem müssen wir Rechenschaft ablegen. Ich für mich kann nur sagen, ich habe wohl nichts richtig falsch gemacht, aber auch nichts Falsches richtig. Können Sie das für sich auch sagen, Isaac?«

Stone legte korrekt Messer und Gabel in den Teller, schob den Stuhl zurück, stand auf.

»Ich verbiete mir Ihren Ton, Baronin. Der Allmächtige, wie Sie sagen, hat zugelassen, dass Ihr Leben und das Leben Ihrer Tochter und Ihres Enkelsohns gerettet wurden. Ich habe nicht in Gottes Namen gerichtet. Ich habe überhaupt nicht gerichtet. Der Krieg hat ein weiteres Kind gefressen, Baronin.«

Der Kirschbrand hatte Ruths Magen erwärmt, brannte durch die Speiseröhre hoch. Die Alkoholmenge war ihr zu Kopf gestiegen, augenblicklich. Ihr Gesicht verfärbte sich tiefrot, das Anzeichen für einen unkontrollierten Wutanfall.

»Nennen Sie mich nicht Baronin. Beleidigen Sie mich nicht, Sie intellektueller Grottenolm. Ich heiße Ruth Albertine Goldfisch. Eine Baronin war ich nie. Und will es nie werden. Dieses adlige Geschmeiß hat Millionen von Menschen seit Jahrhunderten in den Tod geschickt. Allein in diesem Jahrhundert Millionen. Selbst Adolf Hitler haben sich diese Leute an den Hals geworfen. Es gibt Beispiele genug ...«

Elisabeth unterbrach den Wutanfall ihrer Mutter: »Mutter, es ist jetzt genug. Colonel Stone interessiert sich nicht für irgendwelche Adligen.« Aber Ruth war noch lange nicht fertig.

»Das ist mir egal. Ich jedenfalls bin keine Baronin. Ich käme mir sonst vor wie eine dreihundert Jahre alte Kommode, mit Echtheitszertifikat von irgendeinem Auktionator, die man prächtig verschachern kann. Gut, ich habe mir einen Baron erschachert und geheiratet, wegen dieses Bauernhofes. Aber ich habe ihn auch geliebt. Bis zu seinem Tode. Isaac, was Sie in meinem Hause für adeligen, gehobenen Stil halten, ist nur guter Geschmack, den mir mein Vater, meine Schwester Gretchen und besonders meine liebe Zelda beigebracht haben. Bitte, behandeln Sie uns nicht mehr als alte jüdische Kommoden! Schämen Sie sich für das, was Sie getan haben.« Sie stand auf, sagte nur noch: »Jetzt ist mir schlecht«, schwankte aus dem Esssaal, erklomm mühsam die breite Treppe zu ihrem Grünen Salon und kugelte dann, unsicher auf den Beinen, durch die glücklicherweise geöffnete Schlafzimmertür direkt in ihr Bett.

Am nächsten Morgen traute sich einzig der Enkel in Ruths Schlafzimmer.

»Na, mein Guadster, mein scheener Kleiner? Hol der Oma mal ein Glas Wasser. Nicht aus dem Badezimmer. Unten, vom Hof, aus der Pumpe. Weißt du, das ganz, ganz kalte.

Und fall nicht die Treppe runter. Oma ist krank und kann dir nicht helfen.«

Vor der Schlafzimmertür wurde der Enkel von Elisabeth und Luise Weidler erwartet. Auf Befragen, wie es der Oma gehe, was sie gesagt habe, verweigerte der Kleine jede Antwort. Von einem Tablett nahm er eine Karaffe, taperte die Treppe hinunter in den Hof und versuchte, mit der Handpumpe frisches Wasser in den Krug zu pumpen. Das tat er verbissen, pflichtbewusst und ohne Angst vor dem in Angriffsstellung lauernden Ganter Joseph. Franz Weidler half schließlich bei der Pumperei und haute Ganter Joseph den Gehstock auf den Kopf, als der versuchte, Ruths Enkel anzugreifen.

Ruth trank – direkt aus der Karaffe – das kalte Nass in einem Zug aus, mindestens einen Liter. Aus ihrer Kehle drang ein langer zischend-gurgelnder Laut, sie schluckte noch einmal und stand auf. Ihre Tochter schickte sie sofort ins Rathaus zur Arbeit. Das sei ihre Pflicht, sagte sie, so wie auch auf dem Bauernhof die Pflichten, egal was in der Welt vor sich gehe, weiterbestünden.

»Wenn bei uns was reift, muss es geerntet werden«, sagte sie sehr häufig. Nie in ihrem Leben habe sie auch nur einen einzigen Tag wirklich gearbeitet. Alles, was sie getan habe, sei ihre Passion gewesen, habe ihr Leben zur Freude gemacht, obwohl man nach all den schrecklichen Jahren, nach den Kriegen, alles auch anders sehen könne. Wichtig sei wohl, immer zu wissen, was der nächste Tag bringe. Deswegen solle Elisabeth wieder in Stones Vorzimmer arbeiten und mal nachfragen, wie lange die Amerikaner denn noch in Bleichrode zu bleiben gedächten.

Die Gerüchte, die Amerikaner hätten gar kein so großes Interesse an diesem Besatzungsgebiet und es gebe schon lange einen Geheimvertrag darüber, dass sie es den Russen überlassen wollten, wurden immer deutlicher.

»Nach deinem Auftritt gestern Abend wird mir Isaac, selbst wenn er etwas weiß, nichts erzählen! Rausschmeißen wird er mich, Mutter!«

»Unsinn, Kind, ich war gestern Abend selber beeindruckt von mir! Der Stone war doch völlig platt. Frag ihn, wann die Russen kommen. Nun los!«

Elisabeth ging ins Rathaus und setzte sich in Stones Vorzimmer. Stone diktierte ihr Briefe und Befehle für den Aushang in verschiedenen Städten des Landkreises.

Mit keinem Wort ging er auf den vergangenen Abend ein. Elisabeth legte ihm einen Antrag auf die Bereitstellung eines Fichtensarges für einen Verstorbenen vor – es war der Antrag für Emils Sarg –, und Stone bewilligte den Sarg ohne Kommentar. Die ganze Zeit über vermied er es aber, Elisabeth in die Augen zu schauen. Stattdessen griff er nach ihrer Packung »Collie« und entnahm wortlos eine Zigarette. Er zündete sie mit einem Sturmfeuerzeug an, nahm einen tiefen Zug, reichte die Zigarette langsam zu Elisabeth rüber und steckte sie ihr in den Mund.

»Elisabeth, lange wirst du keine amerikanischen Zigaretten mehr rauchen. Wieviel Stangen sind noch im Vorratsraum hinter der Küche?«

Es seien mindestens zwanzig, wenn nicht gar dreißig Stangen, antwortete Elisabeth fast schuldbewusst.

Diese Zigaretten möge sie vor den Russen verstecken, wenn sie denn irgendwann in Bleichrode auftauchten. Stone lächelte Elisabeth an.

»Sie duzen mich plötzlich, Isaac? Wann kommen die Russen nach Bleichrode?«

Stone zuckte mit den Schultern. »Natürlich duze ich dich jetzt, Elisabeth. Seit ich weiß, dass du kein Comtesserl bist und deine Mutter keine dreihundert Jahre alte Kommode sein will und die Familie deines Vaters hasst wie der Teufel das Weihwasser, bist du nur noch ein deutsches Fräulein. Mit Kind und abhanden gekommenem Vater! Aus Andeutungen deiner Mutter habe ich ein bestimmtes Bild von deinem Mann. Kein gutes. Ich glaube, wenn er hier nach Bleichrode käme, würde ich ihn nicht kennenlernen wollen. Was weißt du von ihm?«

»Isaac, ich bin ganz ehrlich zu dir. Ich weiß von meinem

Mann so wenig, dass ich ihn, fürchte ich, auch nicht wiedersehen möchte. Vielleicht geht das auch gar nicht, denn wahrscheinlich haben die Russen ihn gefangengenommen. Er war während des Krieges überall dort, wo auch Krieg war, und zuletzt in Jugoslawien, in Mostar.«

An der Beerdigung des kleinen Emil nahm ein Großteil der Bevölkerung teil, darunter auch Flüchtlinge aus Pommern, Schlesien und Ostpreußen. Der Posaunenchor Sankt Gero spielte zur Beerdigung »Ich hatt einen Kameraden, einen bess'ren find'st du nicht«.

Ruth saß in ihrem Grünen Salon und schrieb Listen in ihr Verwalterbuch. Listen über Wertgegenstände wie Möbel, Teppiche, Bilder, Schmuck, Porzellan. Listen, wie sie Jahre zuvor die Nazis von ihrem Mobiliar und Vermögen angefertigt hatten.

Das Geschnaufe des Posaunenchors drang über ganz Bleichrode und durch das geöffnete Fenster des Salons auch an ihr Ohr. Ruth verschloss das Fenster.

Elisabeth nahm an der Beerdigung teil. Als sie Erde auf den Sarg Emils geworfen hatte und sich wieder aufrichtete, sah sie hinter dem Eisengitterzaun des kleinen Friedhofes Colonel Isaac Stone, umringt von vier Soldaten. Stone hatte sein Militärkäppi abgesetzt und trug eine Kippa auf dem Hinterkopf. Sein Oberkörper bewegte sich rhythmisch nach vorn, beide Händen hatten die Gitterstäbe des Zauns ergriffen: Stone betete das Kaddisch – das Totengebet – für sein Opfer und ließ sich dabei von vier Soldaten bewachen.

Elisabeth sah Colonel Isaac Stone zum letzten Mal.

6

Nach der Beerdigung ging Ruth mit den Weidlers zurück zum Gut. Auf dem Heimweg trafen sie viele Bekannte. In ihren Gesprächen gab es nur ein Thema: »Die Russen kommen!« Schon während der Beerdigung war von den barbarischen russischen Horden, den Kosaken, Tartaren und Hunnen gezischelt worden. Kriegsheimkehrer wussten dramatisch über russische Grausamkeiten zu berichten, und auch die Flüchtlinge aus den deutschen Ostgebieten steuerten Erlebnisse bei.

Ruth schienen all die Erzählungen und Horrorberichte, die sie auf dem Heimweg zu hören bekam, während sie und die Weidlers immer wieder angehalten und, wegen ihrer guten Kontakte zu Colonel Stone, befragt wurden, übertrieben.

Trotzdem hatte sie vor den Russen furchtbare Angst, und alles sprach dafür, dass sie bald in Bleichrode sein würden.

Also mahnte sie zur Eile.

»Luise, lass das Gequatsche. Komm, wir müssen schaffen!«

Ruth, Elisabeth, die Weidlers und vertrauenswürdige Helfer des Gutes begannen zunächst das Herrenhaus auszuräumen und die kostbarsten Objekte an geheimen Plätzen zu verstecken. Doch je mehr sie einpackten, desto größer wurde Ruths Angst. Was ihr besonders am Herzen lag, war die Sicherheit von Otto Pfreimel. Sie dachte sich die abenteuerlichsten Unterschlupfmöglichkeiten für ihn aus, doch genau wie sie einige Jahre zuvor wollte nun Pfreimel sein Bleichrode unter keinen Umständen verlassen. Auch Ruths Bemerkungen darüber, dass vor den Russen überhaupt nichts sicher sei und erst recht nicht ein ehemaliger Nazi-Bürgermeister, konnten den Hausschlachter umstimmen. Starrköpfig blieb er in seinem Versteck hinterm Stroh und assistierte ihr nachts bei der Destillation des Kirschbrandes.

Colonel Stone war angeblich im Anschluss an die Beerdigung nach Quedlinburg gefahren, um dort Dienstgeschäften nachzugehen. Am späten Nachmittag rief er auf Gut Roll an.

Elisabeth, die gerade Silberbestecke in Milchkannen verpackte, nahm den Hörer auf. Sie hörte Stones Stimme: »Take care of yourself, Elisabeth. Shalom!«

Die ganze Nacht über wurde im Herrenhaus weitergepackt, wurden Teppiche eingerollt und sorgfältig in Gummifolien verpackt. Als der oberste Chef des Hühnerhofs, der Hahn Berthold, seine machtvolle Stimme erhob, um der Sonne zu verkünden, dass es Zeit sei, aufzugehen, flatterte auf dem Rathaus die rote Fahne.

Eine ganze Kompanie Russen trampelte durch Bleichrode und drang in alle Häuser ein.

Zwanzig Mann, angeführt von einem Kommissar, stürmten durch den Rollschen Hof, trieben alle Schweine, Milchkühe, Rinder und Ziegen aus den Ställen. Sie verluden die Borstenviecher auf LKWs. Das Großvieh trieben sie in Richtung Bahnhof, wo es verladen und gen Osten transportiert wurde. Einzig »Reizlose«, »Schamlose« und »Milchlose« verblieben im Stall.

Die Hühner und Gänse töteten sie an Ort und Stelle. Ganter Joseph wurde nicht geschlachtet, sondern hingerichtet. Mit der Garbe aus einer Kalaschnikow. Joseph hatte sich heldenhaft den Russen entgegenwerfen wollen.

Nach den Tieren wandten sich die Befreier dem Gutshaus, den Häusern, Scheunen, Scheuern und Silos zu.

Der Großteil des wertvollen Mobiliars war inzwischen in einer Kalkhöhle unter dem Büchelberg eingelagert, deren getarnten Eingang nicht mal die Spürhunde der gewissenlosesten Antiquitätenhändler gefunden hätten.

Tafelsilber, Fayencen, Skulpturen waren in Milchkannen an geheimen Orten vergraben. Für den Fall einer überhasteten Flucht hatten Elisabeth und Ruth eine Milchkanne mit kostbarem Gut, Schmuck, Goldmünzen, Dokumenten an einem sehr schnell zugänglichen, aber auch sehr sicheren Ort deponiert. Unterhalb des Mitarbeiter-Plumpsklosetts für Frauen im Hof.

Ein dünner Nähmaschinendraht war an der Milchkanne befestigt, und so hing sie unter dem Donnerbalken. Die blutjungen sowjetischen Befreier fanden also nichts Nennenswertes. Aber das, was sie fanden, schleppten sie ab.

Ein junger Kommissar war mit Ruth und Elisabeth im Esszimmer geblieben, beobachtete seelenruhig den Vandalismus seiner Untergebenen und trank dabei eine halbe Flasche Schattenmorellenschnaps aus. Hin und wieder brüllte er seinen Soldaten knappe Befehle zu und gab sich herrisch-unnahbar.

Wenn Ruth den Kopf etwas verrenkte, konnte sie durch die Tür, die zur Küche führte, das Tor der großen Strohscheune sehen. Zwei Soldaten zerrten, einen nach dem anderen, die Strohballen aus der Scheune. Bis zur Destille und Pfreimels Versteck waren es nicht mehr viele. Als einer der Soldaten seinem Kameraden aufgeregt etwas zurief, sprang Ruth beinahe von ihrem Stuhl, aber sie verstand nichts. Der Kommissar hatte bemerkt, dass Ruth sich anstrengte, um durch die geöffnete Küchentür etwas zu beobachten. Er knallte die Tür zu. Ruth war die Sicht versperrt.

Elisabeth bemerkte die dünnen Schweißperlchen auf der Stirn ihrer Mutter. Das hatte sie noch nie gesehen. Selbst bei allergrößter körperlicher Anstrengung oder gar Aufregung, sogar bei ihren echten Wutanfällen hatte Ruth nie geschwitzt – Folge von jahrzehntelanger Selbstdisziplin, Waschungen mit lauwarmem Wasser und Hautpflege mit mildem Mandelöl.

Ruths Enkel saß währenddessen unter dem Tisch und aß den letzten Riegel amerikanischer Bitterschokolade. Die sollten die Russen nicht bekommen! Als er fertig war, krabbelte er hervor und schrie so laut wie möglich: »Brause!«

Erst jetzt bemerkte der Kommissar den Jungen, der wegen der sommerlich hohen Temperaturen nur mit einem Spielhöschen bekleidet war.

Herrisch winkte er den Jungen heran. Der aber tauchte sofort wieder ab und schrie weiter. Also ging der Kommissar in die Knie und schaute sich das halb nackte Wesen unter dem Tisch genauer an. Gleich fielen ihm die grässlichen Brandnarben auf dem Körper des Kleinen auf, und auf Russisch versuchte er, den Jungen zu beruhigen und unter dem Tisch hervorzuziehen. Es gelang ihm nicht. Das Kind krabbelte nur in die hinterste Ecke.

Der Russe richtete sich auf, schaute die beiden Frauen fragend an und fragte, wer dieses Kind sei und warum es so schreie.

»Gluck-gluck! Mein Enkel hat Durst. Verstehen Sie? Gluck-gluck ... Durst«, sagte Ruth und machte entsprechende Gesten. Ihre Russischkenntnisse wollte sie noch nicht preisgeben.

Der Kommissar ging in die Küche, kramte in den Schränken herum und fand schließlich ein Glas, das er mit Wasser füllte.

Durch die geöffnete Küchentür konnte Ruth wieder in Richtung Strohscheune schauen. Mittlerweile wühlten drei Soldaten im Stroh herum und beförderten die Strohballen nach draußen.

»Armer Pfreimel«, murmelte sie und wischte sich den Schweiß von der Stirn.

Der Kommissar reichte das Glas unter den Tisch. Der Knabe stierte angewidert auf das Wasser und schüttete es dem eleganten Kommissar auf die polierten Juchtenlederstiefel. Dabei schrie er erneut nach »Brause!«. Ruth und Elisabeth blieb fast das Herz stehen.

Der Kommissar fluchte zwar fürchterlich und zerrte den Jungen unter dem Tisch hervor, dann aber drückte er ihn an seine Brust und küsste ihn ab. Der Kleine wehrte sich mit allen Kräften seines kleinen Körpers, bis der Kommissar aufgab, Ruth und Elisabeth zornig anschaute und fragte: »Brause? Brause? – Was ist das?«

Steinruhig machte Ruth ein ratloses Gesicht, schielte durch die geöffnete Küchentür und sah, dass allerhöchstens noch zwei Strohballen fehlten, um den Zugang zum Versteck freizugeben.

Elisabeth war in großer Angst um ihren Sohn, stammelte, dass es nur noch eine Frage der Zeit sei, bis dieser rohe Mann ihren Sohn an die Wand klatschen würde. Zart legte Ruth eine Hand auf Elisabeths Knie und schaute ihre Tochter an.

»Dieser Towarisch wird unsrem Gudsten kein Haar krümmen. Der ist so wenig Bolschewik wie du und ich: die Stiefel von allerfeinster Qualität und gewienert, als hätte er drei Leibsklaven. Außerdem, ich habe noch niemals einen Krieger mit manikürten Fingernägeln gesehen.« Ruth bemühte sich um einen beruhigenden Tonfall, aber Elisabeth sah in den Augen ihrer Mutter panische Angst. Über ihre Schulter hinweg blickte auch sie durch die Küchentür und sah, dass der Zugang zum Versteck frei war. Die drei Soldaten stürmten in das Hintere der Scheune, aber statt mit Otto Pfreimel kamen sie mit Kisten wieder heraus.

Als sie in das Esszimmer stürmten, präsentierte jeder von ihnen eine Holzkiste mit jeweils achtzehn säuberlich etikettierten Flaschen Kirschenbrand. Die drei schnatterten durcheinander und berichteten von der Destille hinterm Stroh.

Der Kommissar setzte behutsam den Jungen auf die Tischplatte und betrachtete das hochprozentige Beutegut seiner Untergebenen. Blitzschnell hüpfte Ruths Enkel vom Tisch, lief zu Ruth, krabbelte ihr auf den Schoß und versteckte seinen Kopf an ihrem Busen.

Kein Wort von Pfreimel!

»Dunnerknispel, Elisabeth, wo ist Pfreimel? Hoffentlich haben sie den nicht massakriert! Was zählt ein Menschenleben bei so viel Schnaps?«

»Ach, Mutter, nun mach mal einen Punkt! Pfreimel ist weg! Wenn sie ihn getötet hätten, würden sie das sagen. Und nun gib mir mein Kind.«

Ruths Enkel wurde auf den mütterlichen Schoß gezerrt.

Der Kommissar beachtete die beiden Frauen nicht. Sorgfältig ließ er alle Flaschen nebeneinander auf den großen Esstisch stellen. Penibel las er, halb in die Knie gehend, die Etiketten. Dazu hatte er sich eine Lesebrille aufgesetzt. Sie war randlos mit goldenen Bügeln und Steg.

Ruth saß seltsam gerade auf ihrem Stuhl. Bewegungslos. »Elisabeth, ich habe soeben in meinen Schlüpfer gepinkelt«, sagte sie leise.

Otto Pfreimel war durch Ruths Bretterluke aus der Scheune geflüchtet. Erst blieb er im Garten und versteckte sich bis zum Abend unter dichten Brombeerbüschen. Im Schutze der Dunkelheit rannte er dann quer über die Felder zum Büchelberg und verbarg sich dort auf einer Plantage in einem kleinen Geräteschuppen. Trotz seiner Angst hatte er vorher noch alles, was ihm gehörte, Unterwäsche, Hemden, seine Parteiuniform, die Papiere, seine Ordensspangen aus Seide im Holzgasofen der Destille verbrannt.

Durch ein Bohrloch in der Wellblechwand konnte er jetzt die langen Kolonnen schwerer Transporter, aber auch Schützen- und schwere Panzer sehen, die mit ihren Ketten in wenigen Stunden den Asphalt der Landstraße zu Staub zermalmen würden.

Vom fernen Bleichrode glaubte er Maschinengewehr- oder Kalaschnikow-Salven zu hören. Durstig verschanzte er sich mit Spitzhacken, Spaten, Schaufeln und einer Wassertonne in einer Ecke des Schuppens. Er sorgte sich um sein schönes

Bleichrode und um seine Frau Friederike. Er verfluchte Hitler und dachte nach. Ein Leben lang war er ein schlechter Mensch gewesen. Wilhelm II. hatte er zugejubelt, sich aber wegen vorgetäuschtem Rheumatismus vor dem Heldentod gedrückt. In den Zwanziger Jahren war er den Verlockungen aller Parteien gefolgt und hatte deren Zuwendungen genossen. Colonel Stone hatte ihn unter den Tausenden Bösen einen guten Bösen genannt.

Wütend griff er nach einer Spitzhacke und stampfte den Stiel so lange auf seine beide dicken Zehen, bis sie blutig anliefen und schmerzten.

Nazi war er wegen der kostenlosen Uniform und wegen der gemütlichen Saufereien geworden. Hätte Hitler die Sache mit den Juden nicht gemacht und auch keinen Krieg, wäre alles gutgegangen und die Straßen und schönen Autobahnen des Deutschen Reiches würden nicht von Russkis und Amis kaputt gemacht.

Aber er, Otto Pfreimel, war ein Unmensch, er hatte nie etwas Gutes getan. Und was war mit Ruth? Aber der war nicht zu helfen. Die half sich immer selbst und allen anderen gleich mit. Jaja, die Ruth und die Elisabeth würden sich große Sorgen um ihn machen. Er stellte die Spitzhacke wieder weg, massierte seine dicken Zehen und heulte, weil alles so schmerzte. Hoffentlich hat Friederike sich auch versteckt, dachte er noch, wer weiß, was ihr sonst passiert.

Die manikürten Finger, makellosen Stiefel, die messerscharf gebügelte, aus feinem Zwirn gefertigte Uniform gehörten natürlich keinem Bolschewisten.

Ruth beobachtete gut und scharf. Der Russe war das Abbild jener Söhnchen russischer Großfürstenfamilien, die sich in ihren Kindertagen in Berlin vergnügt hatten und von denen ihr Vater angewidert erzählt hatte, weil sie in seinem Lieblingsbordell mit Edelsteinen um sich warfen. Der Reichtum dieser Fürsten war durch Schweiß, Blut leibeigener Bauern und auf Bergen von Leichen aufgebaut worden. Gegen russische Großfürsten war der gemeuchelte Zar ein armer

Hund gewesen. Dieser Kerl hier entsprach genau Ruths Erinnerungen. Ein strammes Koppel betonte seine Taille. Ein rot emaillierter Stern prangte auf einer massivgoldenen Koppelspange. Ruth roch förmlich das pure Gold. Den Geruch vergossenen Blutes verströmte der Mann aber nicht.

Jetzt hob er eine Flasche hoch und schmetterte sie gegen eine Wand des Esszimmers, exakt auf eine hellere Stelle, über der bis vor wenigen Stunden ein Gemälde gehangen hatte. Dann setzte er sich an die Stirnseite des Tisches, blickte die Frauen durchdringend an und putzte dabei mit einem makellos weißen Taschentuch seine nassen Stiefel trocken.

Die drei Soldaten hatten erschrocken Haltung angenommen, ihre aufgerissenen Augen schauten ins Nichts. Nicht mal einen Seitenblick auf die vielen Schnapsflaschen gönnten sie sich.

Endlich glänzten seine Stiefel, und das Taschentuch war schmutzig. Er warf es in die Luft. Einer der jungen Soldaten fing es auf, faltete es sorgfältig zusammen und steckte es hinter seine Koppel. Dann nahm er wieder Haltung an.

Der Kommissar schrie auf Russisch, ohne seine Leute anzuschauen, sie sollten noch einmal alle Häuser des Gutes durchsuchen. Diese »aristokratischen Verbrecher« hätten außer Schnaps sicher viele andere Wertgegenstände versteckt.

Er ging auf die Soldaten zu, riss sein Taschentuch aus dem Gürtel und schlug es dem kleinen Rotarmisten links und rechts um die Ohren. Er befahl ihm, mit drei kräftigen Kameraden den Gutsgarten umzugraben, um dort nach verborgenen Schätzen zu suchen. Er kommandierte nicht militärisch. Es gefiel ihm augenscheinlich, wie Ruth mit einer gewissen Anerkennung feststellte, seinen Willen mit wohl dosierten Wutanfällen durchzusetzen.

Er drehte sich um. Drohend ging er auf die beiden Frauen zu, machte die Geste des Aufhängens, lachte dabei und wollte Ruths Enkel streicheln. Wohl aus Furcht, erneut geküsst zu werden, spuckte der Kleine den schreienden Mann an.

Jetzt musste Ruth handeln. Mit ruhiger Stimme sagte sie in bestem Russisch, dass eine Suche nach Wertgegenständen im Haus, in den Scheunen oder gar im Garten überflüssig sei. Sie gehe davon aus, dass der Genosse Kommissar genau wüsste, wer sie und ihre Tochter seien, und das Verhalten ihres schlagenden, kratzenden, beißenden und spuckenden Enkels möge er verzeihen. Sie könne sich das Verhalten des Jungen nicht erklären. Das Kind dürste nach Brause, aber leider, leider gebe es auf dem Gutshof nicht mal mehr ein Tütchen Natronpulver oder etwas Zucker, mit dem man dem Enkel eine Brause hätte rühren können.

An diesem Punkt ihrer Rede wollte sie eigentlich aufstehen, tat es aber nicht, weil sie befürchtete, der Stuhl würde an ihrem feuchten Hinterteil kleben bleiben. Und sich jetzt der Lächerlichkeit auszusetzen war ungeschickt.

Den Kommissar überraschten Ruths makellose Russischkenntnisse. Er stellte sich korrekt, mit der Andeutung eines Kopfnickens, als Oberst Gambarow vor.

»Baronin, Sie haben Ihre Schätze im Garten vergraben oder sonstwo versteckt. Dort hing mal ein wertvolles Gemälde. In Häusern wie diesem hängen immer wertvolle Gemälde. Und ich werde sie finden.«

Er zog ein silbernes Taschenmesser aus seinem Uniformkittel, klappte einen Korkenzieher aus und öffnete eine Flasche. Dann ging er wieder in die Küche und holte aus dem Schrank drei weitere Gläser. Die schenkte er voll.

»Bevor die Damen mir die Wahrheit sagen, sollten wir gemeinsam trinken. Vielleicht lasse ich Sie dann nicht verhaften, Baronin.«

»Oberst Gambarow, die Wahrheit ist, dass die Amerikaner vor Ihnen hier in Bleichrode waren und alles geklaut haben. Alles, was wir hatten. Bitte, graben Sie meinen Garten nicht um.«

Gambarow reichte den beiden Damen die Gläser. Elisabeth nippte. Ruth kippte den Schnaps runter und erklärte Gambarow, das Umgraben des Gartens würde dazu führen, dass das Gemüse nicht mehr wüchse. Gemüse sei in diesen

Hungerzeiten aber dringend nötig. Niemals habe sie irgendwelche Schätze besessen. Erneut bekräftigte sie, das Wenige, was mal da war – ein paar wertlose Bilder, etwas Porzellan, Silberbesteck –, sei an amerikanischen Fingern kleben geblieben.

Gambarow hatte Ruth das Gläschen wieder vollgeschenkt und legte Liebreiz in seine Stimme, als er sagte, dass er die Sache mit den Amerikanern nicht glaube.

Das war zuviel für Ruth. Die Wahrheit sei das, schrie sie, die reine Wahrheit. Und um die Wahrheit zu bekräftigen, schmetterte sie einen deftigen, gepflegten russischen Fluch hin.

Oberst Gambarow schien beeindruckt, schwieg einen Moment und erklärte dann in makellosem Deutsch, dass die Amerikaner niemals klauen würden, weil sie selber reich genug seien. Im Übrigen gebe es eine vertragliche Vereinbarung mit den amerikanischen Waffenbrüdern, die garantiere, dass die ruhmreiche sowjetische Armee nur ungeplündertes Land befreie. Er wisse genau, dass es in Bleichrode niemals Plünderungen gegeben habe.

»Wer immer Ihnen das gesagt hat, Oberst Gambarow, er hat Sie schamlos belogen«, erwiderte Ruth, inzwischen schon etwas ruhiger. Natürlich seien die Amerikaner reicher. Reicher als die armen Russen. Bekanntlich aber gehöre es zu den Eigentümlichkeiten der menschlichen Natur, dass Reiche noch reicher werden wollen, besonders wenn es Amerikaner seien. In Bleichrode und in der Gegend ringsum hätten Zustände geherrscht wie im Wilden Westen.

Elisabeth hatte während des Wortgefechtes, von dem sie nichts verstand, ihrem Sohn ins Ohr geflüstert, er möge sich nach oben, in Omas Zimmer verziehen und unterm Plumeau verstecken. Ungehorsam wollte er in den Hof rennen, weil er dort viele große, fremde Jungen sah, und Elisabeth sprang auf, um ihn zurückzuhalten. Heftig wurde sie von Gambarow auf den Stuhl zurückgestoßen.

»Baronin, Sie sind eine verlogene Sau«, sagte er zu Ruth gewandt. »Ich weiß mehr über Sie, als Sie ahnen. Ich hab alles schriftlich. Sie ... Sie ... Sie ... was wissen Sie denn vom Wilden Westen?«

»Genug, Oberst Gambarow. Kennen Sie Tom-Mix? Natürlich nicht! Das sind Wildwest-Filme. Die Amis haben uns gezwungen, ins Kino zu gehen. Und während wir im Dunkeln saßen, haben sie hier draußen im Hellen alles abgeschleppt. Ich weiß, was der Wilde Westen ist.«

Kommissar Gambarow wusste viel und glaubte nichts. Er wusste auch, dass Elisabeth bei Colonel Stone als Sekretärin gearbeitet hatte. Er empfahl ihr, dies weiter zu tun, und stellte sich als ihr neuer Chef vor. Dann beschlagnahmte er den Gutshof und erklärte ihn zu seiner Kommandantur. Ruth und Elisabeth sowie das Kind durften nur noch in zwei Zimmern wohnen. Alle ihre Schritte, so sagte er, würden von vier ständig anwesenden Soldaten beobachtet. Diese jungen Männer seien als Spezialisten für Überwachungsaufgaben und im Auffinden von Wertgegenständen sorgfältig ausgebildet.

Er ging zur Tür, schrie russische Vornamen in den Innenhof, und vier der Jungen, die inzwischen mit dem Enkel spielten, kamen ins Haus gerannt. Ausgemergelte Burschen, denen Elisabeth am liebsten auf der Stelle eine Milchsuppe gekocht hätte und Ruth ihren Ziegenmilchkakao. Kämpferische Frontsoldaten besetzten das Land Anhalt nicht.

Lautstark bläute Gambarow den vieren ein, von diesen beiden Frauen niemals ein Auge zu lassen. Das seien Klassenfeinde, äußerst gefährlich und – gerade, weil sie Frauen waren – besonders heimtückisch. Vor allem die kleine Dicke.

Die vier jungen Soldaten nahmen Haltung an und schauten Elisabeth und Ruth düster-grimmig und zu allem entschlossen an.

Sofort zauberte Ruth ein gütiges, breites Mutterlächeln in ihr rundes Gesicht. Da lächelten sie zurück. Einer trat aufgeregt von einem Bein auf das andere, und Ruth fragte ihn gleich auf Russisch: »Müssen Sie mal auf den Abtritt?«

Gambarow war zuständig für die Städte Ballenstedt, Quedlinburg, Wernigerode, Thale, Halberstadt und Aschersleben. Hier sollte er Kriegsbeute machen. Ziemlich viel für einen jungen Mann, aber keine unlösbare Bürde für einen geborenen Fürsten. In seinem Herrschaftsbereich baute er alles ab, was nicht niet- und nagelfest war. Er entindustrialisierte seinen ganzen Verwaltungsbereich. Das Stahlwerk in Thale wurde auseinander gelegt. Das Feinmessgeräte-Werk in Quedlinburg maschinell entkernt. Alle Eisenbahnen wurden auf Einweg-Schienenverkehr minimalisiert. Die komplette Harzer Schmalspur-Bimmelbahn, die von Bleichrode über Alexisbad hin nach Harzgerode gefahren war, verschwand komplett in der Sowjetunion.

Selbst die beiden amerikanischen Trecker auf dem Gut, deren Kupferleitungen in der Destille als Kühlspiralen dienten, wurden abgeschleppt.

Über Nacht wurden die Maschinen der Zündholzfabrik abgebaut, und die Familie Behling stand am Morgens entgeistert in ihrer leeren Fabrikationshalle. Von den zahlreichen Sägewerken blieben nur halb verfaulte Schuppen. Die Bretter und die zum Zersägen aufgeschichteten Stämme verschwanden schnell und mit beachtlicher Logistik. Von der Kuckucksuhrenfabrik waren einzig die Gebäude übrig.

Irgendwann dachte Ruth darüber nach, was es für die Bleichröder noch zu essen geben würde, wenn die Gärten abgeerntet wären, das versteckte Geflügel geschlachtet und der Winter im Anmarsch wäre. Ihr fielen nur die Karpfen in ihren vier Teichen ein. Das waren viele. Vielleicht zehn-, zwanzig-, gar dreißigtausend. Vor allen Dingen im Osterteich schwammen die Zweipfünder herum. Gefüttert wurden sie schon lange nicht mehr, aber als Selbstversorger würden sie, so hoffte Ruth, genügend Fett ansetzen, um die Bleichröder zu nähren.

Ruth hing noch diesem beruhigenden Gedanken nach, als Weidler, seinen Gehstock schwingend, in den Erkersalon stürmte.

»Gambarow hat alle Teiche abgelassen und transportiert die Karpfen in Kübelwagen ab! Ohne Eis! Und das mitten im Sommer! Dieser Oasch! Machen Sie mal das Fenster auf! Unser schöner Harz stinkt nach verfaultem Fisch.«

Ruth öffnete ein Erkerfenster und steckte ihre Nase heraus. Schnell schloss sie es wieder. Sie kämpfte mit einem Brechreiz, nicht ausgelöst durch den Fischgestank, sondern vielmehr durch ihre ohnmächtige Wut.

Sie entriss Weidler den Gehstock und schrie: »Franz, jetzt werde ich aber ernstlich böse! Ich gehe aufs Rathaus.«

Weidler hielt sie an den Schultern fest und drückte sie auf einen Stuhl. »Ruth, bitte, bleiben Sie hier. Regen Sie sich nicht auf. Bewahren Sie Ruhe. Es wird alles nur schlimmer. Und wenn das Schlimmste vom Schlimmen passiert, dann brauchen wir Sie. Immerhin haben wir noch elektrisches Licht, und das Wasser fließt noch aus der Leitung.« Um das zu beweisen, schritt Weidler zum nächsten Lichtschalter und drehte ihn an.

Kein Licht.

Franz und Ruth gingen in die Küche und blickten beide auf den großen, prächtig aus Messing gearbeiteten Wasserhahn über der Spüle.

Weidlers Lippen waren wieder ein einziger Strich, seine Augenbrauen eine durchgehend wuchernde Linie. Mit der Geste eines schmierigen österreichischen Kaffeehauskellners forderte er Ruth auf, den Hahn zu öffnen.

»Wir haben ja immer noch eine Pumpe und einen nie versickernden Brunnen im Innenhof«, sagte Ruth und öffnete den Hahn. Zischen und ein würgendes, röchelndes Geräusch – aber kein Wasser.

»Franz, gegen Abend wird es von Westen auffrischen. Dieser Wind wird den Fischgeruch in Richtung Moskau treiben. Hoffentlich. Aber, Franz, diesen Wind brauchen wir dann jeden Tag, weil …«

»… die Kläranlage«, ergänzte Franz Weidler. Im Stiefel trug er immer noch einen Flachmann mit Kirschwasser mit sich herum. Er bot Ruth zuerst einen Schluck an.

»Ausnahmsweise, Franz! Tagsüber ist es sonst nicht meine Art. Ich bin wütend.«

Weidler nickte. Ruth holte tief Luft und trank. Für Franz blieben nur einige Tropfen übrig, um seinen Zorn zu lindern.

Noch am Abend erfuhr er, dass russische Fachkräfte die Turbine des Wasserwerkes abgebaut hatten. Sie sollte bald nach Russland transportiert werden.

Drei Tage lang harrte Otto Pfreimel nun schon im Geräteschuppen auf dem Büchelberg aus. Brüllende Hitze, er war fast verdurstet.

Ein Trupp sowjetischer Spezialisten für landwirtschaftliche Geräte befreite auch den Büchelberg von Maschendrahtzäunen, Wasserleitungen und Rohren der Sprenkler-Bewässerungsanlage. Sogar die Spanndrähte zwischen den dreijährigen Kirschensetzbäumchen wurden abmontiert, sorgfältig aufgewickelt und verladen.

Einige hundert Köröszy-Bäumchen ließen ab dann ihre kleinen Krönchen hängen. Der Wellblechschuppen erweckte natürlich die Neugier der Spezialisten.

Otto Pfreimel wurde aus seinem Gefängnis, nur ein wenig verhungert, aber fast verdurstet, befreit. Eine Stunde später saß er in der Arrestzelle des Rathauses.

Gambarow erfuhr von der Festnahme des faschistischen Ex-Bürgermeisters zunächst nichts. Er hatte anderes zu tun, weil ihm sein antifaschistischer Bürgermeister, den er zwei Tage zuvor erst eingesetzt hatte, vormittags davongelaufen war. In Richtung Westen, über die Grüne Grenze, in die englische Besatzungszone.

Die Kunde von Otto Pfreimels Verhaftung weckte sehr verschiedene Emotionen unter den Bürgern. Eigentlich waren sie sich einig gewesen, dass er längst weg wäre. Und jetzt waren sie äußerst überrascht, dass er offensichtlich hier geblieben war. Die Gruppe um den Gänsezüchter und Lebensmittelhändler befand, dass dahinter die abartige Komplizenschaft eines Faschisten mit der Jüdin und angeblichen Baronin Ruth, geborene »Fischbein oder ähnlich«, stecke. Pfreimel sei immer undurchsichtig gewesen. Selbst als Bürgermeister habe er schwarzgeschlachtet. Recht geschehe ihm.

Eine größere, einflussreichere Gruppe um den ehemaligen Eigentümer der Zündholzfabrik, Behling, und seinen besten Freund, den Brauereibesitzer Kalle Flieder, dagegen überlegte, wie man Pfreimel befreien könne, und kam überein, dass dies unmöglich sei und wohl auch besser so, schließlich sei er als Bürgermeister der herausragendste Parteigenosse gewesen.

Ohne es zu artikulieren, war diese Gruppe übereingekommen, Pfreimel, »bei aller Sympathie«, den Russen zu opfern, um nicht selber ins Visier des ewig frisch gebügelten und aus dem Ei gepellten und eiskalten Gambarow zu kommen.

Paul Buschbach und sein Gossentrupp flüchteten aus ihren Häusern und versteckten sich noch am Nachmittag in den Wäldern.

Friederike Pfreimel hatte sich bis ins Vorzimmer Gambarows durchgeweint und wollte um Gnade für ihren Gatten bitten.

»Friederike, gehen Sie bitte zu meiner Mutter und erzählen Sie ihr, was vorgefallen ist.« Elisabeth schob Frau Pfreimel schnell wieder hinaus und steckte ihr dabei noch eine »Collie«-Zigarette in den Mund.

»Das beruhigt, Frau Pfreimel.«

»Das sind ja amerikanische, Elisabeth! Lassen Sie das man ja nicht die Russen sehen!«

»Gambarow wird es irgendwann sehen, und mir ist es egal. Und jetzt gehen Sie!«

Natürlich wusste Gambarow von der Beziehung der jüdischen Baronin zu dem faschistischen Bürgermeister. Der Lebensretter Otto Pfreimel interessierte ihn nicht. Genauso wenig wie die heroische Verhaftung oder gar die Meldung an seine Vorgesetzten, dass er einen üblen Faschisten im Kerker habe.

Elisabeth wurde von einem Wache haltenden jugendlichen Adjutanten des Kommissars gebeten, vor dessen Schreibtisch zu treten. Gambarow setzte seine randlose Lesebrille ab und überreichte ihr einen Stapel Papiere. Sie waren mit Handschrift in deutscher Sprache beschrieben. Er befahl ihr, diese Blätter mit vierfachem Durchschlag sorgfältig auf der Maschine abzutippen. Es seien Listen aller beschlagnahmten Güter. Dann sprach er noch kurz über Verwaltungsangelegenheiten Bleichrodes, die sie nebenbei übernehmen solle. Viel zu verwalten gebe es ja wohl nicht. Von Otto Pfreimel kein Wort.

Unverzüglich begann Elisabeth mit der Arbeit. Durchschläge der Listen gingen an die, von den Sowjets eingesetzten, deutschen Beamten nach Halle, Magdeburg und Berlin. Das waren, wenigstens in leitender Funktion, Emigranten, die im Hotel »Lux« in Moskau dafür ausgebildet worden waren. Die Russen hatten sich für den Tag nach der Kapitulation vorbereitet. Wilhelm Pieck, Otto Grotewohl, Walter Ulbricht waren an der Spitze von Tausenden idealistischen Mitarbeitern nach Deutschland gekommen, um einen guten Weg in den Kommunismus zu beschreiten.

Auf diesem Weg sollten zunächst für das sowjetische Brudervolk materielle Opfer gebracht werden. »Zu elfundneunzig Prozent.« Für den Wiederaufbau musste das Alte zuerst verschwinden. Auch der alte Geist und die Menschen, die den Faschismus ermöglicht hatten.

Elisabeth tippte und tippte. Erst, wenn sie alle Listen abgeschrieben hätte und Gambarow versandfertig übergeben, dürfe sie das Rathaus verlassen, hatte er gesagt.

Am späten Abend, als Elisabeth immer noch nicht heimgekommen war, machte Ruth sich Sorgen. Sie schickte Luise und Franz Weidler zum Rathaus, damit sie vielleicht dort irgendetwas erführen. So standen die beiden auf der Straße, beobachteten das Hauptportal in Erwartung Elisabeths und genauso argwöhnisch den Eingang zur Polizeiwache mit der angeschlossenen Zelle, in der Angst, dass sich dort etwas Schlimmes ereignen könnte.

Kalle Flieder kam, brachte eine Thermoskanne mit Kaffee und eine mit eisgekühltem Bier.

Fast um Mitternacht humpelte Sanitätsrat Helbrandt herbei und behauptete, trotz seiner Schwerhörigkeit könne er das Tippen einer Schreibmaschine aus dem zweiten Stock des Rathauses hören. Niemand hörte irgendetwas, aber alle pflichteten dem Sanitätsrat bei. Hinter dem Vorzimmerfenster bewegte sich ein Licht.

»Sie trägt die Petroleumfunzel durch den Raum«, stellte mit detektivischer Genauigkeit Gendarm Weidler fest.

»Und jetzt ist sie bei dem frisch gestärkten und auf Kante gebügelten russischen Tundra-Affen«, sagte Luise.

Weidler ging zum Westteil des Rathauses und stellte sich unter das vergitterte Fenster der Gefängniszelle. Mit seinem Gehstock gelang es ihm, gegen die Scheibe zu klopfen. Er wusste, dass es einem Gefangenen ohne Hilfsmittel unmöglich war, von innen zurückzuklopfen. Also wartete er.

Pfreimel warf nicht, wie Weidler erwartet hatte, seine Schuhe oder den Gürtel oder Putzstückchen von der Wand ans Fenster, sondern brüllte aus Leibeskräften: »Ich lebe noch, Tinchen! ... Noch!«

Weit konnte man seinen verzweifelten Ruf hören. Weidler krächzte, es sei schön, dass Otto noch lebe, aber er möge nicht so brüllen. Das mache ihn auffällig. Und er sei nicht Ruth, sondern der Franz. Tinchen sei auf dem Gut und müsse auf ihren Enkel aufpassen.

Gambarows Amtszimmer erhellten nun zwei Petroleumlampen. Der Kommissar wollte sich Otto Pfreimels mittels eines Amtsformulars aus faschistischen Zeiten entledigen. Es war die – mit Hakenkreuz und Reichsadler versehene – »Einweisung einer Person zur Sicherungsverwahrung/ad fin in das Arbeitslager Sachsenhausen«.

Um nicht die Petroleumlampe ständig hin und her schleppen zu müssen, stellte Elisabeth die schwere Schreibmaschine aus dem Vorzimmer auf den Bürgermeister-Schreibtisch.

Gambarow bot ihr seinen Platz an und spannte das Formular in die Maschine.

»Schreiben Sie alles, was Sie von ihm wissen: seinen Namen, sein Geburtsdatum, seinen Beruf … schreiben Sie!«

Elisabeth schrieb – sehr langsam. In die Spalte »Berufsbezeichnung« tippte sie ungerührt »Standesbeamter«.

Gambarow kicherte leise und riss das Blatt aus der Maschine. Er unterzeichnete mit einem Füllfederhalter.

Elisabeth kannte den Füller. Es war ihr eigener. Ihr Schulfüller. Den hatte sie wohl nicht versteckt. Gambarows kleine Kettenhunde hatten ihn also requiriert und dem Kommissar ausgehändigt. Ein stilloser Geselle, dieser Fürst. Zigarettenetui und Benzinfeuerzeug aus Gold, aber zum Schreiben benutzte er ihr geliebtes Schreibgerät.

Am nächsten Vormittag sollte Otto Pfreimel nach Sachsenhausen transportiert werden. Das ordnete Gambarow mit einem schlichten Kreuz in der Rubrik »Verladung« an. Er reichte Elisabeth das Formular und befahl ihr, das Papier unverzüglich, also vor dem Heimweg, in den Briefkasten der Polizeiwache zu werfen. Irgendeiner der Wachsoldaten würde ihn dann schon finden, und damit sei die Sache für ihn erledigt.

»Danke, Frau Elisabeth. Sie können gehen. Ich überprüfe noch Ihre Listen.«

Elisabeth ging nicht, sondern schaute dem Kommissar eine Weile dabei zu, wie er mit ihrem Schulfederhalter in ihre Listen hinter jeden Posten einen Haken machte. Dabei kratzte die Feder laut. Bei ihr hatte sie nie gekratzt!

Was Sachsenhausen war, wusste sie mittlerweile. Von den Massenvernichtungen an Juden, Zigeunern, Polen wurde viel in Bleichrode geredet, aber niemals mit ihr und ihrer Mutter.

»Was bedeutet ›ad fin‹, Kommissar Gambarow?«, fragte sie leise.

Grinsend erklärte ihr der Fürst, dass »ad fin« für »bis zur Hinrichtung« stehe. Dass ihr, der gebildeten Lateinerin, das doch wohl geläufig sein müsse! In Sachsenhausen würde man nur an straffällig gewordenen Individuen fortsetzen, was die Nazis tausendfach dort praktiziert hätten. Nebenbei gesagt, seien das viele Leute ihres Glaubens.

Er selber, so betonte er, sei auch Antisemit, und sie solle nun gefälligst sein Büro verlassen, damit er in Ruhe weiterarbeiten könne. Er misstraue ihrer Arbeit keineswegs, lobte er, aber Kontrolle sei besser.

Elisabeth strich ihre langen dunklen Haare mit beiden Händen glatt nach hinten, griff in ihre Locken und zerrte so lange daran, bis es wehtat. Dann bekam sie einen Tobsuchtsanfall, der auf dem Rathausplatz, bei den Wartenden, Angst und Hoffnungslosigkeit auslöste.

Als Erstes entriss sie Gambarow ihren Füllfederhalter. Dann schrie sie ihn an, Karl Marx und Engels seien auch Juden gewesen und vermutlich sein Herrgott Stalin ebenfalls. Otto Pfreimel sei ein guter Mensch und niemals ein Faschist gewesen, er, Gambarow, das arroganteste Arschloch, der die kommunistische Sache – die doch letztlich nichts anderes sei als die Suche nach Menschlichkeit – sehr schlecht vertrete. Ja, sie mit Füßen trete.

Gambarow hörte sich das alles ruhig an, entzündete eine seiner Papirossy und zuckte erst leicht zusammen, als Elisabeth eine Petroleumlampe dicht vor sein Gesicht hielt.

»Nun hör mir mal genau zu, du kleines lackiertes Arschloch! Ich habe eine Tante, sie ist die Schwester meiner Mutter, die wurde von den Nazis als jüdische Kommunistin verhaftet. Meine Mutter hat sie mit kapitalistischem Blutgeld freigekauft und in deine glorreiche Sowjetunion geschickt. Meine Mutter ist nämlich manchmal etwas meschugge und macht solche Sachen. Vielleicht ist sie auch Kommunistin. Scheint in der Familie zu liegen. Engels war auch ein Bankierssohn, so wie meine Mutter eine Bankierstochter ist, du Schweinepriester!«

Sie stellte die Lampe donnernd wieder auf den Schreibtisch, ließ Otto Pfreimels Todesurteil liegen und wollte zur Tür hinausstürmen. Gambarow sprang auf, fasste sie am Oberarm und warf sie in einen Besuchersessel. Er stützte sich mit beiden Händen auf ihre Schultern. Im flackernden Petroleumlampenlicht sah Elisabeth, wie seine Nase immer dichter an ihre eigene Nase herankam. Nur noch Zentimeter trennten sie voneinander.

»Ihre Tante heißt Katharina und unterstützt die sowjetischen Militärbehörden in Berlin als Staatsanwältin.«

Gambarow roch nach Lavendel. Offensichtlich war er über Käthes Bleichröder Verwandtschaft informiert und um pflegliche Behandlung gebeten worden.

Leise machte er Elisabeth klar, dass Baronin Ruth und auch die Tochter eigentlich auf die Deportationsliste nach Sachsenhausen gehörten. Sie und ihre Mutter hätten ihr Leben lang das deutsche Volk betrogen, belogen, ausgebeutet und würden dies auch in Zukunft tun. Das sei seine persönliche Überzeugung. Momentan könne er aber nichts gegen die Staatsfeinde unternehmen.

»Zeit bringt rote Rosen«, sagte er, nahm Elisabeth den Füllfederhalter ab, zog ein kleines Notizbuch aus der Gesäßtasche und las ihr sogar die Kontonummer ihrer Mutter bei der Schweizer Creditanstalt vor. Die kannte nicht einmal Elisabeth.

Elisabeth warf den Deportationsbefehl durch den Briefkastenschlitz in der Polizeiwache und ging mit dem Ehepaar Weidler nach Hause.

Ruth hörte sich den Bericht ihrer Tochter ruhig an. Als Elisabeth von Tante Käthes Einfluss bei den neuen Machthabern sprach, bemerkte sie nur: »Katharina ist ein besserer deutscher Name als Käthe. Tja, meine Käthe! Als Kind hat die mich heimlich unter dem Tisch gekniffen – ganz feste! Wenn ich schrie, konnte sie so unschuldig lachen, dass Stöcker immer Gretchen eine runterhauen musste. Gretchen hat mich nie gekniffen.«

Die bevorstehende Deportation Otto Pfreimels bestürzte Ruth. Über Sachsenhausen wurde einiges gemunkelt: viele Lehrer, Beamte, Fabrikanten – angeblich alles Nazis – würden da hingeschafft. Schlimme Dinge höre man von dort, wie auch von einem anderen Sammelgefängnis in der Nähe von Weimar: Buchenwald. Die kleinen Nazis würden sofort nach Aue in die Uranbergwerke gebracht, das sei vermutlich noch schlimmer. Früher seien viele polnische Fremdarbeiter in Aue umgekommen.

Die beiden Frauen und der Enkel schliefen in Ruths breitem Bett. Als der Junge endlich eingeschlafen war, forderte Ruth ihre Tochter auf, leise aufzustehen. Beide kleideten sich an, schlichen die Treppe hinunter und gingen auf den Innenhof.

»Ich brauche frische Luft zum Nachdenken«, sagte Ruth und atmete tief ein und aus. Es roch nach Fäkalien. Zuverlässig trieb der Westwind den Gestank nach Bleichrode.

»Wieso hat Gambarow meine Flügel nicht abtransportieren lassen? Ich an seiner Stelle hätte das als Erstes getan.«

Elisabeth kannte darauf auch keine Antwort.

Die Frauen standen vor dem Eichenholztor der Flügel-Sammlung. Das Tor war mit mehreren kyrillisch bedruckten Papierstreifen versiegelt. Alle Siegel trugen die Unterschrift von Gambarow. Ruth hatte aus ihrer Rocktasche eine elektrische Taschenlampe hervorgezogen, die nicht mit Batterien, sondern mit einem Dynamo betrieben wurde. Man musste schnell hintereinander auf einen gefederten Sprunghebel drücken, dann ging das Licht an. Elisabeth zählte neun Siegelstreifen. Acht davon waren bereits zerrissen. Nur einer nicht.

»Gambarow war schon achtmal in der Halle, hat immer das Siegel zerrissen und anschließend ein neues draufgepappt. Siehst du das? Es ist das einzig Unbeschädigte.« Der kleine Dynamo schnarrte schrill. Der matte Lichtkegel erfasste das einzige unbeschädigte Siegel.

»Dunnerknispel! Warum reg ich mich über die Flossen von diesem Kerl auf?« Ruth klatschte sich heftig gegen die Stirn. Jan Ignazio hatte auch so fein manikürte, schmale Hände. Seine Hände waren sein Handwerkszeug.

Elisabeth fauchte ihre Mutter an, sie solle ihre blühende

Phantasie im Zaume halten. Ihre Mutmaßungen und Schlussfolgerungen seien idiotisch. Mitnichten sei Gambarow ein Pianist. Ein eiskalter Lackaffe sei der. Ein blutloser Bürokrat. »Wenn zu mir jemand ›Schweinepriesterin‹ gesagt hätte, na, der hätte was erlebt! Aber er blieb ganz ruhig. Erzählt mir was von Tante Käthe und macht so Andeutungen.«

Ruth warf ihrer Tochter nun mangelnde Fantasie und lebensgefährliche Unbeherrschtheit vor. Sie war auf Gambarows Geheimnisse neugierig, die sie zu lüften gedachte. Zuerst galt es aber, eine Idee zu entwickeln, wie sie Otto Pfreimel vor dem sicheren Tod bewahren könnte. Darüber müsse sie schlafen.

Der Enkel wurde behutsam in die Matratzenritze gelegt, und obwohl er sich wie ein kleines Äffchen fest an die Großmutter klammerte, schlief die nach drei Minuten ein.

Sicher hatte sie eine Idee, sonst wäre sie nicht sofort in Tiefschlaf gefallen.

Elisabeth machte die ganze Nacht kein Auge zu. Sie bildete sich ein, das Dritte Klavierkonzert von Rachmaninow zu hören – gedämpft, weit entfernt. Aber das war unmöglich! Dieses Konzert ist eine der größten Herausforderungen für die schmale Elite der Konzertpianisten.

Am nächsten Morgen holte Ruth ein Stück Butter, selbst gestampft, ungefähr ein halbes Pfund schwer, aus der »Butze«, ihrem begehbaren Kleiderschrank und Raum für alles. Vor die Tapetentür hatten Ruth und Elisabeth einen großen Kleiderschrank geschoben. In der »Butze« lagerte auch, auf Kohlblättern in kaltem Brunnenwasser schwimmend, das Stück Butter. Ruth wickelte es in Zeitungspapier und verließ mit der Bemerkung »So, dann gehen wir mal Otto Pfreimel retten!« das Haus.

Sie wusste von den jungen Soldaten auf dem Hof, dass es ihnen verboten war, irgendeinen Kontakt zu Deutschen aufzunehmen. Sie seien alle krank, hätten Syphilis oder Tuberkulose, hatte es geheißen. Und tatsächlich mieden die Besatzer jeden Kontakt mit der Gutsherrin oder ihrer Tochter.

Nur mit dem Enkel teilten sie manchmal erbeutete deutsche Fliegerschokolade.

Auf dieser Angst der Russen beruhte Ruths Plan.

Von vier Soldaten bewacht, saß Otto Pfreimel, die Hände mit einem Kälberstrick gefesselt, auf der Ladefläche eines offenen LKW. Sachsenhausen wie auch Buchenwald – das war zunächst einmal Richtung Ballenstedt und dann über nur mäßig ausgebaute Nebenstraßen weiter. Die russischen Panzer hatten die einzige asphaltierte Straße völlig ruiniert. Alles ging langsam. Oft kam der Verkehr zum Stocken.

Mit Luises Fahrrad war Ruth, nachdem der LKW von der Polizeiwache im Rathaus abgefahren war, quer über ein Feld gezuckelt, jetzt wartete sie an einem Feldweg auf den Gefangenentransport. Es war kein heißer Morgen, aber sicherheitshalber kühlte Ruth die Butter in einem Feldbächlein.

Das Chaos auf dem Feldweg war gigantisch: Tieflader transportierten Lokomotiven ab, Schienen, riesige Betonröhren, Stahlträger und andere schwere Geräte. Nach einer halben Stunde rumpelte der Gefangenentransporter heran. Ruth wartete auf den nächsten Stau, zog schnell die Butter aus dem Bach und schlenderte seelenruhig auf den LKW zu.

Otto Pfreimel erblickte sie und schrie, sie möge sofort weglaufen. Er zitterte vor Angst. Vier Russen richteten seit der Abfahrt vom Rathaus ihre Kalaschnikows direkt auf sein Herz.

Diese Soldaten sahen noch dürrer und elender aus als die Zwangsgäste auf dem Rollschen Gut. Ruth wusste, dass die Versorgungslage der russischen Besatzer äußerst angespannt war. Um die Ernährung der kleinen Soldaten kümmerte sich niemand. Auch Gambarow verwahrte seine eigenen Fressalien in einer sorgfältig abgeschlossenen Offizierskiste und gab nichts ab. Viel hatte der auch nicht, hatte Franz Weidler zu berichten gewusst.

Pfreimel schrie immer wieder: »Tinchen, mach dich davon! Die nehmen dir fest!«

Ruth warf ihm mit dem Kommando »Fang!« die Butter

zu. Pfreimel fing das Stück reflexartig mit seinen gefesselten Händen auf.

Dann ging alles blitzschnell. Die Soldaten waren überrascht, guckten etwas blöde und begriffen nicht, was ihr Gefangener da in den Händen hielt. Erst recht verstanden sie nicht, was Ruths Ruf »Oddo, beiß in die Budder!« zu bedeuten hatte.

Pfreimel blickte sie ratlos-entsetzt an, hielt die Butter in den Händen, in seinen Augen Fassungslosigkeit und Angst.

Immer wieder forderte Ruth ihn brüllend auf, in die Butter zu beißen, und endlich tat er, wie ihm geheißen. Er biss in die Butter.

Die Russen begriffen, welch kostbares Gut der Deutsche in den Händen hielt, und stürzten sich über ihn. Ein Soldat schlug ihm mit dem Metallbügel der Kalaschnikow auf den Kopf. Vor Schmerz ließ Otto die Butter fallen. Zwei Soldaten hielten ihn von hinten fest. Der vierte hob die Butter auf. Alle lachten glucksend. Zwei umarmten sich. Sie freuten sich, sie hatten Beute gemacht!

Unter dem Schlag war Otto Pfreimel in die Knie gesackt, und als die beiden Soldaten ihn losließen, fiel er vollends auf den Metallboden der Ladefläche. Da hatte sich der erste Soldat bereits mit dem Zeigefinger etwas von der Butter herausgepult und wollte es gierig in den Mund stecken.

Mit schneidender, gewaltiger Stimme stieß Ruth auf Russisch ihre Warnungen heraus. Der deutsche Mann sei sterbenskrank, brüllte sie, Tuberkulose! Dieses Wort wiederholte sie so oft, bis sogar der Fahrer entsetzt aus dem LKW sprang und den vier Wachsoldaten befahl, den Kerl auf der Stelle vom Wagen zu schmeißen und die Butter gleich hinterher.

Otto Pfreimel wurde mit Kalaschnikows malträtiert, bis er sich aufrappelte. Ohne ihn auch nur anzufassen, schubsten die Soldaten ihn von der Ladefläche. Er fiel Ruth vor die Füße.

Sie täuschte Entsetzen vor und zischte gleichzeitig Otto Pfreimel zu, er solle möglichst schnell verschwinden.

»Oddo, mache dich weg! Huppe wieder in die Scheune!«

Otto Pfreimel wartete nur noch auf die tödliche Salve aus einer Kalaschnikow und starrte, am Boden liegend, seine Freundin an.

Ruth flüsterte: »Das kluge Wild folgt dem Jäger! Oddo, huppe wieder in die Scheune! Da suchen sie dich niche! Zu elfundneunzig Prozent ... Oddo, glotz nich so blöd, mein Gudster!«

Sie nickte den Soldaten freundlich zu, hüpfte über den Bach, nahm ihr Fahrrad auf und schob es zurück in Richtung Bleichrode.

Auf allen vieren krabbelte Pfreimel über den Feldweg, sah über die Schulter, wie die Fahrzeugkolonne anfuhr und der Gefangenentransport weiterfuhr. Er rollte sich in den Feldbach. Dort blieb er ein paar Sekunden liegen, dann kroch er weiter und erreichte den Hühnerhof des Gutes.

Dort wurde er von Weidler erwartet.

Franz stapelte hinter Pfreimel Strohballen auf. Das Versteck konnte um die Hälfte verkleinert werden, die Destillationsanlage und der Holzgasofen mussten ja nicht mehr versteckt werden, die waren längst in Richtung Sowjetunion unterwegs.

Das Wild saß seinem Jäger jetzt im Nacken. Fortan interessierte sich kein Russe mehr für die Strohscheune.

Fast jede Nacht spielte der Kommissar auf einem der Hütterers hochkarätige Klavierliteratur, auf dem Langflügel aus dem Jahre 1928. Ohne elektrisches Licht und Petroleumlampe musizierte Gambarow im Dunkeln. So konnte niemand durch die Fenster der Halle sehen, ob er dabei die Augen schloss und träumte.

Die Turbine aus dem Elektrizitätswerk stand noch immer zur Abholung bereit.

Weidler und einige Männer schlichen sich nachts auf den Lagerplatz, kleisterten, in Ermangelung von Maschinenfett, die Turbine mit Schmierseife ein, schnürten sie in eine alte

LKW-Plane und bedeckten sie mit Teerpappe. Drumherum schichteten sie Lehm, Gras, leere Corned-beef-Dosen der Amerikaner, alte Zeitungen, Mist. Die Turbine verschwand unter einem Müllhaufen und konnte so auf ihre Wiederverwendung warten.

Auf Leitungswasser konnten die Bleichröder verzichten, weil reichlich hygienisch einwandfreie Brunnen zur Verfügung standen. Ohne Strom aber wurde vieles zum Problem. Als es immer früher dunkler und für die herbstliche Jahreszeit unbotmäßig kalt wurde, ging Bleichrode früh ins Bett. Petroleum war längst nicht mehr vorhanden, und sie behalfen sich mit Beleuchtungskörpern aus den abwegigsten Fettstoffen. Fichtenholz-Harz diente in vielen Haushalten als Brennstoff für die selbstgebastelten Lampen. Das war ganz schlecht für die Fichten, meist Ruths Fichten. Sie ärgerte sich darüber, machte aber kein lautes Theater.

Die Bauern in der ganzen Gegend waren in den letzten Wochen, auf Anordnung der deutschen Zivilbehörde in Halle, zwangsenteignet worden. Niemand durfte mehr als 1,4 Hektar Land sein Eigen nennen. Und das auch nur dann, wenn er zuvor nicht mehr als sechzehn Hektar besessen hatte.

1945 hatte Ruths Hof, der »arische Volkshof«, alles in allem über 1100 Hektar unter dem Pflug. Allein die Plantage auf dem Büchelberg war an die 900 Hektar groß. Die Waldwirtschaft wurde in Hektar nicht mehr gemessen, sie erstreckte sich kilometerweit, bis knapp vor Harzgerode, tief in den Harz hinein.

Gambarow enteignete die Baronin nicht. Nur die Ernte und die nötige Aussaat hatte er beschlagnahmt. Das und die Abschaltung ihres Telefonanschlusses waren die einzigen Zwangsmaßnahmen der Behörden. Darüber aber regte sich nur Gambarow auf, der das Telefon, wann immer er im Haus war, für nicht enden wollende Dienstgespräche genutzt hatte. Jetzt war es abgeklemmt, und das Telefon im Rathaus hatte seitdem einen Wackelkontakt.

Mit einer Haarklammer hatte Elisabeth dafür gesorgt. Wenn sie selber mal heimlich telefonieren wollte, zog sie die Haarklammer aus der Leitung, dann war der Kontakt wieder hergestellt.

An den Gestank aus dem Klärwerk hatten sich die Bleichröder bald gewöhnt. Dann aber hörte die Stinkerei auf: Wo kein fließendes Wasser mehr ist, da gibt es auch weniger Abwässer. Der gute alte Donnerbalken musste in fast allen Bleichröder Häusern, trotz der immer kühler werdenden Tage, herhalten.

In der Verwaltung funktionierte überhaupt nichts mehr. Um die öffentliche Ordnung kümmerte sich Gambarow nicht. Es gab keine deutsche Polizei, aber jede Menge Auseinandersetzungen, und täglich kamen Flüchtlinge aus dem Osten. Viele irrten wochenlang durch Mitteldeutschland, auf der Suche nach einer neuen Bleibe.

In Bleichrode hätte es noch genügend Platz gegeben, um Flüchtlinge aufzunehmen. Mehr als ein Dutzend gepflegte Töchterheime, idyllisch und dezent in Wäldern gelegen, standen leer. Doch die Bleichröder schauten weg.

Von ihrem Zimmer im Rathaus aus konnte Elisabeth tagtäglich die Flüchtlingstrecks am Rathaus vorbei in den Harz ziehen sehen: halb verhungerte Familien mit Handkarren, später mit Schlitten – es begann bereits im November zu schneien –, schreiende Kinder. Sie wusste genau, wo noch Wohnraum zur Verfügung stand.

Eines Abends sagte sie verzweifelt zu ihrer Mutter: »Ich kann diese Piesepampels mit ihren verschmockten Töchterheimen doch nicht hinhängen! Ich kann mich doch nicht unten vors Rathaus stellen und den frierenden Menschen sagen, wohin sie gehen sollen. Es sind immer mehr junge Frauen mit kleinen Kindern unter den Flüchtlingen!«

Elisabeth war traurig, weinte und drückte ihren Sohn fest an sich.

Ruth sah die beiden an und machte ein entschlossenes Gesicht.

»Die jungen Frauen mit den kleinen Kindern haben so lange wie möglich auf ihre Männer gewartet. Die meisten werden immer noch hoffen, dass sie keine Witwen sind. Nur, so wird es nicht sein. Weißt Du, Elisabeth, im Spitzenberg ist ja nicht alles kaputt. Im ersten Stock hocken zwar ein paar russische Funker herum und warten, dass es funkt. Aber es funkt wohl nicht, sonst würde Gambarow sie nicht ständig auf Beutezug schicken. Den Spitzenberg mach ich ab morgen voll. Egal, ob Gambarow dann wie Rumpelstilzchen rumtobt. Ich weiß von Rumpelstilzchen nämlich was, was der nicht weiß, dass ich es weiß.« Ihr hellblauer Strahleblick funkelte kriegerisch.

Elisabeth nahm ihre Mutter ganz fest in die Arme.

»Mama, mach nicht wieder solche Sachen! Uns geht es gut, und Otto Pfreimel auch. Reiz Gambarow nicht!«

Ruth sagte mit ruhiger Stimme, dass sie es darauf ankommen lassen würde, weil Rumpelstilzchen ein »persönlich sehr enges, fleischlich-körperliches Verhältnis« zu zweien der auf dem Hofe lebenden Jünglinge habe. »Menage à trois« würden die Franzosen zu so etwas sagen.

Elisabeth war ehrlich überrascht. Es gab Kategorien, in denen sie nicht dachte. Das hatte sie auf den Franckeschen Stiftungen nicht gelernt.

Am nächsten Tag zogen viele Flüchtlinge rauf zum Spitzenberg, und Gambarow befahl Elisabeth, im Register des Einwohnermeldeamtes das Haus als Flüchtlingsheim einzutragen.

Mit den Eigentümern der leerstehenden Töchterheime führten Ruth und Weidler in den nächsten Tagen zähe Gespräche. Danach fanden einige hundert Menschen in den Instituten Schutz vor dem barbarischen Winter.

In Friedenszeiten hatten an die 4000 Menschen in Bleichrode gelebt. In diesem Winter waren es fast 7000.

Es kam zwischen Bleichrödern und Flüchtlingen zu Ausschreitungen. Verzweifelte Menschen brachen fast jede Nacht beim Lebensmittelhändler, in den Metzgereien, Gaststätten und Bürgerhäusern ein, um etwas Essbares zu finden. Hass und Misstrauen regierten Bleichrode. Ließen sich Flüchtlinge tagsüber auf den Straßen blicken, so flogen Steine aus dem feigen Hinterhalt.

In den Wäldern wurde auf der Jagd nach Brennbarem herumgeholzt. Wer kein Holz klaute, verbrannte Tische und Stühle, um nicht zu frieren. Die Brunnen froren zu, und so gab es mitten im Winter auch noch Wasserprobleme.

Das einzige Krankenhaus Bleichrodes – ein Privathospital – war nicht nur wegen Energie- und Wassermangels geschlossen, sondern auch, weil die Ärzte bei Nacht und Nebel über die Grüne Grenze am Brocken in die britische Besatzungszone flüchteten. Die niedergelassenen Praxisärzte machten es ihnen nach. Bis auf Sanitätsrat Helbrandt.

Viele Menschen starben an Krankheiten, die nur Folge von Mangelerscheinungen waren. Sozial Bevorteilte gab es nicht. Es gab nicht mehr den Unterschied zwischen Arm und Reich. Niemand hatte mehr irgendetwas.

Dann brach in Bleichrode auch noch der Bestattungsdienst zusammen. Nahezu vierzig Verstorbene konnten nicht beerdigt werden, weil es an Schaufeln, Spaten und Spitzhacken fehlte, um die gefrorene Friedhofserde aufzubrechen.

Die Toten lagen übereinander gestapelt, tiefgekühlt in der Friedhofskapelle. Die Bleichröder befürchteten, dass die Leichen im nahenden Frühling auftauen und anfangen würden zu stinken.

Für Ruth war ganz klar: Ein Bürgermeister musste her! Ein Mann, der in der Verwaltung von Mangelwirtschaft kampferprobt war und auf den die Bleichröder Sturköpfe hörten. Darüber hinaus musste er politisch von dem fürstlichen Bolschewisten Gambarow geduldet werden. Otto Pfreimel war der Einzige, der dies geschafft hätte. Doch der saß hinterm Stroh.

Eines Abends wurde Ruth von Gambarow in den großen Esssaal bestellt. Er diente ihm als Büro.

Schroff forderte er sie auf, dafür zu sorgen, dass die Toten unter die Erde kämen. Zweifellos sei sie die Einzige, die in Bleichrode diese Aufgabe bewältigen könne. Sogar den ehemaligen Unterdrückern seines und des polnischen Volkes habe sie in Bleichrode Gastrecht gewährt. Ob ihr all diese Häuser, die bis zum Dach mit diesen Kreaturen vollgestopft seien, auch gehörten?

Ruth schaute scharf an Gambarow vorbei.

»Begraben Sie Ihre Toten!« Mit seinem goldenen Zigarettenetui klopfte er immer wieder auf den Tisch. Seine vier Leibsoldaten brachten wortlos Schaufeln, Spitzhacken, Spaten und einen hellgrauen, zur Hälfte gefüllten Jutesack in den Speisesaal. Wie immer nahmen sie Haltung an.

Gambarow spielte weiter nervös mit seinem Zigarettenetui und vermied, Ruth wie auch die Soldaten anzuschauen. Ruth schwieg. Langsam bahnte sich eine Idee in ihrem Kopf.

Gambarow entnahm seinem Etui eine Zigarette, kniff das Pappmundstück übertrieben sorgfältig zweimal und zündete sie umständlich an. Den Zigarettenqualm stieß er in kleinen, albernen Wölkchen aus.

Ruth ging an den vier Soldaten vorbei, lächelte jedem freundlich zu, betrachtete die Werkzeuge, als habe sie noch nie einen Spaten, eine Spitzhacke, eine Schaufel und eine große Brechstange gesehen, und steuerte nach einem geschmeidigen Hüftschwung Gambarow an. Ihr Gang wurde schleppender.

»Meine Krampfadern machen mir doch arg zu schaffen, Oberst Gambarow. Es ist eine Plage, wenn man in die Jahre kommt. Eine Massenbeerdigung kann ich nicht organisieren. Das können nur deutsche Behörden!«

Die Worte »deutsche Behörden« hatte sie herausgeschmettert wie vor Wochen das Wort »Tuberkulose«. Dann wurde sie wieder leiser und erklärte dem Kommissar, dass sie niemanden, selbst bei gutem Willen, in Bleichrode finden könne, der noch kräftig genug sei, tiefgefrorene Erde aufzuhacken. »Außerdem, bitte schön, sind die meisten Verstorbenen Opfer von ansteckenden Seuchen.«

Das saß. Gambarow schüttete wütend den Sack auf dem Boden aus. Es war Zucker.

Nun beging Gambarow den verhängnisvollen Fehler, auf den Ruth gelauert hatte. »Fegen Sie den Zucker wieder zusammen«, sagte er, »und verteilen Sie ihn. Für Zucker tut Ihr Deutschen doch alles!«

Die hungrigen russischen Soldaten schielten gierig auf den Boden.

Ruth holte tief Luft und donnerte auf Russisch los: »Was in Bleichrode fehlt, ist nicht Zucker, sondern Ordnung! Mit Zucker wird man keine Ordnung schaffen!« Sie japste, auf eine Situation wie diese hatte sie gelauert! Seit Wochen, Monaten schon. Den Satz, den sie Gambarow nunmehr an den Kopf schmettern würde, hatte sie sich sogar mehrfach aufgeschrieben, ihn auswendig gelernt, damit sie ja nicht bei der passenden Gelegenheit zu stottern anfinge. Sie wusste, dass sie sich jetzt auf äußerst dünnem Eis bewegte.

»Was in Bleichrode fehlt, ist, was du, du stinkendes Gekröse, aus der Fotze deiner Mutter gekrochenes Gewürm, nicht nach Bleichrode bringen konntest! Du, du eierloser Schwanzlutscher deiner russischen Sklaven! Du Bastard am gesegneten Busen des edlen Kommunismus! Was in Bleichrode fehlt, ist ein Kommunist! Ein guter, deutscher Kommunist! Nur wir deutschen Kommunisten können diese Jauchegrube retten! Wir brauchen den wahren, guten Marxismus-Leninismus! Der Allmächtige möge ihn uns gönnen, den Kommunismus, du Pferdearsch mit dem Gemächte eines Ziegenbocks!«

Das Gebrüll hatte Elisabeth herbeigelockt. Sie stürmte in den Speisesaal und zerrte ihren Sohn hinter sich her. Die jungen Russen standen wie Salzsäulen herum und starrten auf die Pistolentasche des Kommissars.

Der Enkel probierte das weiße Zeug auf dem Boden. Was er da schmeckte, kannte er, und so drängte er jedem der vier Soldaten ein kleines Patschhändchen voll Zucker auf.

Elisabeth, die in den letzten Monaten gelernt hatte, Ruths perfekte Selbstdarstellung richtig einzuschätzen, begriff die Situation blitzschnell und wusste, dass ihre Mutter dringend ein Stichwort benötigte! Leichthin betrachtete sie das liebenswerte Treiben ihres Sohnes.

»Oh, Zucker! Gibt's sonst noch was Besonderes, Mutter?«

Ruth lächelte ihr dankbar zu und sagte leise: »Elisabeth, ich habe diesem Mann nur erklärt, was wir in Bleichrode dringend brauchen: den Kommunismus und, was genauso wichtig ist, Elektrizität!«

So schnell aber war Gambarow nicht auszutricksen. »Frau von Roll! Ich vergesse gleich Ihre Schwester und lasse Sie verhaften und deportieren. Was machen Sie dann? Dann haben Sie keinen Kommunisten mehr, der Ihnen hilft.«

Abwehrend fuchtelte Ruth mit beiden Händen: »O doch, Genosse Gambarow! Einen Kommunisten hat meine Schwester Käthe mir geschickt. Otto Pfreimel!«

Gambarow ging zu seinen vier Soldaten und ohrfeigte sie nacheinander. Dann brüllte er zurück: »Pfreimels Kadaver verfault schon längst in Sachsenhausen, so wie Ihr verfluchter, fetter Kadaver auch bald zum Kotzen übel stinken wird! Was hat dieses tote faschistische Schwein mit dem glorreichen Kommunismus zu tun, du fette Sau?«

Ruth antwortete auf Deutsch: Pfreimel lebe, sogar ganz in der Nähe, und könne den Kommunismus am nächsten Morgen ab sechs Uhr in Bleichrode aufbauen! Um die Mittagszeit herum gebe es dann auch wieder Elektrizität, sofern man Pfreimel freie Hand lasse.

Das sei unmöglich, japste Gambarow.

»Gute Güte, nein, Herr Oberst! Nichts ist unmöglich. Sie müssten heute Nacht nur noch einen Tieflader bereitstellen, damit wir die Turbine für unser Elektrizitätswerk wieder zurückschaffen können. Das Ding steht immer noch unten auf dem Lagerplatz. Fast verrottet. Mit deutscher Gründlichkeit haben wir sie aber vor dem Rostfraß bewahrt, schön abgedeckt. Oberst Gambarow, Elektrizität ist eine angenehme Sache. Unsere Elektrizität liegt unter dem Schnee.«

Gambarow überlegte nur noch kurz.

»Was wird mit den Toten und den Seuchen?«

Auch das würde Otto Pfreimel sogleich am nächsten Tage erledigen, versicherte Ruth und fügte noch hinzu, sie empfehle, Verwaltungsanordnungen der Effektivität wegen direkt mit Otto zu besprechen. Dreist bot sie sich an, Pfreimel zu holen.

Gambarow lehnte das ab mit dem Hinweis, das Gutshaus sei seine Kommandantur, und in seiner Kommandantur habe ein deutscher Bürgermeister nichts verloren. Er sei aber wegen der Notlage einverstanden mit Pfreimel als Bürgermeister. Allerdings unter der Bedingung, dass er sich niemals im Rathaus blicken lasse. Wenn er das doch täte, würde er ihn sofort erschießen.

Elisabeth, die wohl auch in die Bleichröder Geschichte eingehen wollte, schlüpfte in die Rolle der versöhnlich-liebenswerten Schwester und Genossin, die hilfsbereit einem Bruder aus dem Mutterland des Kommunismus beisteht: »Aber lieber Sergeij, wie stellst du dir das vor? Der Pfreimel braucht natürlich wieder sein Büro! Sonst geht gar nichts. Sergeij, das Einfachste ist, wir ziehen da aus. Im Rathaus gibt es das einzige Telefon in Bleichrode. Hör mal, ohne Telefon, das weißt du, kann man nichts verwalten, solange die Post noch nicht funktioniert. Hab ich Recht ... no, na?«

»Haben Sie beide, Sie Existenzen, keine Angst vor mir?«, fragte Gambarow zurück.

Ruth schüttelte freundlich den Kopf. Ihre Furchtlosigkeit sei einfach die Folge von Gambarows Verhalten. Der kümmere sich niemals um andere Menschen, und deswegen müsse man vor ihm auch keine Angst haben. Er, der Gast in ihrem Hause, sei nur an Sachen interessiert, nicht aber am Wichtigsten – am Menschen. Und sehr liebenswürdig fügte sie hinzu, dass ihre Schwester, auch sie selbst, ihre Tochter ohnehin und alle Leute, die sie Freunde nenne, an den Kommunismus glaubten. Grundsätzlich sei der eine gute Sache.

Die Katharina habe das schon sehr, sehr früh gewusst: kurz nachdem man ihn in England erfunden habe.

Aus der Tischschublade holte Gambarow eine Flasche Kirschbrand und zerschmetterte sie an der Wand, oberhalb seiner vier Soldaten. Die Scherben fielen den Jungen auf Köpfe und Schultern, und nass wurden sie auch noch.

»Otto Pfreimel wird ein guter Kommunist sein«, fuhr Ruth unbeirrt fort. »Wir brauchen den Kommunismus und Elektrizität. Ein Bürgermeister braucht sein Büro. Mit Telefon. Oberst Sergeij Gambarow, lassen Sie sich ein neues Telefon hier in mein Haus legen. Der Pfreimel wird Sie retten, bevor hier in Bleichrode alles über Ihnen zusammenbricht. Die Toten in der Friedhofskapelle sind nur der Anfang. Die Seuchen das Ende. Auch das sowjetische Ende.« Ruth hatte mit feierlich fester Stimme gesprochen.

Gambarow tobte mit seinen Juchtenlederstiefeln durch den Zucker, zerrte an den Soldaten herum, ohrfeigte sie, trat sie, schrie sie an und stieß einen nach dem anderen aus dem Esszimmer. Krachend schlug er die alte Tür zu, so sehr, dass sie sofort wieder aufsprang und die kunstgeschmiedete Klinke ihn an der Hand verletzte. Er schrie: »Elisabeth, bringen Sie Ihre Mutter um, bevor ich es tue! Ihr beschissenes Rathaus werde ich nie wieder betreten!«

Er massierte seine Rechte und stellte jetzt erst fest, dass die Verletzung erheblicher war als der Schmerz, den er zuvor verspürt hatte. Er konnte die Finger nicht mehr bewegen. Einige lange Sekunden betrachtete er seine Hand. Erneut versuchte er, wie ein Pianist die Finger zu bewegen. Vergeblich.

Er setzte sich an den Esszimmertisch und legte beide Hände darauf: »Ich werde in diesem Raum sitzen und dort, durch dieses Fenster blicken. Und Sie werden mit mir dabei zuschauen, wie meine braven russischen Pioniere Ihre Wälder dort drüben, Baum für Baum, abholzen! Jawohl, das wird geschehen. Diese Wälder gehörten doch alle einmal Ihnen, Baronin? Ab jetzt gehören sie dem Volk. Meinem zerschundenen russischen Volk. Meine Anweisungen sahen das Abholzen der Wälder nicht vor. Ich nehme an, dies war eine Nachlässigkeit meiner vorgesetzten Dienststellen.

Bleichrode wird fallen. Baum für Baum. Lächerlich, Otto Pfreimel ein Kommunist!«

Elisabeth und Ruth gingen schweigend aus dem Esszimmer. In der Tür drehte Ruth sich noch einmal um. Sie lächelte sanft: »An Otto Pfreimel und an den Kommunismus muss man nur glauben. Ich danke Ihnen, Genosse Sergeij!«

Pfreimel wurde kommunistischer Bürgermeister. Er hängte in seiner alten Amtsstube ein gerahmtes Stalinfoto auf und stellte auf seinen Schreibtisch die sowjetischen Einheits-Gipsbüsten von Marx, Lenin und Engels.

Noch in der Nacht wurde die Turbine zum Elektrizitätswerk geschafft. Am nächsten Tag ging das Licht in Bleichrode allerdings noch nicht wieder an. Das verzögerte sich noch, weil es an Werkzeug und Material fehlte und keinerlei Hoffnung bestand, derlei komplizierte Sachen herbeizuschaffen. Aber Pfreimel hatte bereits ein funktionierendes Telefon Er rief seinen Amtsbruder in der britisch besetzten Zone nahe von Bad Sachsa an und bot Elisabeths wertvollstes Schmuckstück – ein mit Rubinen besetztes Armband – gegen die Lieferung der benötigten Gerätschaften Zug um Zug an.

Am nächsten Tag schlich sich Kalle Flieder mit einigen Feldhandballspielern über die Grenze, und sie schafften nicht nur die Werkzeuge und die Ersatzteile, sondern auch Gerste, Hopfen und Malz zurück nach Bleichrode.

Die tiefgekühlten Toten wurden gleich in den ersten Stunden nach Pfreimels Amtsübernahme in einem Sammelgrab beerdigt. Nach einer knappen Woche gab es wieder Strom. Nach zehn Tagen prosteten sich Kalle Flieder, die Weidlers, Elisabeth, der Lebensmittelhändler und viele, seit der schlimmen Zeit verfeindete Bleichröder im Sitzungssaal mit »Puup-Arsch-Knallbier« aus der »Germania-Brauerei« zu. Ruth bediente sich aus Weidlers Flachmann.

Sowjetische Pioniereinheiten rückten mit schwerem Gerät in Bleichrode an. Der Gutsinnenhof diente als Parkplatz. Um einige der Bäume mit Stumpf und Stiel ausreißen zu können, hatte Gambarow ein Monstrum von Rodungsmaschine angefordert, die nicht durch das doppelflügelige Gutshoftor passte.

Ein schwerer Raupenschlepper machte die beiden Torflügel nieder, das störende Mauerwerk seitlich und oben wurde mit geeignetem Gerät für den Baumroder passend herausgeschlagen. Das Ungetüm begann mit seiner gewaltigen Kraftanstrengung. Nach ungefähr zehn Minuten war der schöne alte Walnussbaum im Innenhof mit Krone, Stamm, Stumpf und Astwerk herausgerissen – komplett.

Durch die Ruckelei wurden natürlich auch die, in der winterlich blattlosen Krone meisterlich versteckten, Kirschwasser-Bouteillen heruntergeschüttelt.

Die Flaschen zerschellten auf dem Kopfsteinpflaster. In den Bleichröder Wäldern kam die Baumrodungsmaschine allerdings nicht zum Einsatz. Für die Steigungen der steilen Waldhänge im Harz war sie nicht geeignet. Die Bäume dort mussten von den Männern geschlagen werden.

Die russischen Pioniere richteten sich in zwei Großscheunen ein. Kreuz und quer hängten sie Hängematten auf, in denen sie, wenn sie nicht gerade arbeiteten, schliefen. Ruths Enkel fand die neuen Gäste sehr freundlich. Er durfte in ihren Hängematten schaukeln und ihnen manchmal auch bei der Arbeit zuschauen.

Alles in allem waren zwischen hundertzwanzig und hundertfünfzig Pioniere auf dem Rollschen Gut. Und damit diese Männer, die viel mehr arbeiten mussten als die jungen Soldaten, nicht verhungerten, hatten sie sich Nahrungsmittel mitgebracht, vor allem Graupen, Zucker und Wodka.

Die »Aktion Holzeinschlag« dauerte bis Ende März 1947. Fast 5600 Hektar Wald wurden abgeholzt, wertvolle Laubbäume im besten Baumalter.

Die frierenden Bleichröder, die spätabends in die Wälder gingen, um das Astholz einzusammeln und in den heimischen Öfen zu verbrennen, ließ Gambarow mit Warnschüssen von seinen Wachsoldaten vertreiben.

Gambarow hatte sich in sein Büro im Esszimmer tatsächlich ein neues Fernsprechgerät legen lassen. Und als er im Juli 1947 wegen Unfähigkeit abgelöst wurde, vergaßen die sowjetischen Behörden das Telefon. So blieb es den Bewohnern des Gutes erhalten.

Ihre Kommandozentrale verlegten die Sowjets in den alten faschistischen Fliegerhorst Quarembeck bei Quedlinburg. Dort waren ungefähr dreitausend Russen stationiert. Bald gab es in Bleichrode keinen einzigen Russen mehr.

7

Ruth saß, wenn sie sich nicht um ihren Enkel kümmerte, in ihrem Sessel und drehte ihn so, dass sie nicht aus dem Fenster schauen konnte. Manchmal versteckte sie sich auch in der »Butze«. Dort gab es nur ein Dachfenster, durch das sie den winterlichen Himmel sehen konnte, wenn sie zuvor das Fenster aufgestoßen und den Schnee von der schrägen Scheibe abgeschüttelt hatte.

In der »Butze« war sie immer dann, wenn sie allein sein wollte, um traurig zu sein. Wenn Elisabeth, die Weidlers oder Pfreimel sie nicht in ihren beiden Räumen fanden, wussten sie, dass sie hier in ihren Erinnerungen spazierenging.

Sie saß auf einem Schemel und dachte laut nach. Manchmal stöpselte sie auch die Schwarzlichtlampe aus dem Jahre 1913 in eine Steckdose, setzte, um ihre Augen nicht zu gefährden, ihre dunkelblaue Sonnenbrille auf und hörte dem Knistern aus der dunkelvioletten Birne in dem Parabolspiegel zu. Freilich, an diesen Abenden, da setzte sich zuweilen der »Zwerg Angst« mit in ihre Butze und wurde riesengroß.

Von ihren deutschen Landsleuten waren viele Millionen Menschen getötet worden. Sie selber hatte man zu töten eigentlich nur vergessen. Ihr Überleben empfand sie fast als

Schande. Die blutrot gesäumten, weißen Blütenblättchen der Sauerkirschen erinnerten sie an Blut, an den millionenfachen Tod Unschuldiger. Ihre Mitbürger hatten Juden deportiert und ermordet, ebenso Zigeuner und Polen und viele andere Menschen, die sie zu »Untermenschen« erklärt hatten.

Sie hatte hier mit groben Messerschnitten in weiches Kirschstammholz feine Triebe einer besseren Rasse gepropft und die blutenden Wunden mit Bast umwickelt, in der Hoffnung, etwas Besseres, Wertvolleres züchten zu können.

An einem Abend im Grünen Salon deutete Luise Weidler auf den kleinen Schreibtisch, auf dem in einem alten Schulgriffelkasten Ruths Hümmelken lag.

Das war sehr ungewöhnlich. Das Hümmelken hatte Ruth immer mit sich herumgetragen, normalerweise eingewickelt in ein weißes Batisttaschentuch in der Rocktasche oder, zu besonderen Anlässen, sorgfältig verpackt in einem der drei Fächer von Alberts ledernem Zigarrenetui. Nachts hatte das Hümmelken immer griffbereit unter ihrem Kopfkissen gelegen. Außer Reichweite war es nie gewesen. Nun lag es im Schulgriffelkasten ihrer Tochter, achtlos weggelegt.

Die Anwesenden schwiegen und machten sich Sorgen.

Dann war Frühlingsanfang, aber an den Nordhängen des Harzes und an anderen kühlen Stellen lag noch matschiger Schnee. Ruth umklammerte fest den Griff ihres Messers und ging auf ein weites Feld. Sie wollte ganz weit schauen. Am Horizont erhob sich der Büchelberg mit all ihren Kirschbäumen. An jenem Morgen beschloss sie, nichts mehr an den Kirschen zu verbessern.

Die geballte Faust mit dem Messer steckte sie in ihre Rocktasche und ging weiter über das Feld, auf den Horizont zu.

Am Nachmittag des gleichen Tages wurde Paul Buschbachs zerstückelte, kopflose Leiche im Fichtenwald am Osterberg aufgefunden. Als Mordwerkzeug mussten Äxte gedient haben. Tage später wurde der Osterteich, in der Hoffnung, man würde noch einige überlebende Karpfen finden, abgelassen. Zwischen wenigen Karpfen fand man Buschbachs Kopf.

Otto Pfreimel meldete den Mord an die deutschen Beamten der Kriminalpolizei in Quedlinburg. Die hatten sehr viel zu tun und kümmerten sich um einen toten Nazi nicht.

Es gab Leute in Bleichrode, die sagten, ein Russe müsse Buschbach ermordet haben, weil seine silberne Taschenuhr, auf die er immer sehr stolz gewesen war, fehlte. Außerdem besaßen nur Russen Äxte, um Bäume zu fällen und einen Menschen zu erschlagen. Aber es gab auch das Gerücht in Bleichrode, das besagte, die beiden ältesten Söhne Buschbachs könnten den Vater ermordet haben, weil er seine Familie ein Leben lang grausam misshandelt hatte.

Nun war er für immer weg. Alle in Bleichrode waren sich darüber einig, dass es gut sei.

Viele Flüchtlinge zogen aus Bleichrode weiter über die »Grüne Grenze« in andere Besatzungszonen. Aus dem stark beschädigten »Spitzenberg« zogen die Flüchtlinge zuerst fort.

Dann leerten sich auch die ehemaligen Töchterheime. Kriegsheimkehrer kamen nach Bleichrode zurück. Bleichröder Frauen, die seit Jahren von ihren Männern nichts gehört hatten, konnten ihre Ehemänner wieder in ihre Arme schließen.

Nicht eine einzige hatte jemals bei Elisabeth im Rathaus vorgesprochen, um sich einen »provisorischen Totenschein« ausstellen zu lassen, so wie es möglich gewesen wäre. Ganz im Gegensatz zu den Hellröder Bürgerinnen, die sich in Scharen zu Kriegerwitwen auf Zeit hatten machen lassen.

Den scharfen Blicken der Bleichröderinnen entging nicht ein einziger Besuch aus Hellrode in der Amtsstube von Elisabeth, die jetzt Otto Pfreimel, auf sein drängendes Bitten hin, als Vorzimmerdame diente und immer noch den Verwaltungskram mit Geburtsregister, Standesamt und Totenschein versah.

Bürgermeister Pfreimel hatte anderes zu tun. Er musste sich um Saatgut für die landwirtschaftlichen Betriebe kümmern, um Nachschub für die »Germania-Brauerei« zur Aufrechterhaltung des Brauereibetriebes, um Handwerksgeräte und landwirtschaftliche Maschinen. Außerdem musste er Wahlkampf führen. Es ging um den deutschen Vorsitzenden der von den Russen verordneten »Gesellschaft für die deutsch-sowjetische Freundschaft«.

Die Sache mit der deutsch-sowjetischen Freundschaft sei natürlich noch sehr inoffiziell, sagte Otto Pfreimel zu Ruth und Weidler, als er sie davon unterrichtete. Nach all dem, was die Deutschen so erlebt hätten, könne man von Freundschaft ja wohl nicht sprechen.

»Und erst recht nicht nach dem, was wir Deutschen den Russen angetan haben, lieber Oddo«, patzte Ruth zurück.

Mit dem feinen Gespür des langjährigen Kommunalpolitikers witterte Pfreimel hinter dieser Gesellschaft eine Plattform zur Stärkung des Einflusses Bleichrodes im Landkreis Quedlinburg. Dummerweise aber habe der Kommandeur in Quarembeck ihn nicht in Betracht gezogen für den zukünftigen Vorsitzenden, sagte er und erklärte sich diesen traurigen Umstand mit seiner Vergangenheit als faschistischer Bürgermeister.

Weidler nickte zustimmend mit dem Kopf.

Ruth schaute Pfreimel scharf an und sagte mit fester Stimme, er, Otto Pfreimel, sei unter den Tausenden von Bösen einer der wenigen Guten gewesen, das sei ja bekannt. Er möge fünf Liter Treibstoffgemisch für Zweitaktmotoren beschaffen, mit Weidlers 98er DKW gen Quarembeck fahren, beim Kommandeur als Bürgermeister von Bleichrode vorstellig werden und energisch eine demokratische Wahl für den Posten des Vorsitzenden fordern.

Erst lehnte Pfreimel dies entschieden ab, verwies auf seine Vergangenheit und die Gefahr einer möglichen Verhaftung und sagte dann, Ruth möge doch selber beim Kommandeur vorstellig werden und sich, als Verwandte einer Groß-Kommunistin, auf die Liste setzen lassen.

Ihr Horizont reiche nur bis zum Büchelberg, erwiderte Ruth. Darüber hinaus nicht. Sie sei unpolitisch, allerdings sei sie mit Nachdruck für die deutsch-sowjetische Freundschafts-Gesellschaft.

Seine Gattin Friederike auf dem Sozius, knatterte Otto Pfreimel nach Quarembeck. Um den Hals trugen sie rote Seidentücher, wie Ruth es ihnen empfohlen hatte.

Die hatte kurz vor der Abfahrt noch eine Idee gehabt: Sie erinnerte sich an ein blutrotes quadratisches Seidentuch von Friederike und regte an, dieses Tuch in zwei Dreiecke zu schneiden und sich diese mit einem englischen Doppelschifferknoten um den Hals zu binden, so wie ihre Schwester Käthe es schon 1913 getan hatte.

Die knallroten Seidentücher mussten auf den Kommandanten Eindruck gemacht haben, denn Pfreimel wurde sogleich vorgelassen.

Den Vorschlag mit der demokratischen Wahl fand der Kommandierende gut und befahl den Bürgermeistern der Region, gegeneinander Wahlkampf zu führen, damit sie den Sieger als Vorsitzenden vorschlagen könnten. Die Personalakten von Otto Pfreimel kannte der mächtige Mann in Quarembeck nicht. Sehr wohl aber die anderen Bürgermeister des Landkreises Quedlinburg.

Die meisten von ihnen waren ordentliche Sozialdemokraten oder Kommunisten, viele hatten die Nazizeit in Konzentrationslagern überlebt. Nur der Neustedter und der Ballenstedter hatten eine etwas »beige« Vergangenheit, waren aber nie Parteigenossen der NSDAP gewesen.

Der einzige Neukommunist war der Altnazi Otto Pfreimel mit dem roten Seidentuch um den Hals. Beim Wahlkampf ging also ein gewaltiges Gezeter los. Dabei wurde Pfreimel sogar unterstellt, dass er nicht einmal die Enteignung von Land in Junkersbesitz hatte vorantreiben können. Diese Tatsache stritt er mit dem klugen Hinweis darauf ab, dass der Rollsche Hof sich schon seit Jahrzehnten im Besitz des Volkes befinde, mithin eine Enteignung gar nicht nötig sei. Man möge ruhig mal in den alten Archiven nachschauen. Selbst im »Völkischen Beobachter« habe man sich über das »arische Volksgut« gefreut.

»Selbst die Nazis fanden uns schon sozialistisch!«, soll Otto Pfreimel geprahlt haben. Ruth fand, das sei ein sehr gutes Argument für seine Wahl.

Während Elisabeth die Verwaltung Bleichrodes gut im Griff hatte, ging es mit der Ordnung in den anderen Städten und Gemeinden immer weiter bergab.

Die braven Sozialisten und Kommunisten in den Bürgermeisterämtern waren zwar parteipolitisch lupenrein, aber keine Verwaltungsfachleute, und so funktionierte bei ihnen nichts. Was blieb ihnen also übrig, als Otto Pfreimel zum Vorsitzenden der einflussreichen »Gesellschaft für deutsch-sowjetische Freundschaft« zu wählen, damit der Oberkommandierende in Quarembeck ihn dann ernennen könne.

Elisabeth freute sich, als sie davon erfuhr.

»Auch Kardinäle werden nicht gewählt, sondern ernannt«, sagte sie. »Glückwunsch, Otto! Ich möchte jetzt endlich nach Hause und mich um meine Mutter und um unseren Hof kümmern, jetzt, wo die Russen weg sind und Weidler und seine Frau auch nicht mehr so können wie früher.«

»Um den Aufbau des Hofes kümmert sich schon deine Mutter«, sagte Otto Pfreimel. »Du solltest dich mal in den Westen aufmachen. Ins Westfälische. Da kommt doch dein Mann weche! Heißt das Kaff nicht Westkotten? Vielleicht erfährst du da was von ihm.«

Fast jeder in Bleichrode wusste, dass Elisabeth zum letzten Mal auf Umwegen, so um 1944, etwas von ihrem Mann gehört hatte. Aber nur Ruth wusste, dass Elisabeth sich nicht mehr nach ihm sehnte, mit seiner Rückkehr nach Bleichrode auch nicht rechnete, ihn am liebsten vergessen hätte.

Jetzt vermasselte ihr Otto Pfreimel ihre Pläne mit der Erinnerung an den ungeliebten Kerl. Zu genau wusste Pfreimel, warum er Tinchens einzige Tochter, die tüchtige Elisabeth, nach Westkotten ins Westfälische schicken wollte.

Ein Onkel ihres Mannes war nach jahrzehntelanger Abwesenheit und einem abenteuerlichen Leben mit eindrucksvollen Höhen und Tiefen nach Westkotten zurückgekehrt und hatte schon Anfang 47 gleich zwei Hotels wiedereröffnet. Eins in Westkotten und eins in einem Dorf bei Westkotten.

»Ein steinreiches, einflussreiches Schlitzohr, dein sauberer angeheiratetet Herr Onkel Ewald«, sagte Otto Pfreimel und empfahl Elisabeth, sich möglichst bald in den Westen aufzumachen und ihre familiären Dinge in Ordnung zu bringen.

Stumme Überraschung bei Elisabeth.

»Kalle Flieder hab ich schon nach Westkotten geschickt, wegen der Gerste für seine Brauerei und auch wegen deines Mannes. Dabei ist er auf den größten Schieber dieser ganzen Gegend gestoßen, auf Ewald Roth, deinen angeheirateten Onkel. Der liefert uns Gerste und Gewürze für die Hausschlachtung auf zwei Jahre – egal, ob hier was wächst oder nicht! Ein echter Wirtschaftskrimineller, dein Onkel, ein übler Kriegsgewinnler!«

Elisabeth hatte noch nie etwas von Onkel Ewald Roth gehört. Aber das war kein Wunder. Ihr Mann hatte über seine Familie selten etwas erzählt.

Damals, als sie sich liebten, hatten sie für Familiengeschichten keine Zeit. Trotzdem zankte sie auf der Stelle los: Das mit dem Kriegsverbrecher und Wirtschaftskriminellen sei ja wohl eine Frechheit. Ein Kriegsverbrecher könnte Ewald Roth gar nicht sein. Er sei schließlich, genau wie ihr Ehemann, Jude und sei als Jude aus dem Exil in seine Heimat zurückgekehrt, um dort zwei Hotels zu eröffnen.

Da lachte Otto Pfreimel lauthals los.

»Natürlich ist er Jude, dein Onkel Ewald. Aber es ist schlimmer, er ist ein jüdischer Kellner!«

Westkotten in Westfalen. In der Schieber-Clique dort machte Elisabeth die Erfahrung, wie schmal der Grat zwischen gediegener Erziehung, Eleganz, Reichtum und Hilflosigkeit ist. In der britischen Besatzungszone zählte ererbter Reichtum, der in Kalkhöhlen und Milchkannen vergraben oder in der

Sickergrube unter dem Damenabtritt versteckt werden musste, nichts. Am Notwendigen war man in Westkotten reicher. Vor allem, wenn das Notwendige von einem umsichtigen Hallodri mit jahrzehntelanger Schiebererfahrung umsichtig geleitet wurde.

In der weitverzweigten jüdischen Viehhändlerfamilie Roth war Ewald das berühmte schwarze Schaf.

Die Großfamilie Roth war, wenn man davon absieht, dass ländlicher Viehhandel immer mit fragwürdigem Geschäftsgebaren verbunden ist, eine ehrbare Sippe. Ewalds Vater war ein Spezialist für hochwertiges Zuchtvieh. Die Palette seines Angebots reichte von prämierten Gockeln und Hennen über Truthähne, Ganter, erstklassige Eber bis hin zu Bullen und, etwas seltener, zu gekörten Deckhengsten und preisgekrönten Stuten.

Im Pferdehandel bewegten sich die Roths im Dunstkreis des Galopp- und Trabrennsportes. Der war hier wie überall ein bisschen anrüchig, brachte aber, wenn ein Handel mal klappte und ein billig in Warendorf gekörter Hengst in ein Gestüt des Rheinlands verhökert wurde, erstaunlich viel Geld ein.

Geschäfte, bei denen die Käufer im Nachhinein erst merkten, dass sie zu viel gezahlt hatten, wurden von der Familie am Tag vor und nach Schabbes deftig gefeiert.

Als Zwölfjähriger hatte Ewald sich auch auf den Wiederverkauf von Tieren, von Zuchthähnen aus der einfachen und größer gewachsenen Geflügelfamilie spezialisiert. Auch erstklassige Ganter beflügelten sein Gewinnstreben. Vom Vater frisch verkauft, klaute Ewald sie nachts dem Kunden aus dem Geflügelhof und verkaufte sie an einen anderen Züchter, mit dem Argument einer preisgünstigen Okkasion, weiter.

Ein ganzes Jahr lang beklagten sich die Beraubten bei den Roths über Hühnerdiebe und ahnten nicht, dass Ewald Roth der Übeltäter war. Geschickt, wie er war, legte der Junge nämlich zwischen Tatort und neuem Lebensumfeld seiner krähenden, gackernden und schnatternden Rassetiere mindestens fünf Kilometer. Dann aber machte der Erfolg ihn unvorsichtig, und so wurde er entlarvt, als der eisenharte Bauer Schulte-Alte-Dorneburg in Kalenberge das Gekrähe seines, vom Juden für fürchterlich viel Geld gekauften Rassehahnes, vom Hof seines übernächsten Berufskollegen Schulte-Meyer-Brocksiepe hörte.

Damit war Ewalds Schicksal besiegelt. Zwar verkloppte der Vater seinen missratenen Sohn auf dem größten Tiermarkt im Landkreis so furchtbar, dass die Bestohlenen alle Mitleid mit dem kleinen Kerlchen bekamen und ihn nicht den Gendarmen auslieferten, aber mit seinen Geschäften war es vorbei. Und da die Sippe Roth nun besondere Lauterkeit beweisen musste, entzog sie ihm geschlossen die familiäre Wärme und jagte ihn mit zwölf Jahren schon in die weite Welt.

Sie »jagten« ihn nur nach Düsseldorf in das Hotel »Langbacher Hof«. Der Eigentümer dieser Luxusherberge war ein berühmter Hotelier und sehr erfolgloser Pferdezüchter. Er war einer der wenigen, die an Roths erstklassige Zuchthengste und Zuchtstuten glaubten. Niemals nahm er der Familie Roth einen Misserfolg auf der Rennbahn übel. Die Roths lieferten Ewald für eine Kellnerlehre an und als Draufgabe noch eine erfolgversprechende Stute für umsonst.

1921 begann der zwölfjährige Ewald eine Lehre als Pikkolo, und es ging ihm gut. Der rheinische Frohsinn behagte ihm weit mehr als die drögen Lebensumstände im Westfälischen – vor allen Dingen, wenn der Karneval fröhlich durch die Banketträume tobte.

In dem feinen Hotel verkehrten natürlich nur sehr reiche Karnevalisten. Denen saß das Geld locker in den Taschen. Und Ewald sah mal wieder eine Möglichkeit, zu Geld zu kommen. Als Pikkolo durfte er nur das schmutzige Geschirr abräumen und frisches Geschirr bringen. Das tat er gewissenhaft. Beim Abservieren war er immer als Erster zur Stelle. Mit flinker Hand pflegte er die Damenhandtaschen mit abzuräumen, sie blitzschnell auf dem Weg zur Spülküche zu leeren und beim Heranreichen des frischen Geschirrs und der Kristallgläser wieder mitaufzutragen.

Da kam schon einiges zusammen! Die Beklauten befanden sich während dieser Diebeszüge zumeist auf der Tanzfläche, bemerkten den Verlust frühestens beim Pudern der Nase in den marmorierten Salons der Damentoiletten und beschwerten sich – karnevalistisch beseelt – nie bei der Direktion.

Nach Abschluss seiner Lehre als Kellner bot ihm das Hotel keine weitere Beschäftigung an, sondern empfahl ihm, seine tadellosen, geschliffenen Kenntnisse in anderen, größeren Häusern zu vervollkommnen. Auf das Zeugnis des »Langbacher Hofes« war er zeitlebens stolz. Es war so hinterhältig gut, dass ihn die gestrengen Personalchefs des feinsten Züricher Hotels mit »Gruezi, Herr Ewald« in Dienst nahmen. Als Commis arbeitete er in Zürich, als Chef de Service in San Francisco, als Maître d' in Paris, London, Prag und Wien, als Chef de Salle schließlich in Buenos Aires.

Wo immer er sich in Diensten befand, fiel er durch tadellose Umgangsformen, aberwitzigen Weitblick für heikle Situationen, die das Dienstleistungspersonal täglich neu auf die Probe zu stellen pflegen und die er genialisch zu meistern verstand, auf. Ewald servierte nur bei den ersten Adressen weltweit. Er war beliebt und trieb den Trinkgeld-Tronk für das gesamte Personal allein durch seine Umsichtigkeit, Höflichkeit und besondere Pflege der Stammgäste in astronomische Höhen. Gleichwohl hing ihm während der vielen Jahre seiner Kellner-Weltreise immer der Ruf an, sich aus den üppigen Trinkgeldern zu bedienen, bevor sie in die Gesamtkasse kamen. Doch dieser Ruf adelte den geschmeidigen Ewald, denn wo viel Trinkgeld ist, ist auch viel Umsatz. Und Umsatz steigern konnte Ewald immer. Er hatte Geschmack, Stil und hängte sich niemals an eine Frau, einen Ort oder an so bürgerliche Gefühle wie Heimweh. Sesshaft wollte er nie werden, nur reicher. Auf keinen Fall aber selbständig.

Das änderte sich schlagartig 1945.

Vierundzwanzig Jahre hatte er sich da durch die Welt gekellnert, längst vielsprachig, aber der deutschen Zunge nur mächtig mit westfälischem Akzent und den, in diesem Landkreis üblichen, grammatikalischen Varianten. Das Heimweh trieb ihn nicht zurück nach Westkotten, sondern sein Erwerbstrieb und die Liebe.

Als Manager der recht mäßigen Restaurants des Londoner Hotels »Ritz« lernte er einen hochrangigen englischen Offizier kennen, der ihm im Whiskey-Trübsinn von seinem elenden Leben in einem miesen Hotel in Westkotten in Westfalen berichtete. Dass der vornehme Offizier überhaupt aus seinem schönen London herausmusste, um im Nazi-Deutschland den Besatzerhäuptling zu spielen, empfand er schon als Zumutung. Berlin, Hamburg, Köln – das hätte er sich noch gefallen lassen. Aber dieser westfälische Schrotthaufen, Westkotten – disgusting!

Nach einigem listigen Hin-und-Her-Fragen fand Ewald heraus, dass die Briten einen so hochrangigen Vertreter der Upper Class deswegen nach Westkotten geschickt hatten, weil dort und in der Umgebung viel zu holen war.

Hier funktionierte noch die Landwirtschaft und die Viehzucht schon wieder. Westkotten, Paderborn, Soest, Unna, die ganze Ecke am Rande des Ruhrgebiets war sozusagen die Korn- und Fleischkammer der britischen Besatzungszone. Seinem hohen Rang verdankte der Unselige diesen »fetten« Posten.

Der Tommy war nicht wenig überrascht, als Ewald sich anbot, ihn ins heimatliche Westkotten zu begleiten. Überrascht, weil es den jüdischen leitenden Mitarbeiter des »Ritz« ausgerechnet dorthin zog, wo die Nazis einen Großteil seiner Familie umgebracht hatten.

Der Holocaust hatte in der Familie Roth furchtbar gewütet. Das erfuhr Ewald aber erst, als er wieder in Westkotten war, mit Hilfe des Engländers das schäbige Hotel dem Altbesitzer für einen lächerlichen Betrag abgekauft und innerhalb weniger Wochen ein respektables, luxuriöses Etablissement in der Innenstadt geschaffen hatte.

Die Bauern der Umgebung öffneten nach Kriegsende behutsam ihre wohl gefüllten Scheuern und Fleischkammern und förderten so eine, mit dem Tode bestrafte Schattenwirtschaft – die Schieberei.

Im »Lotus-Hotel« bei Ewald Roth konnte man alles bestellen, erwerben, erkungeln.

Der große runde Stammtisch für zwölf Personen, direkt links neben der Eingangstür zur gemütlich eichenen »Hansa-Stube«, war ein in der gesamten britischen Besatzungszone bekannter Umschlagplatz für Waren jeglicher Art.

Ewald steuerte die Stammtischgeschäfte immer von dem kleinen Dreiertisch aus, direkt daneben, der in der »Lotus-Stube« der Eigentümer-Tisch hieß und an dem nur Ewald saß und immer häufiger eine puppengesichtige Blondine mit Herz-Kussmund. Die hieß Hanni, hatte sich im Hotel als Hauswirtschafterin beworben, die Stelle auf Grund verdächtig guter Zeugnisse aus der Vergangenheit bekommen und ergänzte Ewald nun aufs Trefflichste. Der Mann durchschaute Hannis eigentliches Ziel erst, als es zu spät war. Er fiel ohne Umstände auf die Liebeskünste der süßen Herzigen herein und erlag – obwohl doch weltgewandt, erfahren und weitgereist –, ihren raffinierten Liebesspielen.

Was er niemals zuvor in seinem Leben getan hatte, tat er bei Hanni: Er sagte fortwährend »Ja«, »Ja« und »Ja« – das letzte Mal Ende 1946 bei der standesamtlichen Trauung in Westkotten. Fortan sagte Hanni »Nein«, und sie gaben danach ein gutes Ehepaar, mit gemeinsamen geschäftlichen Interessen und ohne ausgeprägtes Triebleben ab. Ewald litt nur kurz und erfrischte sich an den zahlreichen deutschen Fräuleins, die ins Hotel kamen, um von den Tommys mit Cadbury und »Pall Mall«-Zigaretten bezahlt zu werden.

Hanni lebte wie eine Nonne und kaufte in dem Vorort Kaisersborn das Kurhaus Königsborn mit umfangreichen Parkanlagen dazu. Gemeinsam mit Ewald eröffnete sie dort ein Grandhotel vom Feinsten.

Vom Eigentümer-Tisch neben dem Stammtisch zogen sie weiter die Fäden der schwarzen Geschäfte, hielten sich aber selber – soweit es ging – bedeckt. Nur den Automobil-, Treibstoff- und Getreidemarkt kontrollierte Ewald mit eiserner Hand. Im Geheimen, wie er glaubte, weil er sich »klotzig« abgesichert fühlte durch seinen englischen Freund, den hochrangigen Offizier, dem er im Kurhaus Königsborn die Majestäten-Suite wieder herrichtete und ihn dort, weitab vom Geschehen, unterbrachte, damit er und seine schrägen Freunde machen konnten, was sie wollten.

Hinter der Grünen Grenze, bei Schirke im Harz, wurde Elisabeth von einem Mercedes-Cabriolet aus alten SS-Beständen abgeholt. Ewald Roth höchstpersönlich saß am Steuer, obwohl er keinen Führerschein hatte und nur mit Hilfe des Allmächtigen lebend den langen Weg von Westkotten zum Treffpunkt geschafft hatte. Außer einigen hübschen Kleidern, Wäsche und etwas Schmuck war nichts in Elisabeth ehrwürdiger Reisetasche aus Boxcalf-Leder. Gegen die Kälte der Nacht trug sie noch einen feinen hellgrauen Mantel aus zwölffach gebürstetem Loden. Ihre gefährliche Wanderung über die Grüne Grenze, an russischen und britischen Zonengrenzsoldaten vorbei, sah man ihr nicht an.

Beeindruckt öffnete Ewald der jungen Dame die Tür zum Beifahrersitz. Für »eine aus der Ostzone« war seine angeheiratete Nichte bemerkenswert rüstig und wohlerzogen. Selbstsicher allerdings nicht, dafür aber geradezu überirdisch schön, mit dem Profil der jungen Greta Garbo.

Weil Ewald schlecht und schnell fuhr, reichte er Elisabeth eine Lederhaube mit Ohrenschützern und eine Schutzbrille gegen den Fahrtwind, den Dreck, den Staub, die Insekten. Dann raste er los.

Bereits nach einem Kilometer bot Elisabeth dem Onkel an, ihn beim Fahren abzulösen. Er müsse infolge der langen, beschwerlichen Anfahrt doch hinlänglich ermüdet sein, sagte sie, und sie sei noch frisch genug, den Wagen nach Westkotten zu lenken, wenn er ihr denn den Weg beschreibe. Die erstaunte Frage, ob das junge, hübsche, filigrane Ding denn überhaupt so ein großes Auto lenken könne, schmetterte sie mit der zutreffenden Bemerkung ab, sie könne sogar Trecker fahren.

Die vielen Straßenkontrollen der Briten auf dem Weg nach Westkotten waren für Ewald kein Hindernis. Er wurde nach flüchtigem Blick in seine Papiere freundlich, häufig sogar devot, durchgewinkt. Elisabeth bekam das gar nicht so recht mit. Sie war mit eigenen Gedanken beschäftigt und wollte schon auf der Fahrt den ihr fremden, aber im Verlauf von Stunden immer vertrauteren Onkel nach ihrem Mann fragen.

Ewald löschte mit seinem überwältigenden Charme und seiner grandiosen Unkenntnis der deutschen Grammatik ihre Bedenken aus und lachte ihre, aus der Erziehung in den Franckeschen Stiftungen resultierende Unnahbarkeit einfach weg. Auch Mutter Ruths Ermahnungen, Elisabeth möge in der Fremde, besonders bei dieser Goldgräbergesellschaft im Westen, vorsichtig sein, löste Ewald in Nichts auf.

Elisabeth begriff: Ewald tut niemals etwas Böses, und nachdenken kann er ohnehin nicht. Eher beiläufig erfuhr sie, dass außer ihm selber, einigen wenigen Roths in Amerika und England in Deutschland vielleicht noch eine Nichte und bis vor drei Monaten – dem Vernehmen nach zumindest – auch noch Ehemann Walter Roth überlebt hätten. Alle anderen seien Opfer des Holocaust geworden. Mehr als dreißig, vielleicht sogar vierzig Verwandte seien ermordet worden.

»Elisabeth, hübsches Kind, du musst mich verstehen: Ich habe an meine Familie zu wenig Bindung, um zu trauern. So schrecklich es ist, das Ganze. Leben in diesen Jahren ist ein tödliches Geschäft«, sagte Ewald.

Elisabeth überlegte, wann sie diesen Satz schon einmal gehört hatte. Sie dachte über ihren Mann nach, über die vage Auskunft, vor drei Monaten habe er wohl noch gelebt und man habe ihn in Westkotten gesehen. Wollte ihr Ewald sagen, dass Walter immer noch leben würde oder dass er noch nicht tot sei, dass er ein gefährliches Leben führe, zwischen Leben und Tod, über das nicht mal der eigene Onkel

Worte verschwenden wolle? Elisabeth zog es vor, Ewalds knappe Auskünfte zunächst zu respektieren.

»Leben ist ein tödliches Geschäft« – auf der Landstraße bei Bergkamen im Landkreis Unna fiel ihr ein Gedicht von Gottfried Benn ein. Schwester Mechthild hatte es ihr 1943 in ihr altes Poesiealbum geschrieben.

Einfache Sätze!
Blühen ist ein tödliches Geschäft.
Ich habe mich damit einverstanden erklärt!
Ich lebe!

Im Hotel »Lotus« bezog Elisabeth ein großräumiges Doppelzimmer, frisch renoviert, mit aberwitzig teuren, original türkischen Tapeten, schweren, doppelt gefütterten Seidensatin-Übergardinen im Paisley-Muster, mit passender Tagesdecke über dem französischen Bett und Seidendamast als Bettwäsche. Elisabeth war Leinen aus Irland als Bettwäsche gewöhnt, frisch gestärkt und nach Lavendel duftend.

Als sie ihre wenigen Habseligkeiten aus der Reisetasche in den großen Schrank verstaute und mit der Kleiderbürste aus ihrem Reisenecessaire den Staub aus ihrem Mantel bürstete, betrachtete sie die Opulenz ihres Hotelzimmers und glaubte, die mahnende Stimme ihrer Mutter zu hören: »Elisabeth, reine Seide ist nicht immer Freude! Nur ein Bordell kann sich überflüssigen Luxus leisten!«

In mehreren Schichten deckten kostbare Teppiche die quietschenden Bohlen des alten Hotels ab. Die meisten dieser Teppiche hatten zuvor in den Kuhställen der raffgierigen Bauern gelegen. Gegen Diesel und »Opel P4« hatten Ewald und Hanni die Orientware wieder ihrer eigentlichen Bestimmung zugeführt.

Im eigenen Badezimmer floss aus Dusche und Warmwasserhahn warmes Wasser, und sogar die Zentralheizung funktionierte. Ein untrügliches Zeichen dafür, dass Onkel Ewald den Heizungskeller voller Koks hatte. In diesen Zeiten fast ein Ding der Unmöglichkeit.

Seit Jahren badete Elisabeth zum ersten Mal wieder in einer richtigen Badewanne, räkelte sich in einem Schaumbad aus einer altehrwürdigen Londoner Parfümerie, wusch sich die Haare mit einem Nerzöl-Shampoo und benutzte zum Eincremen ihrer Haut eine sanfte Bademilch.

Eingemümmelt in einen weißen Frotteemantel, stellte sie für sich kategorisch fest, dass sie wie eine Hure rieche und einem gottlosen Trieb nach Annehmlichkeiten des Lebens in schlimmer Zeit zum Opfer gefallen sei. Schon die Fahrt in dem Mercedes, bei offenem Dach, fand sie zu üppig, obwohl sie ihr Spaß gemacht hatte.

Nach Jahren der Katzenwäsche in den Franckeschen Stiftungen und der Sitzbadewanne im Grünen Salon ihrer Mutter, nach all dem Getippe von Listen und dem Wühlen in staubigen Dokumenten, die manchmal wichtig waren wie Tod und Leben, fühlte sie sich im »Hansa-Hotel« zu Westkotten wie notgelandet.

Hanni hatte sie wie eine langjährige, geliebte Freundin in die Arme genommen und sie umarmt und geküsst, wie jemanden, der das Küssen und Umarmen nicht mehr gewohnt ist. Hanni war überwältigend nett, und ihr schnattriges Lachen ging über drei Oktaven. Nach dem Auspacken, Baden und Umziehen wollte sie Elisbabeth, zusammen mit Ewald, in der »Lotus-Stube« am Eigentümer-Tisch erwarten.

»Wat essen musst du, Elisabeth«, hatte Ewald gesagt. »Du bist zu dünn. Aber das bist du nicht in Schuld, das liegt an eurem Osten. Hast du das Päckchen von Kalle Flieder für mich mitgebracht?« Elisabeth nickte.

Kalle Flieder hatte sie mit dem Lieferwagen der »Germania-Brauerei« rauf in den Harz gefahren, bis zum Sperrstreifen, zur Grünen Grenze. Da hatte er ihr ein in braunes Ölpapier verpacktes Päckchen zugesteckt und sie gebeten, es dem auszuhändigen, der sie in Westkotten danach fragen würde. Elisabeth hatte kapiert und das Ding in ihre Reisetasche geworfen.

Kalle Flieder hatte sie nachdenklich längere Zeit angestarrt und ihr dann empfohlen, das Päckchen mit Leukoplast an die Innenseite eines Oberschenkels zu kleben. Sie sehe vornehm und elegant aus und wirke so perfekt unnahbar, dass ihr bei einer Kontrolle höchstens die Reisetasche abgenommen werden würde, aber ihr niemals jemand an die Wäsche ginge.

»Mir nehmen Soldaten nicht mal die Reisetasche ab, Herr Flieder!«, hatte Elisabeth empört gesagt und das Päckchen gelassen, wo es war.

Ewald erwartete seinen Gast vor der Rezeption. Als Elisabeth aus der hölzernen Fahrstuhlzelle trat, glaubte er wieder, eine junge Greta Garbo vor sich zu sehen. Glänzende Haare – allerdings schwer zu bändigende Naturkrause –, makellose Gesichtszüge und ein traumhaftes, dunkelblaues Seidenpikee-Kleid von zeitlosem Schnitt. Die schönen Beine steckten allerdings barfuß in den halbhohen Schuhen.

»Elisabeth, hast du dich etwa keine Seidenstrümpfe mitgebracht? Welche mit Naht und frisch schimmernd?«

Elisabeth sah nur das Wandtelefon an der Rezeption, und während sie darauf zuging, antwortete sie: »Woher denn, Onkel Ewald? Ich hab nur dunkelbraune Vorkriegsstrickware aus Apolda in Thüringen. Und dicke Seide, mehr was für den Winter. Und Braun zu Blau? Ne!«

Ewald drückte ihr den Telefonhörer in die Hand und erklärte, dass er, während sie zweifellos mit ihrer Mutter in Bleichrode zu telefonieren gedenke, seiner Gattin Hanni aus der verschlossenen Kommode drei Paar der sündhaft teuren Seidenstrümpfe entwenden wolle, da er natürlich für Hannis verschlossene Kommode einen Zweitschlüssel besäße, so wie Hanni ihm mit Sicherheit den Zweitschlüssel zu seiner persönlichen Stahlkassette entwendet habe. Deswegen sei in dem Behältnis auch nur noch das, was Hanni und er gemeinsam erwirtschafteten. Die inoffiziellen Kostbarkeiten, wie Schmuck und so, habe er bombensicher vor Hannis Neugier und Zugriff versteckt.

Während Elisabeth auf die Mitarbeiterin der Telefonvermittlung wartete, um ein Gespräch über die Zonengrenze hinweg nach Bleichrode anzumelden – was, wie sie aus eigener, leidvoller Erfahrung in Bleichrode wusste, Stunden dauern konnte –, sagte sie ruhig: »Im Handschuhkasten deines Cabriolets, Onkel Ewald. Hältst du dieses mobile Versteck für sicher?«

Vor Überraschung und Respekt fiel Ewald in seinem Maßanzug regelrecht zusammen. »Elisabeth! Woher weißt du das? Während der ganzen Fahrt warst du doch gar nicht da dran? Das Handschuhfach ist doch abgeschlossen?«

»Eben drum, Onkel Ewald! Während der ganzen Fahrt war es ziemlich kalt im Fahrtwind. Deswegen habe ich auch meine Handschuhe angezogen. Du hattest ganz schön kalte Flossen. Mal hast du sie in die Manteltaschen gesteckt, mal hast du dran herumgeatmet, dann hast du sie unter den Achselhöhlen gewärmt – nur an das Handschuhfach bist du nie gegangen. Irgendwann habe ich mich gefragt: Hat ein so eleganter Mann wie Onkel Ewald mit seinem Kaschmirmantel und Plaid für die Knie und einem großen Kaschmirschal keine Handschuhe?«

»Die hatte ich doch im Handschuhfach, ich blöder Arsch! Da konnte ich doch nicht dran, wenn du danebensitzt. Respekt, Respekt!«

Damit drückte er die Gabel des Telefons herunter, wählte erneut und sprach in perfektem Englisch scharfe Befehle in die Muschel.

»Die Verbindung zu deiner Mutter hast du in zwei Minuten«, sagte er. Und nach dem Telefonat würde sie zwischen drei Paar Seidenstrümpfen auswählen können. Zuvor wolle er aber noch zu seinem Mercedes, um das Handschuhfach zu leeren. Die mobile Schatztruhe sei ihm nun nicht mehr sicher genug.

Mit kleinen, kurzen Kellnerschritten ging er die Treppe runter ins Kellergeschoss.

Ruth war hocherfreut, nach so kurzer Zeit ein Lebenszeichen von Elisabeth zu bekommen. Natürlich hatte sie sich Sorgen gemacht. Dabei gab es in Bleichrode eine Regel, die aus Erfahrung geboren war und besagte, dass man erst sechsunddreißig Stunden nach Abreise zur Grünen Grenze mit allem rechnen müsse. Und obwohl viel von Gräueltaten berichtet wurde, vor allen Dingen von Raubmorden westdeutscher Schlepper, die ihre Landsleute aus dem Osten mit ihrem wertvollen Tauschgut über Wald- und Forstwege ins Britische führten, machten sich die Angehörigen sechsunddreißig Stunden lang nur heimlich Sorgen.

Ruth war derartig erleichtert, dass sie ihre Freude hinter völlig unwichtigen Geschichten vom Sedermahl am Abend zuvor verbarg. Elisabeth hörte geduldig zu und lachte, wohl wissend, dass ihre Mama ihre Sorgen sozusagen hinter dem Büchelberg verbarg.

Glänzende Seidenstrümpfe mit Naht und hoher Ferse, mit einem Stich ins Bordeaux an den Beinen, wurde Elisabeth eine halbe Stunde später von Onkel Ewald stolz in die »Lotus-Stube« geführt. An der Bar erhoben sich Hanni und ein schlanker, Anfang-Vierziger, mit blauen Augen, grauen Schläfen, ordentlichem Anzug, etwas abgewetzt wie auch das Hemd, aber Krawattennadel und Manschettenknöpfen. Ein Herr, zu dem die Säbelbeine und die schaukelnde Gangart eines Fußballspielers nicht passten.

Werner Dehm war gelernter Baumeister und sollte in den dreißiger Jahren einmal die Nachfolge des Vaters im größten Bauunternehmen Westfalens antreten. Dazu kam es aber nicht, weil Dehms Vater für einen Verwandten eine Bankbürgschaft übernommen hatte, die ihn, als der Verwandte Bankrott ging, ebenfalls ruinierte. Gebaut wurde im Dritten Reich privatwirtschaftlich nur wenig. So kam der Baumeister an die Westfront und betonierte als Fachmann große Teile Frankreichs mit dem Westwall zu. Werner Dehm, der Baumeister, Betonfachmann und ehemalige Fußball-Nationalspieler, wurde Elisabeth als »Gast an unserem Tisch« vorgestellt.

Er begrüßte Elisabeth korrekt, nicht überschwänglich, geleitete die wesentlich Jüngere an den Tisch, rückte ihren Stuhl zurecht, tat das auch bei Hanni, wartete, bis Ewald an den Tisch gewieselt war, und nahm dann auch Platz. Von da an nahm er nichts anderes mehr wahr als Elisabeth. Hanni bemühte sich um neckische Konversation über alles Mögliche, wollte darüber hinwegreden, wie sehr sie die Blicke des Werner Dehm in Richtung Elisabeth beeindruckten. Nicht mal die Standardfrage nach der Reise von einer Besatzungszone in die andere und deren Beschwerlichkeiten stellte Werner Dehm, er sagte nichts, er guckte nur und hörte dem Geplauder zu.

Ewald belauerte, mal über Dehms rechte, dann linke Schulter, den Stammtisch, bekam mit, was er erfahren wollte, und griff manchmal in das Geschehen ein, indem er Blickkontakt zu dem einen oder anderen aufnahm, die Stirn runzelte, den Kopf schüttelte, grinste oder die Augen gen Himmel hob. Auch er sagte nichts, hörte dem Gespräch der Damen aber auch nicht zu.

Alle vier hatten Bachforelle blau als Vorspeise gegessen, und Hanni war schon drauf und dran, nach ihrer Hausschneiderin zu schicken, damit die für Elisabeth Röcke und Kleider nach der neuesten Mode, dem »New Look« von Christian Dior, anfertige, da endlich machte Werner Dehm den Mund auf und sagte:

»Ich habe mit Ihrem Mann vor vielen Jahren mal bei Borussia Dortmund Fußball gespielt. Ich in der ersten Mannschaft und er bei den Junioren. Dann haben wir uns zwangsläufig aus den Augen verloren. Die Zeit, der Krieg – er verschwand. Ich war so etwas wie sein guter, älterer Freund. Anfang 1944 war ich dann einige Tage leicht verletzt in Grafenau in einem Hospital auf Krankenurlaub. Da habe ich ihn auf einem Krankenhausgang gesehen, den rechten Arm verbunden, aber in Wehrmachtsuniform. Offizier, höherrangiger als ich. Ich habe ihn angelächelt. Er hat mich offenbar nicht erkannt. So habe ich ihn militärisch gegrüßt und mit seinem Namen angesprochen. Da ist er ganz schnell weggelaufen. Ich hab ihn natürlich nicht verraten. Gefährliches Versteck.«

Ein Kalbsnierenbraten wurde am Stück serviert. Ewald erhob sich und zerteilte den Braten mit präzisen Schnitten auf dem Saftbrett. Seine Augen wanderten dabei flink von Elisabeth zu Dehm und zurück.

Als eine Scheibe Kalbsnierenbraten auf Elisabeths Teller glitt, sagte sie: »Es war kein Versteck, Herr Dehm. Das glaube ich nicht. Er wollte Sie nicht erkennen. Meine Mutter, mein Sohn und ich – wir haben nie wieder etwas von meinem Mann gehört. Aber irgendwann hatte ich keine Angst mehr, dass er tot sein könnte, und später hat mich die Hoffnung gequält, dass er noch lebte. Ewald hat mir gesagt, er sei noch am Leben.«

Einige wenige alte Freunde und er selber hätten ihn getroffen, sagte Werner Dehm. Auch da habe Walter Roth so getan, als seien sie ihm unbekannt. Schnell habe er bei dem einen die Straßenseite gewechselt, und als er ihn gesehen habe, sei er in ein Auto gestiegen und davongefahren, sehr schnell.

Elisabeth fragte, ob es sich dabei um ein DKW-Zweitakter-Sportcabriolet gehandelt habe. Als Dehm Elisabeth verdutzt anschaute, schüttelte sie den Kopf und wischte ihre Bemerkung mit einer Handbewegung aus dem Gespräch. Sie trank mehrere Gläser Wasser. Den auf den Punkt genau zubereiteten Nierenrollbraten rührte sie nicht an.

Nun platzte Ewald heraus: »DKW? Elisabeth, der Kerl ist mit 'nem Bentley rumkutschiert! Das ist so was wie ein Rolls-Royce, nur besser. Und was hab ich? Einen gebrauchten Mercedes von der SS!«

Jetzt aß Elisabeth, weil sie doch Hunger hatte und Onkel Ewalds Wutausbruch sie amüsierte, etwas von dem Kartoffelpüree und den unnatürlich grün kolorierten englischen Konservenerbsen, die ihr Hanni auf den Teller geklatscht hatte. Zum Genuss eines, in der Mitte blutig rosa, saftigen Bratenstücks reichte der Anflug von Humor noch nicht aus. Werners blaue, immer etwas feuchte Augen ließen sie nicht los.

»Was macht mein Mann denn wohl, Herr Dehm?«, fragte sie und sah ihn an.

Werner Dehm wusste es nicht.

Hanni verkniff es sich, umschweifig darüber zu reden, dass sie auch nichts wisse.

Ewald knautschte sein Gesicht in Falten und deutete mit seinem Kopf auf den Stammtisch: »Die da drüben an dem dicken Tisch, die wissen auch nichts über deinen Walter. Hab ich alles schon geprüft. Dicker Wagen und sonst nichts. Tut mir leid, Elisabeth, für mich ist mein Neffe, menschlich gesehen, schon gestorben. Ich bin weiß Gott auch kein Heiliger und »mir« und »mich« verwechsel ich. Oftmals in meinem Leben auch »dein« und »mein« – aber ich hatte immer Charakter! Stimmt's? Sag was, Hanni!«

Hanni nickte heftig. Werner Dehm zwinkerte Ewald freundlich mit beiden Augen zu.

Dann stand Ewald abrupt auf: »Nichte, das mit deinem Ehemann, diesem entfernten Verwandten von mir, ist ja eine eklige Geschichte! Pfui! Bah! Ich geh jetzt im Bett.«

Mit der Bemerkung, die beiden jungen Leute sollten sich noch etwas allein am Tisch unterhalten, zerrte er Hanni aus dem Stuhl und nahm sie mit.

Werner Dehm und Elisabeth tranken gemeinsam eine Flasche Mosel, und Werner wunderte sich darüber, dass Elisabeth gegen die vielen Schornsteine des nahe gelegenen Ruhrgebiets mit ihren »Collies« anqualmte und seine englischen Zigaretten ablehnte, weil sie nicht stark genug seien. Er sprach vom Fußballspielen und von der beängstigenden Ausdauer, die Walter Roth an den Tag gelegt hatte. »Er ist gerannt, ohne dass ihm je die Zunge aus dem Hals fiel, bis zur Verbissenheit. Gelaufen, gelaufen, gelaufen – auch wenn's nicht nötig war. Eine schreckliche Ausdauer!«

»Lieber Herr Dehm, die Rennerei liegt uns Juden wohl im Blut. Auch die Ausdauer. Wir rennen viel. Oft wissen wir ja auch nicht, wo wir ankommen. Das ist nun mal so«, sagte Elisabeth. »Aber mein Problem ist, dass ich ihn finden muss, sonst kann ich mich nicht von ihm scheiden lassen. So einfach für tot erklären, das geht ja wohl nicht mehr. Und meine Art ist das auch nicht. Wo rennt er wohl jetzt hin, im Bentley?«

Werner Dehm versprach am Ende des langen Abends, dass er das herausfinden wolle, und bedankte sich artig für ein Päckchen Ami-Zigaretten, weil er seine eigenen, englischen – ganz gegen seine Gewohnheit – an einem einzigen Abend weggeraucht hatte und Nachschub für die nächste Woche aus dunklen Quellen nicht zu erwarten sei. Werner Dehm war kein Schieber, aber ein Raucher und ein Weintrinker.

Telefonisch schien es von Westfalen aus keine Grenzen zu geben. Mehrere Blitztelefonate ihrer Tochter ließen Ruth vibrieren. Im ersten Telefonat berichtete Elisabeth noch sachlich über ihr Gespräch mit Werner Dehm. Im nächsten beklagte sie sich schon, dass sie leider noch nicht wieder von ihm gehört habe. Und als sie sich dann noch beschwerte, weil er nicht einmal vorbeikomme und erkläre, dass er in der Angelegenheit Walter Roth noch nichts erreicht habe, da hörte Ruth schon genauer hin. Ihre Tochter hatte sich wohl in einen wesentlich älteren, graumelierten, ehemaligen Fußballspieler verliebt. Ausgerechnet Fußball. Ein Proletensport. Sie hätte sie wohl doch nicht allein auf diese Reise ins Ungewisse schicken dürfen.

Die Kirschenernte 1947 auf dem Büchelberg war überdurchschnittlich gut. Zum ersten Mal nach dem Kriege lieferte Ruth die Ernte zur Firma »Lettau« ins Württembergische. Die zuständige Behörde in Halle wurde von deutschen Beamten, unter Aufsicht sowjetischer Militärwirtschaftler, geleitet und hatte entsprechende Genehmigungspapiere ausgestellt.

Den Zucker musste sich Lettau allerdings von seinen Besatzern, den Franzosen, besorgen. Die aufwendigen Maschinen der Genossenschaftsraffinerie in Halle hatten die Russen nämlich demontiert und in die Sowjetunion geschafft.

Ruths Zuckerrübenernte 1947 wurde infolgedessen als

Exportgut zur Norddeutschen Zuckerraffinerie bei Hamburg verfrachtet.

Die Erträge der Aprikosenplantagen in Österreich wurden zum größten Teil von der »Felix« verarbeitet.

All diese Geschäfte wurden unter strenger Aufsicht der zuständigen Besatzungsmächte abgewickelt, wobei das Misstrauen der Russen, Engländer und Franzosen den deutschen Aktivitäten gegenüber gleich groß war, weil sich alle Besatzungsmächte gegenseitig belauerten. Die westlichen Alliierten aber waren sich in ihrem Misstrauen den Sowjets gegenüber einig.

Die Firmen »Lettau«, »Felix« und die Norddeutsche Zuckerraffinerie bezahlten Ruth nicht mit Geld, daran hatten die Hallenser Behörden nur mäßiges Interesse.

Über Pfreimel wurden ihr Listen mit Kleinmaschinen, Ersatzteilen für größere Maschinen, Fahrzeugen für Leicht- und Schwertransporte zugestellt, die als Bezahlung bestellt werden sollten. Ein Warentauschhandel entstand, der zusammen mit den Militärbehörden abgewickelt werden musste. Die Diskussionen darüber, welches Gerät wieviel wert ist, zogen sich endlos hin, und irgendwann waren die Behörden untereinander derartig verzankt, dass sie die Abwicklung der Geschäfte der Lieferantin Ruth überließen.

Darauf hatte Ruth nur gewartet.

Auf nicht nachzuvollziehenden Wegen verstand sie es, über die Warenpreise zu handeln. Post und Telefon waren aber nicht die geeigneten Informationsträger. Die Telefone wurden in der sowjetisch besetzten Zone grundsätzlich abgehört und die Post zumeist mitgelesen.

Ein Göttinger Anwalt tauchte zum ersten Mal 1947 auf dem Gut auf, zog sich mit Ruth alleine in den Grünen Salon zurück und reiste heimlich über die Grüne Grenze wieder zurück in den Westen. Er hat über viele Jahre lang in Ruths Auftrag die Geschäftsverhandlungen geführt. Die jämmerliche Bezahlung mit gebrauchten Motoren und Fahrradschläuchen sollte in friedlicher Zukunft ausgeglichen werden, wenn eine Einigung leichter möglich wäre. Bis dahin akzeptierten »Lettau« und »Felix«, dass ein Teil des Geldes als zu verzinsendes Darlehen in die Firmen investiert wurde.

So hatte Ruth es schon von den Zwanziger Jahren an bis zum Krieg praktiziert.

1947 wunderten sich die Leute von »Lettau« und »Felix«, als sie plötzlich wieder von Ruth hörten, wähnten sie sie doch irgendwo verschollen, wenn nicht gar den »beklagenswerten Zeitläuften und dem bedauerlichen Fehltritt der Geschichte zum Opfer gefallen«, wie es in einem Brief der Firma »Felix« hieß, der bei Ruth erstaunlicherweise keinen Wutanfall auslöste. Dafür erhöhten sich das Darlehen und die Zinsen für die Firma »Felix« drastisch.

Nach ihrem letzten Telefonat mit Elisabeth erschien ein Professor des Leipziger Konservatoriums auf dem Gut und bat für seine Studenten um Nahrung und Brennholz. Dafür wollte er der »sehr verehrten Baronin« einen Hütterer-Flügel übereignen. Als ehemaliger Konzertpianist von musikalisch bescheidenem Ruf, aber mit dem Titel des »Kreismusikmeisters« geadelt, hatte er sich als aufopfernder Leiter einer Meisterklasse an das Leipziger Konservatorium zurückgezogen und wollte den Nachwuchs schulen, da er selber mit Auftrittsverbot geächtet war.

Weidler musste aus den »stillen Reserven« des Gutshofes, die über Otto Pfreimel an die darbende Bleichröder Bevölkerung verteilt wurden, so viel abknapsen, dass die Leipziger Studentinnen und Studenten etwas zu essen hatten – Graupen, Distelöl, Rübenkrautmarmelade und Schweineschmalz.

Für den kommenden Winter versprach Ruth, Feuerholz nach Leipzig zu liefern, damit die Meisterschüler wenigstens keine kalten Finger bekämen. Den Hütterer-Flügel als Gegenleistung lehnte sie barsch ab.

Kaum war der Professor vom Hof, sagte sie zu Weidler: »Bietet mir der Kerl einen Flügel von 26 an. So einen hab ich schon. Ganz schlechter Jahrgang! Auf so was kann ich verzichten.«

»Mir müssen Sie solche Faxen nicht vormachen, Ruth.

Manchmal sollten Sie an das Gute in Ihnen auch selber glauben!« Franz Weidler hatte sein Tinchen durchschaut.

Wegen des Telefonats mit Elisabeth, wegen ihrer Großherzigkeit und des respektlosen Geschwätzes Weidlers musste sie sich mal wieder zurückziehen. Sie bestieg ihren Horizont, den Büchelberg, und schnitt mit dem »Hümmelken« vorsichtig falsche Triebe aus Baumkronen.

Am späten Nachmittag desselben Tages umstellte englische Militärpolizei das Hotel »Lotus«. Drei Offiziere forderten Ewald Roth auf, sie unverzüglich in die Hotelgarage zu führen. Selbstsicher griff Ewald zum Telefon und wollte sich bei dem obersten Dienstvorgesetzten der Polizisten, bei seinem feinen Colonel aus London, beschweren. Da erklärte einer der Polizeioffiziere kühl, der oberste Brite von Westkotten befinde sich für einige Tage zur geistigen und körperlichen Entspannung in London. Und im Übrigen habe Seine Lordschaft keinerlei Weisungsbefugnisse gegenüber der Militärpolizei Seiner Majestät, des britischen Königs.

In der Garage lagerten in mehreren Metallfässern insgesamt sechstausend Liter Benzin. Schwarzware. Mit einer Handpumpe wurde bei Bedarf der wertvolle Stoff in Kleinstmengen abgepumpt und dem schwarzen Wirtschaftskreislauf zugeführt. Fast jeder in Westkotten, den es nach Benzin dürstete und der angemessene Tauschware besaß, kannte Ewalds Garagenlager. Ein offenes Geheimnis, von dem einzig die Militärpolizei nichts wusste.

Eine charakterlose Schlange müsse ihn verraten haben, mutmaßte Ewald, als er dem Abtransport seiner sechstausend Liter zusah. Verhaftet wurde er allerdings nicht. Britisch korrekt, verfassten die drei Polizeioffiziere ein umfangreiches Protokoll, Ewald musste es nach stundenlangen Verhören unterschreiben. Da war es schon fast Mitternacht. In der »Hansa-Stube« ließ sich an diesem Tag kein Mensch blicken.

Ewald wurde bis zum nächsten Morgen elf Uhr Hausarrest auferlegt. Dann sollte er sich, zwecks noch eingehenderer Befragung und Untersuchung dieses Falles, bei der Militärpolizei in Westkotten melden. Die Offiziere klemmten ihre Offiziersstöckchen unter die Arme und verließen das Hotel.

Ewald wusste, dass die britischen Besatzungsbehörden schon den Handel mit Schwarzwaren in geringen Mengen mit empfindlichen Strafen bedrohten, der Verkauf eines einzigen Päckchens Zigaretten konnte zu einjähriger Haft führen. Was würde also mit einem Mann geschehen, der sechstausend Liter Benzin in der Tiefgarage bunkerte?

Ewald sah sich schon am Galgen baumeln. Aber hängen wollte er nicht. Still drückte er einen Kuss auf Hannis Stirn. Dann nahm er seine angeheiratete Nichte in die Arme, drückte sie fest an sich und küsste ihr das Gesicht. Dabei liefen ihm Tränen aus den Augen.

»Ach, Elisabeth, mein Kleines, ich will nicht baumeln. Ich geh mir jetzt erschießen«, sagte er, trippelte in den hölzernen Aufzug und fuhr nach oben. Elisabeth wurde blass und rannte die Treppe hinauf, um den Selbstmord zu verhindern. Langsam stieg Hanni ihr nach.

Aus der Nachttischschublade nahm Ewald eine Pistole aus ehemaligen Wehrmachtbeständen. Feierlich legte er sie auf sein Kopfkissen, ging zu seinem Kleiderschrank, holte einen Mantel heraus, einen Hut, einen Schal und schließlich noch aus dem Handschuhkorb feine Sommerlederhandschuhe.

Da stürzte, ohne anzuklopfen, Elisabeth in das Schlafzimmer. Als sie die Pistole sah, stockte ihr der Atem. Sehr sorgfältig kleidete sich Ewald an. Mit keinem Blick beachtete er Elisabeth. Im geöffneten Türrahmen lehnte lässig Hanni. Ihre sorgfältig gezupfte und geschminkte linke Augenbraue bog sich spöttisch nach oben, in Richtung Haaransatz.

Ewald verstaute sorgfältig den leichten, wollenen Sommerschal in dem Revers seines Mantels, betrachtete sich noch einmal im Innenspiegel des Kleiderschrankes, rückte den Hut zurecht, ging mit gemessenen Schritten zum Bett, ergriff die Pistole und steckte sie, Elisabeth einen letzten, dramatischen Blick zuwerfend, in die Manteltasche.

Elisabeth stockte immer noch der Atem. Mund und Kehle waren trocken. Sie konnte nicht herausschreien, was sie doch herausschreien wollte:

»Ewald, tu es nicht! Selbstmord ist eine jüdische Todsünde!« Wobei sie glaubte, dass sie mit dem religiösen Aspekt der Todsünde das Schlimmste verhindern könnte. Nur im entscheidenden Moment bekam sie keinen Ton heraus.

Ewald warf ihr noch einmal einen Blick zu, dann schritt er an ihr vorbei, schaute Hanni verliebt an, bevor sie aus dem Türrahmen trat und ihm den Weg aus dem Schlafzimmer hinaus freigab. Die Arme hielt sie dabei über ihrer Brust locker verschränkt und die Augenbraue weiterhin hoch.

Für den Weg nach unten nahm er nicht den Fahrstuhl, sondern die Treppe. Seine schweren Schritte hörte man lange und eindrucksvoll. Stufe für Stufe.

Elisabeth wollte ihm nachlaufen, aber mit festem Griff hielt Hanni sie auf.

Den Hausarrest missachtend, verließ Ewald Roth durch den Haupteingang das Hotel.

»Hanni, wie kannst du so seelenruhig zuschauen? Dein Mann wird sich erschießen! Lass sofort meinen Arm los!« Die kleine Hanni aber ließ nicht los, sondern drückte fester.

Sie zog ihre Augenbraue wieder an ihre übliche Stelle, schürzte ihr Kirschenmündchen und pfiff leise, bevor sie Elisabeth erklärte: »Kindchen, sei doch nicht so schrecklich naiv. Ein Mann, ob mein Ewald oder sonst ein Kerl, wird sich nicht aus Kummer im Affekt erschießen. Ganz sicherlich nicht, wenn er sich zuvor einen Mantel und Handschuhe anzieht, sorgfältig einen Schal um den Hals schlingt und auch noch einen Hut auf den Kopf setzt, aus Angst, er könne sich erkälten. Aber nun wirklich nicht, Kindchen.«

Von unten hörte man wieder die Hoteltür ins Schloss fallen. Hanni zog Elisabeth in den Lift. In der Hotelhalle vor der kleinen Rezeption stand Ewald, schaute die beiden Frauen an, lüftete den Hut: »Eine feucht-frische Nacht, heute

Nacht. Etwas lecker frisch kühl. Ich geh jetzt im Bett. Da bleib ich drin, und die Tommies können mich morgen, wenn sie wollen, um elf Uhr dort verhaften. Komm, Hanni.«

Ewald hatte seinen Lebensmut wiedergefunden. Elisabeth kämpfte dennoch gegen dieses schlabberige, weiche Gefühl in ihren Knien an.

Am nächsten Morgen, nach elf Uhr, wurde Ewald Roth nicht aus dem Bett heraus verhaftet. Er wurde nie verhaftet. Warum nicht, das erfuhr Elisabeth erst, als Werner Dehm im »Lotus-Hotel« erschien und einen Hotelpagen in ihr Zimmer schickte, der sie für ein Gespräch in die »Hansa-Stube« bat. Obwohl Elisabeth gerade gegen ihre Dauerkrause ankämpfte, flitzte sie, so wie sie war – die nackten Füße in Sandalen, außer einem Rock, Schlüpfer und weißer Seidenbluse nichts an –, nach unten.

Am Hoteleigentümer-Tisch erwartete sie gelassen Werner Dehm.

Am Stammtisch mauschelte in wechselnder Besetzung die Schieberclique. Einige Tische waren mit Gästen besetzt, und Elisabeths hastiger Auftritt und ihre Aufmachung wirkten leicht merkwürdig. Das muss ihr auch selber aufgefallen sein.

»Hups! Wie sehe ich denn wohl aus? Wo haben Sie sich denn die ganze Woche lang rumgetrieben, Werner?« Elisabeth verschränkte die Hände verlegen ineinander, um mit den Unterarmen die heikle Region in ihrer leicht durchsichtigen weißen Seidenbluse zu bedecken.

8

Die feuchten blauen Augen lachten. Den Mund hielt Werner Dehm noch verschlossen.

Dann berichtete er alles, was er über Walter Roth insbesondere von den Engländern, aber auch von französischen Freunden in Baden-Baden, in Erfahrung gebracht hatte. Werner Dehm konnte so dramatische Begriffe wie »Geheimdienst«, »Spionage«, »Agenten« benennen, ohne dass Elisabeth auch nur einen Augenblick lang darüber nachgedacht hätte, möglicherweise einem Aufschneider gegenüberzusitzen, der sich interessant machen wollte.

Beim englischen Geheimdienst der Besatzungszone stand Walter Roth weit oben auf der Liste der am meisten gesuchten deutschen Zivilpersonen. Seit 1945 hatten die Briten, als Protektoratsmacht Palästinas, mit Walter Roth viele Rechnungen offen. Anfang dieses Jahres hatte er es irgendwie geschafft, dorthin zu kommen, um sich dort gleich dem zionistischen Widerstand gegen die britischen Protektoratsherren anzuschließen.

An mehreren Bombenanschlägen auf englische Einrichtungen war Walter Roth beteiligt gewesen. Zwar hatte er niemals die Bomben selber geworfen oder persönlich an versteckten Stellen deponiert, aber mit an Sicherheit grenzender Wahrscheinlichkeit hatte er sie gebaut. Als Zünder hatte er immer Material der deutschen Wehrmacht benutzt. Die Bauweise deutete auf Kenntnisse der Partisanensprengsätze aus dem jugoslawischen Widerstand in den Jahren 1943 bis 44 um die Stadt Mostar hin.

Die Briten wussten, dass Walter Roth, obwohl Jude, als Offizier in Mostar bei der deutschen Wehrmacht gedient hatte und angeblich für die Partisanenbekämpfung eingesetzt gewesen war. Deutsche Gründlichkeit und jugoslawische Improvisationskunst hatte er als jüdischer Untergrundkämpfer kombiniert, hervorragende Bomben gebaut und sie von anderen auf die Briten werfen lassen. Ende 46 hatten die Engländer in Palästina die Reste der »Terroristengruppe« um Walter Roth während eines heftigen Gefechts in einer Höhle eingekreist. Bei einem Schusswechsel starben drei Juden, zwei überlebten. Dem sechsten, Walter Roth, gelang es, davonzulaufen – quer durch unwegsames Bergland, hinaus in die Wüste, die ihn verschluckt zu haben schien. Erst Anfang 1947 spuckte sie ihn in der Nähe von Nürnberg vor der Villa einer ehemaligen Nazi-Wirtschaftsgröße wieder aus.

Walter Roth klingelte und forderte den Mann mit vorgehaltener Waffe auf, alle Wertgegenstände aus seinem Tresor, vor allem Aktien und die unter einem Gullydeckel in Präservativen versteckten Dollarnoten herauszurücken. Walter Roth nahm alles mit und händigte es, zusammen mit der Beute aus anderen Besuchen bei Alt-Nazis, an einen jüdisch-französischen Kontaktmann in Baden-Baden aus. Mit den Geld- und Sachwerten wurden die Waffen für den Untergrund finanziert.

Walter Roths anrüchige Vergangenheit in Nazi-Deutschland war sowohl den Engländern, den Franzosen als auch den Juden in Palästina bekannt. Die Verachtung für seine Charakterlosigkeit, der Hass vieler deutsch-jüdischer Emigranten, die er ab 1935 im Dienste des Außenministeriums in Lissabon, England, Frankreich und Ungarn abkassiert hatte, wurden gegen seine Fantasie und Tüchtigkeit abgewogen und für die jüdische Sache für nützlicher empfunden.

Den Bentley hatte er sich von einem Aluminiumfabrikanten des Deutschen Reiches auf Dauer »geborgt«, der sich in Klosters unter einem Decknamen zurückgezogen hatte.

Als ehemaliger Prokurist der Aluminiumfirma hatte er die jüdische Eigentümerfamilie ausgebootet und, damit er auch in Zukunft nie wieder etwas von seinem Besitz zurückgeben müsse, die Familie in ein Vernichtungslager hineinintrigiert.

In Klosters verlor er nicht nur seinen Bentley und die Schlüssel zu diversen Schließfächern in Züricher Banken, sondern auch seine wesentlich jüngere, zweite Schweizer Ehefrau, die sofort in den Bentley einstieg und somit auch in Walter Roths Leben.

Zwei Stunden nach seinem Besuch wurde der Fabrikant von der politischen Abteilung der Kantonspolizei tot in der Wohndiele aufgefunden. Der Leichenbeschauer registrierte Herzversagen und ignorierte die Feststellung des zweiten Kriminalassistenten: »Es riecht so nach Mandeln und Nüssen.«

Der Polizeiarzt schaute sich kurz die Zunge des Toten an. Die für Cyanid typische, leichte Blaufärbung auf dem Zungenbelag fehlte, es blieb bei Herzversagen. Das blutende Muttermal auf der rechten Handoberfläche bemerkte der Arzt wohl, übersah aber bewusst den Einstich einer Injektionsnadel.

An dieser Stelle unterbrach Elisabeth Werner Dehms Bericht.

»Niemals hätte Walter jemanden getötet – mit Gift – einer Spritze in ein Muttermal! Niemals. Es ist alles schlimm genug, was Sie da erzählen, Werner, aber er ist kein Mörder.«

»Das glauben meine englischen Gewährsleute und meine französischen Freunde auch nicht. Wie gesagt: Walter hat auch nie Bomben geworfen. Nur gebaut. Wer den Aluminiumfabrikanten in Klosters zu Tode gespritzt hat, interessiert niemanden, es war ja Herzversagen.«

Für Elisabeth klang das alles abenteuerlich und verrückt zugleich. Sie fragte sich, ob der säbelbeinige, feucht-blauäugige Herr nicht auch ein Geheimagent sei und vielleicht sogar die englische Militärpolizei auf Ewalds Benzinfässer gehetzt habe. Also fragte sie.

Werner wies diesen Vorwurf sachlich von sich und erklärte, dass er lediglich ein stellungsloser Baumeister und im Moment ein etwas heruntergekommener Handlungsreisender für Baustoffe sei, mit denen er aber, weil es keine gebe, nicht erfolgreich handeln könne. Er sei genauso eine gescheiterte Existenz wie viele andere Millionen deutsche Männer auch. Aber er sei eben ein sehr guter, internationaler Fußballspieler gewesen und habe dadurch sehr viele Freunde, vor allem in England. Dort habe er während seiner Kriegsgefangenschaft sofort eine Lager-Fußballmannschaft organisiert und dann – aber das sei eigentlich eine andere Geschichte – eine vom Abstieg bedrohte Ligamannschaft in Birmingham für kurze Zeit trainiert. Über die Sache sei in mehreren Zeitungen berichtet worden, und seither kannten ihn auch die englischen Soldaten in Deutschland. Sie hätten ihre Geheimakten für ihn geöffnet und ihm eine Bahnkarte und eine Reiseerlaubnis nach Baden-Baden zu den französischen Alliierten spendiert. Und zu den Franzosen habe er gute Beziehungen, weil er während des Aufbaus des unseligen Westwalls immer mal eine Ladung des fettigsten Betongemisches für andere Baumaßnahmen abgezweigt habe.

Elisabeth war ganz verwirrt von den vielen Geschichten, aber auch enttäuscht, weil Herr Dehm den Aufenthaltsort ihres Ehemannes nicht herausgefunden hatte. Er versprach aber, sich weiter darum zu kümmern, und empfahl Elisabeth die Heimreise nach Bleichrode. Bis Schirke möge sie mit dem Zug fahren und sich nicht von Ewald in der Limousine kutschieren lassen. Ewald befände sich arg im Fadenkreuz der Militärpolizei. Einzig der Umstand seiner jüdischen Herkunft habe ihn vor der Verhaftung wegen der Benzin-Affäre bewahrt.

»Eine Rücksicht, die die Engländer nicht immer nehmen werden. Aber das sage ich ihm selber. Er muss sich bessern.

Er muss, wie alle in Deutschland, darauf hoffen, dass es irgendwann wieder aufwärts geht.«

Mit Werners Hilfe erhielt sie eine Reiseerlaubnis und eine Fahrkarte bis zur Zonengrenze.

Von Hanni verabschiedete sie sich mit Küsschen und erhielt einen ganzen Beutel original französischer Lippenstifte. Von Ewald trennte sie sich unter vier Augen, mit dem Satz: »Ewald, denk bitte daran: Jude allein reicht nicht! Das darf nicht zum Beruf werden.«

Ewald empörte sich, er könne aus seiner Haut nicht heraus, versprach hoch und heilig Besserung und blieb, unbelästigt von Attacken der Militärpolizei, bis zu seinem gewaltsamen Ende an einem widerspenstigen Chausseebaum, der Häuptling aller Schieber und Schwarzhändler von Westkotten in Westfalen.

Zu Fuß brachte er seine Nichte zum Bahnhof, trug ihr die Tasche, sagte auf Wiedersehen und glaubte, einen Pfahl in das liebende Herz von Elisabeth zu stoßen, als er ihr am Zug sagte: »Den Werner Dehm, diesen moralinsauren Bettnässer und Fußballspieler, schlag dir aus dem Kopf, Elisabeth. Der ist nicht nur anständig, sondern auch noch strenggläubiger Katholik, du jüdische Baronesse, du.«

Eine deutlich schwerere Reisetasche zog Elisabeth auf der Heimreise nach Bleichrode die Arme lang. Bohnenkaffee, Vollmilch- und Halbbitterschokolade, einige Stangen englische Zigaretten, zwei Flaschen französischer Cognac alleine beschwerten die Tasche aber nicht. Ewald hatte ihr noch zwei, sorgfältig in Packpapier eingewickelte und mit Kordeln verschnürte Päckchen gegeben, die besonders schwer waren. Halbzöllige Schrauben mit Muttern aus reinem Messing für Kalle Flieders »Germania-Brauerei« seien darin. Außerdem Dichtungsringe aus Gummi, weil der große Sudkessel der Brauerei an der Schnittstelle leuchtete, infolge jahrzehntelang nicht ausgetauschter und deswegen ausgeleierter Messingschrauben und poröser Dichtungen.

Kritisch schüttelte Elisabeth den schweren Ballast. Der für Messing typische, helle Klang zerstreute ihre Zweifel, und sie nahm das Zeug mit. Ewalds genuschelter Hinweis, das mit einem blauen Ölkreidekreuz versehene Päckchen sofort ins Gebüsch zu werfen, falls Wachen sie beim Überschleichen der Grünen Grenze erwischten, überhörte sie. Schon im Zug lernte sie andere Grenzgänger kennen, schloss sich ihnen an und erreichte unbehelligt den Treffpunkt, an dem Kalle Flieder mit seinem LKW auf sie wartete.

Sofort fragte Kalle nach einem Päckchen mit Schrauben und schaute Elisabeth verblüfft an, als sie ihm sagte, dass sie sich sogar mit zwei solchen Dingern abgeschleppt habe. Schwielen an beiden Händen hätte sie von der Plackerei. Elisabeth wuchtete die »Geschenke« aus der Reisetasche und stellte sie im Fußraum des Beifahrersitzes ab. Während der Fahrt nach Bleichrode rauchten Kalle und Elisabeth Kette und befeuerten den Kreislauf mehrfach mit einem tüchtigen Schluck französischen Cognacs.

Das herausgeschlagene Mauerwerk am großen Gutstor war inzwischen erneuert worden. Die Torflügel hingen – etwas schief zwar, aber solide – wieder in den schmiedeeisernen Scharnieren. Einem Neubeginn im Gutshof stand nichts mehr im Wege.

Überglücklich rollte Ruth im Innenhof auf ihre Tochter zu, umarmte sie, sprang an ihr hoch, zog schließlich ihren Kopf zu sich herunter, um Elisabeth herzlich zu küssen.

Auf dem Weg ins Haus fragte sie nach den Beschwernissen der Reise und nickte befriedigt, als sie hörte, dass Elisabeth und ihre Begleiter sich nicht ein einziges Mal vor kontrollierenden Zonengrenzsoldaten in Deckung bringen mussten und es auch keine einzige Straßensperre auf dem Weg nach Bleichrode gegeben habe.

Im Grünen Salon dann, bei Bohnenkaffee und Apfelstrudel, ließ sie sich in groben Zügen über den Aufenthalt in Westkotten berichten, ohne Elisabeth zu unterbrechen, auch nicht, als sie die Geschichten über Walter Roth erzählte. Elisabeth vermied es dabei tunlichst, den Namen und die Verdienste Werner Dehms zu erwähnen.

Die Berichte über den Schwiegersohn verwunderten Ruth nicht, bestätigten sie doch nur ihr Vorurteil gegen den Ungeliebten, obgleich die Wahrheit schlimmer war als ihre sehr weit gesteckten Befürchtungen.

Am Ende ihrer Schilderungen stürzte Elisabeth eine Tasse Bohnenkaffee nach der anderen hinunter und zog sich die kraftlosen englischen Zigaretten in die Lunge.

Ruth drechselte sich währenddessen einen hinterhältigen Satz zusammen: »Ach, Elisabeth, weißt du, ein Geheimnis zwischen Mutter und Tochter ist wie eine Straßensperre auf dem Weg zum gegenseitigen Vertrauen.«

Elisabeth versuchte, sich aus der mütterlichen Umklammerung zu befreien, indem sie darauf hinwies, dass sie kein Kind mehr sei, sondern immerhin achtundzwanzig Jahre alt und so bald wie möglich geschieden.

Es gehe sie ganz und gar nichts an, versicherte Ruth nachsichtig, aber etwas deutlicher als neulich am Telefon solle sie, was diesen Herrn Dehm betreffe, bitte schon werden.

»Also bitte, was ist zwischen dir und diesem Fußballgreis in Westkotten vorgefallen?«

Elisabeth zog sich beleidigt in ihre spärlich ausgestatteten Räume zurück, die sie mit dem Sohn bewohnte. Die schönen Möbel, die Bilder, Teppiche, Porzellan und Gläser waren noch in der Kalkhöhle unter dem Büchelberg versteckt.

Kurz darauf rief Werner Dehm an und fragte Ruth, ob Elisabeth wohlbehalten in Bleichrode angekommen sei. Ruth unterbrach ihn, ehe er weitersprechen konnte, und erklärte nur, dass Elisabeth unglücklich angekommen sei und erst recht nicht wohlbehalten, und legte den Hörer auf.

Als Elisabeth von Luise Weidler am Viktorsberg, wo sie ihren Sohn abgeholt hatte, zurückkam, hörte sie schon auf der Bahnhofstraße, vor dem Gut, lautstarkes Gebrüll aus dem Grünen Salon im ersten Stock. Die gelegentlich verständlichen Wortfetzen drangen sicher über ganz Bleichrode: »Intrigant ... Sausack ... Mörder ...« und schließlich auch noch »Kommunistenknecht! ...«.

Vor dem Salon stand Franz Weidler und hielt Elisabeth und den Sohn auf. Er berichtete, dass Otto Pfreimel mit einem Päckchen mit blauem Ölkreidekreuz etwa vor fünfzehn Minuten auf dem Hof erschienen sei und Ruth um eine Unterredung unter vier Augen in ihrem Grünen Salon gebeten habe. Einige Zeit sei es noch manierlich still gewesen, und dann habe Ruth zu toben angefangen, und irgendwelche Sachen seien durch die Gegend geflogen. Deswegen stehe er hier, um nötigenfalls einzugreifen. Nach dieser kurzen erklärenden Rede sah er Elisabeth streng an: »Elisabeth, du hast auf Otto Pfreimels Veranlassung Gewehrmunition aus dem Westen nach Bleichrode geschmuggelt. Dafür wird man mit derselbigen standrechtlich erschossen, wenn man erwischt wird.«

»Nein, Schrauben. Messingschrauben und irgendwelche Gummischeiben hab ich mitgeschleppt, für die Brauerei. Niemals Munition! Ich bin doch nicht blöd!« Sie riss die Tür auf und zerrte ihren Sohn hinter sich in den Salon. Auf Ruths Arbeitstisch lag ein aufgerissenes Päckchen mit Jagdflintenmantelgeschossen für Rot- und Rehwild und für schwarzes Niederwild, also die zahlreichen Wildschweine im Harz. Pfreimel saß seelenruhig auf der durchgesessenen Ersatz-Chaiselongue und wollte sich gerade eine Zigarette anzünden. Die schlugen ihm Elisabeth und Ruth gleichzeitig aus der Hand.

»Als ordentlicher Nazi hättest du dich eine solche Sauerei nie getraut. Jetzt, als Kommunist, verlierst du jedes Maß!« Ruth trampelte auf Ottos Zigarette herum und griff nach dem silbernen Flachmann, den ihr Weidler reichte. Ruth saugte gierig den Kirschenschnaps aus der Flasche, während jetzt Elisabeth loslegte:

»Die Strapazen über die Grenze sind ohnehin schon lebensgefährlich genug. Aber, Otto, wieso musste ich mein Leben zusätzlich riskieren, um dieses Zeug nach Bleichrode zu schaffen? Und warum schleppst du uns dieses Teufelszeug auch noch aufs Gut? Sollen wir damit schießen? – Wir haben doch gar keine Gewehre!«

Leicht betrunken in den Hüften schwankend, warf Ruth ein: »Elisabeth, Gewehre haben wir im Prinzip schon noch. Zwei Jagdflinten, passend zu diesem Kaliber, sowie vier Zwillingsbüchsen für Hasen-, Fuchs- und Entenjagd, fein säuberlich in Ölpapier verpackt, unterm Büchelberg, ganz, ganz hinten in der Kalkhöhle.«

»Vorher natürlich auseinander genommen und in Hohlräumen zwischen den Büchern eurer Bibliothek, in Kisten versteckt. Schlimmstenfalls hätte man diese Kisten auch nicht gefunden, denn vor denen liegt Kalksteingeröll wie nach einem Steinschlag. Es sind sehr wertvolle Waffen. Hab ich mich selber drum gekümmert«, sagte Weidler.

»Alles erstklassige Waffen von den besten Büchsenmachern in Thüringen«, ergänzte Ruth. »Aus Suhl.«

Weidlers Augen leuchteten: »Eine Freude, diese Waffen! Nicht wahr, Ruth, herrlich, wie wir in den Zwanziger Jahren auf die Jagd gegangen sind!«

»Ja, das war sehr, sehr schön. Ich erinnere mich noch an den Zehnender, dessen Geweih unten in der Halle ist. Den hab ich 1924 geschossen«, sagte Ruth, und ihre hellblauen Augen leuchteten ebenfalls.

Elisabeth setzte sich neben Pfreimel auf die durchgesessene Chaiselongue. Ihr Sohn krabbelte auf ihren Schoß und sah sie erwartungsvoll an.

»Mutter, du hast mir immer erzählt, du seist nur mitgegangen, zur Jagd, du habest aber niemals geschossen? Ich war ja noch ein Kind. Und die Gewehre hast du doch 1933 angeblich weggeworfen, in die große Jauchegrube? Wie konnte ich nur so blöd sein. Natürlich wirfst du nie so etwas Teures weg! Du hast auf Wild geschossen? Du? Eine tief religiöse Jüdin? Das ist uns verboten!«

»Elisabeth, die Jagd ist uns nicht verboten. Nur der Genuss des durch den Schuss unkoscher hingeschlachteten Wildbrets. Der ist wider das Gesetz. Ich habe nie ein Stück

Wildschwein gegessen. Reh und Rotwild aber hie und da doch. Mit Wacholderbeeren drei Tage lang gebeizt. Sehr lecker!«

Ruths unkontrolliertem, weil ehrlichem Wutanfall folgte sofort die Einsicht, als Otto Pfreimel zu argumentieren begonnen hatte. Jetzt musste er noch Elisabeth erklären, was er wollte.

»Elisabeth, ich glaube, ich habe deine Mutter davon überzeugt, dass wir in euren Wäldern wildern müssen. Bleichrode hat nicht genug Fleisch. Wir bekommen viel zu wenig Zuteilungen, und oben im Harz gibt es Wildschweine in Hülle und Fülle. Die machen hektarweise aufgeforstete Lichtungen nieder. Am Hochwild ist jede Menge zu essen dran, und davon haben wir auch zu viel. Deswegen habe ich in Westkotten die Lieferung von Munition veranlasst. Nicht nur Kalle Flieder wusste davon. Ich habe in Kauf genommen, dass ihr mit mir sehr, sehr böse seid. Deine Mutter war auch sehr böse. Hast du ja gehört. Sogar mit einem Briefbeschwerer hat sie nach mir geworfen.«

Elisabeth schmiss sich ihren Sohn über die Schulter und verließ mit den Worten »Kriminelles Pack!« den Grünen Salon.

Auf dem Weg in ihre eigenen, kargen Räume schlug aber Ruths Erbe durch. Sie ging wieder zurück und sagte zu Ruth und Pfreimel, die ihre Köpfe über Forstmessblätter gebeugt hatten und bereits darüber diskutierten, wo man an geeigneten, versteckten Stellen unauffällige Hochsitze an den bekannten Wildwechseln der gutseigenen Forste errichten könne: »Wenn ihr die Kalkhöhle öffnet, um die Schießprügel aus den Bücherkisten zu holen, möchte ich, dass ihr meine Habseligkeiten für die Zimmer mit rausholt. Alles! Auch die Teppiche.«

Dann schmiss sie den Kopf herum und schritt durch die Tür wieder nach draußen. Im Flur vor dem Salon rief sie noch: »Es kann sein, dass ich in allernächster Zeit Besuch empfange, und das möchte ich in angemessener Umgebung tun.«

Schon beim letzten Wort stand ihre kleine dicke Mama vor ihr auf dem Flur.

»Der Greis?«

»Noblesse oblige, Maman«, näselte Elisabeth und ging mit ihrem Sohn nach draußen auf eine ungemähte Sommerwiese, um einen Strauß Feldblumen zu pflücken.

Pfreimel suchte durch das Soldatenhandwerk geübte, treffsichere Schützen unter den Bleichröder Männern aus. Drei Fahrradpolizisten wiesen ihre Befähigung mit der Scharfschützen-Medaille aus Kriegszeiten nach und durften auch mit in den Harzer Hochforst zur Wilderei. Dank der erstklassigen Gewehre und der Treffsicherheit sich abwechselnder Schützen verfehlte kaum eine Patrone ihr Ziel.

Bis in den späten Oktober hinein herrschte also in Bleichrode und Umgebung kein Proteinmangel. Die Verteilung des Fleisches erfolgte ganz korrekt, nur auf die Fleischabschnitte der Lebensmittelkarten. Jetzt konnten Wildschweinfleisch und Bestes von Reh und Hirsch zugeteilt werden. Die Hellröder bekamen nur etwas ab, wenn sie Lebensmittelmarken und andere Tauschwaren ablieferten.

Ruth erwog erst gar nicht, hie und da selber mit auf die Jagd zu gehen, sie fürchtete, Elisabeth könnte sie an die Pfosten ihres Himmelbettes ketten. Das Verhältnis zwischen Mutter und Tochter war noch keineswegs entspannt.

Aus dem Gedächtnis machte sich Elisabeth daran, einen Rock aus feinem Wollgabardine im Stile Christian Diors zu entwerfen. Körperbetont um die Hüften, unten eng zulaufend und hinten, unterhalb des Knies, die berühmte Falte. In den Franckeschen Stiftungen hatte sie Stricken, Häkeln, Nähen, Zuschneiden, das Rollieren von Taschentüchern und das aufwendige Knopflöcherumstechen gelernt. Als sie den Papierschnitt des Rockes fertig hatte, spürte sie allerdings, dass sie die Ausdauer, die nötig gewesen wäre, um so einen hochkomplizierten Rock fertigzustellen, nicht aufbringen könnte.

Gegen eine Stange fader englischer Zigaretten nähte ihr eine Handarbeitslehrerin in einem der vielen ehemaligen Töchterheime Bleichrodes den Rock dann fertig. Das alte Fräulein, natürlich Nichtraucherin, tauschte die Zigaretten heimlich bei Ruth gegen ein halbes Pfund Bohnenkaffee, und Ruth überreichte ihrer Tochter, giftig lächelnd, als Geschenk wieder die Zigaretten. Elisabeth nahm sie ohne ein Wort des Dankes.

Elisabeth lebte jetzt wieder in ihrer alten Pracht. Ruth hatte sogar dafür gesorgt, dass die Räume frisch mit Leimfarbe ausgestrichen wurden, bevor sie die Möbel hinstellten und die Bilder aufhängten. Der Rest des Gutshauses wurde, Raum für Raum, auch wieder aus dem Lager in der Kalkhöhle ausgestattet.

Als Elisabeth den Rock mit der Falte zum ersten Mal vor dem großen ovalen, klappbaren Biedermeierspiegel probierte, stand Ruth, selbstverständlich rein zufällig, in der Tür. »Großes Anpreisen der eigenen Körperlichkeit kommt direkt vor der Liederlichkeit!«, sagte sie und verschwand sogleich wieder.

Über Wochen war, immer wenn das Telefon klingelte, Elisabeth zuerst am Hörer. Missmutig musste sie dann das Telefon ihrer Mutter überreichen, die sie wortlos aus der Wohnhalle wedelte, um damit anzudeuten, dass es sich um ein vertrauliches, nur sie, die Gutsherrin, betreffendes Gespräch handele.

Am 24. September, am Vorabend vom Geburtstag des Enkels und Sohnes, klingelte das Telefon endlich für Elisabeth. Sofort hielt sie die Hand über die Sprechmuschel und brüllte ihrer Mutter zu, sie solle sich aus dem Raum entfernen und sich in der Küche um die Fertigstellung der Buttercremetorte und um die fünf Kerzen kümmern.

Am 25. September wollte er in Bleichrode sein, sagte Werner Dehm. Er habe keine erfreulichen Neuigkeiten, könne aber für Elisabeths Sohn hoffentlich einen Tretroller mit aufpumpbaren Gummirädern mitbringen.

In den frühen Morgenstunden des Geburtstages erschien

Werner Dehm. Bedenkenlos schenkte der Junge dem Mann sein Herz. Dabei gab es gar keinen Tretroller. Den hatte Werner Dehm in Westkotten, trotz aller Bemühungen bis zur letzten Minute vor seiner Abreise, nicht organisieren können. Stattdessen schleppte er einen »Holländer« als Reisegepäck neben einer kleinen Tasche mit. Dieses merkwürdige, vierrädrige Fahrzeug, dessen Vorderachse mit den Füßen gelenkt wird und dessen Antrieb mit einem T-förmigen Hebel funktioniert, der durch ein raffiniertes Gestänge zu einer Pleuelstange an der Hinterachse führt, gefiel dem Jungen außerordentlich. Aber Ruth sagte nur süffisant, der Monsieur sei vermutlich mit diesem Fahrzeug, gymnastische Rumpfbeugen ausführend, über die Grüne Grenze gefahren.

Ihr Enkel ritt auf dem Innenhof des Gutshofes mit dem »Holländer« sogleich eine Attacke gegen den neuen Hofganter. Joseph II. war nicht weniger angriffslustig und unberechenbar als sein zermalmter Vorgänger Joseph I.

Ruth erinnerte dieser Mann trotz seiner Säbelbeine entfernt an Jan Ignazio. Er hatte zwar weniger Haare und auch nicht so samtbraune Augen wie der Pianist, aber diese feuchte Wärme im Blick hatte er auch. Es war diese selbstverständliche Eleganz, die Ruth an den Polen erinnerte – und die feinen Hände, obwohl der Kerl doch gelernter Baumeister und Betonierer war.

Ruth bewahrte Haltung und schaute, obwohl sie sich das eisern vorgenommen hatte, nicht durch diesen Herrn hindurch wie durch eine frisch geputzte Fensterscheibe. Huldvoll reichte sie ihm sogar die Hand und musste enttäuscht erfahren, dass er ihr nicht die Spitzen ihrer Rechten küsste, sondern einfach nur »Guten Tag« sagte.

»Einschmeicheln will er sich ja schon mal nicht«, stellte sie verärgert fest.

Zum Kindergeburtstag mit Nachbarskindern gab es eine Kuchen- und Buttercremeschlacht, Geschenke, selbstgebastelt zumeist, und Freifahrten auf dem »Holländer«.

Selbstverständlich hatte Ruth auch Ziegenmilchkakao für die Kinder vorbereitet. Der wurde aber von Luise Weidler in der Küche zurückgehalten und durch Hagebuttentee und selbstgerührte Limonade ersetzt. Im Verlauf des fröhlichen Nachmittags schaffte es Ruth dann, Werner Dehm, nach dem Bohnenkaffee, auch ein Tässchen mit dem dampfenden Kakao anzubieten. Werner trank die Tasse aus, fand das Getränk »köstlich wie die heiße Ziegenmilch in Frankreich« und bat hintersinnig um eine zweite Tasse: »Aber bitte ohne Kakaobestandteile drin.«

»Können Sie auch Klavier spielen, Herr Dehm?«, fragte Ruth ganz nebenher.

»Leider nicht. Nur Mundharmonika. Aber was Elisabeth gerade geboten hat, war vorzüglich. Kompliment, Elisabeth.«

Elisabeth hatte für ihren Sohn und die anderen Kinder etwas aus »Peter und der Wolf« in einer Klavierbearbeitung zum Besten gegeben und die Geschichte mit viel Betonung zu erzählen begonnen. Das hatte alle Kinder offenbar gelangweilt, denn sie waren aus der Flügelhalle gestürmt, um auf dem Hof herumzutollen, Holländer zu fahren und Joseph II. zu ärgern.

»Mundharmonika? Wie schön, Herr Dehm!«, lächelte Ruth und feuerte hellblaue Augenblitze auf den Besucher ab.

»Spielen Sie Klavier, Baronin?«, fragte Werner Dehm lächelnd.

Ruth schwieg verkniffen.

Elisabeth zündete zwei Zigaretten an, eine für sich und eine für Werner, die sie ihm liebevoll in den Mund steckte. Dann blickte sie ihre Mutter an und sagte:

»Lieber Werner Dehm, meine Mutter sammelt Klaviere. Sie kann weder den Flohwalzer noch ›Alle meine Entchen‹ spielen. Aber sie rühmt sich, das absolute Gehör zu haben.«

Endlich gab Ruth klein bei. Sie habe tatsächlich das absolute Gehör, sagte sie, und könne Jahrgang für Jahrgang ihrer zahlreichen Flügel auseinanderhalten – nur am Klang, wenn ein anderer darauf musiziere. »Aber nun zu Ihnen,

Werner Dehm: Sie sind ja 'n ganz kerniger Kerl! Ich hatte Sie mir ganz anders vorgestellt. Wesentlich älter. Und gar nicht mal so nett. Also, was wollen Sie heute Abend essen? Hirschgulasch oder Hühnersuppe mit Nudeln? Ich nehme an, meine Hühnersuppe. Schlafen müssen Sie bei uns auch nicht im Stroh. Ich hab ein Gästezimmer für Sie herrichten lassen. Im Hause meines Verwalters, Herrn Weidler. Den haben Sie ja bereits kennengelernt. Erstklassiger Mann, alter strenger Gendarm.«

Ruth rollte aus dem Zimmer, um in der Küche Bescheid zu sagen, dass sie höchstpersönlich für den Abend Hühnersuppe zu bereiten gedenke, weil der Gast aus dem Westen sich gegen Luises hervorragendes Hirschgulasch entschieden habe.

Werner Dehm hatte Blaupausen mitgebracht, die Walter Roths Untergrundtätigkeit seit 1945 in Palästina bis Ende August 1947 in Deutschland lückenlos dokumentierten. Der englische Secret Service war dem Terroristen Walter Roth immer haarfein auf der Spur gewesen, hatte ihn aber im letzten Moment nie erwischt. Nicht mal, als er sich tagelang in Westkotten aufhielt, seinem Heimatort. Der auffällige Wagen hatte ihn dort unverdächtig gemacht. Die Militärbehörden hatten den Bentleyfahrer für einen englischen Offizier in Zivil gehalten. Seit August fahndeten sie wieder in Palästina nach ihm. Dort bastelte er wieder Bomben für den Untergrund.

An eine Scheidung von Walter Roth in nächster Zeit war nicht zu denken.

In dieser Nacht schlief Werner Dehm nicht bei den Weidlers, sondern sehr zärtlich mit Elisabeth. Morgens um sechs Uhr duschte er kalt, kleidete sich an, ging auf den Innenhof und sah von dort, durch den Garten hindurch, am Zaun des Hühnerauslaufs Ruth, die, ein Beil in der rechten Hand schwingend, hinter einer Henne herrannte. Als Werner am Zaun rüttelte, erreichte er damit eine Gnadenfrist für die

Henne. Mit erhobenem Beil trat Ruth von der anderen Seite auf ihn zu.

»Baronin, ich möchte um die Hand Ihrer Tochter bitten, wenn sie geschieden ist.«

»Hätten Sie mich das nicht fragen können, bevor in meinem Haus geschah, was heute Nacht geschehen ist? Ich hätte nicht Nein gesagt, mein Junge. Bleiben Sie da stehen. Ich komm raus und werde Sie auch mal küssen. Hier, hinter den Brombeeren, sieht das ja sonst kein Mensch.«

Beim Frühstück, zwischen dem ersten Schluck Bohnenkaffee und dem Köpfen eines Eis, kam Ruth zu dem Schluss, dass Elisabeth nach den Vorgängen der vergangenen Nacht den Werner heiraten müsse. Wenn das dann irgendwann mal möglich sei. Einer »wilden Ehe« bis dahin könne sie sich aber, schon auf Grund der hoffnungslosen Unordnung der Zeit, nicht entgegenstellen. Arbeitslos, wie Werner zweifellos sei, möge er in Bleichrode bleiben. Auf dem Hof gebe es genug zu tun, zu bauen und zu betonieren. Auf dem Büchelberg betreibe sie ein kleines Kalkwerk, und eine Kies- und Sandgrube besitze sie auch. Den Zement könne der kommunistische Bürgermeister bei Bedarf bei seinen Genossen oder bei seiner komischen deutsch-sowjetischen Gesellschaft besorgen.

»Sag mal, mein Junge, kannst du auch Trecker fahren?«, fragte sie zum Schluss.

»Ich hab's noch nicht probiert, liebe Baronin, aber weißt du, schwerer als Baumaschinen fahren kann das wohl nicht sein. Aber ihr habt doch gar keinen Trecker auf dem Hof.«

»Abwarten ...«, wedelte Ruth mit den Händen den Bohnenkaffedampf und Zigarettenrauch ihrer Tochter durcheinander und blickte den Schwiegersohn in spe abwartend an.

Der blickte zurück und erklärte bestimmt, dass er es vorziehe, in seinen Heimatort zurückzukehren, um sich dort eine eigene Existenz aufzubauen. Welche, wisse er auch noch nicht, aber zunächst gelte es, das angebombte Elternhaus herzurichten, damit es ihnen, wenn Elisabeth und ihr Sohn nach Westkotten kämen, als behagliches Heim dienen könne. Landwirtschaftlich sei er eine Null. Und als Betonfacharbeiter wolle er nicht seine Zukunft bauen.

Ruth war sprachlos. Was war hinter ihrem Rücken in der vergangenen Nacht alles geschehen? Elisabeth hatte doch eine fabelhafte eigene Wohnung im Gutshof, mit erlesenen Bildern und Möbeln, sie war eine glänzende Partie. Und trotzdem hatten sich die beiden eine gemeinsame Zukunft fernab von Ruths Fürsorge vorgenommen.

»Meinen Jungen bekommt ihr aber nicht!« Ruth feuerte eine Meißener Tasse mit Zwiebelmuster auf den Boden und die Untertasse gleich hinterher und forderte ihren »allerschönsten Augenstern« auf, ihr unverzüglich zu folgen. Der Enkel gehorchte.

Im Spätherbst 47 wurde das Kalkwerk auf dem Büchelberg wieder in Betrieb genommen. Eine tonnenschwere Kalkabraumkette erwarb Werner Dehm im Westen. Über die Grenze erreichte sie Bleichrode. Ein Dieselaggregat und eine Maschine, die die Abraumkette durch die kalkhaltigen Schichten des Büchelbergs trieb, bekam er an Ort und Stelle wieder flott. Schon im Frühwinter lieferte Ruth aus ihrem Kalkwerk rohes Kalkgestein in den Westen. Mit Genehmigung und gegen Pfund-Devisen. An das Devisenkonto kam sie allerdings nicht heran, immerhin hätte sie die Fremdwährung aber ausgeben dürfen, wenn sie dafür in der sowjetisch besetzten Zone Güter erworben hätte. Da sie das nicht wollte, vermehrte sich ihr Devisenkonto langsam, aber stetig. Mit den Schattenmorellen- und Aprikosenerträgen war das einfacher, die konnte sie im Westen undurchsichtiger zu Vermögen machen.

Ostern 1948 sollte der sechsjährige Enkel eingeschult werden. Ruth glaubte immer noch nicht daran, dass Elisabeth und ihr Sohn nach Westkotten übersiedeln würden. Bis sie den neuen Schulleiter der Volksschule kennen lernte.

»Ein idiotisch einseitig fixierter, kommunistischer Halbaffe ohne jegliche Bildung!«, schimpfte sie.

Schon im Februar 1948 verkündete dieser Schulleiter, dass sich in Zukunft nur Kinder aus Arbeiter- und Bauernfamilien Hoffnung auf eine weiterbildende Schule wie Realschule oder Gymnasium machen könnten. Kinder aus Akademiker- oder gar »Junkers«-Familien müssten erst einmal lernen, was es heißt, ein Proletarier zu sein, und würden auf keinen Fall von ihm zur Weiterbildung empfohlen.

Das war zu viel. Dagegen konnte auch Otto Pfreimel nichts ausrichten. Der Enkel sollte doch mal »etwas Besseres« werden als Bauer, Kirschenzüchter, Gutsbesitzer oder ländlicher Facharbeiter wie sie selber.

»Elisabeth, diese Idioten meinen das ernst. Hier wird unser Kind nichts. Irgendwann gründen die glatt einen Arbeiter-und-Bauern-Staat, und der Kleine wird ihr Opfer. Und dabei haben wir so viel dafür getan, damit er überhaupt noch lebt. Mache dich weg in den Westen und schul ihn in Westkotten ein. Die Engländer waren immer ein Garant für allerbeste Bildung.«

Mit diesem Entschluss brachte Ruth ein großes Opfer. Sie trennte sich von Elisabeth und ihrem Enkelsohn.

Elisabeth stellte beim Landratsamt den Antrag auf offizielle Übersiedlung nach Westkotten in Westfalen, zum Zwecke der Wiederaufnahme des ehelichen Zusammenlebens mit dem Ehemann Walter Roth. Diesem Gesuch wurde stattgegeben, weil sich für Walter Roth am Landratsamt kein Mensch interessierte und die Heiratspapiere der Eheleute aus dem Jahre 1939 in Ordnung waren.

Ein Speditionsunternehmen aus Dortmund fuhr in Bleichrode vor, und Elisabeths gesamter Hausrat wurde ohne Schwierigkeiten in den Westen gebracht. Elisabeth und ihr Sohn mussten sich nicht heimlich über die Grüne Grenze schleichen. Sie fuhren mit der Eisenbahn und einer Ausreisegenehmigung in der Tasche zu Werner ins Westfälische.

Dehms Haus, vor vielen Jahren mal ein schönes Bauunternehmerhaus aus der Gründerzeit, vom Hausherrn nach dem kleinen Bombenschaden wieder instand gesetzt, wurde bald ein behagliches Heim für die neue Familie.

Nach Ostern 48 stürmte Ruths Enkel, mit einer Zuckertüte bewaffnet, die Volksschule, Elisabeth mit dem Fotoapparat hinterher. Ruth hatte verfügt, dass zumindest der erste Schultag, am besten eigentlich jeder Tag in der Fremde, fotografisch festgehalten werden müsse und sie die Bilder unverzüglich zu bekommen habe.

Kurz vor Beginn der Pfingstferien schickte Ruth, eingeschrieben, mit Rückschein, Einreisegenehmigungen in die sowjetisch besetzte Zone für Werner, Elisabeth und den Enkel. In einem nicht enden wollenden Brief bat sie, vielmehr befahl sie, ihre Familie nach Bleichrode. Die Gründe, die sie für diese Einladung vorbrachte, waren vielfältig: ihr äußerst angegriffener Gesundheitszustand – Krampfadern links, ein blau angelaufener Unterschenkel, der rechte Fuß schon schwarz. Kaum noch beweglich. Mögliche Amputation eines Unterschenkels – die schlechte Ernährungslage im Westen. Der erfreuliche landwirtschaftliche Aufschwung auf Gut Roll. Die bevorstehende Kirschenernte auf dem Büchelberg, für die es voraussichtlich nicht ausreichend genug Pflückerinnen und Pflücker gebe.

Ihre Lieben mögen sich nur mit wenig Gepäck belasten, schrieb sie weiter. Alles Nötige, auch für Werner, sei in Bleichrode erhältlich. Stattdessen sollten sie achtzehn Meter Kupferdachrinnen mitbringen, ein knapp sieben Meter langes Fallrohr mit zwei Rohrkniewölbungen und einem eleganten Austropfstutzen für eine Rindviehwassertränke, auch in Kupfer. Dazu noch Flansche, Schrauben – ebenfalls aus dem Edelmetall – und ein Dutzend Bibeln.

Die Bibeln brauche sie für die Diakonissen, denen die Russen alles weggenommen hätten. Mit Otto Pfreimels Hilfe habe sie ihnen erst mal das notdürftig zusammengeflickte Hotel »Spitzenberg« zur Verfügung gestellt. 36 Diakonissen lebten nun dort. Für das Nötigste, Essen, Trinken und so weiter, sei durch die Bleichröder ausreichend gesorgt. Bei Bibeln bestehe aber ein Engpass.

Elisabeth hatte bis hierher den Brief laut vorgelesen. Ihr Sohn war nach den mühsamen ersten Schulwochen begeistert von der Aussicht, nach Bleichrode fahren zu dürfen, Werner aber sah etwas ratlos aus.

»Woher sollen wir Dachrinnen aus Kupfer und das ganze Zeug herbekommen? Kannst du mir das mal erklären?«, sagte Elisabeth.

Werner konnte nicht. Elisabeth zündete sich eine Zigarette an. Mit den Worten, sie rauche zu viel, nahm Werner sie ihr aus dem Mund, drückte sie in einem Aschenbecher aus, entfernte das Zigarettenpapier und bröselte den Feinschnitttabak in eine Blechdose. Kippen und viele der Zigaretten, die Elisabeth nicht rauchen durfte, landeten in Werners Shagpfeife, die ihm der Vereinspräsident des Birminghamer Fußballclubs zum Abschied geschenkt hatte.

»Kupferrinnen, Bibeln, was noch?« Aufgebracht fuchtelte Elisabeth mit dem Brief herum. »Im Gutshof wurden, bis auf eine einzige, alle Kloschüsseln von den Russen abmontiert. Wahrscheinlich braucht sie die auch noch!«

»Unsinn, Ströppken! Wenn deine Mutter schon luxuriöse Kupferinstallationen bestellt, hat sie ihren ›Abtritt‹ längst wieder mit Kloschüsseln und Waschbecken funktionstüchtig gemacht.«

Elisabeth »Ströppken« überflog die nächsten Zeilen, nickte Werner zu und lachte über den letzten Satz, der nach dem Gruß traditionell lautete: »Wenn gelesen, sofort verbrennen.«

Das Wichtigste in Ruths Briefen stand immer, wie Elisabeth wusste, auf den Briefrändern, ringsherum. Da erklärte sie diesmal, dass die Kupferrohre von den Lettaus aus Württemberg nach Westkotten bereits unterwegs seien und keinerlei Kosten oder Mühen verursachen würden. An der Grenze in Marienborn gebe es keinerlei Schwierigkeiten wegen der Kupferrohre. Die dürfe Elisabeth in das Land Sachsen-Anhalt einführen. Auch Bibeln als Reisemitbringsel seien nicht verboten. Der neue Ministerpräsident in Halle habe in seiner Regierungserklärung Glaubensfreiheit und ungehinderte Ausübung aller religiösen Zeremonien garantiert. Er sei Mitglied der Ost-CDU und, wie es scheine, ein ordentlicher Mann. Dass er katholisch sei, merke man gar nicht.

Elisabeth warf ihrem Werner einen langen Blick zu. Werner besuchte täglich die Frühmesse.

»Werner, in ihrem Herzen, ganz tief drinnen, ist sie tolerant«, sagte sie und grinste. Sie wendete den Brief, um auf der anderen Querseite weiterzulesen. Da stand winzig klein noch viel mehr.

»Ha! Ich hab's doch geahnt! Außerdem sollen wir vier Bidets mitbringen. Die werden aber nicht angeliefert. Sie empfiehlt uns, diese Dinger Ewald Roth aus dem ›Hansa-Hotel‹ oder aus dem ›Kurhaus Königsborn‹ zu klauen.«

Werner lachte laut und sagte:

»Weißt du was, Ströppken? Bevor wir losfahren, schicken wir ihr ein Telegramm!«

»Lieferung von Bidets unmöglich. Empfehle Kopfstand unter der Dusche! Gruß, Werner.« Ruth hielt dieses Telegramm in Ehren. In einem silbernen Wechselrahmen fand es einen Platz auf ihrem Biedermeierschreibsekretär im Grünen Salon.

Die drei Monate ohne Tochter und Enkel waren für Ruth »die schlimmste Zeit meines Lebens«, wie sie immer wieder versicherte. Gegen den Kommunisten Pfreimel führte sie einen unerbittlichen Kleinkrieg, obwohl der unter hoher persönlicher Gefahr versuchte, viele Anordnungen gegen das Gut nicht durchzusetzen. Der Landrat in Ballenstedt forderte Pfreimel wöchentlich auf, das »Junker-Gut« zu enteignen, wie es ein Gesetz seit 1945 vorsah. Die deutschen Behörden hatten sich strikt an diese sowjetische Anordnung zu halten. Pfreimels Hinweis, bei Frau von Roll handele es sich um ein »Opfer des Faschismus« und um eine Jüdin, half Richtung

Ballenstedt nichts. Mehrmals wurde er beim Innenminister des Landes Sachsen-Anhalt vorstellig, um von dem hohen Herrn das, was er einen »Persilschein« nannte, zu bekommen. Schließlich überreichte der Minister ihm das Schriftstück in einem abgesiegelten Umschlag und forderte Otto auf, es persönlich dem Landrat in Ballenstedt auszuhändigen. Dann gebe es für eine gewisse Zeit Ruhe.

Die Baronin habe einflussreiche Freunde oder Verwandte, »ganz oben«, und verdiene durch ihre Geschäftstüchtigkeit für den Aufbau des Sozialismus viel Geld. Ihr guter Leumund hin, ihre hervorragenden Beziehungen her – eigentlich sei es jüdischer Geschäftstüchtigkeit zu verdanken, dass die Behörden nicht zur Tat schritten.

Jahrelang hatte Pfreimel die drohende Enteignung mutig abgewendet. Ruth dankte es ihm nicht.

Der Ärger begann, als Pfreimel sich weigerte, die 1948 aktuelle »Cleopatra« hauszuschlachten, wie üblich.

Vor dem Schweinestall fauchte Ruth ihn an, als faschistischer Bürgermeister habe er natürlich keine Hemmungen gehabt, ein Schwein zu meucheln. Blut und Faschismus, das sei ja ein und dasselbe gewesen. Nun aber, wo es angeblich um den sozialistischen Weltfrieden gehe, fürchte er sich schon vor einer einfachen, schlachtreifen Sau.

Ausgerechnet aus Hellrode holte Verwalter Weidler einen zuverlässigen Hausschlachter! Und für die Wurst- und Sudarbeiten brachte der Hellröder auch noch die schon sehr betagte Frau Jelawke mit! Ruth verschwand wie immer. Vom Schlafzimmerfenster aus sah sie im Morgengrauen die Ankunft von Frau Jelawke.

Kalte Schauer liefen ihr über den Rücken. Todesahnungen beunruhigten sie. Eine Leichenwäscherin als Wursterin für die fette »Cleopatra« 1948 – das war grausig! Mit niemandem konnte sie ihre Ängste teilen. Franz und Luise Weidler waren wegen der Jelawke auch nicht zum Schlachttermin erschienen. Eine Todesangst hielt auch die in ihrem Verwalterhaus zurück. Wären Elisabeth und der Enkel am Schlachttag dagewesen, hätte sie ihre Angst rücksichtslos auf die beiden übertragen können, um sie dann zu trösten. Diesmal musste sie mit der Sache alleine fertig werden.

Die unterschiedlichen Züchtungen der Schattenmorellen waren von Ruth über die vielen Jahre derartig präzise austariert worden, dass sich – auch bei unterschiedlichen Reifegraden – die Gesamternte des Büchelbergs immer über vierzehn Tage hinzog. Es musste also nie zu Nacht-und-Nebel-Ernteeinsätzen in hektischer, gefährlicher Eile für Früchte und Menschen kommen. Von Tagesanbruch bis zum Sonnenuntergang wurde in den Pfingstferien 1948 von fast vierhundert Händen gepflückt.

Jüngere Arbeitskräfte gab es nicht mehr in ausreichender Zahl. Die meisten waren als Junge Pioniere oder FdJler im Ernteeinsatz bei volkseigenen landwirtschaftlichen Betrieben oder hatten eine handwerkliche Lehre im Sägewerk oder der Aluminiumfabrik angetreten. Manche arbeiteten auch in Ruths Kalksteinwerk, in ihrer Ziegelei oder der Polstermöbelfabrik, die Kalle Flieder eröffnet hatte. An all diesen Betrieben war Ruth in irgendeiner Form beteiligt: Sie hatte Sägemaschinen im Westen im Tausch für ihre eigenen Lieferungen erworben, sorgte für den Nachschub von Aluminiumbarren und führte eine Ziegelei weiter, deren Eigentümer in den Westen geflohen waren und sie darum gebeten hatten.

Ihr Herz jedoch gehörte der Familie und den Kirschen. Also mussten während der Erntezeit Elisabeth, Werner und der Enkel mit auf den Büchelberg. Vom »Spitzenberg« waren einige, noch rüstige alte Schwestern heruntergestiegen und halfen bedächtig mit. Das Durchschnittsalter der Pflückerkolonne lag so bei etwa sechzig Jahren.

Sauerkirschenpflücken erfordert noch mehr Ausdauer als das Abernten größer gewachsener Süßkirschenbäume. Es ist auch viel langweiliger, weil man von Bäumchen zu Bäumchen, von Krone zu Krone mit einer Stiege geht und – sehr vorsichtig – die empfindlichen, weichen Früchte einzeln abpflücken muss.

Nach dem ersten Erntetag, beim Abendessen, tat Elisabeth das Kreuz weh. Sie behauptete, eine Hexe habe sie angeschossen und sie könne sich nicht mehr aufrichten. Krumm wie ein Feuerhaken schleppte sie sich in die Küche, um essigsaure Tonerde zu holen, die ihr, wie sie hoffte, vielleicht Erleichterung verschaffen würde.

Während der ganzen Erntezeit half kein Hausmittel. Elisabeth blieb krumm, machte sich aber, im Bett sitzend, als Buchhalterin für die Ernte nützlich. Sie verzeichnete die Tageserträge der unterschiedlichen Züchtungen, unterteilt nach Lage, Gewicht und Güteklasse. Umsichtig bereitete sie die Lieferscheine in mehrfacher Ausführung vor – für »Lettau«, zur Genehmigung für den Landrat in Ballenstedt und für das Wirtschaftsministerium des Landes. Gewissenhaft und ohne Tippfehler!

Nicht ein einziges Mal erkundigte sich Ruth nach dem Wohlbefinden ihrer Tochter. So wie ihre angefaulten, amputationsgefährdeten Beine ihrer Fantasie entsprungen waren, so glaubte sie auch nicht an die Realität böser Hexen mit ihren Schussattacken.

Der Enkel durfte abends die Buchführung seiner Mutter in den Grünen Salon zur Oma bringen. Die Ernteertragsseiten verschloss Ruth in einer Stahlkassette in ihrem Sekretär. Auf die Lieferscheine für »Lettau« und alle Durchschläge für die Behörden warf sie nicht mal einen Blick. Die verbrannte sie jeden Abend im grünen Kachelofen ihres Salons.

Werner Dehm pflückte Tag für Tag vierzehn Stunden lang, obwohl ihm Hände, Rücken, Beine, überhaupt alles weh tat – wie wohl allen anderen auch.

»Unsere Kirschen sind wertvoller als Gold, glaubt mir«, sagte Ruth immer wieder, um alle Helfer aufs Neue zu motivieren. »Gold wächst nicht nach. Wenn der Allmächtige nicht Wespen und andere Plagen über die Plantagen schickt, wächst unser Gold auf den Bäumen.« Ruth neigte, wenn es um ihre Kirschen ging, zu Übertreibungen. Da sie schon lange keine neuen Züchtungen mehr kreierte, konzentrierte sie sich auf ökonomisch sicheres Beschneiden der Kronen und steigerte die Fruchterträge, ohne dass die Qualität des Obstgutes gemindert wurde. Richtiges Beschneiden, zum richtigen Zeitpunkt, war fast noch schwieriger als das Heranzüchten neuer Arten. Es war ihre Überzeugung, dass Gold weniger wert sei als nachwachsende Kirschen. Genauso hätte sie sagen können: Geld, das keine Zinsen bringt, ist nichts wert. Ruth Goldfisch wusste genau, was sie tat, als sie den Ertrag mehrte und ihn – durch ihre Beteiligungen, von denen nur wenige wussten – in die ganze Welt vertrieb.

Jahr um Jahr pflückte sie Zinsen und Zinseszinsen. In jedem Jahr pflanzte sie zweihundertfünfzig neue Bäume.

In den Pfingstferien erfuhren Ruth und Elisabeth von der Gründung eines Judenstaates. Ab dem 15. 5. 1948 gab es den Staat »Israel«. Nach jahrzehntelangem Blutvergießen zwischen Juden und Arabern, Engländern mit Arabern gegen Juden, Palästinensern mit Juden gegen Briten, Jordaniern mit Palästinensern ebenfalls gegen jüdische Träume wurde endlich der eigene Staat ausgerufen.

Ein Judenstaat mitten in der Wüste?! Dort, wo sie vor Tausenden von Jahren mal hergekommen waren? Das ging nicht so recht in Ruths Kopf.

»Elisabeth, ob das man funktioniert? Stell dir mal vor: allein die armen, vertriebenen Juden aus Europa, die in diese Sonnenglut der Wüste kommen. Die werden doch dort unglücklich, zwangsläufig: im Winter keine Schneeflocke am Himmel und die Hitze! Also ich weiß nicht.«

Die deutsche Jüdin Ruth machte sich ihre eigenen Gedanken über diesen neuen Staat, in dem ja auch Elisabeths Ehemann Walter seine Fäden sponn.

»Also, wir kennen uns doch am besten. Da unten, in der Heiligen Stadt Jerusalem mit all den vielen Religionen, kann das gar nicht gutgehen. Alleine wir Juden werden uns doch sofort in die Wolle kriegen. Die winterfesten Aschkenasim aus Deutschland und Osteuropa treffen auf die hitzefesten Sephardim aus Spanien, Marokko, Algerien, Tunesien und weiß Gott woher. Ein jüdisches Parlament wird eine Quasselbude. Nein, wir haben unsere Eigenheiten und brauchen immer die Kraft eines starken Staates. Früher, sehr viel früher, unser Deutschland. Heutzutage Amerika, England – da kann man leben. Aber das da geht nicht gut.«

Erneut wies sie dramatisch darauf hin, dass ein Jude ohne winterlichen Schnee unglücklich würde. Obwohl der Katholik Werner Dehm daran erinnerte, dass diese Staatsgründung die wunderbare Erfüllung eines jahrtausendealten Traumes sei und sie in Wirklichkeit einem Wunder gleiche, wurde ihm von Elisabeth und Ruth entgegen gehalten, die Juden wären einzig und allein wegen des jahrtausendealten Traumes eine religiöse und – in Grenzen – auch eine eigene Volkseinheit geblieben. Nur wegen des Traumes.

Werner Dehm konnten sie nicht überzeugen.

1948 wurde zuerst bei den Westalliierten und dann bei den Sowjets die Reichsmark abgeschafft. Die Währungsreform trennte die Besatzungszonen wirtschaftlich nachdrücklicher als 1949 die Gründung der beiden deutschen Staaten. Nach der Währungsreform im Osten wurde kurzfristig bei der Postsparkasse in Bleichrode Ruths Währungs-Devisenkonto »disponibel«. Sofort dachte sie darüber nach, das Geld vernünftig zu investieren.

Die Hütterers in Leipzig waren enteignet, aber der volkseigene Betrieb, der die Firma weiterführte, stellte bereits wieder erstklassige Flügel her. Das Wirtschaftsministerium der sächsichen Landesregierung bot sie auf dem Weltmarkt an. Kein bedeutender Pianist, kein reicher Amerikaner, nicht einmal die treuen Dauerkunden – die Carnegie Hall und der musikalische Teil der Julliard-School –, die auf Hütterer-Flügel eingeschworen waren wie auf die Bibel, orderten ein Instrument, trotz eines lächerlich geringen Preises.

So erwarb Ruth, 1948, für Devisen zwei Flügel. Alle zweifelten an ihrem Verstand. Kurz über lang, so mahnte Franz Weidler, kämen die deutschen Behörden und würden die gesamte Sammlung als »nationales Erbe« beschlagnahmen und vermutlich in Thüringen, Sachsen-Anhalt, Mecklenburg, Brandenburg, Ostberlin und wie die Länder des Ostens alle hießen auf Theater und Musikschulen verteilen.

»Franz, Sie haben keine Ahnung vom Sozialismus und Kommunismus. Alle großen, bedeutenden Künstler waren irgendwann in ihrem Leben links – bis vielleicht auf meinen Onkel Max Kellermann. Der war immer ein konservativer Geist, weil er von Anfang an viel Geld verdiente. Aber künstlerisch war er ein Revolutionär. Franz, der Sozialismus hat vor der Kunst und den Künstlern mehr Respekt als beispielsweise diese auf Gummi herumkauenden Amis! Denken Sie nur an Gambarow. Meine Schwester Käthe hat zwar nur immer sozialistische Lieder gegrölt, aber nebenbei schon als kleines Mädchen heimlich sehr gute Bücher gelesen. Den Menschen in unserer Zone geht es schlechter als denen im Westen. Wir bekommen keinen Marshall-Plan, um alles wieder aufbauen zu können. Schauen Sie nach Ballenstedt! Alles liegt in Schutt und Asche. Aber dieser Idiot von Landrat hat das Kleine Hoftheater bereits wieder eröffnet, und das Harzer Bergtheater spielt auch. Und in Halberstadt wurde die Ruine des alten Opernhauses so weit wieder hergestellt, dass man musizieren und singen kann.«

Weidler nörgelte, er glaube nicht daran, dass die neuen deutschen Herren unter der Fuchtel der Sowjets ausgerechnet das Hütterer-Kulturerbe der Baronin achten würden. »Sie werden die Instrumente abholen. Die Kalkhöhle ist für die vielen sperrigen Dinger zu klein. Verstecken können wir die nicht.«

Das war auch nicht nötig. Ruth hatte mal wieder Recht. Theater, Büchereien und andere Kulturgüter wurden in der sowjetisch besetzten Zone per Verordnung geschützt. Und Sachsen-Anhalt schützte ausdrücklich die Bleichröder Hütterer-Sammlung der »Bürgerin Ruth von Roll, geborene Goldfisch«.

Der Ministerpräsident schrieb Ruth einen Brief, in dem er ihr mitteilte, dass sie, als politisch und rassisch Verfolgte der Nazizeit, den besonderen Schutz der DDR genieße und sie weder in ihrem Eigentum noch in ihrer persönlichen Freiheit, auch nicht in ihren geschäftlichen Aktivitäten – sofern sie mit den zuständigen Behörden abgestimmt wären – behindert werde.

1952 wendete sich das Blatt, und Ruth wurde zum ersten Mal fast komplett enteignet. Lediglich ihre Kirschenplantagen durfte sie privatwirtschaftlich weiterbetreiben, weil die Behörden in Halle befürchteten, ohne die an Wahnsinn grenzende Genialität der Gutsherrin würde der Büchelberg verrotten.

Auch die Hütterer-Flügel wurden amtlich beschlagnahmt, verblieben aber in der klimatisierten Lagerhalle. Allerdings nur unter der Auflage, dass Ruth sich um Bestand und Pflege der nunmehr volkseigenen Instrumente kümmere. Im Gegenzug musste sie für die Erträge aus ihrer Kirschenplantage nicht die üblichen neunzig Prozent vom Gewinn an den Fiskus abführen, sondern durfte die aufwendige Instandhaltung der Flügel steuergünstig absetzen.

Da half Otto Pfreimel, über alle klassenkämpferischen Schranken hinaus, wieder tatkräftig mit.

Ruth, Luise und Franz Weidler sollten ihre Arbeitskraft der landwirtschaftlichen Produktionsgenossenschaft zur Verfügung stellen. Das Ehepaar Weidler, beide schon weit über sechzig, stellte unverzüglich einen Rentenantrag. Ruth antwortete nicht einmal auf das Schreiben des Landratsamtes.

Otto Pfreimel musste eine geeignete Verwaltung für das Gut aus dem Ärmel schütteln. Aber da kam nichts Geeignetes heraus, und so sanken die Erträge der LPG bereits im ersten Erntejahr um mehr als die Hälfte. Der »Freiheit«, der Zeitung der SED, konnte man aber entnehmen, dass trotz der katastrophalen landwirtschaftlichen Verhältnisse auf dem Gut das Plansoll mit 227 Prozent übererfüllt worden sei.

Da lachte auch Otto Pfreimel. »Tinchen, an den Endsieg Hitlers habe ich wirklich nie geglaubt. Das weißt du. Aber wenn die einen solchen Unsinn zusammenschmieren, glaub ich auch nicht an den Sieg der friedlichen Weltrevolution. Die jungen Verwalter auf deinem Hof haben doch alles genauso gemacht wie du? Warum wächst nichts mehr? Sogar die Karpfen im Osterteich sind verhungert, obwohl sie angeblich täglich gefüttert worden sind. Du hast doch alles immer scharf im Blick. Was machen die jungen Genossinnen und Genossen denn nun falsch?«

»Nichts, Otto. Ganz ehrlich, sie machen alles richtig. Nur, sie lieben diese Arbeit nicht. Den fettigen Boden für die Zuckerrüben musst du in die Hand nehmen, ihn kneten und, bitte schön, auch drauf rumkauen! Dann musst du wissen, wann du welche Aussaat machst. Die Karpfen haben sie nicht gefüttert. Das Fischfutter haben sie zur Schweinemast verwendet. Dick wurden die Schweine davon zwar nicht, aber eure Würste und Schinken werden in Zukunft nach Fischmehl schmecken! Lecker! Du hast Funktionäre auf den Hof geschickt, keine Arbeiter und Bauern.«

»Tinchen, unter der Hand könntest du denen doch ein bisschen helfen. Du tauchst mal hier, mal da auf und gibst Ratschläge.«

»Oddo, das habe ich seit Monaten gemacht. Und sie haben nicht ein einziges Mal zugehört. Wenn ich einen von deinen Funktionären auf meinem Büchelberg erwische, setzt es Dresche!«

Ruths nachwachsendes »Gold« bereicherte in Maßen die Wirtschaft der DDR und stärkte in Baden-Württemberg eine ehemals kleine Marmeladen- und Konservenfabrik. Sie wurde zum zweitgrößten, aber feinsten Unternehmen der Branche in der Bundesrepublik Deutschland.

Ruth lieferte zum Selbstkostenpreis und ließ die Gewinne im Westen stehen.

Auch in den Jahren 1949, 1950, 1951 und 52 kaufte sie Hütterer-Flügel vom volkseigenen Betrieb Pianofortefabrik Julius Hütterer in Leipzig. Sie zahlte aus ihrem Devisenkonto.

Im Heizungskeller des »Spitzenberg« fanden zwei Diakonissen die nackte Leiche eines kleinen Mannes. Er hatte sich mit einer Wäscheleine erdrosselt. Infolge der Abschnürung des Blutkreislaufes zwischen Kopf und Körper war es zu einem Blutstau im Penis gekommen. Sichelförmig stand er, in einer scharfen Spitze endend, nach oben und war blau angelaufen, wie auch das Gesicht. Es war Kurt Stöcker. Seine Kleidung hatte er sorgfältig zusammengefaltet und vor das Feuerloch des mit Braunkohle zu beheizenden Ofens gelegt. Mit gestochen klarer Sütterlinschrift hatte er einen Abschiedsbrief geschrieben:

»Ich möchte mich für alles, was ich Ihnen, Ruth Baronin von Roll, und die Welt dir, kleine Goldfisch, angetan hat, entschuldigen. Kurt Stöcker.«

Ruth ließ Kurt Stöcker auf dem Friedhof in Bleichrode kirchlich bestatten. Zu diesem Zweck bat sie einen Pastor aus Aschersleben um den kirchlichen Segen. Nach der Beerdigung zog sie sich für einige Stunden auf den Büchelberg zurück und sann darüber nach, wie viel Kurt Stöcker über sie gewusst habe und dass seine hartnäckige Verfolgung ab 1938 und während der Schnapsbrennerei eine Täuschung war. Erbarmungslos hatte Stöcker seine Pflicht getan, wohl wissend, was er wo finden könnte, wenn er nur wollte. Als karrieresüchtiger Beamter hatte er mit seinem Fleiß seinen Vorgesetzten in Halle und den Herren Himmler und Heidrich in Berlin imponiert. Zweifellos hatte er gewusst, wie dicht er an Ruth dran war. Und genau das hatte Ruth geschützt. Auch Stöcker hatte sich benommen wie das Wild, das dem Jäger folgt, und dabei den Jäger und das Wild gleichermaßen gespielt. Vermutlich war er in den letzten Jahren häufig auf dem »Spitzenberg« gewesen, und so war er auch hierher gekommen, um zu sterben.

Über das schreckliche Ende von Kurt Stöcker krakelte Ruth in einem »Nach-gelesen-sofort-verbrennen«-Brief an Elisabeth auf die Ränder rings um den eigentlichen Text. Sie stellte fest, dass weder Stöcker, erst recht nicht die Welt, ihr oder der Tochter irgendetwas angetan habe. Nur sie zu töten, habe man vergessen. Und das sei, angesichts der vielen Opfer, eine zynische Gunst des Allmächtigen, für die Elisabeth und ihr Enkel dankbar sein sollten.

»Jaja, meine Mutter macht wirklich Kopfstand unter der Dusche, lieber Werner«, sagte Elisabeth, nachdem sie den Brief gelesen hatte.

Als Elisabeth erfuhr, dass ihr Ehemann, Walter Roth, an den geheimen Wiedergutmachungsverhandlungen zwischen Israelis und Deutschen in Bonn teilnahm, bat sie um Onkel Ewalds Mercedes-Cabriolet, um das Bundeskanzleramt zu stürmen, ihren Mann herauszuzerren und entweder zu töten oder zur Scheidung zu nötigen. Ihre Wut, die sie kaum noch beherrschen konnte, steigerte sich ins fast Unermessliche, als sie kurz vor der Abfahrt per Boten einen anwaltlichen Brief aus Dortmund zugestellt bekam, in dem Walter Roth die unverzügliche Auflösung der Ehe einklagte und Elisabeth die alleinige Schuld am Scheitern der Ehe anlastete.

»Die Ehefrau Elisabeth Roth, geborene von Roll, hat sich über Jahre den ehelichen Pflichten böswillig entzogen und nicht nur die Nähe zu ihrem Ehemann vermieden, sondern ein außereheliches Verhältnis mit dem Betonfacharbeiter Werner Dehm begonnen.«

1950 wurde die Ehe vom Amtsgericht Dortmund geschieden. Um die Sache zu beschleunigen, nahm Elisabeth alle Schuld auf sich. Das ersparte ihr die Anwesenheit vor dem Scheidungsrichter und den Anblick des Vaters ihres einzigen Sohnes.

Ruth erwog, dem Gedanken nahezutreten, an der Hochzeit Elisabeths in Westkotten teilzunehmen. Dies löste in der Bleichröder Gesellschaft ein Erdbeben aus. Seit 1913 hatte die Baronin den Landkreis nicht verlassen. Allgemein wurde befürchtet, das Tinchen wäre für Bleichrode unwiederbringlich verloren, wenn sie ein einziges Mal die freie Luft des Westens eingeatmet und die Segnungen des kapitalistischen Luxus kennengelernt hätte.

Otto und Friederike Pfreimel, die ehemaligen Streichholzfabrikanten, das Lebensmittelhändlerehepaar, der Brauereibesitzer, der Apotheker und seine Frau, Sanitätsrat Helbrandt, eine Delegation der ehemaligen Töchterheimbetreiber, der Landrat aus Ballenstedt, der die Reisegenehmigung »aus familiären Gründen« erteilt hatte, die älteste und die jüngste Schwester des Diakonissenheimes auf dem Spitzenberg sowie der Sägereibetreiber sprachen bei Ruth vor, um ihr diese Reise auszureden. Die Angst, Ruth könnte Bleichrode für immer abhanden kommen, ließ sie die unterschiedlichsten Argumente vortragen: Die Zweitehe einer Tochter sei kein einmaliges Ereignis. Elisabeth, der neue Schwiegersohn und der Enkel kämen ohnehin alle naselang in den Ferien nach Bleichrode. Es sei doch viel schöner, im opulenten Rahmen des Rollschen Gutes ein ordentliches Hochzeitsfest steigen zu lassen.

Der Landrat beschwor sogar die Gefahr, dass übergeordnete – geheimnisvolle – Grenzbehörden sie anstandslos ausreisen, aber vielleicht nicht wieder einreisen lassen könnten. Man wisse ja nie! Das sei zwar Rechtsbeugung, aber »im Vertrauen« sagte er, »ich habe von solchen Maßnahmen gehört«.

»Ein fieses, niederträchtiges Aas ist das!«, schimpfte Franz Weidler, der Ruth mit seiner Frau zusammen nachdrücklich zu der Reise überreden wollte und bereits Mittel und Wege gefunden hatte, ein zwölfteiliges Meißener Porzellanservice, dessen Ausfuhr strengstens verboten war, nach Westkotten zu schaffen. Als Hochzeitsgeschenk. Für die Weidlers war Ruths Heimkehr so sicher wie das Amen in der Kirche oder in einer Synagoge.

Pfreimel befürchtete, böswillige Genossen könnten Ruths Abwesenheit nutzen, um das feine finanzielle Netzwerk, das nur die Gutsherrin und der Bürgermeister kannten, unter die Lupe zu nehmen. Es gab Dinge, die nur Ruth in ihrem Kopf gespeichert hatte. Otto wusste viel, aber bei weitem nicht alles. Er sah sich schon als Gefangener in einer Einzelzelle in der Justizvollzugsanstalt Bautzen oder als Zwangsarbeiter in den Uranbergwerken Aues.

Alle Bedenkenträger hörten gleichermaßen Ruths Standardantwortsatz:

»Wie alle jüdischen Frauen bin ich nicht sehr viel vorgekommen, in der Vergangenheit oder jetzt, aber ich habe hie und da ein wenig stattgefunden!«

Aus den Ruinen der Franckeschen Stiftungen reiste schließlich Elisabeths langjährige Lieblings-Diakonisse Mechthild an und stellte die entscheidende Frage: »Liebe gnädige Frau! Natürlich fahren Sie zu Elisabeths Hochzeit! Ach, meine geliebte Elisabeth! Fast alle vierzehn Tage schickt sie uns was zu essen und manchmal auch Schrauben und Nägel. Auch immer Bohnenkaffee und Schokolade! Wenn ich könnte und dürfte, würde ich selber fahren. Bitte, fahren Sie nach Westkotten und seien Sie die stolze Mutter der Braut. Ziehen Sie sich hübsch was an, und ab durch die Mitte! Was wollen Sie denn anziehen?«

Bei dieser Frage kam Ruth ins Grübeln.

Seit Jahren habe sie kein festliches Gewand mehr benötigt, klagte Ruth am Telefon. Die alten, langen Fetzen passten nicht mehr in die neue Zeit, weil sie aus den Zwanzigern stammten, und im Übrigen auch nicht mehr auf ihren fülligen Leib. In Bleichrode fehle es an Stoff für ein schönes Kleid, mal abgesehen von blauen Samtübergardinen aus einem Gästezimmer, die die Handarbeitslehrerin zu einer Hochzeitsrobe verarbeiten wolle. Dieses Weibsstück komme ihr aber nicht an Samt und Leib, weil sie mal den widerlich engen Rock mit Dior-Falte für Elisabeth genäht habe, wie sich die Tochter doch wohl erinnere. Das Telefonat lief darauf hinaus, dass Elisabeth ein schönes, fließendes, nirgendwo zwickendes, fußlanges Kleid von erstklassiger Seidenqualität beschaffen sollte. Ihre Körpermaße – »in etwa« – diktierte Ruth ihrer Tochter zum Mitschreiben. Bei der Länge hat sie sicherlich nicht gemogelt. Bei den Maßen für Hüfte, Taille und Oberweite gab sie nur Richtwerte an, weil das Feinseidene locker ihren Körper verhüllen und nicht betonen sollte. Auf die Taille müsse ohnehin nicht geachtet werden, sagte sie ernsthaft, da sie keine mehr habe.

Herzmündchen Hanni schwärmte, außer für Christian Dior, auch für das berühmte Haus Schiaparelli – eine ehrwürdige, hoch elegante Adresse der Haute Couture. Madame Schiaparelli hatte sich auch auf Problemfiguren spezialisiert, und eins ihrer populären Modelle lag als Schnittmusterbogen einer Frauenzeitschrift bei. Es handelte sich um etwas Elegantes, Weites, Flattriges, wie für eine Brautmutter geschaffen. Eine gediegene Weißnäherin und sorgfältige Schneiderin nähte das Kleid zusammen. Es sah aber nicht so aus wie auf dem Foto in dem Heft, weil ein, vom spitzen Ausschnitt keilförmig nach unten verlaufendes Stück langhaariges, dunkles Fell fehlte. Ein Kürschner wurde beauftragt, herauszufinden, welches Tier für dieses pelzige Dreieck wohl nicht sein Leben hatte lassen müssen, aber die gängigen, wie Fuchs, Wolf, Dachs und Luchs, waren es nicht.

Als Elisabeth sich endlich die Mühe machte, auch den Artikel über Madame Schiaparelli zu lesen, wusste sie, was sie suchte: reinstes, dünnhaariges Schimpansen-Rücken-Fell. Nur mit dem Affenpelz würde das nachgeschneiderte Schiaparelli-Modell dem Original nahe kommen. Ewald Roth besorgte das Stück von einem Mailänder Pelzgroßhändler. Affenfelle waren damals sehr in Mode und entsprechend teuer. Nun sah die Robe perfekt aus.

Sie wurde geschickt. Ruth schlüpfte hinein, betrachtete sich kritisch im Spiegel und war zufrieden. Das weiche Fell, vom Ausschnitt abwärts den Busen und das kleine Bäuchlein sanft-schmeichelnd verdeckend, fühlte sich wunderbar an.

Erinnerungen an ihre eigene Hochzeit streichelten ihre Seele. Damals hatte sie nach der Trauung ihr weißes, um eine mörderische Korsettage gebautes Brautkleid abgelegt und es gegen ein schwarzes, luftiges Kleidchen mit langen Seidenfransen getauscht. In diesem Aufzug war sie dann mit ihrem Albert in dessen Potsdamer Offizierswohnung davongeschlichen.

Ruth verzierte sich noch mit ihrer blutroten Granatbrosche und fand sich schön.

Sanitätsrat Helbrandt sagte als Erster: »Seltsam dünnes, feines Fell. Sehr schön, lang und auch seidig. Komisch, erinnert mich irgendwie an Affe.«

»Affe?« Luise Weidler war der Ansicht, Gorillas würden nicht zu Pelzen verarbeitet werden. Orang-Utang sei es auch nicht. Dann wäre das Fell rot. Sanitätsrat Helbrandt sei im Übrigen, auf Grund seines hohen Alters, etwas wunderlich. Niemals sei dieses Fell äffischen Ursprungs. Obwohl, gab sie zu bedenken, man ja nie genau wisse, was »die da drüben, im dekadenten Westen« für Ideen hätten.

Nach hartnäckiger Befragung am Telefon hatte Elisabeth sich derartig in Lügen verstrickt, dass sie mit der Wahrheit herausrücken musste: Modisch hochaktuelles Schimpansenfell aus Zoo-Tierhaltung sei es, räumte sie ein. Ein putziger Schimpanse in freier Wildbahn habe für Ruths Kleid nicht das Leben lassen müssen, sondern das Tier sei im Zoo eines natürlichen Todes gestorben.

Eine an den Haaren herbeigezogene Schwindelei.

Ruth fuhr nicht zur Hochzeit ihrer Tochter. Die heiratete daraufhin nur standesamtlich und ganz »auf die Schnelle«.

Madame Schiaparellis Kreation erstickte in einem ledernen Kleidersack an dem Gestank naphtalinhaltiger Mottenkugeln. Das Affenfell musste Luise Weidler vor der Einlagerung abtrennen. Sie sollte es im Kompost oder im Garten vergraben. Luise tat das nicht, sondern verzierte mit dem Fell einen Muff, in dem sie im Winter ihre Hände wärmte. Da gab es wieder Krach, und Franz Weidler verbrannte den Muff im Kanonenofen ihres Schlafzimmers.

1952 sah Ruth ihren Enkel in einem Badezimmer nackt. Seine Mutter hatte ihm immer wieder gesagt, er solle das möglichst vermeiden. An dem Tag aber hatte er vergessen, von innen einen Stuhl unter die Klinke zu stellen. Da war es so weit. Ruth bemerkte, dass ihr Enkel nicht beschnitten war. Drei Wochen nach seiner Geburt hatte weder ein Mohel noch ein geeigneter Arzt für die Sache der Beschneidung zur Verfügung gestanden. Nach Kriegsende hatte Ruth das Problem dann mit ihrer Tochter erörtert. »Ein Junge ist nur ein jüdischer Bengel, wenn er beschnitten ist«, sagte sie streng und bestellte den Sanitätsrat. Der wagte es wegen beginnender Parkinsonscher Krankheit nicht, Hand an den Enkel zu legen. Andere vertrauensvolle Ärzte standen nicht zur Verfügung, Elisabeth bemühte sich nicht, und so wurde die Beschneidung einige Jahre lang von Ruth nicht mehr erwähnt.

Kurz nach der Einschulung in Westkotten beschwindelte Elisabeth ihre Mutter. Sie behauptete, ein Urologe habe die kleine Operation vorgenommen. Bat sie aber, die Sache mit dem Enkel nicht zu erörtern. Dem seien solche körperlichen Details peinlich.

Nach Entdeckung dieses Missstandes im Badezimmer fuhr Ruth auf der Stelle mit ihrem Enkel in ein Krankenhaus nach Quedlinburg, bestach einen Facharzt mit Lebensmitteln, Zigaretten, Schokolade und Bohnenkaffee, und dieser nahm den Eingriff unverzüglich vor. Er machte das ambulant und führte den radialen Schnitt großzügiger aus, als es nicht-ärztliche Beschneider, die Mohels, bei drei Wochen alten Knaben zu tun pflegen.

9

Der westdeutschen Verwandtschaft zeigte Ruth, was Wohlstand ist, mit einer Anschaffung, auf die sie sicher neidisch sein würde. Sie erwarb von den Eisenacher Motorenwerken eine Luxus-Limousine mit acht Zylindern, V-förmig angeordnet. Dieses Modell war nur hohen Funktionären sowie dem Generalsekretariat der SED als Dienstfahrzeug vorbehalten. Der Achtzylinder war eine rollende Herausforderung für jeden aufrechten Sozialisten und in Ruths Fall das Ergebnis gewinnträchtiger Landwirtschaft auf dem Rollschen Gut. Nach zwei katastrophalen Missernten der LPG war sie wieder Eigentümerin ihres gesamten Besitzes geworden. Gleich im ersten Jahr übererfüllte sie das Plansoll um ehrliche dreihundert Prozent. Darüber stand nichts in der »Freiheit«. So erfolgreich durfte die Privatwirtschaft nun doch nicht sein. Vor allen Dingen dann nicht, wenn die Zahlen auch noch stimmten. Die Erträge aus Schattenmorellen, Karpfenzucht, Zuckerrüben-, Gersten- und Obstanbau finanzierten neues, hochwertiges Saatgut aus dem Westen, Hütterer-Flügel, das Luxusauto und, kurz vor der Krönung der jungen Prinzessin Elizabeth zur Königin von England, auch noch einen Schwarzweißfernseher, den das tschechische Brudervolk produzierte.

Das chice Auto und das Fernsehgerät vertieften des Enkels Liebe zu seiner Großmutter beträchtlich. Im heimatlichen Westkotten gab es aus erzieherischen Gründen noch kein Fernsehgerät, und als Auto diente ein klappriger Kombi von Opel.

Ruths Erfolge sollten aber auch anders, »offiziell« gefeiert werden. Otto Pfreimel hatte dazu eine Idee entwickelt, die der Baronin überhaupt nicht behagen konnte.

»Oddo, wenn du das tust, lass ich dich von den Feldhandballspielern nackig ausziehen, mit Zuckerwasser bespritzen und an den Füßen aufhängen. Dann werden Tausende und Abertausende hungriger Wespen auf dir Sturzflug üben!« Wütend erhob Ruth die goldene Kombi-Büste von Marx, Lenin und Engels über ihren Kopf, um sie gegen das großformatige, gerahmte Foto des Staatsratsvorsitzenden Walter Ulbricht zu schmettern. Unter dem strengen Blick des Spitzbarts saß der Bürgermeister und hatte seine dumme Idee zum Besten gegeben.

Die überragende 56er Ernte in Bleichrode hatte noch keine öffentliche Anerkennung gefunden. Das wollte Otto ändern. So hatte er beim Landrat durchsickern lassen, dass der alte Franz Weidler und Ruth von Roll beim Eindreschen der Getreideernte achtunddreißig Stunden ununterbrochen auf dem Mähdrescher gearbeitet hätten. Jüngere Helfer seien während dieser Gewaltaktion schon nach läppischen sechs Stunden in die Knie gegangen und hätten ausgetauscht werden müssen.

Zusammen hatten die beiden Politiker ausgekungelt, dass diese privatwirtschaftliche Leistung der beiden Alten mit sozialistischen Ehren überhäuft werden sollte. Ruth war 61, Franz Weidler schon in den Siebzigern. Ihre Leistung würde mit dem Titel »Aktivist der sozialistischen Arbeit« geadelt werden.

Bei dem Festakt vor dem Mähdrescher des Rollschen Gutes sollte der Begründer der Aktivistenbewegung in der Deutschen Demokratischen Republik, Adolf Hennecke, mitwirken. Als Bergmann hatte er 1948, nach dem Vorbild des großen russischen Arbeiterhelden Stachanow, einen Kohleförder-Rekord über das vorgegebene Tagessoll hinaus um 387 Prozent übererfüllt. Adolf Hennecke war inzwischen im Zentralkomitee der SED. Dieser Herakles des Bergbaus sollte nach Bleichrode kommen, um Franz und Ruth am Mähdrescher zu ehren.

Einen Tag vor seiner Ankunft hatte Oddo das Tinchen in sein Büro gebeten und ihr von der Geschichte erzählt. Dabei hatte er es vermieden, ihr in die Augen zu schauen, sich in seinem Schreibtischsessel gewunden, mit der Kombi-Bronze herumgespielt, zum Fenster hinaus zur Sankt-Gero-Kirche geguckt oder auch mal den Kopf gedreht, um Walter Ulbrichts Foto zu betrachten.

Ruths Tobsuchtsanfall kam nicht unerwartet. Deswegen hatte er zwischen der Ankunft von Hennecke und dieser erwarteten Reaktion nur einen Tag gelegt.

»Tinchen, bedenke, was das für die Weidlers bedeutet! Der Franz ist seit Jahren Rentner! Außer der Urkunde und dem Orden kriegt er auch noch eine Prämie in Geld! So ungefähr zwischen hundert und zehntausend Mark!«

Ruth setzte die Büste wieder auf dem Schreibtisch ab und bat um präzisere Angaben, die finanzielle Seite der Ehrung betreffend.

»Genau gesagt siebenhundertfünfzig Mark der Deutschen Notenbank.«

Einen solchen Betrag würde sie, Ruth, dem Franz locker aus ihrer Portokasse bezahlen, giftete Ruth und fragte Oddo, ob er sich auch mal überlegt habe, dass die öffentliche Ehrung viel Neid und mit Sicherheit auch betriebswirtschaftliche Kontrollen nach sich ziehen würde?

»Unser Arbeiter-und-Bauern-Staat, Tinchen, du dumme Socke, schnüffelt den ›Helden der Arbeit‹ nicht nach. Verstehst du? Da liegt doch der Sinn dieser ganzen Geschichte mit diesem Adolf.«

Otto ließ seine Sätze wirken, ehe er, so nebenbei, fragte: »Hast du mir ein paar West-Zigaretten mitgebracht?«

Ruth schob ihm ein Päckchen »HB« über den Schreibtisch. »Wann kommt Adolf zum Mähdrescher?«

Adolf Hennecke kam nicht allein. Mehrere Fotojournalisten begleiteten ihn und einen Hörfunkreporter aus Halle. Auf dem und um den Mähdrescher herum saßen die Mitglieder des Sankt-Gero-Posaunenchors und spielten »Brüder zur Sonne, zur Freiheit«. Ruth und Franz wurden von Hennecke persönlich geehrt. Die Fotos erschienen in der »Freiheit«, im Hörfunkinterview sprach nur Otto Pfreimel. Ruth sagte nur einmal »danke«. Von Franz Weidler hörte man nur »Jesses. No na!« aus dem Äther.

Auf den Fotos in der »Freiheit« waren Franz und Ruth nicht zu erkennen. Otto Pfreimel, wie auch der Landrat aus Ballenstedt, hatten sich im richtigen Augenblick vor die zahlreichen Kameras geworfen. Optisch beherrschte der Mähdrescher die Pressefotos, und wenn man genau hinguckte, konnte man das Schildchen des Herstellers der landwirtschaftlichen Maschine lesen: »John Deer Lanz«.

Dieser Mähdrescher war amerikanische Qualitätsware aus dem Westen und seit Anfang 56 Privateigentum der Baronin. Ruths Devisenkonto in der DDR war inzwischen beträchtlich. Die Tauschgeschäfte der Anfangsjahre waren dem normalen Geldzufluss gewichen. Ruth hatte den Kauf eines Mähdreschers beantragt. Der war ihr gestattet worden. Allerdings sollte sie ein Gerät aus sowjetischer Produktion erwerben. Da diese Dinger aber berüchtigt waren, weil sie immer kaputtgingen und viel zu teuer waren, wollte sie ihre hübschen Devisen nicht für dieses fragwürdige Produkt der Sowjetunion verschwenden, obwohl Otto Pfreimel im Auftrag der »Deutsch-sowjetischen Freundschaft« Druck machte.

Ruth verfasste wieder mal einige feinsinnige Briefe an Beamte des Wirtschaftsministeriums in Halle, mit der Bitte um eine Ausnahmeregelung wegen eines besonders günstigen Angebotes der Kasseler Firma »John Deer Lanz« für den Erwerb eines Mähdreschers und gleich noch eines neuen Traktors. Das schöne Konto bei der Postsparkasse zu Bleichrode müsse bei diesem Kauf nicht angetastet werden und bleibe der Gesellschaft für andere Geschäfte mit den sowjetischen Freunden erhalten. Die Firma in Kassel sei einem Tauschgeschäft – Mähdrescher und Traktor gegen Naturalien – nicht abgeneigt. Sie könne mit Schattenmorellen bezahlen und würde dadurch das Devisenkonto nicht mindern.

Zwei Beamte waren sofort Feuer und Flamme und kamen zu ungewöhnlich später Stunde an einem Samstagabend zu einem Abendessen in das große Esszimmer. Dort wurden sie mit allem verwöhnt, was Ruths Landwirtschaft und der »faschistische Nachfolgestaat BRD« an Luxusgütern hervorbrachten: Cognac, Bohnenkaffee, Zigarren der Marke »Handelsgold«, mehrere Stangen »HB« und einen Verteilerkopf für einen Volkswagen aus dem Jahre 42, mit dem einer der beiden Beamten leider nicht mehr nach Bleichrode hatte fahren können, weil er dieses Ersatzteil dringend benötigte. Noch während des Abendessens genehmigten die Beamten das Tauschgeschäft. Mit Tinte trugen sie in den vorbereitenden Vertrag die Menge der zu liefernden Schattenmorellen ein: 15 Tonnen.

Kaum waren die beiden weg, »radierte« Ruth mit einem gekochten Ei die 15 aus dem Originalvertrag und der Kopie und schrieb stattdessen 45. Luise Weidler, Friederike und Otto Pfreimel hatten die alkoholisierten Beamten beim Abschied so gekonnt abgelenkt, dass die beiden Herren das Duplikat des Kaufvertrages liegengelassen hatten. Die geänderte Zweitschrift schickte Bürgermeister Pfreimel gleich am nächsten Tag ins Wirtschaftsministerium. Die Fälschung fiel nicht auf.

Ruth hatte wieder einmal freie Bahn für ihre finanzielle Akrobatik. Sie lieferte wesentlich mehr Früchte, als nötig waren. Die Firma »Lettau« verarbeitete die Kirschen, und der Bargeldüberschuss von dreißig Tonnen blieb im Westen, als Darlehen, in der Marmeladenfabrik.

Die Exporte in die Schweiz hatte sie eingestellt. Die Schweizer Firma hatte sich nämlich zu einem erbitterten

Konkurrenten der Firma »Lettau« entwickelt, und Ruth wollte sich selber keineswegs Konkurrenz machen.

Ende 1956 wurde Ruth endgültig enteignet. Es blieb ihr wieder einmal nur die Kirschenplantage. Kurz darauf wurde der ungeheuer beliebte Otto Pfreimel, nicht zuletzt wegen seiner Nähe zu der »Aktivistin«, der Baronin von Roll, von seinem Bürgermeisterposten abgelöst. Es geschah leise, die Landesregierung wollte den Schein der Demokratie wahren, und sein Nachfolger sollte in geheimer Wahl gewählt werden, wenn ein geeigneter Kandidat gefunden würde.

Pfreimels letzte Amtshandlung als Bürgermeister war, der Baronin von Roll den Vorsitz der »LPG Clara Zetkin« anzutragen. So hieß das Gut Roll von nun an. Clara Zetkin war eine machtvolle, großartige Frau gewesen, und Ruth fand die Namensgebung sehr ehrenvoll. Den Vorsitz in der LPG lehnte sie aber ab. Im Gut stecke frische Kraft, wie die Erträge der vergangenen Jahre erwiesen hätten. Junge, akademisch gebildete Nachfolger könnten darauf aufbauen. Sie selber wolle sich, schon aus Altersgründen, nur noch um ihre Schattenmorellen kümmern.

»Oddo, ich beiß nich' in meine eigene Budder! Erinnerst du dich noch?«

»Ach, Tinchen, ja«, sagte Pfreimel traurig und trank mit Ruth von dem wunderbaren Kirschbrand.

Abgesetzt habe man ihn, schimpfte er, aber gleichzeitig für militärische Aufgaben berufen.

Im Feinmessgerätewerk Quedlinburg sollte er Chef der Betriebskampfgruppe werden, um den Betrieb gegen westliche Agenten, Saboteure und Industriespione zu sichern. Pfreimel und Ruth waren sich einig, dass so etwas in Quedlinburg nicht nötig und der Bürgermeister regelrecht abgeschoben worden sei. Den tüchtigen Otto ärgerte das so sehr, dass er Magengeschwüre bekam.

Irgendwann hatte der Landrat in Ballenstedt dann einen geeigneten Kandidaten für Otto Pfreimels Nachfolge gefunden. Aus guter alter Gewohnheit und um die Etikette in

Bleichrode nicht zu verletzen, machte der Kandidat des Volkes einen Antrittsbesuch bei der Baronin Ruth von Roll. Er hieß Leopold Buschbach, war ein Sohn des ermordeten Paul und bat Ruth um Unterstützung bei seiner freien und geheimen Wahl zum Bürgermeister.

Ruth schenkte ihm eine Packung »HB« und versprach nichts.

»Wo haben Sie denn Bürgermeister gelernt?«, fragte sie.

Leopold hatte in Magdeburg Nationalökonomie und Gesellschaftswissenschaften studiert. Das erfreute Ruths Herz: Endlich gab es mal einen lupenreinen, auch theoretisch marxistisch-leninistisch sattelfesten Proletariersohn im Bürgermeisterangebot. Zum Abschied wünschte sie ihm alles Gute und ließ seine Mutter herzlich grüßen.

Leopold Buschbach muss der Bleichröder Bevölkerung sehr imponiert haben. Mit überwältigenden 99,8 Prozent stimmten sie für ihn.

Dieser Erfolg war das Ergebnis einer sozialistischen Mathematik. Ruth, die Weidlers und alle Mitarbeiter bei den Schattenmorellen lachten, als das Wahlergebnis bekanntgegeben wurde, und besonders laut, als es um die Wahlbeteiligung ging.

Stolze 96 Prozent habe sie betragen, hieß es. Dabei wussten die Bleichröder genau, dass höchstens zehn Prozent von ihnen zur Wahlurne gegangen waren.

Schon bald darauf machte Leopold seinen ersten Fehler: Er mischte sich in die Landwirtschaft der »Clara-Zetkin-LPG« ein.

Aus dem Ministerium war Maisanbau verordnet worden. Auch für die Magdeburger Börde, deren Boden sich für die Anpflanzung der »Wurst am Stengel«, wie Chruschtschow die Maiskolben nannte, keineswegs eignete. Das wusste der Bürgermeister, und das wusste Ruth. Trotzdem gab er die Verordnung weiter, rechnete aber wohl nicht mit Ruths Reaktion. Zornig stürmte sie sein Amtszimmer: Der Anbau von Mais auf dem Zuckerrübengelände der »Clara-Zetkin-LPG« sei Schmonzes, dumm, sagte sie. Aus Zuckerrüben mache man Zucker und mit Mais höchstens Schweine satt, aber nicht fett!

Leopold Buschbach blieb ganz ruhig. Zuckerrüben brauche man nicht mehr, weil die westdeutschen Zuckerraffinerien sich weigerten, hochwertige DDR-Rüben zu importieren und zu bezahlen, erklärte er und fuhr grinsend fort, vermutlich könne sich der vom Niedergang bedrohte Kapitalismus im Westen in Zukunft Zucker überhaupt nicht mehr leisten.

Das wusste Ruth besser. Die Hamburger Raffinerie hatte sich kurz zuvor mit ihr in Verbindung gesetzt, mit der Bitte, auf die Bleichröder Verantwortlichen Einfluss zu nehmen, damit der Anbau von Zuckerrüben in der Magdeburger Börde fortgesetzt werde. Man benötige den Rohstoff dringend, zumal das Geld dafür nicht nur in ihre Kasse geflossen wäre. Darüber hätte sie mit Otto Pfreimel in der Vergangenheit offen reden können.

Mit Leopold ging das nicht. Dieser FDJ-Schnösel erklärte der dicken Dame kühl, es sei gar nicht schlimm, keine eigenen Zuckerrohstoffe mehr zu pflanzen, weil man einen neuen Freund gewonnen habe, weit weg in Kuba, Fidel Castro. Der liefere Zucker und Zigarren.

Tatsächlich lagen die erstklassigen kubanischen Zigarrenmarken in den »Konsums« und »HOs« und wurden für Pfennigbeträge verkauft. Die DDR-Bürger aber liebten hauptsächlich westdeutsche Sorten, und so wurden die »Monte Christos« bald zum begehrten Geschenk für Besucher aus dem Westen.

Den zweiten Fehler machte Leopold Buschbach, als er sich mit den Rentnern Luise und Franz Weidler anlegte.

Die beiden erhielten von ihrem Bürgermeister einen Brief, in dem er sie aufforderte, sich zu einem genau festgesetzten Termin in Karl-Marx-Stadt bei der Behörde, die für Ausländer im Herrschaftsgebiet der DDR zuständig war, zu melden. Fahr- und Aufenthaltskosten müssten sie selber aufbringen.

Franz und Luise beschlossen, Ruth von dem Brief nichts

zu erzählen. Sie fürchteten, Ruth würde sofort in die hinteren Windungen der Kalkhöhle unter dem Büchelberg steigen, eine Flinte herausholen und Leopold mit der Waffe bedrohen.

Heimlich fuhren sie also mit dem Zug nach Karl-Marx-Stadt, mussten dort dreimal in einer »HO-Gaststätte« mit Fremdenzimmern übernachten, schliefen höchstens drei Stunden pro Nacht und verbrachten ihre Tage bei einer »Sonderbehörde für Ausländerfragen«.

Als sie zurückkamen, gingen sie sofort zu Ruth. Sie hatten ja niemanden, der ihren Kummer hätte anhören und teilen können.

»Franz Weidler, wir sind fast befreundet. Also reden Sie nicht um den heißen Brei herum! Luise, wenn es ganz schlimm ist, dann heulen Sie, aber tun Sie bitte nicht so, als wäre es Ihnen zum Heulen zumute und Sie müssten sich beherrschen. Das kann ich nicht ertragen! Ich beherrsche mich ja auch nie. Also – warum, zunächst einmal, sind Sie nicht mit unserem Auto nach Karl-Marx-Stadt gefahren?«

»Dann wären wir nicht nach Bleichrode zurückgekommen, Tinchen«, sagte Franz Weidler leise. »Ich glaube, wir hätten Ihr Auto gestohlen und wären gleich durchgefahren, ins Salzburgische, in unsere alte Heimat. Mit unseren österreichischen Pässen konnten wir ja ausreisen. Jetzt geht das nicht mehr, Ruth. Jetzt sind wir in die DDR eingebürgert.«

»Wir müssen uns sogar schämen, dass wir so lange Österreicher gewesen sind«, ergänzte Luise noch. Dann brach sie in Tränen aus und heulte laut, bis Ruth ihr eine Flasche Melissengeist unter die Nase hielt und die Dämpfe ihr die Luft nahmen.

Ruth erfuhr in homöopathischen Dosen von den Ereignissen in Karl-Marx-Stadt. Aber selbst bei dieser fein verabreichten Wahrheit lief sie tiefrot an, musste sich Schläfen und Stirn wegen dramatischer Hitzewellen mit kühlenden Tropfen aus der Flasche betupfen.

Frauen und Männer des mit Ausländerfragen beschäftigten Ausschusses der »Antifa«-Behörde in Karl-Marx-Stadt hatten die Weidlers über die Verworfenheit der österreichischen Nation im Allgemeinen und der schleimigen Anpassungsfähigkeit der Bevölkerung während der Nazizeit im Besonderen, konfrontiert. Als Franz und Luise schwiegen, schrien die sozialistischen Umerzieher von der Antifaschistischen Front sie an:

»Acht Prozent der großdeutschen Bevölkerung, also ihr Österreicher, haben siebzig Prozent aller in den Konzentrationslagern tätigen Wärter, Kommandeure – ergo Henker – gestellt! Ein Volk von Mördern seid ihr Österreicher!«

Er selber sei nur Gendarm im Dienste des Herzogs von Anhalt in Ballenstedt gewesen und habe nie jemanden getötet, sagte Franz Weidler darauf. Nicht mal eine Waffe habe er besessen, außer dem Säbel. Manchmal habe er in Bleichrode Saufköppe zusammengestaucht. Er verstehe auch nicht, was das alles bedeute, siebzig Prozent von acht Prozent seien Mörder, nur weil sie Österreicher seien?

Vor Scham in den Boden sollten sie versinken, schrien die Funktionäre weiter, und sich umerziehen lassen. Das gehe am einfachsten, indem sie sogleich die deutsche Staatsbürgerschaft der DDR annähmen.

»Das war alles, was diese Menschen in Karl-Marx-Stadt von uns wollten«, beendete Franz den Bericht. »Buschbach hat uns das eingebrockt.«

»Ja«, sagte Luise, das sei Sinn der Sache gewesen.

»Welcher Sache?«, fragte Ruth gefährlich leise. »Leopold Buschbach ist doch als Generalsekretär bei der Antifa. Mit den dreihundert ›freiwilligen‹ Arbeitern in den Uranbergwerken hat der zu tun. Der schlägt ganz nach seinem Vater Paul. Komisch, der hat doch das ganze Leben noch vor sich und handelt jetzt schon so kopflos wie sein Vater, als er tot war.«

»Sie werden ihm doch nicht den Kopf abschlagen oder mit Schrot abschießen?«, fragte Luise Weidler.

Ruth schwieg. Doch bevor sie sich dranmachte, ein Huhn zu schlachten, zu rupfen, auszunehmen und für alle drei eine Hühnersuppe mit klumpiger, selbstgemachter Nudeleinlage zu kochen, erklärte sie ruhig, dass weder Bleichrode noch der neue deutsche Staat DDR einen Menschen wie Leopold Buschbach verdient hätten und auch nicht verkraften könnten. Man müsse also dafür sorgen, dass er von der Bildfläche mit den schönen sozialistischen Projektionen verschwinde. Wie man das bewerkstelligen könne, darüber würde sie beim Hühnerschlachten nachsinnen.

Als Ruth sich, wie üblich, für die verklumpten Nudeln entschuldigte und etwas Petersilie in die Suppenterrine streute, war ihr Plan fertig. Schon beim Rupfen der Federn war ihr eine elegante Wendung bei der Durchführung ihres Planes eingefallen. Beim Ausnehmen des Tieres die Hinterlist, die zu jedem gemeinen Plan gehört. Beim Kochen, Gemüseschneiden, Entfetten und Würzen der Bouillon die Zutaten, die nötig sind, um einen Plan auch sicher funktionieren zu lassen. Beim Schneiden der klumpigen Nudeln dann ärgerte sie sich nur noch über den Nudelteig, der ihr zu feucht geraten war.

Nachdem die Weidlers ihr Tischgebet mit einem frommen »Amen« beschlossen hatten, verriet sie den Codenamen ihres Planes:

»Republikflucht.«

»Wie? Wo? Was heißt ›Republikflucht‹?«, fragten Luise und Franz durcheinander und betonten, dass diesmal die Suppe köstlicher als köstlich sei.

»Ist mir gut gelungen. Wenn nur nicht die Nudeln ...« Ruth sah von ihrem Teller auf. »Leopold Buschbach wird aus unserer Republik flüchten. Ins Nirgendwo. In den traurigen Westen. Er wird aus seiner Heimat Bleichrode flüchten. Er weiß es nur noch nicht. Und er wird es erst merken, wenn es zu spät ist.«

Sie mampfte drei Teller Suppe, strich sich über ihren kugeligen Leib, erklärte, dass sie pitze-patze voll sei und sehr einsam und die Weidlers doch bitte diese Nacht im Gutshaus nächtigen möchten, weil es traurig sei, allein zu sein. Im

Übrigen habe sie seit einigen Tagen bemerkt, dass es im alten Gemäuer des Gutshauses spuke.

Die Weidlers befürchteten, die viele Suppe drücke auf Herz und geistige Zurechnungsfähigkeit der Baronin, und infolge des Druckes sehe sie jetzt schon Geister. Sie stimmten aber zu, die Nacht im Gutshaus zu verbringen.

Seit Tagen gehe ihr Zelda, die Amme und Vertraute ihrer Jugend, nicht aus dem Sinn. Immer müsse sie an sie denken, und seit Tagen sehe sie die Zelda als Geist im Haus herumspuken, sagte Ruth vor dem Zubettgehen. »Na ja«, mag sein, dass es die zunehmenden Jahresringe um einen alten Baum wie mich sind, die einem die Erinnerungen an die Jugend näherbringen. Zelda war eine begnadete Kupplerin, und in Herzensdingen konnte sie sehr gemein sein.«

Bevor sie in ihren Räumen verschwand, blieb sie auf der untersten Treppenstufe stehen und verkündete: »Eine stürmische, unüberlegte Liebe lässt die meisten ins Unglück rennen, vor allem Männer!«

Leichtfüßig hüpfte sie hinauf und pfiff dabei »Wir fahren mit dem Automobil, von Hamburg nach Kiel, das kostet nicht viel«.

Luise dachte nach und kam, während sie den Tisch abräumte und in der Küche noch abspülte, zu dem Schluss, dass Republikflucht und Liebe irgendwie zusammenpassten und mit Sicherheit zu Tinchens Plan gehörten. Er sei ja doch reichlich unverheiratet, der Herr Bürgermeister Leopold Buschbach, sagte sie zu Franz. Und mit Sicherheit habe Ruth sich einen gelumpigen Plan ausgedacht, der sogar dem Himmelsvater die Schamröte ins Gesicht triebe.

Eine Woche später erhielten die Weidlers von der Volkspolizei in Bleichrode die Aufforderung, sich Ausweisdokumente der DDR auf der Wache abzuholen. Pünktlich zwischen sieben Uhr dreißig und sieben Uhr fünfundvierzig. Passfotos mögen sie mitbringen, und die Unterschrift müssten sie beim Bürgermeister im Amtszimmer leisten. Der würde die Ausweispapiere absiegeln und unterschreiben und sie über ihre Pflichten als Staatsbürger der DDR aufklären.

Als sie Ruth den Schrieb zeigten, sagte die nur: »Keine Angst, ihr Lieben, den werdet ihr nicht zu Gesicht bekommen! Der hat schon vorher unterschrieben und gesiegelt und wird euch nichts mehr erklären können.«

Tatsächlich bekamen die Weidlers vom Chef der Volkspolizei ihre Ausweispapiere ausgehändigt und ein Merkblatt mit dem Hinweis, ihre DDR-Staatsangehörigkeit sei für ein halbes Jahr, probeweise, erteilt und könne, bei Verstößen gegen herrschendes Recht und Verfassung, auch wieder entzogen werden. Eine Ausweisung in das Herkunftsland habe ein Verstoß nicht zur Folge. Die Volksgerichtsbarkeit würde sich dann der Sache annehmen und sich vorbehalten, die Neubürger umzuerziehen. Luise und Franz waren erstaunt, aber froh, dem Bürgermeister nicht begegnet zu sein.

Leopold Buschbach sollte im Schloss Wernigerode an einem der zahlreichen Schulungskurse für Funktionäre teilnehmen.

Wernigerode im Allgemeinen und das Schloss im Besonderen waren nur mit Sondergenehmigung zu erreichen. Direkt hinter den Wäldern der alten Burg und des darüber gebauten, neugotischen Schlosses, zum Brocken hin, begann nämlich das Grenzgebiet, das von erstklassig geschulten »Friedenskämpfern« der Volkspolizei lückenlos bewacht wurde. Diese Grenzer waren »elfundneunzigprozentige« Bewacher ihres Staates. Zusätzlich war der fünfhundert Meter breite, gerodete Grenzstreifen, der unmittelbar in die Bundesrepublik Deutschland führte, 1958 engmaschig vermint worden.

Auf den Brocken durften nur hochrangige Offiziere der Volksarmee mit Genehmigung des sowjetischen Militärs, und die Russen stellten diese Genehmigungen sehr selten aus. Sie betrieben auf dem Berg die größte Abhör- und Spionage-Funkstation Mitteleuropas.

Zu einer Schulung ins Schloss Wernigerode gebeten zu werden war also eine große Ehre. Die Einladungen waren ein Zeichen von uneingeschränktem Vertrauen der vorgesetzten Dienststellen. Leopold Buschbach war sehr stolz, zu den Auserwählten zu gehören.

Diesmal hatten die »Intelligenzler«, das heißt die Akademiker innerhalb der FDJ, ihre Funktionäre nach Wernigerode zur Schulung eingeladen.

Ruth hatte von dem ganzen Unternehmen durch Otto Pfreimel erfahren, der als Betriebskampfgruppen-Chef auch die männlichen und weiblichen Akademiker des Feinmessgerätewerks zu Quedlinburg beschützen sollte.

Die direkte Nähe zur Grenze in den Goldenen Westen könnte den unterbeschäftigten und deshalb unzufriedenen Juristen, Ingenieuren und Nationalökonomen vielleicht gefährlich werden, sie zur Flucht verleiten.

Eine der schönen jungen Akademikerinnen würde für ihren Plan herhalten müssen, das hatte die Baronin beschlossen. Ruth wollte Leopold aus Bleichrode vertreiben, ihm aber nicht wirklich schaden. Sie hatte beschlossen, als Kupplerin, wie einst ihre geliebte Zelda, tätig zu werden. Vielleicht sogar als anständige jüdische Brautwerberin, als weiblicher Schadchan, die zusammenführt, was zusammenpasst. In Wernigerode sollte Buschbach nicht nur die geeignete, sondern auch eine liebevolle Partnerin finden. Ruth setzte auf die Hormone.

Für eleganten Aufenthalt war gesorgt: ein Schloss für die Schulungen, ein Jagdhäuschen des ehemaligen Grafen von Wernigerode, diente als Stätte geselliger Begegnungen am Abend. Außerdem sollte Pfreimel mit Ruths EMW-Limousine nach Wernigerode fahren und – aus Gründen von Höflichkeit und Komfort – den Bürgermeister mitnehmen.

Selbstverständlich hatte Ruth dem alten Freund aufgetragen, kurz hinter Bleichrode Buschbach das Steuer zu übergeben, um ihm einen grandiosen Auftritt bei der Anfahrt vor dem Schloss Wernigerode zu verschaffen.

Dann aber, während der Schulung und während des gemütlichen Beisammenseins, müsse Otto alles selbständig organisieren – so wie er immer alles organisiert habe, als er noch nicht »elfundneunzigprozentiger« Sozialist war.

Ruth sei in allerbester Form, lobte Pfreimel die infame Planung der Baronin. Er habe eine Betriebsärztin des Feinmessgerätewerks im Auge, die soeben eine Enttäuschung mit einem Mann hinter sich habe, ständig herumheule und von niemandem in ihrem Herzeleid zu trösten sei. Ein ganz tolles Mädchen sei das, die Frau Doktor Koslowski! Vom Aussehen und vom Kopf her eine wahre Schönheit oder – wie man in Sachsen-Anhalt zu sagen pflegte – eine »Zippel-Zucke«.

Das wunderschöne Kitsch-Schloss mit den bombastischen Möbeln biete die geeignete Basis für einen Tröster, der durchaus Leopold Buschbach sein könne. Auf der Fahrt nach Wernigerode, so nahm sich Otto Pfreimel vor, wolle er diesem idiotischen Kerl schon mal von der Intelligenzbestie erzählen und ihm den Mund wässrig machen. Wenn es mit der jungen Ärztin nicht klappe, habe er noch genug andere Akademikerinnen in Wernigerode zu beaufsichtigen.

»Tinchen, gut, also ich hab dich jetzt verstanden. Und was dann? Nehmen wir an, Buschbach fängt Feuer?«

Ruth unterbrach ihn sogleich, sie sei sich absolut sicher, dass Buschbach bei diesem reichen Angebot weiblicher Universitätsabsolventen in Flammen aufgehen würde, weil er so viele auf einem Haufen seit seinen Universitätszeiten nie mehr gesehen habe.

Das sei sicher so, sagte Otto Pfreimel und fragte erneut, wie Ruths Plan den Leopold Buschbach letztendlich in den Westen treiben könne.

Nun wurde es ernst.

Er müsse dafür sorgen, sagte Ruth, dass Leopold liebestrunken mit der Dame die Gesellschaft verlasse und nach draußen gehe. Dann befinde er sich schon fast im verbotenen Grenzgebiet, am Todesstreifen.

»Oddo, wenn es so weit ist, gehst du hinterher – mit ein paar von deinen Schlägern – und treibst ihn durch den Wald über die Grüne Grenze in den Westen. Hetzt ihn. Die meisten Grenzbeamten in Wernigerode wirst du ja wohl kennen. Die werden dir vertrauen und nicht auf ihn schießen, weil du ihn jagst. Wie viel echte Schläger von deiner Betriebskampftruppe nimmst du denn mit, um auf unsere Intelligenzler aufzupassen?«

»Die Anlage wird von sechs meiner Männer bewacht. Ehemalige Volksarmisten, die ich übernehmen musste. Tinchen, das sind aber keine Schläger. In den Lohnlisten werden meine bewaffneten Mitarbeiter als ›Vergeltungstechniker‹ geführt.«

»Ulkig!«, kicherte Ruth.

Otto Pfreimel umkreiste, wie es sonst Tinchen zu tun pflegte, seinen Sessel und schlug sich mit der rechten Hand immer auf die Unterlippe. Dann sagte er: »Ruth, ich mach das. Ich treib ihn über die Grenze, er hat es verdient. Aber ob wir dafür noch die Liebe, Ärztinnen, oder was sonst noch in deinem krausen Hirn vorgeht, brauchen, das glaub ich nicht.«

Ruth entgegnete, Leopold würde niemals Schloss oder Jagdhaus verlassen, ohne Anlass. Ihr, auf Zeldas meisterlicher Denkungsweise basierender Plan würde nur funktionieren, wenn – wie bei einer Hühnersuppe – die Liebe wie Fettaugen oben schwimme. Leopold Buschbach sei kein Dumpfkopf. Nur der Rausch der Gefühle würde ihn zu unangepasstem Verhalten – also zu einem Tête-à-tête unter dem Nachthimmel und den Baumkronen des Mischwaldes im Sperrgebiet verführen.

Der Plan funktionierte. Leider unsäglich perfekt. Die Ereignisse sprengten Ruths Planung.

Leopold Buschbach parkte die Limousine und begrüßte die ihm bekannten Schulungsteilnehmer nicht bürokratisch korrekt, sondern kumpelhaft herzlich. Die Herren mit Schulterklopfen und die Damen mit sozialistischen Bruderküssen.

Die liebeskranke Frau Doktor Koslowski war nicht mit der Meute sensationsgieriger Freier Deutscher Jugendlicher nach draußen gestürzt, sondern saß in der Schlosshalle am knisternden Kamin und studierte Thesen, Programmpunkte und selbstverständlich auch das gewünschte Ergebnis des umfangreichen Schulungsprogramms.

Pfreimel stellte sie im Verlauf des Abends immer wieder als »die junge neue Betriebsärztin des Feinmessgerätewerkes Quedlinburg« vor, so wie Leute oft immer wieder das Gleiche reden, wenn sie ihren Gedankengängen Nachdruck verleihen wollen.

Während der ersten Schulungsrunde platzierte er die Ärztin neben den Bleichröder Bürgermeister. Da war Leopolds Interesse schon geweckt. Während der Pausen und in den kleineren Arbeitsgruppen wich er der weinerlichen Ärztin nicht von der Seite. Sie tat so, als beachtete sie ihn kaum. Der SED-Etikette entsprechend redete sie ihn entweder mit »Genosse Bürgermeister« oder »sehr verehrter Herr Vorsitzender der antifaschistischen Front des Regierungsbezirks Magdeburg« an. In Diskussionen gab sie ihm aber immer Recht.

Beim gemütlichen Gedankenaustausch im Jagdhaus dann, zu dem Rotwein aus Rumänien, volkseigener Sekt von Elbe und Unstrut, das äußerst rare Radeberger Pilsener, Nordhäuser Korn und panierter, geräucherter Schweinebauch, mit Leipziger Allerlei und Kartoffelkroketten als Sättigungsbeilagen, von sehr alten, verdienten Gastgewerbefachkräften serviert wurden, saß er neben der Koslowski. Da wurde in der Tischrunde schon getuschelt.

Nach dem Griesbrei mit Blaubeerkompott und einem Schlückchen Tokajer vom ungarischen Brudervolk verzichtete die Ärztin, kreislaufbedacht, auf den Kaffee und trat an ein großes geöffnetes Fenster, um die würzige Harzluft einzuatmen. Es wehte eine Brise, nach Tannen, Rotbuchen und Eichen duftend, durch das Fenster.

Leopold schlug der Genossin Koslowski vor, ein wenig auf der breiten Terrasse vor dem Jagdhaus hin und her zu gehen – um die Verdauung zu fördern.

Durch eine Tür traten die beiden nach draußen.

Helle Scheinwerfer auf hohen Aluminiumpfosten rings um

das Jagdhaus herum beleuchteten das Gebäude – und auch die Terrasse.

Ungefähr hundert Meter vom Haus entfernt, im Dunkeln, konnten sie eine Rot- und Rehwildfutterkrippe erkennen und dahinter so etwas wie einen Hochstand oder einen hölzernen Wachturm.

Leopold schob den Arm der Ärztin unter seinen, führte sie zu der Futterkrippe und schlug vor, doch mal auf den Hochsitz zu steigen. Von dort könne man Wild beobachten, was hier im Grenzgebiet in ungeheurer Zahl vorkomme, da es nicht bejagt würde. Die Tiere hätten keine Furcht vor Menschen, da es hier keine gebe, nicht mal vor den Scheinwerfern sei ihnen bange, weil von denen auch keine Gefahr ausgehe. Zunächst zögerte die junge Frau noch, folgte dann aber dem Bürgermeister, der zwei Schritte vorausging.

Blitzschnell wurde sie von zwei Männern ergriffen und fortgezerrt.

Leopold Buschbach hatte den einen Fuß schon auf die erste Stufe des Jägerhochstandes gesetzt und wartete auf die Angebetete. Im Gegenlicht sah er, wie sie von zwei Männern brutal ergriffen und zum Haus zurückgeschleift wurde.

Dann fiel ein Schuss. Das Mündungsfeuer sah er zwanzig Meter von sich entfernt. Eine Stimme brüllte ihn an: »Lauf, du Schwein!«

Erneut fiel ein Schuss und traf eine Kiefer direkt neben dem Hochstand.

Buschbach rannte in den Wald, in die Dunkelheit. Ein Verfolger war ihm dicht auf den Fersen. Buschbach blieb stehen und faltete die Hände über seinem Kopf. Er wollte sich seinem Verfolger stellen, da sah er einen Mann, der mit dem Gewehr auf ihn anlegte und schrie: »Lauf weiter, sonst erschieß ich dich!«

Also rannte er. Zehn, fünfzehn Minuten hetzte er durch den dichten Wald, stolperte über ungerodetes Unterholz, glaubte, den Verfolger zu hören. Wiederum fiel ein Schuss, nun aber schon weit weg.

In der Dunkelheit tastete er sich weiter, auf allen vieren

kriechend, durchs Unterholz. Dann öffnete sich der Wald – eine Lichtung. Mit den Händen griff er in nackte Erde, Schotter, Kiesel, richtete sich auf und ging langsam weiter. Es war keine Lichtung. Es war der planierte Todesstreifen, fünfhundert Meter breit. Von links und rechts hörte er das Gebell von Hunden. Schemenhaft sah er auf der anderen Seite wieder einen dichten Wald. Der lag im Westen. Ein Zurück gab es nicht mehr. Sein Verfolger wollte ihn erschießen. Der wollte ihn nicht lebend den Justizbehörden ausliefern. Der wollte seinen Tod. Buschbach rannte über das Minenfeld. Aus dem westlichen Wald blinzelten ihm Taschenlampen entgegen. Sie signalisierten ihm, wohin er rennen solle.

Zehn Meter vor dem Wald auf der Gegenseite riss ihm eine Mine den rechten Fuß ab.

Die Grenze zwischen den beiden deutschen Staaten verlief aber nicht am Ende des planierten Streifens, sondern ungefähr dreihundert Meter im Inneren des Westwaldes. Soldaten des Bundesgrenzschutzes übertraten die offizielle Linie, robbten sich vorsichtig an den schwerverwundeten Republikflüchtling heran. Zerrten ihn in den Westen.

Leopold Buschbach wurde ärztlich behandelt und als Republikflüchtling registriert.

Später stellte der Bundesnachrichtendienst routinemäßige Untersuchungen über Leopold Buschbach an. Das dauerte viele Monate. Als er in einem Übungsraum seine ersten Schritte mit einer Unterschenkelprothese gehen konnte, betraten zwei Zivilisten den Raum. Sie legten ihm Handschellen an und überführten ihn in das Untersuchungsgefängnis nach Salzgitter.

Der ehemalige Bürgermeister von Bleichrode wurde wegen Vergehens gegen die Menschenrechte, schwere Körperverletzung mit und ohne Todesfolge in mindestens dreihundert Fällen, zu fünf Jahren Zuchthaus zu verurteilt. Erschwerend kamen Amtsanmaßung und seine fehlende Einsicht und Mangel an Reue hinzu.

Die Antenne für das West-Fernsehen war im Dachboden des Gutshauses angebracht, die offizielle Antenne für den Fernsehfunk der Deutschen Demokratischen Republik, weithin sichtbar, am Schornstein für den Küchenofen.

Aus dem West-Fernsehen erfuhr Ruth von Leopolds schwerer Verwundung. Da war er noch ein Held, ein mutiger Republikflüchtling, und Ruth war froh. Wochen später meldete die »Tagesschau«, dass ein hoher Funktionär der »DDR« rechtskräftig verurteilt worden sei, weil man im Zentralarchiv genügend Beweise gefunden habe, um eine Verurteilung wegen Vergehens gegen alles Mögliche zu rechtfertigen.

Leichenschauen und Beerdigungen regen fast bei jedem den Appetit an: Ruth aß vor dem Fernsehapparat vier Tafeln Halbbitterschokolade. Ihre Wut auf sich selber wegen der von ihr herausgeforderten Katastrophe führte zu grotesken Übertreibungen. Sie befürchtete zum Beispiel, dass der von den Nazis ermordete Rabbiner Tannengrün sie hassen könnte. Gleich darauf fiel ihr eine französischsprachige Hauslehrerin ihrer Kindheit ein, die immer, wenn etwas schief gelaufen war, das Wort »débâcle« benutzt hatte. Verzweifelt sinnierte Ruth, vor dem Fernseher sitzend, darüber, dass ihr »débâcle« ein Menschenleben ruiniert hatte.

In einem langen »Wenn-gelesen-sofort-verbrennen«-Brief beichtete sie Elisabeth, was sie getan hatte. Diesen Brief hat ihre Tochter wirklich verbrannt.

Ruth lebte nur noch zwischen dem Büchelberg und dem Gutshof. Um den Niedergang der LPG-Landwirtschaft kümmerte sie sich nicht. Sie bemerkte ihn nur.

Wenn sie von den LPG-Bauern um Rat gefragt wurde, erklärte sie schroff, es gebe weder einen guten noch einen schlechten – es gebe überhaupt keinen Rat, mit dem man irgendetwas an dem verkarsteten Boden der Magdeburger Börde verbessern könne. Auch warum die Kühe weniger Milch gäben, sei hinlänglich bekannt. Da man im Hochharz auf den Luzernewiesen auch die »Wurst am Stengel« angebaut habe, gebe es kein anständiges Mischfutter für die Milchkühe – also weniger Milch und Butter und Sahne und überhaupt. Grundsätzlich vernünftig nachdenken solle man und »die Wurzel beim Übel ausreißen«. Dem Mais.

Das sagte sie auch dem neuen Bürgermeister von Bleichrode, der ein erstklassiger Verwaltungsfachmann, aber auch ein umsichtiger Wirtschaftslenker war. Er suchte Ruth hartnäckig alle Vierteljahre auf und bat sie, den Vorsitz über die LPG zu übernehmen.

Der Regierungspräsident von Magdeburg saß ihm telefonisch und mit Schriftstücken im Nacken und forderte ihn immer wieder auf, die halsstarrige Bleichröder Kapitalistin umzustimmen. Dumm und dämlich verdiene sie sich mit ihren lächerlichen Schattenmorellen. Aber eine exzellente Landwirtin sei sie wohl doch.

»Als Alterspräsidentin kommen wir der Frau von Roll in allen ihren Sonderwünschen zur Führung einer LPG entgegen. Einer außerhalb der Parteirichtlinien kommandierenden Rentnerin wollen wir alles gestatten, was einem Funktionär, schon durch die Planwirtschaft, nie erlaubt wird.«

Den Titel »Alterspräsidentin« benutzte der Bürgermeister nicht. Er legte Ruth vielmehr den ehemals eigenen, inzwischen verrotteten Grund, die ehemals eigenen Kühe, den mittlerweile lendenschwachen Bullen »Nikita«, das Kalkwerk, die Plantagenbäume an den Straßen und Chausseen nach Quedlinburg bedingungslos zu Füßen. Wenn er die LPG zu einem erfolgreichen Betrieb machen wollte, brauchte er ihre langjährige Erfahrung.

Als ihr der Bürgermeister dann sogar sagte, sie dürfe nach der nächsten Maisernte die Strünke auf den Feldern abfackeln, war Ruth verdutzt und ging erst mal in die Kirschen.

Nachdem sie den aufdringlichen EMW wegen des »débâcle« abgeschafft hatte, fuhr sie auf einem soliden Damenfahrrad, ständig eine Klingel mit einem Gestänge betätigend, in gefährlichen Schlangenlinien zwischen dem Büchelberg und dem Wohnhaus hin und her. Die endlos langen

Baumreihen auf dem Büchelberg würde sie gut mit einem Kleintraktor bewältigen.

Dass endlich mit dem Unsinn des Maisanbaus aufgehört werden sollte, gefiel ihr schon. Die Vorstellung einer Brandrodung der vertrockneten Stengel beflügelte sie geradezu, und als sie dann noch hörte, dass die Planwirtschaftler den Anbau von Zuckerrüben verordnen wollten, beschloss sie, den artigen Komplimenten des Bürgermeisters nachzugeben.

1964 ließ sie sich also von dem Bürgermeister und dem Wirtschaftsreferenten der Gemeinde sowie einem Abgeordneten des Regierungspräsidenten zu Magdeburg überreden, Vorsitz und Leitung der »LPG Clara Zetkin« zu übernehmen. Sie stellte die Bedingung, dass ihr planwirtschaftliche Verordnungen der Bezirksregierung Magdeburg nicht mal auf den Tisch gelegt werden dürften, und forderte darüber hinaus einen, wie sie es nannte, »Persilschein« vom Wirtschaftsministerium in Halle, der ihr uneingeschränkte Autonomie in allen Fragen der landwirtschaftlichen Produktionsgenossenschaft zusicherte. Sie selber verpflichtete sich schriftlich, dass sie sich einzig und allein um das Wohl der LPG und um die fast fünfhundert Arbeitsplätze sorgen werde.

Der Bürgermeister war ihr nicht nur sympathisch, sondern, erfreulicherweise, auch gewachsen.

»Sind Sie ein Proletariersohn?«, fragte sie ihn.

»Nein, liebe Frau von Roll, ich bin das uneheliche Kind eines Kunstprofessors für Malerei. Wenn man unehelich ist, darf man studieren«, grinste der Bürgermeister.

»Das nenn ich nun wirklich mal Fortschritt«, freute sich Ruth und fügte hinzu, dass in ihrer Jugend ein uneheliches Kind kaum Chancen für eine berufliche Weiterentwicklung gehabt hätte. Und ob der Herr Bürgermeister seinen leiblichen Vater denn kenne?

»Den kennen sogar Sie, liebe, gnädige Baronin von Roll! Er heißt Schmitt-Pottdorf und hat mich nie anerkannt. Aber immer von Bleichrode geschwärmt. Deswegen habe ich mich auch um diesen Posten hier beworben.«

Ruth dachte, dass dieser nette Kerl ein impertinenter Lügner und mit Sicherheit nicht der leibliche Sohn des berühmten Malers sei und ihr einen Bären aufbinde, um sich beliebt zu machen.

Doch dann sagte er: »Mein Vater soll, wie ich gehört habe, bei Ihnen immer die Gästehandtücher geklaut haben? Stimmt das?«

Daran erinnerte sie sich natürlich, und sie freute sich über den Beweis. Der Bürgermeister war also kein Schwindler!

Drei Tage später erhielt sie ihren »Persilschein« und trat ihr Amt freudig an. Mit dem Bürgermeister suchte sie Schulterschluss und baute mit ihm gemeinsam das verrottete Bleichrode wieder auf.

Die Vehemenz und Leidenschaft, mit der Ruth für ihre Unabhängigkeit kämpfte, führte zur Expansion der »LPG Clara Zetkin«.

Die Forst- und Viehwirtschaft sowie die Karpfenzucht waren bereits nach wenigen Wochen auf Vordermann gebracht.

Auf die sauren, heruntergewirtschafteten Wiesen ließ sie fein geschroteten Kalk aus ihrem Büchelberg-Werk streuen, damit ganz schnell die Luzerne wüchse. So hatten die Rindviecher was zu kauen.

Bulle »Nikita« erhielt neben frischem Mischgras auch noch Kartoffeln und Melasse in den Futtertrog und wurde zwei Wochen lang mit Kalle Flieders »Puup-Arsch-Knallbier« aus der »Germania-Brauerei« getränkt, was bei ihm wie ein Aphrodisiakum wirkte. Nach drei Eimern Bier erschnupperte er den anregenden Duft empfangsbereiter Kühe kilometerweit und tobte in seiner Box herum.

Das schöne Bleichrode war baulich ziemlich heruntergekommen. Es gab keine Dachpfannen, Dachrinnen – eigentlich nichts. Das Rollsche Gutshaus sah sehr gepflegt aus, weil Elisabeth und Werner jede Schraube, Dachrinne, Wasserhahn, Tür- und Fensterscharniere Ruth schickten. Die anderen Hauseigentümer sahen zu, wie ihnen die Fenster aus den Rahmen entgegenfielen. Die vielen Handwerker – Schreiner, Zimmerleute, Maurer, Fliesenleger, Schlosser, Anstreicher, die im landwirtschaftlichen Bereich beschäftigt waren und die man hier gar nicht benötigte, beflügelten Ruths Ideen aufs Nützlichste.

Zunächst gründete sie eine Schlosserei und einen Reparaturbetrieb für Land- und Baumaschinen. Immerhin zwölf fest angestellte Baumaschinenschlosser konnten in Zukunft für den gesamten Landkreis Quedlinburg die Maschinen wieder herrichten. Mit über zwanzig gelernten Bau- und Möbelschreinern entstand eine Bau- und Möbelschreinerei. Eine Zimmerei und ein Betrieb für Heizungsinstallation sowie die Ausweitung der Förderkapazitäten im Kalkwerk auf dem Büchelberg folgten.

Da schrieben Beamte des Regierungspräsidenten in Magdeburg zwar mäklige Briefe des Inhalts, dass eine landwirtschaftliche Produktionsgenossenschaft nicht gleichzeitig auch eine Produktionsgenossenschaft oder ein Bauernhof mit angeschlossenem Bauunternehmen sein könne, doch Bürgermeister Schmitt setzte Ruth von solchen Briefen erst gar nicht in Kenntnis. Mit sprödem Kommentar versehen, verschickte er Blaupausen der Bescheide des Wirtschaftsministeriums in Halle, in denen festgehalten war, dass die »Rentnerin Ruth Albertine Roll« die landwirtschaftliche Produktionsgenossenschaft »umfassend« als Kadervorsitzende führe.

Genau betrachtet, entstand unter ihrer Leitung nicht nur ein einfaches Bauunternehmen mit angeschlossener Landwirtschaft, sondern ein volkseigener Konzern. Vom Aushub einer Baugrube über das Mauern, Verputzen, Anstreichen, Verkacheln, Heizungsbauen, Zimmern, Dachdecken bis zum Schreinern konnte sie alles allein bewältigen.

Das Einzige, was ihr fehlte – und darüber beklagte sie sich in einem Brief an ihre Familie, vielmehr in einem nicht enden wollenden Nachsatz, der mehrfach um die Ränder der Einladung geschrieben stand –, war ein Betonwerk.

Zur LPG gehörte zwar eine eigene Sand- und Kiesgrube, und es gab auch Kalk. Doch die Lemuren der Planwirtschaft bewilligten keinen LKW mit einer rollenden Trommel darauf, in der man Beton zusammenmischt. Aus ihrem privaten Vermögen hätte sie sich im Westen natürlich einen Betonmischer anschaffen können, aber das in die Bücher einer volkseigenen Produktionsgenossenschaft zu schleusen ging nicht. Dann wären die Behörden auf ihre privatwirtschaftlichen Gewinne aus der Kirschenplantage gestoßen.

Elektroinstallationen musste die LPG auch außer Haus geben. Das störte sie ebenso. Mit der Stromerzeugung war sie ja mehrmals in ihrem Leben in Berührung gekommen: Das Wasserkraftwerk in Bleichrode hatte sie mitbegründet und finanziert. Unter Isaac Stones Todesurteil für einen dummen kleinen HJ-Mitläufer gelitten. Die Turbine vor dem eiskalten Reparationsoffizier, dem Päderasten Gambarow, gerettet.

Von Anfang an war Ruths Baukonzern für das Gemeinwohl weit über den Regierungsbezirk Magdeburg hinaus tätig.

In Wahrheit möbelten die tüchtigen Handwerker vorrangig Bleichrode wieder auf. Der »Spitzenberg« wurde jedes Jahr mit teuren westdeutschen Farben und Lacken frisch gestrichen. Für die ständige Renovierung des Diakonissen-Altenheims lieferte Elisabeth aus Westkotten die benötigten Materialien.

Die LPG wirkte am Schulbau, Behörden- und Krankenhausbau, überhaupt an allem, was öffentlich war und dem Volkseigentum des Arbeiter-und-Bauern-Staates diente, mit. Was bei diesen offiziellen Aufträgen übrig blieb – und es blieb viel übrig, dafür sorgten schon die krisenfesten Bleichröder Bürger –, verschönerte den Luftkurort. Im Laufe der Jahre verfielen die meisten Städte in der DDR. An Bleichrode ging die Geschichte wieder einmal folgenlos vorüber.

Zum siebzigsten Geburtstag ihrer Mutter reiste Elisabeth mit einem VW-Bus an, den sie den gebrechlichen Diakonissinnen schenkte. Mit einem Bidet, das die Mutter sich ultimativ gewünscht hatte, und mit einer großen Languste aus Pappe, was Ruth nicht verstand.

»Überflüssiger Tischschmuck«, nörgelte sie. Und als Elisabeth grinste, sagte sie streng: »Machet mich ja nicht irgendetwas, was ich vorher nicht weiß! Überraschung oder so! Dann trifft mich auf der Stelle der Schlag.«

Obwohl die Wettervorhersage ungünstig war, hatte Franz Weidler mit seinem untrüglichen Gefühl für Regen oder Sonnenschein für über zweihundert Gäste im Innenhof des alten Gutes decken lassen.

Für Ruth war ihr Lieblings-Schreibtischsessel als Ehrenstuhl auf den Hof getragen worden und ihr Gedeck mit ihren Lieblingsblumen geschmückt. Zu ihrer Linken sollte als »Tischherr« ihr Enkel sitzen. Den aufwendigen Stuhl aber musste er wieder ins Haus tragen, weil Ruth diese Sonderbehandlung unangenehm fand.

Ein Ehrenstuhl mache sie so alt, sagte sie und setzte sich auf einen der von Kalle Flieder angelieferten Klappstühle aus Metall und Holz. Den Blumenschmuck duldete sie, wunderte sich aber, dass zu ihrer Rechten auch ziemlich aufwendig eingedeckt war. Sie wurde grämlich, als auf der Tischkarte nur das Wort »Languste« stand.

Sie sah sich nach Elisabeth um, konnte sie aber im Getümmel der Gäste nicht entdecken. Die meisten nippten am Champagner und tratschten ausgiebig darüber, wieso das Tinchen noch so viel Meißener Porzellan besitze, dass es am Kopftisch für die Familie und die engsten Freunde, für 24 Personen reichte.

Elisabeth stand vor dem Gutshaus und wartete auf die Ankunft des Ehrengastes.

Endlich kam Bürgermeister Schmitt vom Bleichröder Bahnhof und lieferte die »Überraschung« ab. Die ging an einem schwarz lackierten Stock mit Silberkrücke, sagte ohne Begrüßung: »Lisbeth, bevor ich der Goldfisch sage, wie alt und verhutzelt sie geworden ist, brauch ich erst mal einen Wodka!« und verschwand mit Elisabeth in der Küche des Gutshauses.

Durch das Küchenfenster beobachteten die beiden, wie die Gäste ihre Plätze fanden und sich zum Mittagsmahl niedersetzten. Als die Serviererinnen und Kellner in die Küche stürmten, um die vorbereiteten Vorspeisen zu servieren, kippte der Ehrengast einen zweiten doppelten Wodka, ließ sich die Papp-Languste unter den Arm drücken und sagte zu Elisabeth: »Lisbeth, geh schon mal vor und setz dich hin. Mit dir zusammen geh ich nicht raus. Ich lass mir doch nicht meinen Auftritt versauen!«

Elisabeth ging und sah, wie Ruth an ihrer Apfelschorle herumsüffelte und auf den freien Platz schielte.

Dann trat Tina Lavoisier auf den Innenhof. Schwer am Stock gehend, schritt sie langsam und zielsicher, obwohl ihre Augen nicht mehr die besten waren, auf Ruth zu.

Ruth war irritiert: »Wer ist diese alte Frau mit diesem albernen Papp-Ding?«

Jetzt erkannte sie die große Schauspielerin hinter dem vergerbten, kreuz und quer plissierten, alten Mongolengesicht, erschrak darüber, dass man im Alter so grauenvoll alt aussehen kann, hüpfte aber gleich von ihrem Stuhl hoch und brüllte quer über den Innenhof: »Tina! Du dumme Socke! Du hast dich überhaupt nicht verändert!«

Sie umarmte die greise, fünfundachtzigjährige Freundin, küsste sie und hechelte ihr ins Ohr, es sei eine Unverschämtheit, dass sie sich in all den vielen Jahren nie gemeldet habe.

Die Lavoisier knurrte zurück, das sei doch ganz einfach zu erklären, jede habe von der andern gedacht, sie sei tot – sie wegen ihres Alters und die Ruth wegen der Nazi-Mörder.

»Jünger bist du auch nicht geworden ... nur dicker, mein Herz!« Feierlich überreichte die Lavoisier ihrer Freundin die Languste und später, vor ihrem Theaterauftritt im großen Speisesaal am Abend, zwei Bücher, die sie geschrieben hatte. Eines vor der Emigration und eines nach ihrer Rückkehr.

Ein bekannter Autor hatte für die alte Schauspielerin ein anrührendes Ein-Personen-Stück geschrieben. Es hieß »Langusten« und schilderte Freude und Verzweiflung einer betagten Haushälterin, die ihr Leben lang für arrogante Herrschaften wirtschaften musste und plötzlich in den Genuss einer ganzen Languste – ihrem Traum-Essen – kommt. Ganz alleine, in ihrer armseligen Einzimmerwohnung, müsste sie nun einen Hummer zubereiten und essen – was sie natürlich nicht tut. Mit diesem Stück feierte Tina Triumphe.

Ruth war begeistert, zeigte es natürlich nicht und zankte sich stattdessen bis in die frühen Morgenstunden bei Wodka und Kirschbrand darüber, ob bei ihr Tränen der Rührung beim Wiedersehen geflossen seien. Beide stritten überzeugend ab, auch nur eine einzige Wiedersehensfreudenträne vergossen zu haben.

»Vielleicht habe ich infolge des Durchzuges im Innenhof, bei dem man sich ja den Tod holen kann, mal feuchte Augen bekommen«, gab die Lavoisier zu.

Die Nacht verbrachten die beiden Freundinnen im Ehebett. Beide so laut schnarchend wie Bulle »Nikita«, wenn er brünstig war. Der Enkel lauschte, zusammen mit Elisabeth, Werner, Luise und Franz Weidler an der Schlafzimmertür.

Am nächsten Abend bezauberte die Lavoisier als arme, alleingelassene Haushälterin in Dresden eine sorgfältig ausgewählte Zuschauerschaft von Funktionären, die sich durch das Stück in ihrer Meinung bestätigt fühlten, dass im Westen Alter und Armut die Regel waren und eine Languste zu wenig Proteine habe, überflüssiger, luxuriöser Tand sei und auch das Unglück der Einsamkeit nicht verschönern könne.

Bis zu ihrem Tode wird Ruth die LPG leiten. Ihre Leidenschaftlichkeit und der Erfolg der LPG und PG waren ihr Jungbrunnen. Obwohl an Lebensjahren und Gewicht zunehmend, wurde sie jedes Jahr um ein Jahr jünger.

Im Januar 1968 starb Franz Weidler im Alter von siebenundachtzig Jahren. Seine Frau Luise folgte ihm zwei Monate später.

Nach Luises Tod schloss sich Ruth drei Tage lang in der Verwaltervilla ein. Sie hatte den Sarg auf den Fußboden stellen lassen und alle aus dem Haus geschickt. Sie begoss den Fußboden um den Sarg herum mit Wasser. Gläubige Juden erkennen so die Unzufriedenheit Gottes mit den Handlungen der Menschen an und äußern Reue im Anblick des Todes, wie der Herr es schon im »Buch Joel« gefordert hat. Das Wasser wird als Leben spendendes und reinigendes Element vergossen, es soll verrinnen und verdunsten. In diesen symbolhaften Gesten wird dem zweiten und dritten Schöpfungstag gedacht.

Wer dieses Ritual für einen geliebten Toten einmal vollzogen hat, der weiß, was der Leib, der leblos am Boden liegt und vom Wasser weggetragen wird, bedeutet hat. Jemand, der dies tut, weiß auch, was Sterben heißt.

Ruth blieb bei Luise, auch aus Respekt vor dem Gesetz, nach dem man einen Toten niemals allein lässt. Sie war die Wächterin und murmelte Psalmen.

Am dritten Tage wurde Luise neben ihrem Franz in einem Gemeinschaftsgrab auf dem Bleichröder Friedhof beerdigt. Die Gräber wurden mit rot-weiß-roten Blumen oder Strauchgewächsen bepflanzt.

Der Wiederaufbau des Ortes führte bei den Bleichrödern zu Begehrlichkeiten, die Ruth absolut nicht leiden konnte. Schon den Wunsch vieler Bleichröderinnen nach einem Staubsauger hielt sie für »westlich dekadent«.

»So ein Zeug sollen sich die Leute in der Bundesrepublik Deutschland anschaffen, aber Handfeger, Kehrblech, Schrubber und Wischlappen halten die Menschen auf Trab. Das Bücken beim Putzen stärkt das Kreuz und festigt das Rückgrat.« Ruth wetterte gegen den Staubsauger, obwohl in der Goldfisch-Villa bereits 1905 ein Zentralstaubsauger installiert war. Die Maschine ratterte im Keller. In allen Räumen waren Anschlussbuchsen, in die man Staubsaugerschläuche einklinken konnte, um Teppiche und die Fußböden zu reinigen. Da sie selber in ihrer Jugend nie putzen musste, konnte sie die Vorzüge dieses Gerätes nicht anerkennen.

Ein anderer Dorn in ihren Augen waren die Kühlschränke. Bis in die Zwanziger Jahre hinein wurde das Erntegut vom Büchelberg umständlich mit Stangeneis von der »Germania-Brauerei«, das, in sinnvoll angeordneten, hölzernen Kühlkammern unter Holzrosten gelagert, bis zu acht Monate lang die Lagerhallen auf vier Grad temperierte, gekühlt. Später, als die Brauerei wegen der hohen Energiekosten kein Stangeneis mehr herstellen durfte, wurde das mit einem Röhrenlabyrinth, in dem Ammoniak pulsierte und Verdunstungskälte erzeugte, bewerkstelligt.

Im Westen hatte in den sechziger Jahren bereits jeder zweite Haushalt einen Eisschrank, aber nur, »weil die da drüben zu faul sind, in die kühlen Keller zu rennen, wo Milch, Sahne, Butter auf natürliche Weise kühl lagern«.

Nicht mal Kartoffeln und Mohrrüben würden im Westen noch eingekellert, schimpfte sie. Kartoffeln kaufe man pfundweise in Selbstbedienungsläden, in denen man nicht mal mit einer Verkäuferin ein Gespräch führen könne und lediglich an der Kasse sein Geld abgeben müsse.

Auch gegen die heißbegehrten Kellog's Cornflakes hatte sie plötzlich etwas einzuwenden: Ausgerechnet aus Mais sei dieses Zeugs gemacht, habe keinerlei Nährwert. Cornflakes seien genauso überflüssig wie diese West-Limonade »Coca-Cola«, die sie aus ihrer Jugendzeit als untaugliches Mittel gegen Husten kannte. Ganz beinharte LPG-Chefin, lehnte sie alles ab, was aus Amerika kam.

Ende August 68 erschien der Enkel wieder bei Ruth in Bleichrode. Er kam immer Ende Mai und trieb sich einige Tage zwischen den abgelegenen Bäumen der Plantage herum. Ende August, wenn die Sonne den Büchelberg so richtig schön aufgeheizt hatte, verschwand er dann wieder in den Kirschen.

So ging das schon drei Jahre. Im Mai säte er, und im August ernete er die zwei Meter hohen Pflanzen. In der Zeit dazwischen kümmerte sich Ruth auf dem sonnenüberfluteten Büchelberg um seine Cannabis-Pflanzen. Wahrscheinlich wusste sie nicht, was sie tat, aber der Bitte ihres »Gudsten«, die prächtig gedeihenden Pflanzen nicht als Unkraut zwischen den Schattenmorellenbäumen zu roden, kam sie nach.

Ende August 1968 beendete Tochter Elisabeth das schändliche Treiben ihres Sohnes sehr plötzlich.

Da war Ruth mächtig empört. Marihuana-Rauchen war für sie auch so eine amerikanische Unsitte, der ausgerechnet ihr geliebter Enkel, der immer ein Musterschüler und fleißiger Student war, anhing. Im Übrigen hielt sie die zügellosen Exzesse ihres »Schönsten« für eine Folge der Erziehung von Tochter Elisabeth. Die selbstsüchtige Geschäftsfrau gängele ihren »entzückenden« zweiten Ehemann Werner und natürlich auch den Enkel in jede nur erdenkliche Richtung. Was Wunder, dass der Junge dem Drogenrausch verfallen war.

Ruth beobachtete die wirtschaftliche Entwicklung in Westkotten scharfäugig und die Tüchtigkeit ihrer Tochter Elisabeth mit großem Stolz.

Eine Wirtschaftswunder-Karriere machte das Ehepaar Dehm in Westkotten zwar nicht, aber irgendwann hatten sie neben der Toto- auch eine Lotto-Annahmestelle, neben dem Zigarrenfachgeschäft vierhundert Automaten und, als ihr Sohn studierte, auch noch die Generalvertretung für Raucherbedarfsartikel berühmter Firmen vom eleganteren Baden-Baden aus. Eine erstklassige Adresse war für die feinen Accessoires wichtig.

Im Reise-Glencheck-Anzug trat Werner jeden Mittwoch mit der Bahn die Reise nach Baden-Baden an, um drei Tage lang die vornehmen Geschäfte zum Kauf von teuren Pfeifen, Feuerzeugen, Seidenschals und was es sonst noch für Luxus gab, zu verführen. Pünktlich kehrte er samstagabends wieder nach Westkotten zurück.

Werner und Elisabeth führten eine glückliche Ehe, in der, wie Ruth fand, ihre Tochter allerdings etwas zu viel das Sagen hatte. Wenn es mal Streit gab, schimpfte der katholische Ehemann, so halb im Scherz: Ach, Ströppken, du und deine Mutter! Ihr beide zusammen seid schlimmer als die Mafia. Ihr habt doch nur Geheimnisse. Das riecht man doch förmlich. Ich möcht nicht wissen, was die in Bleichrode so unter der Hand alles anstellt. Ich liebe euch beide dafür!«

Und Elisabeth entgegnete, die katholische Kirche sei noch viel schlimmer als die Mafia. Dem Katholizismus ihres Mannes brachte sie während ihrer vierunddreißigjährigen Ehe niemals das geringste Verständnis entgegen. Sie war stolz darauf, dass sie mal über dem offenen Sarg ihres Vaters protestantisch-christlich notgetauft worden war.

»Dumme Sogge«, sagte Ruth, »du musst dem Werner ein bisschen Luft zum Atmen lassen! Der schuftet sich drei Tage in Baden-Baden für dich und meinen Jungen ab. Also wirklich!«

Ruth hatte Zeit ihres Lebens Ahnungen für alles, Lösungen für Unmögliches, aber nicht den Hauch eines Verdachtes, was die Aufenthalte ihres geliebten Werner in Baden-Baden betraf. Für einen fantasievollen Geschäftsmann hielt sie ihn nicht. Dafür war der Schwiegersohn viel zu gerade, anständig, korrekt. Sie hätte ihn lieber als Architekturprofessor oder aber, weil er so schön auf Menschen eingehen konnte, als Pfarrer gesehen. Aber Priester und Ehemann, beides zusammen ging ja nicht.

In Baden-Baden zeugte Werner Dehm mit einer anderen Frau zwei Kinder. Elisabeth erfuhr erst 1984, nach Werners Tod, von dieser zweiten Frau.

In einem – auch für sie typischen – Tobsuchtsanfall ließ sie auf der Stelle den Grabstein des Familiengrabes in Westkotten schleifen und bestimmte, in ihrer Heimat Bleichrode beerdigt zu werden. Werners Nebenfrau hat sie nie gesehen. Die Kinder aus dieser Mesalliance einmal. Sie ähnelten Werner, diesem »Sausack«, sehr! Danach stand auch der Grabstein wieder, und irgendwann wird sie neben ihrem Werner in Frieden ruhen.

Auf der Unterlippe herumkauend, hörte Ruth ihrer Tochter zu, als die ihr berichtete, Walter Roth habe Wiedergutmachung beantragt und auch erhalten. Ausgerechnet der, nach seinem nichtswürdigen Leben. Und noch dazu als pensionsberechtigter, hoher Beamter eines Ministeriums.

»Seine tote Familie macht das nicht lebendig. Aber die scheint ihm, bei dem Leben, das er geführt hat, wohl auch nie gefehlt zu haben.« Sanft streichelte Ruth mit beiden Händen ihrer Tochter über die Wangen.

Elisabeth sah sie verwundert an. »Ich käme gar nicht auf die Idee, eine Wiedergutmachung zu beantragen. Wofür denn? Wir haben doch gar nichts verloren, Mutter, nicht?«

»Das ist wohl wahr«, sagte Ruth mit fester Stimme, und leise fügte sie hinzu, dass sie manchmal in ihrem Leben den Glauben an den Allmächtigen verloren habe. Sie habe nicht nur an ihm gezweifelt, sondern sie habe einfach nicht mehr an ihn gedacht. In letzter Zeit würde sich das aber bessern. Vor allen Dingen nach dem Tode von Luise Weidler und nun noch mehr, seit Otto Pfreimel auch von ihr gegangen sei.

Eine wahnwitzig komische Beerdigung sei das gewesen, wechselte sie sogleich die Stimmung, um ihre Tochter aufzuheitern.

Pfreimel hatte einen schönen Tod. Herzschlag! Ausgezeichnet mit vielen Orden, die ein Junger Pionier auf einem Samtkissen hinter dem Sarg hertrug, war der Trauerzug die Bahnhofstraße hoch, am Rathaus vorbei, die Sankt-Gero-Kirche umrundend, zum kleinen Bleichröder Friedhof gezogen. Auf dem Sarg hatte – in einem von Ruth eigenhändig zusammengesteckten Kissen aus weißen Rosen – seine höchste Auszeichnung gelegen: »Held der Sowjetunion«.

Otto war selbstverständlich mit paramilitärischen Ehren beerdigt worden. Zwölf Verteidigungstechniker der Betriebskampfgruppe, in Uniform, salutierten, fuchtelten mehr oder weniger synchron mit Gewehren herum, legten an und feuerten. Es knallte aber nicht. Echte Patronen gab es für Betriebskampfgruppen schon seit Jahren nicht mehr. Die Platzpatronen unterlagen der Planwirtschaft und waren infolgedessen nicht planvoll geliefert worden.

Elisabeth lachte und streichelte ihre Mutter, als die ihr das erzählt hatte. Dann war es still zwischen beiden.

»Ich hab ihn einmal missbraucht, mein Kind. In Wernigerode. Aber Otto war wirklich ein Held. Ein Guter unter Tausenden.« Sie seufzte. »Trinkst du einen Kirschengeist mit?«

Elisabeth stieß mit ihrer Mutter an. »Prost auf Otto Pfreimel, wo immer er sich jetzt aufhält.«

Während der Olympischen Spiele in München ermordeten Terroristen dreizehn israelische Sportler. Ruth und der Enkel sahen in Bleichrode die Berichterstattung im West-Fernsehen.

Ruth regte sich gerade darüber auf, dass diese Mordtat als »trauriges Ereignis« umschrieben wurde, als mehrere Autos, Motorräder und Kleinkrafträder in den Innenhof fuhren. Ruth und der Enkel vernahmen lautes Lachen, Stimmengewirr. Mitarbeiter der LPG, allen voran Bürgermeister Schmitt, waren überfallartig durch das Gutshoftor geprescht, wohl um gemeinsam mit der Alterspräsidentin ein freudiges Ereignis zu feiern. Die Motoren der Fahrzeuge wurden abgestellt. Schmitt rief laut, das Tinchen möge auf der Stelle in den Innenhof kommen und eine Flasche Schnaps mitbringen.

Ruth rührte sich nicht in ihrem Fernsehsessel. Der Enkel trat an ein Fenster, machte auf sich aufmerksam und bedeutete, indem er den Zeigefinger auf den Mund legte, Bürgermeister Schmitt und seinen Begleitern, Ruth im Moment nicht zu stören.

Männer und Frauen aus der LPG wuselten aber weiter auf dem Hof herum, holten Bänke und Tische aus Ställen und Scheuern und deckten eine improvisierte Festtafel. Sogar ein Fässchen »Puup-Arsch-Knallbier« schlug der Chef der Zimmerei an.

Bürgermeister Schmitt verstand, dass irgendetwas geschehen sein müsste, was Ruth daran hinderte, sich zumindest über den unerwarteten Lärm im Innenhof zu beschweren. Still setzten sich alle auf Bänke und Gartenstühle und warteten ab.

Getrunken wurde nichts und das mitgebrachte Essen auch nicht verzehrt.

Eine weitere Sondersendung des westdeutschen Fernsehens schloss erneut mit dem Satz des bundesrepublikanischen Innenministers, »die traurigen Ereignisse sind Anlass zur Trauer und wider den olympischen Geist«.

Da sprang Ruth zum Fernseher und schaltete ihn ab. Zornesrot und mit fester Stimme sprach sie den Enkel an.

Wenn Dante heute noch lebte, würde er diese Begleiterscheinungen großer Ereignisse in einer nach Frieden lechzenden Welt wohl in sein berühmtestes Werk, »Inferno«, einarbeiten. Oberflächlich wisse jeder, wer Täter und wer Opfer sei. Um die Toten gehe es überhaupt nicht. Zweifellos würden die Übeltaten der modernen Welt in Wahrheit durch Lügen aller Regierungen verschleiert, und dahinter steckten schäbige Wirtschaftsverbrechen, die zu jämmerlichen, doch vorhersehbaren Morden führten. Das Inferno in München nehme sich neben dem, was sie bei Dante mal gelesen habe, als erschreckend brutal und einfach aus. Da walte kein göttliches Geschick, sondern nur noch die Grausamkeit politischer Interessen.

»Ach, mein Gudster, der Dante hatte wenigstens noch Moral und glaubte an Gott.«

Dann ging sie mit langsamen Schritten zu einer Kredenz, stellte einige Flaschen Kirschenbrand auf ein Tablett und forderte ihren Enkel auf, ihr in den Innenhof zu folgen. Die wüssten wohl nicht, was geschehen sei, hätten aber sicherlich einen Anlass zum Feiern, murmelte sie.

»Oma, heute gibt es überhaupt keinen Anlass zum Feiern. Sagen wir denen da draußen doch einfach, was wir gerade gehört haben.«

Ruth schüttelt den Kopf und ging voran. Die Besucher würden von der Sache ohnehin bald erfahren. »Aus meinem Fernsehen, im Osten, und aus der Presse.« Nur, diese Informationen seien genauso verfälscht wie die im West-Fernsehen. Und das Beklagen des olympischen Gedankens sei eine Schande.

Wie immer hatte Ruth Recht. Die Olympischen Spiele wurden für einen Tag der Trauer unterbrochen. Dann feierten die Sportler weiter.

Im Innenhof stieg ein improvisiertes Freudenfest. Dem Bürgermeister Schmitt war nämlich per Telex aus Berlin mitgeteilt worden, dass Bleichrode den Preis der »Schönsten Ferienstadt des Arbeiter-und-Bauern-Staates der antifaschistischen Deutschen Demokratischen Republik« erhalten würde.

Unter den Gästen war auch ein junger Araber, der am Wissenschaftlichen Institut für Blumen- und Samenzucht in Quedlinburg ein Stipendium erhalten hatte. Sein Praktikum absolvierte er in der »LPG Clara Zetkin«. Ruth mochte den jungen Mann besonders gern, weil er aufreizend wissbegierig war, sie ständig mit Fragen nervte und, wenn sie ihm etwas erklärte, es für immer behielt. Sie begrüßte ihn mit den Worten »Alkohol, mein junger Freund, trinken Sie ja wohl nicht?« und reichte ihm ein Glas ihrer Apfelschorle. Sie prostete ihm zu.

»Ich habe zu Hause ein Radio. Über Kurzwelle kann ich arabische Sender empfangen. Ich weiß, was in München geschehen ist. Frau Professor, wir beide sollten gemeinsam trinken und vor den anderen schweigen.«

Ruth setzte zu der Frage an, ob ihr arabischer Freund denn wisse, welche religiösen Bindungen sie habe, da unterbrach er sie schon und erklärte ernst, dass man ihm den Araber aus Libyen sofort ansehe, der Baronin die Religion aber nicht ins Gesicht geschrieben stehe. Aber wissen tue er es schon.

Erneut stießen sie mit den Gläsern an.

10

Ruth hielt, als außerordentliche Professorin, am Institut für Pflanzen- und Samenforschung Quedlinburg zwei doppelstündige Übungen pro Woche ab.

Als die wissenschaftlichen Mitarbeiter Ruth gebeten hatten, ihre jahrzehntelangen Erfahrungen weiterzugeben, fühlte sie sich geehrt, gab das wie üblich nicht zu, bereitete sich aber gewissenhaft auf diese Doppelstunden vor. Neben ihrem praktischen Wissen brachte Ruth in ihre neue Lehrtätigkeit auch jene sechs Kubikmeter Fachliteratur ein, die sie als junge Baronin von Berlin nach Bleichrode hatte schaffen lassen, um in der Praxis auf theoretischem Basiswissen aufbauen zu können.

Bei der Einführung in ihr Amt, vor der versammelten Professoren- und Studentenschaft, stellte der Institutsleiter Ruth als »die verehrte Genossin Professor Roll« vor. Sofort trat Ruth neben den Mann ans Pult und stellte die von ihr gewünschte gesellschaftliche Hackordnung her.

»Passt mal auf, Kinder, sehr verehrte Professoren!«, sagte sie. »Auf die Anrede ›Genossin Professorin‹ lege ich keinen Wert. Die verbitte ich mir sogar.« Sie senkte ihre Stimme zu einem Flüstern: »Sagen Sie ganz einfach und schlicht ›Baronin‹ zu mir.« Darauf trat sie vom Pult ab, ging nach draußen und hielt sogleich ihre erste Doppelstunde auf einem der Versuchsfelder der Baumschule, im strömenden Regen, ab.

Als Studenten Schirme aufspannten, genügte ein einziger hellblauer Blick, und das wasserscheue Jungvolk pflanzte die Regendächer in den Boden.

Nicht ein Einziger ihrer Studenten wurde während des Studiums jemals mit einer befriedigenden, guten oder sehr guten oder auch nur ausreichenden Note bewertet. Ihr »Mangelhaft«, »Nicht genügend« oder »Ungenügend« galt in Fachkreisen bald als Auszeichnung.

»Mangelhafte Leistungen« galten immerhin schon als Leistung. Studentische Versager, die an das Institut delegiert worden waren, aber nicht dafür taugten, feuerte sie erbarmungslos mit einem sachlichen Schreiben an den Akademischen Rat des Institutes und mit der Ermunterung: »Wissen Sie, hier wächst Ihnen kein Samen in der Hand. Bei mir jedenfalls nicht. Wenn es Sie unbedingt in die Landwirtschaft treibt, gehen Sie in die Tierzucht und hüten Sie Schweinchen mit Ringelschwänzchen!«

Die Absolventen des Institutes bestanden alle ihr Examen. Ruth kämpfte wie eine Löwin für ihre Übungsteilnehmer und setzte ohne zu zögern ein »Sehr gut«, wenn nicht sogar das sozialistische – mit einer Geldprämie verbundene – »Herausragende wissenschaftliche Aufbauleistung« durch, wenn anderer Lehrer erst noch darüber diskutieren wollten.

Die LPG und die PG liefen, dank der hervorragenden Mitarbeiter, sogar für Ruths hohe Ansprüche zufriedenstellend. Auch für die Schattenmorellenplantage hatte sie einen Baumwirtschaftler mit Doktortitel gefunden, dem sie das Beschneiden und Pfropfen, zu wissenschaftlichen Zwecken, mehr und mehr überließ.

Sie hatte sich einen Schallplattenapparat angeschafft und hörte an langen, einsamen Abenden Musik. Vornehmlich Klavierkonzerte. Im Schallplattenangebot der DDR fanden sich nahezu alle Pianisten dieses Jahrhunderts, die jemals ihr Können vor Mikrofonen oder – wie im Falle Jan Ignazio –

in die Papierrollen elektrischer Klaviere der Fachwelt überliefert hatten. Nach kurzer Zeit verfügte sie über eine umfangreiche Sammlung von Klavierliteratur der unterschiedlichsten Interpreten.

Ein junger sowjetischer Pianist mit deutscher Mutter hatte ihr Gehör besonders entzückt. Und ausgerechnet der bat in einem eleganten, auf Russisch formulierten Brief Ruth um die Erlaubnis, sie und die Hütterer-Flügel besuchen zu dürfen.

Telefonisch verlangte sie in Berlin, beim »Büro für zentralen Kulturaustausch im Musik- und Theaterwesen«, dass man ihr den Pianisten so bald wie möglich nach Bleichrode schicke. Persönlich lud sie ihn telegrafisch ein.

Als die Berliner innerhalb von drei Tagen nicht positiv reagiert hatten, wurde sie fuchtig. Alt und gebrechlich und dem Tode nahe sei sie, Rentnerin, und nur noch mit Mühen für den Sozialismus und die Ausbildung tätig, sagte sie und verlangte von den »kulturell völlig unfähigen Wasserspeiern« des Komitees, den Künstler baldmöglich nach Bleichrode zu geleiten.

Der gab, während Ruth ungehalten am Telefon herumzankte, sein erstes, triumphales Konzert in der Carnegie Hall in New York.

Zwei Wochen später betrat der bescheidene, schüchterne Künstler die Flügel-Halle und musste sich erst einmal auf die nächstbeste Klavierbank setzen. In seinem ganzen Leben hatte er so etwas noch nicht gesehen:

Über zwanzig Hütterer-Flügel standen da wie Soldaten in Reih und Glied. Einer schöner als der andere, und die Knie wurden dem Pianisten weich, als er den »28er Langflügel« sah.

Kokett entschuldigte Ruth sich auf Russisch, dass sie dem verehrten Meister leider nicht ihre vollständige Sammlung präsentieren könne, da achtzehn der Flügel aushäusig seien, in irgendwelchen Konservatorien, Konzertsälen, oder von anderen Pianisten ausgeliehen.

»Sie haben achtunddreißig Hütterer-Flügel?«, japste der junge Mann.

Wenn der Herrgott ihr noch einige Jahre schenke, so sagte Ruth, würde sie Jahr um Jahr ihre Sammlung vervollständigen. Es seien halt so wunderschöne Instrumente. Zielsicher führte sie den Pianisten zu dem berühmten Langflügel.

Der Russe spielte, und die Arbeiten auf dem Hof, in den Ställen, den Scheunen, in der Küche, der angeschlossenen Metzgerei und all den Werkstätten des Bauunternehmens, ruhten.

Ein paar Tage später, im strömenden Regen, führte die zweiundachtzigjährige Ruth einige Studenten durch ihre Plantage auf dem Büchelberg. Zwei Stunden lang, am Nachmittag.

Abends griff sie sich an die Stirn und stellte erstaunt fest, dass sie erhöhte Temperatur hatte. So etwas war in ihrem ganzen Leben noch nicht vorgekommen. Nicht mal nach der Geburt ihrer einzigen Tochter, als sie lebensgefährlich geschwächt für einige Tage im Bett gelegen hatte. Sie fröstelte, nahm das Fieberthermometer, das für den Enkel angeschafft worden war, lutschte darauf herum und stellte nach einigen Minuten 39,6 Grad Celsius fest. Da war sie noch überraschter und legte sich ins Bett.

Eine der ständig im Haus anwesenden jungen Frauen, die in der Gutsküche für die Gemeinschaft der LPG-Mitarbeiter kochten oder Ruths Haus reinigten, musste ihr in schneller Folge Senf-, Quark-, Meerrettich- und Buttermilch-Packungen für die Stirn, die Brust und die Waden machen.

Das Fieber stieg.

Nachdem dieser Verpackungs-Aktionismus nichts gebracht hatte, verlangte sie das erste Mal in ihrem Leben nach einer Tablette. Heroisch schluckte sie Aspirin. Das half auch nichts. Als das Fieber auf über vierzig Grad stieg, informierten die Frauen Bürgermeister Schmitt, und der rief sofort Elisabeth in Westkotten an.

Als die ausgezeichnete Chefin der Bleichröder Poliklinik, Kalle Flieders Nichte, nicht nur eine fiebrige Erkrankung der oberen Atemwege, sondern eine schwere Lungenentzündung diagnostiziert hatte, hielten zwei Frauen Ruth fest, weil die Ärztin ihr unter allen Umständen ein geeignetes Antibiotikum spritzen wollte. Doch da lag sie schon hilflos in ihrem Bett und bat leise, mit einem Lächeln im Gesicht, die Frauen, sie doch loszulassen, und die Ärztin, auf jede weitere Maßnahme der medizinischen Heilkunst zu verzichten. Sie gedenke, demnächst zu sterben. Aber man möge sich keine Sorgen um sie machen. Bevor Elisabeth und ihr geliebter Enkel hier in Bleichrode seien, trete sie von dieser Welt nicht ab.

Alles in ihr lechze nach einer heißen Hühnersuppe, sagte sie, sich ein wenig aufrichtend, und obwohl sie einsehe, dass diese Suppe die Temperatur weiter in die Höhe treiben könne, habe sie bisher mit Hühnerbrühe alle Widrigkeiten des Lebens meistern können. Diese Krankheit aber wohl nicht. Gegen die sei kein Kraut mehr gewachsen.

»Weißt du, Frau Doktor, es gibt nur eine einzige gefährliche Krankheit im Leben eines Menschen: Das ist die Krankheit, die zum Tode führt. Alle anderen Krankheiten sind Schmonzes, und deswegen hatte ich die auch nicht. Wenn ich eine Tasse Suppe bekomme, nehm ich auch noch eine Aspirin.«

Mit einer telegrafischen Sondergenehmigung rasten Elisabeth und ihr Enkel im Auto nach Bleichrode.

Als sie eintrafen, hörte Ruth gerade vom Schallplattenapparat aus dem Grünen Salon irgendein Klavierkonzert mit dem russichen Interpreten.

Die Hühnersuppe hatte ihr Fieber nicht hochgetrieben, das Aspirin und die Wadenwickel hielten die Temperatur konstant bei 40,2 Grad. Sie atmete schwer, aber ihr Verstand war noch leichtgängig, als sie ihren Enkel bat, an ihr Bett zu treten.

»Also, mein Gudster, du warst ja wieder nicht beim Friseur! Ich mag das nicht, wenn du die Haare hinten so lang im Nacken trägst.« Dann ergriff sie die Hand des Enkels, drückte sie schwach, sagte: »Ich lebe vielleicht lange, was?«, und bat ihn, ihr Schlafzimmer zu verlassen und Mutter Elisabeth hereinzubitten.

Die Tochter setzte sich an den Bettrand ihrer Mutter, auf den Bettbezug aus irischem Leinen, der zur Aussteuer gehörte und in dem Ruth seit über sechzig Jahren schlief. Als sie mit der rechten Hand über die heiße Wange streicheln wollte, öffnete die alte Frau ihre hellblauen Augen und blickte die Tochter eine kurze und doch unendlich lange Weile kritisch an.

Mit den Worten »Ich liebe dich, du dumme Sogge!« ergriff sie Elisabeths Hand, hielt sie fest, und irgendwann war sie dann tot.

Später wurde von einem Göttinger Notar das Testament der Ruth Baronin von Roll verlesen.

Dass ihre Mutter wirtschaftlich äußerst umtriebig gewesen war, wusste Elisabeth. Doch welchen Umfang und welche Größe Ruths feingeknüpftes Investitionsnetz wirklich hatte, das begriff sie erst auf dem Notariats-Besucherstuhl. Da wurde sie ohnmächtig.

Ihr Sohn verpasste ihr ein paar solide Ohrfeigen, damit sie wieder zu sich käme. Sie verlangte nach einem Magenbitter und sagte: »O Gott, o Gott, Junge! Die Oma stand ja immer mit einem Bein im Zuchthaus! Was sage ich – Zuchthaus? Oma stand mit einem Bein immer unterm Galgen!«

»Mit beiden Beinen, gnädige Frau!«, stellte der Notar sachlich fest.

Im Notariatsbüro stand eine alte, dunkelgrün-braun lackierte Metallkiste. Zwei Stahlbügel umschlossen eine Lasche. Mit zwei alten, angerosteten Vorhängeschlössern war sie gesichert. Niemand wusste damit etwas anzufangen.

Neben einigen Dokumenten überreichte der Notar Elisabeth die Schlüssel eines Bankschließfaches.

Als sie es öffneten, fanden sie ein braunes Papierkuvert, das sorgfältig mit einer Kordel umschlungen und mit einem Bleisiegel, wie es Finanzbehörden bei der Destillation von Alkohol in der Privatwirtschaft zu benutzen pflegen, gesichert war. Darin befanden sich ein Schreiben sowie die

Schlüssel für die Metallkiste. Ruth erklärte, in der Kiste befinde sich die persönlichste Hinterlassenschaft des Albert Baron von Roll. Nach Öffnen der Kiste würde Elisabeth außerdem weitere Verfügungen zu ihrem Erbe finden. In einem Nachsatz verfügte Ruth, dass die Tochter das väterliche Erbe zu Gunsten einer Stiftung abtreten solle. Genauere Anweisungen seien in der Kiste!

In der Metallkiste befand sich, vielbändig, »Knötels Uniformkunde«.

In fast jedem Buch lagen, mit feiner Schrift auf Seidenpapier geschrieben, Ergänzungen zu Ruths Testament. Insgesamt waren es sechzehn handgeschriebene Seiten. Die Bücher sollten, nachdem Elisabeth ihre letztwilligen Verfügungen gefunden hätte, einem Militärmuseum oder irgendeiner Sammlung, die sich mit Uniformen wissenschaftlich beschäftige, aber nicht kriegstreiberisch tätig sei, gestiftet werden. Auf keinen Fall, so befahl Ruth, solle »Knötels Uniformkunde« in die Hände des Preußischen Kulturbesitzes gelangen. Bei den Preußen wisse man ja nie!

Nach Ruths Tod hatte Elisabeth, zusätzlich zu ihrem eigenen Betrieb, verdammt viel zu verwalten, bis in die Schweiz und nach New York reichten Ruths geschäftliche Verbindungen.

Zusätzlich zu dem offiziellen Testament und den handschriftlich verfassten Verfügungen und Hinweisen fand der Enkel dann noch im Biedermeier-Sekretär des Grünen Salons einen Briefumschlag, auf dem geschrieben stand:

»Falls ich einmal sterbe«.

Auf einem einfachen Blatt Papier hatte sie kurz und knapp verfügt, dass sie unverzüglich und nach jüdischem Ritus beerdigt werden wolle, schlicht in einer Holzkiste. Nichts Festliches! »So wie es das Gesetz befiehlt.«

Die Bleichröder Bevölkerung und die sozialistische Verwaltung hatten sich die Beerdigung der Baronin freilich anders vorgestellt.

Direkt nach ihrem Ableben begannen die Vorbereitungen für eine bombastische Zeremonie mit dem Regierungsvertreter aus Magdeburg und sogar einem Wirtschaftsminister.

Alles, was zu einer anständigen, ordentlichen Trauerfeier nötig war, sollte aufgeboten werden. Am Abend des Todes übten bereits der Spielmannszug und der Posaunenchor Sankt Gero Trauermusik.

Bürgermeister Schmitt, Kalle Flieder, der Leiter des Quedlinburger Institutes für Samen- und Pflanzenzucht entwarfen ihre Trauerreden. Beerdigungsdispositionen, Platzanordnungen beschäftigten im Rathaus unter der Leitung des Bürgermeisters und stellvertretenden Wirtschaftsreferenten mehrere Mitarbeiter und Mitarbeiterinnen.

Elisabeth und der Enkel merkten davon zunächst nichts.

Dann kondolierte Schmitt mit Tränen in den Augen und erklärte, Bleichrode habe der Baronin sehr viel zu verdanken und werde sie auch entsprechend unter die Erde bringen. Sie solle in einem Ehrengrab auf dem Bleichröder Friedhof beigesetzt werden.

Bereits einen Tag nach Ruths Tod lagen Entwürfe für die Grabgestaltung in weißem Marmor vor: die »Produktionsgenossenschaft Bau und Stein Quedlinburg« griff tief in die Kiste »Sozialistischer Realismus«.

Gegen all diese Vorbereitungen sprach die schriftliche Verfügung von Ruth, die besagte, dass sie nach jüdischem Ritus bestattet werden wolle. Das aber konnte nur bedeuten: auf dem, seit über hundertfünfzig Jahren nicht mehr benutzten, jüdischen Friedfhof in Quedlinburg, und das bedeutete weiter: kein repräsentativer Schrein, sondern eine Holzkiste, keine offizielle Trauerfeier mit Spielmannszügen, Posaunenchören, Reden, Regierungspräsidenten, Ministern, keine Blumen, keine Musik und überhaupt nichts von dem, was das offizielle Bleichrode mit Ruth vorhatte.

Als das bekannt wurde, sagten Regierungspräsident und Minister die Teilnahme an der Beerdigung wegen Zeitmangels ab, und Bleichrode beschloss, von seinem feierlichen Vorhaben abzusehen.

Den letzten Willen der teuren Toten zu erfüllen war aber trotzdem nicht möglich.

In Quedlinburg war niemand für den jüdischen Friedhof zuständig. Eine Mauer friedete die jüdischen Toten von der Umwelt ab. Ein massives Holztor mit uraltem Schloss verwehrte Neugierigen den Zutritt. Der Enkel stieg am Tage nach Ruths Tod über die Mauer.

Was er da erblickte, entsetzte ihn: Keine Spur mehr war von einem jüdischen Friedhof zu entdecken. Keine Steine. Nur viel Gestrüpp. Von einer massiven Mauer geschützt, war der Friedhof ein Ort für vielfache Vergnügungen geworden. Unmöglich, hier die tote Großmutter zur ewigen Ruhe zu betten.

Doch die Zeit drängte, und die Behörden bestanden auf Ruths Beerdigung.

Man müsse sie doch in Bleichrode beisetzen, verfügte schließlich Bürgermeister Schmitt. Da gab es nur eine Lösung: das Krematorium.

Ruths Leichnam war in ihrem Schlafzimmer in der Holzkiste aufgebahrt. Die Totenwache hielten Elisabeth, der Enkel und einige nahe Freunde und Studenten abwechselnd.

Das Kaddisch hatte der Enkel gesprochen, weil er der einzige männliche Nachfolger Ruths war. Das Kaddisch, das Totengebet, geht auf das Buch Hiob zurück. Es besagt, dass der Mensch zu dem Allmächtigen Vertrauen haben und sich seinem Willen unterwerfen solle. Auch wenn sein Herz von Kummer und Traurigkeit erfüllt sei. Das Gebet beginnt mit den Worten »Der Name des Ewigen sei gerühmt und geheiligt« und sagt weiter, dass alles, was Gott entscheidet, richtig entschieden ist.

Der Enkel und seine Mutter wussten nicht, ob ihre Entscheidung, der Einäscherung zuzustimmen, richtig war. Sie verstießen damit nicht nur gegen Ruths letzten Willen, sondern auch gegen jüdisches Gesetz. Denn »Du bist Erde und Du sollst zu Erde werden«, hatte Gott zu Adam gesagt, und nach jüdischem Glauben ist die Auferstehung von den Toten nicht möglich, wenn der Leib durch Feuer zerstört wurde.

Von einem Volkspolizei-Offizier angeführt, holten Mitarbeiter eines Beerdigungsinstitutes Ruths Leichnam aus dem Haus und überstellten ihn dem Krematorium in Halberstadt.

Man begründete diese Maßnahme als den »einzig möglichen Notfall«, weil die Verstorbene darauf bestanden habe, nicht auf einem christlichen Friedhof beerdigt zu werden.

Mit der Asche könnten die Verwandten dann machen, was sie wollten.

»Das Tinchen wird toben vor Wut!«, sagte Elisabeth. »Sie wird IHM im Himmel alleine deswegen die Hölle bereiten.«

Nach drei Wochen erhielten Ruths Angehörige die Urne mit der Asche.

Nur der Enkel weiß, wo die Asche ausgestreut wurde. Asche zu Erde.

Für ihre Hilfe bei meiner Arbeit danke ich besonders drei Frauen:

Heike »Goldstück«, die das Manuskript in die richtige Form gebracht hat,

Ingrid Grimm, meiner Lektorin, die Spreu vom Weizen getrennt hat,

und meiner Freundin Barbara Schardt, die das Unmögliche nötig und das Mögliche so angenehm gemacht hat.

J. P.